国家古籍整理出版
专项经费资助项目

○ 曾枣庄 曾涛 编纂

宋代艺话全编

第二册

巴蜀书社

黃庭堅藝話（四五八則）

　　黃庭堅（一〇四五～一一〇五）字魯直，號山谷道人，晚號涪翁，洪州分寧（今江西修水）人。黃庶次子。年十七，隨舅氏李公擇學於淮南，以孫覺爲師。治平四年進士及第，調汝州葉縣尉。熙寧五年，除北京國子監教授。元豐元年，寄書蘇軾並附所作《古風》詩二首，蘇軾稱賞之，聲名始盛。三年，知吉州太和縣，遷著作佐郎。四年，除集賢校理。七年，移監德州德平鎮。哲宗即位，以秘書省校書郎召。元祐元年，除神宗實錄檢討官。四年，爲集賢校理。六年，實錄成，擢起居舍人。八年，除秘書丞，兼國史編修官。紹聖初，哲宗親政，出知宣州，改鄂州。章惇、蔡卞與其黨劾所編實錄多誣枉。二年，貶涪州別駕，黔州安置。元符元年，移戎州。徽宗即位，起知太平州，至州九日而罷，提舉玉隆觀。與宰執趙挺之有隙，湖北轉運判官承趙挺之風旨，指斥所作《荊南承天院記》爲幸災謗國，崇寧二年除名，羈管宜州。四年，卒於貶所，年六十一。黃庭堅的文學創作受蘇軾影響甚巨，與張耒、晁補之、秦觀同爲"蘇門四學士"。黃庭堅主張文章詩歌應當"有爲而後作"（《王定國文集序》），但他又不讚同蘇軾那些嬉笑怒駡，敢於譏刺社會的文章，認爲詩歌"非強諫諍於庭，怨憤詬於道，怒鄰駡座之爲也"（《書王知載〈朐山雜詠〉後》）。他倡導詩學杜甫、文學韓愈，強調詩人應當博學，認爲"老杜作詩，退之作文，無一字無來處，蓋後人讀書少，故謂韓、杜自作此語耳"，同時又提倡融匯古人成句入詩，"雖取古人之陳言入於翰墨，如靈丹一粒，點鐵成金"（《答洪駒父書》）。他認爲"詩意無窮，而人之才有限，以有限之才追無窮之意，雖淵明、少陵不得工也"，因此他提出"不易其意而造其語，謂之換骨法"，"窺入其意而形容之，謂之奪胎法"（《冷齋夜話》卷一），這一"脫胎換骨"法後來即成爲江西詩派的創作綱領。黃庭堅長於辭賦，學《楚辭》而得其妙。在宋代即有人將黃庭堅詞與秦觀詞並稱，有"秦七黃九"之譽，但是黃詞的成就實不如秦。黃庭堅工書法，兼擅行、草，遒勁清瘦，縱橫奇倔，而又不失軌度，爲北宋書法四大家之一。著有《豫章黃先生文集》《外集》《別集》《遺文》《山谷老人刀筆》《山谷琴趣外篇》等。

一 次韻子瞻題郭熙畫秋山

黃州逐客未賜環，江南江北飽看山。玉堂臥對郭熙畫，發興已在青林間。郭熙官畫但荒遠，短紙曲折開秋晚。江村煙外雨腳明，歸鴈行邊餘疊巘。坐思黃柑洞庭霜，恨身不如鴈隨陽。熙今頭白有眼力，尚能弄筆映窗光。畫取江南好風日，慰此將老鏡中髮。但熙肯畫寬作程，五日十日一水石。文淵閣四庫全書本《山谷集》卷二。

二 詠李伯時摹韓幹三馬次蘇子由韻，簡伯時，兼寄李德素

太史瑣窗雲雨垂，試開三馬拂蛛絲。李侯寫影韓幹墨，自有筆如沙畫錐。絕塵超日精爽緊，若失其一望路馳。馬官不語臂指揮，乃知仗下非新羈。吾嘗覽觀在坰馬，駑駘成列無權奇。緬懷胡沙英賢質，一雄可將十萬雌。決非厮養所成就，天驥生駒人得知。千金市骨今何有，士或不價五羖皮。李侯畫隱百僚底，初不自期人誤知。戲弄丹青聊卒歲，身如閱世老禪師。《山谷集》卷二。

三 次韻子瞻和子由觀韓幹馬，因論伯時畫天馬

于闐花驄龍八尺，看雲不受絡頭絲。西河驄作蒲萄錦，雙瞳夾鏡耳卓錐。長楸落日試天步，知有四極無由馳。電行山立氣深穩，可耐珠韉白玉羈。李侯一顧歎絕足，領略古法生新奇。一日真龍入圖畫，在坰羣雄望風雌。曹霸弟子沙苑丞，喜作肥馬人笑之。李侯論幹獨不爾，妙盡骨相遺毛皮。翰林評書乃如此，賤肥貴瘦渠未知。況我平生賞神俊，僧中云是道林師。俊一作駿。《山谷集》卷二。

四 次韻王炳之惠玉板紙伯虎

王侯鬚若緣坡竹，哦詩清風起空谷。古田小牋惠我百，信知溪翁能解玉。鳴碪千杵動秋山，裹糧萬里來輦轂。儒林丈人有蘇公，相如子雲再生蜀。往時翰墨頗橫流，此公歸來有邊幅。小楷多傳《樂毅論》，高詞欲奏《雲門曲》。不持歸掃蘇公門，乃令小人今拜辱。去騷甚遠文氣卑，畫虎不成書勢俗。董狐南史一筆無，誤掌殺青司記錄。雖然此中有公議，或辱五鼎榮半菽。願公進德使見書，不敢求君米千斛。《山谷集》卷二。

五 次韻子瞻詠《好頭赤圖》

李侯畫骨不畫肉，筆下馬生如破竹。秦駒雖入天伏圖，猶恐真龍在空谷。精神權

奇汗溝赤，有頭赤烏能逐日。安得身爲漢都護，三十六城看歷歷。"不畫肉"一作"亦畫肉"。"天伏"一作"天馬"。"有頭赤烏"一作"自有赤烏"。《山谷集》卷三。

六 詠伯時《虎脊天馬圖》

筆端那有此，千里在眥中。四蹄雷電去，一顧馬羣空。誰能乘此物，超俗駕長風。逸材歸䪎勒，歲在執徐同。雷電，一作雷電。《山谷集》卷三。

七 詠伯時《象龍圖》

上黨良家子，挽強如屈肘。三十學《春秋》，豈爲莎車首。誰言馮光祿，不如甘延壽。雖無千户封，乃得六龍友。《山谷集》卷三。

八 觀伯時畫馬

儀鸞供帳饕虿行，翰林濕薪爆竹聲。風簾官燭淚縱橫，木穿石槃未渠透。坐窗不遨令人瘦，貧馬百䑕逢一豆。眼明見此五花驄，徑思著鞭隨詩翁，城西野桃尋小紅。《山谷集》卷三。

九 戲答趙伯充勸莫學書及爲席子澤解嘲

平生飲酒不盡味，五鼎餽肉如嚼蠟。我醉欲眠便遣客，三年窺牆亦面壁。空餘小來翰墨塲，松煙兔穎傍明窗。偶隨兒窗洒墨汁，衆人許在崔杜行。晚學長沙小三昧，幻出萬物真成狂。龍蛇起陸雷破柱，自喜夸觀繞繩牀。家人罵笑寧有道，污染黄素敗粉牆。誠不如南鄰席明府，蛛網鎖硯蝸書梁。懷中探丸起九死，才術頗似漢太倉。感君詩句喚夢覺，邯鄲初未熟黄粱。身如朝露無牢强，玩此白駒過隙光。從此永明書百卷，自公退食一爐香。《山谷集》卷四。

一〇 姨母李夫人墨竹二首

深閨浄几試筆墨，白頭腕中百斛力。榮榮枯枯皆本色，懸之高堂風動壁。

小竹扶疎大竹枯，筆端真有造化鑪。人間俗氣一點無，健婦果勝大丈夫。《山谷集》卷五。

一一 次韻子瞻、子由題《憩寂圖》二首

松舍風雨石骨瘦，法窟寂寥僧定時。李侯有句不肯吐，淡墨寫出無聲詩。

龍眠不似虎頭癡，筆妙天機可並時。蘇仙潑墨作蒼石，應解種花開此時。《山谷集》卷五。

一二　題子瞻枯木

折衝儒墨陳堂堂，書入顏楊鴻鴈行。胷中元自有丘壑，故作老木蟠風霜。《山谷集》卷五。

一三　題伯時畫揩痒虎

猛虎肉醉初醒時，揩磨苛痒風助威。枯楠未覺草先低，木末應有行人知。《山谷集》卷五。

一四　題伯時畫觀魚僧

橫波一網腥城市，日暮江空煙水寒。當時萬事心已死，猶恐魚作故時看。《山谷集》卷五。

一五　題伯時畫頓塵馬

竹頭搶地風不舉，文書堆案睡自語。忽看高馬頓風塵，亦思歸家洗袍袴。《山谷集》卷五。

一六　題伯時畫嚴子陵釣灘

平生久要劉文叔，不肯爲渠作三公。能令漢家重九鼎，桐江波上一絲風。《山谷集》卷五。

一七　戲題小雀捕飛蟲畫扇

小蟲心在一啄間，得失與世同輕重。丹青妙處不可傳，輪扁斲輪如此用。《山谷集》卷五。

一八　題畫孔雀

桄榔暗天蕉葉長，終露文章嬰世網。故山桂子落秋風，無因雄雌青雲上。《山谷集》卷五。

一九　用前韻謝子舟爲予作風雨竹

子舟詩書客，畫手睨前輩。挹袂拍其肩，餘力左右逮。摩拂造化鑪，經營鬼神會。光煤疊亂葉，與世作者背。看君回腕筆，猶喜漢儀在。歲寒十三本，與可可追配。小山蒼苔面，突兀謝僧愛。風斜兼雨重，意出筌墨外。吾聞絕一源，戰勝自十倍。榮枯轉時機，生死付交態。狙公倒七芋，勿用嗔喜對。此物當更工，請以小喻大。《山谷集》卷六。

二〇　再用前韻詠子舟所作竹

森削一山竹，壯士十三輩。自干雲天去，草芥肯下逮。虛心聽造物，顛沛風雲會。榮枯偶同時，終不相棄背。誰云湖州沒，筆力今尚在。阿筌雖墨妙，好以桃李配。國工裁主意，冷淡恐不愛。子舟落心畫，榮觀不在外。耆年道機熟，增勝當更倍。祖述今百家，小紙弄姿態。雖云出湖州，卷置懶開對。非公筆如椽，孰能爲之大。桃李，一作竹鶴。　《山谷集》卷六。

二一　戲詠子舟畫兩竹兩鸜鵒

風晴日暖搖雙竹，竹間相語兩鸜鵒。鸜鵒之肉不可肴，人生不材果爲福。子舟之筆利如錐，千變萬化皆天機。未知筆下鸜鵒語，何如夢中胡蝶飛。《山谷集》卷六。

二二　題石恪畫嘗醋翁

石媼忍酸喙三尺，石皤嘗味面百摺。詳知聳膊寒至骨，圖畫不減吳生筆。《山谷集》卷六。

二三　題子瞻畫竹石

風枝雨葉瘠土竹，龍蹲虎踞蒼蘚石。東坡老人翰林公，醉時吐出胸中墨。《山谷集》卷六。

二四　題晁以道雪鴈圖

飛雪灑蘆如銀箭，前鴈驚飛後回盼。憑誰說與謝元暉，休道澄江靜如練。《山谷集》卷六。

二五　次前韻謝與迪惠所作竹五幅

吾宗墨修竹，心手不自知。天公造化鑪，攬取如拾遺。風雪煙霧雨，榮悴各一時。此物抱晚節，君又潤色之。抽萌或發石，懸箠有阽危。林梢一片雨，造次以筆追。猛吹萬籟作，微涼大音稀。霜兔束豪健，松煙泛硯肥。盤桓未落筆，落筆必中宜。今代捧心學，取笑如東施。或可遺巾幗，選懦如辛毗。生枝不應節，亂葉無所歸。非君一起予，衰病豈能詩。憶君初解鞍，新月挂彎眉。夜來上金鏡，坐歎光景馳。我有好素絹，晴明要會期。漪漪淇園姿，此君有威儀。願作數百竿，水石相因依。他年風動壁，洗我別後思。開圖慰滿眼，何時遂臻茲。《山谷集》卷七。

二六　題李亮功戴嵩牛圖 公寅

韓生畫肥馬，伏伎有輝光。戴老作瘦牛，平生一作田。千頃荒。穀觫告主人，實已盡筋力。乞我一牧童，林間聽橫笛。《山谷集》卷七。

二七　花光仲仁出秦、蘇詩卷，思兩國士不可復見，開卷絕嘆。因花光爲我作梅數枝及畫煙外遠山，追少游韻記卷末

夢蝶真人貌黃稿，籬落逢花須醉倒。雅聞花光能畫梅，更乞一枝洗煩惱。扶持愛梅說道理，自許牛頭參已早。長眠橘洲風雨寒，今日梅開向誰好。何況東坡成古丘，不復龍蛇看揮掃。我向湖南更嶺南，繫船來近花光老。歎息斯人不可見，喜我未學霜前草。寫盡南枝與北枝，更作千峯倚晴昊。《山谷集》卷八。

二八　浯溪圖

成子寫浯溪，下筆便造極。空濛得真趣，膚寸已千尺。只今中宮寺，在昔漫郎宅。更作老夫船，檣竿插蒼石。《山谷集》卷八。

二九　戲贈米元章二首

萬里風帆水著天，麝煤鼠尾過年年。滄江靜夜虹貫月，定是米家書畫船。
我有元暉古印章，印刓不忍與諸郎。虎兒筆力能扛鼎，教字元暉繼阿章。《山谷集》卷九。

三〇　題伯時《天育驃騎圖》二首

玉花照夜今無種，櫪上追風亦不傳。想見真龍如此筆，蒺藜沙晚草迷川。

明膫槃礴萬物表，寫出人間真乘黃。邂逅今身猶姓李，可非前身江都王。《山谷集》卷九。

三一　子瞻寺壁作小山枯木

海內文章非畫師，能回筆法作枯枝。豫章從小有梁棟，也似鄭公雙鬢絲。《山谷集》卷九。

三二　題惠崇畫扇

惠崇筆下開江面，萬里晴波向落暉。梅影橫斜人不見，鴛鴦相對浴紅衣。《山谷集》卷九。

三三　題郭熙山水扇

郭熙雖老眼猶明，便面江山取意成。一段風煙且千里，解如明月逐人行。《山谷集》卷九。

三四　追和東坡題李亮功歸來圖

今人常恨古人少，今得見之誰謂無。欲學淵明歸作賦，先煩摩詰畫成圖。小池已築魚千里，隙地仍栽芋百區。朝市山林俱有累，不居京洛不江湖。《山谷集》卷十一。

三五　題花光畫

湖北山無地，湖南水徹天。雲沙真富貴，翰墨小神仙。此平沙起水，筆意超凡，入聖法也。每率此爲之，當冠四海而名後世。《山谷集》卷十一。

三六　題花光畫山水

花光寺下對雲沙，欲把輕舟小釣車。更看道人煙雨筆，亂峯深處是吾家。《山谷集》卷十一。

三七　題鄭防畫夾五首

惠崇煙雨歸鴈，坐我瀟湘洞庭。欲喚扁舟歸去，故人言是丹青。
能作山川遠勢，白頭惟有郭熙。欲寫李成驟雨，惜無六幅鵝溪。
徐生脫水雙魚，吹沫相看晚圖。老矣箇中得計，作書遠寄江湖。
折葦枯荷共晚，紅榴苦竹同時。睡鴨不知飄雪，寒雀四顧風枝。
子母猿啼槲葉，山南山北危機。世故誰能樗里，彀中皆是由基。《山谷集》卷十二。

三八　放言十首（選一）

匣中綠綺琴，欲撫已絕絃。問絃何時絕，鍾期謝世年。正聲不可聞，千載寂寞間。未有顏叔子同，安知柳下賢？文淵閣四庫全書本《山谷外集》卷二。

三九　答王道濟寺丞觀許道寧山水圖

往逢醉許在長安，蠻溪大硯磨松煙。忽呼絹素翻硯水，久不下筆或經年。異時踏門闖白首，巾冠欹斜更索酒。舉杯意氣欲翻盆，倒卧虛樽將八九。醉拈枯筆墨淋浪，勢若山崩不停手。數尺江山萬里遙，滿堂風物冷蕭蕭。山僧歸寺童子後，漁伯欲渡行人招。先君笑指溪上宅，鸂鶒白鷺如相識。許生再拜謝不能，元是天機非筆力。自言年少眼明時，手揮八幅錦江絲。贈行卷送張京兆，心知李成是我師。張公身逐銘旌去，流落不知今主誰。大梁畫肆閱水墨，我君槃礴忘揖客。蛛絲煤尾意昏昏，幾年風動人家壁。雨雪浐浐滿寺庭，四圍冷落讓丹青。笑酬肆翁十萬錢，卷付騎奴市盡傾。王丞來觀皆失席，指點如見初畫日。四時風物入句圖，信知君家有摩詰。我持此圖二十年，眼見綠髮皆華顛，許生縮手入黃泉，衆史弄筆摩青天。君家枯松出老翟，風煙枯枝倚崩石。蠹穿風物君愛惜，不誣方將有人識。《山谷外集》卷三。

四〇　次韻章禹直開元寺觀畫壁兼簡李德素

丹青古藏壁，風雨飽侵食。拂塵開藻鑒，志士淚霑臆。靈山遠飛來，不可以智測。龍神湛回向，擁衛立劍戟。依稀吳生手，旌斾略可識。鴻濛插樓殿，毫髮數動植。廣牀瞻二聖，有衆拱萬億。飛行湊六合，攬取著一席。人人開生面，絕妙推心得。李侯天機深，指點目所及。三生石上夢，天樂鳴我側。幽尋前日事，晦明忽復易。章生南溟鵬，籠檻鎖六翮。能同寂寞遊，濁酒聊放適。西風葉蕭蕭，蟋蟀依牆壁。家無萬金產，四鄰碪聲急。藜羹傲鼎食，藍縷亦山立。並船有歌姝，粉白眉黛黑。期公開顏笑，醉語雜翰墨。不須談俗事，秖令人氣塞。《山谷外集》卷三。

四一　聽崇德君鼓琴

月明江靜寂寥中，大家斂袂撫孤桐。古人已矣古樂府，髣髴雅頌之遺風。妙手不易得，善聽良獨難。猶如優曇華時一出世間，兩忘琴意與己意。迺似不著十指彈，禪心默默三淵靜。幽谷清風淡相應，絲聲誰道不如竹。我已忘言得真性，罷琴窗外月沉江，萬籟俱空七絃定。《山谷外集》卷三。

四二　題韋偃馬

韋侯常喜作羣馬，杜陵詩中如見畫。忽開短卷六馬圖，想見詩老醉騎驢。龍眠作馬晚更妙，至今似覺韋偃少。一洗萬古凡馬空，句法如此今誰工。《山谷外集》卷四。

四三　摩詰畫

丹青王右丞，詩句妙九州。物外常獨往，人間無所求。袖手南山雨，輞川桑柘秋。胸中有佳處，涇渭看同流。《山谷外集》卷四。

四四　老杜浣花谿圖引

拾遺流落錦官城，故人作尹眼爲青。碧雞坊西結茅屋，百花潭水濯冠纓。故衣未補新衣綻，空蟠—作净嶸。胸中書萬卷。探道欲度羲皇前，論詩未覺《國風》遠。干戈崢嶸—作終風且霾。暗寓縣，杜陵韋曲無雞犬。老妻稚子且眼前，弟妹飄零不相見。此公樂易真可人，園翁谿友肯卜鄰。鄰家有酒邀皆去，得意魚鳥來相親。浣花酒船散車騎，野墻無主看桃李。宗文守家宗武扶，落日蹇驢馱醉起。願聞解鞍脫兜鍪，老儒不用千户侯。中原未得平安報，醉裏眉攢—作清揚之間。萬國愁。生綃鋪墻粉墨落，平生忠義今寂寞。兒呼不蘇驢失脚，猶恐醒來有新作。常使詩人拜畫圖，神膠續絃千古無。《山谷外集》卷四。

四五　題李夫人偃竹

孤根偃蹇非傲世，勁節癯枝萬壑風。閨中白髮翰墨手，落筆乃與天同功。《山谷外集》卷四。

四六　書扇

魯公筆法屋漏雨,未減右軍錐畫沙。可惜團團新月面,故教零亂黑雲遮。《山谷外集》卷六。

四七　戲題大年防禦蘆鴈

揮毫不作小池塘,蘆荻江村落鴈行。雖有珠簾藏翡翠,不忘煙雨罩鴛鴦。《山谷外集》卷六。

四八　王彦祖惠其祖黄州制草書其後

脱暑看時輩,諸君等發蒙。董狐常直筆,汲黯少居中。鵬入遷臣舍,烏號厭世弓。平生有嘉樹,猶起九原風。《山谷外集》卷六。

四九　題仁上座畫松

偃蹇松枝隔煙雨,知儂定是歲寒材。百年根節要老硬,將恐崩崖倒石來。《山谷外集》卷七。

五〇　題《陽關圖》二首

斷腸聲裏無形影,畫出無聲亦斷腸。想得陽關更西路,北風低草見牛羊。

人事好乖當語離,龍眠見出斷腸詩。渭城柳色關何事,自是離人作許悲。《山谷外集》卷七。

五一　題花光爲曾公卷作水邊梅

梅蘂觸人意,冒寒開雪花。遥憐水風晚,片片點汀沙。《山谷外集》卷七。

五二　衆人觀俳優

衆人觀俳優,誠有可笑時。侏儒笑人後,所笑動未知。非桀是堯舜,諸生同一詞。不能解其會,何笑侏儒爲。桓公方讀書,輪扁釋斧鑿。借問作書人,已歸蒿里宅。至精固不傳,所説乃糟粕。使道如懷珍,分我贍人貧。人將遺朋友,誰不獻君親。喁喁來噍食，泯泯去遊魂。昭穆才弟兄，愚智已子孫。愚遊智者籠，智受萬物役。奔奔相後先，成則自爲德。勞神不知疲，求所不能知。深心著文字，有如鳥枯轢。敗新爲故袴，何獨鄭人妻。鵠卵待啄菢，自憐非荆雞。誰能起千載，化此故紙癡。《山谷外集》卷十一。

五三　觀王熙叔書本草書歌

少時草聖學鍾王，意氣欲齊韋與張。家藏古本數十百，千奇萬怪常搜索。今得君家一卷書，始覺辛勤總無益。移燈近前拭眼看，精神高秀非人力。北風古樹折巔崖，蒼煙寒藤掛絕壁。逸氣崢嶸馳萬馬，隻字千金不當價。想初槃礴落筆時，毫端已與心機化。主人知是希世奇，但見姓氏無標題。自非高閒懷素不能此，何必更辨當是誰。《山谷外集》卷十二。

五四　以右軍書數種贈丘十四

丘郎氣如春景晴，風暄百果草木生。一作桃李之下蹊自成。眼如霜鵠齒玉冰，擁書環坐愛窗明。松花泛硯摹真行，字身藏穎秀勁清。問誰學之果《蘭亭》，我昔頗復喜墨卿。銀鉤蠆尾爛箱篋，贈君鋪案黏曲屏。小字莫作癡凍蠅，《樂毅論》勝《遺教經》。大字無過《瘞鶴銘》，官奴作草欺伯英。隨人作計終後人，自成一家始逼真。卿家小女名阿潛，眉目似翁有精神。試留此書他日學，往往不減衛夫人。《山谷外集》卷十二。

五五　李君貺借示其祖西臺學士草聖並書帖一編三軸，以詩還之

當時高蹈翰墨場，江南李氏洛下楊。二人歿後數來者，西臺唯有尚書郎。篆科草聖凡幾家，奄有漢魏跨兩唐。紙摹石鏤見雩鞏，曾未得似君家藏。側釐數幅冰不及，字體欹傾墨猶濕。明窗棐几開卷看，坐客失狀皆起立。新春一聲雷未聞，何得龍蛇已驚蟄。仲將伯英無後塵，邇來此公下筆親。使之早出見李衛，不獨右軍能逼人。枯林棲鴉滿僧院，秀句爭傳兩京遍。文工墨妙九原荒，伊洛氣象今淒凉。夜光入手愛不得，還君復入古錦囊。此後臨池無筆法，時時夢到君書堂。《山谷外集》卷十二。

五六　吉老許惠李北海石室碑，以詩促之

往時李北海，翰墨妙天下。石室蒼苔世未知，公獨得本今無價。肉字不肥藏兔鋒，郎官壁刊佳處同。願公倒篋速持贈，免斷銀鉤輸蠹蟲。《山谷外集》卷十二。

五七　吉老兩和示戲答

欲聘石室碑，小詩委庭下。頗似山陰寫道經，雖與羣鵝不當價。畫沙無地覓錐鋒，點勘永和書法同。人言外論殊不爾，勿持明冰照夏蟲。《山谷外集》卷十二。

五八　題蘇才翁草書壁後　並序

才翁題保安寺云：寺前有古松，是數百年物。余嘗納涼其下，松今翦伐殆盡，因感以作詩：

老松不得千年壽，何況高材傲世人。唯有草書三昧法，龍蛇夭矯鎖黃塵。《山谷外集》卷十三。

五九　伯時《彭蠡春牧圖》

岳陽樓上春已歸，湖中鴻鴈拍波飛。布帆天濶隨鳥道，石林風晚吹人衣。春水初生及馬腹，浮灘欲上西山麓。遥看絕嶺秀雲松，上有垂蘿暗谿谷。沙眠草囓性不驕，側身注目鳴相招。林間瞥過星爍爍，原上獨立風蕭蕭。君不見中原真種邊塵沒，南行市骨何倉卒。秖收力健載征夫，肯向時危辨奇骨。即今貢馬西北來，東西坊監屯雲開。紛然駑驥同一秣，爾可不憂四蹄脱。文淵閣四庫全書本《山谷別集》卷一。

六〇　觀祕閣西蘇子美題壁及張侯家墨跡十九紙，率同舍錢才翁學士賦之（節錄）

仁祖康四海，本朝盛文章。蘇郎如虎豹，孤嘯翰墨場。風流映海岱，俊鋒不可當。學書窺法窟，當代見崔張。銀鈎刻琬琰，薑尾囘縑緗。擢登羣玉府，臺閣自生光。春風吹曉雨，禁直夢滄浪。人聲市朝遠，簾影花竹涼。秋河湔筆研，怨句挾風霜。不甘老天祿，試欲叫未央。《山谷別集》卷一。

六一　觀劉永年團練畫角鷹

劉侯才勇世無敵，愛畫工夫亦成癖。弄筆掃成蒼角鷹，殺氣稜稜動秋色。爪拳金鈎觜屈鐵，萬里風雲藏勁翮。兀立槎枒不畏人，眼看青冥有餘力。霜飛晴空塞草白，雲垂四野陰山黑。此時軒然盍飛去，何乃巑岏立西壁。秖應真骨下人世，不謂雄姿留粉墨。造次更無高鳥喧，等閒亦恐狐狸嚇。旁觀未必窮神妙，乃是天機貫胸臆。瞻相突兀摩空材，想見其人英武格。傳聞揮毫頗容易，持以與人無甚惜。物逢真賞世所珍，此畫他年恐難得。右皆家傳。　《山谷別集》卷一。

六二　題李亮功家周昉畫《美人琴阮圖》

周昉富貴女，衣飾新舊兼。髻重髮根急，薄粧無意添。琴阮相與娛，聽弦不觀手。敷腴竹馬郎，跨馬要折柳。高子勉記龍眠李亮功家藏周昉畫美人琴阮圖，兼有宮禁氣象，更有竹馬小兒欲折檻前柳者。亮功官長沙，而山谷謫宜州遇見之，欸愛彌日，大書一詩於黃素上云云。此畫後歸禁中，子勉嘗追和曰："丹青有神藝，周郎獨能兼。畫圖絕世人，貞態不可添。却憐知畫者，相與落誰手。想像猶可言，兩重春籠柳。"　《山谷別集》卷一。

六三　題石恪畫機織圖

荷鋤郎在田，行餉兒未返。終日弄鳴機，血緯不思遠。《山谷別集》卷一。

六四　題伯時馬

我觀李侯作胡馬，置我敕勒陰山下。驚沙隨馬欲暗天，千里絕足略眼跨。一作過。自當初駕沙苑丞，豈復更數將軍霸。李侯今病廢右臂，此圖筆妙今無價。《山谷別集》卷一。

六五　書郭功甫家屏上東坡所作竹

郭家鬃屏見生竹，惜哉不見人如玉。凌萬中原果木春，歲晚一棊終玉局。巨鼇首戴蓬萊山，今在瓊房第幾間。已下闕。　《山谷別集》卷一。

六六　題燕邸洋川公養浩堂畫

蕭寺吟雙竹，秋醪薦二螯。破塵歸騎遠，橫日鴈行高。又一首云：擁膝度殘臘，攀條驚早春。　《山谷別集》卷一。

六七　題子瞻墨竹

眼入毫端寫竹真，枝掀葉舉是精神。因知幻化出無象，問取人間老斲輪。《山谷別集》卷一。

六八　題大年小景

水色煙光上下寒，忘機鷗鳥恣飛還。年來頻作江湖夢，對此身疑在故山。

輕鷗白鷺定吾友，翠栢幽篁是可人。海角逢春知幾度，卧遊到處總傷神。《山谷別集》卷一。

六九　題王晉卿《平遠溪山幅》

風流子晉罷吹笙，小筆溪山刮眼明。相倚鴛鴦得偎睡，一川風雨斷人行。《山谷別集》卷一。

七〇　戲題斌老所作兩竹梢

老竹帖妥不作奇，嫩篁翹翹動風枝。是中有目世不知，吾宗落筆風煙隨。《山谷別集》卷一。

七一　題東坡竹石

怪石岑崟當路，幽篁深不見天。此路若逢醉客，應在萬仞峯前。《山谷別集》卷一。

七二　蘇李畫枯木道士賦

東坡先生佩玉而心若槁木，立朝而意在東山。其商略終古，蓋流俗不得而言。其於文事，補袞則華蟲黼黻，醫國則雷扁和秦。虎豹之有美，不彫而常自然。至於恢詭譎怪，滑稽於秋兔之穎，尤以酒而能神。故其觴次滴瀝，醉餘顰申。取諸造物之鑪錘，盡用文章之斧斤。寒煙淡墨，權奇輪囷。挾風霜而不栗，聽萬物之皆春。

龍眠有隱君子見之，曰："商宇宙者朝徹於一指，計楮中者心醉於九九〔一〕，言其不同識也。戴鵬背而不蔕芥，烹鼠肝而腹果然，言其不同量也。彼以睢睢盱盱，我以踽踽凉凉，則懼夫子之獨立，而矢來無鄉。"乃作女蘿，施於木末，婆娑成陰，與世宴息。於其槃根，作黃冠師，納息於踵，若新沐而晞。促阮咸以赴節，按萬籟之同歸。

昔阮仲容深識清濁，酒沈於陸，無一物可欲。右琴瑟而左琵琶，陶冶此族，不溷不濁，是謂竹林之曲。彼道人者，養蒼竹之節以玩四時，鳴槁梧之風以召眾竅。其鼻間栩栩然，蓋必有不可傳之妙。若予也，寄櫟社以神其拙，顧白鷗之樂人深。一行作吏，此事便廢。甘稻粱以飴老，就簪紱而成禽。莊生曰"去國期年，見似之者而喜矣"，況予塵土之渴心〔二〕。清光緒二十年義寧州署重刻本《山谷全書·正集》卷一二。

〔一〕九九：原作"九丸"，據四部叢刊影印宋刻本《豫章黃先生文集》改。

〔二〕文後原有注引黃庭堅《書枯木道士賦後》，此刪。

七三　東坡居士墨戲賦

　　東坡居士遊戲於管城子、楮先生之間，作枯槎壽木、叢篠斷山。筆力跌宕於風煙無人之境，蓋道人之所易，而畫工之所難。如印印泥，霜枝風葉先成於胸次者歟！顰申奮迅，六反震動，草書三昧之苗裔者歟！金石之友質已死，而心在瞯泥郢人之鼻、運斤成風之手者歟！

　　夫惟天才逸群，心法無軌，筆與心機，釋水爲水。立之南榮，視其胸中，無有畦畛，八窗玲瓏者也。

　　吾聞斯人，深入理窟，檀研囊筆，枯禪縛律。恐此物輩，不可復得。公其緹衣十襲，拂除蛛塵，明窗棐几，如見其人。《山谷全書·正集》卷一二。

七四　道臻師畫墨竹序

　　墨竹出於近世，不知其所師承。

　　初，吳道子作畫，超其師楊惠之。於山川崖谷，遠近形勢，虎豹蛇龍，至於蟲蛾草木之四時，日月列星風雨水火雷霆之神物，軍陳戰鬬斬馘奔北之象，運筆作券，不加丹青，已極形似。故世之精識博物之士，多藏吳生墨本，至俗子乃街丹青耳。意墨竹之師，近出於此。

　　往時天章閣待制燕肅，始作生竹，超然免於流俗。近世集賢校理文同，遂能極其變態，其筆墨之運，疑鬼神也。韓退之論張長史喜草書，不治它技。所遇於世，存亡得喪，亡聊不平，有動於心，必發於書；所觀於物，千變萬化，可喜可愕，必寓於書。故張之書，不可端倪，以此終其身而名後世。與可之於竹，殆猶張之於書也。

　　嘉州石洞講師道臻，刻意尚行，欲自振於澒洞之波，故以墨竹目名。然臻過與可之門而不入其室，何也？夫吳生之超其師，得之於心也，故無不妙；張長史之不治它技，用智不分也，故能入於神。夫心能不牽於外物，則其天守全，萬物森然出於一鏡，豈待含墨吮筆槃礴而後爲之哉！

　　故余謂臻：欲得妙於筆，當得妙於心。臻問心之妙，而余不能言。有師範道人出於成都六祖，臻可持此往問之。《山谷全書·正集》卷一五。

七五　與王庠周彥書（節錄）

　　見東坡《書黃子思詩卷後》，論陶謝詩、鍾王書，極有理，嘗見之否？孫伯遠善論文章之美惡，嚴君可長在筆下，公能致此二士館之，當有得耳。《山谷全書·正集》卷一八。

七六　與宜春朱和叔

承頗留意於學書，修身治經之餘，誠勝他習。然要須古人爲師，筆法雖欲清勁，必以質厚爲本。

古人論書，以沈着痛快爲善。唐之書家，稱徐季海書如怒猊抉石、渴驥奔泉，其大意可知。凡書之害，姿媚是其小疵，輕佻是其大病。直須落筆一一端正，至於放筆，自然成行，草則雖草，而筆意端正。最忌用意裝綴，便不成書。《山谷全書·正集》卷一九。

七七　寫真自讚（一）

余往歲登山臨水，未嘗不諷詠王摩詰輞川別業之篇，想見其人，如與並世。故元豐間作"能詩王右轄"之句，以嘉素寫寄舒城李伯時，求作右丞像。此時與伯時未相識，而伯時所作摩詰，偶似不肖，但多髯爾。今觀秦少章所蓄畫像，甚類而瘦，豈山澤之儒，故應臞哉？少章因請余自讚。讚曰：

飲不過一瓢，食不過一箪，田夫亦不改其樂，而夫子不謂之能賢，何也？顏淵當首出萬物，而奉以四海九州，而享之若是，故曰"人不堪其憂"。若余之於山澤，魚在深藻，鹿得豐草。伊其野性則然，蓋非抱沈陸之屈，懷迷邦之寶。既不能詩成無色之畫，畫出無聲之詩，又白首而不聞道，則奚取於似摩詰爲！若乃登山臨水，喜見清揚，豈以優孟爲孫叔敖，虎賁似蔡中郎者耶！《山谷全書·正集》卷二二。

七八　跋王荊公書陶隱居墓中文

熙寧中，金陵、丹陽之間，有盜發冢，得隱起磚於冢中，識者買得之，讀其書，蓋山中宰相陶隱居墓也。其文尤高妙，王荊公常誦之，因書於金陵天慶觀齋房壁間，黃冠遂以入石。

予常欲摹刻於棗道，有李祥者聞之，欣然礱石來請。斯文既高妙，而王荊公書法奇古，似晉宋間人筆墨，此固多聞廣見者之所欲得也。

李君字聖祺，棗道人，喜炎黃岐雷之書，嗜好酸鹹，與世殊絕。常從軍，得守國子四門助教。歸而杜門，家有山水奇觀，教諸子讀書而宴居，自從其所好。不喜俗人，一再見輒罵絕之。此孟子所謂"有所不爲"者也。《山谷全書·正集》卷二五。

七九　跋王荊公惠李伯牖錢帖

此帖是唐輔文初捐館時也。荊公不甚知人疾痛苛癢，於伯牖有此賻恤，非常之賜也。及伯庸以疾棄官歸金陵，又借官屋居之，間問其饑寒。以釋氏論之，似是宿債也。《山谷全書·正集》卷二五。

八〇　跋秦氏所置法帖

巴蜀自古多奇士，學問文章、德慧權略，落落可稱道者，兩漢以來蓋多，而獨不聞解書。至於諸葛孔明，拔用全蜀之士，略無遺材，亦不聞以善書名世者。此時方右武，人不得雍容筆研，亦無足怪。

唐承晉、宋之俗，君臣相與論書，以爲能事，比前世爲甚盛，亦不聞蜀人有善書者，何哉？

東坡居士出於眉山，震輝中州，蔚爲翰墨之冠。於是兩川稍稍能書，然其風流不被於巴東。黔安又斗絶入蠻夷中，頗有以武功顯者，天下一統蓋百餘年，而文士終不競。

黔人秦子明，魁梧，喜攻伐，其自許不肯出趙國珍下，不可謂黔中無奇士也。子明常以里中兒不能書爲病，其將兵於長沙也，買石摹刻長沙僧寶月古法帖十卷，謀舟載入黔中，壁之黔江之紹聖院，將以驚動里中子弟耳目，他日有以書顯者，蓋自我發之。

予觀子明欲變里中之俗，其意甚美，書字蓋其小小者耳。他日當買國子監書，使子弟之學務實求是；置大經論，使桑門道人皆知經禪；則風俗以道術爲根源，其波瀾枝葉乃有所依而建立。古之能書者多矣，磨滅不可勝紀，其傳者必有大過於人者耳。

子明名世章，今爲左藏庫副使、東南第八將。紹聖院者，子明以軍功得請於朝，爲陣亡戰士追福所作佛祠也。刻石者潭人湯正臣，父子皆善摹刻，得於手而應於心，近古人用筆意云。《山谷全書·正集》卷二五。

八一　書贈宗室景道

余與宗室越宮有葭莩，故曩時與宣州院公壽、景珍，嘗共文酒之樂，此時景道已能著帽在傍。今日相見，景道頎然立於朝班，予則將老矣。每懷公壽、景珍，則見宣州子弟而慨然。

景道乞余小字學書，余書不足學也。此紙卷是余溫故之餘，忠信孝友之說，景道喜觀字畫乎，則亦尋繹此文，於行己保家、奉公報國，有會心處，將力行之，尚不負余懷公壽、景珍之心。《山谷全書·正集》卷二五。

八二　題韓忠獻詩杜正獻草書

杜子美一生窮餓，作詩數千篇，與日月爭光。永州僧懷素學草書，坐臥想成，筆畫三十年，無完衣被，乃得自名一家。死者不可作，今觀尚書令韓忠獻公詩，太師杜正獻公作草，安用忍如許窮餓！《山谷全書·正集》卷二五。

八三　跋東坡論筆

東坡平生喜用宣城諸葛家筆，以爲諸葛之下者，猶勝他處工者。平生書字，每得諸葛筆，則宛轉可意，自以謂筆論窮於此。見几研間有棗核筆，必嗤誚，以爲今人但好奇尚異，而無入用之實。然東坡不善雙鉤懸腕，故書家亦不伏此論。《山谷全書·正集》卷二六。

八四　跋東坡書《遠景樓賦》後

東坡書隨大小真行，皆有斌媚可喜處。今俗子喜譏評東坡，彼蓋用翰林侍書之繩墨尺度，是豈知法之意哉！

余謂東坡書，學問文章之氣鬱鬱芊芊，發於筆墨之間矣，所以他人終莫能及爾。《山谷全書·正集》卷二六。

八五　書摹搨東坡書後

此書摹搨出於拙手，似清狂不慧人也。藏書務多，而不精別，此近世士大夫之所同病。

唐彥猷得歐陽率更書數行，精思學之，彥猷遂以書名天下。近世榮咨道費千金，聚天下奇書，家雖有國色之姝，然好色不如好書也，而榮君翰墨居世不能入中品。以此觀之，在精而不在博也。《山谷全書·正集》卷二六。

八六　跋僞作東坡書簡〔一〕

此帖安陸張夢得簡，似是丹陽高述僞作，蓋依旁《糟薑山芋帖》爲之，然語意筆法，皆不升東坡之堂也〔二〕。高述、潘岐皆能膺作東坡書。

余初猶恐《夢得簡》是真跡，及熟觀之，數篇皆假託耳。少年輩不識好惡乃如此。東坡先生晚年書尤豪壯，挾海上風濤之氣，尤非他人所到也。《山谷全書·正集》卷二六。

〔一〕簡：原無，據四部叢刊影印宋刻本《豫章黃先生文集》補。
〔二〕皆：原作"非"，據同上改。

八七　跋爲王聖予作字

老夫病眼昔，不能多作楷，而聖予求予正書，與兒子作筆法。試書此，初不能成楷，目前已有墨花飛墜矣。

然學書之法乃不然，但觀古人行筆意耳。三右軍初學衛夫人小楷，不能造微入妙，其後見李斯曹喜篆、蔡邕隷八分，於是楷法妙天下。張長史觀古鐘鼎銘科斗篆，而草聖不愧右軍父子。《山谷全書·正集》卷二六。

八八　書繪卷後

少年以此繒來乞書，渠但聞人言老夫解書，故來乞爾〔一〕，然未必能別功楛也。

學書要須胸中有道義，又廣之以聖哲之學，書乃可貴。若其靈府無程，政使筆墨不減元常、逸少，只是俗人耳。

余嘗爲少年言："士大夫處世可以百爲，唯不可俗，俗便不可醫也。"或問不俗之狀，老夫曰："難言也。視其平居無以異於俗人，臨大節而不可奪，此不俗人也。平居終日，如含瓦石，臨事一籌不畫，此俗人之。雖使郭林宗、山巨源復生，不易吾言也。"《山谷全書·正集》卷二六。

〔一〕乞：原作"也"，據四部叢刊影印宋刻本《豫章黃先生文集》改。

八九　跋自臨東坡《和陶淵明詩》

此書既以遺荆州李翹叟，既而亡其本。復從翹叟借來，未謄本，輒爲役夫田清盜去，賣與龍安寺千部院僧。盜事覺，追取得之，復歸翹叟。翹叟屢索此卷，恐爲人盜去，余殊謂不然，乃果見盜。

夫不疑於物，物亦誠焉，翹叟一動其心，遂果被盜。昔季康子患盜，孔子曰："苟子之不欲，雖賞之不竊。"誠然哉！《山谷全書·正集》卷二六。

九〇　跋自所書《與宗室景道》

昌州使君景道，宗室之秀也。往余與公壽、景珍遊，時景道方爲兒童嬉戲，今頎然在朝班。思公壽、景珍不得見，每見景道，尚有典刑。

宣州院諸公多學余書，景道尤喜余筆墨，故書此三幅遺之。翰林蘇子瞻，書法娟秀〔一〕，雖用墨太豐，而韻有餘，於今爲天下第一。余書不足學，學者輒筆軟無勁氣。今乃捨子瞻而學余，未爲能擇術也〔二〕。

適在慧林爲人書一文字試筆墨，故遣此，不別作記。《山谷全書·正集》卷二六。

〔一〕娟：原作"媚"，據四部叢刊影印宋刻本《豫章黃先生文集》改。
〔二〕"未"下原衍"知"字，據《宋四家真跡》影印墨跡刪。

九一　跋與徐德修草書後

錢穆父、蘇子瞻皆病予草書多俗筆。蓋予少時學周膳部書，初不自癈，以故久不作草。數年來猶覺渳被塵埃氣未盡，故不欲爲人書。

德修來乞草書，至十數請，而無倦色慍語，今日試爲之，亦自未滿意也。德修持此紙來乞書，又爲予作墨汁，予以燭下眼痛，未能下筆。又送高麗墨三丸，皆六年隨貢使精品也。

德修耽玩筆墨，甚於嗜欲，其爲求予書，乃能頓捨世間深重恩愛，此與楚文之昌歜、屈到之芰、點也之羊棗何異哉！德修捨所愛而逐所愛，猶是放一拈一者也。雖然，予得墨而喜，亦捨其沐猴者歟！《山谷全書·正集》卷二六。

九二　書自作草後

舊爲陳誠老作此書，不知乃歸楊廣道已數年。余謫黔南，道出尉氏，廣道時以相訪，茫然似不出余手。梵志所謂吾猶昔人非昔人者邪！

紹聖甲戌，在黃龍山中，忽得草書三昧，覺前所作太露芒角。若得明窗净几，筆墨調利，可作數千字不倦，但難得此時會耳。《山谷全書·正集》卷二六。

九三　自評元祐間字

往時王定國道余書不工。書工不工，是不足計較事，然余未嘗心服。由今日觀之，定國之言誠不謬，蓋用筆不知禽縱，故字中無筆耳。字中有筆，如禪家句中有眼，非深解宗趣，豈易言哉！《山谷全書·正集》卷二六。

九四　書贈福州陳繼月

東坡先生云："大字難於結密而無間，小字難於寬綽而有餘。"寬綽而有餘，如《東方朔畫像讚》《樂毅論》《蘭亭禊事詩叙》、先秦古器科斗文字。結密而無間，如焦山崩崖《瘞鶴銘》、永州磨崖《中興頌》、李斯嶧山刻秦始皇及二世皇帝詔。

近世兼二美，如楊少師之正書行草，徐常侍之小篆，此雖難爲俗學者言，要歸畢竟如此。如人眩時，五色無主，及其神澄意定，青黃皂白亦自粲然。

學書時時臨摹，可得形似，大要多取古書細看，令入神，乃到妙處。唯用心不雜，乃是入神要路。《山谷全書·正集》卷二六。

九五　跋與張載熙書卷尾（一）

凡學書，欲先學用筆。用筆之法，欲雙鈎回腕，掌虛指實，以無名指倚筆則有力。

古人學書不盡臨摹，張古人書於壁間，觀之入神，則下筆時隨人意。

學字既成，且養於心中，無俗氣，然後可以作示人，爲楷式。

凡作字，須熟觀魏晉人書，會之於心，自得古人筆法也。

欲學草書，須精真書，知下筆嚮背，則識草書法，草書不難工矣。《山谷全書·正集》卷二六。

九六　跋與張載熙書卷尾（二）

《蘭亭禊飲詩叙》二本，前一本是都下人家用定武舊石刻摹入木板者，頗得筆意，亦可玩也。一本以門下蘇侍郎所藏唐人臨寫墨跡刻之成都者，中有數位極瘦勁不凡，東坡謂此本乃絕倫也。然此本瘦字時有筆弱，骨肉不相宜稱處，竟是常山石刻優爾。

共城張載熙，名家子，能官而好文，尤喜筆札，自以平生好余書，但見碑板，以予喜其兄弟，故以連州藤紙兩大軸來乞行草。會予遷入宜州城中，土木之功紛然作於前，不能有佳思，桂州人日日求去。窗間屏事書此，心手與筆俱不相得，譬如稗子畫沙上書耳〔一〕。《山谷全書·正集》卷二六。

〔一〕按此文自"共城張載熙"以下，與前段內容不屬，四部叢刊影印宋刻本《豫章黃先生文集》卷十另爲一篇，題作《書自草書古樂府後》。

九七　跋與張熙載書卷尾（三）

老夫久不觀陶、謝詩，覺胸次愊塞，医學書盡此卷，覺沉瀣生於牙頰間也。杜子美云："安得思如陶謝手，令渠述作與同遊。"真知言哉！

一日飲屠蘇，頗有書興，案上有墨瀋而佳筆莫在，因以三錢雞毛筆書此卷。由知者觀之，在手不在筆哉！《山谷全書·正集》卷二六。

九八　跋舊書詩卷

建中靖國元年十二月甲子觀此詩卷，筆意癡鈍，用筆多不到，亦自喜中年來書字稍進爾。星家言："六十二不死，當壽八十餘。"審如此，真當以善書名四海〔一〕。《山谷全書·正集》卷二六。

〔一〕文末原注："先生乙酉生，乙酉歲終。"

九九　論黔州時字

元符二年三月十三日，步自張園看酴醾回，燭下試宣城諸葛方散卓，覺筆意與黔州時書李太白《白頭吟》筆力，同中有異，異中有同。後百年如有別書者，乃解余語耳。

張長史折釵股，顏太師屋漏法，王右軍錐畫沙、印印泥，懷素飛鳥出林、驚蛇入草，索靖銀鈎蠆尾，同是一筆，心不知手，手不知心法耳。若有心與能者爭衡，後世不朽，則與書藝工史輩同功矣。《山谷全書·正集》卷二六。

一〇〇　跋湘帖羣公書

李西臺出羣拔萃，肥而不賸肉，如世間美女，豐肌而神氣清秀者也，但摹手或失其筆意，可恨耳。宋宣獻富有古人法度，清瘦而不弱，此亦古人所難。蘇子美、蔡君謨皆翰墨之豪傑也。歐陽文忠公頗於筆中用力，乃是古人法，但未雍容耳。徐鼎臣筆實而字畫勁，亦似其文章，至於篆則氣質高古，與陽冰並驅爭先也。《山谷全書·正集》卷二六。

一〇一　跋五宰相書

潘侯嘗侍伯恭學士南北官守，故多得貴人書帖藏於家。昔有道人禁人競渡不行，舟中有人視之嘻笑者。道人曰："此舟中人有道術，夜當報我。"乃謁縣令，置牀卧，而借縣印懸其上。中夜有聲硁然，至縣印而止。

夫縣印能禍福百里，尚可以却不祥，況五宰相書邪！潘侯謹藏之而已。《山谷全書·正集》卷二六。

一〇二　跋常山公書（一）

往時士大夫，罕能道宣獻書札之美者。前日裕陵遊心藝文，頗歸翰墨於宋氏，於是天下靡然承風，牆隅敗紙、蛛絲煤尾之餘，無不軸以象玉，表以綈錦。

士大夫書尺間，班班皆有筆勢。老杜云："太宗妙其書，是以數子至。"有味其言也。《山谷全書·正集》卷二六。

一〇三　跋常山公書（二）

近世士大夫書，富有古人法度，唯宋宣獻公耳。如前翰林侍書王著書《樂毅論》及周興嗣《千字》〔一〕，筆法圓勁，幾似徐會稽，然病在無韻。如宣獻公能用徐季海策，莫年擺落右軍父子規摹，自成一家，當無遺恨矣！《山谷全書·正集》卷二六。

〔一〕"侍書"下原校："一作書藝。"

一〇四　跋常山公書（三）

常山公書如霍去病用兵，所謂顧方略如何耳，不至學孫、吳。至其得意處，乃如戴花美女，臨鏡笑春，後人亦未易超越耳。

紹聖五年五月晦，避暑瀘州大雲寺，子茂攜此書來，妄意評之如此。《山谷全書·正集》卷二六。

一〇五　跋蔡君謨帖

蔡君謨行書簡札，甚秀麗可愛。至於作草，自云得蘇才翁屋漏法，令人不解。

近見陳懶散草書數紙，乃真得才翁筆意。寒溪寢堂，待飯不至，饑時書板，殊無筆力。《山谷全書·正集》卷二六。

一〇六　跋舅氏李公達所寶二帖

蘇子美似古人筆勁，蔡君謨似古人筆圓，雖得一體，皆自到也。《山谷全書·正集》卷二六。

一〇七　跋周子發帖

王著臨《蘭亭序》《樂毅論》，補永禪師、周散騎《千字》，皆妙絕同時，極善用筆。若使胸中有書數千卷，不隨世碌碌，則書不病韻，自勝李西臺、林和靖矣。蓋美而病韻者王著，勁而病韻者周越，皆渠儂胸次之罪，非學者不盡功也。

顏太師稱張長史雖姿性顛佚，而書法極入規矩也〔一〕，故能以此終其身而名後世。如京洛間人，傳摹狂怪字，不入右軍父子繩墨者，皆非長史筆跡也。蓋草書法壞於亞栖也。《山谷全書·正集》卷二六。

〔一〕書：原作"盡"，據四部叢刊影印宋刻本《豫章黃先生文集》改。

一〇八　跋唐林夫帖

余於唐家子弟處，得林夫臨摹歐陽詢書帖，筆勁而秀潤，余以爲此林夫得意書也。坐客或不謂然。後於振之處得一帖，形體皆是，殊乏神氣，然後頗以余爲知言。

此數帖，工拙相半，可收藏者，政以知用筆，是眾所不及處。《山谷全書·正集》卷二六。

一〇九　題王荆公書後

王荆公書字得古人法，出於楊虛白。虛白自書詩云："浮世百年今過半，校他蘧瑗十年遲。"荆公此二帖近之。

往時李西臺喜學書，題少師大字壁後云："枯杉倒檜霜天老，松煙麝煤陰雨寒。我亦生來有書癖，一回入寺一回看。"西臺真能賞音。今金陵定林寺壁，荆公書數百字，未見賞音者。《山谷全書·正集》卷二六。

一一〇　跋三伯祖寶之書

檀敦禮携此書來，云是蔡君謨書。觀其筆意，非君謨也；考其官，論其世，非君謨也。

君謨作小字，真行殊佳，至作大字甚病。故東坡云："君謨小字，愈小愈妙；曼卿大字，愈大愈奇。"此大字豪勁，疑是三伯祖寶之書〔一〕，所謂"江南黃茂先，江北段少連"者也。君謨未嘗仕王府，而寶之常作宮邸教官，語意近之。《山谷全書·正集》卷二六。

〔一〕"三伯祖"下原衍一"祖"字，據四部叢刊影印宋刻本《豫章黃先生文集》刪。

一一一　跋王才叔書

王才叔兄弟皆喜作大字，魁梧壅腫，乃以筆力豪壯爲主。范中濟、中潛書，蓋其季孟也。

人各自有時，當治平之元，才叔筆墨，字價千金；蔡君謨書，不直一錢。東方生云："用之則爲虎，不用則爲鼠。"豈不信矣哉！《山谷全書·正集》卷二六。

一一二　跋米元章書

余嘗評米元章書，如快劍斫陣，強弩射千里，所當穿徹，書家筆勢亦窮於此。然似仲由，未見孔子時風氣耳。《山谷全書·正集》卷二六。

一一三　跋三晉卿書

余嘗得蕃錦一幅，團窠中作四異物，或無手足，或多手足，甚奇怪，以爲書囊，人未有能識者。

今觀晉卿行書，頗似蕃錦，其奇怪非世所學，自成一家。《山谷全書·正集》卷二六。

一一四　跋李康年篆

予嘗論：二王以來，書藝超軼絕塵，惟顏魯公、楊少師，相望數百年，若親見逸少。又知得於手而應於心，乃輪扁不傳之妙。賞會於此，雖歐、虞、褚、薛，政須北面爾。自爲此論，雖平生翰墨之友聞之，亦憮然瞠若而已。晚識子瞻，評子瞻行書，當在顏、楊鴻鴈行，子瞻極辭謝不敢。雖然，子瞻知我不以勢利交之而爲此論。

李樂道白首心醉六經古學，所著書，章程句斷，絕不類今時諸生。身屈於萬夫之下，而心亨於江湖之上。晚瘖籀篆，下筆自可意，直木曲鐵，得之自然。秦丞相斯、唐少監陽冰，不知去樂道遠近也，當是傳其家學。觀樂道字中有筆，故爲樂道發前論。

蔡君謨行書，世多毀之者，子瞻嘗推宗之，此亦不傳之妙也。《山谷全書·正集》卷二六。

一一五　書家弟幼安作草後

幼安弟喜作草，携筆東西家，動輒龍蛇滿壁，草聖之聲，欲滿江西。來求法於老夫。

老夫之書本無法也，但觀世間萬緣如蚊蚋聚散，未嘗一事橫於胸中，故不擇筆墨，遇紙則書，紙盡則已，亦不計較工拙與人之品藻譏彈。譬如木人，舞中節拍，人歎其工，舞罷則又蕭然矣。幼安然吾言乎？《山谷全書·正集》卷二六。

一一六　跋西園草書

西園草書，如散聖説禪，人不易識；苕逢本分，鉗鎚百雜碎。《山谷全書·正集》卷二六。

一一七　跋淡墨碑銘

古人作《蘭亭叙》《孔子廟堂碑》，皆作一淡墨本，蓋見古人用筆回腕餘勢；若深墨本，但得筆中意耳。

今人但見深墨本收盡鋒芒，故以舊筆臨倣，不知前輩書初亦有鋒鍔，此不傳之妙也。《山谷全書·正集》卷二六。

一一八　題傳神

道是魯直也得，道不是魯直也得。道似魯直也得，道不似魯直也得。世間八萬四千，究竟誰分皂白。《山谷全書·正集》卷二六。

一一九　跋范文正公帖

范文正公書，落筆痛快沈著，極近晉宋人書。往時蘇才翁筆法妙天下，不肯一世人，惟稱文正公書與《樂毅論》同法。

余少時得此評，初不謂然，以謂才翁傲睨萬物，眾人皆側目，無王法必見殺也；而文正待之甚厚，愛其才而忘其短也，故才翁評書少曲董狐之筆耳。老年觀此書，乃知用筆實處是其最工。大概文正妙於世故，想其鈎指回腕，皆優入古人法度中。

今士大夫喜書，當不但學其筆法，觀其所以教戒故舊親戚，皆天下長者之言也。深愛其書，則深味其義，推而涉世，不爲吉人志士，吾不信也。《山谷全書·正集》卷二六。

一二〇　跋范文正公書《伯夷頌》

范文正公書《伯夷頌》，極得前人筆意。蓋正書易爲俗，而小楷難於清勁有精神。如斯人，不必以書立名於來世也，然翰墨乃工如此。蓋喜多能，雖大賢不免焉。《山谷全書·正集》卷二六。

一二一　跋范文正公詩

范文正公在當時諸公間第一品人，故余每於人家見尺牘寸紙，未嘗不愛賞彌日，想見其人。所謂"先天下之憂而憂，後天下之樂而樂"，此文正公飲食起居之間先行之，而後載於言者也。《山谷全書·正集》卷二六。

一二二　跋种六諫墨跡

种明逸天下高士，郭有道之流輩也。使其翰墨無以過人，得其遺跡，猶可想其風度，況筆精墨妙邪！《山谷全書·正集》卷二六。

一二三　跋江記注墨跡

往時見歐陽永叔、梅聖俞、石曼卿、蘇子美詩，善稱道江鄰幾，常想見其人。後二十餘年，乃得與起居君之孫端禮季共遊。季共甚藝而強於學，蓋前人之風聲氣習猶在也。今又得起居遺墨觀之，忠厚之氣藹然，江氏當寶傳之。《山谷全書·正集》卷二六。

一二四　題所書杜子美小詩後

荆州孫惇夫，以幕客攝領涪州，郡中蕭然，徐察之，事事修舉，他日正官未必能爾也。爲留兩日，恨識之晚。以卷軸求書〔一〕，一旦爲書三軸。

此一卷起士腦灘下，至酆都而畢。余舊作《薦士》詩云："挽士不能寸，推去輒數尺。才難不其然，有亦未易識。"亦並寄於此。《山谷全書·正集》卷二六。

〔一〕求：原作"來"，據四部叢刊影印宋刻本《豫章黄先生文集》改。

一二五　書《天姥吟》遺馮才叔

河南馮才叔，雖與無一日之雅，而往作象郡太守，而予之同祖蕭氏妹，爲其夫棄之象，而薄遊湖湘江淮，踰年不歸，並蕭之所生母餓於象，女弟刺繡履襪以養其姑〔一〕。久之，兄弟奔竄，不能來顧省之。

崇寧之元，乃自象州取而歸，云："非得馮太守，則爲嶺表之餒魂矣。"故予雖未識才叔，已心許之爲急難之友矣。才叔以此紙來乞書，因爲書太白《天姥吟》豪壯之語遺之。《山谷全書·正集》卷二六。

〔一〕襪：原作"抹"，據文淵閣四庫全書本改。

一二六　書徐德占題壁後

豫章有二豪傑，雷霆一世，世父長善，外兄徐德占，相望五十餘年，舅甥略相似。長善以文章，德占以才略，出於深山窮谷，而揭日月於萬夫之上。長善年三十二，德占年四十，大命賞傾，使人短氣。

予過宿章明揚追遠堂下，觀德占字，雖一時戲笑語，猶彷彿見其忠厚之氣。《山谷全書·正集》卷二六。

一二七　題太宗皇帝御書

熙陵以武定四方，載櫜弓矢。文治之餘，垂意翰墨，妙盡八法，當時士大夫皆親承指畫。嘗稱獎忠懿王筆法入神品，中外書學不能出其右。仰觀英鑑，大不可誣。《山谷全書·正集》卷二七。

一二八　跋蘭亭（一）

王右軍《禊飲序》草，號稱最得意書，宋齊以來，似藏在秘府，士大夫間未聞稱述，豈未經大盜兵火時，蓋有墨跡在《蘭亭》右者？及蕭氏、宇文焚蕩之餘，千不存一。永師晚出，所見妙跡唯有《蘭亭》，故為虞、褚輩道之。所以太宗求之百方，期於必得。其後公私相盜，今竟失之。書家晚得定武石本，蓋髣髴存古人筆意耳。《山谷全書·正集》卷二七。

一二九　跋《蘭亭》（二）

《蘭亭序》草，王右軍平生得意書也。反復觀之，略無一字一筆不可人意。摹寫或失之肥瘦，亦自成妍。要各存之以心，會其妙處爾。《山谷全書·正集》卷二七。

一三〇　跋《蘭亭》（三）

《蘭亭》雖是真行書之宗，然不必一筆一畫以為準。譬如周公、孔子不能無小過，過而不害其聰明睿聖，所以為聖人。

不善學者，即聖人之過處而學之，故蔽於一曲。今世學《蘭亭》者多此色。魯之閉門者曰："吾將以吾之不可，學柳下惠之可。"可以學書矣。《山谷全書·正集》卷二七。

一三一　書右軍帖後

曹蜍、李志輩，書字政與右軍父子爭衡，然不足傳也。所謂敗筆片紙，皆傳數百歲，特存乎其人耳。《山谷全書·正集》卷二七。

一三二 書右軍《文賦》後

余在黔南，未甚覺書字綿弱。及移戎州，見舊書多可憎，大概十字中有三四差可耳。今方悟古人沈著痛快之語，但難爲知音爾。

李翹叟出褚遂良臨右軍書《文賦》，豪勁清閏，真天下之奇書也。山谷題〔一〕。《山谷全書·正集》卷二七。

〔一〕山谷題：原無，據《式古堂書畫彙考》卷七補。

一三三 題《瘞鶴銘》後

右軍嘗戲爲龍爪書，今不復見。余觀《瘞鶴銘》，勢若飛動，豈其遺法邪？

歐陽公以魯公書《宋文真碑》得《瘞鶴銘》法，詳觀其用筆意，審如公説。《山谷全書·正集》卷二七。

一三四 題《樂毅論》後

予嘗戲爲人評書云："小字莫作癡凍蠅，《樂毅論》勝《遺教經》，大字無過《瘞鶴銘》。隨人作計終後人，自成一家始逼真。"然適作小楷，亦不能擺脱規矩。客曰："子何捨子之凍蠅，而謂人凍蠅？"予無以應之。固知書雖棋鞠等技，非得不傳之妙，未易工也。《山谷全書·正集》卷二七。

一三五 題《東方朔畫讚》後

予嘗觀《東方畫贊》墨跡，疑是吳通微兄弟書，然不敢質也。遣筆結字，極似通微書《黃庭外景》也。如佛頂石刻，止是經生書，不可引與同列矣。《山谷全書·正集》卷二七。

一三六 題《洛神賦》後

予嘗疑《洛神賦》非子敬書，然以字學筆力去之甚遠，不敢立此論。及今觀之，宋宣獻公、周膳部少加筆力，亦可及此。《山谷全書·正集》卷二七。

一三七 跋法帖（一）

書孔明對劉玄德語，章草法甚妙，不知與王中令書先後，要皆爲妙墨。蓋融會張芝、索靖兩家，骨肉豐殺，略相宜爾。《山谷全書·正集》卷二七。

一三八　跋法帖（二）

蔡琰《胡笳引》自書十八章，極可觀，不謂流落，僅餘兩句，亦似斯人身世邪！《山谷全書·正集》卷二七。

一三九　跋法帖（三）

鍾繇書，大小世有數種，余特喜此小字，筆法清勁，殆欲不可攀也。觀史孝岑《出師頌》數頁，頗得草法。蓋陶冶草法，悉自小篆中來。《山谷全書·正集》卷二七。

一四〇　跋法帖（四）

山公啟論人，其言誠有味哉！《山谷全書·正集》卷二七。

一四一　跋法帖（五）

余觀凝之字法最密，恨不多見。《山谷全書·正集》卷二七。

一四二　跋法帖（七）

索征西筆短意長，誠不可及。長沙古帖中有《急就章》數十字，劣於此帖。今人作字，大概筆多而意不足。《山谷全書·正集》卷二七。

一四三　跋法帖（八）

智果善學書，合處不減古人，然時有僧氣，可恨。羊欣書舉止羞澀。蕭衍老翁亦善評書也。《山谷全書·正集》卷二七。

一四四　跋法帖（九）

宋儋筆墨精勁，但文詞蕪穢，不足發其書。子瞻嘗云："其人不解此狡獪，書便不足觀。"至如儋書畫，不可棄也。《山谷全書·正集》卷二七。

一四五　跋法帖（一○）

王僧虔書畫既佳，論薦謝憲極有理。《山谷全書·正集》卷二七。

一四六　跋法帖（一一）

王侍中學鍾繇絕近，真行皆妙，如此書乃可臨學。謝太傅墨跡，聞駙馬都尉李公照有之，不作姿媚態度，恨不見爾。若但如此卷中帖，去右軍父子間可著數人。《山谷全書·正集》卷二七。

一四七　跋法帖（一二）

衛中令《闕音敬帖》，近世草書不復敢望其藩也，此一章語亦佳。《山谷全書·正集》卷二七。

一四八　跋法帖（一三）

郗方回書，初不減王氏父子，誠不浪語。《山谷全書·正集》卷二七。

一四九　跋法帖（一五）

"知足下故羸疾，而冒暑遠涉"，"而"失一筆，"冒"多一筆。古帖或不可讀，類皆如此。《山谷全書·正集》卷二七。

一五○　跋法帖（一六）

"蔡公遂委篤〔一〕，又加癬下，日數十行"，觀此語，初和父所論疾證似是也。"當今人物眇然，而艱疾如此，令人短氣"，今年每讀此語，便復意寒。"足下時事少，可數來，主人相尋"以下十一行，語鄙，字畫亦不韻，非右軍簡札灼然〔二〕，不知那得濫吹阿堵中。此卷中"伯趙鳴而載陰，爽鳩習而揚武"，與"儻因行李，願存故舊"，皆鄙語，非右軍意，書札亦相去遠甚。《山谷全書·正集》卷二七。

〔一〕遂：原作"送"，據四部叢刊影印宋刻本《豫章黃先生文集》改。
〔二〕札：原作"禮"，據同上改。

一五一　跋法帖（一七）

"癰不即潰藥法"，書家疑非右軍。余愛其自成一體，其間有可恨，或是傳摹失真爾。《山谷全書·正集》卷二七。

一五二　跋法帖（一八）

此字與《東方朔畫讚》相似，而子瞻謂《畫讚》亦非右軍書。人間愛憎，常自不合，如退之、柳子厚論《鶡冠子》可知也。《山谷全書·正集》卷二七。

一五三　跋法帖（一九）

《昨遂不奉恨深》帖，有秦漢篆筆，中令自言"故應不同"，真不虛爾。中令書中有"相勞苦"語極佳，讀之了不可解者，當是牋素敗、逸字多爾，觀其可讀者，知其爾耳。《山谷全書·正集》卷二七。

一五四　跋法帖（二一）

"因夜行，忽復下，如欲作癬。"古方論無此疾名〔一〕。膠東初虞世和父云："癬讀爲滯。滯下若今人下利而更衣難者也。"此卷中尤作妙墨〔二〕，右軍父子真行略相當相抗爾。余嘗評書云"字中有筆，如禪家句中有眼"，直須具此眼者，乃能知之。《山谷全書·正集》卷二七。

〔一〕論：原作"小"，據四部叢刊影印宋刻本《豫章黃先生文集》改。
〔二〕四部叢刊影印宋刻本《豫章黃先生文集》自"此卷中"以下，另作一則。

一五五　跋法帖（二二）

余嘗論近世三家書云："王著如小僧縛律，李建中如講僧參禪，楊凝式如散僧入聖。當以右軍父子書爲標準。"觀予此言，乃知其遠近。《山谷全書·正集》卷二七。

一五六　跋法帖（二三）

大令草法殊迫伯英，淳古少可恨，彌覺成就爾。所以中間論書者，以右軍草入能品，而大令草入神品也。

余嘗以右軍父子草書比之文章，右軍似左氏，大令似莊周也。由晉以來，難得脫然都無風塵氣似二王者，惟顏魯公、楊少師髣髴大令爾。魯公書，今人隨俗，多尊尚之；少師書，口稱善而腹非也。欲深曉楊氏書，當如九方皋相馬，遺其玄黃牝牡乃得之。《山谷全書·正集》卷二七。

一五七　題《校書圖》後

唐右相閻君粉本《北齊校書圖》，士大夫十二員，執事者十三人，坐榻胡牀四，書卷筆研二十二，投壺一，琴二，懶几三，渚匜一，酒榼果楄十五。一人坐胡牀脫帽，方落筆，左右侍者六人，似書省中官長。四人共一榻，陳飲具：其一下筆疾書；其一把筆，若有所營構〔一〕；其一欲逃酒，爲一同舍挽留之，且使侍者著韈。兩榻對設，坐者七人：其一開卷；其一捉筆顧視，若有所訪問；其一以手拄頰，顧侍者行酒；其一抱膝坐酒旁；其一右手執卷，左手據揩頭；其一右手捉筆拄頰，左手開半卷；其一仰負懶几，左右手開書。筆法簡者不闕，煩者不亂，天下奇筆也。

右，故奉議郎、知富順監京兆宋元壽所藏，初得之滎陽盛孟適，蓋文肅公家舊物也。建中靖國元年二月甲午，江西黃庭堅自戎州來，將下荊州，泊丹漢東市，始識富順君之子兆吉長。觀此畫，嘆賞彌日，吉長舉以見惠，余不忍取，爲書其大概，使並藏之。此筆墨之妙，必待精鑑，乃出示之，廉者必不取，貪者必不與也。

趙潤甫家燭下書。《山谷全書·正集》卷二七。

〔一〕構：原無，據文淵閣四庫全書本補。

一五八　題《渡水羅漢》畫

右摹寫唐人畫《行脚僧渡水》。已渡而休，與泛濟而未及濟者，涉深水者，老憊極、少者扶持，幾欲不濟者，有臨流未涉者，有見險在前依石坐臥者，頗極其情狀。明窗凈几，散髮解衣而縱觀之，亦是幻法中無真假。

往在都時，馮當世有此畫本，是古人創業縑素也，題云王右丞畫《渡水羅漢》。余爲題云："阿羅漢皆具神通，何至拖泥帶水如此？使王右丞作羅漢畫如此，何處有王右丞邪？"當世不悅，爲余題破渠好畫。余曰："顧畫何如，豈因譽而完，因毀而破也？"《山谷全書·正集》卷二七。

一五九　跋浴室院畫六祖師

浴室院有蜀僧令宗畫達摩西來六祖師，人物皆妙絕。其山川草木、毛羽衣盂諸物，畫工能知之；至於人有懷道之容，投機接物，目擊而百體從之者，未易爲俗人言也。

此壁列於冠蓋之會，而湮伏不聞者數十年，得蜀人蘇子瞻乃發之，物不繫於世道興衰，亦有數如此。

此寺井泉甘寒，汶師碾建溪茶常不落第二。故人陳季常，林下士也，寓棋簟於此，蘇子瞻、范子功數來從之，故余過門，必稅駕焉。元祐三年魯直題〔一〕。《山谷全書·正集》卷二七。

〔一〕"元祐三年"句原無，據明茅維編《蘇文忠公全集》卷七一《書魯直浴室題名後》附錄補。

一六〇　題《七才子畫》

眉山老書生作此《七才子入關圖》，作人物亦各有意態，余以爲趙子雲之苗裔，摹寫物象漸密，而放浪閒遠則不逮也。

或謂七人者皆詩人，此筆乃少丘壑邪？山谷曰：一丘一壑，自須其人胸次有之，但筆間那可得？《山谷全書·正集》卷二七。

一六一　題濟南《伏勝圖》

御史晁大夫號爲峭直刻深，觀所寫形質似未至也。然作伏勝，宛然故齊之老書生耳。又作勝女子，鬱然是儒家子，此亦丹青之妙。《山谷全書·正集》卷二七。

一六二　題趙公祐畫

黔川吕太淵藏此畫，以爲趙公祐畫也。以余觀之，誠妙於筆，非俗工所能辦也。

余初未嘗識畫，然參禪而知無功之功，學道而知至道不煩，於是觀圖畫悉知其巧拙工俗，造微入妙，然此豈可爲單見寡聞者道哉！《山谷全書·正集》卷二七。

一六三　題摹《鎖諫圖》

陳元達，千載人也，惜乎創業作畫者，胸中無千載韻耳。吾友馬中玉云："《鎖諫圖》規摹病俗人物非不足也。"以余考之，中玉英鑑也，使元達作此觜鼻，豈能死諫不悔哉！然畫筆亦入能品，不易得也。《山谷全書·正集》卷二七。

一六四　題摹燕郭尚父圖

凡書畫當觀韻。往時李伯時爲余作李廣奪胡兒馬，挾兒南馳，取大黃弓引滿以擬追騎，觀箭鋒所直發之，人馬皆應弦也。伯時笑曰："使俗子爲之，當作中箭追騎矣。"

余因此深悟畫格，此與文章同一關紐，但難得人入神會耳。《山谷全書·正集》卷二七。

一六五　題《明皇真妃圖》

此圖是名畫，言少時摹取關中舊畫人物相配合作之。故人物雖有佳處，而行布無韻，此畫之沈痾也。《山谷全書·正集》卷二七。

一六六　題《輞川圖》

王摩詰自作《輞川圖》，筆墨可謂造微入妙。然世有兩本，一本用矮紙，一本用高紙。意皆出摩詰不疑，臨摹得人，猶可見其得意於林泉之髣髴。《山谷全書·正集》卷二七。

一六七　題洪駒父家《江干秋老圖》

此軸不必問畫手之工拙，開之廓然見漁父家風，使人已在塵埃之外矣。固知金華俞秀老一篇政在阿堵中，因書其左。《山谷全書·正集》卷二七。

一六八　書文湖州山水後

吳君惠示文湖州《晚靄》橫卷，觀之歎息彌日。瀟灑大似王摩詰，而工夫不減關同。東坡先生稱與可下筆能兼衆妙，而不言其善山水，豈東坡亦未嘗見邪？

此畫初入手，心欲留玩數月乃歸之，會予遠竄宜州，亟遣光山之僕，自此往來予夢寐中耳。山谷老人題〔一〕。《山谷全書·正集》卷二七。

〔一〕"山谷"等五字原無，據《式古堂書畫彙考》卷四一補。

一六九　跋東坡論畫（一）

子瞻論畫語甚妙。比聞一僧藏蘇翰林十數帖，因病目，盡爲綠林君子以其摹本易去，故以予家兩古印款紙斷處。《山谷全書·正集》卷二七。

一七〇　跋東坡論畫（二）

陸平原之圖形於影，未盡捧心之妍；察火於灰，不睹燎原之實。故問道存乎其人，觀物必造其質，此論與東坡"照壁"語，託類不同而實契也。

又曰：情見於物，雖近猶疏；神藏於形，雖遠則密。是以儀天步晷而修短可量，臨淵揆水而淺深可測。此論則如語密而意疏，不如東坡得之濠上也。

雖然，筆墨之妙，至於心手不能相爲南北，而有數存焉於其間，則意之所在者，猶是國師天津橋南看弄胡孫，西川觀競渡處耳。

予嘗見吳生《佛入涅槃畫》，波旬皆作舞，而大波旬醞藉徐行，喜氣滿於眉宇之間，此亦得之筆墨之外。或有益於程氏，故並書之。《山谷全書·正集》卷二七。

一七一　書王荊公騎驢圖

荊公晚年刪定《字説》，出入百家，語簡而意深，常自以爲平生精力盡於此書。好學者從之請問，口講手畫，終席或至千餘字。

金華俞紫琳清老，嘗冠秃巾，衣掃塔服，抱《字説》追逐荊公之驢，往來法雲、定林，過八功德水，逍遙洿亭之上。龍眠李伯時曰："此勝事，不可以無傳也。"《山谷全書·正集》卷二七。

一七二　書劉壯輿《漫浪圖》

子劉子讀書數千卷，無不貫穿。能不以博爲美，而討求其言之從來，不可謂漫。未見古人，如將不得見；既見古人，曰"吾未能如古人也"，不可謂浪。年未四十，而其學日夜進，不可謂翁。《山谷全書·正集》卷二七。

一七三　題李伯時《憩寂圖》

或言子瞻不當目伯時爲前身畫師，流俗人不領，便是語病。伯時一丘一壑，不減古人，誰當作此癡計，子瞻此語是真相知。《山谷全書·正集》卷二七。

一七四　題李伯時畫天女

此天女者，意伯時作《華嚴》中善知識相爾。知命藏篋中數年，乃以贈金華俞清老。有所欲則富者取之，有所畏則貴者奪之，清老離此二病，則長有之。《山谷全書·正集》卷二七。

一七五　題李漢舉墨竹

如蟲蝕木，偶爾成文。吾觀古人繪事，妙處類多如此。所以輪扁斲車，不能以教其子。

近世崔白筆墨，幾到古人不用心處，世人雷同賞之，但恐白未肯耳。比來作文章，無出無咎之右者，便是窺見古人妙蹟。試以此示無咎。《山谷全書·正集》卷二七。

一七六　題文湖州《竹上鸜鵒》

建中靖國元年，發篋暴書畫，乃見文湖州之妻姪黃斌老所惠與可《竹上鸜鵒》，此所謂功刮造化窟者也。

文湖州《竹上鸜鵒》，曲折有思，觀者能言之，許渠具一隻眼。《山谷全書·正集》卷二七。

一七七　題崔白畫風竹上鸜鵒

風枝調調，鸜鵒翛翛，遷枝未安，何有於巢。崔生丹墨，盜造物機，後有識者，恨不同時。《山谷全書·正集》卷二七。

一七八　題東坡像

東坡先生天下士，嗟乎惜哉今蚤世，蠢蠢尚誚短人氣。《山谷全書　正集》卷二七。

一七九　跋畫山水圖

江山寥落，居然有萬里勢。老夫髮白矣，對此使人慨然。

古之得道者，以爲逃空虛無人之境，見似之者而喜矣。既自以心爲形役，奚惘悵而獨悲？會當摩挲雙井巖間苔石，告以此意。《山谷全書·正集》卷二七。

一八〇　題畫娘子軍胡騎後

神堯第三女，平陽柴氏主也。傾家貲招南山亡命，畫策授奴客，降知名賊四輩，勒兵七萬，與秦王會渭水上，開幕府，可謂天下健婦。

吾觀伯時妙墨，想見清渭照其軍容，神堯父子皆爲動色時也。《山谷全書·正集》卷二七。

一八一　跋仁上座《橘洲圖》

會稽仁上座作《橘洲圖》，余方自塵埃中來，觀此已有餘清。然古人作畫，若不作小李將軍真山真水，草木、樓臺、人物皆令如本，則須若荊浩、關同、李成，木石瘦硬，煙雲遠近，一以色取之，乃爲畢其能事。《山谷全書·正集》卷二七。

一八二 題惠崇《九鹿圖》

惠崇與寶覺同出於長沙，而覺妙於生物之情態，優於崇；至崇得意於荒寒平遠，亦翰墨之秀也。《山谷全書·正集》卷二七。

一八三 題燕文貴山水

《風雨圖》本出於李成，超軼不可及也。近世郭熙時得一筆，亦自難得。《山谷全書·正集》卷二七。

一八四 題陳自然畫

水意欲遠，鳧鴨閒暇，蘆葦風霜中，猶有能自持者乎！觀李營丘六幅《驟雨圖》，偶得此意。

陳君以佛畫名京師，戲作《秋水寒禽》，便可觀，因書以遺之。《山谷全書·正集》卷二七。

一八五 題徐巨魚

徐生作魚，庖中物耳，雖復妙於形似，亦何所賞，但令饞獠生涎耳。向若能作底柱析城，龍門岌嶪，驚濤險壯，使王鮪赤鱮之流，仰波而上泝，或其瑰怪雄傑，乘風霆而龍飛，彼或不自料其能薄，乘時射勢，不至乎中流折角點額，窮其變態，亦可以爲天下壯觀也。《山谷全書·正集》卷二七。

一八六 書士星畫

國初有賣藥叟高益，涿州人，因緣南衙事太宗，作《搜山圖》極工，遂待詔翰林中，畫相國寺行廊及崇夏寺殿壁，是名大高待詔。

後有蜀人高文進，以蜀俘至闕，亦待詔翰林中。時新作相國寺，命文進倣高益舊本，畫四廊佛變化相。大率都下佛宮道館，多文進筆，號爲兼備曹、吳采墨，是名小高待詔，今爲翰林畫工之宗。

此畫多蜀人筆法，亦傳是小高所作，落筆高妙，名不虛得也。《山谷全書·正集》卷二七。

一八七　題畫醉僧圖

醉李有狂僧，無日不飲酒。或戲與酒，令自作祭文，即應聲曰："惟靈生在閻浮提中，不貪不妒。愛喫酒子，倒街卧路。想汝直待生兜率陀天，爾時方斷得故，何以故？净土之中，無酒得酤。"《山谷全書·正集》卷二七。

一八八　題宗室大年永年畫（一）

調麝煤作花果殊難工，永年遂臻此，殊不易。然作朽蠹太多，是其小疵。《山谷全書·正集》卷二七。

一八九　題宗室大年永年畫（二）

往時宗室或以隸篆知名，今大年兄弟精於小筆，亹亹似諸李矣。《山谷全書·正集》卷二七。

一九〇　題宗室大年永年畫（三）

大年學東坡先生作小山叢竹，殊有思致，但竹石皆覺筆意柔嫩，蓋年少喜奇故耳。使大年耆老，自當十倍於此。若更屏聲色裘馬，使胸中有數百卷書，便當不愧文與可矣。《山谷全書·正集》卷二七。

一九一　題宗室大年永年畫（四）

大年兒戲，所謂書窗涴壁不能嗔者也。今其得意，遂與小李將軍争衡邪！《山谷全書·正集》卷二七。

一九二　題宗室大年永年畫（五）

荒遠閒暇，亦有自得意處。比之古人，但少豪壯及餘味爾。《山谷全書·正集》卷二七。

一九三　題宗室大年永年畫（六）

大年往時畜善舞錢娃於其家，而不沈於杯盎管絃。戲弄翰墨，亦是不爲富貴所埋没者邪！《山谷全書·正集》卷二七。

一九四　題宗室大年永年畫（七）

永年作狗，意態甚逼。遣翰林工，訖其草石。《山谷全書·正集》卷二七。

一九五　題宗室大年永年畫（八）

不敢畫虎，憂狗之似。故直作狗，人難我易。《山谷全書·正集》卷二七。

一九六　書吳無至筆

有吳無至者，豪士，晏叔原之酒客。二十年時，余屢嘗與之飲，飲間喜言士大夫能否，似酒俠也。今乃持筆刀行，賣筆於市。問其居，乃在晏丞相園東〔一〕。作無心散卓，小大皆可人意。

然學書人喜用宣城諸葛筆，著臂就案，倚筆成字，故吳君筆亦少喜之者。使學書人試提筆，去紙數寸書，當左右如意，所欲肥瘠曲直皆無憾，然則諸葛筆敗矣。許雲封說笛竹，陰陽不備，遇知音必破，若解此處，當知吳葛之能否。

元祐四年四月六日，門下後省食罷，胸中愊愊，須煮茶，試晁以道所作芫煤、吳君散卓，遂竟此紙。《山谷全書·正集》卷二七。

〔一〕在：原作"任"，據四部叢刊影印宋刻本《豫章黃先生文集》改。

一九七　書侍其瑛筆（一）

南陽張乂祖喜用郎奇棗心散卓〔一〕，能作瘦勁字。他人所繫筆多不可意。今侍其瑛秀才，以紫毫作棗心筆，含墨圓健〔二〕，恐乂祖不得獨貴郎奇而捨侍其也。筆無心而可書小楷，此亦難工，要是心得妙處耳。《山谷全書·正集》卷二七。

〔一〕乂：原作"义"，據四部叢刊影印宋刻本《豫章黃先生文集》改。下同。
〔二〕含：原作"合"，據同上改。

一九八　書侍其瑛筆（二）

宣城諸葛高三副，筆鋒雖盡，而心故圓，此爲有輪扁斲輪之妙。弋陽李展雞距，書蠅頭萬字而不頓，如庖丁發硎之刃。其餘雖得名於數州，有工輒有拙也。

今都下筆師如蝟毛，作無心棗核筆，可作細書，宛轉左右，無倒毫破其鋒，可告以諸葛高、李展者，侍其瑛也。瑛有思致，尚能進於今日也。《山谷全書·正集》卷二七。

一九九　書小宗香

南陽宗少文嘉遯江湖之間，援琴作金石弄，遠山皆與之同聲，其文獻足以配古人。孫茂深亦有祖風，當時貴人欲與之遊，不得，乃使陸探微畫像，掛壁觀之；聞茂深閉閣焚香，作此香饋之。時謂少文大宗，茂深小宗，故傳小宗香云。《山谷全書·正集》卷二七。

二〇〇　題絳本法帖（一）

心能轉腕，手能轉筆，書字便如人意。古人工書無他異〔一〕，但能用筆耳。

元豐八年夏五月戊申，趙正夫出此書於平原官舍，會觀者三人：江南石庭簡、嘉興柳子文、豫章黃庭堅。《山谷全書·正集》卷二八。

〔一〕工：原作"二"，據四部叢刊影印宋刻本《豫章黃先生文集》改。

二〇一　題絳本法帖（二）

自高宗以上，皆有鍾王典刑，當其妙處，殆欲編之王家二令書中，略無愧也。《山谷全書·正集》卷二八。

二〇二　題絳本法帖（三）

錢尚父書號稱當代入神品，比高宗翰墨，其中尚容十許人耳。《山谷全書·正集》卷二八。

二〇三　題絳本法帖（四）

予嘗評書："字中有筆，如禪家句中有眼。"至如右軍書，如《涅槃經》說伊字具三眼也。此事要須人自體會得，不可見立論便興諍也。《山谷全書·正集》卷二八。

二〇四　題絳本法帖（五）

王會稽初學書於衛夫人，中年遂妙絕古今。今人見衛夫人遺墨，疑右軍不當北面，蓋不知九萬里則風斯在下耳。《山谷全書·正集》卷二八。

二〇五　題絳本法帖（六）

　　右軍筆法，如孟子言性、莊周談自然，從説橫説，無不如意，非復可以常理待之。
《山谷全書·正集》卷二八。

二〇六　題絳本法帖（七）

　　右軍真行章草稿，無不曲當其妙處。往時書家置論，以爲右軍真行皆入神品，稿書乃入能品，不知憑何便作此語。政如今日士大夫論禪師，某優某劣，吾了不解。古人言："坐無孔子，焉別顔回？"真知言者。《山谷全書·正集》卷二八。

二〇七　題絳本法帖（八）

　　王氏書法以爲如錐畫沙，如印印泥，蓋言鋒藏筆中，意在筆前耳。承學之人，更用《蘭亭》"永"字以開字中眼目，能使學家多拘忌，成一種俗氣。要之右軍二言，羣言之長也。《山谷全書·正集》卷二八。

二〇八　題絳本法帖（九）

　　王令翰墨了無俗氣，平原塵土中夜開此書，如臨深登高，脱棄羈絡，魚鳥皆得人意妙處。《山谷全書·正集》卷二八。

二〇九　題絳本法帖（一〇）

　　謝太傅嘗問獻之："卿書何如君家尊？"獻之曰："固應不同。"論者多不爲然，彼欲與乃翁抗行，大似不遜。
　　余嘗評其書：右軍能父，中令能子，同時諸人，皆不能在此位也。《山谷全書·正集》卷二八。

二一〇　題絳本法帖（一一）

　　王中令人物高明，風流弘暢，不減謝安石；筆札佳處，濃纖剛柔，皆與人意會。貞觀書評，大似不公，去逸少不應如許遠也。《山谷全書·正集》卷二八。

二一一　題絳本法帖（一二）

伯英書小紙，意氣極類章書，精神照人，此翰墨妙絕無品者。《山谷全書·正集》卷二八。

二一二　題絳本法帖（一三）

鍾大理表章致佳，世間蓋有數本，肥瘠小大不同，蓋後來善臨搨本耳，要自皆有佳處。兩晉士大夫類能書，筆法皆成就，右軍父子拔其萃耳。

觀魏晉間人論事，皆語少而意密，大都猶有古人風澤，略可想見。論人物要是韻勝爲尤難得，蓄書者能以韻觀之，當得髣髴。《山谷全書·正集》卷二八。

二一三　題絳本法帖（一四）

宋、齊間士大夫翰墨頗工，合處便逼右軍父子，蓋其流風遺俗未遠，師友淵源，與今日俗學不同耳。《山谷全書·正集》卷二八。

二一四　題絳本法帖（一五）

宋儋書姿媚，尤宜於簡札，惜不多見。《山谷全書·正集》卷二八。

二一五　題絳本法帖（一六）

王、謝承家學，字畫皆佳，要是其人物不凡，各有風味耳。《山谷全書·正集》卷二八。

二一六　題絳本法帖〔一〕（一七）

觀王濛書，想見其人秀整，幾所謂毫髮無遺恨者。王荊公嘗自言學濛書。世間有石刻《南澗樓詩》者，似其苗裔，但不解古人所長，乃爾難到。《山谷全書·正集》卷二八。

〔一〕此條原與前條連屬，此據四部叢刊影印宋刻本《豫章黃先生文集》析爲另一條。

二一七　題絳本法帖（一八）

觀唐人斷紙餘墨，皆有妙處。故知翰墨之勝，不獨在歐、虞、褚、薛也。惟恃耳而疑目者，蓋難與共談耳。《山谷全書·正集》卷二八。

二一八　題絳本法帖（一九）

張長史《郎官廳壁記》，唐人正書無能出其右者，故草聖度越諸家，無轍跡可尋。懷素見顏尚書道張長史書意，故獨入筆墨三昧。《山谷全書·正集》卷二八。

二一九　題絳本法帖（二〇）

或傳顏公書得長史筆法。僧懷素見公，自矜得折釵股筆，顏公言："折釵股何如屋漏法？"懷素起捉公手云："老賊盡之矣！"

觀魯公《乞米》《乞鹿脯帖》《與郭令書》《祭姪文》，皆當與王中令鴈行耳。懷素草莫年乃不減長史，蓋張妙於肥，藏真妙於瘦，此兩人者，一代草書之冠冕也。《山谷全書·正集》卷二八。

二二〇　書《遺教經》後

《佛遺教經》一卷，不知何世何人書，或曰右軍羲之書。

黃庭堅曰：吾嘗評此書在楷法中小不及《樂毅論》爾，清勁方重，蓋度越蕭子雲數等。頃見京口斷崖中《瘞鶴銘》大字，右軍書，其勝處乃不可名貌，以此觀之，良非右軍筆畫也。若《瘞鶴碑》斷爲右軍書，端使人不疑。如歐、薛、顏、柳數公書，最爲端勁，然纔得《瘞鶴銘》髣髴爾。唯魯公《宋開府碑》，瘦健清拔，在四五間。《山谷全書·正集》卷二八。

二二一　跋《佛頂咒》

《佛頂咒》筆畫似鄭預《洛祠志》及《般若心經注》，然此書自縛規矩，不能略見筆妙，止是經生絕藝爾。觀書者當用此意求之。《山谷全書·正集》卷二八。

二二二　跋《續法帖》

往在館中，時於閣下一觀李懷琳臨右軍《絕交書》，大有奇特處。今觀此，十未得其二三。以此言之，十卷中大率皆如此。

又智永十八行判作右軍書，蕭子雲臨索征西書便判作靖書，此等難使鄭彰輩任其責。劉無言餞題便不類今人書，使之春秋高，江東又出一羊欣、薄紹之矣。《山谷全書·正集》卷二八。

二二三　題榮咨道家《廟堂碑》咨道名諿，號子雍

今世有好書癖者榮咨道，嘗以二十萬錢買虞永興《孔子廟堂碑》。予初不信，以問榮，則果然。後求觀之，乃是未劖去"大周"字時墨本，字猶有鋒鍔，但墨紙有少腐敗處耳。《山谷全書·正集》卷二八。

二二四　題張福夷家《廟堂碑》福夷名威

頃見摹刻虞永興《孔子廟碑》，甚不厭人意，意亦疑石工失真太遠。今觀舊刻，雖姿媚，而造筆之勢甚遒，固知名下無虛士也。

榮咨道嘗以二十萬錢買一碑，即此碑舊刻。其中闕字亦略相類，唯額書"大周孔子廟堂之碑"八字為異耳。又碑末"長安三年太歲癸卯金四月壬辰水朔八日己亥"木書額，相王書也。又云："朝議郎、行左豹衛長史、直鳳閣鍾紹京奉相王教榻勒碑額，雍州萬年縣光宅鑴字。"又卷尾昔人題云："咸通七年七月七日於二十二姊處得，龍兄來認。"今福夷無大費，而甚愛之，雖無前後數十字，非寶藏是書之本意。《山谷全書·正集》卷二八。

二二五　題蔡致君家《廟堂碑》致君名寶臣

頃年觀《廟堂碑》摹本，竊怪虞永興名浮於實。及見舊刻，乃知永興得智永筆法為多，又知蔡君謨真行簡札，能入永興之室也。

元祐四年在中都，初見榮輯子雍家一本；紹聖元年在湖陰，又見張威福夷家一本；其十二月在陳留，又見蔡寶臣致君家一本。以石本未闕，不以摹本補綴，則榮本第一，張本第二，蔡本第三。亦嘗於它處見數本，新舊雜揉，所謂"海圖折波濤，舊繡移曲折。天吳及紫鳳，顛倒在裋褐"者也。然尚有典刑，亦不可廢也。

陳留淨土院書。《山谷全書·正集》卷二八。

二二六　題虞永興《道場碑》

草書妙處須學者自得，然學久乃當知之，墨池筆塚，非傳者妄也。虞永興常被中畫腹書，末年尤妙，貞觀間亦已耄矣，而是書之工，唐人未有逮者。

元豐乙丑五月戊申，平原監郡趙正夫會食於西齋，出以示余，諦玩無斁。《山谷全書·正集》卷二七。

二二七　題徐浩碑

唐自歐、虞後，能備八法者，獨徐會稽與顏太師耳。然會稽多肉，太師多骨，而此書尤姿媚可愛。時人快其書，以爲如怒猊抉石，渴驥奔泉，余以爲非是。《山谷全書·正集》卷二八。

二二八　題楊凝式詩碑

余嘗評近世三家書："楊少師如散僧入聖，李西臺如法師參禪，王著如小僧縛律。"恐來者不能易予此論也。

少師此詩草，余二十五年前嘗得之，日臨數紙，未嘗不歎其妙。《山谷全書·正集》卷二八。

二二九　跋張長史《千字文》

張長史書《郎官廳壁記》〔一〕，楷法妙天下，故作草能如此〔二〕。僧懷素草工瘦，而長史草工肥。瘦硬易作，肥勁難得也。《山谷全書·正集》卷二八。

〔一〕郎官：原作"智雍"，據四部叢刊影印宋刻本《豫章黃先生文集》改。
〔二〕能如此：原作"草如寺"，據同上改。

二三〇　書張長史《乾元帖》後

余觀張長史與顏魯公論筆法〔一〕，嘗疑其用意處多。觀《乾元二年帖》與《琵琶詩》，乃知文不虛生，皆有落處。蚿使萬足〔二〕，固天機動爾。盧文紀葉清泰之卜，遂掌樞機，初亦有所建明，方事之夢，乃能留意翰墨邪！《山谷全書·正集》卷二八。

〔一〕余：原作"察"，據四部叢刊影印宋刻本《豫章黃先生文集》改。
〔二〕"落處蚿使萬足"六字，原作"落花之方易足"，據同上改。

二三一　跋張長史草書

張長史作草，乃有超軼絕塵處。以意想作之，殊不能得其髣髴。嘗作得兩句云："清鑑風流歸賀八，飛揚跋扈付朱三。"未知可贈誰，遂不能成章。《山谷全書·正集》卷二八。

二三二　題顏魯公帖

觀魯公此帖，奇偉秀拔，奄有魏、晉、隋、唐以來風流氣骨。回視歐、虞、褚、薛、徐、沈輩，皆爲法度所窘，豈如魯公蕭然出於繩墨之外，而卒與之合哉！

蓋自二王後，能臻書法之極者，惟張長史與魯公二人。其後楊少師頗得髣髴，但少規矩，復不善楷書，然亦自冠絕天下後世矣。《山谷全書·正集》卷二八。

二三三　題顏魯公《麻姑壇記》

予嘗評題魯公書，體制百變，無不可人，真行草書隸皆得右軍父子筆勢。歐陽文忠公《集古錄》頗以別書自喜〔一〕，自非精鑑，豈易辯真贗哉！《山谷全書·正集》卷二八。

〔一〕錄：原作"銘"，據四部叢刊影印宋刻本《豫章黃先生文集》改。

二三四　跋顏魯公東西二林題名

予嘗評魯公書，獨得右軍父子超軼絕塵處。書家未必謂然，惟翰林蘇公見許。近觀郭忠恕序《字源》後云："家君授以張、顏筆法。"乃知人中常自有精鑑耳。《山谷全書·正集》卷二八。

二三五　書徐浩題經後

書家論徐會稽筆法"怒猊抉石，渴驥奔泉"，以余觀之，誠不虛語。如季海筆，少令韻勝，則與稽恭並驅爭光可也。

季海長處，正是用筆勁正而心圓。若論工不論韻，則王著優於季海，季海不下子敬；若論韻勝，則右軍、大令之門，誰不服膺！往時觀"怒猊抉石，渴驥奔泉"之論，茫然不知是何等語，老年乃於季海書中見之。如觀人眉目也。"三折肱知爲良醫"，誠然哉！

季海莫年，乃更擺落王氏規摹，自成一家，所謂盧蒲嫳，其髮甚短，而心甚長，惜乎當時君子，莫能以短兵伐此老賊也。前朝翰林侍書王著，筆法圓勁，今所藏《樂毅論》、周興嗣《千字文》，皆著書墨跡，此其長處不減季海，所乏者韻爾。《山谷全書·正集》卷二八。

二三六　跋翟公巽所藏石刻（一）

《石鼓文》筆法，如圭璋特達，非後人所能贗作。熟觀此書，可得正書、行、草法，非老夫臆説，蓋王右軍亦云爾。《山谷全書·正集》卷二八。

二三七　跋翟公巽所藏石刻（二）

《瘞鶴銘》，大字之祖也，往有《故一切導師之碑》字可與之争長，今亡之矣。《山谷全書·正集》卷二八。

二三八　跋翟公巽所藏石刻（三）

《黄庭經》王氏父子書，皆不可復見。小字殘闕者，云是永禪師書，既闕，亦難辯真贋。字差大者，是吴通微書，字形差長而瘦勁、筆圓，勝徐浩書也。《山谷全書·正集》卷二八。

二三九　跋翟公巽所藏石刻（四）

周秦古器銘皆科斗文字，其文章爾雅，朝夕玩之，可以披剥華僞，自見至情，雖戲弄翰墨，不爲無補。《山谷全書·正集》卷二八。

二四〇　跋翟公巽所藏石刻（五）

《樂毅論》舊石刻斷軼其半者，字瘦勁，無俗氣。後有人復刻此斷石文，摹傳失真多矣。完書者，是國初翰林侍書王著寫，用筆圓熟，亦不易得，如富貴人家子，非無福氣，但病在韻耳。《山谷全書·正集》卷二八。

二四一　跋翟公巽所藏石刻（六）

《遺教經》譯於姚秦弘始四年，在王右軍没後數年。弘始中雖有譯本，不至江南；至陳氏時，有譯師出《遺教經論》，於是稍行。今長安雷氏家《遺教經》石上行書，貞觀中行《遺教經》，勅令擇善書經生書本頒焉，勅與經字是一手，但真行異耳。余平生疑《遺教》非右軍，比來考尋遂決定，知非右軍書矣。《山谷全書·正集》卷二八。

二四二　跋翟公巽所藏石刻（七）

《蔡明遠帖》是魯公晚年書，與邵伯埭謝安石廟中題碑傍字相類〔一〕，極力追之，不能得其髣髴。《山谷全書·正集》卷二八。

〔一〕埭：原作"垛"，據《太平寰宇記》卷一二三改。

二四三　跋翟公巽所藏石刻（八）

　　魯公《與郭令公書》《論魚軍容坐席》，凡七紙。而長安安氏兄弟異財時，以前四紙作一分，後三紙及《乞鹿脯帖》作一分，以故人間但傳至"不願與軍容爲佞柔之友"而止。
　　元祐中，余在京師，始從安師文借得後三紙，遂合爲一。此書雖奇特，猶不及《祭濠州刺史文》之妙，蓋一紙半書而真行草法皆備也。《山谷全書·正集》卷二八。

二四四　跋翟公巽所藏石刻（九）

　　魯公《寒食問行期》《爲病妻乞鹿脯》《舉家食粥數月從李大夫乞米》，此三帖皆與王子敬可抗行也。《山谷全書·正集》卷二八。

二四五　跋翟公巽所藏石刻（一〇）

　　魯公《祭季明文》，文章字法，皆能動人；《與夫人書》迫切而有禮意；《與郭靈運書》《送劉太冲序》，予未之見也。顔惟貞《蘭陵夫人告》，佳筆也。《山谷全書·正集》卷二八。

二四六　跋翟公巽所藏石刻（一一）

　　《東方曼倩畫贊》筆圓淨而勁，肥瘦得中，但字身差長。蓋崔子玉字形如此，前輩或隨時用一人筆法耳。《山谷全書·正集》卷二八。

二四七　跋翟公巽所藏石刻（一二）

　　張長史《千字》及蘇才翁所補，皆怪逸可喜，自成一家。然號爲長史者，實非張公筆墨。余中年來，稍悟作草，故知非張公書。後有人到余悟處，乃當信耳。《山谷全書·正集》卷二八。

二四八　跋翟公巽所藏石刻（一三）

　　張長史行草帖，多出於贋作。人聞張顛，未嘗見其筆墨，遂妄作狂蹶之書，託之長史。其實張公姿性顛逸，其書字字入法度中也。楊次公家見長史真跡兩帖，天下奇書，非世間隔簾聽琵琶之比也。《山谷全書·正集》卷二八。

二四九　跋翟公巽所藏石刻（一四）

柳公權《謝紫絲鞾鞋帖》，筆勢往來，如用鐵絲糾纏，誠得古人用筆意。《山谷全書·正集》卷二八。

二五〇　跋翟公巽所藏石刻（一五）

道林《嶽麓寺詩》，字勢豪逸，真復奇崛，所恨功巧太深耳。少令巧拙相半，使子敬復生，不過如此。《山谷全書·正集》卷二八。

二五一　跋翟公巽所藏石刻〔一〕（一六）

禁中板刻古法帖十卷，當時皆用歙州貢墨，墨本賜群臣，今都下用錢萬二千便可購得。元祐中，親賢宅從禁中借版墨百本，分遺官僚，但用潘谷墨，光輝有餘而不甚黟黑，又多木橫裂紋，士大夫不能盡別也，此本可當舊板價之半耳。《山谷全書·正集》卷二八。

〔一〕此條原與前條連屬，此據四部叢刊影印宋刻本《豫章黃先生文集》析爲另一條。

二五二　跋翟公巽所藏石刻〔一〕（一七）

《陰符經》出於唐李筌，熟讀其文，知非黃帝書也。蓋欲其文奇古，反詭譎不經。蓋糅雜兵家語作此言，又妄託子房、孔明諸賢訓註，尤可笑，惜不經柳子厚一捃擊也。《山谷全書·正集》卷二八。

〔一〕此條原與前條連屬，此據四部叢刊影印宋刻本《豫章黃先生文集》析爲另一條。

二五三　跋翟公巽所藏石刻（一八）

李翰林醉墨，是葛公叔忱贋作，以嘗其婦翁，諸蘇果不能別。蓋叔忱翰墨亦自度越諸賢，可寶藏也。《山谷全書·正集》卷二八。

二五四　跋翟公巽所藏石刻（一九）

文章骪骳而得韓退之，詩道敝而得杜子美，篆籀如畫而得李陽冰，皆千載人也。

陳留有王壽卿，得陽冰筆意，非章友直、陳晞、畢仲荀、文勳所能管攝也〔一〕。《山谷全書·正集》卷二八。

〔一〕荀：原作"筍"，據四部叢刊影印宋刻本《豫章黃先生文集》改。

二五五　跋翟公巽所藏石刻（二〇）

翟公巽所藏古石刻甚富，然有數種妙墨獨未入篋中，何邪？魯公《東西林題名》《宋開府神道》《永州磨崖》諸奇書，楊少師洛中十一碑，懷素《自叙》草書千餘字，當集爲一，他日可爲跋尾。禪家云"法不孤起，仗境方生"，懸想而書，不得一二，又臂痛，纔能用筆三四分耳。《山谷全書·正集》卷二八。

二五六　跋王立之諸家書（一）

昨見雍人安汾叟家所藏顏魯公書數卷：《祭濠州刺史文》《與郭英乂論魚開府坐席書》〔一〕《祭兄子季明文》〔二〕《峽州別駕與李勉太保書》《爲病妻乞鹿脯帖》，乃知翰墨之美，盡在安氏，藏古書於今爲第一。《山谷全書·正集》卷二八。

〔一〕郭英乂：原作"郭英文"，據四部叢刊影印宋刻本《豫章黃先生文集》改。
〔二〕季明：原作"泉明"，據《顏魯公集》卷一〇改。

二五七　跋王立之諸家書（二）

余曩時至洛師，徧觀僧壁間楊少師書，無一字不造微入妙。此書蓋當與吳生畫爲洛中二絶也。《山谷全書·正集》卷二八。

二五八　跋王立之諸家書（三）

見顏魯公書，則知歐、虞、褚、薛未入右軍之室；見楊少師書，然後知徐、沈有塵埃氣。雖然，此論不當察察言，蓋能不以己域進退者寡矣。《山谷全書·正集》卷二八。

二五九　跋李後主書

觀江南李主手改表草，筆力不減柳誠懸，乃知今世石刻曾不得其髣髴。
余嘗見李主與徐鉉書數紙，自論其文章，筆法政如此，但步驟太露，精神不及此數字筆意深穩。蓋刻意與率爾爲之，工拙便相懸也。《山谷全書·正集》卷二八。

二六〇　跋李伯時所藏篆戟文

龍眠道人於市人處得金銅戟〔一〕，漢制也。泥金六字，字家不能讀。蟲書妙絕，於今諸家未見此一種。乃知唐玄度、僧夢英皆妄作耳。《山谷全書·正集》卷二八。

〔一〕龍眠：原作"龍眼"；金：原作"全"。均據四部叢刊影印宋刻本《豫章黃先生文集》改。

二六一　跋洪駒父諸家書（一）

唐太宗英睿不群，所學輒便過人。計神堯初定四海，太宗年二十許爾，字畫已能如此，所以末年詔敕有魏晉之風，亦是富貴後能不廢學耳。

崇寧元年閏月初六日，當塗江口折柳亭中書。《山谷全書·正集》卷二八。

二六二　跋洪駒父諸家書（二）

顏魯公書雖自成一家，然曲折求之，皆合右軍父子筆法，書家多不到此處，故尊尚徐浩、沈傳師爾。九方皋得千里馬於沙丘，衆相工猶笑之，今之論書者，多牡而驪者也。《山谷全書·正集》卷二八。

二六三　跋洪駒父諸家書（三）

《蔡明遠帖》筆意縱橫，無一點塵埃氣。可使徐浩伏膺，沈傳師北面。《山谷全書·正集》卷二八。

二六四　跋武德帖

武德中省曹符移字畫，猶有鍾元常筆法，蓋承周、隋之氣習，全學元常爾。如近世宋宣獻公書，號爲近古，猶未盡得此筆意也。《山谷全書·正集》卷二八。

二六五　題東坡字後（一）

東坡居士極不惜書，然不可乞，有乞書者，正色詰責之，或終不與一字。
元祐中鎖試禮部，每來見過，案上紙不擇精麤，書遍乃已。性喜酒，然不能四五龠已爛醉，不辭謝而就臥，鼻鼾如雷。少焉蘇醒，落筆如風雨，雖謔弄皆有義味。真神仙中人。此豈與今世翰墨之士爭衡哉！《山谷全書·正集》卷二八。

二六六　題東坡字後（二）

東坡簡札，字形溫潤，無一點俗氣。今世號能書者數家，雖規摹古人，自有長處，至於天然自工，筆圓而韻勝，所謂兼四子之有以易之不與也。

建中靖國元年五月乙巳，觀於沙市舟中，同觀者劉觀國、王霖、家弟叔向〔一〕、小子相。《山谷全書·正集》卷二八。

〔一〕叔向：原作"寂向"，據黃庭堅《故給事中黃公行代》改。

二六七　跋東坡《水陸讚》

東坡此書，圓勁成就，所謂"怒猊抉石，渴驥奔泉"，恐不在會稽之筆，而在東坡之手矣。此數十行又兼《董孝子碣》《禹廟詩》之妙處。士大夫多譏東坡用筆不合古法，彼蓋不知古法從何出爾。杜周云："三尺安出哉？前王所是以爲律，後王所是以爲令。"予嘗以此論書，而東坡絶倒也。往時柳子厚、劉禹錫譏評韓退之《平淮西碑》，當時道聽塗説者亦多以爲然，今日觀之，果何如邪？

或云："東坡作戈多成病筆，又腕著而筆臥，故左秀而右枯。"此又見其管中窺豹，不識大體。殊不知西施捧心而顰，雖其病處，乃自成妍。今人未解愛敬此書，遠付百年，公論自出，但恨封德彝輩無如許壽及見之耳。

余書自不工，而喜論書，雖不能如經生輩左規右矩，形容王氏，獨得其義味，曠百世而與之友，故作決定論耳。《山谷全書·正集》卷二八。

二六八　跋東坡叙英皇事帖

東坡此帖，甚似虞世南《公主墓銘》草。

余嘗評東坡善書，乃其天性。往嘗於東坡見手澤二囊，中有似柳公權、褚遂良者數紙，絶勝平時所作徐浩體字。又嘗爲余臨一卷魯公帖，凡二十許紙，皆得六七，殆非學所能到。手澤袋蓋二十餘，皆平生作字，語意類小人不欲聞者，輒付諸郎入袋中，死而後可出示人者也。《山谷全書·正集》卷二八。

二六九　跋東坡書（一）

余嘗論右軍父子以來，筆法超逸絶塵，惟顏魯公、楊少師二人。立論者十餘年，聞者瞠若。晚識子瞻，獨謂爲然。士大夫乃云"蘇子瞻於黃魯直，愛而不知其惡，皆此類"，豈其然乎！比來作字，時時髣髴魯公筆勢，然終不似子瞻暗合孫吳耳。《山谷全書・正集》卷二八。

二七〇　跋東坡書（二）

　　東坡書真行相半，便覺去羊欣、薄紹之不遠。予與東坡俱學顏平原，然予手拙，終不近也。自平原以來，惟楊少師、蘇翰林可人意爾。不無有筆類王家父子者，然予不好也。《山谷全書・正集》卷二八。

二七一　跋東坡書（三）

　　東坡書如華嶽三峰，卓立參昂，雖造物之鑪錘，不自知其妙也。中年書圓勁而有韻，大似徐會稽；晚年沈著痛快，乃似李北海。此公蓋天資解書，比之詩人，是李白之流。

　　往時許昌節度使薛能能詩，號雄健，時得前人句法，然遂睥睨前輩，高自賢聖，乃云："我生若在開元日，爭遣名爲李翰林。"此所謂"蚍蜉撼大樹，可笑不自量"者也。《山谷全書・正集》卷二八。

二七二　跋東坡墨跡

　　東坡道人少日學《蘭亭》，故其書姿媚似徐季海。至酒酣放浪，意忘工拙，字特瘦勁，乃似柳誠懸。中歲喜學顏魯公、楊風子書，其合處不減李北海。至於筆圓而韻勝，挾以文章妙天下，忠義貫日月之氣，本朝善書，自當推爲第一。數百年後，必有知余此論者。《山谷全書・正集》卷二八。

二七三　題歐陽佃夫所收東坡大字卷尾

　　東坡先生嘗自比於顏魯公。以余考之，絶長補短，兩公皆一代偉人也，至於行草正書，風氣皆略相似。嘗爲余臨《與蔡明遠委曲》〔一〕、祭兄濠州刺史及姪季明文、《論魚軍容坐次書》《乞脯》《天氣殊未佳帖》，皆逼真也。此一卷字形如《東方朔畫讚》，俗子喜妄譏評，故具之。《山谷全書・正集》卷二八。

〔一〕與：原作"興"，據四部叢刊影印宋刻本《豫章黃先生文集》改。

二七四　題東坡小字兩軸卷尾（一）

　　此一卷多東坡平時得意語，又是醉困已過後書，用李北海、徐季海法，雖有筆不到處,亦韻勝也。《山谷全書·正集》卷二八。

二七五　題東坡小字兩軸卷尾(二)

軒轅彌明不解世俗書,而無一字;東坡先生不解世俗書,而翰墨滿世。此兩賢隱見雖不同,要是魁偉非常人也。王右軍書妙天下,而庾穌恭初不信,況單見淺聞,又未嘗承其言論風旨者乎!刺譏嗤黜,蓋其所也。

崇寧四年五月丙午,觀於宜州南樓,佃夫自龍城携來也。《山谷全書·正集》卷二八。

二七六　跋東坡帖後

余嘗論右軍父子翰墨中逸氣,破壞於歐、虞、褚、薛,及徐浩、沈傳師,幾於掃地,惟顏尚書、楊少師尚有髣髴。比來蘇子瞻獨近顏、楊氣骨,如《牡丹帖》甚似《白家寺壁》,百餘年後,此論乃行爾。《山谷全書·正集》卷二八。

二七七　跋東坡與李商老帖　彭

東坡晚年書,與李北海不同師而同妙,溟庭皆不能出其右。泰山其頹,吾將安仰,實同此歎。庭堅書。

〔附〕東坡帖

軾啓。昨日辱訪,且惠書教,適病未能讀,晨起乃得詳覽。閱味再三,悲喜兼懷,知德叟有子不亡也。未能往謝,但寫得墓蓋大小兩本,擇而用之可也。病倦裁謝,草草。《山谷全書·正集》卷二八。

二七八　跋東坡書帖後

蘇翰林用宣城諸葛齋鋒筆作字,疏疏穹密,隨意緩急,而字間妍媚百出。

古來以文章名重天下,例不工書,所以子瞻翰墨,尤爲世人所重。今日市人持之以得善價,百餘年後,想見其風流餘韻,當萬金購藏耳。

廬州李伯時〔一〕,近作子瞻按藤杖坐磐石,極似其醉時意態。此紙妙天下,可乞伯時作一子瞻像,吾輩會聚時,開置席上,如見其人,亦一佳事。《山谷全書·正集》卷二八。

〔一〕廬州:原作"盧州",據四部叢刊影印宋刻本《豫章黃先生文集》改。

二七九　劉明仲墨竹賦

子劉子山川之英，骨毛粹清。用意風塵之表，如秋高月明。遊戲翰墨，龍蛇起陸。嘗其餘巧，顧作二竹。其一枝葉條達，惠風舉之。瘦地筍筍，夏篁解衣。三河少年，禀生勤剛，春服楚楚，俠遊專場。王謝子弟，生長見聞，文獻不足，猶超人群。其一折幹偃蹇，斫頭不屈，枝老葉硬，強項風雪。廉、藺之骨成塵，凜凜猶有生氣。雖汲黯之不學，挫淮南之鋒於千里之外。子劉子陵雲自許，按劍者多，故以歸我，請觀謂何。

黃庭堅曰：吾子於此，可謂能矣。猶有修篁之歲晚，枯枿之發春。少者骨梗，老而日新。附之以傾崖礐石，摧之以冰霜斧斤。第其曾高昭穆，至於來昆仍雲。組練十幅，煙寒雨昏，迺爲能盡之。蓋陽虎、有若之似夫子，市人識之；顏回之具體，門人不知。蘇子曰：世之工人，或能曲盡其形，至於其理，非高人逸才不能辨。意其在斯，故籍外論之。梓人不以慶賞成虡，痀僂不以萬物易蜩。及其至也，禹之喻於水，仲尼之妙於《韶》，蓋因物而不用吾私焉。若夫燕荊南之無俗氣，庖丁之解牛進技，以道者也。文湖州之得成竹於胸中，王會稽之用筆如印印泥者也。詩云："鶴鳴於九皋，聲聞於天。"妙萬物以成象，必其胸中洞然。好學者天不能掣其肘，劉子勉旃。《山谷全書·外集》卷二〇。

二八〇　與王子飛（二　節錄）

鄙書無法，不足傳後世，俗浪謂之能，亦自不可解。誠有意書字，當遠法王氏父子，近法顏、楊，乃能超俗出群。正使未能造微入妙，已不爲俗書，如蘇才翁兄弟、王荊公是也。雖然，要須先深其本耳。《山谷全書·外集》卷二一。

二八一　書王右軍《蘭亭》草後

王右軍《蘭亭》草，號爲最得意書。宋、齊間以藏秘府，士大夫間不聞稱道者。豈未經大盜兵火時，蓋有墨跡在《蘭亭》右者？及梁、陳之間焚蕩〔一〕，千不存一。

永師晚出此書，諸儒皆推爲真行之祖，所以唐太宗必欲得之。其後公私相盜，至於發冢，今遂亡之。

書家得定武本，蓋髣髴古人筆意耳。褚庭誨所臨極肥，而洛陽張景元斸地得闕石極瘦；定武本則肥不賸肉，瘦不露骨，猶可想其風流。三石刻皆有佳處，不必寶己有而非彼也。《山谷全書·外集》卷二三。

〔一〕陳：原作"州"，據明弘治刻、嘉靖六年喬遷余載仕重修本《豫章先生文集》改。

二八二　書十棕心扇因自評之

　　昔予大父大夫公,及外祖特進公,李東字大春。皆學暢整《遺教經》及蘇靈芝《北嶽碑》,字法清勁,筆意皆到,但不入俗人眼爾。

　　數十年來,士大夫作字尚華藻而筆不實,以風檣陳馬爲痛快,以插花舞女爲姿媚,殊不知古人用筆也。客有惠棕心扇者,念其太樸,與之藻飾,書老杜巴中十詩。頗覺驅筆成字,都不爲筆所使,亦是心不知手,手不知筆,恨不及二父時耳。

　　下筆痛快沉著,最是古人妙處,試以語今世能書人,便十年分疏不下,頓覺驅筆成字,都不由筆。《山谷全書·外集》卷二三。

二八三　題王觀復書後

　　此書雖未極工,要是無秋毫俗氣。蓋其人胸中磈磊,不隨俗低昂,故能若是。今世人字字得古法而俗氣可掬者,又何足貴哉!《山谷全書·外集》卷二三。

二八四　評書

　　今時學《蘭亭》者,不師其筆意,便作行勢。正如美西子捧心,而不自寤其醜也。余嘗觀漢時石刻篆隸,頗得楷法,後生若以余説學《蘭亭》,當得之。

　　元祐六年十月丙子,阻風於蕪湖縣,後經行於吉祥寺,魯直題。《山谷全書·外集》卷二三。

二八五　書韓退之符讀書《城南詩》後

　　紹聖五年五月戊午上荔支灘極熱,入舟中,敖兀無以爲娛,聊以筆硯忘暑。因書此詩,贈陳德之。

　　此字極似蔡君謨簡札,所恨未能與顏、楊比肩耳。《山谷全書·外集》卷二三。

二八六　題子瞻與王宣義書後(一)

　　東坡道人書尺字字可珍,委頓人家蛛絲煤尾敗篋中,數十年後,當有並金縣購者。元符二年壬申,涪翁題。《山谷全書·外集》卷二三。

二八七　題子瞻與王宣義書後（二）

慶源初名羣，字子衆，後改名淮奇，又易今字。其馭吏威愛如家人法，洪雅之人皆號稱"王五三伯"云。《山谷全書·外集》卷二三。

二八八　題録清和尚書後與王周彦

平具正法眼，儒術兼茂。年將五十乃得友，與之居二年，渾金璞玉人也；久之，待以師友之禮。士大夫知爲己之學者，觀此書思過半矣。

周彦方欲自振於古人之列，故手鈔遺之。它日蔚然在顔、冉之林，當推斯文有一溉之益。《山谷全書·外集》卷二三。

二八九　書草老杜詩後與黄斌老

予學草書三十餘年，初以周越爲師，故二十年抖擻俗氣不脱。晚得蘇才翁、子美書觀之，乃得古人筆意。其後又得張長史、僧懷素、高閑墨跡，乃窺筆法之妙。

今來年老懶，作此書，如老病人扶杖，隨意傾倒，不復能工。顧異於今人書者，不紐提容止、强作態度耳。《山谷全書·外集》卷二三。

二九○　書子瞻寫詩卷後

子瞻作"何"字及"州"字，豈所謂"柳家新樣元和脚"者乎！然亦是西子捧心，鄰女不可學也。《山谷全書·外集》卷二三。

二九一　書《簡公畫像讚》後

簡公僧臘六十五，以佛法度爲一姓者，若子、若孫、若曾孫，亡慮二十人。萬里走惠州，求東坡銘簡之塔；歸而走戎州，求山谷讚簡之畫像者，法舟也。其走惠州也，冒蛟鼉虎豹蟲蛇之險而不悔；其走戎州也，於余無一日之雅，又不求左右爲先容。舟之於簡，可謂能曾孫矣。簡雖賢，由曾孫而赫赫，簡與舟俱不朽矣。

元符二年壬戌，憩道城南僦舍中書。《山谷全書·外集》卷二三。

二九二　李致堯乞書書卷後（一）

凡書要拙多於巧，近世少年作字，如新婦子妝梳，百種點綴，終無烈婦態也。《山谷全書·外集》卷二三。

二九三　李致堯乞書書卷後（二）

如此草字，他日天上玉樓中乃可再得耳〔一〕。《山谷全書·外集》卷二三。

〔一〕天上：原作"上天"，據民國十一年如皋祝氏補刻本《豫章先生遺文》卷一一乙。

二九四　李致堯乞書書卷後（三）

書意與筆皆非人間軌轍，所謂"無智人前莫説，打你頭破百裂"者也。《山谷全書·外集》卷二三。

二九五　李致堯乞書書卷後（四）

書尾小字，唯余與永州醉僧能之，若亞棲輩見，當羞死。

元符三年二月己酉夜，沐浴罷，連引數杯，爲成都李致堯作行草。耳熱眼花，忽然龍蛇入筆，學書數十年，今夕所謂鼇山悟道書也。《山谷全書·外集》卷二三。

二九六　書張芝叟書後

張芝叟學古法帖，用筆如快劍斫陣，乏和氣，或身往而腰體不隨。蓋用功少，不盡古人筆意耳。芝叟若見此説，當且罵且笑，亦不能逃確論也。《山谷全書·外集》卷二三。

二九七　題石供奉金神像

道家所言太白真官，儒者謂之蓐收。昔虢公夢在廟，有神〔一〕，人面，白毛，虎爪，執鉞立於西阿〔二〕，召太史嚚占之，曰："如君之言，則蓐收也，天之刑神也。"

昔吴生畫鬼神，皆髣髴傳記，兼能萬物之性，是以落筆而妙天下。自孫知微父子、丘文播甥舅、石恪〔三〕、鄧隱，皆祖宗之，是以能超俗而名家。今乃作金神之象如此，余之不知其説也。

雖然，蓋無形應物成象。所謂無形者，非無形也，無常形也。然則應物而神，唯識而已。自求多福，自種自收，我心見神也。涪翁題〔四〕。《山谷全書·外集》卷二三。

〔一〕"有"字原無，據《國語·晉語二》補。
〔二〕阿：原作"河"，據同上改。
〔三〕石恪：原作"石格"，據《圖畫見聞志》卷三改。

〔四〕涪翁題：三字原無，據明弘治刻、嘉靖六年喬遷余載仕重修本《豫章先生文集》補。

二九八　題王右軍書跡後（一）

右軍《月半帖》，褚愛州所論序也。《橘帖》，余曩在都，見數家有此墨本，或肥或瘦，真偽不可知，要皆有數筆佳，可愛。韋蘇州詩云："憐君臥病思新橘，試摘才酸亦未黃。書後欲題三百顆，洞庭須待滿林霜。"蓋取諸此〔一〕。《山谷全書·外集》卷二三。

〔一〕"韋蘇州"以下原無，據明弘治刻、嘉靖六年喬遷余載仕重修本《豫章先生文集》補。

二九九　題王右軍書跡後（二）

巴峽士大夫舊無書種，多不善書。南賓太守王聖塗有此墨跡，摹刻州學中。它日後進有能書者，當推此書爲種。《山谷全書·外集》卷二三。

三〇〇　跋司馬溫公與潞公書

司馬溫公，天下士也，所謂左準繩，右規矩，聲爲律，身爲度者也。觀此書，猶可想見其風采。

余嘗觀溫公《資治通鑑》草，雖數百卷顛倒塗抹，訖無一字作草。其行己之度蓋如此。《山谷全書·外集》卷二三。

三〇一　跋富鄭公與潞公書

富鄭公可謂盛德之士矣，所謂可以託六尺之孤，可以寄百里之命，臨大節而不可奪者也。觀此書，猶有凜然可敬之風采。其言論風旨，百世之大臣也。《山谷全書·外集》卷二三。

三〇二　跋韓魏公與潞公書

韓魏公忠純樸厚，任當直前，以身當宗社存亡，有萬死不顧一生之心。古之所謂社稷之臣，魏公近之也。《山谷全書·外集》卷二三。

三〇三　跋韓康公與潞公書

韓康公忠信篤厚，垂紳正笏，凜然有不可犯之色。觀其書有鋒芒，亦似其爲人。

《山谷全書·外集》卷二三。

三〇四　書蘇相國書後

蘇相國多見博聞，能道古人朝廷典故，劇談眾史，使坐客忘歸。及其爲相國時，記問猶不衰也。《山谷全書·外集》卷二三。

三〇五　觀曾公卷墨篋

公卷收廷邽、承晏、文用墨七種，輕乾黝黑，入研無聲。此固李氏家風，銑澤如新，未之見也者。與都人鬭百草，當贏百萬。《山谷全書·外集》卷二三。

三〇六　題公卷花光橫卷

高明深遠，然後見山見水，此蓋關仝、荊浩能事。花光懶筆，磨錢作鏡所見耳。《山谷全書·外集》卷二三。

三〇七　書韋深道諸帖（一）

范文正公書殊有古氣，往時蘇才翁於書少所許可，獨論文正公書得《樂毅論》筆意。以予考之，誠然，但骨氣勁而少肉耳。《山谷全書·外集》卷二三。

三〇八　書韋深道諸帖（二）

觀晏元獻所作制草，知先朝愛惜財用如此，所以垂衣拱手，無所作爲，天下晏然者乎！《山谷全書·外集》卷二三。

三〇九　書韋深道諸帖〔一〕（三）

往未識晁無咎時，見所作《安南罪言》文辯縱橫〔二〕，《跂遮曲》典雅奇麗，常恨同時而不相識。其後得相從甚密。今不見遂十五年，計其文章學問，皆當大進，恨隨食南北，不相見耳。

聞吾友廖明略，頗譏評無咎作字不古不今。所謂"女好無定姿，悦目即爲姝"，是非特未定也。《山谷全書·外集》卷二三。

〔一〕民國十一年如皋祝氏補刻本《豫章先生遺文》卷一〇此篇題作《題晁無咎書後》。

〔二〕文：原作"天"，據同上改。

三一〇　書韋深道諸帖（四）

吾宗正叔天資善書，少時書帖奇麗，行草下筆，縱橫皆得意。最初予評其書，以謂絕倫。而東萊王聖美獨不喜予此論，以謂正叔書不從鍾元常、王逸少父子法度中來，恐其畫惰莫歸，筆力且衰竭。予殊不謂然。

今觀此數帖，遂中聖美之評，何哉？雖然，中無一點俗氣，亦足以豪。李西臺書雖少病韻，然似高益、高文進畫神佛，翰林工至今以爲師也。《山谷全書·外集》卷二三。

三一一　書韋深道諸帖（五）

此予元祐末書，差可觀者。子由書瘦勁可喜，反覆觀之，當是捉筆甚急而腕著紙，故少雍容耳。

伯時作馬，落筆如孫太古湖灘水，而作字乃爾，蓋至妙之關鈕不透入字中邪！《山谷全書·外集》卷二三。

三一二　書韋深道諸帖（六）

當年自許此書可與楊少師比肩，今日觀之，祇汗顏耳。蓋往時全不知用筆，遇佳筆，時或能工耳。楊少師書，有顏平原長雄二十四郡、爲國家守河北之氣，作歐、虞、褚、薛正書或不能，至於行草，四子皆當北面矣。《山谷全書·外集》卷二三。

三一三　書韋深道諸帖（七）

斛律明月，胡兒也，不以文章顯。老胡以重兵困敕勒川，召明月作歌以排悶，倉卒之間，語奇壯如此，蓋率意道事實耳。

崇寧元年閏六月，湖陰堂觀舊書卷，殊不成字，因別書此《敕勒歌》。《山谷全書·外集》卷二三。

三一四　書韋深道諸帖（八）

此一軸字都無筆意，可覆醬瓿耳。至元祐末所作書帖差可觀，然用筆亦不知起倒，亦自蜀中歸後書，少近古人耳。《山谷全書·外集》卷二三。

三一五　跋太宗皇帝賜王禹偁御書

臣嘗待罪太史氏，窺石室金匱之書。縱觀先朝製作、文章翰墨，與日月並明。如禹偁乃得身親見之，面折廷爭，顯於雷霆之下，茲非其幸歟！

元祐八年四月旦，洪州分寧縣雙井里草土臣黃某誌。《山谷全書·外集》卷二三。

三一六　論書（一）

士大夫學荊公書，但爲橫風疾雨之勢，至於不著繩尺，而有魏晉間風氣，不復髣髴。學子瞻書，但卧筆取妍，至於老大精神，可與顏、楊方駕，則未之見也。余書姿媚而乏老氣，自不足學，學者輒萎弱不能立筆。

雖然，筆墨各繫其人工拙，要須其韻勝耳。病在此處，筆墨雖工，終不近也。又學書端正則窘於法度，側筆取妍，往往工左尚病右。正書如右軍《霜寒表》、大令《乞解臺職狀》、張長史《郎官廳壁記》，皆不爲法度病其風神。至於行書，則王氏父子隨肥瘠皆有佳處，不復可置議論。近世惟顏魯公、楊少師特爲絕倫，甚妙於用筆，不好處亦斌媚，大抵更無一點一畫俗氣。

比來士大夫惟荊公有古人氣質，而不端正，然筆間甚遒。溫公正書不甚善，而隸法極端勁，似其爲人。《山谷全書·外集》卷二四。

三一七　論書（二）

林和靖詩句自然沈深，其字畫尤工。遺墨尚當寶藏，何况筆法如此。筆意殊類李西臺，而清勁處尤妙。《山谷全書·外集》卷二四。

三一八　雜書（一）

潘谷驗墨，摸索便知精麤。凡百工各妙於一物，與極深研幾者同一關捩耳。魏晉間士大夫往往有人材風鑑，至於反照，便如漆墨，亦潘谷之流耳。《山谷全書·外集》卷二四。

三一九　雜書（五）

余極喜顏魯公書，時時意想爲之，筆下似有風氣，然不逮子瞻遠甚。子瞻昨爲余臨寫魯公十數紙，乃如人家子孫，雖老少不類，皆有祖父氣骨。近見安師文有《祭濠州刺史伯父文》，學其妙處，所謂"毫髮無遺恨，波瀾獨老成"也。《山谷全書·外集》卷二四。

三二〇　論子瞻書體

蜀人極不能書，而東坡獨以翰墨妙天下，蓋其天資所發耳。觀其少年時字畫已無塵埃氣，那得老年不造微入妙也！《山谷全書·外集》卷二四。

三二一　論寫字法（一）

往年定國常謂予書不工。書工不工，大不足計較事，由今日觀之，定國之言，誠不謬也。

蓋字中無筆，如禪句中無眼，非深解宗理者，未易及此。古人有言："大字無過《瘞鶴銘》，小字莫學癡凍蠅。隨人學人成舊人，自成一家始逼真。"今人字自不按古體，惟務排疊字勢，悉無所法，故學者如登天之難。凡學字時，先當雙鈎，用兩指相疊蹙筆，壓無名指，高提筆，令腕隨己意左右，然後觀人字格，則不患其難矣，異日當成一家之法焉。《山谷全書·外集》卷二四。

三二二　跋李公擇書

公擇先生，疏通遠大君子也。往歲某嘗從學數年，雖以甥舅禮意見畜，出入閨闥無間，然自有物外相知之鑑。細觀其內行，冰清玉潔，視金珠如糞土，未始凝滯於一物。《詩》云："豈弟君子，胡不萬年。"惜乎冢木拱矣，觀此遺墨，為之賈涕。

建中靖國元年八月乙卯某題。《山谷全書·別集》卷六。

三二三　書《博弈論》後

涪翁放逐黔中，既無所用心，頗喜弈棋。紹聖四年八月丁未，偶開韋昭《博弈論》，讀之喟然，以為真無益於事，誠陶桓公所謂牧豬奴戲耳。因自誓不復弈棋，自今日以來，不信斯言，有如黔江云。《山谷全書·別集》卷六。

三二四　書韓愈《送孟郊序》贈張大同

元符三年正月丁酉晦，甥雅州張大同治任將歸，來乞書。適余有心腹之疾，是日小間，試筆書此文。大同有意於古文，故以此遺之。

時涪翁自黔南遷於僰道三年矣，寓舍在城南屠兒村側，蓬蒿柱宇，骯髒同徑，然頗為諸少年以文章翰墨見強，尚有中州時舉子習氣未除耳。至於風日晴暖，策杖扶塞蹶，雍容林丘之下，清江白石之間，老子於諸公亦有一日之長。

時涪翁之年五十六，病足不能拜，心腹中芥蒂如懷瓦石，未知後日復能作如此字否。《山谷全書·別集》卷六。

三二五　書《丹青引》後

崷道有袁藥院者，家藏書一軸，自珍之，不深別其玉石也，出以示余。余告之曰："此秘閣棠木板刻法帖，李廷珪墨所作墨本也。寫書一卷易之可乎？"袁欣然見聽。會夏熱，余又多病，久之不能書。

元符三年十二月癸卯，余將解舟發崷道，艾年三老輩湯猪饋武侯廟〔一〕，久之不還，意其已縱橫醉臥廟中矣。舟中無他事，遂書此卷遺袁。觀書者：史慶崇、楊中玉、何裕道、楊咸孺、孫仲安、廖宣叔、張大同、蔡次律、道人李潮音〔二〕。《山谷全書·別集》卷六。

〔一〕饋武侯廟：原作"餒武侯"，據民國十一年如皋祝氏補刻本《豫章先生遺文》卷九改。
〔二〕"音"字原脱，據同上補。

三二六　書姚誠老所書《遺教經》後

姚誠老書《佛垂般涅盤略説教戒經》，用筆有意態，惜乎不能耆老畢其能事也。

世有貞觀中勅書班行經生書小楷一本〔一〕，最端謹嫺麗，世因謂之王右軍書，蓋不知弘始四年譯出此經，右軍没已數十年矣〔二〕。又有參軍暢整書大字一本，筆法亦勁潤，宋宣獻書法度多出於此。

誠老令桂之興安，秦少游播遷嶺海，誠老有先後奔走之義，可謂不以險易易其操，不愧此波羅提木叉者也。觀其遺書，三嘆不能已。

崇寧二年四月十四日，修水黃某書。《山谷全書·別集》卷六。

〔一〕行：原校"一作竹"。
〔二〕數十年：原作"數年"，據民國十一年如皋祝氏補刻本《豫章先生遺文》卷九補。

三二七　書自作草後贈曾公卷

崇寧四年二月庚戌夜，余嘗重醞一杯，遂至沈醉。視架上有凡子乞書紙，因以作草。方眼花耳熱，既作草十數行，於是耳目聰明。細閲此書，端不可與凡子，因以遺南豐曾公卷。公卷胸中殊不凡，又喜學書故也。

山谷老人年六十一，書成，頗自喜似楊少師書耳。《山谷全書·別集》卷六。

三二八　書自作草後

余寓居開元寺之怡偲堂，坐見江山，每於此中作草，似得江山之助。然顛長史、狂僧皆倚酒而通神入妙，余不飲酒，忽十五年，雖欲善其事，而器不利，行筆處時時蹇蹶，計遂不得復如醉時書也〔一〕。顧況《詠白髮出嫁宫人》云："準擬人看似舊時。"山谷草書無乃似之？《山谷全書·別集》卷六。

〔一〕復：原作"伏"，據民國十一年如皋祝氏補刻本《豫章先生遺文》卷九改。

三二九　書《郭伋》《杜詩傳》後

彭水令田師敏下車未能一月，余觀其規摹，必將惠及鰥寡，因其乞書，書此二良吏傳贈之。

今人常恨古人不可見，古人所行，皆不遠於人情，今人可及也，顧當少加意耳。苟能師用賢智，爲民興利除害，恭儉忠信，則細侯君公在吾眼中矣。

此書不數年，已傳三主，而爲楊君照所有。楊君云，其伯氏欲取入石。恨此書未工耳。某題。《山谷全書·別集》卷六。

三三〇　書司空圖《書屏記》

司空圖《書屏記》云："先大夫徵拜侍御史，退居中條，時李忻州戎爲計吏，在蒲，因輟所寶徐公浩真跡一屏以爲壽。凡四十二幅，八體皆備，所題多《文選》五言詩，其'朔風動秋草，邊馬有歸心'十數字，或草或隸，尤爲精絕。或綴小簡於其下，記云'怒猊抉石，渴驥奔泉'，可以視碧落矣。"《山谷全書·別集》卷六。

三三一　題所書李太白詩後

宗室行父蒞官宜春，與余伯氏元明同郡〔一〕，故於余雖無一日之雅，寓書二千里外來問寒溫，且乞余書。偶開李太白詩，因爲書此四篇，觀者當知此書作於瘴霧黄日、桄榔橄欖陰中。《山谷全書·別集》卷六。

〔一〕余：原作"徐"，據明弘治刻、嘉靖六年喬遷余載仕重修本《豫章先生文集》改。

三三二　書自作草後

予往在江南，絕不爲人作草。今來宜州，求者無不可。或問其故，告之曰：往在黔安，園野人以病來告，皆與萬金良藥。有劉薦者諫曰："良藥可惜，以啗庸人。"笑而應曰："有不庸者，引一箇來。"聞者莫不絕倒。《山谷全書·別集》卷六。

三三三　題徐浩題經

徐季海書，惟此一種有右軍父子筆法，而無俗氣。如《開河碑》超軼，《孝子碣》老重，然終非王家苗裔也。

頃見蘇子瞻、錢穆父論書，不取張友正、米芾，余殊不謂然。及见郭忠恕叙《字源》後，乃知當代二公極為別書者。《山谷全書·別集》卷六。

三三四　題嵩嶽寺碑集王羲之書

胡英集王右軍書，如優孟抵掌作孫叔敖；書家尊而奉之，如楚三左右以為令尹復生耳。《山谷全書·別集》卷六。

三三五　題蘇子瞻元祐題目帖

蘇公長年書，筆力豪壯，兼李邕、徐浩之所長，士大夫乃以為不如少時書，此陽春白雪難為和者耶！《山谷全書·別集》卷六。

三三六　題李西臺書

余嘗評西臺書，所謂"字中有筆"者也。字中有筆，如禪家句中有眼。他人聞之，瞠若也，惟蘇子瞻一聞便欣然耳。《山谷全書·別集》卷六。

三三七　題蔡君謨書

君謨書如蔡琰《胡笳十八拍》，雖清壯頓挫，時有閨房態處。《山谷全書·別集》卷六。

三三八　題司馬溫公與元氏簡尺

溫公人物，所謂圭璋特達者也。書所謂"元君公亮"，大夫公也。"二鳳毛"，聖庚、存道也。永思堂書。《山谷全書·別集》卷六。

三三九　題褚書閣立本畫《地獄變相》後

畫不必閻立本，要爲工；書不必褚遂良，要爲能。重言十七，故是行後之羽翼耶？《山谷全書·別集》卷六。

三四〇　題范氏模《蘭亭叙》

右軍自言：見秦篆及漢石經正書，書乃大進。故知局促轅下者，不知輪扁斲輪有不傳之妙。王氏以來，惟顏魯公、楊少師得《蘭亭》用筆意。《山谷全書·別集》卷六。

三四一　題范蜀公和聖庚詩

蜀公事昭陵、裕陵，有汲黯之風。觀其紙尾遺墨，使人敬畏之〔一〕。《山谷全書·別集》卷六。

〔一〕敬：原作"驚"，據民國十一年如皋祝氏補刻本《豫章先生遺文》卷一〇改。

三四二　姪求字書紙尾

姪萬里來求書法，此不急之務也。會余臂痛，書不能工。遣萬里之使，而以不急之務來；返萬里之使，而以不工之書往，其病均耳。《山谷全書·別集》卷六。

三四三　跋《楊妃病齒圖》

禁架之術，自古誠有之。余觀玉環病良苦，豈非坐多食側生，遂動搖其左車乎！阿瞞在旁，憂戚之心形於顏面，亦小窘矣。嗚呼，移此心以及天下，爲如何耶！《山谷全書·別集》卷六。

三四四　書臨寫《蘭亭》後

劉退夫作研屏，求乞小字，試爲臨寫《蘭亭》，真成醜女捧心，但使人捧腹耳。紹聖四年十一月乙卯，摩圍閣中書。《山谷全書·別集》卷六。

三四五　爲鄒松滋題子瞻畫

子瞻嘗爲趙景仁作竹篠怪石一紙，余讚之曰："趙景仁，守宗祊。遊軒冕，有丘罋。彈鳴琴，無歸鶴。蘇仙翁，留醉墨。"《山谷全書·別集》卷六。

三四六　題化度寺碑

歐率更書，所謂直木曲鐵法也，如介胄有不可犯之色，然未能端冕而有德威也。《山谷全書·別集》卷六。

三四七　跋東坡《思舊賦》

東坡先生書，浙東西士大夫無不規摹，頗有用意精到，得其髣髴。至於老重下筆，沈著痛快，似顏魯公、李北海處，遂無一筆可疊。

丹陽高述、齊安潘岐，其人皆文藝，故其風聲氣格見於筆墨間〔一〕，造作語言，想像其人，時作東坡簡畢，或能亂真，遇至鑑則亦敗矣。不深知東坡筆法者〔二〕，用余言求之，思過半矣。東坡書，彭城以前猶可僞，至黃州後掣筆極有力，可望而知真贗也。

建中靖國元年四月乙未，早發峽州，舟中書。《山谷全書·別集》卷六。

〔一〕格：原作"俗"，據民國十一年如皋祝氏補刻本《豫章先生遺文》卷一一改。
〔二〕法者：二字原脱，據同上補。

三四八　題畫菜

不可使士大夫不知此味，不可使天下之民有此色。《山谷全書·別集》卷六。

三四九　題楊道孚畫竹

有先竹於胸中，則本末暢茂；有成竹於胸中，則筆墨與物俱化。津人之未嘗見舟而便操之，惟其熟也，夫依約而覺；至於筆墨而與造化者同功，豈求之他哉！蓋庖丁之解牛，梓慶之削鐻，與清明在躬、志氣如神者同一樞紐，不容一物於其中，然後能妙。若夫外矜於眾人議己，内藏於識不似，則畫虎成狗，畫竹成柳，又何怪哉！

觀此竹，又知其人有韻；問其主名，矢其爲克一道孚，吾友張文潛之甥也，宜有外家風氣。吾道孚人物英秀，文章自不凡，使胸中有數千卷書，便當賞購千金，安用乞靈於文湖州哉！《山谷全書·別集》卷六。

三五〇　題《遠近圖》後

此圖，燕貴之來昆雲仍也。窮山野水，亦是林下人窠窟；然烈風偃草木，客子當藏舟入浦潊中，强人力牽挽，欲何之耶？雙井永思堂書。《山谷全書·別集》卷六。

三五一　題北齊《校書圖》後

往時在都下，駙馬都尉王晉卿時時送書畫來作題品，輒貶剝令一錢不直。晉卿以爲過。某曰：書畫以韻爲主，足下囊中物，無不以千金購取，所病者韻耳。收書畫者觀予此語，三十年後當少識書畫矣。元祐九年四月戊辰，永思堂書〔一〕。《山谷全書·別集》卷六。

〔一〕"元祐九年"以下原無，據《東坡題跋》卷五補。

三五二　跋李太白詩草

觀此詩草，決定可知是胸中瀟灑人也。涪翁書。《山谷全書·別集》卷六。

三五三　跋懷素《千字文》

予嘗見懷素師《自叙》草書數千字，用筆皆如以勁鐵畫剛木。此《千字》用筆不實，決非素所作，書尾題字亦非君謨書。然此書亦不可棄，亞栖所不及也。《山谷全書·別集》卷六。

三五四　跋《蘭亭記》

此本以定州《蘭亭》土中所得石摹入棠梨板者，字雖肥，骨肉相稱。觀其筆意，右軍清真風流，氣韻冠映一世，可想見也。今時論書者，憎肥而喜瘦，黨同而妒異。曾未夢見右軍脚汗氣，豈可言用筆法耶！元符三年四月甲辰涪翁題。《山谷全書·別集》卷六。

三五五　跋唐玄宗《鶺鴒頌》

唐太宗妙於書，故高宗雖潦倒怕婦，筆法亦極清勁，玄宗書班班猶有父祖風。此如長沙王十世後，孫子猶似其祖耳。《山谷全書·別集》卷六。

三五六　跋東坡寫老杜《岳麓道林詩》

書真印僞〔一〕，不可解也。若有人捕得，可於子瞻處請數枝竹木充賞。《山谷全書·

别集》卷六。

〔一〕偽：原作"偶"，據民國十一年如皋祝氏補刻本《豫章先生遺文》卷一一改。

三五七　跋唐彥猷書

唐彥猷、錢穆父皆學歐陽率更書〔一〕，得其髣髴者。《山谷全書·別集》卷六。

〔一〕書：原作"當"，據民國十一年如皋祝氏補刻本《豫章先生遺文》卷一一改。

三五八　跋《東方朔畫讚》

《東方生畫讚》用筆極痛快，時傳摹，去真甚遠，猶可喜。《山谷全書·別集》卷六。

三五九　跋蘇子美帖

蘇長史用筆沈實極不凡，然四十年來，絶難得知音也。《山谷全書·別集》卷六。

三六〇　跋周子發帖

子發臨書殊勁，但並使古人病韻耳。《山谷全書·別集》卷六。

三六一　跋杜祁公帖

杜祁公七十老人，書自能如此，亦自難得。《山谷全書·別集》卷六。

三六二　跋張伯益帖

張伯益作篆字，殊有不凡處，作真行乃如此。李留臺書多得古人法，雖有筋骨而傷肉。至伯益學之，只成世間風肥人耳。《山谷全書·別集》卷六。

三六三　跋蔡君謨書

君謨《渴墨帖》，髣髴似晉、宋間人書，乃因倉卒，忘其善書名天下，故能工耳。《山谷全書·別集》卷六。

三六四　跋潞公帖

余嘗論潞公書極似蘇靈芝，公曰："靈芝墨猪耳。"蓋不肯與靈芝爭長。今觀《到洛爲兒子赴許昌帖》，筆勢清勁，真不愧古人。元祐二年正月八日，黃某。《山谷全書·別集》卷六。

三六五　書棕扇

余書十棕心扇，未敢謂毫髮無遺恨，不幾乎波瀾獨老成者耶？《山谷全書·別集》卷六。

三六六　跋七叔祖主簿與族伯侍御書〔一〕

此書乃七叔祖作南陽主簿時，與族伯父晦甫侍御叙宗盟書也。

叔祖夢升是時年四十，文章妙一世，歐陽永叔愛嘆其才，稱之不容口，不幸明年遂捐館舍於南陽耳〔二〕。晦甫雅意本朝，以孤遠論國家大計，知無不言，應詔而西，不幸以疾歿於三衢。二先生皆吾宗之豪傑也，其大過人者不得少見於世。於今兩宗人物眇然，堪爲流涕。

建中靖國元年三月丙子，諸孫朝奉郎、新知太平州黃某敬跋。《山谷全書·別集》卷六。

〔一〕此跋前原録黃注此書本文，此刪。
〔二〕年：原作"月"，據明弘治刻、嘉靖六年喬遷余載仕重修本《豫章先生文集》改。

三六七　題東坡像

元祐之初，吾見東坡於銀臺之東，其貌不爾。紹聖之元，吾見東坡於彭蠡之上，其貌不爾。紹聖之末，有僧法舟見東坡於惠州之市，其貌不爾。而彭山石瑜作東坡之像焉，廖宣叙，東坡年家子也，而謂之然，余安敢獨謂之不然？《山谷全書·別集》卷六。

三六八　書贈花光仁老（一）

比過鷲山，會芝公書記還自嶺表，出師所畫梅花一枝，想見高韻〔一〕。乃知大般若手，能以世間種種之物而作佛事，度諸有情。於此薦得，則一枝一葉、一點一畫，皆是老和尚鼻孔也。《山谷全書·別集》卷六。

〔一〕韻：原作"嶺"，據民國十一年如皋祝氏補刻本《豫章先生遺文》卷一○改。

三六九　書贈花光仁老（二）

余方此憂患，無以自娱，願師爲我作兩枝見寄，令我時得展玩，洗去煩惱，幸甚。此月末間得之，佳也。

某有《梅花》一詩，東坡居士爲和王荆公書之於扇，却待手寫一本奉酬也。《山谷全書·别集》卷六。

三七〇　書陰真君詩後〔一〕

忠州丰都山仙都觀朝金殿西壁〔二〕，有天成四年人書陰真君詩三章。余同年許少張以爲真漢人文章也，以余考之，信然。因試生筆〔三〕，偶得佳紙，爲抄此詩，以與王瀘州補之之季子。

觀陰君所學，守屍法耳，猶須擇師勤苦如是，乃能得之；何況千載之後，尚友古人，求知道德之主宰者乎！紹聖四年四月丙午，黔中禪月樓中書。《山谷全書·别集》卷六。

〔一〕君：原脱，據民國十一年如皋祝氏補刻本《豫章先生遺文》卷九補。
〔二〕丰：原作"半"，據《鐵網珊瑚》卷四改。
〔三〕生：原無，據民國十一年如皋祝氏補刻本《豫章先生遺文》卷九補。

三七一　題東坡大字

東坡嘗自評作大字不若小字，以余觀之，誠然。然大字多得顔魯公《東方先生畫讚》筆意，雖時有遣筆不工處，要是無秋毫流俗。

元符三年十二月甲辰夕，天不雪而大寒〔一〕，呼酒解指卷乃能書此。山谷老人題。《山谷全書·别集》卷七。

〔一〕不：原作"下"，據民國十一年如皋祝氏補刻本《豫章先生遺文》卷一〇改。

三七二　題唐本《蘭亭》

紹聖元年六月乙未，上藍院南軒，同程正輔觀唐本《蘭亭》，雖太姿媚，不及定州石刻清勁，然亦自有勝處。

《洛神賦》余嘗疑非王令遺墨，豈古本既零落，後人附託之耶？周越少收斂筆勢，亦可及此。《山谷全書·别集》卷七。

三七三　題魏鄭公《砥柱銘》後

余平生喜觀《貞觀政要》，見魏鄭公之事太宗，有愛君之仁，有責難之義，其智足以經世，其德足以服物，平生欣慕焉。故觀《砥柱銘》，時爲好學者書之，忘其文之工拙，所謂"我但見其嫵媚"者也。

吾友楊明叔知經術，能詩，喜屬文。爲吏幹公家如己事，持身潔清，不以夏畦之面事上官，不以得上官之面陵其下，可告以魏鄭公之事業者也，故書此銘遺之。置《砥柱》於座旁，亦自有味。

劉禹錫云："世道劇頹波，我心如砥柱。"夫隨波上下，若水中之鳧，既不可以爲人師表，又不可以爲人臣作則〔一〕，《砥柱》之文在旁，新花樣得兩師焉。雖然，持砥柱之節以事人，上官之所不悅，下官之所不附，明叔亦安能病此而改其節哉！

建中靖國元年正月庚寅，繫船王市，山谷老人燭下書，瀘州史子山請鑱諸石。《山谷全書·別集》卷七。

〔一〕作：原作"佐"，據民國十一年如皋祝氏補刻本《豫章先生遺文》卷一〇改。

三七四　題東坡水石

東坡墨戲，水活石潤，與今草書三昧，所謂閉户造車，出門合轍。《山谷全書·別集》卷七。

三七五　書自草李潮《八分歌》後

元符三年七月二十三日〔一〕，余將至青衣，吾宗子舟求予作草。撥忙作此，殊不工。古人云"匆匆不暇草"，端不虛語。時涪翁年五十六矣。《山谷全書·別集》卷七。

〔一〕符：原誤作"府"，據明弘治刻、嘉靖六年喬遷余載仕重修本《豫章先生文集》改。

三七六　跋章草《千字文》

集書家定爲漢章帝書，繆矣。"章草"，言可以通章奏耳。《千字》乃周興嗣取右軍帖中所有字作韻語，章帝時那得有之？疑只是蕭子雲書之最得意者。《山谷全書·別集》卷七。

三七七　跋歐陽率更書

歐陽率更《鄱陽帖》，用筆妙於起倒，林夫臨摹，殊不失真，亦翰墨中異人也。

繫舟樊口，蕭散於寒溪西山之上，携此書往來研味，髣髴見古人。同觀者潘邠老、董仲達〔一〕、李文舉、陳元矩、何斯舉。《山谷全書·別集》卷七。

〔一〕董：原脱，據民國十一年如皋祝氏補刻本《豫章先生遺文》卷一〇補。

三七八　跋繆篆後　同光二年李元輔書

繆篆讀如"綢繆束薪"之繆，漢以來符璽印章書也。李元輔不甚知名，蓋翰林書藝之流。今日藏之，亦足以廣聞見，備討尋，不可廢也。《山谷全書·別集》卷七。

三七九　跋劉敞侍讀帖

劉侍讀君敞，文忠公門人也，而此帖云："文忠公文字畔經術，背聖人意。"流俗亦多信然。曾不知文忠公著文立論及平生所施設，無一不與經術合也。至近世俗子亦多謗東坡師縱橫說，而不考其行事果與縱橫合耶，其亦異也！蓋數十年前已有如此等語，今人又百倍於劉，此予不得不辨也。《山谷全書·別集》卷七。

三八〇　鍾離跋尾

少時喜作草書，初不師承古人，但管中窺豹，稍稍推類爲之。方事急時，便以意成，久之或不自識也。比來更自知所作韻俗。下筆不瀏灕，如禪家"黏皮帶骨"語，因此不復作。時有委縑素者，頗爲作正書。正書雖不工，差循理爾。

今觀鍾離壽州小字《千字》，嫵媚而有精神，熟視皆有繩墨，因知萬事皆當師古。往時翰林侍書王著補永禪師《千字》，筆圓意足，至書家尊之，此書正當雁行。然公序小楷尤妙，更於行間置小楷，使文質彬彬，當更勝爾。元祐三年八月甲申，門下後省書，南昌黃某。《山谷全書·別集》卷七。

三八一　跋《此君軒》詩（一）

予既追韻作此詩寄周彥，周彥鈔本送元師，元師更欲得予手寫，因爲作草書。

近時士大夫罕得古法，但弄筆左右纏遶，遂號爲草書耳，不知與科斗、篆、隸同法同意。數百年來，惟張長史、永州狂僧懷素及余三人悟此法耳。蘇才翁有悟處，而不能盡其宗趣，其餘碌碌耳。

江安城北灘上作小茅亭，尉李相如爲余開兩窗，極明焕，故作戲弄，筆墨可意。《山谷全書·別集》卷七。

三八二　跋《此君軒》詩（二）

元符二年冬，元來訪予於僰道〔一〕，約來春三月予必東歸，歸當復來別我。既而其年果來相見，但乞《此君軒》詩而已。咄嗟而成，文不加點。《山谷全書·別集》卷七。

〔一〕元：原脱，據民國十一年如皋祝氏補刻本《豫章先生遺文》卷一一補。

三八三　題歐率更書

歐率更書，溫良之氣襲人，然即之則可畏，頗似吾家叔度之爲人。比來士大夫學此書，好作芒角鎌利，政類阿巢爾。山谷云。《山谷全書·別集》卷七。

三八四　題黄龍清禪師《晦堂讚》

三問逆推，超元機於鷲嶺；一拳垂示，露赤體於龍峰。聞時富貴，見後貧窮。年老浩歌歸去樂，從他人唤住山翁。

元祐八年十二月，通城陳修己爲智嵩上座寫晦堂老師影，絶妙諸本。予欲彫琢數句，莊嚴太空，適見西堂清公所作，全提全示，無有少賸，順讚一句，屋下蓋屋，逆讚一句，樓上安樓。不如借水獻花，與一切人供養。黄某題。《山谷全書·別集》卷七。

三八五　與楊景山書古樂府因跋其後

元符三年庚辰九月壬午，青神縣尉廳東之退密堂，夜漏下三刻所，偶案上有墨瀋一升許，几傍或置此卷，云是邑中老儒楊景山乞書，因取嚴永舊無心棗核筆，宛轉可人意，遂書欲盡。

予聞景山之子逵才武自將，今爲涇原部將，故書此猛士冒鋒鏑報國之詩遺之，可令人日誦於軍中以飲酒。山谷老人題。《山谷全書·別集》卷七。

三八六　跋東坡書《寒食詩》

東坡此書似李太白，猶恐太白有未到處。此書兼顔魯公、楊少師、李西臺筆意，誠使東坡復爲之，未必及此。他日東坡或見此書，應笑我於無佛處稱尊也。《山谷全書·別集》卷七。

三八七　跋張長史書

此亦奇書，但不知所作，以爲長史則非也。

予嘗於楊次公家，見長史行草三帖，與王子敬不甚相遠。蓋其姿性顛逸，故謂之"張顛"。然其書極端正，字字入古法。人聞張顛之名，不知是何種語，故每見猖獗之書，輒歸之長史耳。《山谷全書·別集》卷七。

三八八　書座右銘遺嚴君可跋其後

眉山嚴君可，國士也，不憚數舍之遠，訪予於叙南僦舍。予得之，如獲重寶，相與終日抵掌談笑，至於論列古今是非成敗，愈久不厭。

一日告余以歸，頗不忍捨其去，故手書座右一銘以贈之，俾歸以遺其子椿。椿雖少，聞骨格不凡也。元符三年九月己卯，某書。《山谷全書·別集》卷七。

三八九　書"陰德"字遺陳氏

陳氏醫三世名兩蜀，不牽貧賤富貴，凡召即往。于公爲獄吏，以其活人多，故高其門，況醫人之司命乎！故書"陰德"二字以遺之。元符元年三月。《山谷全書·別集》卷七。

三九〇　跋《登江州百花亭懷荊楚》詩

百花亭，梁大同三年刺史邵陵王綸所作。此詩出《英華集》，皆佳句也。

崇寧元年八月壬戌，來集斯亭，其旦子又來。四顧徘徊，恨詩人之不可見，因大書此三詩，遺寺僧宗素，俾刻之堅石，爰來者得觀覽焉。修水黃某。《山谷全書·別集》卷七。

三九一　題林和靖書

林處士書清氣照人，其端勁有骨，亦似斯人涉世也耶！《山谷全書·別集》卷七。

三九二　跋東坡與王元直夜坐帖

王元直遊東坡雲霧中，風氣殊勝。由此觀之，豈可不擇交遊親戚耶！《山谷全書·別集》卷七。

三九三　題東坡竹石

石潤竹勁，佳筆也。恨不得李伯時發揮耳。《山谷全書·別集》卷七。

三九四　跋東坡《蔡州道中和子由雪詩》

此字和而勁，似晉、宋間人書。中有草書數字極佳，每能如此，便勝文與可十倍，蓋都無俗氣耳。《山谷全書·別集》卷七。

三九五　戲草秦少游《好事近》因跋之

三十年作草，今日乃似造微入妙，恨文與可不在世耳。此書當與與可老竹枯木並行也。《山谷全書·別集》卷七。

三九六　跋郭熙畫山水

郭熙元豐末爲顯聖寺悟道者作十二幅大屏，高二丈餘，山重水複，不以雲物映帶，筆意不乏。余嘗招子瞻兄弟共觀之，子由歎息終日，以爲郭熙因爲蘇才翁家摹六幅李成驟雨，從此筆墨大進。觀此圖，乃是老年所作，可貴也。元符三年九月丁亥，觀於青神蘇漢侯所。山谷題〔一〕。《山谷全書·別集》卷七。

〔一〕山谷題：三字原無，據《式古堂書畫彙考》卷四一補。

三九七　題東坡大字

東坡嘗自評作大字不若小字，以余觀之，誠然。然大字多得顏魯公《東方先生畫讚》筆意，雖時有遺筆不工處，要是無秋毫流俗。

元符三年十二月甲辰夕，天不雪而大寒〔一〕，呼酒解指拳乃能書此。山谷老人題。《山谷全書·別集》卷七。

〔一〕不：原作"下"，據民國十一年如皋祝氏補刻本《豫章先生遺文》卷一〇改。

三九八　書劉禹錫《浪淘沙》《竹枝歌》《楊柳枝》詞各九首因跋其後

累日倦舍中賓客，既解舟，意猶煩倦，欲眠則晝熱不可伏枕，試令作墨瀋，遂爲峨眉史慶崇草此樂府二十七章。盛暑又臂痛，書罷汗透絺紛，風冰臂指，老態百出，恐自此漸不能書矣。元符二年四月甲戌，戎州城南僦舍任運堂中書。《山谷全書·別集》卷七。

三九九　題宗成樹石

長林巨石，風飄水激。張之牆壁，助我岑寂。《山谷全書·別集》卷七。

四〇〇　題《玉清昭應宮圖》

玉清昭應宮成，以圖畫潤色牆壁。當時大儒博極群書者，討論軒轅以來出於趙氏而飛升度世者，作此圖，又集天下名手爲之。宮成未幾，火事一空。

比試考元豐間景靈虛名，既廣崇奉之制，乃求之畫院，盡用玉清之繪事名手。若得密疏故事，亦以廣異聞，今但能事未畢也。《山谷全書·別集》卷七。

四〇一　書遺道臻墨竹後與斌老

元符三年三月，戎州無等院涪翁借地所築槁木菴中書。

此篇之成〔一〕，罕書與人，吾宗斌老授竹法於文與可，故書此以助經營之萬一。《山谷全書·別集》卷七。

〔一〕之成：原作"爲戒"，據民國十一年如皋祝氏補刻本《豫章先生遺文》卷一一改。

四〇二　書和晁無咎詩後與斌老

元符三年十二月，予將發戎州，於百忙中爲斌老書此卷。

建中靖國元年正月，斌老遣小使持此來追予於江安縣，曰："卷尾餘繒，願記歲時。"其丙寅，江瀨風靜，天日明朗，故爲書數行。斌老爲予以兩幅寫東園病竹，筆意放縱，實天下之奇作，文湖州若在，當絕倒矣。山谷老人書。《山谷全書·別集》卷七。

四〇三　書《發願文》後

雲巖西堂度夏，舊莊主有出家兒氣節，有爲眾竭力之心〔一〕，以知事，方圓一不合，遂縮手袖間。予深爲雲巖惜失此人，因書此《發願文》贈之。

紹聖元年五月己酉，山谷老人書。《山谷全書·別集》卷七。

〔一〕爲：原作"微"，據明弘治刻、嘉靖六年喬遷余載仕重修本《豫章先生文集》改。

四〇四　書自草《秋浦歌》

後紹聖三年五月乙未，新開小軒，聞幽鳥相語，殊樂，戲作草，遂書徹李白《秋浦歌》十五篇。

時小雨清潤，十三日所移竹及田野中人致紅蓮三十本，各已蘇息；唯自籬外移橙一株著籬裏，似無生意。蓋十三日竹醉，而使橙亦醉，亦失其性矣。

知命自黔江得一畫眉，云頗能作杜鵑語，故携來。然置之摩圍閣中，時時作百蟲聲，獨不復作杜鵑語。爲客談此，客云："此豈羊公鶴之苗裔耶！"

秦少游學書，人多好之，唯錢穆父以爲俗。初聞之不能不嫌，已而自觀之，誠如錢公語，遂改度，稍去俗氣，既而人多不好。老來漸懶慢，無復此事。人或以舊時意來乞作草，語之以今已不成書，輒不聽信，則爲畫滿紙，雖不復入俗，亦不成書，使錢公見之，亦不知所以名之矣。摩圍閣老人題。《山谷全書·別集》卷八。

四〇五　書伯時《陽關圖》草後

元祐初作此詩，題伯時所作《陽關圖》。

崇寧元年五月，見此草於趙升叔家，殊妙於定本。升叔，伯時婿也，時俱繫舟於大雲倉之達觀臺下。《山谷全書·別集》卷八。

四〇六　書王周彥東坡帖

東坡云："大字難於結密而無間，小字難於寬綽而有餘。"此確論也。余嘗申之曰：結密而無間，《瘞鶴銘》近之；寬綽而有餘，《蘭亭》近之。若以篆文說之，大字如李斯《嶧山碑》，小字如先秦古器科斗文字。

東坡先生道義文章名滿天下，所謂青天白日，奴隸亦知其清明者也。心說而誠服者，豈但中分魯國哉！士之不遊蘇氏之門，與嘗升其堂而畔之者，非愚則傲也。

當先生之棄海瀕，其平生交遊多諱之矣，而周彥萬里致醫藥，以文字乞品目，此豈流俗人炙手求熱、救溺取名者耶！蓋見其內而忘其外，得其精而忘其麤者也。周彥敦厚好學，行其所聞，求其所願，得意於寂寞之鄉，邀樂於無臭味之處，他日吾將友之而不可得者。

建中靖國元年正月乙酉書。《山谷全書·別集》卷八。

四〇七　書平原公簡記後

平原公盛德之士，識量絶諸公遠甚。士大夫亦多愛之，然未必知之也。人不易知，知人亦未易也，有是哉！

元祐九年四月，在雙井永思堂檢舊書，見元祐初簡記，如接笑語。軍山之木拱矣，眼中無復斯人，使人惘然竟日。因蜀僧范公言，長沙湯氏以石工擅名〔一〕，雅善得人筆意，請范公因行李携示之。平原公書亦自難誑，或不解此意，且為携入潙山調護之。二十五日丙寅，某書。《山谷全書・別集》卷八。

〔一〕工：原作"公"，據明弘治刻、嘉靖六年喬遷余載仕重修本《豫章先生文集》改。

四〇八　跋唐道人編予草稿

此山谷老人棄紙，連山唐坦之編綴為藏書，可謂嗜學。

然山谷在黔中時，字多隨意曲折，意到筆不到。及來僰道，舟中觀長年盪槳，群丁撥棹〔一〕，乃覺少進，意之所到，輒能用筆。然比之古人入則重規疊矩，出則奔軼絶塵，安能得其髣髴耶！

此書他日或可與，或可作安石碎金，見愛者或謂不然，不見愛者或比余為鍾離景伯耶！《山谷全書・別集》卷八。

〔一〕棹：原作"掉"，據明弘治刻、嘉靖六年喬遷余載仕重修本《豫章先生文集》改。

四〇九　跋朱應仲卷

建中靖國元年四月丙午，承天寺經藏南，試金崖石研、諸葛元筆，研不滯墨，墨不凝筆，但觀者如牆，殊增暑氣。《山谷全書・別集》卷八。

四一〇　元祐間大書淵明詩贈周元章

元章雖為外兄弟，其清修好學，草木臭味自同。索余作字雖多，余不倦也。《山谷全書・別集》卷八。

四一一　再跋

觀十年前書，似非我筆墨耳。年衰病侵，百事不進，唯覺書字倍增勝〔一〕。頃於范君仲處見東坡惠州自書所和陶令詩一卷〔二〕，詩與書皆奔軼絕塵，不可追及，又悵然自失也。建中靖國元年四月己未。《山谷全書・別集》卷八。

〔一〕倍：原作"倍倍"，據民國十一年如皋祝氏補刻本《豫章先生遺文》卷一〇改。
〔二〕頃：原作"復"，據同上改。

四一二　跋樂道《心經》

李樂道爲親而書，馬潤之爲親而傳刻，皆美意也。使二君又能參其義，知五蘊皆空，以遊世，不落煩惱濁中，則所以爲其親者又更至焉。韓退之云："喧譁不滿眼，咎責塞兩儀。"此不見色空，即是空累也。《山谷全書・別集》卷八。

四一三　跋王子予外祖劉仲更墨跡

某十五六時，遊學淮南間，晉城劉仲更以多聞强識，得近世不傳之學，爲大儒歐陽文忠公、宋景文公所稱賞。《唐書》《天文》《地理》《律曆》《五行志》，皆仲更所定，諸公但仰成而已。仲更位卑年不壽，不及翱翔於中朝，賤生不及承顔接辭，嘗以爲恨。

頃歲蒙恩入秘書省，秘書省官皆天下選求，如仲更之學術深密者蓋鮮。今觀遺草，爲之霣涕。建中靖國元年五月癸未，故太史氏黃某書。《山谷全書・別集》卷八。

四一四　跋王晉卿墨跡

王晉卿畫水石雲林，縹緲風塵之外，他日當不愧小李將軍。其作樂府長短句，蹉踔之語，而清麗幽遠，工在江南諸賢季孟之間。近見書《戒壇院佛閣碑》，文句與筆畫皆頓進，所謂後生可畏者乎！《山谷全書・別集》卷八。

四一五　跋自書樂天《三遊洞序》

元和初，盜殺武丞相於通衢。樂天以讚善大夫，是日上疏論天下根本，所言忤君相按劍之意，謫江州司馬數年。平淮西之明年，乃遷忠州刺史。觀其言行，藹然君子也。

余往來三遊洞下，未嘗不想見其人。門人唐履因請書樂天序，刻之夷陵；嚮賓聞之，欣然買石，具其費，遂與之。

建中靖國元年七月，涪翁題。《山谷全書・別集》卷八。

四一六　跋知命弟與鄭幾道駐泊簡（一）

知命弟學魯公東西林碑陰字，殊有一種風氣，恨未遒耳〔一〕。年不五十，遽成丘山。觀其平時規摹，不自謂止此。今日見此書，心欲落也。建中靖國元年七月二十五日，涪翁題。《山谷全書·別集》卷八。

〔一〕遒：原作"遵"，據文淵閣四庫全書本改。

四一七　跋永叔《與挺之郎中及憶滁州幽谷》詩

歐陽文忠公書不極工，然喜論古今書，故晚年亦少進。其文章議論，一世所宗，書又不惡，自足傳百世也。

建中靖國元年冬至，觀於荆州沙市舟中。雪晴大寒，捉筆不能字。鍾陵黃某題。《山谷全書·別集》卷八。

四一八　跋馬中玉詩、曲、字

馬中玉翰墨頗有勁氣，似李西臺，但少妍耳。詩句亦不草草，蓋致古人詩磊磊在其胸中。亦善題評。至其作樂府長短句，能道人意中事，宛轉愁切，自是佳作。《山谷全書·別集》卷八。

四一九　跋自草東坡詩

此東坡先生合浦所作詩，墨跡在歐陽晦夫家，有兒陟，年纔十四，未知來訪余。一日馮紹先、張昌裔見過，誦之，金石琅琅，聽之使人安樂，因爲作草。《山谷全書·別集》卷八。

四二〇　跋周越書後

周子發下筆沈著，是古人法，若使筆意姿媚似蘇子瞻，便覺行間茂密，去古人不遠矣，何止獨行於今代耶！建中靖國元年九月乙丑，荆江亭下舟中書。《山谷全書·別集》卷八。

四二一　跋自草與劉邦直

建中靖國元年十月，沙市舟中，晚日入窗，松花泛研，愛此金屑銑澤，因爲邦直作草，頗覺去古人不遠。然念東坡先生下世，故今老僕作此無顧忌語。"後生可畏，安知來者不如今"者，特戲言耳。《山谷全書·別集》卷八。

四二二　跋草書子美詩後

建中靖國元年二月丁巳晚，下群一豬灘，未滅燭，爲孫惇夫作此草。匆匆賓客時，誠不暇作矣。《山谷全書·別集》卷八。

四二三　書《次韻周元翁游青原山詩》後〔一〕

予曩時上七祖山，極愛其山川，故爲予友元翁作此詩。又出上方之南，得古釣臺，嘉遯世不見其光輝者，元翁亦請予賦詩。詩曰："避世一丘壑，似漁非世漁。獨尋嘉橘頌，不遺子公書。筍蕨林塘晚，絲緡歲月除。安知冶容子，紅袖泣前魚。"元翁曰："青原遺跡但有顏公大字，當並刻此二詩，使來者得觀焉。"其後各解官去，不果刻。

海昏王子駿以生絹來乞書，子駿於余外家有連，故書予之，能以青石板刻而送之祖山，亦一段奇事。南昌黃庭堅書。《山谷全書·別集》卷八。

〔一〕詩：原作"寺"，據《青原山志略》卷六改。

四二四　跋東坡自書所賦詩

東坡少時，規摹徐會稽，筆圜而姿媚有餘。中年喜臨寫顏尚書真行，造次爲之，便欲窮本。晚乃喜李北海書，其豪勁多似之。

往時唯唐林夫學書知古人筆意，少所許可，甚愛東坡書，此與泛泛好惡者，不可同年而語矣。《山谷全書·別集》卷八。

四二五　跋《苦寒吟》〔一〕

開封張德淵，號爲有急難之義，予晚識之於長沙，名不虛得也。泊船驛步門，與德淵官廨相近，時時相過，奔走予所關，如有人挽其前、推其後也。他日持此卷來乞書，會舟子作歲除〔二〕，未能行，舟中無他緣，偶得意書盡。崇寧二年十二月晦，山谷老人書。《山谷全書·別集》卷八。

〔一〕吟：原作"竹"，據《山谷年譜》卷二九改。
〔二〕子：原作"予"，據明弘治刻、嘉靖六年喬遷余載仕重修本《豫章先生文集》改。

四二六　題韓幹《御馬圖》

蓋雖天廄四十萬疋，亦難得全材耳。今天下以孤蹶棄驥，可勝嘆哉！《山谷全書·別集》卷八。

四二七　論作字（一）

晁美叔嘗背議予書"唯有韻耳，至於右軍波戈點畫，一筆無也"。有附予者傳若言於陳留，余笑之曰："若美叔書，即與右軍合者，優孟抵掌談説乃是孫叔敖也。往嘗有丘敬和者，摹放右軍書筆意，亦潤澤，但爲繩墨所縛，不得左右。予嘗贈之詩，中有句云：'字身藏穎秀勁清，問誰學之果《蘭亭》。大字無過《瘞鶴銘》，晚有石巖頌中興。小字莫作癡凍蠅，《樂毅論》勝《遺教經》。隨人作計終後人，自成一家始逼真。'不知美叔嘗聞此論乎？"南昌黃魯直題。《山谷全書·別集》卷一一。

四二八　論作字（二）

敷道人作大字，筆勢已遒勁可愛，但肥字須要有骨，瘦字須要有肉。學古人書隨其工處，今人學書肥瘦皆病，又嘗偏得其人醜拙處，如今人作顏體，乃其粲然者。

江南太史氏黃庭堅書。《山谷全書·別集》卷一一。

四二九　論作字（三）

大字今都不見右軍父子遺墨，欲學書者，當以丹陽《瘞鶴銘》字爲則。大字難爲結密，唯此書無點檢處。顏魯公書《宋開府碑》，瘦勁端重，極近之。《山谷全書·別集》卷一一。

四三〇　論作字（四）

學書欲先知用筆之法，欲雙鈎迴腕，掌虛指實，以無名指倚筆則有力。古人學書不盡摹，張古人書於壁間，觀之入神，則下筆時筆隨人意。大抵書字欲如人有精神，細觀之則部伍皆中度耳。《山谷全書·別集》卷一一。

四三一　與胡逸老書（八　節錄）

大草殊非古，古人但作小草爾。故有意學草，當學草小字。今法帖中有張芝書狀二十許行，索靖《急就》草數行，清絕瘦勁，雖王家父子，當斂手者也。公必欲求善工刻字，當奉爲書小草《黃庭》，須得意輒作數行耳。今日欲學草書，當求智永《千字文》五百許字，其半王著足成者，此小草迥無俗氣爾，餘不足學也。《山谷全書·別集》卷一四。

四三二　答王子厚書（二　節錄）

借示石恪畫一軸，此天下妙筆也，熟觀之，動人神爽也。宋純時果染色，極似趙昌，枝葉乃似過之。王友功夫雖到，脫洒處蓋不及也。然花木之類，直得真趙昌，亦不必收，本來格不高耳。不審有孫大古佛像、鬼神，及湖灘鷺鷥輩否？有之俱欲借觀也。《山谷全書·別集》卷一四。

四三三　書《江西道院賦》後

往在江南所作。來黔戎之間已五年，不復記憶。會夔州李元中自內地來，得高安石本，故復得之。王周彥求作大字，遂書此賦。有民社者觀之，或有補萬分之一耳。明弘治刻、嘉靖六年喬遷余載仕重修本《豫章黃先生外集》卷九。

四三四　書自書《楞嚴經》後

崇寧元年三月己卯，自分寧來，宿萬載之廣慧道場。會前宜春令陳日休燭下出此書，相示熟視之，幾如前世事昧昧耳。

紹聖初得罪竄棄黔中，度巫峽鬼門關。或題關頭曰："自此以往，更不理爲在生月日。"某顧伯氏元明而笑，元明蓋愀如也。

建中靖國元年三月，下鬼門關，因戲題云："人言生入鬼門關，更不理爲在生日。雖從乙酉到庚辰，老夫明年五十七。"今觀此字，似是十年前書，當時用筆皆不曾予今日手中意。

古人所論，《莊子》"藏山於澤，有力者負之而趨"，蓋言前山非後山；孔子"逝者如斯夫，不捨晝夜"，蓋言前水非後水。審解此意，則此書定非予書也。民國十一年如皋祝氏補刻本《豫章先生遺文》卷九。

四三五　書贈張大同

外甥張大同以此紙來乞小楷。此高紙，不宜小字，老夫又臂痛眼花，聊作墨戲以塞白，且免永沈苦海。元符三年十二月己亥，懷古亭中書。《豫章先生遺文》卷九。

四三六　書自作小楷後

知命無恙時，曰少年以此紙軸來乞書，余即爲書數紙。既而多事，此書沉没亂書中不得見。今日在福溪道中偶尋得，對之悽然，因爲書徹。《豫章先生遺文》卷九。

四三七　書製錦堂牌

某初至邑中，士大夫争求余易此榜。某徘徊觀潘榜筆法清勁，不當易也，乃令重粉飾焉。崇寧甲申四月，山谷老人書。《豫章先生遺文》卷九。

四三八　書自草書古樂府後

共城張載熙，名家子，能官而好文，尤喜筆札。自以平生好余書，但見碑板，以余喜其弟故，以連州藤紙兩大軸來乞行草書〔一〕。會予遷次宜州城中，土木之功紛然作於前，不能有佳思，桂州人日日求去。窗閒屏事書此，心手與筆俱不相得，譬如稺子畫沙上書耳。四年正月乙亥，喧寂齋日斜矣。《豫章先生遺文》卷一〇。

〔一〕連州藤紙：原作"連月藤"，據清光緒二十年義寧州署重刻本《山谷全書·正集》卷二六《跋與張載熙書卷尾（二）》改。

四三九　書韓文公《進學解》後

元符三年三月丁亥，戎州城南僦舍中。書罷，雞欲棲矣。《豫章先生遺文》卷一〇。

四四〇　題山松

翰林畫工近年稍稍有超格者，如蔡待詔《寒林》，不易得也。往歲觀啟聖院老僧室中數壁，落花流水，鵝群隨水波於杏花中，動植物皆工，乃是翰林畫工所作，近世待詔頗乏蜀矣。《豫章先生遺文》卷一一。

四四一　跋歐陽永叔書

歐陽文忠此兩小帖用筆極佳。《豫章先生遺文》卷一一。

四四二　跋草書卷

崇寧元年七月甲午，繫舟達觀臺下待舒城家問。朝涼，戲作此卷。文淵閣四庫全書本《山谷年譜》卷二九。

四四三　重書法輪古碑跋

大明本名惠遠，思大禪師之孫。與虞世南、李百藥、岑文本爲方外之友，三人皆爲作碑銘，幸岑中書之文僅存，又爲不解事僧傳於石刻敗剝之，幾不可讀矣。而法輪寺住持禪師景齊來求予刊定，且乞書而刊之。

師，金陵蔣山中人，嘗入予方外之師晦堂心公之室，謂我爲同門，蓋嘗參《字説》於王荆公。其人通達辨識，欲有所爲，人不能泥也，故欣然爲之書。

法輪寺自晉至唐貞觀中，雖既廢復興，皆號龍雲寺。中間改號金輪，而無文記可尋，意武后時所改耳。其號法輪，則太平興國五年敕書也。崇寧三年二月丙寅，修水黃庭堅書。《山谷年譜》卷三〇。

四四四　跋自書《煎茶賦》

元符三年八月丁未，阻雨羌峽中，試嚴永棗核筆，以銷飽懣。此書似王定國，而差有意味。叢書集初編本《寶真齋法書讚》卷一五。

四四五　跋周紹邃本《蘭亭序》

王右軍《禊事詩序》，爲古今行正之祖。當時逸少自珍此書，故作或肥或瘦不同，要其書法異爾。今之書或喜肥疾瘦，殆不知而作也。

予近於今之李翹叟家得硬黃臨《文賦》一卷，筆意清潤，是歐、虞、褚、陸輩臨右軍書，使善工者入石，可與《蘭亭》並行，但世人未深知爾。建中靖國元年四月庚申，荆江亭書。是日江水漲數尺。文淵閣四庫全書本《蘭亭考》卷五。

四四六　跋定武天字不全本《蘭亭序》

此《蘭亭詩叙》，筆意清峻和暢，佳石刻也。恨墨本者著墨瀋太深，失其微細筆畫耳。

余舊有淡墨數本，頗見古人用筆起倒，兒輩不解珍惜，有乞書者輒與之，今家書中幾一空也。《蘭亭考》卷六。

四四七　題《右軍斫鱠圖》後

徐彥和送此卷，云是《右軍斫鱠圖》。余觀此榻上偃蹇者，定不解書《蘭亭叙》也。右軍在會稽時，桓溫求側理紙，庫中有五十萬，盡付之，計此風神，必有嚴塾之趣爾。永思堂書。《蘭亭考》卷八。

四四八　跋東坡書

子瞻少時學《蘭亭》極逎媚，中年以來，筆墨重實，李北海未足多也。《蘭亭考》卷九。

四四九　跋東坡書《寶月塔銘》

《塔銘》小字如季海得意時書。書字雖工拙在人，要須年高手硬，心意閒澹，乃入微耳。庭堅書。津逮秘書本《東坡題跋》卷四。

四五〇　跋韓偓十一帖

余觀韓致堯出內庭後詩，忠義感激，詩語亦清壯，超一時體律，未嘗不歎賞也。今觀十一帖，字字筆到。亂離中借衣乞米，真復可憐；囑李右司狀情至，曲折可喜。元祐元年十月己亥，黃庭堅。文淵閣四庫全書本《式古堂書畫彙考》卷八。

四五一　跋范文正公手書《道服讚》

范文正公當時文武第一人，至今文經武略，衣被諸儒，譬如蓍龜，而吉凶成敗不可變更也。故片紙隻字，士大夫家藏之，世以爲寶。至其小楷，筆精而瘦勁，自得古法，未易言也。黑龍江人民出版社一九八四年影印本《三希堂法帖》第八冊。

四五二　跋書草卷

此書草三紙在長安安師文家，其後兩紙別在師文弟師楊家，故江南石刻但有前三紙。予頃在京師，盡借得此五紙，合爲一軸，令妙工以墨錦褾，飾以玉軸，極可觀矣。安家又有魯公《祭伯父濠州刺史文》《祭姪季明文》，皆天下奇書也。《三希堂法帖》第十三冊。

四五三　跋所書蘇軾《海棠詩》

子瞻在黄州作《海棠詩》，追古今絶唱也，晦叔乞書，故爲落筆。魯直。文淵閣四庫全書本《石渠寶笈》卷四。

四五四　摹懷素草書寫僧文益語録跋尾〔一〕

此是大丈夫出生死事，不可草草便會。拍盲小鬼子往往見便下口，如瞎驢喫草樣。故草此一篇遺吾友李任道。明窗浄几，他日親見古人，乃是相見時節。山谷老人書。《石渠寶笈》卷二九。

〔一〕又名《諸上座帖》。

四五五　跋李公麟《五馬圖》

余嘗評伯時人物，似南朝諸謝中有邊幅者。然朝中士大夫多歎息伯時久當在臺閣，僅爲喜畫所累。

余告之曰：伯時丘壑中人，暫熱之聲名，儻來之軒冕，此公殊不汲汲也。此馬駔駿，頗似吾友張文潛筆力，瞿雲所謂識鞭影者也。黄魯直書。續修四庫全書本《石渠寶笈續編》第二六九八頁。

四五六　跋行書

王略澤辭乞書，會予新病癰瘍，不可多作，漫書數紙，臂指皆乏，都不成字。若持到淮南，見余故舊，可示之，何如？元祐中黄魯直書也。

建中靖國元年五月乙亥，荆州沙尾水漲一丈，堤上泥深一尺，山谷老人病起書也，鬚髮盡白。清鈔本《石渠寶笈三編》第三九七九頁。

四五七　跋王壽卿篆書

王魯翁嗜篆，一以李監爲師，行於四方，聞李監石刻之所在，無風雨晨夜。

余未識魯翁，見壁題，曰："是必陽冰之苗裔也。"已而果然。其論陽冰筆意，從老至少，肥瘦剛柔，巧拙妍醜，皆可師承，有味其言之也。

余嘗戲魯翁："杜元凱，左氏之忠臣；王魯翁，李監之上嗣也。"今世作小篆者凡數家，大率以間架爲主，李氏筆法幾絶。見魯翁用筆，可以酒酹陽冰之冢耳。山谷道人黃庭堅。上海古籍出版社一九九五年本《山左金石志》卷一八。

四五八　書几帖

小子相書，因戲題其几曰：士大夫胸中不時時以古今澆之，則俗塵生其間，照鏡則面目可憎，對人亦語言無味。□□□從予學經術，文詞頗有得意者，而德性往往不美，遇而乙事發，輒有市井屠沽氣。戲書其闌曰：大雨如懸河，禾深沒橐駝。唯有庭前擣衣石，一點八不得。光緒三十一年刻本《辛丑消夏記》卷一。

華光道人藝話

華光道人（生卒年不詳）即宋僧仲仁，與黃庭堅是同時代人。北宋元祐年間來到衡州，寄居於瀟湘門外華光寺，號華光長老、華光道人。他平生酷愛梅花，曾植梅數株，花開時移床其下，吟詠終日，眾人不解其意。他畫梅從不輕易下筆，作畫時必焚香禪定，靈感一到則"一掃而成"。及其臨老，縱心筆墨，愈作愈高，名動公卿。黃庭堅題曰："此超凡入聖法也，每率此爲之，當冠四海而名後世。"元代畫家趙孟頫在墨梅題跋中亦稱："世之論墨梅者，皆以華光爲稱首。"華光長老畫梅突破前人技法，以水墨暈寫梅花的各種姿態而自成一格，被後人譽爲"墨梅始祖"。著有《畫梅譜》，記載了他的畫梅口訣和取象方法。

《畫梅譜》

《畫梅譜》序

墨梅始自華光仁老之所酷愛，其方丈植梅數本，每花放時，輒移床其下，吟詠終日，莫知其意。偶月夜未寢，見窗間疏影橫斜，蕭然可愛，遂以筆規其狀，凌晨視之，殊有月下之思，因此好寫，得其三昧，標名於世。山谷見而美之曰：嫩寒清曉，行孤村籬落間，但欠香耳。往往士大夫有索，數年而未下筆者，有不求而自得者。華光每寫時，必焚香禪定，意適則一掃而成。人或戲之曰：昔王子猷愛竹，師何癖於梅？華光正色曰：其趣安輕重哉！聞者蕭然可愛。及其臨老，縱心筆墨，愈作愈高。於時宗寫六人，補之亦在其列。當時名公巨卿詩詞褒美不下數千首，而公平日所作一千二百餘本。逮其在西時，獨留披風帶露几案與山谷，最爲絕筆。

口訣

梅傳口訣，本性天然。下筆有力，最莫遷延。蘸墨濃淡，不許浪傳。起筆縱逸，曲徑垂攲。仰如秋月，曲似彎弓。轉如曲肘，直似箭邊。老如龍角，嫩似釣竿。拈如丁折，條似直弦。嫩梢忌柳，舊梢若鞭。弓梢鹿角，下筆忌繁。枝無十字，舉花大錢。鬧處莫鬧，閒處莫閒。老嫩依法，新舊分年。棄條無萼，勁梢指天。枯如蒼眼，一刺兩連。枯梢多刺，黎梢是焉。梢如鐵戟，花無十全。花有重犯，枝分後先。花分錢眼，鬚是虎髯。花有六六，泣露含烟。如愁如語，傲雪凝寒。大放小放，正偏側偏。大偏少偏，移春朝元。羞容背日，骷髏笑顏。離披側對，先春狀元。背萼五點，正萼一圈。笑春向陽，蓓蕾珠聯聯。左偏右偏，護寒衝烟。藏春放白，蝴蝶蜂先。披風帶蒂，萼取其圓。一開一謝，花欲大然。正鬚排七，一鬚爭先。吐三背四，切忌圈繁。造無盡意，只在精嚴。斯爲標格，不可輕傳。

取象

梅之有象，由制氣也。花屬陽而象天，木屬陰而象地，而其故各有五，所以別奇偶而成變化。蒂者花之所自出，象以太極，故有一丁。房者花之所自彰，象以三才，故有三點。萼者花之所自出，象以五行，故有五葉。鬚者花之所自成，象以七政，故有七莖。謝者花之所自究，復以極數，故有九變。此花之所自出皆陽，而成數皆奇也。根者梅之所自始，象以二儀，故有二體。木者梅之所自放，象以四時，故有四向。枝者梅之所自成，象以六爻，故有六成。梢者梅之所自備，象以八卦，故有八結。樹者梅之所自全，象以足數，故有十種。此木之所自皆陰，而成數皆偶也。不惟如此，花正開者，其形規有至圓之象。花背開者，其形矩有至方之象。枝之向下，其形規俯，有覆器之象。枝之向上，其形矩仰，有載物之象。於鬚亦然。正開者有老陽之象，其鬚七。謝者有老陰之象，其鬚六。半開者有少陽之象，其鬚三。蓓蕾者有天地未分之象，體鬚未形，其理已著。故有一丁二點，而不加三點者，天地未分而人極未立也。花萼者天地始定之象，故有所自而取象，莫非自然而然也。識者當以類推之。

一丁　其法須似丁香之狀，貼枝而生，一左一右，不可相並。丁點須要端摺有力，無令其偏，丁偏即花偏矣。是故詩有曰："丁點須端摺，安排不要偏。丁偏花不正，難使葉如錢。"

二體　謂梅根也。其法根不獨生，須分爲二，一大一小，以別陰陽；一左一右，以分嚮背。陰不可加陽，小不可加大，然後爲得體。故詩曰："根莫與獨發，獨發則成孤。二體強同勢，開源有放殊。"

三點　其法貴如一字，上濶下狹。兩邊者，連丁之狀，向兩角。中間者，據中而起，蒂萼相接。不可不相接，接不可斷續也。故詩曰："三點加丁上，舉房自此全。落毛衝斷却，蒂萼不相連。"

四向　其法有自上而下者，有自下而上者，有自右而左者，有自左而右者，須布左右上下取焉。

五出　其法須是不尖不圓，隨筆而偏分折。如花開七分，則全露；如半開，則見其半。正開者，則見其全，不可無分別也。

五萼　其法須分別，圓尖要識中，隨花成上下，掩映莫相同。

六枝　其法有偃仰枝、覆枝、從枝、分枝、折枝。凡作枝之際，須是遠近上下相間而發，庶有生意也。故詩曰："六位須分別，毋令寫處同。有人能識此，何必覓春工。"

七鬚　其法須是勁。其中勁長而無英，側六莖短而不齊。長者乃結子之鬚，故不加英，啖之味酸。短者乃從者之鬚，故加英點，啖之味苦。詩曰："舉鬚如虎鬚，七莖有等殊。中莖結青子，六短就成虛。"

八結　其法有長梢、短梢、嫩梢、疊梢、交梢、孤梢、分梢、怪梢，須是用木而成，隨枝而結。若任意而成，無體格也。

九變　其法一丁而蓓蕾，蓓蕾而萼，萼而漸開，漸開而半拆，半拆而正放，正放而爛漫，爛漫而半謝，半謝而薦酸。詩曰："九變如終始，從丁次第開。正開還識謝，飄落委蒼苔。"

十種　其法有枯梅、新梅、繁梅、山梅、疎梅、野梅、宮梅、江梅、園梅、盤梅，其木不同，不可無別也。詩曰："十種梅花木，須憑墨色分。莫令無辨別，寫作一般春。"

三十六病　枝成指撚，落筆再填。停筆作節，起筆不顛。枝無生意，枝無後先。枝老無刺，枝嫩刺連。落花多片，畫月取圓。樹老花繁，曲枝重疊。花無嚮背，枝無南北。雪花全露，參差積雪。寫景無景，有煙有月。老幹墨濃，嫩枝墨輕。過枝無花，枯枝無蘚。挑處捲蚩，圈花太圓。陰陽不分，賓主無情。花大如桃，花小如李。棄條寫花，當杈起蘗。樹輕枝重，花併犯忌。陽花犯少，陰花過取。奴花並生，二本並舉。

畫梅總論　木清而花瘦，梢嫩而花肥，交枝而花繁，纍纍分梢而萼疎蘂疎，一為樹，二為體，三為梢，長如箭，短如戟，宇宙高而結頂，地步窄而無盡。若作臨崖傍數枝，枝怪花疎，只欲半開。若作疎風洗雨，枝閒花茂，只看離披爛熳。若作披烟帶霧，枝嫩花茂，只要含笑盈枝。若作臨風帶雪，幹老枝稀，只要墨撥，淡蕩花閒。若作停霜映日，森空峭直，只要花細香舒。學者須要審此。梅有數家之格，或有疎而嬌，或有繁而勁，或有老而媚，或有清而健，豈有類哉！有生山岑者，有生山谷者，有生籬落者，有生江湖者，其枝疎密長短各異，不可不推。

華光指迷　凡作花萼，必須丁點端楷，丁欲長而點欲短，鬚欲勁而萼欲尖。丁正則花正，丁偏則花偏。枝不可對發，花不可並生。多而不繁，少而不虧。枝枯則欲其意稠，枝曲則欲其意舒。花須相合，枝須相依。心欲緩而手欲速，墨須淡而筆欲乾。葉須圓而不類杏，枝欲瘦而不類柳，似竹之清，如松之實，斯成梅矣。

又

畫梅別理　或問云：鬚不下數十莖，今寫其七，何也？公曰：花鬚少者，梅稟少陽之氣，而成霜露之姿，偶獨發其七耳。或又曰：花或有六出者，今獨寫其五葉，豈有況乎？公曰：四出者，六出者，獨謂疎梅，乃村野人接之荊棘樹上。今或雜而受氣不清使其然乎！五出者，稟中和之氣，有自然之性，故寫者取此棄彼。或曰：信矣！

梅爲木不公。又曰：梅爲木不下一二丈，小者此類，儘令人作圖障，纔數花，梢根皆具，或有加山坡水石之類，豈不失其本真乎？

又

梅有四字，疊花如品字，交枝如乂字，交木如椏字，結梢如爻字。枝小有花多，花少則不繁。枝細嫩而不怪，枝多花少，言其氣之全也。枝老而花大，言其氣之壯也。枝嫩花細，言其氣之微也。梅有高下尊卑之別，有大小貴賤之辨，有疏密輕重之象，有間濶動靜之用。枝不得並發，花不得並生，眼不得並點，木不得並接。枝有文武，剛柔相合。花有大小，君臣相對。條有父子，長短不同。蘂有夫妻，陰陽相應。其木不一，當以類推。以上文淵閣四庫全書本《説郛》卷九十一《畫梅譜》。

吳儀藝話（一則）

吳儀（？～一一〇七）字國華，南劍州劍浦（今福建南平）人。自少篤志強學，以窮經學古爲務，不事科舉。於書無所不究，尤深於《詩》《易》。晚益玩心於象數、音律之學，自成一家。楊時、羅從彥等皆曾從之學。崇寧五年詔求天下遺逸，授將仕郎、大晟府審驗音律，學者因稱"審律先生"。

琴堂序

琴之爲器，古於堂上之樂也。堂上之樂有玉磬，有琴，有瑟，而堂下之樂有柷敔、鼖鼓、鐘、磬、笙、竽、簫、籥、篴管，是爲雅樂之器。今皆不用於朝廷、郡縣、庠序鄉射之際，故時俗寡得而聞。雖若琴笙篴管形制僅存於世，而笙篴管又流別於胡部，惟琴得用於士君子，與夫幽人野客閒居燕處之間。

蓋古者士無故常，自御琴瑟，而不專於樂工之事，故其專積久，而其用特隆矣。然時變樂墮，殊失其法。太古之琴有尺二寸而一弦，後世聖人裁爲三尺六寸，而虞舜益之以五弦。至周文王復增二弦，變宮變徵而爲七。其巨弦寓名黃鐘而推當於宮。次大簇商，次姑洗角，次蕤賓變徵，次林鐘正徵，次南呂羽，而最後爲應鐘變宮。三分其弦之長，以備上中下三十六律之聲，總而記得一百五十二聲〔一〕。當用其於均操抑按之次，而律呂旋相之不同，亦皆牽是七聲，以聲爲法，而不可推，依於一律以爲聲，而不可溢。

今之爲琴，一切異古，長及尋仞，短隱肘袂，而無定數。驟易三弦，使協仲呂而爲商角，去其變徵而增少宮少商。或一操而偏用於衆律，或一引而涉歷於數徵。其度曲之無制，聲或不依永，律或不諧聲，徒侈煩音之美聽而已。

雖然，觀其曲無奇邪豔麗之詞以蠱惑人之志意，聽其聲無喧轟啾裂之聲以動盪人之心耳。若夫秋庭月白，夜榻風清，授弦促軫，緩調靜撫，冷然而哀怨，蕭然而軒昂，有如松潤之瀉鳴泉，竹窗之風落葉，亦足飾寂寞而養高閒，清毛骨而爽神思。此士君子與夫幽人野客所以隆尚而不入於流俗之妙也。彼以其爲哇淫無法，比鄭、衛而逐之者，過也。又以其爲眞含太古之音，而異乎鄭、衛之濫，鼓之可以召和氣，而聽可以感純心者，亦過也。

　　始余學今之琴於郡之道流米温之，既又學古之樂於朝陽尉阮進叔，乃校知其得失之如此。而温之北敞其所棲之前向以爲堂，而朝夕援琴自娛於其間。居一日，請序夫琴之理而願與有聞焉。是可與也，故爲誦所聞而語之。嘉慶十五年刻本《南平縣志》卷二五。

〔一〕記：似當作"計"。

王詵藝話（二則）

　　王詵（生卒年不詳）字晉卿，其先太原（今山西太原）人，後徙家開封（今河南開封），王全斌裔孫。熙寧二年，尚英宗女蜀國長公主，拜左衛將軍、駙馬都尉，爲利州防禦使。十年，爲絳州團練使。元豐二年，坐與蘇軾交結，追兩官勒停。三年，公主死，再責昭化軍節度行軍司馬，均州安置。後赦還，元祐初，復駙馬都尉。八年，叙文州團練使。後官至定州觀察使，封開國公。卒，諡榮安。王詵風流蘊借，能詩善書畫，黃庭堅稱其"畫水石雲林，縹緲風塵之外，他日當不愧小李將軍。其作樂府長短句，蹉跎之語，而清麗幽遠，工在江南諸賢季孟之間"（《跋王晉卿墨跡》）。王詵文集久不傳，近人劉毓盤有《輯校王榮安公詞》。

一　孫過庭《千字文》第五本卷跋

　　右衛冑曹參軍孫過庭，字虔禮，唐垂拱時人，草字專學二王。
　　余初得郭仲微所藏《千文》一軸，筆勢遒勁，雖覺不甚飄縱，然比之永師所作，則過庭已爲奔放矣。而竇臮謂過庭之書"千紙一類，一字萬同"，余固已深疑此語。既而復獲此書，研窮之久，視其興合之作，當不減王家父子。至其縱任優悠之處，仍造於疏，此又非臮之所能知也。
　　顏魯公《與夫人書》今亦在吾家，皆蘇子由吉祥閣所見，因復紀之。保寧賜第王詵晉卿。江蘇古籍出版社一九八四年版《古書畫僞訛考辨》卷上。

二　跋孫過庭《蜀道寒雲圖》

　　過庭作書，適意則思逸神飛，不得意則情拘志慘，即一時旨歸，未有無根源可能從容中道者。作畫亦然。今圖得《蜀道寒雲》卷，觀者以爲無逸氣。眉山瞻公云："凡言無逸氣者，不知晉老曾歷覽此佳山水，假毫穎間，寫此真概耳。"晉老跋涉固勞，而性情自逸，觀者殊不知也，則知瞻公良是法言。予因拈出"作書未有無根源可能從容中道"者，以識斯圖之後。元祐六年春痾月二十四日，王詵。中華書局聚珍仿宋版《壯陶閣書畫錄》卷四。

□琰藝話（一則）

□琰，姓不詳，元豐、元祐間人。

題閻立本《步輦圖》

元豐乙丑七月十三日，琰赴桂林幕府，子山攜酒於湘西之真身禪剎話別，因閱畫篆奇筆久之。少頃登舟。元祐元年四月記。江蘇古籍出版社一九八四年版《古書畫偽訛考辨》上冊。

張知權藝話(一則)

張知權,元祐時汝陰(今河南臨汝)人。餘不詳。

閻立本《步輦圖》跋

靜力居士所蓄名畫法書,悉皆佳絕,而唐相閻公所作《太宗步輦圖》尤爲善本,後世傳之,以爲寶玩。建安章伯益復以小篆載其事於後。伯益用筆圓健,名聞於時,亦二李之亞歟。元祐元年三月十五日,汝陰張知權題。道光九年刻本《阜陽縣志》卷一二。

吕大臨藝話（一則）

吕大臨（一〇四六～一〇九二）字與叔，世稱芸閣先生，京兆藍田（今陝西藍田）人，大防弟。初學於張載，後學於程頤，與謝良佐、游酢、楊時號稱"程門四先生"。通六經，尤精《禮》學。元祐中，爲太學博士，遷秘省書省正字。七年，范祖禹舉薦其"好學修身如古人，可備勸學"（《續資治通鑑長編》卷四七二），未及用而卒，年四十七。其詩好發議論，然無理學家氣。著有《禮記傳》十六卷（存）、《考古圖》十卷（存）及《玉溪先生集》二十八卷，已佚。

《考古圖》後記

莊周氏謂儒者逐跡喪真，學不善變，故爲輪扁之説，芻狗之諭，重以《漁父》《盗跖》詩禮發冢之言，極其詆訾。

夫學不知變，信有罪矣；變而不知止於中，其敝殆有甚焉。以學爲僞，以智爲鑿，以仁爲姑息，以禮爲虛飾，蕩然不知聖人之可尊，先王之可法。克己從義謂之失性，是古非今謂之亂政，至於坑殺學士，燔蓺典籍，盡愚天下之民而後兼。由是觀之，二者之學，其害孰多？

堯、舜、禹、臯陶之書，皆曰稽古。孔子自道，亦曰好古敏以求之。所謂古者，雖先王之陳跡，稽之好之者，必求其所以跡也。制度法象之所寓，聖人之精義存焉。有古今之同然，百代所不得變者，豈芻狗、輪扁之謂哉？

漢承秦火之餘，上視三代，如更晝夜夢覺之變。雖遺編斷簡僅存二三，然世態遷移，人亡書殘，不復想見先王之緒餘，至人之馨欬〔一〕。不意數千百年後，尊彝鼎敦之器，猶出於山巖屋壁、田畝墟墓間。形制文字，且非世所能知，況能知所用乎？當天下無事時，好事者蓄之，徒爲耳目奇異玩好之具而已。噫，天之果喪斯文也，則是器也，胡爲而出哉？

予於士大夫之家，所閱多矣。每得，傳摹圖寫，寖盈卷軸，尚病竁繁未能深考，暇日論次成書，非敢以器爲玩也。觀其器，誦其言，形容髣髴，以追三代之遺風，如見其人矣。以意逆志，或探其製作之原，以補經傳之闕亡，正諸儒之謬誤。天下後世之君子,有意於古者,亦將有考焉。元祐七年二月,汲郡呂大臨記。文淵閣四庫全書本《考古圖》卷首。

〔一〕之:原無,據《皇朝文鑑》卷八三補。

蔡京藝話（五則）

蔡京（一〇四七～一一二六）字元長，興化軍仙游（今福建仙游）人。熙寧三年進士，調錢塘尉、舒州推官，累遷起居郎。使遼還，拜中書舍人。元豐七年，知開封府。元祐初，司馬光秉政，復差役法，京奉行最力。出知成德軍，歷知瀛州、成都府、揚州、鄆州、永興軍，遷龍圖閣直學士，復知成都府。紹聖初，入權戶部尚書，助章惇重行新法，除翰林學士兼侍讀，修國史。徽宗立，言者論劾之，奪職，提舉洞霄宮。後因童貫以進，起知定州。崇寧元年，拜右僕射，知大名府，復爲翰林學士承旨，拜尚書左丞。二年，進左僕射。既執政，以復王安石新法爲名，貶竄元祐諸臣略盡，立奸黨碑。五年，罷爲中太乙宫使。大觀初，復拜左僕射、太師。三年，致仕。政和二年，召還京師輔政，封魯國公。宣和二年，復致仕。六年，再起領三省。蔡京四次當國，導徽宗窮奢極侈，大興工役，揮霍國帑，天下罪京爲"六賊"之首。欽宗即位，連貶崇信、慶遠軍節度副使，衡州安置，中道徙儋州，行至潭州而死，年八十。蔡京善書法，其書法爲北宋四大家之一，又工文辭。《宣和畫譜》卷一二稱其"喜爲文詞，作詩敏妙，得社甫句律。制誥表章，用事詳明，器體高妙。於應制之際，揮翰勤敏，文不加點，若夙構者，未嘗起稿"，以其大奸，故詩文不傳。著有《哲宗前錄》一百卷、《後錄》九十四卷，又有《楊貴妃傳》一卷，今已佚。

一　題宋徽宗摸衛協《高士圖》

晉衛協所作，世人莫能及，故模寫其本。然行筆用意不可得其萬一，數百年間未有繼者。伏蒙宣示聖作，妙筆神智，不見施爲之跡，協豈足尚哉！臣京謹題。適園叢書本《珊瑚網·畫錄》卷三。

二　題宋徽宗《雪江歸棹圖》

臣伏觀御製《雪江歸棹圖》，水遠無波，天長一色，羣山皎潔，行客蕭條，鼓棹中流，片帆天際，雪江歸棹之意盡矣。天地四時之氣不同，萬物生天地間，隨氣所運，炎涼晦明，生息榮枯，飛走蠢動，變化無方，莫之能窮。

皇帝陛下以丹青妙筆，備四時之景色、究萬物之情態於四圖之內，蓋神智與造化等也。

大觀庚寅季春朔日，太師、楚國公致仕臣京謹識。《珊瑚網・畫錄》卷二七。

三　題宋徽宗畫《十八學士圖》

唐太宗得杜如晦、房玄齡等十八人，佐命興邦。臣考其施爲，皆不能稽古立政；然終致其君至太平者，蓋唐承大亂之後，饑易爲食，渴易爲飲，故事半古人，功已倍之也。

太宗嘗曰：「秦漢不足襲，三代損益如何？」房、杜不能對，遂命魏徵與玄齡等宿中書省講議，終不能定。太宗曰：「禮廢樂壞，朕甚閔之，有志不就，古人攸悲。」對曰：「非陛下不能行，乃臣等無素業，何愧如之！」徵與玄齡、如晦憖慄而出，玄齡相謂曰：「有元首，無股肱，誠可嘆也。」蓋玄齡、如晦學非堯舜三代，其所操知秦漢，蹇淺卑近，使太宗無鄉舉里選、製禮作樂之功，後之學者未嘗不掩卷太息。

今天下去唐又五百餘歲，皇帝陛下睿智生知，追述三代，於是鄉舉里選、製禮作樂，以幸天下，足以跨唐越漢。猶慨然緬想十八人，圖其形，寄意於詩什，有「廊泮育賢今日盛，彙徵無復隱蒿萊」之句，求賢樂士，可見於此。則成人有德，小子有造，當如聖志，十八人不足道也。

大觀庚寅季春望，太師、魯國公臣京謹記。文物出版社影印本《宋人書翰》第二集。

四　題王希孟《千里江山圖》

政和三年閏四月一日賜。希孟年十八歲，昔在畫學爲生徒，召入禁中文書庫，數以畫獻，未甚工。上知其性可教，遂誨諭之，親授其法。不踰半歲，乃以此圖進，上嘉之，因以賜。臣京謂天下士在作之而已。文淵閣四庫全書本《石渠寶笈》卷三二。

五　題宋徽宗畫《御鷹圖》

萬物賦形，秉氣於八方，隨方受色，其形不同，其色亦異，莫能易也。故鵬鶉不能移其色鴻鵠〔一〕，鸞鳳不能變其文於鳧雁，烏黑鷺白，雞丹雀黃，皆自然之理。

鷹，西方之禽，其性鷙，其色蒼，未聞有色白者。皇帝陛下德動天地，仁及飛走，齊陰陽之化，同南北之氣，無彼疆此界之隔，羽毛動植，易形變色，以應聖德之盛，爲國嘉瑞。

臣昨得至後苑，見大鷹立架上，其色純素，心甚異之。伏蒙宣示《鷹圖》，怳然若身再到。雄姿勁翮，高髻短頸，望之若浮雲輕鷗，真所謂應誠而至者。非特羽物效祥，神筆之妙，無以復加。

政和四年十月五日，太師、魯國公臣蔡京謹題。光緒三十一年刻本《辛丑消夏記》卷一。

〔一〕據下句，"色"下當脱一"於"字。

吕南公藝話（一則）

　　吕南公（一○四七～一○八六）字次儒，號灌園，建昌南城（今江西南城）人。出身貧苦，於書無所不讀。治平末出遊，熙寧初試於禮部，屢試不第。退而築室灌園，不以進取爲意，益務著書，借史筆褒貶善惡，以"袞斧"名所居齋舍。元祐初，立十科取士，曾肇等舉薦，欲命以官，未及除授而卒，年四十。南公力學不倦，苦節自守，潛心爲文，符中行《灌園集序》謂"其爲文章，雄深浩渺，自成一家"。其詩以議論見長，其文議論縱橫，文辭雄深，風格勁健。吕南公的詩文在生前未曾結集，歿後由其子吕郁編爲《灌園先生集》三十卷，已佚。四庫館臣從《永樂大典》中輯出詩文，編爲二十卷。

道法堂檢點三帝御書

　　日脚退前檻，崇堂豁明淨。縑緗出百函，翰墨覘三聖。舒張溢墻壁，燦爛累籖幀。鸞龍交飛翻，金石避堅硬。毫無半分弱，大至奓丈勁。真行體兼精，篆籀法畢正。篇章入題寫，作者一何幸。偉哉天縱能，豈謂學成性。名山徧藏蓄，終古得輝映。墨客徒醉心，黄冠荷覃慶。嘗思八世主，覆燾足仁政。詩書所敷揚，乃獨蔑此命。將非史官罾，紀叙非盡併。不然天日資，肯特記名姓。或應淳古治，不以餘藝競。膚淺難考評，隨羣但稱盛。文淵閣四庫全書本《灌園集》卷三。

曾肇藝話（一則）

　　曾肇（一〇四七～一一〇七）字子開，建昌南豐（今江西南豐）人。曾鞏幼弟。治平四年進士，調黃巖縣主簿，爲鄭州州學教授。以薦賜對，除崇文院校書、館閣校勘兼國子監直講，刪定《九域志》。改大理寺丞，同知太常禮院。元豐元年，爲集賢校理，轉殿中丞。遷國史編修官，修仁宗、英宗兩朝正史，進吏部郎中。丁母憂，服除，爲戶部郎中，遷右司郎中。元祐元年，爲修神宗實錄官，擢起居舍人，轉中書舍人。四年，出知潁州，移知應天府兼南京留守司。七年，入爲吏部侍郎。復出知徐州，徙江寧府。紹聖元年，知瀛州，歷滁、泰、海三州。徽宗即位，召爲中書舍人，遷翰林學士兼侍讀，知制誥，因其兄曾布爲相，避近職，出知陳州，徙應天府、揚州、定州。崇寧初，入黨籍，落職，謫知和州，徙岳州，繼貶濮州團練副使，汀州安置。大觀元年卒，年六十一。高宗時，追復龍圖閣學士。紹興二年，賜諡文昭。曾肇自少力學，善屬文，四庫館臣稱其制誥爾雅典則，得訓詞之體，雖深厚不及曾鞏，而淵懿溫純，不失家法。詩歌格律嚴整，韻致高古，有唐人風味。曾肇著述甚富，有《曲阜集》四十卷、《外集》十卷、《奏議》十二卷、《邇英進故事》一卷、《元祐外制集》十二卷、《庚辰外制集》三卷、《內制集》五卷、《尚書講義》八卷、《曾氏圖譜》一卷。其著述多已不存，今本《曲阜集》乃其裔孫掇拾殘存所編。

題孫虔禮書《景福殿賦》

　　書家評孫過庭章草，用筆雋拔，如丹崖絕壑，筆勢堅勁，予不能無疑。

　　觀此帖，用筆稽古，有漢魏之風，終卷結字，無點畫差繆。《書賦》云："千紙一類，一字萬同。"蓋知非虛談也。

　　近見王內翰所藏《書譜》，眞跡與此賦極相類。又有墨本《千文》，差不逮矣。

　　建中靖國元年春三月，曾肇題於玉堂之西軒。黑龍江人民出版社一九八四年影印本《三希堂法帖》第九冊。

李元膺藝話（四則）

李元膺（生卒年不詳），東平（今山東東平）人。爲南京教官，與蔡京同時。

一　觀前古美人圖

璧月塵昏瓊樹秋，無從百媚一回眸。荼蘼香度梅妝冷，鸚鵡聲低玉笛幽。唾背但能知禍水，逢春輒莫上迷樓。歸來安守無鹽女，不寵無驚共白頭。文淵閣四庫全書本《宋詩紀事》卷二十六。

二　十憶·憶歌

一串紅牙碎玉敲，碧雲無力駐晴霄。也知唱到闌情處，緩按餘聲眼色招。《宋詩紀事》卷三十五。

三　十憶·憶書

玉參差象管輕，蜀牋小硯碧窗明。袖紗密掩嗔郎看，學寫鴛鴦字未成。《宋詩紀事》卷三十五。

四　《墨譜》序

予友李伯揚以其所次《墨譜》寄予，云："予平生無所好，顧獨好墨，聞人有善墨，求觀之，不遠千里。凡得古墨近百品，森然如斷圭破璧，膚理堅細，擊之有聲，試之其光如漆。念世人不能盡見，其久而遂不傳也，乃存其形制而書工之姓名於其上。又嘗親至魯山從竈工野人講問爲墨之法，如伐松取煤、品膠用藥、揉劑入灰之類，纖悉畢具。有言所不能載者，則見之圖畫，欲使天下皆知爲墨之法，而從事於其間，庶幾有如古人者出焉。凡爲書三卷，書成，久而未有叙文，願求重於君以行乎世。"

予讀之而笑曰：嗟乎，如伯揚其可謂好事也哉！夫墨，几案間一閒澹物也。世人徒以簡牘所資，蓋不可少，其亦無足甚好者；而伯揚汲汲焉如有聲色臭呋，酷好而力求之，忌其身之勞也，其用心不亦異乎！既自以爲可好，因謂天下之人皆與己同，欲推其所好者共之，其又難哉！此書之出，如昌歜芟菽，不惟同好者少，其又且笑之以伯揚嗜好之癖也。雖然，亦安知無君子用是以知佀揚者？

昔嵇叔夜好鍛、王武子好騎、阮遙集好蠟屐，此其於人之賢不肖，非有所損益也，而載在史冊，爲千古之美談。夫君子之觀人，不必於其大者，得其平居言笑之餘，以及其所玩好，而足以窺見其所存。此三物初若無足言，而世有鑽李核、障錢籠者，則其清濁何如也。將見百世之下，好事者得《墨譜》而嘆焉，因以知伯揚好尚而想見其人，則其風流遠矣，豈止行於一時也哉！東平李元膺叙。文淵閣四庫全書本《墨譜法式》。

畢仲游藝話（四則）

畢仲游（一〇四七～一一二一）字公叔，畢士安曾孫。其先代郡（今山西大同）人，後徙鄭州管城（今河南鄭州）。初以父任補太廟齋郎。熙寧三年與兄仲衍同科進士及第，聲名籍甚，調壽州霍丘主簿。歷羅山令，知長水縣，辟環慶路轉運司屬官。哲宗即位，改衛尉寺丞，召試學士院，蘇軾異其文，擢爲第一，除集賢校理，權太常博士。出爲河北西路提點刑獄，開封府推官。丁內艱，服除，提點河東刑獄。召爲職方員外郎，權禮部郎中，復出爲秦鳳路提點刑獄，知耀州。坐爲蘇軾黨，謫知聞州。徽宗即位，遷利州路提點刑獄，歷知鄭、鄧二州，爲京東、淮南轉運副使。復入元祐黨籍，知海州，主管江寧府崇禧觀，降監嵩山中嶽廟。後出黨籍，管勾西京崇福宮，復提舉南京鴻慶宮，致仕。宣和三年卒，年七十五。仲游學有根柢，又多與賢達交遊，蘇軾嘗舉薦他爲翰林學士，稱其"學貫經史，才通世務，文章精麗，論議有餘"（《舉畢仲游自代狀》）。陳恬謂其文章"風格同漢、魏。爲古文奇而法，叙事簡而悉。詩篇遒壯，箋表麗密，雖片言隻字，皆有根蒂而切於事理，不爲浮誇詭誕與夫戲弄不莊之文"，"議論引據古今，出入經傳百家，折衷歷代之沿襲，不爲嘗試之説，一概之論"（《西臺畢仲游墓誌銘》）。現存文章大多雄偉博辨，接近蘇軾文風。著有《西臺集》五十卷，原集久已佚，清四庫館臣自《永樂大典》中輯爲《西臺集》二十卷。

一　蒙晁美叔秘監召觀書帖，繼示長句，次韻

作官在閒地，而我不得閒。有懷南陽書，三載願未還。駕言覲中郎，踴躍心桓桓。軟言慰孤寂，芳樽潔晨餐。詞妙編簡動，理愜心意安。期爲高人知，匪效男女歡。珍怪漸傾寫，寶墨來三韓。內愧無衣裾，靦面依門闌。元匪白眉者，謬作青眼看。古書羅異代，千百猶未殫。如何二王跡，到今紙墨完？若獲摩尼珠，實在承露盤。開緘龍蛇踴，偃蹇風濤寬。熟視已收卷，愛惜還重觀。筆意不可盡，始知學書難。永慙出納卑，敢近華省觀。珍重難再覿，出門猶據鞍。文淵閣四庫全書本《西臺集》卷十八。

二　觀文與可學士畫枯木

韋偃樹石名天下，後日良工無及者。任侯借我枯木圖，石氣蒼茫若唐畫。畫時只用杴頭筆，與可親題是真跡。霜皮合抱隱不彰，老蓋支離存半壁。梢摧骨朽心已穿，幹爛龍鱗體猶瘠。生意雖休根柢在，崛強杈牙倚天黑。膠流斷節文理深，筍枝剝落如針直。坐久疑行古塞外，凌空慘淡千年色。起身就視覺有神，不見筆痕惟淡墨。豈徒揮洒無人似，苦節清風貧到死。任侯珍重竟何如，不獨畫好心君子。若使與可為俗流，枯木雖佳侯不收。《西臺集》卷十八。

三　楊照承議蘆鴈枕屏

畫師不肯傳風蝶，故作枯乾逞奇絕。清秋未合結繁陰，深戶何曾洒飛雪。雪裏鴨兒苦耐寒，眠沙枕浦白雲團。黃蘆槭槭枝葉乾，江頭鳴鴨恰飛起。恍如身到瀟湘間，瀟湘洞庭雲水隔。山路坡陀斷行客，從來冬景畫已難。況有翎毛似鶴白，已覺冰漫稻粱少。更疑水宿溪垠窄，生平有道付滄州。今日杴頭行動色，屏風主人家近便。我昔曾過潯陽縣，田蘆野鴈嘗親見。出門解榻定相逢，借我江鄉今對面。《西臺集》卷十八。

四　和子瞻題文周翰郭熙平遠圖二首

膁間咫尺似天邊，不識應言小輞川。聞說平居心目倦，暫開黃卷即醒然。

木落山空九月秋，畫時應欲遣人愁。因思夢澤經由處，二十年間若轉頭。《西臺集》卷二十。

李之儀藝話（七〇則）

李之儀（一〇四八～一一二八）字端叔，滄州無棣（今山東無棣）人。頎子，之純從弟。治平四年進士及第，曾任河中府萬全縣令、權知開封府開封縣。元豐中辟入鄜延幕府，爲折可適所知。六年，楊景略奏辟出使高麗。元祐中，爲樞密院編修官，與蘇軾、蘇轍交遊。元祐八年從蘇軾辟，主管定州安撫司機宜文字。紹聖四年，爲原州通判。元符二年，監內香藥庫，坐蘇軾薦辟，"爲奸臣心腹之黨"，放罷。崇寧元年，提舉河東常平，又坐爲范純仁草《遺表》，並作行狀，編管太平州，居於姑熟。久之，徙唐州。政和三年，又除名勒停。重和元年以後卒，年八十餘。之儀工詩善文，文風深受蘇軾影響，詩名雖不及黃庭堅、陳師道，却軒豁磊落，平淡流暢，而無用意太過之弊。"其詞亦工，小令尤清婉峭蒨，殆不減秦觀。"（《四庫全書總目》卷一九八）工於文章，與張耒相上下，爲范純仁所草《遺表》爲時人稱誦。尤長於尺牘，蘇軾稱讚"入刀筆三昧"。著有《姑溪居士文集》五十卷、《後集》二十卷。

一 題楊子儀虎圖

秋陰報初寒，慘慘日遽晚。有客自宣城，明爽叩昏懶。手持兩巨軸，六幅從而展。披圖畫如生，竟軸詩盡選。平生說匡鼎，今日真到眼。何止辨騅驪，於焉識淄澠。愛之不能已，欲挂恨壁短。猶冀逢他時，更疑探深遠。文淵閣四庫全書本《姑溪居士前集》卷三。

二 題郭熙畫扇

蹇驢破帽聳鳶肩，石裏長松欲到天。六月塵埃汗如洗，始知立意不徒然。
嫋嫋涼風八月初，試揮椽筆寫江湖。還家預想迎門喜，爭問今年得意無。《姑溪居士前集》卷九。

三 題畫扇（二首選一）

落筆無因似退之，每逢佳致却如癡。孤高全露秋來骨，無復山紅潤碧時。《姑溪居士前集》卷九。

四　畫鴨（二首選一）

道人筆力與春爭，五彩都將墨染成。新浴羽毛猶更茸，似疑顔色未分明。《姑溪居士前集》卷十。

五　畫鵝

人間今復見丹青，生意初侵造物靈。却笑山陰何所得，尚須辛苦寫黄庭。《姑溪居士前集》卷十。

六　李太白畫像讚

舉目一世空無人，當時何有高將軍。龍鶱鳳騫固莫羣，晴天萬里恠孤雲。冥冥何地非埃塵，我欲從之嗟此身。形容不到浪自分，坐令魯叟悲獲麟。《姑溪居士前集》卷十二。

七　李伯時馬讚

竹批雙耳，風激四蹄。振尾頓鬣，會於一時。惟伯時父，神而明之。千載相遇，非公而誰。《姑溪居士前集》卷十二。

八　題王子重出李成所畫山水

主人邀我登閒軒，軒前景物祇欠山。坐來慘澹若不足，引我忽到營丘間。營丘山水天下知，全齊十二雄一時。舊遊歷歷如到眼，吾宗筆力窮高低。峯雲巖靄互隱現，老木蒼藤紛綵絢。瓏瑽特幹勢將壓，奇崛欲夸人未見。石磴流泉似幽喧，洞穴縱横乍明滅。舉頭樓觀俯懸崖，定須六月臨飛雪。行人初踏山前路，欵段衝寒怯回顧。寒驢亦自樂平地，弾且徐行方得趣。日西平遠連何處，極目蒼茫天欲暮。行人端是我前身，斗覺精神相會聚。百年瞬息竟誰真，此老應無一點塵。主人等是風塵外，豈是閒軒久住人。子重家有閒軒。　文淵閣四庫全書本《姑溪居士後集》卷一。

九　兼江祥瑛上人能書，自以爲未工，又能詩，而求予詩甚勤。予以爲非所當病也，爲賦一首勉之，使進於道云

得句如得仙，悟筆如悟禅。弾丸流轉即輕舉，龍蛇飛動真超然。禅瑛迺醉我顧憨

道玄。戲將字畫當杖拂，與子憑軾相周旋。筆若運矛稍，手如致裨偏。眼能援枹鼓，心爲制中權。棄捐尺度廢繩削，似曲還直非方圓。適當庖丁善刀後，但見滿紙銀鈎連。心眼手筆俱不用，擬向底處觀其全。思量不可到，此地無中邊。政似觀瀾亭上夜深後，滿空白月孤光懸。祥瑛侍者書，置之魯直卷中畧无辨異，惜其未常博觀羲、獻、顏、柳遺跡也。右軍帖家家有之，然後世遂不復有右軍。至近世人書，下手便欲逼真，古今相絶如此。瑛其勉旃。《姑溪居士後集》卷一。

一〇　內侍劉有方畜名畫，乃《內虢國夫人夜遊圖》，最爲絕筆。東坡館北客，都亭駙，有方敢跋其後。既作詩以相示，時欲和而偶未暇，今閱集得詩，遂次其韻，以申前志

天街雨過花滿窗，萬人壁立驚遊龍。飄飄衣袂欲仙去，寶鞭遙指蓬萊宮。真人睡起春鬖柳，誰眷琵琶最先手。合懽堂裏謝使人，暗香猶帶天階塵。宛然相對若可語，筆墨頓失當時痕。開眼成今合眼古，回頭自有來時路。長風破浪真快哉，快處須防倒騎虎。《姑溪居士後集》卷三。

一一　學書十絕

雨後堦庭物物新，睡餘欹枕悄無聞。只疑日脚隨人意，百刻香纔過一分。
簾波不動地無塵，久與相親燕雀馴。似怪衰翁長靜坐，時時回眼輒疑人。
未逢四祖且堆堆，纔見龍潭眼便開。龍去潭空人自老，銜花百鳥漫飛來。
閉門不語信深沉，豈可譏時作酒箴。料得門前無好事，解嘲聊復寄初心。
不堪細字眼猶花，熟睡分明暫到家。何獨能收小兒淚，客中時可當乘槎。
玉壺試叫鴛鴦語，爲問仙家似此無。養就丹砂早歸去，不妨閒處作工夫。
大人相好一百種，幾劫修來得到今。不獨普賢能演說，淘沙個個得精金。
萬里無雲天一色，單衣不試似初春。鵾鵾習習遊絲墜，未必他時得此身。
歌詞漫與收狂念，詩句聊將代欠伸。鈎棘徒勞剟胃腎，筆頭纔住已成塵。
心非可見舌能陳，隨語成章自有神。用作功名終底事，區區雕琢定癡人。《姑溪居士後集》卷十二。

一二　李伯時畫馬讚

飲不以鼻，投不以趾。雖夢亦然，理自應爾。吾師東坡，嘗有是語。天機所同，惟伯時父。東坡形容，伯時位置。曹韓少陵，俱落第二。吾私淑諸，恨隔九泉。筆頭落處，幾至潸然。《姑溪居士後集》卷十四。

一三 雜題跋（二）

晉右將軍王逸少善草書，爲古今之魁。嘗爲越州內史，永和九年三月上巳日，同子姪輩游山陰之蘭亭，脩禊事也。各賦詩爲樂，遂製《游蘭亭叙》，辭翰精絕，爲世之寶。

後唐太宗泊玉華，大漸，語高宗曰："吾有事語汝，汝必從之。"高宗涕泣引耳而聽，曰："吾身後得《蘭亭》陪葬，吾無恨矣！"

唐末亂離，賊發諸陵，唯取其金玉，軸賢書畫復落於人間〔一〕，皆摹刻，失真遠甚，唯長安薛真極爲精絕。《姑溪居士後集》卷十五。

〔一〕軸：似爲"諸"之誤。

一四 莊居阻雨，鄰人以紙求書，因而信筆（二）

油拳紙工所用法，乃澄心之緒餘也。但其料或雜，而吳人多參以竹筋，故色下而韻微劣。其如瑩滑受墨，耐舒捲，適人意處，非一種。

今夏末涉秋，多暴雨，潮水大，墟田之水不能洩。吾之野舍浸及外限，戶內著屐乃可行。會莊夫以收成告，既來，復值雨，寸步不能施，終日臨几案，忽忽無況。雲破山出，時時若相慰藉者。

邂逅鄰人出此紙，見邀作字。既與素意相投，凡數十番，不覺寫徧。安得能文詞者相與周旋？既爲之太息，而又字畫不工，似是此紙厄會所招也。文淵閣四庫全書本《姑溪居士文集》卷一七。

一五 莊居阻雨，鄰人以紙求書，因而信筆（三）

東坡每屬詞研墨，幾如糊，方染筆。又握筆近下，而行之遲。然未嘗停輟，渙渙如流水，逡巡盈紙。或思未盡，有續至十餘紙不已。議者或以其喜濃墨、行筆遲爲同異，蓋不知諦思乃在其間也。

楊文公與人對弈飲酒次，人或以文爲請，即以方角小紙，蠅頭細字，運筆如飛，而與飲弈不相妨。其詞又皆實以前世事，對偶精密，引據審確，所命意燦然如掌握中，而利害明白，不容有所增損。

二公皆一時異人，固未易優劣。要之，東坡之濃與遲出於習熟，而文公之小紙細字，亦非有所必也。故知熟則生之，生則熟之，貴乎無所滯閡爾。至其飲弈相參而各能辨，則東坡不善飲弈，一小杯則徑醉，睡或鼾，亦未嘗放筆。既覺，讀其所屬詞，有應東而西者，必曰錯也。但更易數字，因其西而終之，初不辨其當如是也。《姑溪居士文集》卷一七。

一六　書柳材筆

　　元祐中，錢塘倪本敦復通守當塗，一日抵書相問勞，藉以十筆，其籤云河東柳材。予時方學書，得筆試之，頗相入。是後訪柳不可得，而念亦不少輟。異時予得罪流是邦，既到，首幸自償所念。而材乃歷陽人，死已久矣，爲之悵然久之。

　　過少廣書室，得柳東所藝，宛轉抑揚，二十年之負，怳然見慰。問之，蓋材族人，於是知典刑淵源不無所自來也。但予老矣，字畫日退，良有愧於疇昔，臨紙一長嘆。《姑溪居士文集》卷一七。

一七　又試筆

　　手和筆調，作字乃佳，迫促取能，未見其可。前人任爲一事，蓋嘗終身踐蹈，悲歡窮通，未始不在也。退之序高閒，謂僚之於丸，秋之於奕，詎不諒哉！雖曰一技，要須如是方盡。

　　僕知而不能行，故白首如逆風駕船，進寸退尺。不圖誤有見索，每臨紙必爲見奪，況手未和，筆未調，又迫促勉強耶？似是此紙逢厄會，定將覆醬瓿矣，可勝感歎。《姑溪居士文集》卷一七。

一八　書陳格石刻

　　予少時客廬山，見諸刻石字，皆有精神，退而求其真跡，率不迨也。乃知模勒之妙，有以假借致然。是後每作字，必歎息不得其人相與表發。

　　比過金陵，所見如廬山時，至其畫筆則又過之。追詰其所自，蓋南康人陳姓名格，從事於此十二世矣。予固知他人必不能至是，又以信予平日一見爲不可易也。

　　凡技之善，如庖丁解牛，輪人斲輪，直以神遇而不以力會，然後爲得，況十二世傳習之久耶？彼徼幸於一旦之遇者，雖資籍輾轉，豈得不自愧哉？《姑溪居士文集》卷一七。

一九　跋東坡四詩

　　近時以筆墨爲事者，無如唐彥猷，其雅致自將，故所錄皆絕俗。其子坰〔一〕，行筆無家法，而近類蔡君謨，然亦自可喜。家世相因，所有多佳墨，未嘗妄與人，蓋非東坡不可得。

　　孫莘老作字至不工，每得佳墨，必悵然思見東坡。方時初入講筵，例有所賜，乃以爲寄爾。

東坡捉筆近下，特善運筆，而尤喜墨。過作字，必濃研，幾如糊，然後濡染。蓄墨最富，多精品。自海外歸至廣州，失船，舉爲水所壞，良可惜也。《姑溪居士文集》卷三八。

〔一〕堈：原作"峒"，據宣統三年金陵督糧道刊本傅增湘校語改。

二〇　跋東坡大庾嶺所寄詩

予從東坡遊舊矣，其所作字，每別後所得，即與相從時小異，蓋其氣愈老，力愈勁也。自海外歸，至大庾嶺上作二詩見寄，其字政與後二帖相類。臨卷慨然，幾至流涕。《姑溪居士文集》卷三八。

二一　跋東坡書《多心經》

蘇少公嘗爲其先公書是經，施人以薦冥禩。長公則因張安道述夢中事，作《楞伽經》，已鏤板矣，今在金山。其他皆未嘗見也。

在中山時，謂予曰："早有意寫《華嚴經》，不謂因循，今則眼力不逮矣，良可惜者。子能勉之否？"予亦僅分黑白，每有愧於斯言也。後偶近似郭功甫家《張長史帖》。《姑溪居士文集》卷三八。

二二　爲楊元發跋東坡所書《蘭皋亭記》

明窗淨几，筆硯紙墨，皆極精妍，是人間之至樂，六一居士嘗以是爲自得。至於一時勝流，相與周旋，隨時草木，榮悴參次，則今日之遇，惜乎六一不得而與也。

然是樂也，正如朝菌與夏蟲爾，尚何足爲元發道邪？因載所自得者，以繫歲月。《姑溪居士文集》卷三八。

二三　又跋東坡《蘭皋園記》

世傳《蘭亭》，縱橫運用，皆非人意所到，故於右軍書中爲第一。然而能至此者，特心手兩忘，初未嘗經意，是以僚之於丸，秋之於奕，輪扁斲輪，庖丁解牛，直以神遇而不以力致也。自非出於一時乘興淋漓醉笑間，亦不復能爾。故曰以瓦注者全，以鈎注者巧，以黃金注之則昏。

東坡此字，其亦得之於是歟！不然，豈復度越常日之書遠甚也！《姑溪居士文集》卷三八。

二四　跋東坡《玉盤盂》詩後

東坡守東武，得異花於芍藥品中，既已名之，又即席賦二詩以誌其事。異時聞其語並得其詩，花則未之見也。

崇寧四年冬至後七日，陽翟人傅君仲訓偶出花圖相示，而東坡小楷二詩於其下，蓋當日本也。予得此花，又見其字，泫然流涕，因次其韻。《姑溪居士文集》卷三八。

二五　跋東坡帖

東坡從少至老，所作字聚而觀之，幾不出於一人之手。其於文章，在場屋間與海外歸時，略無增損。豈書或學而然，文章非學而然邪？《姑溪居士文集》卷三八。

二六　跋蘇、黃眾賢帖

東坡帖，乃其子邁所作，亦自可喜。大抵蘇氏諸子，源同派異，種種皆有過人處。魯直成就諸甥之意，可謂盡矣，故率然自知，類不相遠，蓋一本於舅氏也。少游自以書名，行筆有秀氣。無咎駸駸欲度驊騮，要亦不凡。睿達特立不群，遂能名家，雖未可入神，蓋可入妙。然未嘗以書經意者，未易窺藩籬也。《姑溪居士文集》卷三八。

二七　跋蘇、黃、陳書

東坡嶺外歸，所作字多他人詩文，似是有所避就然也。魯直晚喜荊公行筆，其得意處，往往不能真贗，此乃未入川時所作。瑩中作小楷，有秀氣，時拘窘，自爲羞澀，或未免墮羊欣域中。是帖輒放肆有精神，蓋與之相別六七年，豈所謂隔宿不問道歟？《姑溪居士文集》卷三八。

二八　跋東坡先生書《圓覺經》十一偈後

諸佛菩薩以慈憫故，發大誓願，度脫一切有情，隨所因地而出見於世。是以願力昭示，不謀而同，種種利益，無一毫髮自吝。

東坡老人以文學議論師表一代，忠孝強果，獨立不懼，蓋其尊主愛民之心篤於誠愨，豈非願力昭示，隨其所因而出見者歟？不然，安得雍容純熟，略無退轉之如是也？

政和五年四月二十三日，門人李之儀謹題。《姑溪居士文集》卷三八。

二九　跋山谷帖（一）

紹聖中，詔元祐史官甚急，皆拘之畿縣，以報所問，例悚息失據。獨魯直隨問爲報，弗隨弗懼，一時慄然，知其非儒生文士而已也。既而得罪遷黔南，從戎凡五六年而後歸，輾轉嘉、眉，謁蘇明允墓，上峨嵋山，禮普賢大士，下巫峽，訪神女祠，寓荊渚。久之，召爲吏部郎，辭不拜，就假太平守。踰年方到官，纔七日而罷。所至遮道迎觀，如李泰和；其去也見思，如文翁。自是屹屹宇宙間，幾與三蘇分路揚鑣矣。

嗚呼，充之至此，可無憾於踐形者。然書法亦足聳動後世，固以人爲重，要亦自能名家也。草第一，行次之，正又次之，篆又次之。《姑溪居士文集》卷三九。

三〇　跋山谷帖（二）

魯直於親舊間，上承下逮，一以恩意爲主。故先生長者，往往爲之斂衽者，不獨以其文詞翰墨。而張向者，其從母兄也，爲夔路轉運判官，輒奏徙魯直以避嫌，而嚮亦不能顯。

嗚呼，聖日其可欺邪！《姑溪居士文集》卷三九。

三一　跋山谷草字

魯直晚年草字尤工，得意處自謂優於懷素，此字則曰："獨宿僧房，夜半鬼出，來助人意，故加奇特。"雖未必然，要是其甚得意者爾。《姑溪居士文集》卷三九。

三二　跋山谷書摩詰詩

曾子固謂蘇明允之文，豐而不餘一言，約而不失一辭，雖《春秋》立言，亦不過如是。槩而論之，惟明允可以當此，非子固亦不能形容至此也。

魯直以摩詰六言詩方得其法，乃真知摩詰者。惟其能知之，然後能發明其秘要。須咀嚼久，始信其難。然則何獨詩邪？凡落筆皆能如明允，斯可與論文矣。

魯直此字又云："比他所作爲勝。"蓋嘗自讚，以爲得王荊公筆法，自是行筆既爾，故自爲成特之語。至荊公飄逸縱橫，略無凝滯，脫去前人一律，而訖能傳世，恐魯直未易到也。《姑溪居士文集》卷三九。

三三　跋山谷草書《漁父詞》十五章後

家貧不辦素食，事忙不及草書，此特一時之語爾。正不暇則行，行不暇則草，蓋理之常也。間有蔽於不及之語，而特於草字行筆，故爲遲緩，從而加馳騁以遂其蔽。久之，雖欲稍急，不復可得。

今法帖二王部中，多告哀問疾，家私往還之書。方其作時，亦可謂迫矣。胡不正而反草邪？此其據也。然而非所造直與神遇，則安能至是？亦足以自成一家而名於世也。

崇寧二年九月三十日。《姑溪居士文集》卷三九。

三四　跋山谷書

前三帖，元祐中在京師時所書；後一帖，似是離西川後所作。嘗自謂後來之字方近古人，亦必自有得處，他人不得而低昂也。《姑溪居士文集》卷三九。

三五　跋山谷二詞

當塗僻在一隅，與淮南、兩浙皆接境，距京師亦不甚遠。溪山之秀，飲食之富，他處未易過之。異時爲守者，多薦紳間知名士，來者往往愛之，以故流傳以爲勝地。然獨無文詞翰墨表發其勝，不免有異同之論。

魯直自放廢中起爲吏部郎，再辭不起，遂請無爲、當塗，而得當塗，猶蹭蹬幾一年方到官。既到，七日而罷，又數日乃去。其章句字畫，所留不能多，而天下固已交口傳誦，欲到其地，想見其真跡及其所及之人物，皆不可得爲不足。由是當塗鼎然真東南佳處矣。

事固有幸不幸者，其來已久。卓然自起，足以見稱而有託，特無有力者以發明之，則淪落湮沒，遂同腐草者固不少。如蘇小、真娘、念奴、阿買輩，不知其人物技能果何如，而偶偕文士，一時筆次夤緣，以至不朽，則所謂幸者，詎不諒哉！如歐與梅者，斯又幸之甚者焉。

余居當塗凡五六年，魯直所寓筆墨無不見之，獨求此二詞竟不知所在。比遷金陵又二年，一日楊君庶之以書見抵，并以之相示而求記其後，方知在楊氏，蓋深藏不妄示人也。楊君豈以余與魯直厚，故見諉，而久之方出者，亦或別有所謂邪？

所謂歐與梅者，皆當塗官奴也。魯直賦二詞，且有詩云："歐靚腰枝柳一窩，大梅催拍小梅歌。舞餘細點梨花雨，奈此當塗風月何！"蓋爲是也。《姑溪居士文集》卷三九。

三六　跋米元章書儲子《椿墨梅》詩

予嘗評元章書，迴旋曲折，氣古而韻高，上攀李泰和、顏清臣爲不足，而下方徐季海、柳誠懸爲有餘，未易咫尺論也。《姑溪居士文集》卷三九。

三七 跋元章所收荊公詩

荊公得元章詩筆，愛之而未見其人。後從辟金陵幕下，既到，而所主者去，遂不復就職。荊公奇之，挽不可留。後親作行筆，錄近詩凡二十餘篇寄之。字畫與常所見不類，幾與晉人不辨。

頃見此字，乃知荊公未嘗不學書也。元章懷舊戀知，故過其墳爲之□形容，讀其詩可得其意也。《姑溪居士文集》卷三九。

三八 跋元章書（一）

服古衣冠，凡所運用，必欲絕俗，故往往以戲謔之名加之。苟盡棄是等事，一切如行筆，則其可以砍額望邪？《姑溪居士文集》卷三九。

三九 跋元章書（二）

米元章爲蔡河撥發，王元龍爲京西北路常平，蓋當日所通書也。元章與余甚善，余於其字，每心期之而終不能一到，一見一爲之注目久之。《姑溪居士文集》卷三九。

四〇 跋元章與術人劉思道帖

是非邪正，亦可以移於好惡，至黑白由直，則不得而移也。於是乃有以曲爲直，以白爲黑者，往往從而和之。蓋不得而詰，非詰之難，知所詰爲難。

元章作字，信所謂曲直白黑，而好惡輒爲之易位，余嘗病之。近吾友張文潛評其書，幾在鍾、王季孟間，然後余所病者，不藥而愈。

思道好古喜善類，藏其書過於尺璧寸珠。異時非其人，勿妄出。一出當使擊節不已，則余與文潛實在其末光焉。

崇寧五年正月二十四日。《姑溪居士文集》卷三九。

四一 跋黃、米書

子貢一出，存魯亂齊，破吳強晉而霸越。或以謂景修其庶幾乎。予曰：子貢，孔門之高弟，亦孔門之罪人也。方是時，彼五國者，特無人耳；不然，匹夫安能搖唇鼓舌，遂獲逞於其間者哉？

黃、米以書名天下，亦景修之希驥乙，可不謹邪！《姑溪居士文集》卷三九。

四二　跋曼卿帖

寶元、康定間，上方勵精政事〔一〕，招徠天下賢俊，故得人之盛，超軼前古。其遺風餘烈，使後之人一歷耳、一到眼，莫不頯然追誦，聳然興起，恨不得亟與之俱，而遂相上下也。

曼卿用雖不盡其才，然文詞筆墨，照映流輩。人有得之者，不異南金大貝，什襲珍藏，以爲子孫不朽之傳。況其先世從遊之舊跡同，而情相好者哉？宜其尺牘交馳，委曲輾轉，尤足以見其傾盡。而一時傳玩，不獨其風流趣尚可以互相表發，且以知當時文物之勝，信非前世所能先後也。《姑溪居士文集》卷四〇。

〔一〕上：原作"王"，據《六藝之一録》卷三三七改。

四三　跋黃正叔帖（一）

胡昭、索靖、韋誕俱學書於張伯英，羊欣謂昭得其骨，靖得其肉，誕得其筋。蓋以肥瘠爲定，則肉不勝骨，骨不勝筋明矣。鍾繇問蔡邕筆法於誕，而誕不與，以至搥胸嘔血，魏太祖以五靈丹救之得活。誕死，使人發其墓方得之。是知用筆之法，正所謂如錐畫沙，如印印泥，乃爲極摯。

余歷覽近日號能書者，獨於正叔得之。不惟得用筆之妙，其位置典刑，於誕幾何而不相先後邪？魯直輒以聖美之評少之，以余所見，魯直乃自謂爾。惜乎，正叔今已失明，則此書不復可得，亦如伯時右手之廢，而畫筆自絕也。

崇寧三年八月十日，之儀題。《姑溪居士文集》卷四〇。

四四　跋黃正叔帖（二）

正叔高標清致，雖在烈日塵埃中，見其字，想見其人，清風颯然，不召自至。然其少所許可，介潔不撓，獨於魯直委曲傾盡，每見一語，必手録，因而其字所流傳者，多魯直語。正叔既病目廢，而魯直死矣，讀之慘然流涕。《姑溪居士文集》卷四〇。

四五　跋魯公帖（一）

魯公墨跡傳於今者，惟此數帖，予皆得而臨之。後每見，每爲之輾轉肝膈間。以扣其佳處，竟不能彷彿，乃知古人用意精微，非今人所可到也。《姑溪居士文集》卷四〇。

四六　跋魯公帖（二）

魯公以正書取重，然不見其行，亦不知其超然遠韻。蓋不如是，不足爲魯公也。《姑溪居士文集》卷四〇。

四七　跋魯公題記後

文詞字畫，入人易深，然於立身行己，了不相干。魯公忠義，皎如星日，獨以字畫，幾至蒙昧。要之，精於藝者，不可不謹也。《姑溪居士文集》卷四〇。

四八　跋《瘞鶴銘》

趙景修歸自金陵，會於瑞竹藏院，凡七人：陳元俞、楊元發、明叔、張德夫、覺夫、李端叔。

覺夫出此書相示，世以爲右軍書，或謂其語不類晉人，然卒不能辨也。自歐陽文忠公指華陽真逸乃顧況道號，遂知爲唐人書爾。後襲前說者，必相與排詆，殆不復容是正。其如知耳而不知目，天下之公患。吾知爲佳字耳，何必紛紛於唐晉也？《姑溪居士文集》卷四〇。

四九　跋《樂毅論》

高紳爲湖北轉運使，道中聞砧聲清遠，因得此本於其覆□，而已斷裂矣。遂載以歸，完理緝綴，櫝以木箱，所可辨者如此。後世之傳布，皆止於"海"字，則其碎而不緝者，良可惜也。《姑溪居士文集》卷四〇。

五〇　跋荊公《金剛經》書

骨多肉少則瘦，肉多骨少則肥。惟骨肉相稱，然後爲盡善。

或謂荊公知骨而不知肉，今見此經，則知傳者不識荊公書，遽以常所見清勁爲瘦也。《姑溪居士文集》卷四〇。

五一　跋李衛公書

予讀《紅拂妓傳》，得衛公之爲人，蓋此書已落第二也。《姑溪居士文集》卷四〇。

五二　跋荆國公書

　　魯直嘗謂學顏魯公者，務期行筆持重，開拓位置，取其似是而已。獨荆公書得其骨，君謨書得其肉。君謨喜書多學，意嘗規摹；而荆公則固知其未嘗學也，然其運筆如插兩翼，凌轢於霜空鵰鶚之後。

　　此其晚年所作，紙上直欲飛動，信所謂得之心而應之手，左右逢其原者也。《姑溪居士文集》卷四一。

五三　跋荆公所書藥方後（二）

　　作字爲文，初必謹嚴於時，造語須有所出，行筆須有所自，往往涉前人轍跡，則爲可喜。久之，語以不蹈襲爲工，字則縱橫皆中程度，故能名家傳世，自成標準。凡學者從此卷首尾求之，當知吾言爲不妄發也。

　　宛陵巨孝叔書，余三十年前曾見於李正叔家，宛陵乃其人也。最後一絕，集中不載，固未嘗見。《姑溪居士文集》卷四一。

五四　跋君謨帖

　　東坡老人謂君謨書爲世第一。要之，知書爲難，能者乃信此語。《姑溪居士文集》卷四一。

五五　跋君謨《荔枝帖》

　　學書主於行筆，苟不知此，老死不免背馳。雖規摹前人，點畫不離法度，要亦氣韻各有所在，略不繫其工拙也。

　　君謨自少以能書得名，至老以作字爲悅。然行筆遲，肉勝骨。而此帖乃反是，疑得之倉卒間，或粉紙枯澀，運墨不勝而然。其如堅勁不撓，備盡眾體，信一代之師表也。《姑溪居士文集》卷四一。

五六　跋韓次玉家君謨隸真行草書

　　君謨善書多學，絕備眾體。蓋前輩善作字者類如此，惟不爲筆所制，故無不適宜也。

　　建中靖國元年某月日，次玉具飯，仲孺述之，端叔作客，並試常和舊墨，飲小鳳團茶。時久雨乍霽，霜天陰徹，極爲勝遇也。《姑溪居士文集》卷四一。

五七　跋文安國篆

景修談金陵近事，亹亹皆可人意，非紬繹輾轉，不能中程度，諧律呂。

文安國，予與之遊三十年，善論難，劇談切中，尤得於樽俎間爲多。嘗謂其宿構預計，不如是，必有脫略可指議處。然篆筆方嚴勁正，未嘗妄立一筆，豈舌端筆次，自應相契故如是，抑機警爽悟，不謀而然邪？

聽言觀書，如會茲境，可勝慨歎！《姑溪居士文集》卷四一。

五八　跋《蘭亭記》

貞觀中，既得《蘭亭》，上命供奉搨書人趙模、韓道政、馮承素、諸葛貞等各搨數本，分賜皇太子、諸王、近臣，而一時能書如歐陽、虞、褚、陸輩人皆臨搨相尚，故《蘭亭》刻石流傳最多。嘗有類今所傳者，參訂獨定州本爲佳，似是鐫以當時所臨本模勒，其位置近類歐陽詢，疑詢筆也。

此石已爲薛向取去，見在向家，而定州石刻又從而傳模者，然亦不能辨真贗。若諦觀錙銖，則較然相遠矣。此乃向家本也。《姑溪居士文集》卷四一。

五九　跋《遺教經》

書學盛於魏晉，至唐漸衰。然當時猶以爲事，故卓然名家者班班可紀。中葉以後，如徐季海輩號能名，以歐、虞諸人槩之，則殆不可同日語。

頃見季海所作《圓覺經》，字如菉豆大，精神位置，無一毫髮可以指議，則其所學，非一朝夕而能至此也。大抵唐人善寫經，而寫經字多出一律。歐陽文忠公謂此經爲經生所作，恐未必然。其格韻頓挫，非士人知書學、善行筆者不能到。謂之晉人書則不可，惜其名氏不傳也。《姑溪居士文集》卷四一。

六〇　跋《麻姑壇記》

作字大至方丈，小至粟粒，其位置精神，不差毫髮，然後爲盡。如以此字與《中興頌》參校，當知余言爲信。《姑溪居士文集》卷四一。

六一　跋趙汝霖帖

趙君學《九成宮》《刻漏銘》，於正書尤工，刻出，殆咄咄逼真矣。其行書則別是一家，不知何所從來也。《姑溪居士文集》卷四一。

六二　跋懷素帖

　　草書以精神爲主，傳模既已失真，又恐流傳分布，纔見行筆次序爾。要知骨肉俱無安，可語精神邪？
　　懷素字頗肉多，當時固已調之，云憨肥和尚，豈能作清勁字？是後稍就瘦硬，蓋亦非其故步矣。《姑溪居士文集》卷四一。

六三　跋《畫讚》《洛神賦》

　　《畫讚》在丁文簡公家。熙寧初，予與公之孫羲農上民遊，嘗密以相示，錦囊什襲，非甚款好，不妄出也。後十餘年，始見石刻，流落訛闕，無復完本，不知真跡果何在邪？
　　《洛神賦》乃絹上書，在周安惠家。安惠之孫延年翁孺尤見厚，每過其家，必傳玩久之，其後無聞矣。是書亦莫知所託，可勝悵然！《姑溪居士文集》卷四二。

六四　跋邵仲恭書

　　邵仲恭字秀有餘而老不足，余以是知其爲不壽也。諸帖皆陝西轉運使時與李獻父者，語嚴意重，所以事尊親前輩當如此。《姑溪居士文集》卷四二。

六五　跋醉吟先生書

　　醉吟老人固善書，而未嘗以書自名，真善書者也。正行蓋嘗見之矣，獨小字今始得之。使古人復作，余未知其先後也。《姑溪居士文集》卷四二。

六六　跋歐陽率更書

　　此碑於歐陽率更書中爲第一，於今所傳正書爲第二，從一點一畫求之，無一毫髮差舛，信所謂如錐畫沙，如印印泥者。
　　舊藏西京范忠獻家，今則破碎，殆不勝摹印矣。此亦近所摹者，其補葺僅能成帙，而不知他日又何如也！拊卷增感。《姑溪居士文集》卷四二。

六七　跋古帖

叙事有法度，殆無一字虛設，非老成於文學者不能至是。似是吕文靖公所書，元方、嘉問皆吕氏子弟名字。余未嘗見文靖書，故不敢直以爲是。《姑溪居士文集》卷四二。

六八　跋儲子椿藏書帖

凡書精神爲上，結密次之，位置又次之。楊少師度越前古，而一主於精神。柳誠懸、徐季海纖悉皆本規矩，而不自展拓，故精神有所不足。

或謂作字正如習馬，步驟馳騁，各有先後，一失其節，御者所愧，至其奔軼絶塵，則乃能見其材。

魯直草字有類誠懸、季海與夫馬之在御者，正書、行書則爽秀爲多，要之，足以名世也。

大觀二年八月四日，姑溪居士題。《姑溪居士文集》卷四二。

六九　跋黄擬山所藏劉君錫太尉畫

劉璟爲宣武節度使，每大饗，互進歌童舞女。璟以爲非是，乃更用壯士，介甲冑，挾劍戟，相搏刺，使觀者增氣，史氏韙之。殊不知投壺雅歌，輕裘緩帶，真古昔名將之事也，尚何累於歌童舞女哉？劉侯以椒房近戚，致位通顯，而恥以之自下，輒感慨激厲，取名戎馬間，卒提衛兵，佹得鉞，遽不幸。視其趣尚幽遠，動有典則，雖筆墨流傳，人争得而寶之，與夫習膏粱以玩於無所事而然者，不可同日語也。

嗚呼，天下承平久矣，斯人者不得崛起於功名，使衛青、霍去病輩獨高於前世而死，可勝歎邪！蓋將有拊卷想像，欲作而不可得者。

建中靖國元年六月二十四日，姑溪李之儀〔一〕。《姑溪居士文集》卷四二。

〔一〕李之儀崇寧二年始自號姑溪居士。此"姑溪"二字，或爲後人所加。

七〇　跋董安期帖

余始至當塗，得見講院壁間題字，不覺失聲曰："吾元章何時過此耶？"主僧曰："是諸董所留下。"余然後知其爲祖習，然吚咂相逼，殆不復能真贋。後得是數帖，稍索其妙處，則往往過之，蓋金陵董君安期所作。

元章行筆，爲一時之冠，推而上之，柳誠懸、徐季海俱在下風。董君時年少爾，使年加長，筆力愈老勁，則吾元章未必不爲今日之徐、柳也。

崇寧五年十二月二十四日，姑溪居士。《姑溪居士文集》卷四二。

王仲至藝話（一則）

王仲至（生卒年不詳），元祐間提舉太平興國宮，賜紫金魚袋。

跋劉宋陸探微《姜后免冠圖》〔一〕

右《免冠進諫圖》，周宣王姜后故實也。宣王每晏設朝，后一日免冠待罪於永巷。王見而驚，詢其故，后曰："陛下每晏設朝，臣妾恐在廷之臣疑陛下居於深宮，荒於酒色，怠爲國政，言議紛然，必生不測。設使天下聞之，禍將萌焉，皆臣妾之不德以致如斯。"王聞而悦，曰："此寡人之失，非卿明言，豈能知過？"王後雞鳴而起，昧爽而朝，任賢使能，聽言納諫，乃爲周室之明君。

斯圖劉宋時吳人陸探微所作，其法遒勁，傅色清潤，人品端莊，神氣超越，六法具備，出乎天成。蓋世傳探微乃畫中之聖者也，此卷希世之珍，畫入神品，其故實誠有補於風教。觀之者使齊家治國，咸有助焉。駙馬都尉公當以什襲珍藏，使子孫永保，珍貝珠玉不足貴也。

元祐三年正月人日，提舉太平興國宮、賜紫金魚袋王仲至跋。文淵閣四庫全書本《續書畫題跋記》卷一。

〔一〕《珊瑚網》卷一、《式古堂書畫彙考》卷三八署作王至撰。待考。

張勵藝話（一則）

張勵（生卒年不詳）字深道，福州長樂（今福建長樂）人。熙寧六年進士。哲宗時曾爲淮南轉運副使、兩浙轉運副使。崇寧初以朝散郎權發遣陝州軍庶；政和二年以朝請大夫知福州，次年春移知廣州，七年知濟南；重和二年以集賢殿修撰知洪州。有詩集二十卷。

題張翊《清溪圖》

九華鬱兮江南山，清溪下兮貫山間。江北鶩兮溪東旋，濁湯湯兮清漫漫。山幾轉兮水幾盤，近交臂兮遠連環，決天末兮浮雲端。齊之山兮秋之浦，景晦明兮氣吞吐，草木蓊兮媚林莽。繡屏張兮翠綃舞，深窈窕兮奄幽。雨吟猿兮風嘯虎，下鳧鴈兮泳魴鱮。商之檣兮漁之罟，互出沒兮更散聚。樵有舍兮梵有宇，雲巖阿兮棘樊圃。畢連薨兮岸之滸，弄潺湲兮棹容與。中橫絕兮梁爲漊，隱孤城兮其西去。春之朝兮秋之夕，風既清兮月又白。遐矯首兮俯陳跡，携佳人兮不可得。空遠望兮中感百，思悠悠兮情惻惻。悵興亡兮懷今昔，獨玆溪兮無終極。嗟夫人兮擺塵滓，遙徜徉兮玩山水。移山川兮置窗几，手舒捲兮千萬里。鞀余車兮秣余馬，往其從兮山之下。枻吾舟兮泛清瀉，樂魚鳥兮放林野。願未適兮胡爲者，聊寓言兮公墨畫。歷代詩話續編本《吳禮部詩話》。

蔡肇藝話（二則）

蔡肇（？～一一一九）字天啟，潤州丹陽（今江蘇丹陽）人，蔡淵子。師事王安石，備見器重。元豐二年進士，爲明州司户參軍、江陵推官。元祐中，又從蘇軾遊，聲譽益顯，歷太學正，出通判常州。紹聖中，召爲衛尉寺丞。元符初，提舉永興軍路常平。徽宗時，爲户部員外郎，徙吏部，兼編修國史。言者劾其學術反覆，出提舉兩浙刑獄。大觀四年，召爲禮部員外郎，拜中書舍人。以草制不稱旨，罷爲顯謨閣待制，知明州。言者又論其非議辟雍，奪職，提舉杭州洞霄宫。宣和元年卒。蔡肇文思敏捷，爲文援筆立就，長於歌詩。著有《丹陽集》三十卷，又有詩三卷，今不存。僅《兩宋名賢小集》中收有其《據梧小集》一卷。

一　故南宫舍人米公墓誌〔一〕（節録）

崇寧三年甲申六月制詔〔二〕："今四方承平，百揆時叙，小大之政畢舉，增光繼志，臨古絶尤；獨書畫之學未有高世絶人之風，殆勸礪之不至也。其議投試簡拔之法，著爲律令，建官養徒，庶幾異時彬彬者有紀焉。"於是六藝之學以次開設矣。

是時元章名能書，適官太常，一旦奉詔，以《黄庭》小楷作《千文》以獻，繼進所藏法書名畫，賜白金緡錢甚腆。方民間競以前代筆跡來上，萃之秘府，號《宣和御覽》，纔及百秩。特詔丞相、太師楚國公跋尾，公亦被旨預觀，搢紳以爲榮遇。已而出知常州，不赴，改管勾洞霄宫。未幾，就除知無爲軍。踰年，復召爲書畫學博士，便殿賜對，詢落逮暑。因上其子友仁所作《楚山清曉圖》。既退，賜御書畫扇各二，遂擢爲禮部員外郎。復以言者罷知淮陽軍彌年。瘍生其首，即上書謝事，不許，以某年月日卒於都廨，享年五十有七。遺令送終，皆有治命。賻其家以百縑，不以被受文書，官其子，皆特恩也。

公生秀穎，六歲，日讀律詩百首，一再過目輒背誦。稍長，博記洽聞，於書務通大略，不喜從科舉學。議論斷以己意，其說踔厲，世儒不能屈也。刻意文詞，不剽襲前人語，經奇蹈險，要必己出，以崖絶魁壘爲工。作字遒勁，晚更沉著，雜有晉唐風流。尤善臨摹，至能亂真。其畫山水人物，自成一家。尺縑寸紙，人以爲玩，四方碑榜，咨請踵至。所著詩賦諸文凡百卷，號《山林集》，《宣己子》《聖度録》《正韻》《雜説》又數十卷。平居超然，若不能事事，至官下則率職不苟。喜爲教戒，吏民初以爲煩，已而安之。時亦越法縱舍，有足大者。家故饒財，既仕，悉以分族人；後貧，不以爲悔。遇古書名畫，必極力購取，得之乃已。_{舊抄本《寶晉山林集拾遺》卷首。}

〔一〕題下原署："左承議郎、敷文閣待制蔡肇。"
〔二〕三年：原作"五年"，據《米襄陽志林》卷一改。甲申：原作"甲子"，按崇寧三年甲申，非甲子，徑改。

二　題《蘭亭》帖

予爲兒童，侍先君旁，嘗聞與客論《蘭亭詩叙》，惟取定武本爲最真，予初不悟此説。今老矣，學書無所成，信知《蘭亭詩叙》不可以水墨積習也。此軸乃侍郎王彥昭文房物，觀之使人健羨，是尤可珍也。丹陽蔡肇天啟題。_{文淵閣四庫全書本《蘭亭續考》卷一。}

劉安世藝話（一則）

劉安世（一〇四八～一一二五）字器之，號讀易老人，學者稱元城先生，魏（今河北大名西北）人。登進士第，不就選，從學於司馬光，司馬光教以誠心不欺妄。調洺州司法參軍。元祐初，司馬光入相，薦爲秘書省正字。三年，擢右正言。遷起居舍人，兼左司諫，進左諫議大夫。五年，以言事不報，請外，以集賢殿修撰提舉崇福宮。六年，召爲寶文閣待制、樞密都承旨。出知成德軍。章惇用事，忌惡之，黜知南安軍，貶少府少監，再貶新州別駕，英州安置。元符初，同文館獄起，徙置梅州，移衡、鼎二州。徽宗即位，起知鄆州、真定府，爲曾布、蔡京所忌，不使入朝。蔡京既相，七謫至峽州編管。後復承議郎，宣和七年卒，年七十八。安世正色立朝，彈劾無所顧忌，時號"殿上虎"。剛正之氣形於筆墨間，令人讀之感慨，其詩存世不多，大都如其文，議論精警，栩栩有生氣。著有《元城集》二十卷。南宋淳熙間刻《盡言集》十三卷，以後遂爲定本，現存明隆慶刻本、《四庫全書》本、《畿輔叢書》本。

與黃錢用和小柬（二）

向者論俞玘筆病，出於偶然，乃蒙閣下推之以及修身之道，何嗜學之篤也！柳公權謂心正則筆正，亦有此理，苟知其要，亦不必專守斯言也。明刻本《三朝名臣言行錄》卷一二。

趙說藝話（一則）

趙說（生卒年不詳），長安（今陝西西安）人。元豐元年知安溪。餘不詳。

題韓左軍馬圖

龍媒神飛影在紙，雙瞳墨濕電光紫。烏首昂昂渴奔水，青鬃迎風拂不起。逸氣難居皁櫪底，勢欲陪龍走千里，月支真馬有如此。落筆一與王生似，云是吾州韓畫士。文淵閣四庫全書本《式古堂書畫彙考》卷三十九。

李公麟藝話（二則）

李公麟（一○四九～一一○六）字伯時，號龍眠居士，舒州（今安徽安慶）人。熙寧三年進士，歷南康、長垣縣尉，爲泗州録事參軍。陸佃舉薦爲中書門下後省删定官、御史檢法。元豐二年，爲禮部試考校官。元符三年，以疾致仕。公麟好古博學，工詩，擅長繪畫，尤精人物、山水畫，所作《龍眠山莊圖》，爲世所寶。著有《石器圖》一卷，已佚。

一 題褚遂良摹本《蘭亭》

遂良摹本，逸少神寓之跡也。唐文皇帝甘心學之，讚曰："煙飛霧結，狀欲斷而還連；鳳翥龍盤，勢如邪而反直。"頗爲能狀之。此永和九年書也。十二年爲山陰道士寫《黄庭經》，又作意移入楷法，故於點曳裁成之妙，亦爲正書之冠。唐之學者心慕手追，輔成已能，流而爲歐、虞、褚、薛。故後人但見定武石刻爲工，今遇此本方真元，乃褚河南親摹以傳，頓覺定本尚類唐臨，去此絶遠，何則？柔閒蕭散，而神韻獨高，華巧天就，如運斤成風，而中桑林之舞。乃知妙絶千古者，不在點畫畦畛間，而風流天韻，非力學所可到。捨此本，疇能見之？紹聖丙子，李公麟伯時書。文淵閣四庫全書本《蘭亭考》卷五。

二 跋韓幹畫馬

此馬雖無追風奔電之足，然皆有生氣。上海古籍出版社一九八四年影印宋刻本《韻語陽秋》卷一四。

廖正一藝話（一則）

廖正一（生卒年不詳）字明略，號竹林居士，安州（今湖北安隆）人。元豐二年進士。元祐初，召試館職，蘇軾得其對策，大奇之，爲秘書省正字。六年，除館閣校理，爲杭州通判。紹聖二年，知常州。入元祐黨籍，貶監玉山稅，卒。正一學識淵深，擅長爲文，其四六文句格高奇，妙於用事。葉夢得《廖明略竹林集序》謂其詩文"曲奧簡潔，音節遒峻，精新焕發，使人讀之，不覺矍然增氣"，可與"蘇門四學士"媲美。著有《竹林集》三卷，今已佚。

答張十八畫

玉人風味夙相親，骨法多奇巫峽神。可幸丹青煩右相，坐令虛室四時春。文淵閣四庫全書本《聲畫集》卷二。

田畫藝話（一則）

田畫（生卒年不詳）字承君，陽翟（今河南禹縣）人。樞密使田況從子，以蔭爲校書郎。調磁州録事參軍，知西河縣，有善政。元符中監京城門。以病歸許，建中靖國初，入爲大宗正丞。平生以氣節自勵，曾布數羅致之，不爲屈。請知淮陽軍，歲大疫，日挾醫問病者，藥之，染疾卒。

書與賈明叔書後呈崔德符〔一〕

此書成，與諸弟讀之，相對悲不自勝。

嗟乎，身長七尺，氣塞天地，不能飽一母。富家僮僕，厭飫粱肉，吾道非耶？奚爲而至此？然折節售文章，真鄙夫事。

此書遲遲未投，尚惜此也。其勢正如提孤軍，薄堅敵，矢窮力盡，餉道不繼，伏兵又從而乘之。當是時，不折北者鮮矣，公其籌之。四部叢刊本《皇朝文鑑》卷一三一。

〔一〕此文作者原署田畫。田畫字文初，歐陽修（一〇〇七～一〇七二）於景祐三年二十九歲時貶官夷陵，曾作《送田畫秀才省親萬州序》，可知畫與修同時。而賈明叔即賈易，崔德符即崔鷗（一〇五七～一一二六），其活動均在北宋後期。因此，此文不可能爲與歐陽修同時之田畫所作。或爲另一田畫，或"畫"爲"書"之誤。待考。

李彥弼藝話（一則）

李彥弼（生卒年不詳）字端臣，廬陵（今江西吉安）人。哲宗、徽宗朝任桂州郡僚。

跋閻立本《十三帝圖》

太宗與侍臣泛舟春苑池，見異鳥闕與汲，上悦之，詔坐者賦詩。闕本狀閣外，傳呼畫師。閻立本是時已爲主爵都尉郎中，俯伏池左，研吮丹闕望坐。公羞恨流汗，歸戒其子曰："吾少闕書文闕不減儕輩，今獨以畫見名，與廝役闕曹，慎勿習。然性所好，雖被訾屈闕不能罷也。"時姜恪以戰功擢左相，故時人有"左相宣威沙漠，右相馳譽丹青"之嘲。余以謂德藝兼足，亦闕愧。大觀丁亥孟秋，李彥弼端臣屢觀。清刻本《平津館藏書畫記》卷三。

秦觀藝話（一六則）

秦觀（一〇四九～一一〇〇）字太虛，又字少游，號邗溝居士、淮海居士，揚州高郵（今江蘇高郵）人。自幼性豪雋，喜讀兵書，文辭慷慨。熙寧十年，以《黃樓賦》贄見蘇軾，軾大稱賞，以爲有屈、宋之才，並向王安石舉薦。元豐元年、五年，曾兩次應進士試，皆不中。八年再試，進士及第，授定海主簿、蔡州教授。元祐三年，蘇軾、鮮于侁等舉薦應賢良方正科試，進策論，不第。五年，經范純仁薦，召爲太學博士，校正秘閣書籍。八年，遷秘書省正字，兼國史院編修官。紹聖初，入黨籍，出爲杭州通判。御史劉拯論劾其增損《實錄》，於道途貶監處州鹽酒稅。使者劾其敗壞場務，以不職罷，削秩徙郴州。四年，編管橫州。元符元年，除名，徙雷州。徽宗即位，復宣德郎，放還，行至藤州卒，年五十二。秦觀爲"蘇門四學士"之一，詩、詞、文創作都有很大成就。秦觀論文強調社會功用，反對雕琢無用之文。秦觀的散文長於議論，文麗而思深。其詩"清新嫵麗，鮑、謝似之"（王安石《回蘇子瞻簡》），北宋中葉以後，詩壇往往"以文字爲詩，以議論爲詩，以才學爲詩"（《滄浪詩話·詩辨》），秦觀的詩感情深沉，意境幽深，形象鮮明，沒有同時代詩人的通病。秦觀的主要文學成就在詞的創作，被陳師道譽爲"當代詞手"（《後山詩話》），被後世視爲正宗婉約詞派的第一流詞人。南宋張炎云："秦少游詞體制淡雅，氣骨不衰，清麗中不斷意脈，咀嚼無滓，久而知味。"（《詞源》卷下）著有《淮海居士文集》四十九卷，含前集四十卷、後集六卷、長短句三卷。

一　觀易元吉獐猿圖歌

參天老木相樛枝，嵌空怪石銜青漪。兩猿上下一旁掛，兩猿熟視蒼蛙疑。蕭蕭叢竹山風吹，海棠杜宇相因依。下有兩獐從兩兒，花殘草囓含春嬉。易老筆精湖海推，畫意忘形形更期。解衣一掃神扶持，他日自見猶嗟咨。金錢百萬酒千鴟，荊南將軍欣得之。老禪豪取橐爲垂，白晝掩門初許窺。房櫳烔烔明冬曦，榛蓁羽革分毫釐。殘編未終且歸讀，歲暮有間重借披。文淵閣四庫全書本《淮海集》卷二。

二　題驄裹圖

雙瞳夾鏡權協月，尾鬛蕭森澤於髮。鞍銜不庇韁復脫，旁無馭者氣騰越。地如砥平丘隴滅，天寒日暮抱饑渴。驄首號鳴思一發，超軼絕塵入恍忽。東門金鑄久銷歇，曹霸丹青亦云没。賴有龍眠戲揮筆，眼前時見千里骨。玉臺閶闔相因依，嗟爾龍媒空自奇。鸞旗日行三十里，焉用逐風追電爲。《淮海集》卷五。

三　次韻答米元章

嗜好清無滓，周旋粲有文。揮毫春在手，岸幘海生雲。花鳥空撩我，尊鱸正屬君。惟應讀雌蜺，差不愧王筠。《淮海集》卷七。

四　題趙團練畫《江干曉景》四絕

本自江湖客，宦游常苦心。看君小平遠，懷我舊登臨。
鳥外雲峰晚，沙頭草樹晴。想初揮灑就，侍女一齊驚。
公子歌鐘裏，何從識渺茫。惟應斗帳夢，曾到水雲鄉。
曉浦烟籠樹，春江水拍空。煩君添小艇，畫我作漁翁。《淮海集》卷十一。

五　陳偕傳

偕姓陳氏，淮南廣陵人。家故饒財，而偕與其弟獨喜學畫，其後技日以進，家日以微，遂以爲業。士大夫既喜其畫，且愛其爲人，往往稱之，然非偕之好也。

其言曰："予從事於兹有年矣，凡古今之畫，不見則已，苟有見焉，雖敝縑裂素之餘，未嘗不學。一不可於意，輒復易之。舐筆濡墨，欣然忘勞。蓋是時，余方以畫爲事，固其勢不得不然。乃今思之，亦良苦矣。且物之有形，如浮埃聚沫，來無所從，去無所詣，一興一僨，於無窮之中，而我方汩汩然，隨而畫之，可不惑歟？彼好事者又從而玩之，至藏於巾笥，且不欲以數閱，可不謂大惑者歟？嘻，今老矣，顧家貧，無以給衣食之奉，聊復俛仰於其間，至於得失精粗，不復經意也。"

又曰："有學於余者眾矣，余將教之，必使縱心之所動〔一〕，肆筆之所成，以觀其天。蓋工而不雅者有矣，疏而不俗者有矣，詳略得宜，意氣容與，卓乎遂若無與及者，亦或有焉。余從而告之曰：'其後當然、其後當然。'已而果然。夫畫，固技之微者也，其猶若是，又況有貴於畫者哉？"

其子直躬亦世其學，而所言尤異，嘗曰："昔宋元君將畫圖〔二〕，有一史，解衣槃礴。元君曰：'是真畫者也。'夫解衣槃礴，固倜儻之所得，閒暇之所好也。元君乃以爲真畫，其意果安在乎？有得於此，然後可以言畫。而或説以謂神定意閒，固以異於他史。其亦失元君之意矣！"

余聞而異之，又從而思之，豈所謂自得於己者耶？抑亦得於人者耶？將內雖不充其言，而頗亦有志於是耶？人固未易知，然比夫衒技以誇人，賈能以售污俗者，相去亦遠矣。

古之君子，聞一言中於理必書之，故漁人之所賦，孺子之所歌，皆得載於前史，矧其有合於道德之要者乎？於是爲傳其言，以遺同好，亦時觀之以自擇焉。《淮海集》卷二五。

〔一〕動：原作"勤"，據宋乾道九年高郵軍學刻、紹熙三年謝雩重修本改。
〔二〕將：原作"時"，據同上改。

六　書《輞川圖》後

元祐丁卯，余爲汝南郡學官，夏得腸癖之疾，卧直舍中，所善高符仲携摩詰《輞川圖》視余曰："閲此可以愈疾。"

余本江海人，得圖喜甚，即使二兒從旁引之，閱於枕上。怳然若與摩詰入輞川，度華子岡，經孟城坳，憩輞口莊，泊文杏館，上斤竹嶺，並木蘭砦，絶茱萸沜，躡槐陌，窺鹿柴砦，返於南北垞，航欹湖，戲柳浪，濯欒家瀨，酌金屑泉，過白石灘，停竹里館〔一〕，轉辛夷塢，抵漆園。幅巾杖屨，棋弈茗飲，或賦詩自娛，忘其身之匏繫於汝南也。

數日疾良愈，而符仲亦爲夏侯太冲來取圖，遂題其末，而歸諸高氏。《淮海集》卷三四。

〔一〕竹：原作"仍"，據宋乾道九年高郵軍學刻、紹熙三年謝雩重修本改。

七　書《晉賢圖》後

此畫舊名《晉賢圖》，有古衣冠十人，惟一人舉杯欲飲，其餘隱几、杖策、傾聽、假寐、讀書、屬文，了無霑醉之態。龍眠李叔時見之，曰："此《醉客圖》也。"蓋以唐竇蒙畫評有毛惠遠《醉客圖》，故以名之焉。

叔時善畫，人所取信，未幾轉相摹寫，徧於都下，皆曰："此真《醉客圖》也。非叔時疇能辨之？"獨譙郡張文潛與余以爲不然。此畫晉賢宴居之狀，非醉客也。叔時易其名，出奇以眩俗耳。

余舊傳聞，江南有一僧，以貨得度，未嘗誦經。聞有書生欲苦之，詣僧問曰："上人亦嘗誦經否？"僧曰："然。"生曰："《金剛經》幾卷？"僧實不知，卒爲所困。即誣生曰："君今日已醉，不復可語，請俟他日。"書生笑而去。至夜，僧從鄰房問知卷數。詰旦，生來，僧大聲曰："君今日乃可語耳。豈不知《金剛經》一卷也！"生曰："然則卷有幾分？"僧茫然，瞪目熟視曰："君又醉耶？"聞者莫不絕倒。今圖中諸公，了無醉態，而橫被沈湎之名，然後知昔所傳聞爲不謬矣。

雖然，余懼叔時以余與文潛異論，亦將以醉見名，則餘二人者，將何以自解也？叔時好古博雅君子，其言宜不妄，豈評此畫時，方在酩酊邪？圖中諸客，泊予二人，孰醉孰不醉，當有能辨之者。《淮海集》卷三五。

八　漢章帝書

衛巨山云："漢興而有草書，不知作者姓名。至章帝時，齊相杜度號善作篇。"是章帝時已有草書矣。然《千字文》者，乃梁武帝得王羲之所書千字，侄周興嗣以韻次之。時南平王偉令蕭子範亦製此文。蔡遠浪釋辰宿一帖，興嗣文也，豈得爲漢章帝之書耶？歐陽文忠以謂前世學書者已有此語，不獨始於羲之。

按漢武帝時，司馬相如作《無將篇》，無復字。元帝時，黄門令史游作《急就篇》。成帝時，將作大匠李長作《元尚篇》。元始中揚雄作《訓纂篇》，班固續之，無復字。皆小學家也。《千字文》者，蓋擬諸篇而作。今《急就篇》之類尚有存者，其詞高古，讀之，不問可知爲漢人之文，與興嗣所作，殊不類也。文忠此説，殆亦可疑爾。《淮海集》卷三五。

九　倉頡書

《易》曰："上古結繩而治，後世聖人易之以書契。百官以治，萬民以察，蓋取諸夬。"而説者或以爲書契始於伏羲，或以爲始於倉頡。蓋伏羲畫八卦，則書契已兆。至倉頡，觀鳥跡則書契遂詳。始於伏羲，而成於倉頡爾。

古者八歲入小學，故《周官》保氏掌國子，教之六書。謂象形、象事、象意、象聲、轉注、假借也。謂之小學家。自至秦焚燒典籍，始用篆隸，而古文滅矣。

漢武時，魯共王壞孔子舊宅，於壁中得《尚書》《春秋》《論語》《孝經》，時人以不復知有古文，謂之科斗書。又北平侯張蒼獻《春秋左氏傳》，郡國亦往往於山川得鼎彝，其銘則前代之古文，皆自相似。時王莽司空甄豐改定古文，有謂古文、奇字、篆書、佐書、繆篆、鳥書〔一〕，凡六體。所謂古文者，孔氏壁中書也。

魏初傳古文者，有邯鄲淳，衛覬嘗寫淳《尚書》，後以示淳，而淳不别。至正始中，立三字石經〔二〕，轉失淳法，因科斗之名，遂效其形。太康元年，汲縣人盜發魏襄王冢，得簡書十餘萬言。

案魏氏所出，猶有髣髴。古書亦數種，其一卷論楚事者，最爲工妙。齊文惠太子爲雍州時，盜發楚王塚冢，亦得竹簡。青絲綸簡，廣數分，長二尺，皮節如新。有得十餘簡者，王僧虔云是科斗書，記《周官》所闕文。以此論之，凡稱古文者，皆倉頡遺法也。

古文雖非科斗書，而世常謂之科斗者，以其類科斗爾。此帖題曰倉頡書，而了不與科斗相類，乃近大小二篆，蓋可疑也。《淮海集》卷三五。

〔一〕篆書：原作"羲書"，據《漢書·藝文志》改。
〔二〕立三字石經：原作"在三字不維"，據衛恒《四體書勢》改。

一〇　史籀李斯

史籀者，周宣王太史，作大篆十五篇，與古文時有同異。

先王之時，天下之書同文，及其衰也，諸侯各自爲政，而字畫之形亦異殊矣。秦兼天下，丞相李斯乃奏罷不合秦文者，而斯作《倉頡篇》，車府令趙高作《爰歷篇》，太史令胡母敬作《博學篇》，皆取史籀大篆，或頗省改，是爲小篆。

是時天下多事，篆字難成，長安下邽人程邈得罪繫雲陽十年〔一〕，從獄中增減大篆，去其繁複，奏之。始皇以爲善，出邈爲御史，名其書曰隸書。凡奏事，令隸人書之，故又謂之佐書。自爾秦書有大篆、小篆、刻符、蟲書、隸書等〔二〕，凡八體焉。

《倉頡》《爰歷》《博學》三篇，至漢時，閭里之師並爲《倉頡篇》。而籀文，至建武時已六篇矣。今稱史籀之跡者，惟岐陽石鼓文。李斯之書，惟泰山詔爲真跡。二世詔、嶧山之碑，近世傳者，出於徐常侍、夏英公家，自唐封演已疑非真。杜甫直謂"野火焚"、"棗木傳刻"爾。

不知此謂史籀、李斯二帖者，何從得之也？今漢碑在者皆隸字，而程邈此帖乃是小楷，觀其氣象，豈敢遂信以爲秦人書！《淮海集》卷三五。

〔一〕邽：原作"士"。雲：原作"寧"。均據衛恒《四體書勢》改。
〔二〕蟲書：原作"包蚫"，據傅增湘校道光十七年王敬之等刻本改。

一一　懷素

懷素唐僧，字藏真。此帖稱："王右軍云：'吾真書可比鍾繇，而草故不減張芝。'僕以爲真不如鍾，草不如張。"又嘗見其一帖云："漢時張芝言書，爲世所重，非老僧莫入其體。"則懷素自謂抗張芝而過右軍矣。

昔桓玄自謂右軍之流，論者以比孔琳之。齊高帝謂張融曰："卿書殊有骨力，但恨無二王法。"答曰："非恨臣無二王法，亦恨二王無臣法。"前世善書者，蓋嘗欲與右軍抗衡矣，而每不爲公論所許〔一〕，懷素此言，其果然歟？

歐陽文忠公嘗謂："法帖者，乃魏晉時人施於家人朋友，其逸筆餘興，初非用意，自然可喜。後人乃棄百事而以學書爲事，如一未至，至於終老窮年，疲弊精神，而不以爲苦，是真可歎也。懷素之徒是已。"

文忠此論，可謂名言。然天下之事，畢竟亦[一]所有孰爲可學，孰爲不可學者？自古以藝自名家，至於文章學術、大功大名，世所謂不朽者，其人方從事於其間也，曷嘗不棄百事而爲之，至於終老窮年，疲弊精神而不以爲苦也？由後世觀之，其異於懷素之學草書也幾何邪？《淮海集》卷三五。

〔一〕爲：原作"謂"，據傅增湘校道光十七年王敬之等刻本改。

一二　書《蘭亭叙》後

《蘭亭》者，晉右將軍、會稽內史瑯琊王羲之逸少所書詩序也。右軍以穆帝永和九年三月三日，與太原孫統承公〔一〕、孫綽興公、廣漢王彬之道生、陳郡謝安安石、高平郗曇重熙、太原王藴叔仁〔二〕、釋支遁道林，及其子凝之、徽之、操之等四十有一人，修禊襖於山陰之蘭亭，酒酣賦詩製序。用蠶繭紙、鼠鬚筆，書凡二十八行，三百二十四字。字有重者，皆構別體。而"之"字最多，至二十許字。他日更書數十本，終無及者。右軍亦自愛重，留付子孫。至七代孫智永爲比丘，俗呼永禪師。永卒，傳其書於弟子辯才。才俗姓袁氏，梁司空昂之玄孫。

唐貞觀中，太宗鋭意學二王書帖，摹搨殆盡，惟未得《蘭亭》。凡三召辯才詰之，固稱薦經喪亂，亡失不知所在。後遣監察御史蕭翼微服爲書生，以詭辯才，始得之。命供奉搨書人趙模、韓道政、馮承素、諸葛貞等四人各搨數本〔三〕，以賜皇太子、諸王、近臣。

貞觀二十三年，高宗奉遺詔，以《蘭亭》入昭陵。惟趙模等所搨者傳於世。事見何延之《蘭亭記》。《淮海集》卷三五。

〔一〕承：原作"丞"，據傅增湘校道光十七年王敬之等刻本改。
〔二〕叔：原作"發"，據宋乾道九年高郵軍學刻、紹熙三年謝雩重修本改。
〔三〕諸：原脱，據何延之《蘭亭記》補。

一三　《法帖通解》序

法帖者，太宗皇帝時，遣使購摹前代法書，集爲十卷，摹刻於板，藏之禁中。大臣初登二府，詔以一本賜之，其後不復賜。士號官帖。故丞相劉公沆守長沙日，以賜帖摹刻二本，一置郡帑，一藏於家。自此法帖盛行於世，士大夫好事者，又往往自爲別本矣。今可見者，潭、絳二郡、劉丞相家、潘尚書師旦家、劉御史次莊家、宗將世章家，凡六本。雖有精粗，然大抵皆官帖之苗裔也。

頃爲正字，時見諸帖墨跡有藏於秘府者，字皆華潤有肉，神氣動人，非如刻本之枯槁也。蓋雖官帖，亦其糟粕耳。又當時奉詔集帖之人，苟於書成，不復更加研考，頗有僞跡濫廁其間。至於標題次序，乖錯踰甚。士大夫以字畫小技，莫有論次之者。

投荒索居，無以解日，輒以其灼然可考者疏記之，疑者闕之，名曰《法帖通解》云。《淮海集》卷三五。

一四　《五百羅漢圖》記

《五百羅漢圖》一軸。入定於龕中者一人，蔭樹趺坐而説法者一人，左右侍聽者八人，説經者六人，課經者六人，課已而收經、與誦而倚杖者各一人，環坐指畫而議論者、塵揮手、杖支頤、相嚮而談者各六人，歸依寶塔者五人，和南合座者六人，稽首舍利光者八人，飯餓鬼者四人，食烏鳶者、施魚鱉者各五人，雲升者六人，指現五色光者、缽現白光者、泉湧於頂者、火燃於踵者、袒而洗耳、金環手隨求而立者各一人，受齋請者七人，受龍女珠獻者六人，受兩猊花獻者四人，受往生花獻者七人，受衣冠從三牛謁者五人，受胡輸賝者七人，受胡從兩橐駝而致琛者四人，受海神跪寶者五人，騎龍者、跨虎者、乘馬者、象駕者、獅子馭者各三人，爲犀説法者一人，後座者三人，植錫而坐巨蟒上者一人〔一〕，背樹矙山鵲者六人，注猱升者、仰鳳集者、閲麋鹿者各四人，俛伏㹠者、翫舞鶴者各五人，擷菡萏者一人，從後者五人，書蕉葉者五人，持蕉葉而涉筆者二人，焚香而茗飲者六人，臨流而滌缽者三人，滌已而持歸者一人，浣衣者、就樹絞衣者、浣已而歸者、將浣而進者、隔岸而覷者各一人，洗屨者、後洗而納屨者、振衣而去者各一人，削髮者、爲削髮者、沐而待者、解衣者、既解收衣者各一人，補毳者二人，操刀尺者一人，治綫者三人，泉涌於石、遠近而觀者十六人，度石梁者三人，欲度者四人，行杖錫者二人，導者二人，讚者三人，芒屩擔篳而歸者三人，束裝而行者一人，或坐、或行、或立、跏趺、款欠、杖柱、笠負、數珠、白紼、山曲水隈塗覯而卒遇者十八輩，合一百二十有三人。或坐、或行、或立、背樓觀、憑欄楯、據危迫險、俛瞰仰睇、直視轉盼、側睨旁顧、近相目、遠相望者二十八輩，合一百三十九人。

凡羅漢五百人，而佛處其中焉。佛之旁又有寶冠珠絡、持如意、執蓮花、座猊象者菩薩二。右袒、徒跣、曲拳、和南而後侍者弟子十。瞻贊而前謁者十六。甲胄、椎髻、挺劍、秉鉞立左右者善神二。別三十有一焉。又童子有抱經室、主茶盒、荷策、持餅、典湯、徹器，凡十有六。鬼有馭龍、馭馬象、受施食、送齋書、鱗身鳥味〔二〕、衣短後、隱樹而窺者，凡十有四。雜人物有白衣胡跪獻花香珍怪、衣冠而謁、驅牛以從、載犀象、挈筐篚而進、被甲服弓矢、愕而瞻歎者，凡十有九。鳥獸有鳳、鶴、鵲、烏、龍、虎、犀、象、師子、馬、牛、橐駝、蟠蟒、戲猊、猿猱，大小四十有三。然以羅漢爲主，故號《五百羅漢圖》。

世傳吳僧法能之所作也。筆畫雖不甚精絕，而情韻風趣，各有所得。其綿密委曲，可謂其文恍然如即其畫，心竊慕焉，於是倣其遺意，取羅漢佛之像而記之。顧余文之陋，豈能使人讀之如即其畫哉？姑致叙之私意云爾。

元豐二年正月十五日弟子秦某記。《淮海集》卷三八。

〔一〕坐：原作"座"，據宋乾道九年高郵軍學刻、紹熙三年謝雩重修本改。
〔二〕昳：原作"昧"，據同上改。

一五　《蘭亭叙》跋

世傳逸少書帖外，惟有《蘭亭禊飲叙》《樂毅論》《黃庭》《遺教》四本。《蘭亭》《樂毅》，臨摹失真遠矣，而英姿逸韻，雅有存者，譬如忠臣義士，瓌韋絕特之才，雖放棄江海，形骸憔悴，而威儀詞令，毅然不撓，猶足以度越庸人無數也。

而《黃庭》《遺教》，皆非逸少之跡。歐陽文忠公以謂《黃庭》特後人緣山陰換鵝事，附益所爲；《遺教》出於唐寫經手。余始聞而疑焉，及精考《蘭亭》《樂毅》，然後知文忠之言爲不繆也。高郵秦觀太虛題。道光二十一年王敬之等重刻本《淮海集·補遺》。

一六　《八駿圖》序

予嘗聞有周穆王八駿之説，乃今獲覽厥圖。雄凌趫勝、彪虎文螭之流，與今馬高絕懸異矣。其名盜驪、蜚黃、騄褭、白蟻之屬也，視矯首則若飛雲，視舉足則若乘風，有待馭之狀，有矜羣之姿，若日月之所不足至，若天地之所不足周。軒軒然，嶷嶷然，言其真也，實星降之精；思其發也，猶神扶其魄。軾者如仙，御者如夢，將變化何別哉！

世説周穆王駕八駿，日會王母於瑤池，從羣仙而遊。按《山海經》，去中國三萬里，非虛説也，而不知其從得之。厥神是生爲之用歟？何古書無其匹歟？

圖之首有褚公遂良題云："秦漢傳之，降於梁隋，至於皇唐，不泯厥跡。"卓入昭然，奇哉信乎！苟今考之於古，則人大笑矣，求之於時，則曠世矣。由是知物有同者不必良，有異者不必否。或慮觀之者昧，故爲序以表焉。文淵閣四庫全書本《古今事文類聚》後集卷三八。

羅畸藝話（一則）

羅畸（生卒年不詳）字疇老，南劍州沙縣（今福建沙縣）人。熙寧九年進士，調福州司理參軍。元祐四年，爲滁州司法參軍。歷兵部郎中、秘書少監。辟雍成，命詞臣賦詩頌，羅畸頌居第一。大觀二年，以右文殿修撰出知廬州。三年，徙知福州，卒。工章表之文，王應麟嘗稱其《代高麗修貢表》用事工穩貼切（《玉海》卷二〇三）。著有《道山集》三十卷，又有《蓬山志》五卷，均已佚。

福州燕堂艤閣林積詩牌跋

因登艤閣，視梁間尺板，見字畫奇勁，語簡思遠，超然有收身寧跡，謝脱世患之意。遂呼匠理其棟宇，而刻其詩於石。文淵閣四庫全書本《淳熙三山志》卷七。

米芾藝話

米芾（一〇五一～一一〇七），一作米黻，字元章，自號無礙居士，又號海嶽外史、家居道士、鹿門居士、襄陽漫士，世稱米南宮、米襄陽，祖籍太原（今山西太原），後徙襄陽（今湖北襄陽），晚年移居潤州（今江蘇鎮江）。以其母侍奉宣仁后舊邸恩補秘書省校書郎、含光尉。入淮南幕府，歷知雍丘縣、漣水軍，以太常博士知無爲軍。宣和時，爲書畫學博士，召對便殿，進獻其子米友仁所作《楚山清曉圖》，擢禮部員外郎。以言事罷知淮陽軍。大觀元年卒，年五十七。米芾工詩文，書畫精妙，蘇軾稱其有"邁往凌雲之氣，清雄絶俗之文，超妙入神之字"（《與米元章》）。其書法遒勁，得王獻之筆意，爲北宋四大書法家之一；擅長畫山水人物，自成一家。蔡肇評論其詩文"議論斷以己意，其說踔屬，世儒不能屈也。刻意文詞，不剽襲前人語，經奇蹈險，要必己出，以崖絶魁壘爲工"（《故南宮舍人米公墓誌》）。亦能詞，詞風婉約清麗。著有《硯史》《書史》《畫史》《海嶽名言》。文集有《山林集》一百卷，靖康之變後已佚。南宋時岳珂輯有《寶晉英光集》八卷；嗣後其孫米憲復輯有《寶晉山林集拾遺》。

《海嶽名言》〔一〕

　　歷觀前賢論書，徵引迂遠，比況奇巧。如"龍跳天門，虎卧鳳閣"，是何等語？或遣辭求工，去法愈遠，無益學者。故吾所論，要在入人，不爲溢辭。

　　吾書小字行書，有如大字，惟家藏真跡跋尾，間或有之，不以與求書者。心既貯之，隨意落筆，皆得自然，備其古雅。壯歲未能立家，人謂吾書爲集古字，蓋取諸家長處總而成之〔二〕。既老始自成家，人見之，不知以何爲祖也。

　　江南吴皖、登州王子韶，大隸題榜，古意益然〔三〕。吾兒尹仁大隸題榜與之等。又幼兒尹知，代吾名書碑，及手大字更無辨。門下許侍郎尤愛其小楷，每云小簡可使令嗣書〔四〕，謂尹知也。

　　老杜作《薛稷惠普寺》詩云："鬱鬱三大字，蛟龍岌相纏。"今有石本，得視之，乃是勾勒倒收筆鋒，筆筆如蒸餅，"普"字如人握兩拳，伸臂而立，醜怪難狀。以是論之，古無真大字明矣。

　　葛洪"天台之觀"飛白，爲大字之冠，古今第一；歐陽詢"道林之寺"，寒儉無精神；柳公權"國清寺"，大小不相稱，費盡筋骨；裴休率意寫牌，乃有真趣，不陷醜怪。真字甚易，惟有體勢難，謂不如畫算勻，其勢活也。

　　字之八面，惟尚真楷，見之大小，各自有分。智永有八面，已少鍾法。丁道護、歐、虞筆始勻，古法亡矣。柳公權師歐，不及遠甚，而爲醜怪惡札之祖。自柳世始有俗書。

　　唐官告在世，爲褚、陸、徐嶠之體，殊有不俗者。開元以來，緣明皇字體肥俗，始有徐浩以合時君所好，經生字亦自此肥。開元以前古氣無復有矣。

　　唐人以徐浩比僧虔，甚失當。浩大小一倫，猶吏楷也。僧虔、蕭子雲傳鍾法，與子敬無異，大小各有分，不一倫。徐浩爲顏真卿辟客，書韻自張顛血脉來，教顏大字促令小，小字展令大，非古也。

　　石刻不可學，但自書使人刻之，已非己書也。故必須真跡觀之，乃得趣。如顏真卿每使家僮刻字，故會主人意，修改披撇，致大失真。惟吉州廬山題名，題訖而去，後人刻之，故皆得其真，無做作凡差。乃知顏出於褚也。又真跡皆無蠶頭燕尾之筆。與郭知運爭坐位帖有篆籀氣，顏傑思也。柳與歐爲醜怪惡札祖。其弟公綽乃不俗於兄。筋骨之説出於柳，世人但以怒張爲筋骨，不知不怒張，自有筋骨焉。

　　凡大字要如小字，小字要如大字。褚遂良小字如大字，其後經生祖述，間有造妙者，大字如小字，未之見也。

　　世人多寫大字時用力捉筆，字愈無筋骨神氣，作圓筆頭如蒸餅，大可鄙笑。要須如小字鋒勢備全，都無刻意做作乃佳。自古及今，余不敏，實得之。榜字固已滿世，自有識者知之。

　　石曼卿作佛號，都無迴互轉摺之勢，小字展令大，大字促令小，是顛教顏真卿謬論。蓋字自有大小相稱，且如寫"太一之殿"，作四窠分，豈可將"一"字肥滿一窠，以對"殿"字乎？蓋自有相稱大小，不展促也。余嘗書"天慶之觀"，"天"、"之"字皆四筆，"慶"、"觀"字多畫在下，各隨其相稱寫之，掛起氣勢自帶過，皆如大小一般。雖真，有飛動之勢也。

　　書至隸興，大篆古法大壞矣。篆籀各隨字形大小，故知百物之狀，活動圓備，各各自足，隸乃始有展促之勢，而三代法亡矣。

　　歐、虞、褚、柳、顏，皆一筆書也，安排費工，豈能垂世？李邕脱子敬體，乏纖濃。徐浩晚年用力過〔五〕，更無氣骨，皆不如作郎官時婺州碑也。《董孝子》《不空》，皆晚年惡札，全無妍媚。此自有識者知之。沈傳師變格，自有超世真趣，徐不及也。御史蕭誠書太原題名，唐人無出其右。爲司馬係南嶽真君觀碑，極有鍾、王趣，餘皆不及矣。

　　智永臨集《千文》，秀潤圓勁，八面具備，有真跡。自顛沛字起，在唐林夫處，他人所收不及也。

字要骨格，肉須裹筋，筋須藏肉，貼乃秀潤生。布置穩不俗，險不怪，老不枯，潤不肥。變態貴形不貴苦，苦生怒，怒生怪。貴形不貴作，作入畫，畫入俗。皆字病也。

"少成若天性，習慣如自然"，茲古語也。吾夢古衣冠人授以摺紙書，書法自此差進，寫與他人都不曉。蔡元長見而驚曰："法何太遽異耶？"此公亦具眼人。章子厚以真自名，獨稱吾行草，欲吾書如排運算子。然真字須有體制仍佳耳。

顏魯公行字可教，真便入俗品。

尹仁等古人書，不知此學。吾家多小兒作草書〔六〕，大段有意思。

智永硯心成臼〔七〕，乃能到右軍；若穿透，始到鍾繇也〔八〕，可不勉之〔九〕。

一日不書，便覺思澀，想古人未嘗片時廢書也。因思蘇之才《桓公至洛帖》，字明意殊有工，爲天下法書第一。

半山莊臺上多文公書，今不知存否？文公學楊凝式書〔一〇〕，人知之。余語其故，公大賞其見鑑。

金陵幕山樓隸榜，乃關蔚宗二十一年前書。想六朝宮殿榜皆如是。

薛稷書《慧普寺》，老杜以爲"蛟龍岌相纏"。今見其本，乃如柰重兒擡蒸餅勢，信老杜不能書也。

學書須得趣，他好俱忘乃入妙〔一一〕，別爲一好縈之，便不工也。

海嶽以書學博士召對，上問本朝以書名世者凡數人，海嶽各以其人對曰："蔡京不得筆，蔡卞得筆而乏逸韻，蔡襄勒字，沈遼排字，黃庭堅描字，蘇軾畫字。"上復問："卿書如何？"對曰："臣書刷字。"以上文淵閣四庫全書本《海嶽名言》。

〔一〕此篇前人多視爲專書。
〔二〕家：原闕，據《宋稗類鈔》卷八三補。
〔三〕古意盎然：原作"有古意"，據《珊瑚網·書錄》卷二三上補改。
〔四〕每云：原作"云每"，據同上乙。
〔五〕用：原闕，據《宋稗類鈔》卷八三補。
〔六〕吾家：原作"吾書"，據《宋稗類鈔》卷八三改。
〔七〕心：原闕，據同上補。
〔八〕繇：原作"索"，據同上改。
〔九〕不：原作"永"，據同上改。
〔一〇〕學：原作"與"，據同上改。
〔一一〕俱忘：原作"但爲"，據同上改。

《畫史》

杜甫詩謂薛少保："惜哉功名迕，但見書畫傳。"甫，老儒，汲汲於功名，豈不知固有時命？殆是平生寂寥，所慕嗟乎五王之功業，尋爲女子笑。而少保之筆精墨妙，摹印亦廣，石泐則重刻，絹破則重補，又假以行者，何可數也。然則才子鑑士，寶鈿瑞錦，繼襲數十，以爲珍玩，回視五王之煒煒，皆糠粃埃壒，奚足道哉！雖孺子知其不逮少保遠甚明白。

余故題所得蘇氏薛稷二鶴云："遼海未稀顧螻蟻，仰霄孤唳留清耳。從容雅步在庭除，浩蕩閒心存萬里。乘軒未失入佳談，寫真不妄傳詩史。好事心靈自不凡，臭穢功名皆一戲。武功中令應天人，束髮寮陽侍帝晨。連城照乘不保寶，黃圖孔詰悉珍真。百齡生我欲公起，九原蕭蕭松薿薿。得公遺物非不多，賞物懷賢心不已。"其後以帖易與蔣長源字仲永，吾書畫友也。

余平生嗜此，老矣，此外無足爲者。嘗作詩云："柴几延毛子，明窗館墨卿。功名皆一戲，未覺負平生。"九原不可作，漫呼杜老曰："杜二，酹汝一卮酒，愧汝在，不能從我遊也。"故叙平生所睹，以示子孫。題曰《畫史》，識者爲予增廣耳目也。

晉畫

顧愷之維摩天女飛仙在余家。

《女史箴》橫卷在劉有方家。已上筆彩生動，髭髮秀潤。《太宗實錄》載購得顧筆一卷。今士人家收得唐摹顧筆《列女圖》，至刻板作扇，皆是三寸餘人物，與劉氏《女史箴》一同。

吾家維摩天女長二尺，《名畫記》所謂小身維摩也。

戴逵觀音在余家，天男相，無髭，皆貼金。

六朝畫

蘇氏古賢像十人一卷，衣紋自非晉筆。

蔣長源字仲永，收宣王姜后免冠諫圖，宣王白帽，此六朝冠也。

王戎象元在余家，易李邕帖與呂端問。已上皆假顧愷之筆。元以懷素帖易於王詵字晉卿家。

梁武帝翻經象在宗室仲忽處，亦假顧筆。

天帝釋象在蘇泌家，皆張僧繇筆也。張筆天女宮女，面短而艷。顧乃深靚，爲天人相。武帝作居士服，反脣露齒。宮女四人擎花，後四武士持戈劍，髮如神也。

余家收英布象，類六朝時石刻。

唐畫　五代、國朝附

唐初畫高鳳並梁鴻故事橫卷，在蔡堪字道勝家。

唐太宗《步輦圖》，有李德裕題跋，人後脚差，是閻令畫真筆。今在宗室仲爰君發家。

《道德經》一卷，出相間，不知何人畫，絹本。字大小不勻，真褚遂良書，在范相堯夫家，與馮京當世家《西昇經》不同，雖有裴旻、柳公權跋，非閻令畫，褚筆唐人自不鑒爾。

蘇氏《種瓜圖》，絕畫。故事，蜀人多作此等畫，工甚。非閻立本筆。立本畫皆著色而細，鎖銀作月色布地。今人收得，便謂之李將軍思訓，皆非也。江南李主多有之，以内合同印、集賢院印印之，蓋收遠物，或是珍貢。

王維畫小輞川，摹本筆細，在長安李氏。人物好，此定是真。若比世俗所謂王維，全不類。或傳宜興楊氏本上摹得。

張脩，字誠之。少卿家有辟支佛，下畫王維仙桃，中黄服，合掌頂禮，乃是自寫真，與世所傳關中十大弟子真法相似，是真筆。世俗以蜀中《畫驃綱圖》《劔門關圖》爲王維甚衆，又多以江南人所畫《雪圖》命爲王維，但見筆清秀者即命之，如蘇之純家所收《魏武讀碑圖》亦命之維，李冠卿家小卷亦命之維，與《讀碑圖》一同。今在余家。長安李氏《雪圖》與孫載道字積中家《雪圖》一同命之爲王維也。其他貴侯家不可勝數，諒非如是之衆也。

文彦博太師小輞川拆下唐跋，自連真還李氏。一日同出，坐客皆言太師者，真唐張彦遠《名畫記》云，類道子。又云，雲峯石色，絕跡天機，筆思縱横，參於造化，孫氏圖僅有之。餘未見此趣。

蘇軾子瞻家收吳道子畫佛及侍者誌公十餘人，破碎甚，而當面一手，精彩動人，點不加墨，口淺深暈成，故最如活。

王防字元規家，二天王皆是吳之入神畫，行筆磊落，揮霍如蓴菜條，圜潤折算，方圓凹凸，裝色如新，與子瞻者一同。

李公麟字伯時家天王雖佳，細弱無氣格，乃其弟子輩作。貴侯家所收，率皆此類也。

宗室令穰字大年處，天蓬亦真吳筆。

周穜字仁熟家大悲亦真。今人得佛，則命爲吳，未見真者。唐人以吳集大成面爲格式，故多似，尤難鑒定。余白首止見四軸真筆也。

世俗見馬即命爲曹、韓、韋，見牛即命爲韓滉、戴嵩，甚可笑。唐名手衆，未易定。惟薛道祖紹彭家《九馬圖》合杜甫詩，是真曹筆。餘唐人大抵不相遠也。又金陵有唐人韓滉畫牛，今人皆命爲戴，蓋差瘦也。

馬佳本所見高公繪字君素二馬，一齕草，一嘶。王詵家二馬相咬，是一本，後人分開賣。蘇激字志東家三匹，王元規家一匹，宗室令穰家五匹，劉涇字巨濟家三匹，皆筆法相似，並唐人妙手也。劉所收白毛母牛，王仲修字敏夫家黑牛，令穰家黑牛，皆命爲戴，甚相似。貴侯家多不同，皆命爲戴，不可勝數。

張退傅丞相孫德淑收仁宗畫黑猿，上有小御寶，旁一印胡蘆，王素字，畫奇甚。

唐畫張志和、顏魯公樵青圖，在朱長文字伯原家，無名人畫，甚佳。今人以無名命爲有名，不可勝數。故諺云："牛即戴嵩，馬即韓幹，鶴即杜荀，象即章得也。"

山水李成只見二本，一松石，一山水。四軸松石皆出盛文肅家，今在余齋。山水在蘇州寶月大師處，秀甚不凡，松勁挺，枝葉鬱然有陰。荆楚小木無冗筆，不作龍虵鬼神之狀。今世貴侯所收大圖，猶如顏、柳書藥牌，形貌似爾，無自然，皆凡俗。林木怒張，松榦枯瘦多節，小木如柴，無生意。成身爲光禄丞，第進士。子祐爲諫議大夫，孫宥爲待制，贈成金紫光禄大夫。使其是凡工衣食所仰，亦不如是之多，皆俗手假名。余欲爲《無李論》。

巨然師董源，今世多有本。嵐氣清潤，布景得天真多。巨然少年時多作礬頭，老年平淡趣高。

劉道士亦江南人，與巨然同師。巨然畫則僧在主位，劉畫則道士在主位，以此爲別。

董源平淡天真多，唐無此品，在畢宏上。近世神品格高，無與比也。峯巒出沒，雲霧顯晦，不裝巧趣，皆得天真。嵐色鬱蒼，枝幹勁挺，咸有生意。溪橋漁浦洲渚掩映，一片江南也。

關仝人物俗，石木出於畢宏，有枝無榦。

張友正家收古柏一株，枝枝如龍虵糺結，甚異。石亦皺澀不凡，題爲韋侯。平生收畫，後多歸王。

大抵牛馬人物一模便似，山水摹皆不成。山水，心匠自得處高也。

滕昌祐、邊鸞、徐熙、徐崇嗣，花皆如生。黃筌惟蓮差勝，雖富艷，皆俗。

李王山水，唐希雅、黃筌之倫，翎毛小筆，人收甚衆。好事家必五七本，不足深論。

李瑋公炤，自言收李成八幅，此特以氣與好事相尚爾。

宗室仲忽字周臣，收孫可元笠澤《垂釣圖》，亦不俗。然世無可元筆。又收唐《道德經》一卷，人物三寸許，皆如吳畫。

潤州節推莊鼎字節之，青州人，收麻紙《爾雅圖》，衣冠人物與蘇氏一同。

王球夔玉收西域圖，謂之閻令畫，褚遂良書，與馮京家同假名耳。

蔣長源字永仲家周昉《三楊圖》，馮京當世家橫卷，皆入神。

蘇州丁氏《五星圖》，宗室叔盎字伯充家金星一小幀，並真跡也。

宗少文一筆畫，唐人摹絹本，在劉季孫家，故蘇太簡物。薛稷鶴在蘇之孟家。

《北史》人物衣冠乘馬甚古，亦在蘇之孟家，題云曹將軍也。

徐熙大小折枝，吾家亦有。士人家往往見之，翎毛之倫非雅玩，故不錄。桃一大枝，謂之滿堂春色，在余家。李公麟家展子虔《朔方行》，小人物甚佳。韓馬破裂，四足如涉水中，皆南唐文房物。

宗室仲爰字君發，收唐畫陶淵明《歸去來》，其作廬山，有趣不俗。

楊崇字之損，收唐畫《村田踏歌樂》，上題廣政年入御府，人物亦佳。

凡收畫，必先收唐希雅、徐熙等雪圖，巨然或范寬山水圖，齊整相對者，裝堂遮壁，乃於其上旋旋掛名筆，絹素大小可相當成對者，又漸漸掛無對者。蓋古畫大小不齊，鋪掛不端正，若晉筆，須第二重掛唐筆爲襯，乃可掛也。許道寧不可用，模人畫太俗也。

余家顧净名天女長二尺五，應《名畫記》所述之數。唐鏤牙軸，紫錦裝褾。李公麟見之，賞愛不已，親琢白玉牌，鼎銘古篆，虎頭金粟，字皆碾雲鶴以結緣也。

戴逵觀音亦在余家。家山乃逵故宅，其女捨宅爲寺，寺僧傳得其相，天男端靜，舉世所覩觀音作天女相者，皆不及也。《名畫記》云："自漢始有佛，至逵始大備也。"

古畫若得之不脫，不須背褾。若不住換褾，一次背，一次壞，屢更矣，深可惜。蓋人物精神髪彩，花之穠艷蜂蝶，只在約略濃淡之間，一經背多，或失之也。

蔡駰子駿家，收老子度關，山水林石車從關令尹喜皆奇古。老子乃作端正塑像，戴翠色蓮華冠，手持碧玉如意，此蓋唐爲之祖，故不敢畫其真容。漢畫老子於蜀郡石室，有聖人氣象，想去古近，當是也。

仲爰收巨然半幅橫軸，一風雨景，一皖公山天柱峰圖，清潤秀拔，林路縈迴，真佳製也。

余家董源霧景橫披全幅，山骨隱顯，林梢出没，意趣高古。

余家所收李成至李冠卿大扇，愛之不已，爲天下之冠。既購得之，背於真州。昭宣使宋用臣自舒州召還，見之，太息云："慈聖光獻太后於上温清小次，盡購李成畫，貼成屏風。以上所好，至輒玩之。因吴丞相冲卿夫人入朝，太后便引辨真僞，成之孫女也。内以四幀爲真，拆奉上，别購補之。敉用臣背於内東門，正與此類。"因語泫然，囑吾愛惜，余亦甚珍之。及得盛文肅家松石片幅，如紙，幹挺可爲隆棟，枝茂，凄然生陰，作節處不用墨圈，下一大點，以通身淡筆空過，乃如天成。對面皴石圓潤突起，至坡峰落筆與石腳及水中一石相平，下用淡墨作水相準，乃是一磧直入水中，不若世俗所效直斜落筆，下更無地，又無水勢，如飛空中，使妄評之人以李成無脚，蓋未見真耳。劉涇自以李成真筆多，於是出示之，乃良久曰："此必成師也。"

唐希雅作林竹，韵清楚，但不合多作禽鳥。又作棘林，間戰筆小竹，非善，是效其主李重光耳。

錦峰白蓮居士，又稱鍾峰隱居，又稱鍾峰隱者，皆李重光畫目題號意，是鍾山隱居耳。每自畫，必題曰鍾隱筆，上著内殿圖書之印，及押用内合同集賢院墨印。有此印者，是典於文房物也。

内合同乃其璽，唐室皆用内合同爲御印。至梁高祖始用御前之印也。錢氏以内院倣之，封函曰制姓名，内曰制公某人可某官，官上用此印，曰月爿國印。

今人絶不畫故事，則爲之人又不考古衣冠，皆使人發笑。古人皆云某圖是故事也。蜀人有晉唐餘風，國初已前多作之，人物不過一指，雖乏氣格，亦秀整。林木皆用重色，清潤可喜。今絶不復見矣。

范寬師荆浩，浩自稱洪谷子。王詵嘗以二畫見送，題勾龍爽畫，因重，背入水，於左邊石上有洪谷子荆浩筆字在，合綠色抹石之下，非後人作也。然全不似寬。後數年，丹徒僧房有一軸山水與浩一同，而筆乾不圜，於瀑水邊題華原范寬，乃是少年所作，却以常法較之。山頂好作密林，自此趨枯老，水際作突兀大石，自此趨勁硬，信荆之弟子也。於是以一畫易之，收以示鑒者。

荆浩畫，畢仲愈將叔處有一軸，段緘家有橫披，然未見卓然驚人者，寬固青於藍。又云李成師荆浩，未見一筆相似，師關仝則葉樹相似。

關仝真跡見二十本，范寬見三十本，其徒甚多。滕昌祐、邊鸞各見十本，丘文播花木見三十本，祝夢松雪竹見五本，巨然、劉道士各見十本，餘董源見五本。李成真見兩本，僞見三百本。徐熙、崇嗣花果見三十本，黃筌、居寀、居寶見百本，李重光見二十本，僞吳生見三百本。

關中小孟，人謂之今吳生，以壁畫筆上絹素，一一如刀劃，道子界墨訖則去，弟子裝之色，蓋本筆再添而成，唯恐失真，故齊如劃。小孟遂只見壁畫，不見其真。至於點睛，皆用濃墨，愈光愈失，神彩不活。又畫人面，耳邊地濶，口鼻眼相近，武宗元亦然。以吳生畫其手多異，然本非用意，各執一物，理自不同。宗元乃爲過海天王，二十餘身，各各高呈似其手，各作一樣，一披之，猶一羣打令鬼神，不覺大笑，俗以爲工也。

李公麟病右手三年，余始畫，以李嘗師吳生，終不能去其氣。余乃取顧高古，不使一筆入吳生。又李筆神彩不高，余爲目睛面文骨木，自是天性，非師而能，以俟識者，唯作古忠賢象也。

東丹王胡瓌蕃馬，見七八本，雖好，非齋室清玩。

余昔購丁氏蜀人李昇山水一幀，細秀而潤，上危峰，下橋涉，中瀑泉。松有三十餘株，小字題松身，曰蜀人李昇。以易劉涇古帖，劉刮去字，題曰李思訓，易與趙叔盎。今人好僞不好真，使人歎息。

沈括存中家收周昉五星，與丁氏一同，以其净處破碎，遂隨筆剪却四邊，帖於碧絹上成橫軸，使人太息。

王鞏字定國，收李成雪景六幅，清潤，今歸林希字子中家。又收唐竹圖，著色亦好，一橫竹比他竹大麓也。余家收唐人麻紙畫揚子雲腰下懸一兜觥，細轉條索。

蔣永仲收古銅兜觥，其形勢骨體，凹凸全備，轉旋條索，亦如余家畫，遂以帖易去以證，謂之子雲觥。

潤州甘露寺張僧繇四菩薩，長四尺一，板長八尺許。又陸探微神，面黃，口角露二向上齒，金甲，手持幡，下一白獅子，神彩驚人。殿梁天監中蓋，拱明間有二吳道子行脚僧，吾移置行脚僧於净名齋，以避風雨。已上並會昌中廢寺，於本道合毀寺處移来於此寺，其殿中置明皇銅像，因得不廢。元符末，一旦爲火所焚，六朝遺物掃地，江左更無一晉筆藏，是六朝所書，卷末晉王總持，煬帝小字也。平江南鳩集置寺，題跋具存。李衛公祠手植檜皆焚蕩，寺後重重金碧，參差多景，樓面山背海，爲天下甲觀，五城十二樓不過也。所存惟衛公鐵塔、米老庵二間。余作詩悼之曰："色政重重構，春歸戶戶嵐。槎浮龍委骨，畫失獸遺耽。神護衛公塔，天留米老庵。栢梁終厭勝，會副越人談。"

榮咨道字詢之，收《雪獵圖》，命爲王維，不類。張氏辟支佛所畫合掌象，林本類蜀人筆，雪山精好，是唐物，維則未也。

李冠卿少卿收雙幅大折枝，一千葉桃，一海棠，一梨花，一大枝上，一枝嚮背，五百餘花皆背，一枝嚮面，五百餘花皆面，命爲徐熙。余細閱於一花頭下金書臣崇嗣上進，公歎曰："平生所好，終被弟看破，破除平生念矣。"今歸李莘老野夫家。又收兩幅樓臺，甚古，上有三十餘宮人，唐裝，約略行筆，髮彩生動。又收六幅大龍，旁畫龍王，不知何人筆，精彩動人，云五郡祈，輒雨。

易元吉，徐熙後一人而已。善畫草木葉心翎毛如唐，徐後無人繼世，但以獐猿稱，可歎。或云畫孝嚴殿壁，畫院人妬其能，只令畫獐猿，竟爲人鴆。

趙昌、王友之流，如無才而善佞士，初甚可惡，終須憐而收錄，裝堂嫁女亦不棄。

王端學關仝，人物益入俗。

元靄傳寫真，有神彩。

孫知微作星辰多奇異，不類人間所傳，信異人也。然是逸格造次而成，平淡而生動，雖清拔，筆皆不凡，學者莫及。然自有瓌古圓勁之氣，畫龍有神彩，不俗也。楊肱學吳生，點睛髭髮有意，衣紋差圓，尚爲孫知微逸格所破。武岳學吳，有古意。子洞清元作佛象羅漢，善戰掣筆作髭髮，尤工天人，畫壁髮彩生動，然絹素畫以粉點眼，久皆先落，使人惜之。南嶽後殿壁，天下奇筆。

江南劉常，花氣格清秀有生意，固在趙昌、王友上。

傅古龍如蜈蚣，董羽龍如魚。

趙叔盎家舊有出蟄圖，江南畫魚蝦相隨，山石林木人物如董源，龍不俗，佳作也，是龍吞珠圖。

曹仁熙水，今古無及，四幅圖內，中心一筆長丈餘，自此分去。高郵有水壁院。

長沙富民收水鳥蘆花六幅，圖乃唐人手，妄題作韋偃，押字後人題也。

古人圖畫，無非勸戒。今人撰《明皇幸興慶圖》，無非奢麗。《吳王避暑圖》，重樓平閣，動人侈心。

余嘗與李伯時言，分布次第作子敬書練帛圖，圖成，乃歸權要，竟不復得。

余又嘗作支許王謝於山水間行，自挂齋室，又以山水古今相師，少有出塵格者，因信筆作之，多煙雲掩映，樹石不取細，意似便已。知音求者，只作三尺橫挂，三尺軸，惟寶晉齋中挂雙幅成對，長不過三尺。標出不及椅所映，人行過，肩汗不著。更不作大圖，無一筆李成、關仝俗氣。

禮部侍郎燕穆之、司封郎宋迪復古、直龍圖閣劉明復，皆師李成。復古比二公特細秀，作松枝而無嚮背，荆楚細甚秀。

大夫蔣長源作著色山水，頂似荆浩，松身似李成，葉取真松爲之，如靈鼠尾，大有生意。石不甚工，作凌霄花纏松，亦佳作。

嗣濮王宗漢，作蘆雁有佳思。余題詩曰："偃蹇汀眠雁，蕭梢風觸蘆。京塵方滿眼，速爲喚花奴。"又曰："野趣分苕水，風光剪鑑湖。塵中不作惡，爲有鄴公圖。"

王詵學李成皴法，以金碌爲之，似古今觀音寶陁山狀，作小景，亦墨作平遠，皆李成法也。

宗室令穰大年，作小軸清麗，雪景類世所收王維，汀渚水鳥，有江湖意。

蘇軾子瞻作墨竹，從地一直起至頂，余問："何不逐節分？"曰："竹生時何嘗逐節生？"運思清拔，出於文同與可，自謂與文拈一瓣香。以墨，深爲面，淡爲背，自與可始也。作成林竹甚精。子瞻作枯木，枝幹虬屈無端，石皴硬，亦怪怪奇奇無端，如其胸中盤鬱也。吾自湖南從事過黃州，初見公，酒酣，曰："君貼此紙壁上，觀音紙也。"即起作兩枝竹、一枯樹、一怪石，見與，後晉卿借去不還。

朝議大夫王之才妻，南昌縣君李尚書公擇之妹，能臨松竹木石畫，見本即爲之，難卒辨。文與可每作竹貺人，一朝士張潛，迂疏修謹，文作紆竹以贈之。如是不一，又作橫絹丈餘，著色，偃竹，以貺子瞻。南昌過黃借得以倣臨之。後數年，會余真州，求詩，非自陳不能辨也。余曰："偃蹇宜如季，揮毫已逼翁。衛書無曲妙，琰惠有遺工。乍覩虬如物，初披颯有風。顧藏唯謹鑰，化去或難窮。"

章友直字伯益，善畫龜蚮，以篆筆畫，亦有意。又能以篆筆畫棋盤，筆筆相似，其女並能之。

杭僧真慧畫山水佛像，近世出品惟翎毛墨竹，有江南氣象。寫大牛大數尺，形似虎。

艾宣張涇寶覺大師，翎毛蘆雁不俗。寶覺畫一鶴，王安上純甫見以謂薛稷筆取去。

印湘見畫即摹，無不亂真。

杭士林生作江湖景，蘆雁水禽，氣格清絕，南唐無此畫，可並徐熙，在艾宣張涇寶覺之右，人罕得之。

大抵畫今時人眼生者，即以古人向上名差配之，似者即以正名差配之。好事者與賞鑒之家爲二等，賞鑒家謂其篤好遍閱記錄，又復心得，或自能畫，故所收皆精品。近世人或有貲力，元非酷好，意作標韵，至假耳目於人，此謂之好事者。置錦囊玉軸以爲珍秘，開之或笑倒，余輒撫案大叫曰："憨惶殺人！"王詵每見余作此語，亦常道，後學與曹貫道，貫道亦嘗道之。每見一可笑，必曰："米元章道憨惶殺人。"至書啟間語事每用之。大抵近世人所收多可贈此語也。

余老矣，每求新賞與賞鑑之家博易書畫最多，不一一記，上多有印記可辨，無非奇筆。萬金之玩自付識者擊節，不爲好事道。

鍾離景伯字公序，收燕公畫一幅，題曰禮部侍郎燕穆之畫，付女五娘，氣格如此。

王琪字君玉，收王維畫《堯民鼓腹圖》。

劉涇巨濟，收唐人畫脫殼笴如生。

錢藻字醇老，收張璪松一株，下有流水澗松，上有八分詩一首，斷句云："近溪幽澁處，全藉墨烟濃。"又有璪答詩，在大夫孫載家。

古書畫皆圈，蓋有助於器。晉唐皆鳳池研，中心如瓦凹，故曰研瓦。如以一花頭瓦安三足，爾墨稱螺製必如蛤粉，此又明用凹研也。一援筆，因凹勢鋒已圓，書畫安得不圓？本朝研始心平如砥，一援筆則褊，故字亦褊。唐詢字彥猷，妍作鑿心凸研，云宜看墨色，每援筆即三角，字安得圓哉！余稍追復其樣，士人間有用者，然稍平，革鏃背未至於瓦，惟至交一兩人頓悟者用之矣，亦世俗不能發藥也。

坦然明白易辨者，顧、陸、吳、周昉人物，滕、邊、徐、唐、祝花竹翎毛，荊、李、關、董、范、巨然、劉道士山水也。戴牛、曹韓馬、韋馬，亦復難辨，蓋相似衆也。今人畫亦不足深論。趙昌、王友、鐔黌輩，得之可遮壁，無不爲少。程坦、崔白、侯封、馬賁、張自芳之流，皆能汙壁，茶坊酒店，可與周越仲翼草書同挂，不入吾曹議論。得無名古筆，差排猶足爲尚友。

端州有陳高祖之後，收陳世諸佛，帝真白畫，唐使下御史姓韋作記，頂幅巾不冠，後主作醉舞狀。

蘇泌家有巨然山水，平淡奇絶。

蘇泊字及之家有徐熙四花，其家故物。

蘇汶字達復，有江南暝禽圖，徐熙一酸榴。余家有丁晉公所收甜榴。滕中孚元直有徐熙對花果子四軸。石揚休有吾家唐畫韋侯故事六橫幅，山水人物車馬備具，後人題作張萱，易李邕帖，衆物之一也，並徐熙牡丹、海棠兩幅也。

余家收古畫最多，因好古帖，每自一軸加至十幅以易帖。大抵一古帖不論貲用及他犀玉瑠璃寶玩，無慮十軸名畫，其上四角皆有余家印記，見即可辨。

余家晉唐古帖千軸，蓋散一百軸矣。今惟絕精只有十軸在，有奇書亦續續去矣。晉畫必可保，蓋緣數晉物，命所居爲寶晉齋，身到則挂之，當世不復有矣。書畫不可論價，士人難以貨取，所以通書畫博易，自是雅致。今人收一物與性命俱，大可笑。人生適目之事，看久即厭，時易新玩，兩適其欲，乃是達者。

余家最上品書畫用姓名字印，審定真跡字印，神品字印，平生真賞印，米芾秘篋印，寶晉書印，米姓翰墨印，鑒定法書之印，米姓秘玩之印。玉印六枚，辛卯米芾，米芾之印，米芾氏印，米芾印，米芾元章印。米芾氏已上六枚白字。有此印者皆絕品。玉印唯著於書帖，其他用米姓清玩之印者，皆次品也。無下品者，其他字印有百枚雖參用於上品印也。自畫古賢，唯用玉印。

馮永功字世勳，有日本著色山水，南唐亦命爲李思訓。

蘇澥浩然處見壽州人摹明皇幸蜀道圖人物甚小，云是李思訓本，與宗室仲忽本不同。

黄筌畫不足收，易摹。徐熙畫不可摹。

蘇子美黄筌鵓鴿圖，只蘇州有三十本，更無少異。今院中作屏風，畫用筌格，稍舊退出，更無辨處。

王晉卿昔易六幅黄筌風牡丹圖與余，後易白戴牛小幅於才翁子鴻字遠復，上有太宗御書"戴嵩牛"三字，其後浙中所在屏風，皆是此牡丹圖，更無辨，蓋帖屏風易破故也。後牛易懷素絹帖，及陸機、衛恒等摹晉帖，與數種同歸劉涇。又嘗王晉卿以韓馬照夜白題曰王侍中家物，以兩度牒置易顔書，朱巨川告於余劉以硯山一石易馬去。及得白牛，始自喜，以爲有韓馬戴牛，然但少杜荀鶴章得象耳。劉既作歌曰："元章好古過人，書畫驚世起。余作歌云：天下愛奇人没量，奇不諛人奇解相。奇人奇物方合璧，乞與世間人物樣。六朝唐盛始兼得，訪古知名已蕭爽。人亡物喪付衰夢，注想後來逢好尚。元章心自鑒秋月，一路仍行九霄上。家時菜色無斗粟，書畫奇奇世人望。譬如大海沈百寶，爾董乘風得之浪。二王褚陸已天作，老顧如來更天匠。其餘緹襲凡幾重，但見光明爛垂象。珍犀瑞錦扶蘭茝，龍躍鸑鷟訶魑魎。金仙詎敢觸以手，雪子玉人聊置掌。余家僻素最沈著，退舍還師覺難旁。世人往往力能幹，未免目蝦終惚恍。緘機偽謬各臣妾，未覩堂堂筆中王。袖間澀縮氣如線，净几明窗謾瞻仰。從來所有萬錢價，不即臭帤當火葬。傾心妙絶豈求勝，妄意臨摹須殺謗。端居自號書一品，好事如封繪三藏。諸郎青出即護持，未肯充飢謬爲朒。《書史》載薛道祖詩云"寧馨動破千金資"是也。余衰二物擬高閣，子可專之世無兩。書來詩往但悠悠，塵土欺人正惆悵。"余答云："劉郎收畫早甚卑，折枝花草首徐熙。十年之後始聞道，取吾韓戴爲神奇。邇來白首進道奥，學者信有髓與皮。始知什襲但遮壁，牛馬便可裹弊帷。峩峩太平老寺主，白紗帽首無冠葵。武士後列肅大劍，宫女旁侍顰脩眉。神清眸子知寡欲，齒露唇反法定飢。世人見服似摩詰，不知六朝居士衣。後人勿把亂唐突，梁時筆法了可知。道子見之必再拜，曹劉何物望藩籬。本當第一品天下，却緣顧筆在漣漪。"時初報余得梁武帝象，此象今在仲忽處。

魏泰字道輔，有徐熙澄心堂紙畫一飛鶉如生，智永真草《歸田賦》，奇物也。

范大珪有富公家，折枝梨花古筆，非江南蜀畫。

蘇舜欽子美家有畢宏一幅，山水奇古，題數行，云筆勢凶險是也。

王敏甫收李重光四時紙上橫卷花一，軸每時則自寫論物更謝之意文一篇，畫一幅，字亦少時作，花清麗可愛。

江南周文矩，士女面一如昉，衣紋作戰筆，此蓋布文也，惟以此爲别。昉筆秀潤匀細。

沈括存中收唐人壁畫兩大軸，或一手一面，或半身。是學者記其難處，遂題爲真。

蘇泪及之處收古茴香一枝，耆字國老題爲閻令畫。寶月所收李成四幅，路上一才子騎馬，一童隨，清秀如王維畫孟浩然，成作人物不過如是。他圖畫人醜怪賭博村野如伶人者，皆許道寧專作成時畫。

李公麟云：海州劉先生收王獻之畫符及神一卷，咒小字五斗米道也。李伯時只一見，求摹不許，其子居金陵與王荆公連袂，陳元輿帥金陵，余託訪之，云："久爲一貴人取去。"竟不知誰何。

蔣永仲收韋偃松一幅，千枝萬葉，非經歲不成，鱗文一一如真，筆細圓潤。

梅澤有張璪潤底松，葛氏物，余託購乃自取之。

古畫至唐初皆生絹，至吳生、周昉、韓幹，後來皆以熱湯半熟入粉搥如銀板，故作人物精彩入筆。今人收唐畫必以絹辨，見文麁便云不是唐，非也。張僧畫、閻令畫，世所存者皆生絹。南唐畫皆麁絹。徐熙絹或如布。

裝背畫，不須用絹補破處，用之，絹新時似好，展卷久爲硬，絹抵之，却於不破處破，大可惜。古書人惜其字，故行間勒作痕，其字在筒瓦中，不破。今人得之，却以絹或絹背帖所勒行，一時平直，良久於字上裂，大可惜也。紙上書畫不可以絹背，雖熟絹新終硬，文縷磨書畫，面上成絹紋，蓋取爲骨，久之紙毛，是絹所磨也。用背紙書畫，日月損磨，墨色在絹上。王晉卿舊亦以絹背書，初未信，久之取桓溫書看，墨色見磨在紙上，而絹紋透紙，始恨之，乃以歙薄一張蓋而收之，其後不用絹也。絹素百片必好畫，文制各有辨。長幅橫卷，裂文橫也。橫卷直裂，裂文直，各隨軸勢裂也。直斷不當縷，歲久卷自兩頭蘇開，斷不相合，不作毛摺則蘇也。不可僞作，其僞者，快刀直過，當縷兩頭，依舊生作毛起，摺又堅韌也。濕染色棲縷間，乾薰者，烟臭，上深下淺，古紙素有一般古香也。

劉子禮以一百千買錢樞密家畫五百軸，不開看，直交過。錢氏喜，既交畫，只一軸盧鴻自畫草堂圖，已直百千矣其。他常筆固多也。

小八分詩句，帶筆如行草，奇甚。今無此體。

宗室君發以七百千置閻立本《太宗步輦圖》，以熟絹通身背，畫經梅，便兩邊脫，磨得畫面蘇落。

文彥博以古畫背作匣，意在寶惜，然貼絹背，著綳，損愈疾。今人屏風俗畫，一二年即斷裂，恰恰蘇落也。匣是收壁畫製，書畫以時捲舒，近人手頻，自不壞，歲久不開者，隨軸乾斷裂脆，黏補不成也。

王球字夔玉，有兩漢而下至隋古帝王象，云形狀有怪甚者，恨未見之。此可訪爲秘閣物也。

檀香辟濕氣，畫必用檀軸有益，開匣有香而無糊氣，又辟蠹也。若玉軸以古檀爲身，檀身重，今却取兩片刳中空合柄軸鑿乃輕，輕不損畫，常卷必用桐杉佳也。軸重損絹，軸不宜用金銀，既俗且招盜。若桓靈寶不然。水晶作軸，挂幅必兩頭墜性重。蜀青圓錢雙鶯錦最俗，不可背古畫，只背今人裝堂，亦俗也。

蘇木爲軸，以石灰湯轉色，歲久愈佳。又性輕，角軸引蟲，又開軸多有濕臭氣，檀犀同匣，共發古香。紙素既古，自有古香也。

范寬山水，業業如恒岱，遠山多正面，折落有勢。晚年用墨太多，土石不分。本朝自無人出其右。溪出深虛，水若有聲，其作雪山，全師世所謂王摩詰。

王士元山水作漁村浦嶼雪景，類江南畫。王鞏定國收四幅，後與王晉卿命爲王右丞矣。趙叔盎伯充處有摹本。

余以范寬圖易僧夢休雪竹一幅，巨石倒影下，落葉數片浮水上，旁一枯木亦倒影。後易韋馬於蔣長源，凡去十一種物方得。蔣後易與王詵。今蔡勝道有六幅，長丈餘，奇甚，大屋梁方可挂，森森如坐竹下。

濮州李文定丞相家，畫三等。上等書名用名印，中等書字用字印，下等亦用字印押字而已。及收鍾王跡甚多，未得見。

江東漕李孝廣字世美處有鍾王跡，嘗於金陵重背，拆下背紙，乃硾熟唐人門刺。其孫奉世語余如此。近官太常，遂得見。

王冀公家書畫，用太原欽若圖書品，少精者。余嘗於蔣氏得此鍍金大印，劉巨濟借未還。

大年收得南唐集賢院御書印，乃墨用於文房書畫者。

大年收古絹本橫卷經，書畫皆精，過於當時《西昇經》。馮京當世託王定國背《西昇經》，其古絹，紙背四五分透，別裝作一卷。

道士牛戩，筆墨麁豪縱放，亦不俗，格固在艾宣、惠崇、寶覺、張經之上也。

李甲華亭逸人，作逸筆翎毛，有意外趣。木不佳。

范大珪字君錫，富鄭公壻。同行相國寺，以七百金常賣處買得雪圖，破碎甚古，如世所謂王維者。劉伯玉相值，笑問買何物，因衆中展示，伯玉曰："此誰筆？"余曰："王維。"伯玉曰："然。"適行一遭不見，豈有所歸乎？余假范人持之，良久，並范不見。翌日去取，云已送西京背。同行梅子平大怒曰："吾證也，可理於官，豈有此理！"余笑曰："吾故人也。"因以贈之。今二十年矣，范卒已十年，不知所在。

趙叔盎收張璪松石一軸，李公炤家物，已破糜不可重背。

葉助字天祐，收蜀范瓊畫梁武帝寫誌公圖一幅，武帝白冠衣褐。晉尚白，宋、齊、梁、陳習見不同，各以所尚色，皆白帽帝首，叔季文物如此，豈非餘分國位乎？顧凱之畫維摩，猶白首。周木德，冕皆尚青，仲尼曰："吾殷人也，生於宋，故服章甫之冠。"此殷制，殷水德，故尚元，元端章甫，皆黑色也，封二王後，各行其正朔，服其文物也。漢火德，尚赤，用赤幘。舜土德，尚黃，故服黃冠。圖宜觸類而長之，乃不凡。

王通《元經》書，晉、宋、齊、梁、陳亡有餘意也。

江南陳常以飛白筆作樹石，有清逸意。人物不工，折枝花亦以逸筆一抹爲枝，以色亂點花，欲奪造化，本朝妙工也。鄒極大夫有之。

池州匠作秋浦九華峯，有清趣，師董源。

高公繪字君素，又有張璪潤底松山上苗山水一軸，唐韓幹圖于闐所進黃馬一軸，馬翹舉雄傑。余感今無此馬，故賦云："方唐牧之至盛，有天骨之超俊，勒四十萬之數，而隨方以分色焉，此馬居其中，以爲鎭，目星角而電發，蹄捥踣以風迅；鬐龍顋以孤起，耳鳳聳而雙峻。翠華建而出步，閶闔下而輕噴；低駕羣而不嘶，橫秋風以獨韵。若夫躍溪舒急，冒絮征叛，直突則建德項蟄，橫馳則世充領斷，皆絕材以比德，敢伺蹶以致吝。豈肯浪逐首蓿之坡，蓋當下視八方之駿。高標雄跨而獅子攘獰，逸氣下衰而照夜矜穩。於是風靡格頹，色妙才駘，入仗不動，終日如坯。乃得玉爲銜飾，繡作鞍韂。棗抹粟騣，肉脹筋埋。其報德也，蓋不如偷盧噬盜，策蹇撝柴，鑄黃蝸而吐水，畫白澤以除災。但覺馳垂就節，鼠伏防狺，怒雖甚厲，馴號斯諧，誓俛首以畢世，未伏櫪以興懷。嗟乎！所謂英風頓盡，冗仗高排。若不市駿骨致龍媒如此馬者，一旦天子巡朔，方升喬嶽，掃四夷之塵，較岐陽之獵，則飛黃腰褭，躡雲追電，何所從而遽來？"又有唐蜀中畫雪山，世以爲王維也。劍門關圖雪景，五代筆也。又有唐畫山水雙短幅，徐熙海棠雙幅二軸，江南裝堂畫富艷有生意。趙叔盎亦有一軸。

王晉卿收江南畫小雪山二軸，易余歲餘。小木一筆，纏起作枝葉如草書，不俗。後易書與蘇之友。李伯時云："其父所收，失去。知在晉卿家，不知歸余。恨不得易。"云王維筆，非也。

余收易元吉逸色筆作蘆如真，上一鸂鶒活動，晉卿借去不歸。

徐熙風《牡丹圖》，葉幾千餘片，花只三朶，一在正面，一在右，一在衆枝亂葉之背。石竅圓潤，上有一猫兒，余惡畫猫，數欲剪去。後易研與唐林夫。蔣長源以二十千置黃筌畫狸貓顫葧荷，甚工。

薛紹彭道祖，有花下一金盆，盆旁鵓鳩，謂之金盆鵓鳩。豈是名畫？可笑。又收吳王斫膾圖，江南衣文金冠，右衽紅衫，六樏上背擦兩手，吳王衣不當右衽。

濟州破朱浮墓，有石壁，上刻車服人物，平生隨品所乘，曰府君作令時，車是曲輈，駕一馬，車輪略離地，上一蓋，坐一人，三梁冠，面與馬尾平對，自執綏，馬有幨遮其尾，一人御。又曰作京兆尹時，四馬轅小曲，車差高，蓋下坐儀衛，多有曰鮮明隊。又某隊，隊十人，騎馬作一隊。內一隊背持鐃，多不能紀也，從者皆冠。

唐人頓褁，蓋禮樂闕則士習賤，服以不違俗爲美。余初惑之，當俟君子。留意者舊言，士子國初皆頂鹿皮，冠弁遺制也。更無頭巾，掠子必帶篦，所以裹帽則必用篦子約髮，客至，即言容梳裹，乃去皮冠，梳髮角加後以入幞頭巾子中，篦約髮乃出。客去，復如是。其後方有絲絹作掠子，掠起髮頂，帽出入不敢使尊者見。既歸，於門背取下掠子，篦約髮訖，乃敢入，恐尊者令免帽，見之爲大不謹也。又其後，方見用紫羅爲無頂頭巾，謂之額子，猶不敢習庶人頭巾。其後舉人始以紫紗羅爲長頂頭巾，垂至背，以別庶人黔首。今則士人皆戴庶人花頂頭巾，稍作幅巾、逍遙巾，額子則爲不敬。衣用裹肚勒帛則爲是。近又以半臂軍服，被甲上不帶者謂之背子，以爲重禮，無則爲無禮。不知今之士服，大帶拖紳乃爲禮，不帶左衽皆夷服，此必有君子製之矣。漢制從者，巾與殷毋追同。今頭巾若不作花頂，而四帶兩小者在髮，兩差大者垂，則此制也。禮豈有他，君子製之耳。余爲漣水，古徐州境，每民去巾，下必有鹿楮皮冠，此古俗所著，良足美也。又唐初畫舉人必鹿皮冠，縫掖大袖黃衣，短至膝長，白裳也。蕭翼御史至越，見辯才，云著黃衣大袖，如山東舉子，用證未軟裹，曰襴也。李白像，鹿皮冠大袖黃袍服，亦其制也。

又有《麟鳳圖》，半篆半隸，以九字九行爲率，云："惟永建元年秋十月饗，時山陽太守河內孫君見碑不合禮，掾重造，記初瑞象麟鳳。"其銘辭曰："漢威德中興即政二年辛酉之節，首歷四十青龍起，云云。三月季春，爰易立碑石，順禮典文，九九度數，萬世常存。"又一云："天有奇鳥，名曰鳳凰。時下有德，民富國昌。黃龍嘉禾，皆不隱藏。漢德巍巍，永布宣揚。天有奇獸，名曰麒麟。時下有德，安國富民。忠臣竭節，義以修身。聞愆求善，明明我君。"不知九字九行之數合何典，必有識者。麟鳳狀一角直上，高如足，翹如惡馬，鳳冠高尾長甚，可怪也。余題曰："非篆非科璞已彫，形容振振與蕭蕭。曾因忠厚方周德，坐想訏謨覽舜韶。漢德已衰還應蓐，魯邦既弱不爲妖。虛齋自是驚人玩，不勝雄狐逐怒鵰。"嘉祐中，一貴人使江南，攜韓馬一匹行。及回渡采石磯，風大作，三日不可過。欲過又大作，於是禱於中元水府廟，典祀也。是夕夢神告，留馬當相濟。翌日詣廟獻之，風止乃渡。至今典於廟中。因知天才神不能化，天生是物，自然而生，自乘秀氣而成才也。天不能資，神不能化。所以玉樓成，必李賀記也。

蘇耆少子，風神如畫，目如點漆，面如凝脂，天男相畫不及，有器度，好學。一旦，相國寺遇其兄，問安否，曰："已不幸。"吾曰："豈神奪之乎？"君大驚曰："一旦夢嫁其妻而議婚，心惡之。又一旦夢神迎婚禮，因得疾。醫曰不可治，翌日卒。公非神人也，何從知之？"

有吳中一士大夫，好畫，而裝背以舊古爲辨，仍必以《名畫記》差古人名。嘗得一七元，題云梁元帝畫也。又得一伏羲畫卦象，題云史皇畫也。問所自，答云得於其孫，了不知軒轅孫史皇孫也。若是史皇孫，必於庡園得之，其他畫稱是。嘗見余家顧凱之維摩，更不論筆法，便云："若如此近世畫，甚易得。"顧侍史曰："明日教胡常賣尋兩本。"後數日，果有兩凡俗本，即題曰顧凱之維摩、陸探微維摩。題顧凱之者無文殊，只一身，是曾見瓦棺象者也。其一有文殊睡獅子，故曰陸探微，曾見甘露陸探微有張目獅子故也。此收章得象、杜荀鶴之流。其兄有鑒別曰："舍弟極損，終與一日燒了。會其先化，不然梁元帝又夢秦始皇也。"士流當以此爲戒。其物不必多，以百軸之費置一軸好畫，不爲費。以五鐶價置一百軸繆畫，何用？黃卷五經，赤軸三史，猶有俟於抄錄。若如此，佛畫止可渡江投水府也。

漣漪藍氏收晉畫渾天圖，直五尺，素畫不作圜勢，別作一小圈，畫北斗紫極，亦易於點閱。又列位多異於常圖。余常作《天說》，以究天地日月旁側之形，盈虧之質，作成晝夜圖六十本，因得究潮候大小。又爲晝夜六十圖，所引六經，以黜古今百家星歷之妄說。又著《潮說》，以證盧肇、皮日休之緣飾釋氏假佛之詭論，將上之御府，藏之名山。

餘杭刻印五聲音六律十二宮旋相爲君圖，極精微。夫五音之聲出於五行自然之理，管仲深明其要，著其形似，太平之具也。作樂之道，必自此始。沈隱侯只知四聲，求其宮聲不得，乃分平聲爲二，以欺後學，幾於千年無人辨正。愚陋之人，從而祖述，作爲字母，謹守前說。陸德明亦復吳音傳其祖說，故以東冬爲異，中鐘爲別，以象爲獎，以上爲賞，因其吳音，以聾後學，莫之爲正。余於是以五方立五行，求五音，乃得一聲，於孟仲季位，因金寄土，了然明白，字字調聲，五音皆具，刬去平上去入之號，表以宮商角徵羽之名，有聲無形，互相假借。千歲之後，疑互判清，太初漏露，神姦鬼秘，無所逃形。著云《大宋五音正韵》，用以製律作樂，能召太和，致太平，藏之名山百世，以俟與我同志者，不徒爲蒙陋生設也。

鑒閱佛像故事圖，有以勸戒爲上。其次山水，有無窮之趣，尤是烟雲霧景爲佳。其次竹木水石，其次花草。至於士女、翎毛、貴遊戲閱，不入清玩。

李文定孫奉世，子孝端字師端，收薛稷二鶴，唐李昇著色畫二軸，三幅山水，舟舫小人物精細兩幅，畫林石岸茅亭溪水，數道士閑適，人物差大，反不工於小者。石岸天成，都無筆蹤。其三幅峯巒秀拔，山頂蒙茸作遠林，巖巒洞穴，松林層際，木身圓挺，都無筆蹤。其二度非歲月不可了一畫，人間未見其如此之細巨工，雖太密茂，林中不虛，而種種木葉，古未有倫，今固無有，與余得於丁氏者無以異也。

雒陽張狀元師得家多名畫，其姪孫南都倅烋字茂宗處，見唐畫嵇康、廣陵散，松石遠岸奇古，所書故事空民字，世未見同品畫，真佳作也。黃筌六幅著色山水，有江南徐崇嗣桃六幅，折枝，江南周文矩士女，徐熙鯿魚蟹，皆有丁晉公親題印。餘畫皆張狀元及景儉字印。李成淡墨，如夢霧中，石如雲動，多巧，少真意。范寬勢雖雄傑，然深暗如暮夜晦暝，土石不分，物象之幽雅，品固在李成上。

關仝麓山，工關河之勢，峯巒少秀氣。

董源峯頂不工，絕澗危徑，幽壑荒迥，率多真意。

巨然明潤鬱葱，最有爽氣。礬頭太多。

荊浩善爲雲中山頂，四面峻厚。

王球夔玉家古帝王像，後一年余於畢相孫仲荀處見白麻紙不裝像，云楊褒嘗摹去，乃夔玉所購，上有之美印記。

趙叔盎云：線褊絛，闊指半，絲細如綿者，作畫帶不生毛，以刀刺褾中間絲縷間，套挂褾後，卷即縛之。又不在畫心，省損畫，無摺帶隱痕。尋常畫多中損者，縛破故也。書多腰損亦然。略略縛之，烏用力。

宗室仲儀收古廬山圖一半，幾是六朝筆，位置寺基與唐及今不同，石不皴，林木格高，挽舟人色舟制非近古今，所惜不全也。

畢仲欽家有荊浩山水一軸。

畢仲游家有六軸關仝畫。

王欽臣長子有六幅關仝古本，特奇。董源四幅，真意可愛。

刁約家有董源霧景四軸。

林虞家有王維六幅雪圖，董源八幅，李成雪圖。

余家收紙本曹不興畫如意輪一軸。

嘉祐中，三人收畫，楊褒、邵必石、揚休皆酷好，竭力收。後余閱三家畫，石氏差優。楊以四世五公字印號之，無一軸佳者。邵印多巧篆字，其旁大略標位高，略似江南畫，即題曰徐熙。蜀畫星神，便題曰閻立本。王維、韓滉皆可絕倒。其孫攜韓滉《散牧圖》至，乃雙幅上驢二十餘枚，不及崔白輩，絹素染深黃，絲文總緊，索價四百貫，面上左以粉作牌子，題曰韓晉公《散牧圖》，不疑家寶。其上一印，鎮江軍節度使印，是油單印者，其大四寸許，文麤；下一印只略，有唐印最小，又文細。諸人共笑其偽，久之無人信，遂以五十千質與江氏而去。因嗟之曰：華堂之上，清晨一羣驢子廝咬，是何氣象！

潁州公庫顧凱之維摩百補，是唐杜牧之摹寄潁守本者，置在齋龕不攜去，精彩照人。前後士大夫家所傳，無一毫似。蓋京西工拙，其屏風上山水林木奇古，坡岸皴如董源，乃知人稱江南，蓋自顧以來皆一樣，隋唐及南唐至巨然不移，至今池州謝氏亦作此體。余得隋畫《金陵圖》於畢相孫，亦同此體，余因題其顧畫幅上云：「米芾審定是杜牧之本。」仍以撥發司印印之，蓋證勾諶刻石，妄指爲人易去也。余與潁簽善，託尋善工摹，須切記似，凡三寄蠟本，無一筆似者。或可上之御府，乞國工摹賜世間，爲千年之傳，如唐文皇《蘭亭》，豈非一代盛美！

真絹色淡，雖百破而色明白，精神彩色如新，惟佛像多經香烟薰損本色。

染絹作濕香色，棲塵紋間，最易辨，仍蓋色上作一重，古破不直裂，須連兩三經，不可偽作。

薛紹彭家三天女，謂之顧凱之，實唐初畫。

邵必家維摩文殊，六朝畫西山十二真君，亦其次，題爲閻立本。

余相國寺中八金得紙桃兩枝，綠葉蟲透背，二葉著桃上，二桃突兀高出紙素。徐熙真筆也。

錢世京家謝靈運盤足坐像，亦奇古。

高公繪家古花二枝，百破碎，無名，在徐、黃上，自余家往。

江州張氏收李重光道裝象，神骨俱全，云是顧宏中筆。

沈括收畢宏畫兩幅，一軸上以大青和墨大筆直抹，不皴作柱天高半峰，滿八分。一幅至向下作斜鑿，開曲欄約峻崖，一瀑落下，兩大石塞路頭。一幅作一圓平生，半腰雲遮，下磧石數塊，一童抱琴由曲欄轉山去，一古木臥奇石，奇古。沈諤秀日見之。及居潤，問之，云已易與人，竟不再出，至今常在夢寐。以上文淵閣四庫全書本《畫史》。

《寶章待訪錄》

漢河間獻王購書必錄古簡，梁武元、隋唐文帝金題玉躞、錦質繡章、破紙斷麻取而華國。天寶以後，或進書得官，亦知上篤好。

本朝太宗混一，僞邦國書皆聚。然士民之間尚或藏者，既非寶鑑，皆以世傳，聞見浸多，懼久廢忘。因作《寶章待訪錄》，以俟訪圖書使焉。元祐丙寅八月九日。

目睹

晉右軍王羲之書《雪晴帖》

右真跡在承務郎吳郡蘇激處，集賢校理舜欽子也。帖尾有古跋、君倩字及褚氏字印。

陳僧智永真草書《歸田賦》

右真跡在襄陽魏泰處，故南昌人裝題曰："虞世南白麻紙。"有古跋曰："開成五年，白馬寺臨一過潭記。"某官潭，泰遊湖外，携行賞跋累日。

唐率更令歐陽詢書《衛靈公天寒鑿池帖》

右真跡麻紙，在魏泰處。

唐彭王傅徐浩書張九齡《司徒告》

右真跡用一尺高絹，書多渴筆。詞云："正大廈者，柱石之力；匡帝業者，輔相之功。生則保其雄名，沒猶稱其盛德。"今在其孫曲江人嶺南縣令張仲容處。某官於桂林，借留半月，仍以紙覆裹，欲爲重背，仲容惜其印縫古紙不許。九齡《神道碑》亦浩書。

唐中書令褚遂良《枯木賦》

右唐粉蠟紙搨書也，在承議郎合肥魏倫處，收以爲真跡，魏氏刻石。某官杭過潤，借觀於甘露寺。

唐太師顔真卿書《送辛子序》

右真跡楮紙書，在寶文閣學士謝景溫處。前後爲好事者以筆描二大印，其文亂，仍書"鉉"字，其中幸不合縫，鑒非鉉筆，甚累墨寶。某佐寶文於潭，屢經賞閱。

陳僧智永《千文》

右唐粉蠟紙拓書，有古跋云："契闊艱難，不敢失墜，信好事也。"在前國子監直講楊褒處，得於外舅王安國。某元豐五年過金陵見之。內二真字雙鈎塡者，然人猶未信爲搨焉。

陳僧智永《千文》

右楮紙書，唐人臨寫，在宣德郎陳開處。恭公侄作梵夾冊，雖非真跡，秀潤圓活逼真，今已罕得。某嘗三閱。

智永《千文》半卷

右黃麻紙，唐人臨書，在刑部尚書丹陽蘇頌處。

王右軍《蘭亭燕集序》

右唐粉蠟紙雙鈎摹本，在蘇激處。精神筆力毫髮畢備，下真跡一等。此係馮承素董拓賜大臣者。舜欽父集賢校理者購於蜀僧元靄。某與激友善，每過，公必一出，遂親爲背飾。

唐太師顔眞卿《乞米帖》

右眞跡楮紙在朝請郎蘇澥處。度支郎中舜元子也得於關中安氏。士人多有臨搨本。此卷古玉軸，縫有舜元字印，范仲淹而下題跋。某嘗十餘閱。

唐率府長史張旭四帖

右眞跡在杭州陸氏，大姓也。舊有五帖：第一秋深，第二前發，第三汝官，第四昨日，第五承須。今所存四帖，"汝官"後有一古印文記，不可辨。"昨日"、"承須"二帖，襞紙也。陸氏子素從奉議郎關景仁學，關因借撫三大帖，余卯見石本於鎭戎軍。及冠，官桂林，朝奉大夫關杞爲使者語及，始知石在關氏。二十五，官潭，杞通判邠州，以石本見寄。三十五，官杭，而景仁爲錢塘令，陸氏子登進士第者來謁，與關謝而閲之。既見眞跡，獨"秋深"一帖詰之，良久，顰蹙而言：嘉祐中，太守沈文通借觀，拆留不還，自此不復借出，因亦不復借閲。遣工撫得之即歸，詰遘弟邁，時爲郡從事，乃言在其姪延嗣處，後復得閲，今歸余家。

王右軍《來戲帖》

右麻紙，六朝人所臨寫，旁注小眞字數枚，復以雌黄覆之。在蘇州故相丁謂孫景處，後以一萬質於鄆州梁子志處，故相梁適孫也。又有《唐雙鈎撫帖》，亦在丁景處。某皆有題跋。

韓擇木八分

右眞跡楮紙，在丁景處。第二行書官位，以大字改爲中字。

唐太師顔魯公書名兩字

右眞跡書嶺南刺史綾告，在朝奉郎臨江許彦先處。

唐辯才弟子草書《千文》

右黄麻書，在龍圖閣直學士吳郡滕元發處。滕以爲智永書，某閲其前空兩才字，全不書，固以疑之；後復空永字，遂定爲辯才弟子所書，故特闕其祖師二名耳。

唐虞世南《枕臥帖》

右雙鈎唐模本，在朝奉大夫錢塘關杞處。上有儲氏圖書古印。關嘗謂某曰：昔越州一寺修佛殿，於梁棟內龕藏一函古撫數十本，所可記者，王右軍《十七帖》，世南《枕臥帖》《十鬥九帖》，褚遂良《奉書寧帖》，上皆有儲氏圖書字印，致功精絕，毫髮乾濃畢備。關與僧善購得《枕臥》《十鬥九》《書寧》三帖。

唐秘書少監虞世南《積時帖》

右古雙鈎摹本，在承議郎洛陽李熙處。翰林學士維之孫亦縫有儲氏印，某借橅石。

唐僧高閑草書《千文》

右楮紙眞跡，在承議郎李熙處。

唐禮部尚書沈傳師書《道林詩》

右在潭州道林寺四絕堂，以杉板薄，略布粉，不蓋紋，故歲久不脱。裴休書杜甫詩，祇存一甫字。某嘗爲杜板行以紀其事。沈牌，某官潭借留書齋半歲，搨得之石本爲樵石。僧希白務於勁快，多改落筆端直，無復縹眇縈回飛動之勢。

唐太子率更令歐陽詢書荀氏《漢書》節

右楮冊小楷，在潭州南楚門胡氏淳處。

唐歐陽詢書道林之寺牌

右在潭州道林寺。筆力險勁，勾勒而成，有刻板本。又江南廬山，多裴休題寺塔諸額，雖乏筆力，皆種種可愛。

羲之《千文》

右楮紙書字，筆力圓熟。在宣州觀察支使王仲詵處，故相圭之侄。謬題賀知章書四字於韻字下，非也。

顏魯公頓首夫人

右真跡楮紙，破爛過半，在駙馬都尉王晉卿家。

孫過庭草書《千文》

右真跡黃麻紙書。縫有梁秀收閱字印、王氏圖書四字，隨圈四轉，其異制也，在如上。

懷素詩一首

右真跡絹書，在王晉卿第。

張長史虎兒等三帖

右楮紙真跡，同上。

晉武帝、王渾、王戎、王衍、郗愔、陸統、桓溫、陸雲、謝安、謝萬等十四帖

右真跡在駙馬都尉李公炤第。武帝、王戎書字有篆籀氣象，奇古，墨色如漆紙，皆磨破，上有開元二字，小印太平公主胡書，印美哉，不可得而加矣，世之奇書也。王涯永存珍秘印、殷浩之印、梁秀收閱古書記字印。內郗愔一帖即閣本法帖所錄者。昔使王著取溥家書，與閣下書雜模，此卷中獨取愔兩行，餘在所棄，哀哉。謝安《慰問帖》字清古，在二王之上，宜乎批子敬帖尾也。

晉謝奕、謝安、桓溫三帖

右真跡，麻紙書，在李公炤家。上有鍾紹京書印、竇蒙審定字印印。謝安一帖，爲後人恐墨淡，復用深墨填過，使人惋怛，與前卷並有絹帖書翳號，自爲名筆。

黃素《黃庭經》

右同上字札，古無褚薛體，殆六朝人所作。縫有鍾紹京印，後有陶穀漢時跋云："此《換鵝經》也。"甲戌九月十一日，百計取得此書，詳觀，誠無唐盛時，是銛鋒筆行書，雖恐非右軍，誠爾。界行有鍾紹京書印，二字小印卷末，真寫胎仙二字，用陳氏圖書印印之。又有錢氏忠孝之家印紙，跋云："山陰道士劉君以群鵝獻右軍，乞書《黃庭經》，此是也。"逸少真書此經與《樂毅論》《太史箴告誓文》累表也。《蘭亭》《洛神賦》皆行書，其他並草書也。草十行敵行書一字，行書十行敵真書一字耳。又續

题云："此乃明州刺史李振景福中罷任,過浚郊,遺光祿朱卿。朱卿名友文,即梁祖之子,後封博王,王薨,予獲於舊邸,時貞明庚辰秋也。晉都梁苑,因重背之。中書舍人陶穀記。"是日降麻,以京兆安彥威兼副都統。米某跋云:"印小字,乃唐越公鍾紹京印也。"此書在李太師第,固是甲觀。

顏魯公、郭定襄《爭坐位第一帖》

右楮紙,真跡,用先豐縣先天廣德中牒起草,禿筆字,字意相連,屬飛動詭形異狀,得於意外也。世之顏行第一書也。縫有顏氏守一圖書字印。在宣教郎安師文處,長安大姓也,爲解鹽池句當官,携入京,欲背,予得見之。安自云:"季明《文鹿脯帖》在其家。"

晉王右軍《稚恭進鎮帖》

右麻紙書跡,後有太常卿蕭祐題跋,在前著作郎丁仲修處。

晉王羲之《官奴帖》

右雙鈎,麻紙本,亦在王仲修處。

唐張右史季明《賀八清鑑等帖》

右楮紙,真跡,筆法勁古,不類他書,世間季明第一書也。在承議郎蘇液處,世多刻石。

懷素《千文》

右絹書,真跡,在蘇液處,沈遘刻板本是也。

懷素書《任華草書歌》

右真跡,兩幅,絹書,字法清逸,歌辭奇偉,在駙馬都尉王晉卿第。尚方有三幅,乃其後幅,適完嘗請出第,觀復歸尚方。

李邕《多熱要葛粉帖》

右白麻紙,真跡,上有唐氏雜跡字印、陳氏圖書字印、勾德元圖書記字印,紫微舍人石揚休物,今在其孫前宿州支使夷庚處。前一帖與光八郎謝惠鹿帖真跡,余過甬上,於夷庚處購得之。

懷素草書《祝融高座帖》

右絹書,兩行,此字入神,石紫微嘗刻石,有六行在,不見前四行。問夷庚,云:"在王洙參政家。"此亦爲其子弟購去矣。

陳賢《草書帖》

右六七紙,字奇逸難辨,如日本書。上亦有唐氏雜跡字印,在駙馬都尉李公炤家。

顏真卿《祭叔濠州使君文》

右真跡,楮紙,書改抹多,在長安。安氏子師文携至京。

顏真卿《疏拙帖》

右麻紙書,真字,清勁秀發,亦與李大夫,時顏責硤州別駕,此顏第一帖也。

懷素三帖

右絹帖,云貧道胸中如刀刺。第二帖見顏公,第三帖律公發,懷素不與,世之第一帖也，亦見於師文。

懷素自序

右在湖北運判承議郎蘇泌處。前一帖破碎不存，其父舜欽補之。

庚翼帖，全福上有寶蒙審定印

張芝、王翼二帖非真

虞世南《汝南公主墓誌》

歐陽詢碧箋四帖，草聖

顏真卿與李大夫奏事張澂二帖

懷素草書三幅，楊凝式書三帖

皇象急就唐撫奇絕

右在故相張公齊賢孫名直清，字汝欽處，今爲楚州山陽主簿。

王右軍《相溫破羌帖》有開元印，唐懷充跋

右筆法入神奇絕，帖與王仲修學士家《稚恭帖》同是神物，有開元印，懷充跋。在蘇澄道淵之子之純處，今爲歙州判官。

王獻之《送梨帖》，有黎氏印，連柳公權跋。王右軍《言叙帖》兩行有貞觀半印，徐僧權字

右在左藏庫副使劉季孫處，據柳公權跋，於唐太宗書前雜出獻之書，乃將其父書却粘於獻之帖後云。

又一帖，柳誤以父爲子矣，況不知書者乎！

李邕四帖，內一幅碧箋，有唐氏雜跡印，勾德元圖書記印、

陳氏圖書印，與石夷庚所藏《多熱帖》同

右在章子厚家。

王右軍《筆陣圖》，前有自寫真，紙緊，薄如金葉，索索有聲

右同上，章公自云：借於趙竦。今爲蔡河撥發。

王右軍《紙妙筆精帖》，有貞觀印。王太令《日寒帖》，有書氏雜跡印

右故相王曾家物，在其孫景融處，後爲前龍圖待制沈括存中取之。古跋，右軍作，羊欣大令作，薄紹之仍將大中歲跋刮去數字，填爲薛邕記之。而故相薛居正題曰："和傅遺余。"此蓋和凝爲薛氏故物，歸居正耳。唐太宗雅不喜子敬書，故時人以他名名之以應募。所謂紹之書，曰：乃於耳字不刮去，及不次獻之頓首，字猶在，一分許可識。大中所跋，既不能辨，復爲不鑒之人所收，遂使至寶永失其真，吁可痛也。

的聞

唐僧懷素自序

右在朝奉郎蘇液處，杭州沈氏嘗刻板本。泌、激皆舜欽子。蘇氏自參知政事易簡之子耆，耆子舜欽，欽之子激，四世好事有精鑒，亦張彥遠之比已。上三事，並激云見之。

洪元慎集右軍越州兩碑

右真跡，在越州僧正子文處。嘗通許借，未果。

褚遂良書《黃庭經》

右聞綠綾所書，丁謂孫倩處。質在無錫民家，士多因邑官借出。

王右軍書家譜

右在山陰縣王氏家，越州教授王渙之以書抵某，具言有此書。

虞世南書經

右同上，在越州上虞。

晉中令王獻之《已復此節帖》

右在朝請大夫新昌石元之家，關景仁屢見之，嘗摹石。某見兩本，字札精妙。

虞世南書《汝南公主銘》起草

右在通直郎洛陽王護處，見摹本。給事中舉元子云：真跡在洛陽好事家，有古跋。

歐陽詢四帖

右同上。

顏魯公書《韻海》

右聞大書朱字，魯公書小字，他人作蘇駒云。在其父刑部尚書處。

柳公權書《柳尊師墓誌》

右真跡，在錢塘唐垌處。

張長史《千文》三帖

右同上，模石乃李師中也，洛陽人。

歐陽詢《鄱陽帖》

右同上，模石在靈隱寺。

褚遂良臨王右軍二帖

右同上，並垌自云，未肯輕出。

《老子西昇經》，褚遂良書，閻立本畫

右在觀文殿學士洛陽馮京處。

晉王惲《真草帖》，晉張翼帖，宋阮研帖，宋蕭思話表文，帝批答

右在駙馬都尉李瑋處。某並見石本，後見李云："在高橋楊氏。"未獲見。

顏真卿《寒食帖》

右綾紙書，在中書舍人錢勰處，世多石本。

王右軍《玉潤帖》

右蘇州教授閭丘籲云：在承議郎建安王寶處。有古跋。令裝書人背，久不還。及剪却半跋，皆唐名公也，付理不可得，匠人願陪四十千，即知其切，真得金已多。

《蘭亭》摹本

右正議大夫章惇跋，蘇激所收《蘭亭》云，此與吾家所收同。

褚遂良《奉書寧帖》

右在關杞，某見石本。

晉葛玄飛白天台字

右見石本，真跡聞在台州。

唐東宮長史陸柬之書《十八學士讚》

右西京留臺王瓘云：在舍弟圭處。

唐高閑書令狐翌詩

右真跡，在户部尚書康季常家，某見石本在湖州。

歐陽詢二帖

右在朝議大夫晁端彥處。其本與蘇州進士周丙。

懷素書蕭常侍日下三帖

右同上。

宋羊欣、宋翼二帖，並褚令模《蘭亭》

右見中書舍人蘇軾云：在故相王隨之孫景昌處。橅石在湖州墨妙亭，屢見石本，今在沈存中括家。

柳公權《紫絲敪蘭亭詩》二帖

右待制王廣淵橅石，跋云：龍圖大諫李公帥府暇日出書，請橅石。李師中也，洛陽人。

張長史全本《千文》

右見臨淮令曾孝藴云：在京師謝氏，亦寶文公遠族也。

顏魯公帖一軸五幅

右見湖州巡檢供奉官石裔駙馬之孫云：在其兄處。

王子敬帖

右宣義王碩云：其父所收，未得將出。以上文淵閣四庫全書本《寶章待訪錄》。

輯錄（五二則）

一　題巨然《海野圖》

江郊海野坡陁闊，林遠煙疎淡天末。枰分葏町暮潮發，星列漁鄉夜梁活。關荊大圖矜秀拔，取巧施工不真絕。意全萬象無不括，維摩老筆巨然奪。橋旁忽覺來人物，接䍦肯更圖牛羯。淵渟浪泆開龍闕，汨入瀣翻下鯨岲。楠盤疑是少陵宅，蘆深恐有詹何客。黃塵蔽天歸興結，時向虛齋一開滌。文淵閣四庫全書本《寶晉英光集》卷二。

二　智衲草書

人愛老張書已顛，我知醉素心通天。筆鋒捲起三峽水，墨色染徧萬壑泉。興來颯颯吼風雨，落紙往往翻雲煙。怒蛟狂虺忽驚走，滿手黑電爭回旋。人間一日醉夢覺，物外萬態涵無邊。使人壯觀不知已，脫身直恐凌飛仙。棄筆爲山儻無苦，洗墨成池何足數。其來精絕自凝神，不在公孫渾脫舞。文淵閣四庫全書本《寶晉英光集》卷二。

三　寄題薛紹彭新收錢氏子敬帖

蕭李駭子弟，不收慰問帖。妙迹固通神，水火土更刼。所存慰問者，班班在箱笈。使惡乃神護，不然無寸札。自此趣畫相，後人眼徒睫。文淵閣四庫全書本《寶晉英光集》卷二。

四　寄薛紹彭

歐怪褚妍不自持，猶能半蹈古人規。公權醜怪惡札祖，從茲古法蕩無遺。張顛與柳頗同罪，鼓吹俗子起亂離。懷素猻獠小解事，僅趨平淡如盲醫。可憐智永研空臼，去本一步呈千嫓。法帖所載可見。已矣此生爲此困，有口能談手不隨。誰云心存乃筆到，天工自是秘精微。二王之前有高古，有志欲購無高貲。殷勤分語薛紹彭，散金購取重跋題。文淵閣四庫全書本《寶晉英光集》卷三。

五　劉涇收得梁武像見報，余時在漣漪，答以詩

劉郎收畫早闕卑，折枝花草首徐熙。十年之後始聞道，取吾韓戴爲神奇。邇來白首進道奧，學者信有髓與皮。始知什襲但遮壁，牛馬袛可裹敝帷。峩峩太平老寺主，白紗冒首無冠蕤。武士後列肅大劍，宮女旁侍顰脩眉。神清眸子知寡慾，齒露唇反法定飢。世人覩服似摩詰，不識六朝居士衣。後人勿輒亂唐突，梁時筆法了可知。劉子見之必再拜，曹盧何物望藩籬？本當第一品天下，却緣顧筆在漣漪。文淵閣四庫全書本《寶晉英光集》卷三。

六　劉涇新收唐絹本《蘭亭》，作詩詢之

劉郎無物可縈心，沉迷殘縑與斷簡。求新不獲狂時發，自謂下取且謾眼。猗嗟斯人今實尠，我欲從之官有限。何時大叫劉子前，跽閱墨皇三復返。文淵閣四庫全書本《寶晉英光集》卷三。

七　題蘇之孟家薛稷二鶴

遼海來稀顧螻蟻，仰霄孤唳留清耳。從容雅步在庭除，浩蕩閒心存萬里。乘軒未失入佳談，寫真不妄傳詩史。好藝心靈自不凡，臭穢功名皆一戲。武功中令應天人，束髮遼陽侍帝宸。連城照乘不稱寶，黃圖孔詠悉珍具。百靈生我欲公起，九原蕭蕭松蘂蘂。得公遺物非不多，覩物懷賢心不已。文淵閣四庫全書本《寶晉英光集》卷三。

八　題永徽中所橅《蘭亭叙》。永徽去貞觀不遠，得真爲最

永和九年暮春月，內史山陰幽興發。羣賢題詠無足珍，叙引抽毫取奇札。好之寫

來終不如,神助留爲後世法。二十八行三百字,橅寫雖多誰定似?昭陵竟發不知歸,尚有異形終可倚。彥遠記模不記褚,要錄班班有名氏。後生有得苦求高,俗說紛紛那有是。文淵閣四庫全書本《寶晉英光集》卷三。

九 太師行寄王太史彥舟

太師大源環賜第,自榜回鸞鵶雀避。好賢嗜古富圖書,玉軸牙籤捧珠翠。歌舞陳前慰俗人,不傾玉瀝發銀縢。王郎十八魁天下,招延客同貴客星。末出東晉十三帖,此第十一石蘊瓊。絹標間是褚公寫,誤以右軍標題謝。我時指出一座驚,精神煥起光相射。磨墨要余定等差,謝公鬱勃冠烟華。當時傾笈換不得,歸來嘔血目生花。十五年間兩到國,朱門如舊無高牙。帖歸翰長以姻媾,忽然陳前興健嗟。開元璽封尋復出,永存珍秘相王涯。翰林印著建中歲,王謝炎靈傳更貴。副車侍中王貽永,出征不貨收文藝。太常借模真却還,各惜入版餘皆棄。芳林鸞第書有行,次入太師重姓李。我識翰長自布衣,論文寫字不相非。知已酷好輒已好,惠然發篋手見歸。謝安談笑康江左,物外人標没兩大。子敬合書只後批,天才物望都無那。治亂悠悠八百年,人隆偶聚散亦邅。兵火水土不隨刧,端使米老鋪案間。我三辛卯兩丙運,今歲步辛月亦然。丙申時宜辛丑日,此帖忽至庸非天?臨風浩思王仲寶,江南宰相只謝安。文淵閣四庫全書本《寶晉英光集》卷三。

一〇 答薛紹彭寄書

世言米薛或薛米,猶言弟兄與兄弟。四海論年我不卑,品定多應定如是。文淵閣四庫全書本《寶晉英光集》卷三。

一一 答紹彭書來論晉帖誤字

何必識難字,辛苦效揚雄。自古寫字人,用字或不通。要之皆一戲,不當問拙工。意足我自足,放筆一戲空。文淵閣四庫全書本《寶晉英光集》卷三。

一二 題李成畫

畫號爲真理或然,悠悠覺夢本同筌。殷勤封向青山去,要識江東李謫仙。文淵閣四庫全書本《寶晉英光集》卷四。

一三 答劉涇

唐滿書盦晉不收,却緣不自信雙眸。發狂爲報豢龍子,不怕人稱米薛劉。文淵閣四庫全書本《寶晉英光集》卷五。

一四 筆

摹畫由來妙手知,彩箋落處直疑飛。寸心用盡終須補,贏得霜毫禿後歸。文淵閣四庫全書本《寶晉英光集》卷五。

一五　書法讚

去顏肉，增褚骨。發天秀，助神物。敢竊議，贈骨突。咸豐《涉聞梓舊》本《寶晉英光集》卷六。

一六　李邕帖讚　有序

右，唐秘書李邕字泰和書。光王琚，玄宗皇帝之子；濮王嶠，太宗皇帝之曾孫。故紫微舍人石昌言所藏。元祐丁卯過甬上，遇紫微孫夷庚字坦夫，以張萱六畫、徐浩二古帖易得。尚有屬少府《求地黃帖》，白麻紙，在石氏。坦夫，幼安長子，書畫號翰林苑，蘇子瞻爲之序。此帖飄縱，後帖嚴謹。余欲此帖，坦夫惜不與，幼安程夫人於户間使以歸余焉。六月甲申，南郡舟中裝。讚曰：

蓬蓬皇皇，才高氣方。張説妬善，杜甫揚光。子敬儲逸，僧虔與詳。潤分玉瑩，秀溢春芳。咸豐《涉聞梓舊》本《寶晉英光集》卷六。

一七　王謝真跡讚　有序

家藏晉王、謝真跡五軸。唐文皇而下，名書甚眾，王、謝帖，唐、梁府物，璽跋宛然。每開卷，使人目動神驚也。嘗作謝公讚云：

山林妙寄，巖廊英舉。不繇不羲，自發淡古。有赫太帝，天造翰藝。末下龍跡，震驚天地。有我太祖跋也。　咸豐《涉聞梓舊》本《寶晉英光集》卷六。

一八　唐文皇手詔讚　有序

余以右軍帖於王晉卿家易唐文皇手詔，因讚之曰：

龍彩鳳英，天開日升。亟戡多難，力致太平。雲章每發，目動神驚。咸豐《涉聞梓舊》本《寶晉英光集》卷六。

一九　王略帖讚

昭回於天垂英光，跨頡歷籀化大荒。煙華淡濃動彷徉，一噫萬古稱天章。鸞誇蚪引鵠序翔，數字皆有此形勢洞天九九八十一字通遼陽。茫茫十二小劫長，自晉至今十二代璽完神訶命韞藏。癸未歲太常玉堂手裝〔一〕。咸豐《涉聞梓舊》本《寶晉英光集》卷六。

〔一〕"癸未"句原無，據《石渠寶笈三編》補。

二〇　歐陽詢度尚庾亮帖讚　有序

右，唐弘文館學士兼太子率更令、銀青光禄大夫、渤海縣開國男歐陽詢字信本書〔一〕。《度尚帖》，元豐己未，余官長沙，獲於南昌魏泰。《庾亮帖》，壬戌歲過山陽，獲於今中散大夫鍾離景伯。各著半古印，適合縫。文曰"清河圖籍之印"，乃昔一書也。究延平之化，豈不有神；參孔壁之遺，孰云致誤？元祐庚午冬至蕭閒外舍裝。讚曰：

渤海兒怪，字亦險絕。真到內史，行自爲法。莊若對越，俊如跳躑。後學莫窺，遂趨尪劣。襄陽米元章審定真跡〔二〕。咸豐《涉聞梓舊》本《寶晉英光集》卷六。

〔一〕本：原作"長"，據文淵閣四庫全書本改。
〔二〕"襄陽"句原無，據《石渠寶笈三編》補。

二一　王獻之蘇氏《寶帖》讚

右，蘇氏《寶帖》、故連右軍《快雪時晴帖》，元豐甲子獲於子美子志東探玄子，國老孫也。印二，分在《快雪帖》合縫，四角亦有褚氏印。崇寧元年五月十五日易跋，時甘露下吾家寶晉齋碧梧廿本。

猗太宰，秀當代。靈襟疏，沖韻邁。一筆落，兩行帶。雲龍廷，走百怪。驚電掣，斷兕快。盤偃蹇，意無在。藐百川，會北海。人邪知，冠千載。

襄陽米芾審定真跡，手裝祕玩，時以芾字行適一紀〔一〕。咸豐《涉聞梓舊》本《寶晉英光集》卷六。

〔一〕"襄陽"至"一紀"原無，據《寶真齋法書贊》卷四補。

二二　褚摹右軍《蘭亭禊集序》讚　有序

右，米姓祕玩，天下《蘭亭》本第一。唐太宗獲此書，命起居郎褚遂良、檢校馮承素、韓道政、趙模、諸葛政、湯普澈之流，模賜王公貴人，著於張彥遠《法書要錄》。此軸在蘇氏，題爲"褚遂良摹。觀其意，易改誤數字。"真是褚筆。皆率意落筆，餘字皆鉤填清潤，有勁秀氣，轉摺毫鋩，與真無異，非深知書者所不能到。世俗所收，或肥或瘦，乃是工人所作，正當以此本爲定。壬午六月九日，大江濟川亭艤舟。寶晉齋艎對紫金、浮玉羣山，迎快風消暑重裝。

燿燿客星，豈晉所得？養氣泉石，留腴翰墨。戲著譚標，書存馬式。鬱鬱昭陵，玉盌已出。戎溫無類，誰寶真物？水月何殊，志專用一。繡繶金鐍，瑤機錦綷。猗歟元章，守之勿失。咸豐《涉聞梓舊》本《寶晉英光集》卷六。

二三　王右軍《稺恭帖》讚

混沌破，龍蛇出。大荒子，鼓神物。縱變怪，造怳忽。起洪水，稽天骨。大道驚，戮狂勃。時蟄引，無憚率。神禹符，鎮罅窟。咸豐《涉聞梓舊》本《寶晉英光集》卷六。

二四　跋《快雪時晴帖》

晉右軍將軍、會稽內史王羲之字逸少書《快雪帖》，見張彥遠《法書要錄》。本朝參知政事蘇公太簡家故物，故有翰林學士院印。唐賜魏丞相徵，傳之子孫，故有鄭公之後印。又傳於褚遂良之孫長史，故有褚氏印〔一〕。

予在都下，以好玩十種易於蘇太簡孫秘書激字志東。志東與予，德友也。蘇才翁、子美有跋，及"國老"押署。

紹聖丙申，以示翰林學士蔡公，仍以翰林印印之，即太簡作翰林時所用。一日，駙馬都尉王晉卿借觀，求之不與，已乃剪去國老署及子美跋，著於摹本，乃見還。因詳錄得之之自。

紹聖丁酉，海岱樓題。米芾審定。咸豐《涉聞梓舊》本《寶晉英光集》卷七。

〔一〕氏：原無，據文淵閣四庫全書本補。

二五　跋褚模《蘭亭帖》

右，唐中書令、河南公褚遂良字登善，臨晉右將軍王羲之《蘭亭宴集序》。本朝丞相王文惠公故物。辛未歲，見於晁美叔齋，云借於公孫。辛巳歲，購於公孫孊。黃絹幅，至"欣"字合縫，用證摹本，僧字果、徐僧權合縫書也。

雖臨王帖，全是褚法，其狀若巖巖奇峰之峻，英英穠秀之華。翩翩自得，如飛舉之仙；爽爽孤騫，類逸群之鶴。蕙若振和風之麗，霧露擢秋幹之鮮。肅肅慶雲之映霄，矯矯龍章之動彩。九奏萬舞，鵷鷺充庭。鏘玉鳴璫，窈窕合度。宜其拜章帝所，留賞群賢也。至於"永和"字全其雅韻，"九"、"觴"字備著其真標，"浪"字無異於書名，"由"字益彰其楷則。若夫臨倣莫稱於魏、薛，賞別不聞於歐、虞。信百代之秀規，一時之清鑑也。

壬午八月二十六日，寶晉齋舫手裝。襄陽米芾審定真跡秘玩。咸豐《涉聞梓舊》本《寶晉英光集》卷七。

二六　跋謝安石帖

右，晉太傅南郡公謝安字安石書，六十五字。四角開元小璽，御府書也；"永存珍秘"印，入唐相王涯家；"翰林之印"，建中御府所用〔一〕。更兵火水土之劫者八百年，歷代得以保之，必有神護。

元祐中見晉十三帖於太師李瑋第，云購於侍中王貽永家中。太宗皇帝借其藏書模閣帖，但取郄愔兩行餘。王戎、陸雲、晉武帝、王衍及此謝帖、謝萬帖，共十二帖，皆不取模版。余特愛此帖，欲博以奇玩，議十年不成。

元符中，歸翰長蔡公。建中靖國元年二月十日，以余篤好見歸。余年辛卯，今太歲辛巳，大小運丙申、丙辰，於辛卯月辛丑日余生，辛丑丙申時獲之，此非天耶？

米芾記。咸豐《涉聞梓舊》本《寶晉英光集》卷七。

〔一〕建：原作"達"，據文淵閣四庫全書本改。

二七　跋李邕帖

右，唐秘書監李邕字泰和墨跡，五十字。易於呂文靖丞相家。户部尚書穉卿之孫端問有三帖：第一帖有"張子有"字，墨淡昏；第二帖有"縉雲"字，紙揭損；此第三帖也，精彩動人，墨渴筆勁，想運筆神助。

丁丑歲，漣漪郡齋手裝。咸豐《涉聞梓舊》本《寶晉英光集》卷七。

二八　跋王右軍帖

右，晉金紫光禄大夫、右將軍、會稽內史王羲之字逸少《王略帖》。八十一字，入梁、唐御府，已見陶穀跋。末全印及首半印曰"永存珍秘"，唐相王涯印也。自五代由陶入鄭、郭，亦見前跋。至本朝入參知政事蘇太簡家。以墨妙筆精，印"蘇氏"印，"國老"、"武功圖書"、"許國後裔"等印，國老、才翁題爲下舜賓子澄字通淵，爲尚書郎，孫之純，純之妻，李丞相嵩之後。

弟繡字彥益，余姻家，累年約爲購。會余使西都，帖自杞至，元約白金一笏當，語宗正仲爰字君發，遂力以十五萬購之。李不許，且曰："米亦姻家也。"即以十五萬取，則以歸米，迨使還，如約，然已使庸工拆背翦損矣。

昔梁武不收《慰問帖》，唐文雖收，尚別卷，非《慰問》者。此無貞觀印，但開元入御府爾。古今印跋完備，有傳授之緒，吾閲書一世，老矣，信天下第一帖也。

崇寧癸未季春九日，玉堂竹齋手裝。咸豐《涉聞梓舊》本《寶晉英光集》卷七。

二九　跋晉賢十三帖

右，本朝參知政事蘇太簡所藏。丙寅歲，得於集賢國老孫秘閣子美子志東。志東好事，與余通家，書畫上著"邠公之後四代相"印，蘇氏字印。

太簡被太宗遇，使弟國簿收書畫三等〔一〕，賜予甚多，公卿之家，無出其右，此尤著名者。紹聖中重裝，翰林蔡元長既跋，印以今翰林印。副車王晉卿借去，剪下元長所跋，著他書軸，乃見還，其上故印存焉。

元符之元，漣漪瑞墨堂題。咸豐《涉聞梓舊》本《寶晉英光集》卷七。

〔一〕弟：原作"第諸"，據文淵閣四庫全書本改。

三〇　跋羲獻帖

柳誠懸得大令之書於太宗，卷首連於大令之後，可以鑑矣。復得右軍兩行，反謂又一帖，是誤以羲之爲獻之。又嘗見跋馮當世《西昇經》，實非。

顔、褚能書〔一〕，未必能別。猶歐、虞之於唐，以書名天下，而不任識書。魏鄭公無書名，乃同褚遂良爲貞觀書證。凡經貞觀收者，後世以爲無僞，識者以此爲鑑。

癸未，玉堂竹齋太常博士米芾記。咸豐《涉聞梓舊》本《寶晉英光集》卷七。

〔一〕顔：原作"閻"，據文淵閣四庫全書本改。

三一 跋唐模帖

開元御府、大中、建中弘文皆收揭。黃金白玉雖至寶器，毀之則再作，何代無工？惟書落筆，雖自再寫，亦不可復得，揭而藏諸，何陋之有？

第一帖右軍閣帖，有"而無及謝侯"字。第二及末桓溫帖，世未有別本。

漣漪郡嘉瑞堂元章記。咸豐《涉聞梓舊》本《寶晉英光集》卷七。

三二 論書格

唐末書格甚卑，惟楊景度行書與顏魯公"壁拆屋漏"同意。王荊公文嘗謂此書："意之所至，筆之所止則已。不曳以就長，促以就短。"信斯言也。楚國米芾錢塘官舍書。咸豐《涉聞梓舊》本《寶晉英光集》卷八。

三三 雜説〔一〕（節錄）

右軍《快雪時晴帖》，真字在蘇志東房，今居吳郡。

張顛書，賀八清鑑，風流千載人也。帖凡七紙，蘇太簡家物，液獻章子厚也。

趙子立《收筆陣圖》，前有右軍真跡，並《筆樣手勢圖》。後爲章子厚取之，使吳匠製，甚入用。今吳有其遺製。近知此書在章持房下。

晉畫古賢十人，失其名。在蘇太簡孫之顔行，人間名畫也。

李重光作此等紙，以供澄心堂用。其出不一，以池州馬牙硾漿者爲上品。此乃饒紙，不入墨，致字少風神。

樞密林文節觀吾家右軍書，歎息久之。一日云："貞觀印，閣下有一軸，相去五六寸，乃是兩枚，亦有相合者，不相當也。"余聞之內惆，不敢發視者月餘。一旦忘之，既開，皆不相當。忽悟文節語，即馳告，公曰："使君愈寶重也。"

漣水陳生善作重山復嶺、古木瀑泉，近世少及。皆若真山，不以雕鏤細巧爲美。

蔣永仲作松贈曇秀，吾題云："撐雲既奇倔，怒節更堅瘦。"怒爲露也。

好事家所收帖，有如篆籀者，回視二王，頓有塵意。晉人書一帖是也。

謝奕之渾然天成，謝安之清邁，真宜批子敬帖尾也。其帖首尾印記多與敝笥所收同。君倩、唐氏、陳氏之類，玉軸古錦，皆故物。希世之珍，不可盡言。恨不能同賞。歸即追寫數十幅，頓失故步。可笑可笑。

武帝書，紙靡潰而墨色如新，有墨處不破。吁！豈臨學所能，欲令人棄筆硯也。古人得此等書臨學，安得不臻妙境？獨寫唐人筆札，意格尪弱，豈有勝理？其氣象有若太古之人，自然淳野之質，張長史、懷素豈能臻其藩籬耶？昔歸公跋趙令時古帖，得之矣。欲盡舉一奩書易一二帖，恐未許也。今日已懶開篋，但磨墨終日，追想一二字以自慰也。

學書謂貴弄翰，謂把筆輕，自然手心虛，振迅天真，出於意外。所以古人書各各不同，若一一相似，則奴書也。其次要得筆。謂筋骨皮肉，脂澤風神皆全，猶一佳士也。又筆筆不同，三字三畫異形〔二〕；作意重輕不同〔三〕，出於天真，自然神異〔四〕。又書非以使毫，使毫行墨而已。其渾然天成，如蓴絲是也。又得筆，則雖細爲髭髮亦圓；不得筆，雖粗如椽亦偏。此雖心得，亦可學。入學之理在先寫壁，作字必懸手，以鋒抵壁〔五〕，久之必自得趣也。余初學顏，七八歲也。字至大，一幅寫簡不成。後見柳而慕緊結〔六〕，乃學柳《金剛經》。久之，知出於歐，乃學歐。久之，如印板排，乃慕褚而學最久，又慕段季轉摺肥美，八面皆全。久之，覺段全繹展《蘭亭》，遂並看法帖，入晉魏平淡，棄鍾方而師師宜官，《劉寬碑》是也。篆便愛《詛楚》《石鼓文》。又悟竹簡以竹聿行漆，而鼎銘妙古老焉。其書壁以沈傳師爲主，小字大不取也，大不取也。

退之云羲之"俗書趁姿媚"。此公不獨爲石鼓發想，亦見此等物耳。

馬，唐畫，非幹筆，少圓潤秀氣，與芾家天王同。往往世間此等畫，便假名吳生甚眾。咸豐《涉聞梓舊》本《寶晉英光集》卷八。

〔一〕原無題，據清勞權抄校本補。
〔二〕形：原作"故"，據文淵閣四庫全書本改。
〔三〕意：原作"異"，據同上改。
〔四〕神：原闕，據同上補。
〔五〕以：原闕，據同上補。
〔六〕後：原闕，據同上補。

三四　論書學札子〔一〕時充書畫學博士

一、太史星曆學，小史書畫學，自漢隸東觀，稽用典籍甚多，太學所無。欲乞倣古隸秘書省試經義，附太學，文藝並優，取自上旨。

一、書學自祖宗朝，句中正、楊南仲、周越，咸以他官知判，書名而已〔二〕，無職事。自遇聖上天縱，悟筆一貫，欲釐凡格，以造高古。緣珍圖名刻，必俟心悟筆隨，乘興挍妙，非可課程。或撰到珍圖，臨成名札，必經天鑑，以判工拙，難從外勘當。欲乞徑於內東門司具狀投進。或非時宣取，乞依太常寺例用榜子奏報。

一、如蒙改隸，伏睹舊工部作七寺監，內空其一位〔三〕，乞充兩學。諸色人等，並乞依武學例。秘書省錢如不足，以太學錢通給。右，取進止。咸豐《涉聞梓舊》本《寶晉英光集》卷八。

〔一〕札子：原無，據《寶晉山林集拾遺》卷四補。

〔二〕名：原作"石"，據文淵閣四庫全書本改。

〔三〕空其：原闕，據同上補。

三五　草書

草書若不入晉人格，却徒成下品〔一〕。張顛俗子，變亂古法，驚諸凡夫，自有識者。懷素少加平淡，稍到天成，而時代壓之，不能高古。高閑而下，但可懸之酒肆。光尤可憎惡也。咸豐《涉聞梓舊》本《寶晉英光集補遺》。

〔一〕却：原闕，據《石渠寶笈續編》補。

三六　論書

因爲邑判押，遂使字有俗氣。右軍暮年方妙，正在山林時。吾家收右軍在會稽時與王述書，頓有塵氣，又其驗也。咸豐《涉聞梓舊》本《寶晉英光集補遺》。

三七　書評

余采陳、唐至本朝書法，得一十四家。智永書氣骨清健，大小相雜，如十四五貴冑，褊性方就繩墨，忽越規矩。褚遂良如熟馭陣馬，舉動隨人，而別有一種驕色。虞世南如學休糧道士，神格雖清，而體氣四疲。歐陽詢如新愈病人，顏色憔悴，舉動辛勤。柳公權如深山道士，修養已成，神氣清健，無一點塵俗。顏真卿如項籍挂甲，樊噲排突，硬弩欲張，鐵柱將立，傑然有不可犯之色。李邕如乍富小民，舉動掘强，禮節生疏。徐浩如蘊德之人，動容溫厚，舉止端正，敦尚名節，體氣純白。沈傳師如龍游天表，虎踞溪旁，神清自如，骨法清靈。周越如輕薄少年舞劍，氣勢空健，而舉刃交加。錢易如美丈夫，肌體充悦，神氣清秀。蔡襄如少年女子，體態嬌嬈，行步緩慢，多飾名花。蘇舜欽如五陵少年，訪雲尋雨，駿馬青衫，醉眠芳草，狂歌院落。張友直如宮女插花，媚嬌對鑑，端正自然，別有一種韻致。咸豐《涉聞梓舊》本《寶晉英光集補遺》。

三八　王謝書跋

李太師收晉賢十四帖，武帝、王戎書若篆籀〔一〕，謝安格在子敬上，真宜批帖尾也。咸豐《涉聞梓舊》本《寶晉英光集補遺》。

〔一〕武帝：原無，據《三希堂法帖》補。

三九　張旭書跋

余收張季明帖，云："秋氣深，不審氣力復何如也？"真行相間，長史世間第一帖也。其次賀八帖，餘非合書。咸豐《涉聞梓舊》本《寶晉英光集補遺》。

四〇　跋《頭陀寺碑》

右，唐殷令名書《頭陀寺碑》。齊王簡栖所撰，録於《文選》。

令名之子仲容，官禮部郎。據《法書要録》云："仲容奕世工書，精妙曠古。"令名嘗書濟度寺額，後代程式。父開山也，武德中爲尚書，故闕山字，而李氏諱不及淳、旦、照、基、誦者，正在貞觀、永徽間。跋尾書"惟則"者，集賢待制史惟則。小印"滉"字，即唐相晉國忠獻韓公所寶書也。

元祐戊辰，集賢林舍人招爲茗雪之游。九月二日道吳門，以王維畫《古帝王》易於龍圖閣待制俞獻可字昌言之孫彥文。翌日，與丹徒葛藻字季忱檢閲審定。五日吳江艤舟，垂虹亭題。

襄陽米黻。_{咸豐《涉聞梓舊》本《寶晉英光集補遺》。}

四一　跋顔書

顔真卿學褚遂良既成，自以挑踢名家，作用太多，無平淡天成之趣。此帖尤多褚法，石刻醴泉尉時及《麻姑山記》，皆褚法也。此特貴其真跡爾，非《争坐帖》比。

大抵顔、柳挑踢，爲後世醜怪惡札之祖，從此古法蕩無遺矣。安氏《鹿肉乾脯帖》、蘇氏《馬病帖》，渾厚純古，無挑踢，是刑部尚書時合作，意氣得紙札精，謂之合作。此筆氣鬱結不條暢，逆旅所書。李大夫者，名光顔，唐功臣也。

崇寧丙戌六月六日，從九品下米芾記。_{咸豐《涉聞梓舊》本《寶晉英光集補遺》。}

四二　書《海月讚》跋

元豐四年，余至惠州訪天竺净惠師，見其堂張海月辨公真像，坡公讚於其上，書法遒勁，余不覺見獵，索紙疾書。匪敢並駕坡公，亦聊以廣好人所好之意云爾。_{咸豐《涉聞梓舊》本《寶晉英光集補遺》。}

四三　跋《秘閣法帖》（一）

唐太宗購王逸少書，使魏徵、褚遂良定真僞。我太宗購古今書，而使王著辨精觕，定爲法帖，此十卷是也。其間一手僞帖太半，甚者以《千字文》爲漢章帝，張旭爲王子敬，以俗人學智永爲逸少。如其間以子敬及真智永爲逸少者，猶不失爲名帖。

余嘗於檢校太師李瑋第觀侍中王貽永所收晉帖一卷内，武帝、王戎、謝安、陸雲輩法，若篆籀體，若飛動，著皆委而弗録，獨取郗愔兩行入十卷中，使人慨嘆。又劉孝孫處見柳公權所收《跋子敬送梨帖》，然於太宗卷中辨出，乃以逸少一帖連在後，而云又一帖，不知爲逸少也。公權唐名家，尚如此，顧何議著？今長安李氏所收逸少帖，貞觀所收第一帖，著名已非逸少真跡，餘可知矣。獨未知徐璹_{徐浩子}，能别書。所訪者何如耳？

余抱疾端憂，養目文藝，思而得之，粗分真僞，因跋逐卷末，以貽好事同志。百年之後，必有擊節賞我者。余無富貴願，獨好古人筆札。每滌一研、展一軸，不知疾雷之在傍，而味可忘。嘗思陶弘景願爲主書令史，大是高致。一念不除，行年四十，恐死爲蠹書魚，入金題玉躞間遊而不害。

元祐三年，維揚倦遊閣襄陽漫仕米芾元章書〔一〕。古逸叢書三編影南宋嘉定三年刻本《東觀餘論》卷上《法帖刊誤》下附。

〔一〕此跋之後列法帖目，此略。

四四　跋秘閣法帖（二）

第八"此郡之弊"，蘇太簡子耆謂之與王述書，及一昨得《安西》及《增慨》三帖，真跡自蘇氏歸吾家。《東觀餘論》卷上《法帖刊誤》下附。

四五　題徐鉉小篆《千字文》帖

徐常侍字學，與郭忠恕同時，當代無出其右。書學博士米芾題。叢書集成初編本《寶真齋法書讚》卷九。

四六　題魯直《大悲懺讚》

魯直題徐文信《大悲懺讚》，見其人，誦其語，真脫塵埃耳。

芾元章。《寶真齋法書讚》卷二○。

四七　進自書小楷千文表

臣伏蒙聖恩，如《黃庭經》寫《千文》。臣自幼便學顏行，至於小楷，了不留意。三年前題跋古帖，猶尚可觀。造化密移，目加昏眊，每欲重改，兩筆如鉤，既懼違於天威，遂勉竭於小道。內懷悚憎，差悮愈多，仰祈天度，曲加寬貸。臣芾惶懼震恐。謹上。明刊本《真跡日錄》卷四。

四八　跋自畫《雲山圖》

紹興乙卯〔一〕，初夏十九日，自溧陽來遊苕川，忽見此卷於李振叔家，實余兒戲得意作也。

世人知余喜畫，競欲得之，尠有曉余所以爲畫者。非具頂門上慧眼者，不足以識。不可以古今畫家者流畫求之。

老境於世海中，一髮毛事泊然無著染。每靜室僧趺，忘懷萬慮，與碧虛寥廓同其流。蕩焚生事，折腰爲米，大非得已。振叔此卷，慎勿以與人也。商務印書館一九三六年本《海嶽題跋》卷一。

〔一〕米芾卒於大觀元年（一一○七），紹興乙卯爲一一三五年，當有誤。

四九　跋煙巒晚景卷

昔兄嘗赴吳江宰，同僚語曰："陳叔達善作煙巒雲巖之意。"吾子友仁亦能奪其善。昨晚出局，過伯新家，出近景煙雲之狀，友仁得其意耳。

襄陽老人米元章題。適園叢書本《珊瑚網·畫錄》卷四。

五〇　李公麟《九歌圖》題識

余嗜騷詞，愛李畫，癖不能解。因用秦隸爲述古書《九歌》。述古善鑑者，視斯，起爲余何如？熙寧丁巳仲夏，襄陽米芾記。文淵閣四庫全書本《石渠寶笈》卷三六。

五一　《瀟湘八景圖詩》總序

瀟水出道州，湘水出全州，至永州而合流焉。自湖而南，皆二水所經，至湘陰始與沅之水會，又至洞庭與巴江之水合，故湖之南皆可以瀟湘名。若湖之北則漢沔湯湯，不得謂之瀟湘。

瀟湘之景可得聞乎？洞庭南來，浩淼沈碧，疊嶂層巖，綿衍千里。際以天宇之虛碧，雜以煙霞之吞吐。風帆沙鳥，出沒往來；水竹雲林，映帶左右。朝昏之氣不同，四時之候不一。此則瀟湘之大觀也。若夫八景之極致，則具列於左，並繫以詩。同治十年刻本《長沙縣志》卷三〇。

五二　《瀟湘八景圖》詩跋

余購得李營丘畫《瀟湘八景圖》，拜石餘閒，逐景撰述。主人以當卧遊，對客即如攜眺。元豐三年夏四月，襄陽米芾書。《長沙縣志》卷三〇。

李昭玘藝話（九則）

李昭玘（？～一一二六）字成季，號樂靜先生，濟南（今山東濟南）人。少時與晁補之齊名，為蘇軾所稱道。元豐二年進士，為徐州教授。以李清臣薦，為秘書省正字，改校書郎，加秘閣校理，通判潞州。召為秘書丞、開封府推官。歷提點永興軍、京西、京東三路刑獄。坐元符黨籍奪官。徽宗即位，召為右司員外郎，遷太常少卿。為陳次升論劾，出知滄州。崇寧初，主管鴻慶宮，復入黨籍，閒居十五年。靖康元年，以起居舍人召，已卒。紹興初，追復直秘閣。昭玘不汲汲於仕進，間放以後，寓意於書畫，戲稱為"燕遊十友"。其學識精深，又與蘇軾遊從，故為文章曠蕩磊落，無依阿之態，亦無憤戾之氣。擅長四六文。李邴稱其章疏等應用之作"博古切今，琢削穩密，不傷乎骨"，歌詩"奇麗愜適，章斷句絕，餘思洋溢，得詩人味外之味"（《樂靜公文集後序》）。胡仔謂其詩清麗，然而時有不工處。著有文集三十卷，後世刊本均稱《樂靜先生集》，今存《四庫全書》本、清道光四年味經書屋抄本、陸心源跋影宋抄本。

一　觀江都王畫馬

落落名王唐帝孫，筆端飛洒祇逡巡。風雲絕足知何在，粉墨餘姿若有神。可信權奇盡龍種，不應腲朒失天真。驊騮寂寞龍眠死，更復何人接後塵。文淵閣四庫全書本《樂靜集》卷三。

二　贈漢老姪琴

鄒嶧孤桐不可尋，汧公舊斲萬黃金。顧余久有沉舟志，知子嘗懷欲炙心。便好安絃求妙趣，不須變雅作新音。席間弟子來傾耳，為問何人屬意深。《樂靜集》卷四。

三　跋閣本法帖

太宗皇帝治定餘暇，遊意翰墨，嘗遣使購古帝王名卿墨帖，集為十卷，詔鏤板藏禁中，每大臣登二府即賜焉，歲久寖不復賜。

元豐中，嘉王嘗從神考借其板模拂幾百本，王冇官盡得之，士大夫間亦嘗見一二。初，長沙僧希白再郭填刻石，河東潘氏、御史劉次莊又作別本。識者謂希白善書，不甚失真，潘復易次，間以他書，御史所模尤疏闊。

夫獨前者縱，學步者拘，因人之跡而又加意焉，則目亂而心疑，神已虧矣，故終不近也。天下之物亦有以僞冒真者，亦不能與真並行，蓋有公是存焉。自此尤以閣本爲貴。《樂靜集》卷九。

四　跋三代款識

篆隸出而正書作，正書作而行草興，非獨古異以爲奇，亦所變之勢然也。

字畫之工，初盛於魏晉，魏晉之間，江左惟逸少尤著。世數遼絶，散落腐壞之餘，出於物數之倖存、日力之必能保者，時一見於好事之家，良可貴也。昔韓退之作《石鼓詩》，以爲俗書失之姿媚，亦至論也。紆餘鮮妍，粲然動人，無復高古之遺態，此姿媚之過也。余故以三代款識爲諸帖之冠。

嗚呼！冠劍丈人、朱鉛女子，難以並觀，狐裘純儉〔一〕，繡衣粲錯，不可同笥而進，識者自有別矣。士固有陋古而排獨好者，亦未易曉也〔二〕。《樂靜集》卷九。

〔一〕儉：原注云："或作'約'，又作'白'。"
〔二〕"士固有"句下原注云："一作'士之學道不能自信，陋古而變其所習，以排其衆人之好，君子不道也。'"

五　跋東坡真跡

昔東坡守彭門，嘗語舒堯文曰："作字之法，識淺、見狹、學不足，三者終不能盡妙，我則心目手俱得之矣。"

觀其用筆凌厲，馳逐出入二王之畛域，而不見其轍跡，晚年獨與顔魯公周旋並驅而步不許退也。長牋大幅，風吹雨灑，如掃敗壁，十目注視，排肩爭取，神氣不動，兀如無人。譬諸解衣磅礴，未嘗見舟而操之，莫知爲我，莫知爲人，非神定氣閒，孰能爲之？必曰三折爲波，隱鋒爲點，正如團土作人，刻木似鵠，復何神明之有？《樂靜集》卷九。

六　跋郭填諸帖

余嘗讀張彥遠《法書要録》，載二王書猶有四百六十餘帖。以今所存考之，十無二三，此模書不可廢也。陶隱居曰郭填，蕭益曰響搨。人空郭存，聲散而響未闋，故蹤餘韻，歷歷可據，慰人多矣。

繭楮弱薄，一出囊笈，則沒身朽壞。初因傳模，後來者得窺其彷彿，與夫爲去臣鑄金與亡國繼絕，蓋有不忍之心存焉。

智巧之徒，點漬穿闕，綴以印章年次，欺衆人之耳目，不知而受者徒爲人發笑，知而受之，又挾其欺以迷世。榜牙冠玉，襲以文錦，冒好古之名，掠人之好，已復何心哉！《樂靜集》卷九。

七　跋孟仲寧畫《蓮社圖》

舒城李伯時作《蓮社圖》，士大夫傳以爲佳玩，謂可與輞川並馳。潁川晁旡咎復得遺意，頗加損益，集古名筆，以繾工孟仲寧爲之，曰可曰否，如左如右，獵奇擷妙，變化隨出，雖摩詰復生，恐不能過也。

夫意之所詣爲難，了人之意亦非易。伶人吹管，假工撚竅，直肆橫出，抗厲厭抑，終不如律。使其心運指應，皆與神會，則無不諧矣。

古之任事者，嘗患不得其人爲用，用或非其人，故余於此畫，特有取焉耳。《樂靜集》卷九。

八　書《六逸四暢畫本》

世傳《四暢六逸畫本》，人物清肆，不類世俗，多以此愛之。

六逸者或以謂嵇康、劉伶、阮籍之徒，四暢則不知奚人也。觀其氣度超洒，以琴書相遊，囂然有傲世意，其亦晉人之流乎？啑者引仰鶴飲而橋頰，爬者踦踽鷗蹲而捉膝，拊背者據杖而伸足，剔耳者目駐而心凝。壅闕既攻，竅戶流通，痟癢既袪，肌絡皆充，如噎得吐，如跛得走，如川決防，如馬脫羈，猶未足方其快，此四者之暢也。

既醉而歸，日暮牛饑，鞭之不隨，偃塞將墜，扶者不支，欲跨而竚，頹然無所據，奔驢駭御，童子挽韁，却顧後者，擁之而不去，二人者醉也。斟酌俱適，中褊不適，彼罇既空，欲辭莫得，二人者將醉也。吹竹爲歌，以相侑酬，舉手抑耳，請竣曲終，二人者飲方和也。解衿擢帶，脫履墮帽，禮法所不能禁，君上所不能使。以天爲掌，以地爲塊，以日月爲跳丸，以生爲衣中虱，以死爲南面樂，寒暑晝夜，罔有知覺。深觥大斗，日以濡口，飛鳥不瞬，疾雷不驚，昏昏冥冥，我將何營，雖祿以天下，爵以人主，無以易其樂。此六者之逸也。吾不知四者之謂暢果固然邪？果適然邪？

有役人焉，日夜馳負，勞形怵心，皸足胝手，食不充口，卧不併睫。一旦休其作程，藉以筦簟，飫以粱肉，百體既舒，屈伸自足，其心愉愉，莫知所得。吾恐彼以爲暢者，正類是也。吾不知六者之謂逸果無徇邪？猶有徇邪？

有狂者焉，惡聞人聲，不願見色，蔽目厭耳，遠去塗巷，謂人曰豕，謂居室曰牢筴，謂身曰囚，謂衣冠曰五木，散髮徒跣，曠野而走。吾恐彼所謂逸者，正類是也。

夫未能忘形，奚所謂暢？未能忘心，奚所謂逸？形忘者無時而不暢，心忘者無事而不逸。是道也語不能傳，意不能至，惟天樂而神遊者知之，尚何感通塞於形骸，排夢覺於柸杓哉！

彼數人者，居相從，坐相觀，視天下之所得無以易我者，固不知出醯甕而有大天地，舍斗水而有無津涯之江湖，方且冥冥而飛，相煦以濕，亦可悲矣！夫可悲者既甚愚，悲人者亦未爲智，吾又安知不有悲吾之悲而不自悲者哉？噫，民之迷也，固已久矣！《樂靜集》卷九。

九　書筆工王玠

東州筆工視他處爲最勝，前輩如睢陽元道寧、曹南屈士安、金鄉韓振、營丘梁道，皆爲士大夫所稱。近時彭門出一彭嵩，與數人相先後，今已亡矣。惟鉅野秦穎、丘自然，工雖不同，各有妙處。比又得單父王玠，製作精密，已與時流並馳而獨駸駸未已也。

唐人多善書，疑其用筆亦各自擇，如顏魯公之端重，柳河東之峭壑，歐陽率更之遒勁，虞永興緩而不弱，褚河南清而麗，李北海楷法好爲臥筆，沈江西行書正出懸腕，隨意作勢，自成一家。故善造筆者，唯務識人意，乃能盡妙。《樂靜集》卷九。

李復藝話（一一則）

李復（一〇五二~?）字履中，學者稱潏水先生。本籍開封（今河南開封），後徙家京兆，遂爲長安（今陝西西安）人。元豐二年進士，五年攝夏陽令，嘗爲耀州教授。元祐、紹聖間，官潞州。元符二年，以朝散郎管勾熙河路經略安撫司機宜文字。崇寧初，累遷直秘閣、熙河路轉運使。三年，改知鄭州，徙陳、冀二州，除河東路轉運副使。以抗論言事迕童貫輩，罷職奉祠。後起知虁州，再任提點雲臺觀，累加集賢殿修撰。高宗即位，强起爲秦鳳路經略使，守秦州空城，時年已七十餘。建炎二年初，金人陷秦州，復降，死於金國。李復嘗從張載遊，與張舜民、李昭玘爲文字友，於書無所不讀，工詩文。錢象祖稱"其文章爾雅，其議論淳正"（《書潏水集後》）。《四庫全書總目》卷一五五亦謂其奏疏能"侃侃建白，深中時弊"，議論"確然中理"，非空談者所及。歌亦慷慨，多感慨時事。著有《潏水集》四十卷，原集已佚，清四庫館臣自《永樂大典》中輯録爲十六卷。

一　議樂奏

臣聞治定製禮，功成作樂，此王者甚盛之舉。天下熙洽，人心悦豫，發爲和聲，因其人聲之和而播之八音，又形容其成功之象也。三王不相沿樂，豈苟爲異哉？治世成功各不同也。《記》曰："大樂與天地同和。"樂豈易知乎？

三代之樂亡已久矣。唐貞觀中命祖孝孫、張文收考定雅正，粗而未備，後累經喪亂，其器與書今皆不傳。載籍所言，雖皆以黄鐘爲本，上生下生，隔八相生，及其律管徑寸短長，但糟粕耳。有能遺其舊説，脱然識其聲、别其音者，未之聞也。

夫黄鐘，律之始也，半之清聲也，倍之緩聲也，三分其一而損益之，此相生之聲也。十二變而復黄鐘之總，乃旋相爲宫之法也。萬物動皆有聲，若造樂精微之妙，凡聞其聲，則知是何音，合何律，是爲正音，是爲變音，是爲清，是爲濁，如此方爲知音，可以議樂矣。

近者陛下有詔選官定樂，又博求前代之器。夫前代之器，各一時之用，若得漢唐之器，乃漢唐之樂也，若得魏晉之器，乃魏晉之樂也，但欲求爲多見則可矣，遽欲用爲今日本朝之樂，恐未然也。晉之荀勖取牛鐸爲黃鐘，出於獨見，果合於古乎？樂之作欲動天地、感鬼神，自漢以還，未之聞也。朝廷昔嘗定樂矣，陛下以爲未盡美善，亦不能形容祖宗之功業；而又本朝運膺火德，獨徵音未明，此固當重爲考定也。今聞眾議，又只依往昔糟粕而製器，此安足以副陛下所降之詔意？夫知音者聞之於耳，得之於心，自不能傳之言，遇其應於心方可默契。徵音火，南方之音也，火性炎上，音當象之，乃欲就其下而抑之，恐非也。臣願詔天下廣求天性自能知音者，敦遣令赴議樂所，多方以試之，是誠不謬，共爲講論，庶幾其可矣。若徒以舊說尺寸長短廣狹重輕而製器，此工匠皆能爲之矣，何足以爲樂乎？臣愚見如此，惟陛下擇之。文淵閣四庫全書本《潏水集》卷一。

二　回歐陽學士書

某蒙問煙波子，往年於長安雷氏曾見圖象，亦於小說中見，名志和，字子同，張其姓也。常漁於洞庭，顏魯公在吳興，愛其高逸，以《漁歌》五首贈之。志和乃摘句配景，自畫成幅，人禽草木，風雨煙雲，雅盡其妙。後人多模倣而傳之。今所示畫得非祖述否？近世有傳《漁父詞》，此音舊矣，忘非始於煙波子，不審於他書中曾見否？《潏水集》卷三。

三　回汪衍承議書

某啓。昨知出往河外，往回計須月餘，故未敢馳問。今聞還斾，暑途登涉，德履何如？接事必盡得要領，素未諳者，無不駭愕，知底裹則發笑而憤矣。

承借徐季海書墨跡，新秋雨霽，展玩累日，遂忘飲食，能生人喜氣如此，季海晚年書也。季海書碑刻甚多，若其父嶠之墓碑、《董孝子碣》《開河碑》《龍潭寺》《般若寺》《三洞弟子鰻井詩》《嵩山題經》《不空三藏碑》，此石刻尋常屢見，粗能記者。其書法不一，少時學其父書，筆畫方勁，多露芒角，晚乃收拾藏鋒。

歷觀前人能書者亦多如此，非惟所用之筆時有不同，亦別有新意。顏魯公爲醴泉尉時，書畫纖勁清麗，後爲武部員外郎，書《千福寺碑》，方實茂密，遲節骨力遒勁，方正嚴重。季海少時題千佛寺碑額，作八分書，筆勢圓媚可愛，老而筆力雄彊，肉中有骨。司空表聖云"如怒猊抉石，渴驥奔泉"，信佳論也。祿山作亂，顏魯公與季海同在河朔，舉兵相應以禦祿山，晚爲嶺南節度使，唐史所載甚略。蒙諭跋其後，漫識之。

不宣。某再拜。《潏水集》卷三。

四　與范鉞朝請書

某承借觀唐人畫邢和璞、房琯及西河篆字，此事某常於小說見之，然與西河所書小異。小說所載邢事甚眾，謂是得道之士，能役鬼神。嚮觀潁陽隱書，粗見其術。今此畫言邢知房次律乃智永禪師後身，鑿地取前世所藏之書，使房廓然發悟，亦甚異也。畫筆法意象不甚高古，而近世畫者不能及。

謹令還納，惟檢入。《濟水集》卷三。

五　回知隰州劉季孫左藏書

某再拜。承示佳什，詞意爽拔，不勝降歎。

樂天筆跡，往年於長安蕭隨中舍處見之，與此少異。恐起草不甚用意，然其放逸自在，尤可追想其風概。方牛、李相傾，朝廷道路皆不敢以目，而樂天出入於二黨之間，在彼無惡，在此無斁，非賢者安能如是？觀其書，論其人，此筆跡尤可貴也。王摩詰畫竹亦嘗見於岐下僧舍，此筆尤老而勁，又極自然，非尋常所能到。得觀甚幸，謹還納，惟檢入。

承問李侯所藏王子敬帖，亦常見之，此乃唐人臨搨者，極易辨。一軸凡四帖，分寄三人，而紙用兩幅，安有帖寄兩人、紙用一幅乎？始收者不能辨，印記題跋甚秘，後來但見貴人所寶，故歷代傳以爲真也。二王書跡，東晉之盛，上下已皆愛重，又父子皆不惜筆畫，宜其傳者甚多，但累經喪亂，今遂無有。

昔後周承聖末遣於謹襲江陵，梁元帝將降，乃聚古今圖書十四萬卷並大小二王書跡，命後閣舍人高善寶焚之，歷代所藏盡爲灰燼。唐太宗好書，人間所藏，求之殆盡，藏於內府，高宗以後或賜予、或盜竊，又散落人間。宗楚客中宗時爲中書令，奏事承恩，乃乞大小二王真跡，勅賜二十卷，大小各十軸，楚客裝作屏風。王涯作相，專求法書，盡以金帛官職致之，涯既被害，人但取裝飾金玉，書畫皆焚棄，經五代故無孑遺。今書學不競，用筆之法絕而不傳，雖臨搨之本，舉世略無一二，亦使人時爲慨然也。《濟水集》卷三。

六　回謝教授書

承問樂，昔戰國時所謂古樂，已非盡是先王之樂。自周衰，樂工分散，適秦漢齊楚，古樂安得全在箜篌？有小說謂師延作始於桑間濮上，人傳之，師涓嘗爲晉文公鼓之，後鄭衛分其地，故以鄭衛之音爲淫聲。

又《風俗通》曰：漢武帝禮泰山、太一、后土，令樂人侯調依琴作坎，侯言其音坎坎應節，侯者以其姓也，故亦曰坎侯笛。《風俗通》曰：武帝時丘中所作也，笛滌也，滌除邪穢也，長尺有四寸，七孔。後有羌笛，馬融賦之笛者，古之籥也，後世損益而異也。今之長簫乃洞簫也，非簫韶之簫也。

《霓裳》開元時曲，劉禹錫詩云："三鄉陌上望仙山，歸作霓裳羽衣曲。"又唐人詩曰："聽松聽水作霓裳。"又小說，明皇與術士棗靜能遊月宮，歸作霓裳舞，此某幼小聞其説如此。《潏水集》卷三。

七　答曹鑑秀才書

辱示諭六律六吕，陰陽配偶，此説舊志甚詳，亦眾人之説多矣。

一律一吕，亦各有五音，此自然之理也。京房受學於焦延壽，以其法衍之爲六十律，又增之爲三百六十，以合卦之三百六十爻，分而直日，以一律一爻以御一日，用之以推寒暑陰陽、天地風雨、氣象休咎，及於人事，各有驗者。此非始於錢演之創意爲之也。律以當月者爲宫，宫君也，爲月之主，猶律之本月卦稱辟也。音之正者不過乎五，其變不可勝窮矣。

古樂不傳，但自戰國以來，樂尚哀思，能令人悲。昔者師涓鼓清商，平公曰最悲，師曠曰不如清徵。嵇康云導其音節，則以悲哀爲主，美其感化，則以垂涕爲貴。皆亡亂之音也。《潏水集》卷五。

八　題張元禮所藏楊契丹吴道玄畫

楊契丹畫今人少有曾見者，亦嘗訪諸好事之家，皆無有。契丹仕隋開皇間，官至上儀同，距今甚遠，其傳者少也。舊説其畫六法皆備，甚有骨氣，雄富而少精微，比唐之閻立本時有不及。本山東人，故東州體制允屬兹人，與鄭圖、董展同於長安畫光明寺小塔，時稱三絶。鄭嘗詣求畫本，楊引至朝堂，指宫闕衣冠車馬曰："此吾畫本也。"鄭深嘆服。杜子美詩亦嘗及之。今此畫牸深穎拔，信非淺近者所能爲，不必以前人題跋多顯者而後信也。

吴道玄畫予觀之多矣，其高下、左右、正背皆不差分毫，非唯用意逐時不同，而筆法亦異。初學書於張長史、賀知章不成，遂工畫，筆法始類薛稷，後自成一家。開元中將軍裴旻善舞劍，道玄觀之，揮毫大進，用筆措意，因是日新。此畫乃《朝元圖》草本爾，昔年於長安陳漢卿比部家亦見有吴生親畫《朝元》本，絹甚破碎，首尾不完，物象亦未備具，人物樓殿、雲氣草木與此圖有不同處，而命意筆法亦多相似。其神異妙絶如此，非道玄安能爲之？

李某履中題。《潏水集》卷七。

九　題寇安雅所藏十八學士繪像

舊史，文學館學士有李玄道、李守素、蔡元恭、顔相時，而此圖無之。此圖有魏徵、封德彝、薛膺、李百藥、令狐德棻，而舊皆不與，恐題寫之誤也。

初太宗命閻立本圖其像，褚亮爲之讚，號十八學士，寫真圖藏之書府。今此圖人物長纔六七寸，狀貌移易未必全似。又唐初衣冠制度承周、隋，雜有胡服，今此皆唐後來制度，但粗記諸人姓名，非一一盡得其實也。然其用意行筆設色，亦非尋常人所能爲。今不論其他，但以其畫筆可取而留之可也。

　　唐初所重族姓稱山東崔、盧、鄭、李，李玄道、李守素乃山東冠族也，長安范氏有畫《文會圖》藏之甚久，凡唐之詩人皆繪之，但書其姓名，其他皆非實，第以愛其畫筆而藏之，與此圖無異。

　　元祐六年八月〔一〕，李某履中題。《濟水集》卷七。

〔一〕元祐：原作"元和"，據清守經堂影抄四庫本改。

一〇　題嚴賢良《東山集》

　　謝公高志渺浮雲，對弈從容靜世紛。坐客偶然談小草，無言徒媿郝參軍。《濟水集》卷十六。

一一　和人觀木戲

　　百尺高竿巧捷身，竿頭立定鬭尖新。更呈失脚翻身樣，平地旁觀亦損神。《濟水集》卷十六。

華鎮藝話（九則）

　　華鎮（一〇五二~？）字安仁，自號雲溪山客，會稽（今浙江紹興）人。元豐二年進士及第，時年二十八歲，調高郵尉。元豐末，上所業於朝，求試學院，不果。元祐初監溫州永嘉鹽場。七年，爲道州司法參軍。元符二年，知海門。崇寧五年，知新安。政和初，知潭州，官終朝奉大夫。華鎮平生博覽群書，經史諸子及陰陽方技之書無所不及，至老不倦，書法精妙，尤工小篆。樓炤《雲溪居士集序》稱其"文精深典贍，而詩道麗逸發，其他衆制爛然皆有體，則菲涵養蓄蘊之厚，不能發之如此"。《四庫全書總目》卷一五五謂其學術宗尚王安石，"詩文則才氣豐蔚，詞條暢達，雖不足與歐、曾、蘇、黃比絜長短，而在元豐、元祐之際，亦裒然自成一家"。華鎮原有《會稽覽古》詩一百零三篇，傅崧卿謂其"詞格清麗，興寄深遠，足以垂觀來者"（《宋詩紀事》卷二七引）。著有《雲溪集》一百卷、《揚子法言訓解》十卷、《書説》三卷、《會稽覽古詩》一百三篇、長短句一卷、《會稽録》一卷，並附哀文一卷，共計一百一十七卷。原集於明代已佚，清四庫館臣自《永樂大典》輯得遺詩文，編爲《雲溪集》三十卷。

一　書李西臺詩帖

　　古來論書如論馬，不看皮毛看筋骨。赤驥雖瘦神彩駿，骨筋强奇氣突兀。點畫筋骨生筆端，昔人小伎不自忽。用筆臨紙如用兵，敵陣深攻横馳突。水墨淋漓無顧藉，鋒毫來往輕陵捽。皁鵰蒼隼搏秋天，老蜃長蛟結幽窟。李唐末年天下亂，劍戟縱横文藝闕。鍾王遺法散不傳，二百年來更蕪没。卧毫側管不到紙，狐渡春冰輕窸窣。尋蹤貌影見形似，坐擬前人已超越。禿盡南山千兔毫，妙絶曾無一毛髮。西臺老李得古意，揮洒工夫通悦惚。昔聞已覺心思啓，今見頓使蒙蔽發。縹褾欲卷更復開，明發臨風到華月。文淵閣四庫全書本《雲溪居士集》卷五。

二　南嶽僧仲仁墨畫梅花

　　世人畫梅賦丹粉，山僧畫梅匀水墨。淺籠深染起高低，煙膠翻在瑶華色。寒枝鱗皴節目老，似戰高風聲淅瀝。三苞兩朵筆不煩，全開半函如向日。疏點粉黃危欲動，縱掃香須輕有力。不待孤根暖氣回，分明寫出春消息。大空聲色本無有，宮徵青黃隨世識。達人玄覽徹根源，耳觀目聽縱橫得。禪家會見此中意，戲弄柔毫移白黑。佳句慇懃致兩番，深情邂逅高雙璧。不愁開謝逐東風，全勝當年隴頭驛。《雲溪居士集》卷六。

三　題畫鷹

高飛遠走可人情，上蔡東青舊有名。誰在華堂罄鼎俎，自甘平野掠柴荊。心憂狐兔紛難盡，眼看豺狼恣不平。莫倚絲繩金縱美，弓藏鳥盡汝須驚。《雲溪居士集》卷十。

四　題畫

栽松累石狀屏顏，萬仞形容數尺間。會得秋毫非至細，可能留意羨他山。《雲溪居士集》卷十三。

五　禮樂論

孔子曰："安上治民，莫善於禮；移風易俗，莫善於樂。"又曰："禮樂不興，刑罰不中。"唐虞之君與三代之盛王，所以涵養生靈，陶冶善俗，德與天地並，氣與陰陽和，風俗渾然躋於仁壽，刑罰措而弗用者，禮樂教化之功也。

韓宣子曰："周禮盡在魯矣。"《語》曰："子在齊聞《韶》，三月不知肉味，曰：不圖爲樂之至於斯也。"夫《周禮》，周公所資以致太平者也，製作之道備矣，故宣子見而美之。然魯秉《周禮》而國不加治；非特不加治，而魯之削也滋甚。《韶》樂者，后夔所作，以來鳳鳥者也，其感物之意微矣，故孔子悅而稱之。齊有《韶》樂，而人不及和；非特不及和，而齊之亂也滋甚。禮樂之術未更，而功用不效者，何也？豈昔人之治有他術以致之，而禮樂不與耶？抑後之用禮樂者，非昔之用禮樂者耶？聖人之言天地也，天地妄乎不妄？

觀今昔之事，有不合於聖人之言者，當深探其本，而謹司其歸，極其言於無所貳而後已，不可或疑也。禮樂之説，試粗言之。

夫養天下者，無以異於養口體。口體之養，莫美於芻豢稻粱。今以甘旨之味食和平之人，則氣血流榮，膚革充實，疾疢不作，而體日以肥矣。若五府動於內，六邪感其外，二氣舛迕而嗜好失常者，雖食以芻豢稻粱，方且惡之而弗嗜，豈惟不足以充七尺之軀哉。此非芻豢稻粱之不美也，則病亂之而失其性也。

禮樂之術，其養天下之芻豢稻粱歟。聖人在上，善政以德，聚人以財，民有安富休佚之虞，而無勞苦凍餒之患，知利害榮辱之所在，而訓導易從，法令難犯。故禮製而上下安治，樂行而風俗移易。彼齊魯二邦，上失其政，下無常產，重役以勤其力，厚歛以竭其財，貧者困於饑寒而救死不贍，富者溺於僭侈而殉慾無紀，外物迫切而善性彫喪，正猶病者之失其常嗜矣。雖示以周公之文物，鼓以后夔之聲容，利不濟於所乏，物不勝於所美。適如蚊虻鸛雀之過其前，曾不爲之瞬目留聽，少介其胸次，又奚足以啓迪聰明，感移志氣，革淫僻而起德善哉！是無異於養病者以芻豢稻粱，不可冀其肥矣。故文武之禮，無益於魯；虞氏之樂，不效於齊。俾兩國之君有以存百姓之常心，則人知爲善，而樂馴其教，禮樂之功著矣，不待宣子之賢，仲尼之聖，然後知而感之也。

如曰宗周之道弗形乎文物，善美之德無見於聲容，禮樂之教不足以鼓舞於天下，則宣子無"在魯"之辭，仲尼無"三月"之感矣。是知膏粱無補於疢疾，禮樂不效於亂邦。庶政具修，百度咸理，然後可以達禮樂而要太平之功矣。《雲溪居士集》卷一八。

六　樂論　上

樂者何？聲容之道也。昔之言聲容之道者微矣。管乎人情而通乎志氣，物來而心感之，則喜怒哀樂之情必發於聲而動於容。容有文采，聲有節奏，則剛柔緩急之變，斯格其心而移其氣。故達其微者，可以觀政；而通其用者，可以變易風俗。

夫太猛者偏於剛，太寬者偏於柔。剛勝則和不足而多怒，柔勝則強不足而多懾。此哀思憤怨，慢易流蕩之音所由作也。故所以感人心者，不可不慎。而君子之政貴和，細甚者弗堪，思深者憂遠。流僻邪散則離正，促數噍殺則失中。此和平條暢之美所由喪，而憂思淫亂之心起矣。故聲容之形必出乎道，而樂文之美不可以爲僞。

古之聖人，發育以德，肅歛以威，厚之以仁，制之以義。陰陽相成，而剛柔迭用，融而不散，凝而不密，強而不怒，和而不懾。故其政和，其音安，以樂而樂之，實無疵癘焉。德配天地，明並日月，敘合四時，本之情性，稽之度數，制之禮義。合五物之和，道四氣之正，使之莊而不哀，安而可樂，謹節而無犯，敦本而不流，廣不容姦，狹不思欲。故足以感動善心，滌蕩邪氣，而樂之文無愆慝矣。

故惟聖人爲能作樂。黃帝、堯、舜、禹、湯、文、武，此六七君子者，皆聖人之德，據崇高之勢者也。其政平，其功茂，其道廣，其制明，充樂之實而致美也，知樂之情而致微也，製樂之文而致精也。故六代之作，其身足樂而不流，其文足論而不息，可以善民心，化民俗，動天地，感鬼神，諧鳥獸，格異物。

夫孔子之時，有虞氏之不爲政久矣，然猶在齊聞《韶》，三月不知肉味；又況以甚盛之德，紹於變之世，極製作之美，因后夔之賢而鼓舞之，則擊石拊石，百獸率舞，簫《韶》九成，鳳凰來儀，不亦宜乎？此聖人之所取也。

孔子謂《韶》盡美矣，又盡善也；謂《武》盡美矣，未盡善也。湯武之業，將有憨德於前聖乎？何聖人之不廢也？蓋樂者，象成者也。事與時並，名與功偕。時變不同，則所成斯異。故黃帝以道，堯舜以德，禹以功，商周以伐。

天下之美，莫全於道；天下之善，莫美於德。道德散而尊事功。征誅之權，事功之極也。故曰《大章》，章之也；《咸池》，備矣；《韶》，繼也；《夏》，大也。商周之樂盡矣。道德以本之，事功以濟之，權變以通之，皆帝王之時應時造者也，聖人其何所取去哉。

嗚呼！陰陽之道未息，則四時之正氣常生矣；柔剛之材未毀，則五物之和聲常鳴矣；仁義之性未滅，則和平之德常存矣。有其德而得其位者，善政以成性，因性以和聲。合五音之中，導四氣之正，雖六代之聲容不傳於今，而黃帝堯舜之製作可圖也。
《雲溪居士集》卷一八。

七　樂論　下

夫作樂者何爲者也？先王用五德之聲，本四氣之和，因八物之音，以歌詠祖宗之功德，而告於神明，動化天下者也。

太上用道，其次建德，其次立功。先王創業垂統，經世濟民，不出於道德，則出於事功。雖揖遜征誅，異世殊事，逆取順守，若天與人，莫不本於仁義，稽之道德。故《雲》《咸》《英》《莖》《章》《韶》《濩》《武》，皆足以動天地，感鬼神，蕩滌流淫，召集和粹，移風易俗，鼓舞而不知其所以然。

《語》曰："子在齊聞《韶》，三月不知肉味。"夫虞氏之不爲政久矣，末世遺聲，其感人也猶若此之盛；方重華在上，后夔典之，則擊石拊石，百獸率舞，簫《韶》九成，鳳凰來儀，不亦宜乎？《記》曰："禮節民心，樂和民聲，政以行之，刑以防之。禮樂刑政，四達而不悖，則王道備矣。"由是言之，帝王之道，本之以禮樂，輔之以刑政而已矣，期會簿書，斷獄聽訟，百吏之職，非所務也。

後世置禮樂爲虛器，藏在有司，郊社之間，宗廟之事，時出而用之，下民未嘗豫聞也。自朝廷達於郡邑，日所由以爲治者，期會簿書，斷獄聽訟而已。故有司不能誦其數，君子不能達其義，而況於下民乎，況於庶物乎。因謂禮樂不足以致治，風俗不可以易移，誣矣。

國家享天休命，神聖相繼，百三十餘載，天下乂安，繼周之後，未有若此之盛，非漢唐之比也。然百年之間，大樂未作。和峴之器，尚失之高；胡瑗之徒，曼不可用。至主上踐祚，而明聖之事，始克有就。祖武宗文，神謨聖烈，揄揚顯暢，與休聲和氣洋溢乎乾坤之內，明白乎日月之下，可謂盛矣。若革近世之弊，踵三五之事，頒之郡邑，達之黌序，以先期會簿書，斷獄聽訟，不特藏之太常，則和神人，舞百獸，庶幾復見於今日，非直移風易俗而已。

昔在黃帝，命伶倫吹嶰竹之管，協鳳凰之鳴，而造律呂，於是葦籥土鼓廢矣，後世作者必稽焉。然聲隱於微，器久則敝。聖人惡其敝而微者不可得而察也，故寓之以法度。因其積以爲數，因其容以爲量，因其長以爲度，因其實以爲重輕。六物者相爲表裏，一物亡闕，可因其所存而補也；六物皆亡，可推聲數而造也。故聖人在上，則推曆生律；後世祖述，則推律生曆。上黨之黍，邯鄲之鐸，先儒之所用也。雖然，仲容譏荀氏契周尺，文收吹斷竹而調啞鐘，聲數之法，周隋之所傳，荀氏之所用也，何獨不然。若是，則邯鄲之鐸，未可以得土中之器；上黨之黍，亦未可以定一籥之律。蓋有獨見之明，獨聞之聰，然後能用先王之成法，求天地之中聲。故曰文、武之政，布在方策，其人存則其政舉。然則神而明之，存乎其人者，非獨《易》象爲然，必有夔、曠，然後聲氣可得而定矣。夔、曠之用，蓋亦不遣於積黍也。

夫魏晉之際，而有仲容；貞觀之初，而有文收。五代亂離，學者彫喪，王朴之術，尚或有成。天下浩浩，熙洽百年焉，知夔、曠之不世出哉，亦求之而已矣。《雲溪居士集》卷一八。

八　上侍從書（三　節錄）

某聞舜有甚盛之德，善美兼盡。后夔象之，爲作《韶》樂，樂成，奏之朝廷，則羣后德遜；奏之宗廟，則祖考來格；笙鏞間發，而鳥獸率舞；簫《韶》九成，而鳳凰來儀。其遺聲行千有餘載，至孔子時久矣，一聞於齊，三月不知肉味。其爲美可勝言耶？

然禹稷皋陶之徒，曾不聞有稱讚之辭，感歎之聲者，非不知其美也，習以聖人之事爲常也。舜作五絃之琴，以歌《南風》；文武增宮徵之變，以極聲律。斲嶧陽之特榦，索徐筐之檿絲，期曠目之妙極，其用奉郊丘，薦清廟，召感陰陽，鼓舞和氣，格異物於幽渺，導心術之潛機，其器用切於鐘鼓管磬遠矣，至使君子無故不撤，其爲樂可勝言耶？

然昭文、靖節之徒，或去絃而弗施，或雖施而弗鼓者，非不樂其聲也，慕以大音之全爲貴也。夫心飽盛德，耳飫和聲，則簫《韶》雖美而不復稱述。叩商而遺宮，得律而喪呂，則絃聲雖樂而忘之，以求其全。比今昔之常情，天下之達理也。豈惟聲器之若是，言語亦有之，談者不可不知也。《雲溪居士集》卷二二。

九　上蔡樞密書

某嘗聞《記》曰："明則有禮樂，幽則有鬼神。"禮樂之功與鬼神相似，紀綱世道，其用大矣。故董子曰："道者，所由適於治之路也；仁義禮樂，皆其具也。"

六經載堯舜文武之道，遭罹秦變，《詩》《書》《春秋》《易》皆有見於今，獨《禮》《樂》之書不傳；其所傳者，雖非前聖之完書，蓋有所受而後作，若《中庸》《王制》之篇，其言有倫，其指可述，無詭異於聖人之意，《詩》《書》《春秋》之類也。惟先儒之訓，好詳其末而略其本，不能深探遠索，以發其妙微，爲可歎息。《中庸》，近世言之者多，《王制》之篇，可得而考也。

某不揆，單淺寡陋，簿書之暇，懼爲自棄，時以管見測其微言，書之簡編，以備遺忘。然未知狂易妄作，果有當於理耶？果無當於理耶？想見宗師質其是非，積有日矣。

恭惟知院樞密閣下，體孟子之淑質，傳仲尼之達道，起於百世之下，獨見聖人之心，片言所稱，天下取信。某輒録所爲《王制解》，繕寫爲一編，詣鈞屏呈獻。

伏惟樞庭豐暇，籌畫之餘，特賜省覽。倘蒙貸其僭越，與其好學，寵賜一言之教，俾知義理之歸，永釋决疑，有見乎道，則銘藏心骨，没齒不忘。伏惟高明，曲加幸察。
《雲溪居士集》卷二四。

陳師道藝話（三〇則）

陳師道（一〇五二～一一〇一）字履常，一字無己，號後山居士。彭城（今江蘇徐州）人。自幼家貧，苦志好學。年十六，以文謁曾鞏，鞏大器之，遂留受業。熙寧中，王安石經學盛行，師道心非其說，不復仕進。元豐四年，曾鞏奉詔修五朝史，薦入史館爲屬，以無官職未果。元祐二年，蘇軾等舉薦，起爲徐州教授。未幾除太學博士，言者論劾其在官乞假私出南京會見蘇軾，復罷爲徐州教授。五年，改潁州教授，又論其進非科第，罷歸。紹聖元年，坐蘇軾黨，謫監海陵酒稅。調彭澤令，不赴，家居六年。元符三年，召爲秘書省正字。建中靖國元年，扈從南郊，受寒疾而卒，年四十九。陳師道安貧樂道，學有根柢，是北宋緯有成就的文學家。其文學成就以詩歌創作爲最著。他曾自述其學詩初無師法，後來見到黃庭堅詩，盡焚舊稿而從學焉，進而得作詩之法於杜甫。黃庭堅也稱其"作詩淵源，得老杜句法，今之詩人不能當也"（《答王子飛書》）。他反對柔弱華靡的詩風，提倡剛勁直樸的風格，甚至認爲詩歌創作"寧拙毋巧，寧樸毋華，寧粗毋弱，寧僻毋俗"（《後山詩話》），這一看法與黃庭堅創作主張相同，亦爲後來江西詩派詩人所遵奉，故江西詩派詩人將他列爲"三宗"之一。陳師道詩歌以杜甫詩爲標榜，嚴羽評論其詩云"後山本學杜"（《滄浪詩話·詩體》）。陳模亦說後山集中似江西者極少，有一些詩"則不特不似山谷，亦非山谷之所能及"，"宛然工部之氣象"（《懷古錄》卷上）。陳師道受黃庭堅影響，做詩要"無一字無來歷"，常常以學識爲詩，講究格律，往往追求學習杜詩形式，字鍛句琢，韻高格嚴。宋人魏衍《彭城陳先生集記》評陳師道文"簡重典雅，法度謹嚴"，《四庫全書總目》卷一五四亦謂其文"簡嚴密果，實不在李翱、孫樵下"。他的詞風格柔媚清麗，與其詩歌風格大不相同。著有《後山集》二十卷，含詩六卷、文十四卷，政和年間由其門人魏衍編纂成集。南宋紹興時又有人增補詩文及其他著作，另編爲《後山集》十四卷、《外集》六卷、《談叢》六卷、《理究》一卷、《詩話》一卷、《長短句》二卷，共三十卷，謝克家爲作序。

陳師道《後山詩話》論詩沿襲蘇、黃，主張"以故爲新，以俗爲雅"，與黃庭堅"點鐵成金"說相合。他也推尊杜甫，以爲"子美之詩，奇、常、工、易、新、陳，莫不好也"。主張學詩從老杜入手，"學詩當以子美爲師，有規矩，故可學……學杜不成，不失爲工"。但他於講究法度規矩之外,又重性情,指出"詩非學力可致,正須胸肚中泄爾",且推崇自然平易的詩風,認爲"寧拙毋巧,寧朴毋華,寧粗毋弱,寧僻毋俗",又略異於江西派論詩之旨。他還極力維護各種文體的藝術特徵:"詩文各有體,韓(愈)以文爲詩,杜(甫)以詩爲文,故不工矣。""退之以文爲詩,子瞻以詩爲詞,如教坊雷大使之舞,雖極天下之工,要非本色。"以"以文爲詩"論韓詩,以"以詩爲詞"論蘇詞,是文壇上的著名評語,多爲後世所引用。在編撰內容和體例上,《後山詩話》不重記事和摘句,以對作家作品的批評爲主,多轉述歐陽修、蘇軾之語,在我國詩話發展史上有一定地位。

一 和謝公定觀秘閣文與可枯木

斯人不復有,累世或可斯。每於丹青裏,一見如平時。壞障塵得入,慘淡令人悲。墨色落欲盡,嚴顔終不移。朽老莫使年,石心烏銅皮。念此猶少作,未盡冰霰姿。北枝把異鵲,意定了不疑。惜哉不得語,胸次幾興哀。一爲要貴役,可復愧—作辭。畫師。隱奥雖可惜,塗抹復見遺。謝侯名家子,感慨形苦詞。豈惟語畫工,勁特頗似之。何當補諫列,一吐胸中奇。文淵閣四庫全書本《後山集》卷一。

二 次韵蘇公西湖觀月聽琴

公詩端王道,亭亭如紫雲。落世不敢學,謂是詩中君。獨有黃太史,抱杓挹其尊。韻出百家上,誦之心已醺。黃鐘毁少合,大裘擯不文。世事如病耳,螳鬭作牛聞。苦懷太史惠,養豹煙雨昏。後世無高學,舉俗愛許渾。《後山集》卷二。

三 次韵德麟吳越山水

吳山那可説,已覺心耳靜。忍事如忍欲,可遏不可騁。人生如此耳,黃白滿朝鏡。寧懷斗升粟,不理東南艇。君從湖上歸,頗説寒事竟。沙草柔動色,溪喧魚不定。煩君冰玉句,無作江湖興。君詩如靜女,妙絶人所敬。不更風雨秋,下有桃李徑。試寫孤竹君,名成三絶鄭。《後山集》卷二。

四 晁無咎畫山水扇

前身—作生。阮始平,今代王摩詰。偃屈蓋代氣,萬里入方尺。朽老詩作妙,儉絶天與力。君不見杜陵老翁語湘娥,增悲真宰泣。《後山集》卷三。

五　和饒節詠周昉畫李白真

　　君不見浣花老翁醉騎驢，熊兒捉轡驥子扶。金華仙伯哦七字，好事不復千金模。青蓮居士亦其亞，斗酒百篇天所借。英姿秀骨尚可似，逸氣高懷那得畫。周郎韻勝筆有神，解衣槃礴未必真。一朝寫此英妙質，似悔只識如花人。醉色欲盡玉色起，分明尚帶金井水。烏紗白苧真天人，不用更著山巖裏。平生潦倒飽丘園，禁省不識將軍尊。袖手猶懷脱靴氣，豈是從來骨相屯。仰視雲空鴻鵠舉，眼前紛紛那得顧。是非榮辱不到處，只一作正。恐朝來有新句。勿言身後不要名，尚得吳侯費百金。江西勝士與長吟，後來不憂身陸沈。《後山集》卷三。

六　題明發高軒過圖

　　滕王蛺蝶江都馬，一紙千金不當價。異才天縱非力能，一作窮。畫工不是甘爲下。今代風流數大年，含毫落筆開山川。忽忘朽老壓塵底，却怪鳧鴻隨目前。爾來八二復秀出，萬古河山纔咫尺。眼前安得有突兀，復似天地初開闢。明窗寫出高軒過，便逐愈湜聞吟哦。晚知書畫真有益，却悔歲月來無多。官禁修嚴斷過訪，時於僻寺逢稅鞅。秀潤如行琮璧間，清明似引星辰上。憂悲愉佚百不平，河擘太華東南傾。平生秀句寰區滿，掇拾餘棄成丹青。平湖遠嶺開精神，斗覺文字生清新。未許二豪今角立，要知旁有衛夫人。《後山集》卷三。

七　答無咎畫苑

　　卒行無好步，事忙不草書。能事莫促迫，快手多麤疎。君看荷蕢檞闕一字。扇，崔家中叔三人俱。掃除事物費歲月，收完神氣忘形軀。恍然有得奪天巧，衰顏生態能相如。市師信手無贏餘，一日畫出東封圖。眼前百口怪神速，背後十指爭揶揄。君家畫苑傾東都，錦囊玉軸行盈車。補完破碎收亡逋，欲得不計有與無。問君此病何當袪，君言無事聊自娛。世間何事非迷途，挾策未必賢挎蒲。苑中最愛文與蘇，情親不獨生同間。自謂知子誰如余，叔也不癡回不愚。憐君用意常勤渠，揮毫灑墨填空虛。風梢雨葉出新意，老樹僵立何年枯。我生百事不留意，外物不足煩敺除。翰墨纔能記名字，模臨寫貌無工夫。見溺不救危不扶，獨無一物充庖厨。看君髮漆顏丹朱，意氣健如生馬駒。逢人不信六十餘，鬱然一莖無白鬚。呂公落寞起釣屠，南山四老東宮須。人生晚達有如此，應笑虞翻早著書。《後山集》卷三。

八　沈道院有水墨壁畫，奇筆也，惜其窮年無賞之者，賈明叔請余同賦

壁間水墨畫，爲爾拂塵埃。草樹精神出，溪山氣勢回。路從沙嘴斷，人自渡頭來。莫怪知音少，牙絃匣不開。《後山集》卷五。

九　次韻秦少游春江秋野圖二首

翰墨功名裏，江山富貴人。倏看雙鳥下，已負百年身。
江清風偃木，霜落雁橫空。若箇丹青裏，猶須着此翁。《後山集》卷八。

一〇　何郎中出示黃公草書四首

龍蛇起伏筆無前，江漢淵囘語更妍。好事元須一賞足，藏家不必萬人傳。
此詩此字有誰知，畫省郎官自崛奇。罪大從來身萬里，政成今有一作見。麥三岐。
四海聲名何水曹，新詩舊德自相高。一官早要稱三字，二鬢何須一作誰教。着兩毛。
當年闕里與論詩，晚歲江山斷夢思。妙手不爲平世用，高懷猶有故人知。《後山集》卷八。

一一　御書後序

人皆有所好，其上勝之，其次任之，其下蘊崇之也。惟至人無好，有所好者，同於人也。

神文聖武皇帝其好之與人同，其勝之與人異。同以爲德，異以爲法。邇聲色而欲不勝禮，寶珠玉而利不勝義，時遊田而逸不勝度，故其在位四十餘年，而四方百物無所損益。顧好飛白書，明窗淨几，時一爲之，以侈其好。於是將相宗戚，家有藏焉。

臣不知書，不能頌其美，而竊有所嘆也。凡藝不滯古則徇今，滯古則捨己而就規矩，徇今則略法而逐世好，故其弊，君臣爭名，而禍亂從之。臣竊窺觀皇帝會法而忘世，會理而忘法，故工拙偏正不足論也。所謂有其道而進於技者，王者之於藝蓋如此。

彭城王氏世爲貴將，故其家有傳焉。其從孫萬壽主簿臣有基以皇帝所書六大字以示臣，臣蓋望而知之也。臣不知書，然望而知之者，臣以理得之也。

臣惟皇帝却天下之好而留神翰墨，乃帝者之懿德，來世之偉聞，而臣實懼焉。臣聞故老言當斯之時，二府百吏，内宗外姻，下逮近習，莫不好書。夫士大夫阿主之好而爲書，未害於政，而臣懼小人因書以進也，故君子於其所好又有慎焉。臣惟皇帝之知此，故世無其傳，而臣之愚不得不懼也。

元祐七年二月二十五日，潁州教授臣陳師道謹序〔一〕。文淵閣四庫全書本《後山居士文集》卷一五。

〔一〕"元祐"句：原無，據明弘治十二年馬暾刻本《後山先生集》補。

一二　《寇參軍集》序（節錄）

大父鹽鐵府君、外大父潁公與文忠蔡公好。太常少卿寇君，蔡之出也，遊二大父之間而輩先君。兩君卒，二氏之子弟居同邑，學同文，情同好也。寇氏之伯曰元老，喜事而多能。張、李氏之墨，吳、唐、蜀、閩、兩越之紙，端溪、歙穴之研，鼠鬚栗尾、狨毫兔穎之筆，所謂文房四物，山藏海蓄，極天下之選。傾家破產，急士之窮，輕身下氣而交名勝，士多歸之者。《後山居士文集》卷一六。

《後山談叢》（選錄　一八則）

蘇黃兩公皆喜書，不能懸手。逸少非好鵞，效其腕頸爾，正謂懸手轉腕。而蘇公論書，以手抵案使腕不動爲法，此其異也。

善書不擇紙筆，妙在心手，不在物也。古之至人，耳目更用，惟心而已。

張長史見擔夫爭道而得筆法，觀曹將軍舞劍又得其神，造物豈能與人巧，乃自悟之爾。

蜀人王冕一本作晃。爲舉子《詩》義"左之右之，君子宜之"而悟針法。規矩可得其法，不可得其巧。捨規矩則無所求其巧矣。法在人，故必學；巧在己，故必悟。今人學書而擬其點畫，已失其法，況其巧乎！

寇昌齡嗜硯墨得名，晚居徐，守問之，曰："墨貴黑，硯貴發墨。"守不解，以爲輕己。嗟乎，世士可與語邪！

歐陽公像，公家與蘇眉山皆有之，而各自是也。蓋蘇本韻勝而失形，家本形似而失韻。夫形而不韻，乃所畫影爾，非傳神也。

秦少游有李廷珪墨半錠，不爲文理，質如金石。潘谷見之而拜曰："真李氏故物也。我生再見矣。王四學士有之，與此爲二也。"墨乃平甫之所寶，谷所見者，其子游以遺少游也。又有張遇墨一團，面爲盤龍，鱗鬣悉具，其妙如畫，其背皆有"張遇麝香"墨字。潘墨之龍，署有大都耳，亦妍妙，有紋如盤系，二物世未有也。語曰："良玉不琢。"謂其不借美於外也。

蜀人勾龍爽作《名畫記》，以范瓊、趙承祐爲神品，孫位爲逸品，謂瓊與承祐類吳生而設色過之，位雖工，不中繩墨。蘇長公謂："彩色非吳生所爲，二子規模吳生，故長於設色爾。孫位方不用矩，圓不用規，乃吳生之流也。"余謂二子學吳生而能設色，不得其本，故用意於末，其巧者乎？以上文淵閣四庫全書本《後山談叢》卷一。

唐人謂逸少天資不及工用，故初不勝郗、庾，而莫年方妙。余謂不然。衛夫人見逸少學書，拊膺而嘆曰："後當勝己。"此豈無天資者耶？而暮年方妙者，乃大器晚成爾。

韓幹畫走馬，絹壞損其足，李公麟謂："雖失其足，走自若也。"

閻立本觀張僧繇江陵畫壁，曰："虛得名爾。"再往，曰："猶近代名手也。"三往，於是寢食其下，數日而後去。夫閻以畫名一代，其於張，高下間爾，而不足以知之。世之人強其不能而論能者之得失，不亦疎乎！

李公麟云："吳耷學於張而過之。"蓋張守法度而吳有英氣也。眉山公謂："孫知微之畫，工匠手爾。"

六一公論書喜李西臺，而《集古》不錄張從申也。兵部秦玠、祠部李宗易，皆學於西臺，各有師法。公爲亳州，問秦西臺何學，曰："張從申也，見之否？"曰："未也。"示之，曰："西臺不及也。"

余於石舍人楊休家得蘇明允《送石北使引》，石氏子謂明允書也。以示秦少游，少游好之，曰："學不迨其子，而資過之。"乃東坡少所書也。故常謂書爲難，豈余不知書，遂以爲難也？以上《後山談叢》卷二。

世傳呂先生像，張目奮鬚，捉脫如市墨者，乃庸人也。南唐後主使工訪別本而圖之，久而不得。他日，有人過之，自言得呂翁真本，約王圖其像而後授之。工後以像過之，客舍市邸，方畫掛，叩關不發，問："吾像如何？"且使張之，曰："是也。"相語而覺稍遠，已而聲絕，發門索之，無見也。意客即呂翁也，乃以所畫像獻之，今有傳焉，深靜秀清，真神人也。

世傳張長史學吳畫不成而爲草，顏魯公學張草不成而爲正。世豈知其然哉？蓋英才傑氣，不減其師，各自成家，以名於世。使張爲吴畫，既不能越功與之齊，必出其下，亦爭名之弊也。

青楊生好畫，而患其不能别也，釋從有畫名，而從之學。有以畫來，必召楊而教之：此其所以爲能，此其所以爲不能也。楊有得焉，而謂楊曰："盡子所知，纔得其半，何則？以子之不能畫也。"以上《後山談叢》卷三。

教坊之樂已不齊，凡樂作不偕作，止不偕止，以先後次第而起止，故婉而長，然亦未始不齊也。余於此得爲政之法焉。《後山談叢》卷四。

賀鑄藝話（五則）

賀鑄（一〇五二～一一二五）字方回，自號慶湖遺老，衛州（今河南衛輝）人。孝惠皇后之族孫。喜談當時事，可否不少假借，人以爲近俠。博學強記，工語言，深婉麗密，如次組繡。尤長於度曲。娶宗室女，隸籍右選，監太原工作。元祐中李清臣執政，奏換通直郎，通判泗州，又倅太平州。竟以尚氣使酒，不得美官，悒悒不得志，食宮祠祿。退居吳下，稍務遠引事故。家藏書萬餘卷。手自校讎，以是杜門將遂其老。所爲詞章，往往傳播人口。有《慶湖遺老集》二十卷（存）傳世。

一　題巫山圖　_{滏陽張氏出此圖，蓋唐人畫。庚申四月賦}

巫山彼美神，秀色發朝雲。絢麗不可挹，飄颻去無痕。楚夢一夕後，蒼山秋復春。目斷腸亦斷，往來今古人。_{文淵閣四庫全書本《慶湖遺老集》卷二。}

二　題惠崇畫扇二首

春雪霏霏晚梅，抱枝寒雀琶毸。隴下有人腸斷，爲銜芳信東來。_{右梅花雪雀。}
塞南秋水陂塘，蘆葉蕭蕭半黃。直北飛來鴻雁，端疑箇是瀟湘。_{右秋水蘆鴈。《慶湖遺老集》卷八。}

三　題畫卷後二首

元祐壬申，京師爲宗室令篡文焕賦。後八年，文焕物故，二圖爲他人有，復見此詩，錄之。
蹇驢烏帽禪客，落日黃塵故關。已悔棄繻昔去，更逢挈履今還。_{右《關路逢僧圖》。}
結茅百尺荒臺，杖藜一徑莓苔。謝絕雞羣老鶴，不應端爲琴來。_{右《鳴琴召鶴圖》。《慶湖遺老集》卷八。}

四 《蘭亭》帖跋

《蘭亭叙》世間本極多,惟定本者最佳。且有東坡先生跋證,可爲雙寶。張氏其珍藏之。辛未孟春中休日,賀方回云。文淵閣四庫全書本《蘭亭續考》卷一。

五 宋謝莊詩帖跋

謝莊詞翰傳自高祖廣平王,聞得於南唐。字畫遒勁,勢若飛動。莊六朝文翰俱美。元祐己巳十一月望日,石磧戍鏡湖遺老賀方回云。萬曆拓本《戲鴻堂法書》卷四。

朱彧藝話（二則）

朱彧（生卒年不詳）字無惑，湖州烏程（今浙江湖州）人。其父朱服，歷知萊、潤諸州，曾使遼，後爲廣州帥。彧於宣和年間，以父之見聞，著《萍州可談》，保存了有價值的中外交通資料。其中關於廣州外國商人及市舶情況記載尤詳，還記載了當時海船使用指南浮針（即水羅盤）的情況。

《萍州可談》（選錄　二則）

子瞻曾爲先公言："書傳間出疊字，皆作二小畫於其下。樂府有《瑟二調歌》，平時讀作《瑟瑟》，後到海南，見一黥卒，自云元係教坊瑟二部頭，方知當作《瑟二》，非《瑟瑟》也。"子瞻好學，彌老不衰，類皆如此。余嘗訪坊瑟二事，云每色以二人，如笛二，箏二，總謂之"色二"，不作"瑟"字，不知果如何。文淵閣四庫全書本《萍州可談》卷一。

造筆用兔毫最佳，好事者用栗鼠鬚或猩猩毛以爲奇，然不若兔毫便於書也。廣南無兔，用雜毛，然毛匾不可書，代匱而已。近世筆工，宣州諸葛氏、常州許氏，皆世其家。安陸成安道、弋陽李展之徒，尚多馳名於時。宣人善治竹管，瑩潔可愛，亦有以葦爲管者，貴其輕。高麗使過常州市筆，諸許待其解舟，即急售之，半無毛頭，以爲得計。《萍州可談》卷二。

游酢藝話（一則）

游酢（一○五三～一一二三）字定夫，建州建陽（今福建南平建陽）人。"程門四先生"之一，學者稱廌山先生，又稱廣平先生。登元豐六年進士第，調越州蕭山尉。元祐初，大臣舉薦其賢，召為太學錄，改宣德郎，除太學博士，知河清縣。四年，范純仁守潁昌，辟為府學教授，復為太學博士。紹聖二年，除簽書齊州判官廳公事，移泉州。徽宗即位，召為監察御史，出知和州，管勾南京鴻慶宮，復知漢陽軍、舒州、濠州。罷歸，寓居歷陽。宣和五年卒，年七十一，後諡文肅。游酢早年師事程顥、程頤，以文行知名，程頤稱其"德器粹然，問學日進，政事亦絕人遠甚"（危素《游先生文集目錄後記》）。著有《中庸義》一卷、《易說》一卷、《詩二南義》一卷、《論語》《孟子雜解》各一卷、文集十卷。文集久已佚，後人輯有《游廌山先生集》四卷。

題張元幹大父手澤後

知士無難，得其用心，斯知之矣。今仲宗得大父手澤數言於亂紙中，遂嚴飾而藏之，以詒子孫。此其用心，必且淬礪其質，追琢其章，以發揚幽光，詎肯失其本心以貽前人羞乎？君子以是賢之。宣和庚子，建安游酢書。文淵閣四庫全書本《蘆川歸來集》卷一○。

王暐藝話（三則）

《四庫全書·道山清話提要》云："《道山清話》一卷，不著撰人名氏。《説郛》摘其數條刻之，題曰宋王暐。案：書末有暐跋語云：'先大父國史在館閣最久，多識前輩，嘗以聞見著《館秘録》《曝書記》，並此書爲三，仍歲兵火散失不存。近方得此書於南豐曾仲存家，因手抄藏示子孫。'後題'建炎四年庚戌，孫朝奉大夫主管亳州明道宫賜紫金魚袋暐書'，則撰此書者乃暐之祖，非暐也。"本書暫作王暐撰。

《道山清話》（選録　三則）

蘇子瞻一日在學士院，閒坐忽命左右取紙筆，寫"平疇交遠風，良苗亦懷新"兩句，大書、小楷、行草書凡寫七八紙，擲筆太息曰："好！好！"散其紙於左右給事者。

章子厚爲侍從時，遇其生，朝會客。其門人林特者，亦鄉人也，以詩爲壽。子厚晚於座上，取詩以示客，且指其頌德處云："只是海行言語，道人須道著，乃爲工。"門人者頗不平之，忽曰："昔人有令畫工傳神，以其不似，命別爲之。既而又以不似，凡三四易畫。工怒曰：若畫得似後，是甚模樣！"滿坐哄然。

錢穆父嘗言：頃在館中，有同僚曹姓者，本醫家子，夤緣入館閣，不識字，且多犯人。錢一日因誦子瞻詩，曹矍然曰："每見諸公喜此人，不知何謂？"或言其文章之士也。曹曰："吾近得渠作詩，皆重疊用韻，全不成語言。"錢恐人作僞，命取以觀之，乃子瞻醉中寫少陵《八僊歌》。錢曰："此少陵詩，子瞻寫耳。"曹曰："便老陵也好喫棒。"一日，諸公過其家，觀其所藏書畫。其家多資，雖真贋相半，然尤物甚多。有虞世南寫《法華經》，褚河南寫《閒居賦》、臨《蘭亭》，其父得於天上，蓋錫賚之物也。諸公愛玩不能去手。又有閻立本粉畫《羅漢》橫軸，上各有贊字，畫皆真，楷可喜，乃唐時帝王御製，不知何帝所作，皆有小長印御製之寶，兩頭皆尖如橄欖核狀，外標首題云"應真橫軸"。曹問坐客何故爲"應真"，或對曰："真即羅漢也。"曹曰："好好地團甚謎。"亟命易去，自題云"十八大阿羅漢"。或言"應真橫軸"四字亦是名人書。以上文淵閣四庫全書本《道山清話》。

劉跂藝話（五則）

　　劉跂（一〇五三～？）字斯立，東光（今河北東光）人，劉摯子，王崈婿。元豐二年進士，爲亳州教授。元祐初，移曹州教授，爲彭澤、管城、蘄水縣令。紹聖間，其父入黨籍，隨父徙於新州貶所。崇寧元年，入元符黨籍。劉摯死於貶所，劉跂請歸葬，又伏闕訴文及甫之誣，爲父雪冤。後累官朝奉郎。晚年築學易堂，時人又稱學易先生。劉跂長於爲文，《四庫全書總目》卷一五五稱其"所作古文，頗簡勁有法度"。詩歌風格頗似陳師道，雖有時略顯生拗，然而亦都落落無凡語。著有《學易集》二十卷。原集已佚，清四庫館臣自《永樂大典》輯爲八卷。

一　張大年覽文與可墨竹及先人所題與可挽詩，見惠長句，因次其韻

　　墨妙蒼筤雙玉枝，賞音悲壯《七哀詩》。多慙寂寞青氈地，又得風流黃絹詞。往事白楊無數拱，餘生衰鬢不堪垂。聲沈影絕何人識，賴有柯亭可見思。_{文淵閣四庫全書本《學易集》卷三。}

二　《金石錄》序

　　東武趙明誠德甫家多前代金石刻，倣歐陽公《集古》所論，以考書傳諸家同異，訂其得失，著《金石錄》若干卷。別白牴牾，實事求是，其言斷斷，甚可觀也。

　　昔文籍既繁，竹素紙札，轉相膳寫，彌久不能無誤。近世用墨版摹印，便於流布，而一有所失，更無別本是正。然則膳寫、摹印，其爲利害之數略等。又前世載筆之士所見聞與其所傳，不無同異，亦或意有軒輊，情流事遷，則遁離失實。後學欲窺其罅，搜抉證驗，用力多，見功寡，此讎校之士抱槧懷鉛，所以汲汲也。

　　昔人欲刊定經典及醫方，或謂經典同異，未有所傷，非若醫方能致壽夭，陶弘景亟稱之〔一〕，以爲名言。彼哉卑陋，一至於此！或譏邢邵不善讎書，邢曰："誤書思之，更是一適。"且別本是正，猶未敢曰可，而欲以思得之，其訛有如此者。

　　惟金石刻於當時所作，身與事接，不容譌妄，皎皎可信。前人勤劬鄭重，以遺來世，惟恐不遠，固非以爲誇，而好古之士忘寢廢食而求，常恨不廣覯，豈專以爲玩哉！

余登泰山，睹秦相斯所刻，退而按史遷所記，大凡百四十有六字，而差失者九字，以此積之，諸書浩博，其失胡可勝言！而信書之人守目所見，知其違戾，猶弗能深攷，猥曰是碑之誤，其殆未之思乎〔二〕！若乃庸夫野人所述，其言不雅馴，則望而知之，直差易耳。

今德甫之藏既甚富，又選擇多善，而探討去取，雅有思致，其書誠有補於學者。亟索余文爲序，竊獲附姓名於篇末，有可喜者，於是乎書。

政和七年九月十日，河間劉跂序〔三〕。《學易集》卷六。

〔一〕弘：原無，據《六藝之一録》卷一二六補。
〔二〕殆：原作"待"，據《皇朝文鑑》卷九二改。
〔三〕"政和"二句原無，據《六藝之一録》卷一二六補。

三 《金石苑》序

東平劉繹如成叔裒次前代金石刻爲書，不以世代歲月，獨以得之先後爲次第。取其先大父素所藏著卷首，凡得四百袠，目曰《金石苑》，請余文爲序。

始余識成叔，時年二十餘，方以進士得官，時時來過余舍，所誦說已多鐘鼎間語。其後又十四五年，每見每進於前。今遂以成書，亟有請。幅袠大小頗得中制，裝褫亦精好，覽之殊可喜。

自三代漢唐迄於今，金石遺文甚多，蓋不可爲量數，湮沈消落之餘，所存猶不勝計，然而散在四方，遐僻幽絶，人力莫能盡致。今所有如此，其於玩心遊目，亦可謂有餘地，則成叔之苑不足恨其小也。雖非長洲博望，彌山亘谷，而比之託寓迫迮，無所散懷，不亦既富矣乎？

余友人滎陽王怡彥適身爲縣令，而夫妻手裝碑本無虛日，職事曠，被拘不得去，而不悔。浚儀董之明子年少，亦收藏古今刻辭，亹亹成誦，數遺余東漢以前墨本。東武趙明誠德甫，貴公子，酷嗜古學，倣歐陽公《集古》，攷定同異，爲一家言。今成叔又有是書，且言當滿千袠乃止。士大夫好之篤，而余未識之者，又不知其幾何？

昔人刻石爲二，一植山上，一沈水中，又多即山磨崖，大書深刻，彼其意豈徒然哉？所以期望於後之人至深切，而常情漫不領略，視碑之存亡，何啻越人視秦人之肥瘠。

嗚呼！世常得如數公者，可謂無負前人哉！近有知名士文學著稱，問其書笥所藏，赧然自失，徐曰爲有力取去。余每向人說數公，必舉此士爲對，蓋語勢當然，則今所書，亦不得而略也。《學易集》卷六。

四 《泰山秦篆譜》序

《史記》載秦始皇帝及二世皆行幸郡縣，立石刻辭，今世傳泰山篆字可讀者，惟二世詔五十許字,而始皇刻辭皆謂已亡,莫可復見。宋丞相莒公鎮東平日,遣工就泰山摹得墨本,以慶曆戊子歲別刻新石,親作後序,止有四十八字。歐陽文忠公《集古錄》亦言友人汪鄰幾守官奉高,親到碑下,纔有此數十字而已。

余以大觀二年春從二三鄉人登泰山,宿絕頂,首訪秦篆,徘徊碑下。其石埋植土中,高不過四五尺,形制似方而非方,四面廣狹皆不等,因其自然,不加磨礱。所謂五十許字者,在南面稍平處,人常所摹揭,故士大夫多得見之。其三面尤殘闕蔽闇,人不措意。余審觀之,隱隱若有字痕,刮摩垢蝕,試令摹以紙墨,漸若可辨。自此益使加工摹之,然終意其未也。

政和三年秋,復宿嶽上,親以氈椎從事,校之他本,始為完善。蓋四面周圍悉有刻字,總二十二行,行十二字。字從西南起,以北、東、南為次。西面六行,北面三行,東面六行,南面七行,其末有"制曰可"三字,復轉在西南稜上。每行字數同,而每面行數乃不同如此,廣狹不等,居然可見。其十二行是始皇辭,其十行是二世辭,以史記證之,文意皆具,計其闕處,字數適同。於是泰山之篆,遂成完篇。

宋、歐陽二公初未嘗到,惟憑工匠所說,無足怪。人多以二公為信,故亦不復詳閱。余既得墨本,並得碑之形象制度以歸,親舊聞之,多來訪問,倦於屢報,乃為此譜。大凡篆字二百二十有二,其可讀者百四十有六,今亦作篆字書之,其毀闕及漫滅不可見者七十有六,以《史記》文足之,注其下。譜成,揭壁間。久幽沈晦之跡,今遂歷然。

秦至無義,不足論,然李斯小篆古今所師,經千三百有餘歲而復新,茲可尚也。如"親遠黎",史作"親巡遠方黎民","金石刻"作"刻石","著"作"休","嗣"作"世","聽"作"聖","陲"作"垂",'體'作"禮","昆"作"後",則又史家差誤,皆當以碑為正。其曰"御史夫夫"者〔一〕,大夫也。莊子曰:"旦屬之夫夫〔二〕。"衛宏曰:"古文一字兩名。"因就注之。

《史記》于琅琊臺刻石備列從臣名氏,今家所收琅琊殘字亦有"五夫"字,然則"夫"從一、大,因不復重出歟。《學易集》卷六。

〔一〕御史夫夫:原作"御史大夫",據文意徑改。
〔二〕旦屬之夫夫:原作"旦屬之大夫",據《莊子·田子方》改。

五 題《醉道士圖》

唐劉餗稱僧繇畫醉僧,僧賂閻令加冠子為道士。此說謬甚,然好事者多信之。二閻貴顯,取賂僧徒,已自難信,又位置衣服悉異,而云但加冠子,尤非近理。

《畫史》稱范長壽、何長壽皆師僧繇,各有《醉道士圖》行於世。余見人家數本,人物多少大小各不同,安知非范、何所為而必云閻所加張本,其不然明矣。

韋誕懸籠書榜,鬚髮盡白,王子敬猶謂定無是事,太宗傳呼畫師閻立本,張彥遠深論其厚誣,龍眠李侯猥亦信悠悠之談,聞子敬、彥遠之風,其有愧夫!《學易集》卷六。

林敏功藝話（三則）

林敏功（生卒年不詳）字子仁，號松坡，蘄州蘄春（今湖北蘄春）人。治《春秋》之學，年十六預鄉薦，下第而歸，與其弟林敏修杜門隱居不出二十年，時人稱"二林"。元符末，朝廷下詔征辟，不起。政和中，賜號高隱處士。敏功好學博古，擅長詩文而不爲險怪奇靡，詩風受黃庭堅影響。吕本中作《江西詩社宗派圖》，林敏功列名於其中。著有詩文一百卷，號《蒙山集》，又有《高隱集》七卷，今已佚。

一　書吴熙老醉杜甫像

清晨出尋酒家門，蹇驢破帽衣懸鶉。年年碧雞坊下路，野梅官柳慣尋春。酒錢有無俱醉倒，改罷新詩留腹稿。兒童拍手遮路衢，拾遺笑倩旁人扶。百年風雅前無古，沈宋曹劉安足數。後來一字人難補，君莫笑渠作詩苦。文淵閣四庫全書本《聲畫集》卷一。

二　題薛彦海墨竹

修竹嘗連林，誰復訪清秀。妙手拂素壁，直節乃一□。□□别孤芳，妙舞欺長袖。隻影媚澄潭，清風在中霤。山中歲言邁，慰我聊邂逅。臃腫門前樗，軟弱常□茂。固無斧斤厄，每犯霜雪叩。誰知彼樗肥，不如此君瘦。《聲畫集》卷五。

三　子瞻畫扇

夫子江湖客，毫端託渺茫。攢峰埋暮雨，古樹困天霜。偪側餘僧舍，溟濛失鴈行。死生隨化盡，此意獨難忘。《聲畫集》卷六。

林敏修藝話（三則）

林敏修（生卒年不詳）字子來，蘄州蘄春（今湖北蘄春）人，敏功弟。與其兄隱居不仕，爲時人所重，號稱"二林"。有詩名，入江西詩派。其詩清爽俊健，有江西詩派氣格。著有《無思集》四卷，今已佚。

一 閻立本畫《醉道士圖》

破除萬事無過酒，有客何須計升斗。解將富貴等浮雲，醉鄉即是無何有。昔人繪事亦有神，丹青寫出畫天真。尊罍未耻月漸傾，更待曉出扶桑暾。餐霞服氣浪自苦，自厭神仙足官府。脱巾解帶衣淋漓，眼花錯莫誰賓主。君不見炙手可熱唯權門，欲觀佳麗遭怒嗔。何如銜盃樂聖藉地飲，安用醉吐丞相茵。文淵閣四庫全書本《聲畫集》卷二。

二 文湖州作山水橫軸，吴希全家藏。其子誠伯求蘇養直賦詩，語特奇妙，遂用其韻同賦

明窗十日復五日，出此湖光與山色。前身畫師語不妄，文侯乃是金門客。乍從雲際辨遠岫，爭數喬林誇眼力。沒漂菰米歲事空，水濱柱下南飛鴻。欲投曉渡唤舟子，急槳已入昏煙中。徑思天邊問歸路，錯認江鄉舊洲渚。能傳萬里在尺素，豪奪應防卷寒雨。《聲畫集》卷四。

三 觀劉格非畫

人言畫師非俗士，小技不妨聊戲耳。欲搜萬象入詩句，未若丹青易盈紙。坐令晚景下鴻鴈，力奪春工發紅紫。明眸破笑不作難，頃刻冰紈出西子。信能自適亦自累，好事終爲人所使。曷不窮年自寫真，奮髯箕踞走百鬼。《聲畫集》卷八。

楊時藝話（八則）

楊時（一○五三～一一三五）字中立，世稱龜山先生，南劍州將樂（今福建將樂）人。熙寧九年進士，初調官不赴，師事程顥、程頤近十年，閉門爲學，世有"程門立雪"的佳話。年四十後始出仕，爲徐州司法參軍，徙虔州，歷知瀏陽、餘杭、蕭山縣，張舜民薦爲荆州教授，後提舉宫觀。宣和中，召爲秘書郎，遷著作郎，除邇英殿説書。靖康元年，拜右諫議大夫兼侍講，兼國子祭酒。力排和議，與執政不和，乞致仕，提舉嵩山崇福宫。高宗即位，除工部侍郎兼侍讀，提舉杭州洞霄宫，致仕，紹興五年卒，年八十三，諡文靖。楊時爲閩中理學之祖，爲諫官敢言，不避權勢，在靖康危難時屢上疏言事。一生多以著書講學爲事，東南學者推尊爲"程氏正宗"。其詩具有宋代理學家好發議論之通弊，清代紀昀謂其詩"板實乏韻，宋儒詩格多如斯，究非風雅的派"（《瀛奎律髓匯評》卷四二《寄長沙簿孫明遠》）。著有《三經義辨》《論語解》《經説》，已佚；今存《語録》《二程粹言》及《龜山集》四十二卷。

一　《復古編》後序

孔子曰："河出圖，洛出書，聖人則之。"則圖書之文，天實兆之，非人私智所能爲也。

秦人以吏爲師，嚴是古之禁，盡滅先王之籍。漢興，去秦未遠也，科斗書世已無能知者，況泯泯數千載之後乎？揚子曰："言，心聲也。書，心畫也。"世傳小篆，蓋李斯、趙高之徒以反古逆亂之心爲之，其淵源可知矣。三家之學，與古文奇字繆蟲之書並行於時，雖去古浸遠，而六書僅存焉。先王之時，書必同文，故建官以達之，所以一道德之歸，立民信也。漢初猶有六體課試之科、有司舉劾之令，以同天下之習。時變事異，法亦隨廢。故事作無正，而人用其私，古書幾亡矣，可勝惜哉！

吴興張友謙中用意兹學，著《復古編》，三十年餘矣，而其書始成。形聲近似，而用也不同，蓋眇忽之間耳。其辨析釐正，皆有稽據，後之有志於古者，必有取於斯也。

政和之初，余居毗陵，謙中以其書示余，求文以爲序。余嘉其用力之勤，而有補於字書也，故爲之説，以附於其後。

謙中善篆，用筆有古意，當與李陽冰、徐常侍並驅爭先云。康熙四十六年楊氏重刻《楊龜山先生集》卷二五。

二　跋司馬溫公帖

元豐末，神考登遐，文正溫公奔訃至京師，都人擁馬首環聚，而觀者填溢衢巷，願公之留者萬口一辭。方朝廷承積弊之後，正更化願治之時。太母以公宿望，擢貳左省，慰安中外之心，其寄委不輕矣。公以身任其責，一夫不獲，時予之辜，蓋公之素志也。天下大器，不可易爲之，故雖正位台鼎，不以爲榮，而以爲懼。然卒能於期月之間，政令不出房闥，而海內丕變，雖懼於前而垂名於後，其爲榮也遠矣。

今觀其手澤，猶想見風彩，披玩久之，不能釋手，因附其說於後。《楊龜山先生集》卷二六。

三　跋趙清獻公《愛直碑》

幼安，清獻公之外孫，出東坡所撰《愛直碑》示予，其寶藏之殆十襲也。

公之流風，百世而下聞者猶將興起，況其親且邇乎？吾知幼安非徒玩其辭翰而已，高山仰止，景行行止，將必有得於斯文也。《楊龜山先生集》卷二六。

四　跋司馬溫公與明道先生帖

橫渠先生既沒，其門人欲諡爲明誠，中子以諡議質諸明道先生，先生與溫公參訂之，故有是書。其辭義典奧而引據精密，足以是正先儒之謬，故寶藏之以傳後學。《楊龜山先生集》卷二六。

五　跋道鄉帖〔一〕

士不患無名，患實之不至。道鄉天下士也，以一言忤旨，流竄嶺表，終身不復。今手澤所存，士夫寶藏之，以爲珍玩。其身雖屈於一時，而世誶其美不厭，蓋名實既孚，則清議終不可掩也。《楊龜山先生集》卷二六。

〔一〕道鄉：原作"道卿"，徑改。下同。

六　跋江民表與趙表之帖

民表將之官，以書抵予，告行期，未及修報而凶訃至。人生如朝露，豈不信然歟？

今見其手澤，惘然不覺爲之流涕也。民表不妄許可，表之雖未及識，觀民表所與如此，則其人亦可知矣。《楊龜山先生集》卷二六。

七　跋溫公與劉侍郎帖

熙寧之初，吳興劉公位臺端〔一〕，論事忤大臣意，謫知江州，一時清議冤之，無敢言者，獨文正溫公抗章于廷諍之〔二〕。事之本末，安撫參政張公論之詳矣。公將行，文正造門叙别，又以手翰問行期，有"道勝名立"之言，其相與之意厚矣。

夫天下之善士斯友天下之善士，二公終始一節，不約而同，其取友可知矣。覽是遺墨，三復興嘆，乃附其說於後。《楊龜山先生集》卷二六。

〔一〕吳興：原作"吳與"，據文淵閣四庫全書本改。
〔二〕文正：原作"文公"，據同上改。

八　跋蔡襄自書詩帖

端明蔡公詩稿，云此一篇極有古人風格者，歐陽文忠公所題也。二公齊名一時，其文章皆足以垂世傳後，端明又以翰墨擅天下，片言寸簡落筆，人爭藏之以爲寶玩，况盈軸之多，而兼有二公之手澤乎？

覽之彌日，不能釋手，因書於其後。政和丙申夏四月癸未，延平楊時書。民國影印本《宋蔡忠惠公自書詩真跡》。

章炳文藝話（二則）

章炳文（生卒年不詳）字叔虎，京兆（今陝西西安）人。歷鼎湖令、知虞城縣。崇寧二年以宣教郎任興化軍通判。著有《壑源茶錄》一卷、《搜神秘覽》（所記多屬鬼神報應和宿命前定的故事）三卷。

《搜神秘覽》（選錄　二則）

紫姑神

紫姑神，世或稱之曰"紫仙"，南方人。孟春之月，即請之以決事，然至利害大者不能言。善書畫吟詠，騷雅之才，尤多清麗。閩中張叔通者，嘗得賦《游武夷山》詩曰："春雨連宵心慘傷，曉來還喜見天晹。千巖積翠神仙隱，萬木交陰虎豹藏。樵徑也通人上下，溪流不許客相將。隨緣到此隨緣返，一粒還丹在眼旁。"又贈客詩曰："明時抱道不淹留，文藝君須在遠修。萬古白雲藏劍氣，願乘車馬出神州。"多假物書於灰爐中，人有求其橡筆者，即書於紙，得"禮節永平，弟恭福祿，勉勵龍虎"十二字。凡書龍字，類多不相同。或者問之，答曰："龍之爲物，變化無窮，豈可拘耶？"若其請致之禮，多繪畫婦人江鄉之間，人人能之，比寢不錄。續古逸叢書本《搜神秘覽》卷中。

畫錄

梁元帝云鬼神易狀，犬馬難圖，豈以其明明者可識，而幽昧者難知乎？古之善畫犬馬者，有若韓幹；善畫人物者，有若吳道子；善畫翎毛花竹者，有若徐熙；善畫山水者，有若李成。此其尤著者，餘不可悉紀。今亦有之，但比古爲劣，許道寧於山水，有古氣而筆力麤；凡老高畫龍，有升騰之變，而骨節不分要理，然皆爲近時之宗師也。趙昌畫花木果實，獨奪天地造化之工，探物之妙。遇其意所喜者，不擇貧富貴賤輒予之；其所不喜者，雖勢位所加，賄賂所及，被刑蒙毒，亦莫緣而得。今士大夫多有之，獨學士林端父所藏八枝與予家十六枝爲最勝。慶曆中，端父嘗出知懷安軍，道與新廣漢守尚書屯田員外郎、隴西李碩偉之同行，嘗戲云："廣漢圭田歲入甚厚，昌爲郡人，吾軍貧陋，獨無此二者。他日，幸以其餘及我。"偉之至郡，反謂端父先得之，以詩虐焉。端父答之曰:"趙昌下筆敵韶光,一幅黃金滿斗量。借我圭田三百畝,直須買取作花王。"有傳此詩示昌者,昌大笑曰:"林君知我哉!"暨代還,以是本遺之,乃爲絕筆。後有王友繼之,然與昌固不相侔矣。頃有爲奇畫者,縑素間爲人以牧羣牛,盈滿川澤。夜視之,則人臥於廡下,牛於圈棚中。及旦而視之,復在川澤矣。又爲寒江景,漁舟蕩其上,一人坐於艦首,垂釣而望,頂臺笠,掛蓬衣。夜視之,則人臥於舟中,置竿於蓬。及旦而視之,復在艦首矣。或者曰:"此藥術之功也,致陰陽藥焉,日之所見者,陽藥塗之也;夜之所見者,陰藥塗之也。"人或然之,且不可與善繪者等爲奇之一端耳。《搜神秘覽》卷下。

高翔藝話（一則）

高翔（生卒年不詳），天台（今浙江天台）人。元祐年間人。

題韓幹馬

渴烏項領紫駝峰，跑地求泉鬣上衝。不敢牽來嚮江水，預防踴躍學蛟龍。文淵閣四庫全書本《式古堂書畫彙考》卷三十九。

晁補之藝話（二七則）

晁補之（一〇五三～一一一〇），字無咎，濟州鉅野（今山東鉅野）人，晁端友子。十七歲時從其父至杭州，以所著《七述》謁蘇軾，蘇軾謂其文辭"博辯雋偉，絶人遠甚"，許其後必顯於世。元豐二年進士及第，授澶州司户參軍，轉北京國子監教授。元祐初，爲太學正，召試學士院，除秘書省正字，遷校書郎。五年，通判揚州，召還，爲著作佐郎，出知齊州。紹聖中，坐黨籍貶監信州酒税。徽宗即位，召復著作佐郎，遷吏部員外郎、禮部郎中、國史院編修官。出知河中府，徙湖、密、果諸州。崇寧間，蔡京爲相，黨論復起，奉祠家居，慕陶淵明而修歸來園，自號"歸來子"。大觀四年，起知達州，改泗州，卒於任，年五十八。晁補之爲"蘇門四學士"之一，才氣飄逸，文學燦然，尤精於《楚辭》，其文章風格近於蘇軾，張耒《晁無咎墓誌銘》嘗稱其文"凌麗奇卓出於天才，非醖釀而成者，自韓愈已還，蓋不足道"。《四庫全書總目》卷一五四亦謂其"古文波瀾壯闊，與蘇氏父子相馳驟。諸體詩俱風骨高寒，一往俊邁，並駕於張、秦之間，亦未知孰爲先後"。擅長樂府與古體詩，胡仔《苕溪漁隱叢話》前集卷五一云："余觀《雞肋集》，惟古樂府是其所長，辭格俊逸可喜。"其詞主要繼承蘇軾詞的豪放風格，《四庫全書總目》卷一九八稱其詞"神姿高秀，與軾實可肩隨"。著有《雞肋集》七十卷。其詞在宋代已有單刻本《晁無咎詞》一卷行世，明代又編爲《琴趣外編》六卷。

一　題四弟以道横軸畫

黄葉滿青山，枯蒲静寒水。鳬雁下坡塍，牛羊散墟里。擔穫草來歸，兒迎婦窺籬。虎頭無骨相，田野有餘思。文淵閣四庫全書本《雞肋集》卷六。

二　和蘇翰林題李甲畫雁二首

畫寫物外形，要物形不改。詩傳畫外意，貴有畫中態。我今豈見畫，觀詩雁真在。尚想高郵間，湖寒沙璀璀。冰霜已凌厲，藻荇良瑣碎。衡陽渺何處，中沚若煙海。

蕭條新湖秋，霜落洲渚潔。蓮垂蘭杜死，菖莆見深節。慘澹沙礫姿，清波侶羣鴨。往時吳興守，看畫憶苕霅。爲儀尚不污，孤高比雲月。聞在雪堂時，滿堂唯畫雪。文淵閣四庫全書本《雞肋集》卷八。

三　贈文潛甥楊克一學文與可畫竹求詩

與可畫竹時，胸中有成竹。經營似春雨，滋戛地中綠。興來雷出土，萬籜起崖谷。君今似與可，神會久已熟。吾觀古管葛，王霸在心曲。遭時見毫髮，便可驚世俗。文章亦技爾，詎可枝葉續。穿楊有先中，未發滾擴木。詞林君張舅，此理妙觀燭。君從問輪扁，何用知聖讀。文淵閣四庫全書本《雞肋集》卷八。

四　試院求李唐臣畫

有客攜來白團扇，看君畫出翠微峰。忽然跛水變陰霧，便有松林坎晚風。松林陂水靜何極，何處歸舟天際識。韋侯直榦儻不難、杜陵束絹郫能惜。文淵閣四庫全書本《雞肋集》卷九。

五　酹李唐臣贈山水短軸　李爲刑曹杜君章知賞

大山宮，小山霍，欲識山高觀石脚。大波爲瀾，小波爲淪，欲知水深觀水津。營丘於此意獨親，杜侯所與復有人。不見李侯今五載，苦向營丘有餘態。齊紈如雪吳刀裁，小毫束筍縑囊開。經營初似雲煙合、搗灑忽如風雨來。蒼梧泱漭天無日，深巖老樹洪濤入。榛林闇漠猨狖寒，苔蘚侵淫螺蚌溼。紛紛禽散江干沙，有風北來吹兼葭。前洲後渚相隨沒，行子漁人歸徑失。李侯此筆良已奇，我聞李侯家朔垂。跨河而北寧有之，曷不南遊觀禹穴。梅梁鑣澁萍滿皮，神物變化當若斯。元君畫史雖天與，我論絕藝無今古。張顛草書要劍舞，得意可無山水助，他日李侯人益慕。文淵閣四庫全書本《雞肋集》卷九。

六　題惠崇畫四首

東風回，江上渚，何處來，雙白鷺。灼灼岸間桃，依稀蘭杜苗。一銜湍瀨鱗，一下青林梢。瀟湘綠水春迢迢。春。

老柳無嘉色，紅蕖羞脈脈。宛在水中洲，雙鷺羽蒼白。何須玩引頸，顛倒寫經墨。惟應一臨流，當暑裖絺綌。夏。

一雁孤風乍臨渚，兩雁將飛未成舉，三雁羣行依宿莽。蘆花已倒江上風，雲間分飛那可同。秋。

天高靄靄雲昏，江闊霏霏雪繁。渚下鴨方遠泛，枝間雀不聞喧。鄙夫此志相依，生涯稊稗同微。欲具沙邊短艇，波濤歲晚人稀。冬。　文淵閣四庫全書本《雞肋集》卷十。

七　次韻都尉王晉卿天馴監邂逅作，兼呈坐客

平生杜元凱，學問光奕世。戚聯帝室未要論，烜赫功高羊叔子。青霄翔舞須威蕤，孔翠文章豈其累。崇臺作山池作湖，富貴所要聲名俱。酒樽詩句得過薄，小隱山城殊未疎。曹侯詞翰諸公客，慣聽清歌耳傾側。天閑兩驥看追風，晴軒忽下飲河虹。拳毛妙畫不可見，顔公筆精如對面。鄧張不醉無攬轡，燒燭林間鵲飛起。第語曹侯繼張燕，鄰榼如澠不憂淺。文淵閣四庫全書本《雞肋集》卷十。

八　次韻魯直試院贈奉議李伯時畫詩

東房攜卷繞幕行，西房卷作墮地聲。紙山間出筆陣橫，李侯畫若禪眼透。觀魚元沙骨辣瘦，舟中淵明細若豆。歸心祗愛玉花驄，不須棘針學癡翁，惱渠愁作眉鬭紅。數物伯時試院所作。　文淵閣四庫全書本《雞肋集》卷十二。

九　李成季得閻子常古琴作

昔人流水高山手，此意寧從絃上有。閻侯卷舌臥閭里，意向是中留不朽。似聞綠綺置牀頭，暑雨東城無麥秋。趙傳和氏齋五日，吳得湛盧當兩州。李侯得意誇題柱，成詩欲使邀諸路。自有桓山石室彈，深屋時聞繭抽緒。無琴尚可何獨絃，要識精微非度數。人生有累無非失，我欲心灰木爲質。嬾從徽的自凝塵，老向詩書踰愛日。自言結習久難除，猶理斷編尋止息。焦城卜築近連軫，歸約閻侯亦蕭瑟。舊聞君祖課木奴，試買瑕丘百株栗。文淵閣四庫全書本《雞肋集》卷十二。

一〇　自畫山水寄无斁題其上（節錄）

湘吳昔窮覽，懷抱自難忘。毫素開塵牖，江山入草堂。寄君花縣裏，虛我竹林傍。何物酬斯贈，清詩要一囊。文淵閣四庫全書本《雞肋集》卷十五。

一一　題宗室大年畫扇四首

柳動燕初來，波生雁將去。惟有小崧高，蒼蒼自如故。
鸑之仍鸑之，爾名今是非。人言不踰濟，何事滿苔磯。
西風入叢竹，慘澹帶秋陰。驚起中洑雁，衡陽萬里心。

王孫蘊奇意，紈素澹雲煙。借與王摩詰。含毫思邈然。文淵閣四庫全書本《雞肋集》卷十九。

一二　題工部文侍郎周翰郭熙平遠二首

漁村半落楚江邊，林外秋原雨外天。誰倚竹樓邀大編，天涯莫色已蒼然。

洞庭木落萬波秋，説與南人亦自愁。欲指吳松何處是，一行征雁海山頭。文淵閣四庫全書本《雞肋集》卷二十。

一三　題伯時畫

單于射獲明妃笑，勸酌葡萄跪小胡。不恨別宮昆莫老，應憐超乘子南夫。文淵閣四庫全書本《雞肋集》卷二十二。

一四　自畫山水留春堂大屏題其上

胸中正可吞雲夢，盞裏何妨對聖賢。有意清秋一作扶筇。入衡霍，爲君一作毛錐。無盡寫江天。文淵閣四庫全書本《雞肋集》卷二十二。

一五　題《白蓮社圖》後

《周禮》百工之事，皆聖人作，用志不分，乃凝於神。張顛觀公孫大娘舞劍而草書長進，此豈筆墨蹊徑間得之耶？

齊魯俗樸，工技世守，知變通者寡。而繙畫史孟仲寧獨善學，知余得意續事中，惠聽余言，使集吳道玄、關仝、韓幹、魏賢、李成、郭忠恕、許道寧數子精筆，爲《白蓮社圖》，甚似。明崇禎八年蘇州顧凝遠詩瘦閣依宋版重刊本《雞肋集》卷三三。

一六　跋董氏唐誥

京東將供備使董侯，嘗夜過余曰："我之先有仕於唐，顯者曰京兆尹諱叔經，不知於我幾世祖也。我家歷五代至仕本朝，子孫世謹厚，故傳其誥猶在。"因就予求燭，出三卷書，其一則京兆君爲順宗山陵副使、秘書監兼御史大夫，元和六年閏六月六日告也。譽京兆君良美，首尾無漫闕，雖甚細，字皆可識，蓋盧景亮爲中書舍人所行。

予起，喜曰："憲宗，唐中興賢主。初年，順宗未葬，劉闢反西川，正月，高崇文出討。七月，葬順宗豐陵。時京兆號多事，而尹以此時進，才選也。盧景亮稱善屬文，以直諫知名元和間，譽京兆君良美，其辭當不誣，可爲董侯慶。"

然獨怪京兆君爲憲宗用若此，宜有政事聞於時，而其施設不少概見，何也？間以其年月日考之《舊史》則不謬，而閏六月之六日爲戊辰，凡氏諱與官及平章事以下名於告者，舉合。自閏六月之戊辰始命，至八月之癸未以卒，其涖京兆之日七十六而止。前此爲尹者，兵部侍郎韋武；後此爲尹者，尚書右丞李鄘。而《新史》尹不書，故逸董氏。

余考之〔一〕，又合其名於告者，曰中書侍郎爲鄭絪，自中書舍人遷；曰門下侍郎爲杜黃裳，自太常卿遷；曰給事中爲歸登，自兵部員外郎遷；曰吏部侍郎爲趙宗儒，自右庶子遷。絪、黃裳號賢相，登、宗儒讜直不回，皆元和初日一時才選也〔二〕。最後郎中兼者卑不顯，乃不得質。

予嘗讀韓愈《順宗實錄》，見李實以不任職貶，知唐重京兆尹也。自李實接韋武，中間二年，憲宗始即位。二相賢，新用，且京兆號多事，擇人固宜重。時百司官多改置，韓愈亦自外入爲博士，皆以是年也。愈後寖用，乃至京兆尹，其選亦難矣。董氏雖施設無所見，余能語其賢者，以一時事知之當如此。

後二告皆董溆，一曲沃簿，一猗氏丞，長慶、大中時告也，漫闕不若前可識。獨曲沃告有蠅頭字，考即京兆君。祖爲珪，曾祖爲端。里爲京兆府萬年縣洪固鄉貴胄里。而端以下及溆，凡四世粗見。乃次序歸董侯。

董侯中武舉，爲將，知方略，慕古人也，必有功名，以不媿其先世云。

元豐二年十二月二十日，晁補之題。明崇禎八年蘇州顧凝遠詩瘦閣依宋版重刊本《雞肋集》卷三三。

〔一〕余：原作"餘"，逕改。
〔二〕日一：原作"一日"，據《无咎題跋》乙。

一七　跋陳伯比所收顏魯公書後

顏公以耆老忠義縊於賊手，世言公尸解不死，開棺，肌肉如生，爪透手背。邢和璞聞而嘆曰："此所謂形仙，後五百年雖藏金石之中，猶當擘裂飛去。"

嘗憶《太平廣記》載有戍軍數千人，忿不相能，欲自將攻，其部將忘其姓名，力不足制，升高謝眾，刎頸而死，眾爲之解。後見夢於茅山道士曰："帝見吾爲五百靈官之一。"有大功於物者，死而不亡，自昔然也。

至公，筆法奇偉，雖其天姿獨得，亦忠義秀發能然，柳誠懸所謂心正則筆正者。而世人乃欲以其塵埃倭墮之姿，追蹟紙墨之間，遠矣！明崇禎八年蘇州顧凝遠詩瘦閣依宋版重刊本《雞肋集》卷三三。

一八　跋翰林東坡公畫

翰林東坡公畫蟹，蘭陵胡世將得於開封夏大韶，以示補之。

补之曰：本朝初以辭律謀議參取人，東坡公之始中禮部第一也，其啟事有"博觀策論，精取詩賦"之言，言有所縱者，有所拘也。其謝主司而譽其能如此，曰："奇文高論，大或出於繩檢；比聲協句，小亦合於方圓。"蓋公平居，胸中閎放，所謂吞若雲夢，曾不芥蔕者。而此畫水蟲瑣屑，毛介曲隈，芒縷具備，殊不類其胸中。豈公之才固若是，大或出於繩檢、小亦合於方圓耶？抑孔子之教人"退者進之，兼人者退之"，君之治氣養心，亦固若是耶？

嘗試折衷於孟子之言曰："觀水有術，必觀其瀾；日月有明，容光必照焉。"歸墟盪沃，不見水端，此觀其大者也；牆隙散射，無非大明，此觀其小者也，而後可以言成全。

或曰，夜光之劍，切玉如泥，以之挑菜，不如兩錢之錐，此不善用大者也。余於公知之。明崇禎八年蘇州顧凝遠詩瘦閣依宋版重刊本《雞肋集》卷三三。

一九　跋李遵易畫魚圖

魚之醜，以千百數，且一物而極巨細之形者惟魚。天池之鯤，其大不知其幾千里，毫素之窘，不能追也。長塘之水一斛而魚半斛，其小如針鋒，毫素可追，不能工也。則夫可追而工者，不過於九澤之所同有，九罭之所常萃，鱣、鯉、鱒、魴，頒首莘尾之間，蓋見者能識之。

然世猶以謂畫師喜爲鬼神，而憚爲狗馬。鬼神怪幻，易以罔人，而狗馬與鱣鱒所常睹者，夫人而能指其失，故工此尤難。

是不然。夫鯤以海運，而針鋒若滅沒，世固無睹鯤首尾之目、針鋒鱗之眼，則欲窮巨細之倪，至此而能者俱廢。且凡魚亦不一狀，則畫之難工，又非若狗馬比。然嘗試遺物以觀物，物常不能廋其狀。盡得一魚之意，則鋪几尺紙，曰此天池也，此長塘也，廣狹不移而皆在。一以爲鯤，則稽天之涯睹，不見其不足；一以爲針鋒，則蹄涔之態具，不見其有餘。大小惟意而不在形，巧拙緊神而不以手，無不能者。而遵易亦時隱几翛然，去智以觀天機之動。蚿以多足運，風以無形遠，進乎技矣！

庚辰三月六日晁補之題。明崇禎八年蘇州顧凝遠詩瘦閣依宋版重刊本《雞肋集》卷三三。

二〇　跋魯直所書崔白竹後贈漢舉

沙丘之相，至物色牝牡，而喪其見。白於畫類之，以觀物得其意審，故能精若此。魯直曰："吾不能知畫，而知吾事詩如畫，欲命物之意審。以吾事言之，凡天下之名知白者，莫我若也。"

漢舉於學慕魯直，而喜白畫，時時自撮筦爲竹枝、飛鳥、煙雲，天機殊妙。以比文字，殆似魯直自然獨得，不可相與者。

予既拙於語言，而畫又非所能學，嘗試以此內觀，譬聞解牛得養生，其可哉！明崇禎八年蘇州顧凝遠詩瘦閣依宋版重刊本《雞肋集》卷三三。

二一　跋范伯履所收郭恕先畫本

恕先高賢絶藝，世所共知。其筆墨精妙，蛇蟬變化，壽臣父叔記之矣。

然恕先要爲難知。以爲異人耶，自應會意物表，不當復賓賓效世俗爲者；而此畫本範模關、吳輩，一二曲折，毫髮點綴，惟謹不謬，豈大匠誨人，必以規矩者歟？其遺跡不多有。世傳圖上一角數峰疋素本，末作童子紙鳶，中引線滿之，離絶匠意，此又豈規矩筆墨可求者哉？

彌明道士云："吾不解人間書。"而石鼎聯句，極唐詩之巧，語侯、劉輩，以謂"吾就汝所能者爲之"。恕先其近是哉！明崇禎八年蘇州顧凝遠詩瘦閣依宋版重刊本《雞肋集》卷三三。

二二　跋化度寺碑後

余觀古人，惟德操皆素定，而能伎所長不同趣。

人物之盛，莫近於唐，然名詩者或不能賦，名賦者或不能文，名文者或不能字畫。字畫之工，率愧述作也。以其習之專，守之不易，故各能盡其妙，類承蜩丈人用志不分，乃凝於神者。

歐陽文忠公嘗云："牡丹，花之絶而無甘實；荔支，果之絶而非名花。昔樂天嘗有感於二物矣，是孰尸其付與耶？雖然，二物者，惟不兼物之美，故能各極其精。"信哉是言！歐、虞、褚、薛，唐初以書顯者，捨其德操而論，亦不聞他能伎如其字畫之精也。嗚呼，此其所以精乎！

學者能以是心學，專且不易，古人之事業何求而不得，況詩文與書哉！而後之君子，學則皆有佽心，必事事在人先，故五伎而窮。明崇禎八年蘇州顧凝遠詩瘦閣依宋版重刊本《雞肋集》卷三三。

二三　跋謝良佐所收李唐卿篆《千字文》

學書在法，而其妙在人。法可以人人而傳，而妙必其胸中之所獨得。書工筆吏，竭精神於日夜，盡得古人點畫之法而模之，穠纖橫斜，毫髮必似，而古人之妙處已亡，妙不在於法也。

而謝侯所藏幅紙書《千字文》特奇巧，圓方不失，而飛揚自如，過其流輩遠甚，蓋一時絶藝也。

然謝侯好玩甚多，書畫硯墨類皆第一，室中之所藏，固有精妙過於此者。覽其一，知其他稱是也。明崇禎八年蘇州顧凝遠詩瘦閣依宋版重刊本《雞肋集》卷三三。

二四　跋《蘭亭序》

始予幼時讀《太平廣記》，見唐太宗遣蕭翼購《蘭亭叙》事，蓋譎以出之，輒嘆息曰："《蘭亭叙》若是貴耶？至使萬乘之主捐信於匹夫！"

《傳》稱子貢詐而全魯，弦高誕而存鄭。遺一言之細，建二國之業，猶不可以爲常。以太宗之賢，巍巍乎近古所無，奈何溺小耆好而輕喪其所常之寶？異於得原失信、不圍而去矣〔一〕。晚多閒居，頗屏世好〔二〕，獨於古人筆墨之遺，猶愛而不能置，顧甚於少年喜官爵、遲莫營田宅者，與前論異矣。

因誦白居易《七德歌》曰："功成理定何其速〔三〕，速在推心致人腹。怨女三千放出宮，死囚四百來歸獄。"復嘆曰：太宗以一旅取天下，惟信爾！夫不吝三千女而放出宮〔四〕，自信也；不約四百囚而來歸獄，人信也。曾捨原何足道哉，全魯存鄭，利重於譎也。愛《蘭亭叙》，事小於欺也。其老而將傳，至從其子求書從葬，亦累矣。累物鉤病於行，若太宗，不累者大，累者小，則世將曰：此何足以論諸信不信之間？士之行己，亦若此而已。然則此書雖以石刻傳，可寶也。

崇寧丙戌前冬至五日，緡東皋流憩洞李季良出之，晁補之題記。明崇禎八年蘇州顧凝遠詩瘦閣依宋版重刊本《雞肋集》卷三三。

〔一〕圍：原作"爲"，據《會稽志》卷一六改。
〔二〕屏：原作"幷"，據同上改。
〔三〕其速：原作"足遠"，據同上改。
〔四〕放：原無，據同上補。

二五　《捕魚圖》序

古畫《捕魚》一卷，或曰王右丞草也。

紙廣不充幅，長丈許。水波渺瀰，洲渚隱隱見其背。岸木葭菼向搖落，草萋然始黃，天慘慘，雲而風，人物衣裘有寒意，蓋畫江南初冬欲雪時也。兩人挽舟循厓，一人篙而下之。三人巾帽袍帶而騎，或馬或驢。寒，峙肩擁袖者。前揚鞭顧後，攬轡語，袂翩然者。僮負囊尾馬，背而荷，若擁鼻者。三人屈竹爲屋。三童子踞而起大網，一童從旁出者。縛竹跨水上，一人立旁維舟，其下有笱者。方舟而下，四人篙而前其舟，坐若立者。兩童子曳方罟行水間者。縶竹跨水上，一人巾而依蓬蓑坐，沉大網。旁笱屈竹爲屋，縛竹跨水上，童子跪而起大網者。一人屈竹爲屋，前有瓶盂可見者。篙者、槳者、俛下罩者，三人皆笠。方舟載大網，行且漁，兩兒兩蓋，依蓬蓑坐。有巾而髯，出網中得者。操楫一人，縛竹跨水上，顧而語前有盃盂者。方舟載大網，出網中得者，縛竹跨水上，兩兒沉大網，旁維艓者。兩人篙其舟甚力。有帷幙，坐而濟，若婦人可見者。方舟依渚，一人篙，一人小而髯，三童子若飲食，若寐，前有盃盂者。一人推葦間童子，俛而曳循厓者。人物數十許，目相望，不過五六里，若百里千里。

右丞妙於詩，故畫意有餘。世人欲以語言粉墨追之，不似也。常憶楚人云："帝子降兮北渚，目渺渺兮愁予。嫋嫋兮秋風，洞庭波兮木葉下。"引物連類，謂便若湖湘在目前。思頃時歲晚，道吳江如此。漁者、男子、婦女、童稚、舟楫、梁筍、網罟、罾罩，紛然在江。然其業廉而事佚，故無市廛爭利意，此與畫二大夫去國，其色無別恨，奚以異？

元祐元年四月二十日，李希孝出之，欲模寫，無善工，乃借韓退之序畫人物意識之。潁川晁補之序。明崇禎八年蘇州顧凝遠詩瘦閣依宋版重刊本《雞肋集》卷三四。

二六　策問一·禮樂

問：王者功成作樂，治定製禮。夫時異事異，禮樂非亡也，而所病者才難。以賈誼之臣，而文帝之問顧止於鬼神；以太宗之君，而房、杜之才不閑於禮樂。故二主者，終其施設治功如此，可太息也。

家人有器焉，終歲不用，則扞格而難操。乃至具名物而藏有司，曠時不一試，則亦以陋矣。主上復古，百度修理，征伐四克，可以歸牛馬，銷鋒鏑，而肆鐘鼓玉帛之事者，莫盛於斯時。然而凋落已久，有其廢之莫能舉者，將一朝而復之則病。古今殊習，無所從正。蓋高論者主情而棄文，齷齪者循法而遺意，甚者苟且便安，而曰不敢，此何爲者也？且井田之不可施於田，肉刑之不可施於刑，則勢有所未利。論禮樂，則雖製作設施小不備，而中和之用在人者猶是也。革而化之，借使先王未之有者，便則爲用，其誰曰不然？願釋三累，而聞折衷之說。明崇禎八年蘇州顧凝遠詩瘦閣依宋版重刊本《雞肋集》卷三七。

二七　策問三·字書

問：古者觀飛蓬、窾木而知爲車、爲舟，觀鳥獸蹄迒之跡而知爲字。夫蓬木、蹄迒，天也，而爲車、爲舟、爲字者人。則原書之起，豈人力也哉？河洛有畫，鳳鳥有文，孰規模是？孰製作是？譬之一身，首武有位，耳目有職，五藏百骸，各有本末。能觀吾一身，則推而觀夫天地鬼神、山川草木、鳥獸蛇蟲、雜物奇怪，其情其狀，無不可知，而字之說，庶幾窮矣。

百工之事，皆聖人作，而倉頡能知之。敢問倉頡孰與聖人，而智若此？科斗之變，有大小篆，與科斗同聲異形。敢問因耶？革耶？因則科斗與篆不殊，革則篆不出乎科斗。抑壁間竹書，文或非篆，必以篆求之，其義豈能皆與科斗合哉？

字之爲言，孳乳而無窮。網罟耒耜，迄於宮室，皆變而通之，以趨後世之利。然則即科斗而爲篆，即篆而爲隷，儻便一時，亦奚不可？而隷，學者莫道，何哉？將後之作者，其知淺陋，不足以知聖人，惟意損益，無所法象，則廢焉可也。而自朝廷學校至於家人里巷，策牘檄券，咸以隷寫之，是又何哉？且破桔橰以復抱甕，與民同於初，則苟且紕繆而害於義者，無若書爲甚。凡此奈何？明崇禎八年蘇州顧凝遠詩瘦閣依宋版重刊本《雞肋集》卷三九。

張耒藝話（二三則）

張耒（一〇五四～一一一四）字文潛，號柯山，人稱宛丘先生，楚州淮陰（今江蘇淮安）人。幼穎悟能文，遊學陳州，蘇轍時爲陳州學官，器重之，遂得從蘇軾遊。熙寧六年進士及第，授臨淮主簿。元豐元年，爲壽安尉，遷咸平丞。哲宗繼位，入爲太學錄。范純仁薦試館閣，遷秘書省正字、秘書丞、著作郎、史館檢討。八年，遷起居舍人。紹聖元年，出知潤州，入黨籍，徙宣州。四年，謫監黃州酒稅鬱務。元符二年，徙復州。徽宗即位，起爲黃州通判，知兖州。建中靖國元年，召爲太常少卿，旋出知潁、汝二州。崇寧元年，復坐黨籍落職，管勾亳州明道宮。在潁州時聞蘇軾訃訊，爲蘇軾舉哀行服，言者劾之，復貶房州別駕，黃州安置。五年，得自便。大觀二年，居於陳州。政和四年卒，年六十一。張耒是北宋中晚期重要的文學家，爲蘇門四學士之一。其文論源於三蘇，在《答李推官書》中明確申說學文在於明理，"如知文而不務理，求文之工，世未嘗有是也"。在文章風格上，他反對奇簡，提倡平易；反對曲晦，提倡詞達；反對雕琢文辭，力主順應天理之自然，直抒胸臆，"文章之於人，有滿心而發，肆口而成，不待思慮而工，不待雕琢而麗者，皆天理之自然，而情性之道也"（《賀方回樂府序》）。張耒的詩文正是其創作理論的具體體現，長短利弊皆本於此。其文風近似蘇轍，蘇軾對他有"汪洋沖淡，有一倡三嘆之聲"的稱譽（《答張文潛書》），張表臣也稱其文"雄深雅健，纖穠瑰麗，無所不有"（《張右史文集序》）。還擅長辭賦。其詩歌創作成就卓著，汪藻《柯山張文潛集書後》稱其詩"體制敷腴，音節疏亮，則後之學公者，皆莫能彷彿"。詞作不多，詞風柔情深婉，與秦觀詞相近。著有《宛丘集》七十卷。

一　孫彥古畫風雨山水詩

山深巘高石壁青，白日忽變天晦冥。黑風驅雲走不停，驚電疾雨來如傾。山前雨點大如手，山下水湧危槎橫。崩崖古樹老有靈，吼怒直與風雲爭。枝披葉偃鬬不怯，萬竅却欲藏雷霆。鞭驢疾驅者誰子，石路崎澀驢凌兢。目迷心懾愈不及，來憩樹下如寒蠅。蒼茫直與鬼神接，恍惚不保龍蛇驚。平居此樂忽入眼，孫家古圖纔可辨。奈何一幅一尺餘，欲奪天地之奇變。我心愛之良有以，昔苦山行親遇。此一生兩足不下堂，輸爾朱家貴公子。文淵閣四庫全書本《柯山集》卷三。

二　掛虎圖於寢壁示秸秠

畫工出幻事，縞素發原藪。蕭蕭白茅低，凜凜北風走。耽然老於菟，舉步安不驟。目光炯雙射，怒吻呀欲受。彼彪擲其旁，文彩淡初就。雖然竊形似，已足走百獸。煩君衛吾寢，振此蓬蓽陋。坐令盜肉鼠，不敢竄白晝。文淵閣四庫全書本《柯山集》卷六。

三　麞猿圖

陰巖萬古無纖塵，木石翠潤無冬春。時哉兩猿掛復蹲，其一抱子爲屈伸。下有遊貁意甚馴，雄雌嬉遊循水濱。沐猴遇麞愕欲奔，據高自得俯而捫。懸之門堂閱疑真，妙哉易生筆有神，以此成名以終身。文淵閣四庫全書本《柯山集》卷十。

四　題韓幹馬圖

頭如翔鸞月頰光，背如安輿帊臆方。心知不載田舍郎，猶帶開元天子紅袍香。韓幹寫時國無事，綠樹陰低春晝長。兩髻埶鬟戲在傍，如瞻馳道黃屋張。北風揚塵燕賊狂，廄中萬馬歸范陽。天子乘騾蜀山路，滿川苜蓿爲誰芳。文淵閣四庫全書本《柯山集》卷十一。

五　題吴熙老風雲圖

雨腳橫空萬牛弩，烈風吹山山欲仆。葦披木拔何足道，大江翻瀾失洲渚。路旁失轡者誰子，道阻且長泥沒屨。鞭驢挽車亦何急，目眩心搖行不顧。我生飄蓬慣羇旅，顧爾艱難逢亦屢。衲被蒙頭不下堂，且與身謀安穩處。文淵閣四庫全書本《柯山集》卷十一。

六　讀蘇子瞻韓幹馬圖詩

我雖不見韓幹馬，一讀公詩如見者。韓生畫馬常苦肥，肉中藏骨以爲奇。開元有臣善司牧，四十萬匹屯山谷。養之罕用食之豐，力不曾施空長肉。韓生圖像無乃然，我謂韓生巧未全。君不見昔時騏驥人未得，飢守鹽車惟有骨。昂藏不受塵土侵，伯樂未來空佇立。騏驥乏食肉常臞，韓生不寫瘦馬駒。誰能爲驥傳之圖，不如凡馬飽青芻。文淵閣四庫全書本《柯山集》卷十二。

七 讀《中興頌碑》

玉環妖血無人掃，漁陽馬厭長安草。潼關戰骨高於山，萬里君王蜀中老。金戈鐵馬從西來，郭公凜凜英雄才。舉旗爲風偃爲雨，洒掃九廟無塵埃。元功高名誰與紀，風雅不繼騷人死。水部胸中星斗文，太師筆下蛟龍字。天遣二子傳將來，高山十丈磨蒼崖。誰持此碑入我室，使我一見昏眸開。百年廢興增歎慨，當時數子今安在。君不見荒涼浯水棄不收，時有遊人打碑賣。文淵閣四庫全書本《柯山集》卷十一。

八 讀李憕碑

自唐中微北方沸，鐵馬長鳴飲清渭。李公守節陷賊庭，身死髑髏行萬里。原注：憕及盧奕並傳首。百年事往誰復省，一丘榛莽無人祭。荒碑半折就磨滅，後人空解傳其字。殺身不畏真丈夫，自古時危知烈士。俗書小技何足道，嗟我但欲揚其事。寥寥獲麟數千載，末學褒貶多非是。高文大筆誰復作，黜臣餓夫須有待。紛紛後世競著述，紙墨徒爲史官費。郤嗟何獨此事然，搔首碑前空嘆慨。文淵閣四庫全書本《柯山集》卷十二。

九 蕭朝散惠石本韓幹馬圖，馬亡後足

世人怪韓生，畫馬身苦肥。幹寧忍不畫驥骨，當時廐馬君未知。開元太平國無事，戰馬卷甲飽不騎。玉關橐駝通萬里，長安第宅連諸姨。笙歌錦繡遍一國，六龍長閒空食粟。霜甜秋草沙苑遊，日暖春波渭川浴。脽圓腰穩目生光，細尾豐膺毛帖肉。珠鞍玉鐙驕不行，豈有塵埃侵四足。韓生丹青寫天廐，磊落萬龍無一瘦。豈知車下骨如牆，飢食草根刺傷口。君家古圖纔半身，千里騰驤已有神。回身側顧不無意，剪鬣絡頭嗟失真。君不見太宗戰馬拳腹毛，身騎此馬縛羣豪。龍虎精神金鼓氣，豈有閑地供脂膏。至今畫圖快胸臆，想見虬鬚親破賊。那知但愛廐中肥，漁陽筋脚蹄如石。神駒入水隨煙雲，蜀山石路無行人。六驥悲鳴足流血，騎騾遺事一酸辛。文淵閣四庫全書本《柯山集》卷十三。

一〇 送劉季孫赴浙東（節錄）

將軍好書如卻縠，文史隨船三萬軸。吟詩坐嘯士賈勇，不學虎頭飛食肉。文淵閣四庫全書本《柯山集》卷十三。

一一　宿譙東逆旅夜聞歌白公《琵琶行》

元和才子悲流落，一聽琵琶謂天樂。青衫裹淚作長歌，誰取篇章和宮角。譙東夜久行人稀，卧聞此歌歌者誰。歌侶舊時人不見，舉頭欲聽淚雙垂。畫堂青瑣春無事，幾聽此歌還幾醉。東風桃李作黃埃，寶篋塵昏譜聞字。一聲一聽一情傷，未老應知幾斷腸。展轉曲終燈燼落，荒城寒月夜飛霜。文淵閣四庫全書本《柯山集》卷十三。

一二　題周文翰郭熙山水二首

魚村橘市楚江邊，人外秋原雨外川。遣騎竹邊邀短艇，天涯暮色已蒼然。

洞庭葉落萬波秋，說與南人亦自愁。指點吳江何處是，一行鴻雁海山頭。文淵閣四庫全書本《柯山集》卷二十三。

一三　哀伯牙賦

伯牙鼓琴，後世無如。我哀伯牙，似智而愚。天地之間，四方萬里，知爾琴者，一人而已。鍾子既死，其一又亡，欲彈無聽，泣涕浪浪。己奏己聞，欲詰不可，逼塞滿懷，無所傾寫。《折楊》《皇荂》，巷歌里曲，入邑娛邑，入國悅國。回視伯牙，面有矜色。夫操至伎者，必不和眾人之耳；而媚眾耳者，又善工之深恥。違眾者常子子其無與，而冒恥者乃身安而獲利。則亦安知夫至藝之非禍，而庸工之非祉也？

嗟夫！將爲至巧者，必無顧於終身之無與，則至巧之於人，乃不祥之上器。操不祥之器終身而不知，則伯牙者，乃後世之深戒。民國十八年田毓璠刊本《柯山集》卷二。

一四　評書

唐世秉筆之士，工書者十九。蓋魏晉以來，風俗相承，家傳世習，故易爲工也。下及懿、僖、昭、哀，衰亡喪亂，宜不暇矣。接乎五代，九州分裂，然士大夫長於干戈橫尸血刃之間，時時有以揮翰知名於世者，豈又唐之餘習乎？如王文襄之小篆，李鶚之楷法，楊凝式之行草，皆足以成家自名。至羅紹威、錢俶，武人驕將，酣樂於富貴者，其字畫皆有過人。

及宋一天下，於今百年，學者優遊之時，翰墨不宜無人，而求如五代時數子者，世不可得，豈其忽而不爲乎？將俗尚苟簡，遂廢而不振乎？抑亦難能而至乎？

往時蘇子美兄弟，皆以行草見稱於時，至今殘編斷簡，人間藏以爲寶。自二子亡，君謨繼之，非獨時人莫與爲比，前世能者亦罕過也。君謨所書亦多爲世所寶，而《荔支譜》《永城縣學記》特又其精者，是可珍也，故聊志之。民國十八年田毓璠刊本《柯山集》

卷四三。

一五　跋唐太宗畫目

唐太宗躬攖甲冑，出入行陣，親與羣雄搏戰而勝之，計其勇健虓武，豈復翰墨間人也。

《官法帖》帝王部中，有太宗書真行千餘字，觀其用筆精工，法度粹美，雜之《二王帖》中，不能辨也，而其雄傑邁秀之氣，則冠諸書者。嗚呼盛哉！宜其備文武之大美，兼聖賢之能事，除隋之亂，比跡湯、武，致治之美，庶幾成、康，雖數十年慨然可想也。

此書畫目是其真跡，前數行亦自有法度可愛。乙酉仲夏柯山東堂書。民國十八年田毓璠刊本《柯山集》卷四四。

一六　題道孚墨竹

文與可自言：「吾墨竹一派在彭城。」蓋屬眉山公也。而子瞻自言：「吾爲竹，盡得與可之法，獨生意自然遠不逮也。」

吾甥楊克一，本不學畫竹，一旦頓解，便有作者風氣，揮灑奮迅，初不經意，森然已成，愜可人意。意其法有未具，而生意超然矣。民國十八年田毓璠刊本《柯山集》卷四四。

一七　東坡書卷

蘇公謫居黃州時，爲奉議郎潘公書一卷，備正書行草數體。予再官於黃，首尾且三年，嘗假此書於奉議之子大臨，以爲書法。

庚辰孟秋，蒙恩守魯，將之官，盡出所假潘氏諸書歸之，獨此一卷，令男秬納之篋中。予與邠老皆蘇學士徒也，舍潘歸張奚擇焉。邠老懼後東坡復徵此書，疑於收視之不謹也，使書此以爲據。民國十八年田毓璠刊本《柯山集》卷四五。

一八　跋范坦所藏高閑帖

予治平末，嘗見太學直講楊褒家藏唐高閑上人二帖石本，歐陽文忠公書其末，以爲高閑之書如此，則韓序乃實錄矣。後予官秘書且十年，凡秘府所藏與一時士大夫家所有晉、唐以來名書妙墨，皆獲見之，而高閑書絕未嘗見。豈閑自重其藝，不妄爲人書，故後之傳者少耶？

崇寧乙酉孟秋，始見范伯履所藏《千文》，追想楊褒石本，真出一手，足知退之之言不妄也。民國十八年田毓璠刊本《柯山集》卷四五。

《明道雜志》（選録　五則）

　　白樂天作《紫毫筆》詩云："宣城石上有老兔，食竹飲泉生紫毫。"余守宣時問筆工："毫用何處兔？"答云："皆陳、亳、宿數州客所販。"宣自有兔，毫不堪用。蓋兔居原田則毫全，以出入無傷也。宣兔居山，出入爲荆棘樹石所傷，毫例短禿，則白詩所云非也。白公宣州發解進士，宜知之，偶不問耳。

　　采石中元水府祠有韓幹畫馬一軸，是一武臣過祠下捨之。蓋摹本也，而人皆以爲真。余曾取視之，其典刑乃幹法，落筆洗色，常二所爲耳。祠前人説："頃年，張唐公罷太平守，過祠下，見之不能捨，乃令畫工摹，易取去，以摹者納廟中。及行，他舟皆發，獨載畫一舟引之不動，其勢欲沉。張公大恐，還舊本，舟乃安。"余紹聖丙子歲罷守宣城，道采石見此畫。其秋寓居宛丘，於外氏李家見所畜摹本甚多，一馬與中元祠中正同，乃信其爲摹本決也。真幹畫乃可寶，摹本固易得，唐公何用愛之如此？而神亦甚寶之。由此言之，非獨唐公之鑒未精，雖廟神亦誤信也。

　　蘇舜元字才翁，舜欽字子美，兄弟也。舜欽名藉甚，才翁人少稱之。然才翁書字清勁老健，實過子美。至爲詩有嘉句，子美亦不逮也。才翁有《宿僧院》詩，一聯云："斷香浮闕月，古像守昏燈。"可謂嘉絶。

　　蘇侍郎由黃門謫知汝州，因游天慶觀。見殿上壁畫甚精，問之，乃吳道子筆也。而殿稍不完，因施己俸新之。工畢，於殿脊上火珠中見有書字，蓋記建殿年月，後有書曰："某年月日有姓蘇人重修。"校其時，正黃門修時也。然則人之行止，豈偶然哉！

　　（劉）几最曉音，數爲余言之。余亦未嘗學鐘律，不能盡記其説，猶記其一説，頗有理。几言有士人陳昭素者，頗以知音自許，欲自言朝廷，願定大樂。几問其説，昭素講之已備。几謂之曰："此不足恃也。定樂之要，在心通而耳曉，今樂發黃鐘之鐘，用銅若干，今具以三若干銅，火齊金汁無少異者，鑄爲三黃鐘，舉而扣之，爲三聲耶？一聲也。"昭素曰："金火雖均，聲不能無變。"几曰："此須子心與耳知黃鐘而後可，法不足恃也。"此語有理。後數年，几遇余於陳，几病矣，無幾何面卒。几有子塤陳令者，佳士也。頗知其婦翁之術，曰暖外腎而已，其法以兩手掬而暖之，默坐調息至千息，兩腎融液如泥瀹入腰間。此術至妙。几有弟忱，所言亦如此。以上文淵閣四庫全書本《説郛》卷四十三下《明道雜志》。

王讜藝話（三八則）

王讜（生卒年不詳）字正甫。北宋長安（今陝西西安）人。宋徽宗崇寧、大觀年間人，曾入蘇軾門下。元祐四年任國子監丞，官至少府監丞，著有《唐語林》八卷。《四庫全書·唐語林提要》云："是書雖倣《世說》，而所紀典章故實、嘉言懿行，多與正史相發明，視劉義慶之專尚清談者不同。且所採諸書存者已少，其裒集之功尤不可沒。"

《唐語林》（選錄 三八則）

沈顏遊鍾陵，自章江入劍池，過臨川。時天早，水將涸。阻風，泊小渚。獲敗碑，字存者十七八，乃撫州刺史顏魯公之文，即臨川所沈碑也。其文多載魯公之德業。

陳子曰："衛公之戰伐，無兵也。杜員外詠歌，無詩也。張長史草聖，無書也。"以上文淵閣四庫全書本《唐語林》卷一。

樂工羅程者，善彈琵琶，爲第一，能變易新聲。得幸於武宗，恃恩自恣。宣宗初，亦召供奉。程既審上曉音律，尤自刻苦，往往令侍嬪御歌，必爲奇巧聲動上，由是得幸。程一日果以眥睚殺人，上大怒，立命斥出，付京兆。他工輩以程藝天下無雙，欲以動上意。會幸苑中，樂將作，遂旁設一虛坐，置琵琶於其上。樂工等羅列上前，連拜且泣。上曰："汝輩何爲也？"進曰："羅程負陛下，萬死不赦。然臣輩惜程藝天下第一，不得永奉陛下，以是爲恨。"上曰："汝輩所惜羅程藝耳，我所重者高祖、太宗法也。"卒不赦程。《唐語林》卷二。

西涼州俗好音樂，製《涼州》新曲，開元中列上獻之。上顧問寧王，王進曰："此曲雖佳，臣有聞焉：夫音者，始之於宮，散之於商，成之於角、徵、羽，莫不根柢囊橐於宮、商也。宮雜而少商，徵亂而加暴。臣聞：宮，君也；商，臣也。宮不勝則君勢卑，商有餘則臣下僭。君卑則畏下，臣僭則犯上。蓋形之於音律，播之於歌詠，見之於人事。臣恐一日有播越之禍，悖亂之患，莫不由此曲也。"上聞之，默然。及安祿山之亂，華夏鼎沸，所以知寧王知音之妙也。

王璵爲太常卿。早起，聞永興里人吹笛，問，是太常樂人。後因閱樂而撻之。問曰："何得罪？"曰："卧吹笛。"又見康昆侖彈琵琶，云："琵聲多，琶聲少，亦未可彈五十四絲大弦也。"自下而上謂之琵，自上而下謂之琶。

韓太保皋深曉音律，嘗觀客彈琴爲《止息》，乃歎曰："妙哉，嵇生之音也！爲是曲也，其當魏、晉之際乎？"《止息》與《廣陵散》，同出而異名也。其音主商，商爲秋聲，天將肅殺，草木搖落，其歲之晏乎？此所以知魏之季慢也。其商弦與宫同，時臣奪其君之位乎？此所以知司馬氏之將篡也。'廣陵'，維揚也；'散'者，流亡之謂也。'楊'者，武后之姓，言楊后與其父駿之傾覆晉祚者也。晉難興，終'止息'於此。其音哀憤而噍殺，操者蹙而憯痛，永嘉之亂，其應此乎？叔夜撰此，將貽後代之知音，且避晉禍，託之神鬼，史氏非知味者，安得不傳其謬歟？"

潤州得玉磬十二以獻，張率更叩其一，曰："是晉某歲所造也。是歲餘月，造磬者法月，數有十三，今闕其一。宜於黃鐘九尺掘之，必得焉。"敕州求之，如言而得。

鄭公見秦王《破陣樂》，則俯而不視；奏《慶善樂》，則玩而不厭。

閻立本善畫。至荊州，視張僧繇舊跡，曰："定虚得名耳。"明日又往，曰："猶是近代佳手耳。"明日又往，曰："名下無虛士。"坐卧觀之，留宿其下，一日不能去。

劉侍郎三復，初爲金壇尉，李衛公鎮浙西，三復代草表云："山夅北固，長懷戀闕之心；地接東溟，却羨朝宗之路。"衛公嘉歎，遂辟爲賓佐。時杭州有蕭協律悅，善畫竹，家酷貧，白居易典郡，嘗叙云："悅之竹舉世無倫，頗自秘重，有終歲求其一竿一枝不得者。"又遺之歌曰："餘杭邑客多羈貧，其中甚者蕭與殷，天寒身上猶衣葛，日高甑中未掃塵。"悅年老多病，有一女未適。他日，病且亟，謂其女曰："吾聞長史劉從事，非有通家之舊，復無舉薦之力。欸自案：此下原闕一字。眾爲賢侯幕府，必有足觀者。今知未婚，吾雖未識，當以書託汝。"三復覽其書，數日未決。會夜夢有黃衣使，致槁一束於其門。翊日，言於衛公，公曰："槁，蕭也。此固定矣。"三復遂成婚。

于司空因韋太尉《奉聖樂》，亦撰《順聖樂》以進，每宴，必使奏之。其曲將半，綴皆伏，而一人舞於中央。慕容韋緩笑曰："何用窮兵獨舞？"雖笑詼諧，亦有爲也。頔又令女妓爲佾舞，壯妙，號《孫武順聖樂》。

明皇善八分書，將命相，皆先以御札書其名於案上。

韋皋鎮西川，進《奉聖樂》曲，兼樂工舞人曲譜到京。於留邸按閱，教坊人潛窺，得先進之。以上《唐語林》卷三。

明皇洞曉音律，絲管皆造其妙。製作諸曲，隨意即成，如不加意。尤愛羯鼓橫笛，云："八音之領袖，諸樂不可爲比。"嘗遇二月初，詰旦，巾櫛方畢，時宿雨始晴，景氣明麗，殿庭柳杏將拆。上曰："對此景物，豈得不爲他判斷乎？"左右相目，將令備酒。獨高力士遣取羯鼓，上臨軒縱擊一曲，名《春光好》，原注：上自製也。神氣自得。及顧柳杏皆已發折，指而笑曰："不喚我作天公可乎？"嬪嬙侍臣皆稱萬歲。又嘗製《秋風高》，每至秋空迴徹，纖埃不起，即奏之，必遠風徐來，庭葉墜下，其神妙如此。

明皇性俊邁，不好琴。會聽琴，正弄未畢，叱琴者曰："待詔出！"謂內官曰："速令花奴將羯鼓來，爲我解穢。"

李尚書翺，潭州席上有舞柘枝者，顏色憂悴。殷堯藩侍御當筵而贈詩曰："姑蘇太守青娥女，流落長沙舞柘枝；滿坐繡衣皆不識，可憐粉臉淚雙垂。"李公詰其事，乃故姑蘇臺韋中丞愛姬之女也。李公曰："吾與韋族，其姻舊矣。"速命更舞衣，即延入與韓夫人原注：吏部之任。相見，顧其言語清楚，宛有冠蓋風儀，遂於賓榻中，選士嫁之。舒元輿侍郎聞之，贈李公詩曰："湘江舞罷忽成悲，便脫蠻靴出絳帷；誰是蔡邕琴酒客，魏公懷舊嫁文姬。"李尚書初守廬江，有重繫者當大辟，引慮之時，啟曰："昔於群小，專習一藝，願於貴人之前試之。"乃曰："長嘯也。"公命緩繫而聽之，曰："不謂蘇門之風，出於赭衣之下。"遂蠲其罪。後鎮山南，夜聞長笛之音，而瀏亮不絕。問："是何人吹也？"具云："府獄重囚。"令明日引來。官吏遞相尤怨，夜使囚徒爲樂，罪累必深。及至，公曰："汝之吹竹已得其能。少不事農桑，可爲伶人耳。"卒歲而憐愍之，便令奔去。

天寶十五載正月，安祿山反，陷洛陽。王師敗績，關門不守。車駕幸蜀，次馬嵬驛，六軍不發，賜貴妃死，然後駕發。行至駱谷，上登高平，馬上謂力士曰："吾倉皇出狩，不及辭宗廟。此山絕高，望見秦川。吾今遙辭陵廟。"下馬東向再拜，嗚咽流涕，左右皆泣。又謂力士曰："吾取張九齡之言，不至於此。"乃命中使往韶州，以太牢祭之。既而取長笛吹，自製曲，曲成復流涕，詔樂工錄其譜。至成都，乃進譜而請名，上已不記，顧左右曰："何也？"左右以駱谷望長安索長笛吹出對之。良久，曰："吾省矣。吾因思九齡，可號爲《謫仙怨》。"有人自西川傳者，無由知其本末，但呼爲《劍南神曲》。其音怨切動人。大曆中，江南人盛傳。隨州刺史劉長卿左遷睦州司馬，祖筵聞之，長卿隨撰其詞，意頗自得，蓋亦不知事之始。詞云："晴川落日初低，惆悵孤舟解攜。鳥去平蕪遠近，人隨流水東西。白雲千里萬里，明月前溪後溪。獨恨長沙謫去，江潭春草萋萋。"其後，台州刺史竇宏餘以長卿之詞雖美，而與本曲意興不同，復作詞以廣不知者，其詞曰："胡塵犯闕沖關、金輅提攜玉顏。雲雨此時消散，君王何日歸還？傷心朝恨暮恨，回首千山萬山。獨望天邊初月，蛾眉獨自彎彎。"以上《唐語林》卷四。

太宗嘗以飛白書賜馬周，曰："鳳鷰沖霄、必假羽翼；股肱之寄，要在忠力。"又高宗嘗爲飛白，賜侍臣戴至德，曰"泛洪源，俟舟楫"；郝處俊曰"飛九霄，假六翮"；李敬元曰"資啟沃，罄丹誠"；崔知悌曰"罄忠節，贊皇猷"：其詞皆有比興。

率更歐陽詢行見古碑，晉索靖所書，駐馬觀之良久而去。數百步復還，下馬佇立，疲倦則布裘坐觀，因宿其旁三日而去。

閻立本，總章元年，以司平大常伯拜右相。有文學，善寫真。

近代言樂，衛道弼爲最，天下莫能以聲欺者。曹紹夔與道弼爲樂令，比監郊享，御史有怒於紹夔，欲以樂不和爲之罪。雜叩鐘磬，使暗別之，無誤者。由是反嘆服其能。洛陽有僧，房中磬子夜輒自鳴，僧以爲怪，懼而成疾，求術士百方禁之，終不能已。曹紹夔素與僧善，適來問疾，僧遽以告。俄頃，輕擊齋鐘，磬復作聲。紹夔笑曰："明日盛設饌，余當爲除之。"僧雖不信其言，冀其或效，乃置饌以待。紹夔食訖，出懷中錯，鑢磬數處，其聲遂絕。僧苦問其所以，紹夔曰："此磬與鐘律合，故擊彼應此。"僧大喜，其疾便愈。

汝南王璡，寧王長子也。姿容妍美，明皇鍾愛，授之音律，能達其旨。每隨遊幸，常戴砑絹帽打曲，上摘紅槿花一朵，置於帽上筥處，二物皆極滑，久之方安。遂奏《舞山香》一曲，而花不墜。樂家云："定頭項難在不動搖。"上大喜，賜金器一廚，因曰："花奴原注：璡小字。資質明媚，肌髮光細，非人間人。"寧王謙謝，隨而短斥之。上笑曰："大哥過慮，阿瞞自是相師。原注：上於諸親，嘗親稱此號。夫帝王之相，且須有英特越逸之氣，不然須有深沉包育之度。若花奴，但英秀過人，悉無此狀，故無猜也。而又舉止淹雅，當更得公卿間令譽耳！"寧王又笑曰："若如此，臣乃輸之。"上曰："若此一條，阿瞞亦輸大哥矣。"寧王又謝。上笑曰："阿瞞贏處多，大哥亦不用摀挹。"眾皆歡賀。

宋開府璟雖耿介不群，亦知音樂，尤善羯鼓，原注：鼓樂部行丐亂云"南山起雲、北山起雨"者，是宋開府所爲。嘗與明皇論羯鼓事曰："不是青州石末，即須魯山花瓷、撚小碧上，掌下須有朋原注：去聲。肯原注：去聲。聲。"據比，乃漢震第二鼓也。且頗用石末、花磁。

固是腰鼓，掌下朋肯聲，是以手拍鼓，非羯鼓明矣。原注：第二鼓左以杖，右以指。開府又曰："頭如青山峰，手如白雨點。"此即羯鼓之能事。山峰取不動，雨點取碎急。上與開府兼善兩鼓，而羯鼓偏好，以其比漢震稍雅細焉。開府之家悉傳之。東都留守鄭叔則祖母，即開府之女。今尊賢里鄭氏第，有小樓，即宋夫人習鼓之所也。開府孫沇亦知音，貞元中，集《樂錄》三卷，德宗覽而善焉。又知是開府之孫，遂召對賜坐，與論音樂。又召至宣徽，張樂使觀焉，曰："設有舛乖，悉可言之。"沇沈吟曰："容臣與樂官商攉條奏。"上使宣徽使就教坊與樂官參議數日，二使奏上："樂工多言沇曾不留意，不解聲調，不審節拍，兼有聵病，不可議樂。"上頗異之。久之召對，且曰："臣年老多病，耳實失聽，若迨於聲律，不致無業。"上又使作樂曲，問其得失，承稟舒遲，眾工多笑之。沇顧笑者，忽忿怒作色，奏曰："曲雖妙，其間有不可者。"上驚問之，即指一琵琶云："此人大逆戒忍，當即去，不宜在至尊前。"又指一笙云："此人神魂已遊墟墓，不可更留供奉。"上大駭，令主司潛伺察之。既而琵琶工為人訴，稱六七年前其母自縊，不得端由；即令按鞠，遂伏罪。其笙者乃憂恐不食，旬日而卒。上益加知遇，面賜章綬，累召對。每令沇察樂，樂工悉惴恐，不敢正視。沇懼罹禍，辭病而退。

李龜年、彭年、鶴年弟兄三人，開元中皆有才學盛名。鶴年能歌詞，尤妙製《渭州》。彭年善舞。龜年善打羯鼓。明皇問："卿打多少杖？"對曰："臣打五千杖訖。"上曰："汝殊未，我打却三豎櫃也。"後數年，又聞打一豎櫃，因賜一拂枝杖羯鼓棬。後留傳至建中三年，任使君又傳一弟子，使君令取江陵漆盤底瀉水棬中，竟不散，以其至平故也。又云："人聞鼓棬只在調豎慢。此棬一調之後，經月如初，今不如也。"

天寶中，樂章多以邊地為名，若《涼州》《甘州》《伊州》之類是焉。其曲遍繁聲為"破"，後其地盡為西蕃所沒。破，其兆矣。

吳道子訪僧，不見禮，遂於壁上畫一驢，其僧房器用無不踏踐。僧知道子所為，謝之，乃塗去。

王維畫品妙絕，工水墨平遠，昭國坊庾敬休所居室壁有之。人有畫《樂圖》，維熟視而笑，或問其故，維曰："此是《霓裳羽衣曲》第三疊第一拍。"好事者集樂工驗之，一無差舛。

王維為大樂丞，被人嗾令舞《黃獅子》，坐是出官。《黃獅子》者，非天子不舞也，後輩慎之。

鄘西鼓山東北，有石鼓，俗傳石鼓鳴則兵起。左思《魏都賦》云："神鉦迢遞於高巒，靈響特驚於四表。"案《説文》："鉦似鈴。"小者爲鐃。《周禮》："以金鐃止鼓"。然則鉦、鼓雖同類，鉦乃以金爲之，直謂石鼓爲神鉦，失其義矣。高齊時石鼓鳴，未幾而齊滅；隋季又鳴，無何海內崩亂。近天寶末，石鼓復鳴，俄而幽燕伬擾。記傳臨海、零陵、南康、建平、天水諸處，皆有石鼓，其説多同。晉武帝時，吳郡臨平湖岸崩，出一石鼓，扣之不鳴，張華云："取蜀郡桐木作魚形，擊之則鳴。"於是聲聞數十里。後十六國迭據，三百餘年攻戰不息。是石鼓之鳴，咸非吉徵也。

永泰中，大理評事孫廣著《嘯旨》一篇，云："其氣激於喉中而濁，謂之言；激於舌端而清，謂之嘯。言之濁，可以通人事、達情性；嘯之清，可以感鬼神、致不死。故太上老君授南極真人，真人授廣成子，廣成子授風后，風后授務光，務光授舜，舜演之爲琴，以授禹。自後或廢或續，有晉大行仙君孫公得之以得道，無所授，阮嗣宗所得少分，其後不復聞矣！"按高氏《緯略》，嘯有十五章：一曰《權輿》；二曰《流雲》；三曰《深溪虎》；四曰《高柳蟬》；五曰《空林鬼》；六曰《巫峽猿》；七曰《下鴻鵠》；八曰《古木鳶》；九曰《龍吟》；十曰《動地》；十一曰《蘇門》，孫登隱蘇門山所作也；十二曰《劉公命鬼》，仙人劉根所作也；十三曰《阮氏逸韻》，阮籍所作也；十四曰《正章》；十五曰《深遠極大》，非常聲也。畢盡五音之極，而大道備矣。廣云："其事出道書。"余按：人有所思則長嘯，故樂則詠歌，憂則嗟歎，思則嘯吟。《詩》云："有女仳離，條其嘯矣！"顏延之《五君詠》云："長嘯若懷人。"皆是也。廣所云《深溪虎》《古木鳶》，狀其聲氣可知矣。若太上老君相次傳授，舜演爲琴，崇飾過甚，余不敢聞也。按《詩箋》云："嘯，蹙口出聲也。"成公綏《嘯賦》云："動唇有曲，發口成音。"而今之嘯者，開口捲舌，略無蹙舌之法。孫氏云"激於舌"，非動唇之謂也。天寶末，峨眉山道士姓陳，來遊京師，善長嘯，能作鼓霹靂之引。初則聲發調暢，稍加散越；須臾穿窠砑磕，寫雷鼓之音；忽復震駭，聲如霹靂，聞者莫不傾慄。以上《唐語林》卷五·補遺。

嗣曹王皋有巧思，精於器用。爲荊州節度使，有羈旅士，持二羯鼓桊謁皋。皋見桊卷曰："此至寶也！"指鋼勾之狀，賓佐皆莫曉。皋曰："諸公未必信。"命取食拌，自選其極平者，遂量重二桊於拌心，油注桊中，滿不浸漏，其吻合無際。皋曰："此必開元中供御桊，不然，無以至此。"問其所自，客曰："某先人在黔中，得於高力士之家。"眾服其識。賓府潛問客："宜償幾何？"答曰："不過二百五緡。"及遺財帛器物，其直果稱焉。張敦素《夷堅錄》云："宗正卿李琬善羯鼓，有士子以雙鐵桊賣之，還二十緡，其人快快，琬復資之。客有怪其厚質，琬乃取一盤底至平者，以二桊重重安盤中，灌水其中，曾無洩漏。琬曰：'至精所至，其貴在茲。'"某案：南卓郎中《羯鼓錄》但云李卿妙於羯鼓，不言有得桊事，則敦素之記非耶？

宋沆爲太常丞，每言諸懸鐘磬亡墜至多，補之者又乖律呂。忽因於光宅佛寺侍漏，聞塔上鐸聲，傾聽久之。朝回，復止寺舍，問寺主僧曰："上人塔上鐸，皆知所自乎？"曰："不能知之。"曰："某聞有一是近制。某請一人循鈴索歷扣以辨之，可乎？"初，僧難，後許。乃扣而辨焉。寺眾即言："往往無風自搖，洋洋有聲，非此也耶？"沆曰："是也。必因祠祭考本縣鐘而應也。"因求摘取而觀之，曰："此姑洗編鐘耳。"且請獨綴於僧庭。歸太常，令樂人與僧同臨之；約其時彼扣本樂懸，此果應之，遂購而獲。又曾送客至通化門，逢度支運乘。駐馬俄頃，忽草草揖客別，乃隨乘至左藏門，認一鈴，亦言編鐘也。他人但見鎔鑄獨工，不與眾者垺，莫知其餘。及配懸，音形皆合其度，異乎！

李汧公鎮宣武，好琴書。自造琴，取新舊桐材扣之，合律者裁而膠綴。所蓄二琴殊絕，其名"響泉"、"韻磬"者也。性不喜俗間聲音，有二寵奴，號秀奴、七七，善琴箏與歌，時遣奏之。有撰《琴譜》。以上《唐語林》卷六·補遺。

《清夜遊西園圖》者，晉顧長康所畫。有梁朝諸王跋尾處，云："圖上若干人，並食天廚。"唐貞觀中，褚河南裝背，題處具在。其圖本張維素家收得，傳至相國張公弘靖。元和中，準宣索並鍾元常寫《道德經》，同進入內。原注：時張鎮并州。《進圖表》，李太尉衛公作。後中貴人崔潭峻自禁中將出，復流傳人間。維素子周封，自涇州從事，秩滿在京。一日，有人將此圖求售，周封驚異之，遽以絹數匹贖得。經年，忽聞款關甚急，問之，見數人同稱仇中尉傳語評事："知《清夜圖》在宅，計閒居家貧，請以絹三百匹易之。"周封憚其逼脅，遽以圖授使人。明日果齎絹至。後方知詐偽，乃是一豪士求江淮海鹽院，時王涯判鹽鐵，酷好書畫，謂此人曰："爲余訪得此圖，當遂公所請。"因爲計取之耳。及十家事起，後落在一粉鋪家。未幾，爲郭侍郎家閽者以錢三百市之，以獻郭公。郭公卒，又流傳至令狐相家。宣宗一日嘗問相國有何名畫，相國具以圖對，復進入內。

舊制：三二歲，必於春時，內殿賜宴宰輔及百官，備太常諸樂，設魚龍曼衍之戲，連三日，抵暮方罷。宣宗妙於音律，每賜宴前，必製新曲，俾宮婢習之。至日，出數百人，衣以珠翠緹繡，分行列隊，連袂而歌，其聲清怨，殆不類人間。其曲有曰《播皇猷》者，率高冠方履，褒衣博帶，趨赴俯仰，皆合規矩；有曰《蔥嶺西》者，士女踏歌爲隊，其詞大率言蔥嶺之士，樂河湟故地，歸國而復爲唐民也；有《霓裳曲》者，率皆執幡節，被羽服，飄然有翔雲飛鶴之勢。如是者數十曲。教坊曲工遂寫其曲，奏於外，往往傳於人間。

宣宗制《泰邊陲》曲，其辭云："海岳晏咸通。"上即位，而年號"咸通"。以上《唐語林》卷七·補遺。

李匡乂云："《晉書》稱阮咸善琵琶，是即是矣。"按《周書》云："武帝彈琵琶，後梁宣帝起舞，謂武帝曰：'陛下既彈五弦琴，臣何敢不同百獸舞？'"則周武帝所彈，乃是今之五弦。可知前代凡此類，總號琵琶爾。又按《風俗通》云："以手批把，謂之琵琶。自撥彈已後，惟今四弦始專琵琶之名。"因依而言，則劉餗束所云："貞觀中，悲洛兒始棄撥，用手以撫琵琶。"是又不知故事者之言也。又因此而徵之，五弦之號，即出於後梁宣帝之語也。而今阮氏琵琶，正以手撫，反不能占琵琶之名，失本義矣。

西明寺、慈恩寺多古畫。慈恩塔前壁有"濕手獅子趺心花"，爲時所重。聖善、敬愛兩寺，亦有古畫。聖善寺木塔院，多鄭廣文畫並書。敬愛寺山亭院有畫雉尾若丹砂子，上有進士房增題名處，後有人題曰："姚家新婿是房郎，未解芳顏意欲狂。見說正調穿淚箭，莫教射破寺家牆。"西北角有病龍院，並吳生畫。以上《唐語林》卷八·補遺。

郭思藝話

郭思（？～一一三〇）字得之，河陽溫縣（今河南溫縣）人，熙子。元豐五年進士。善繪畫，崇寧、大觀間，嘗應制畫《山海經》圖。政和七年，提舉成都府等路茶事。宣和時，歷任陝西等路買馬監牧、秦鳳路經略安撫使。建炎四年，提舉嵩山崇福宮，卒。著有詩話《瑤池集》，論詩多主元祐諸體，立詩之體式爲十五，何汶謂其"強立分別，初無確論"，獨論詩之景，"其間編類多前輩所稱美而後人所膾炙"（《竹莊詩話》卷一四、一五），今已佚。編著有《林泉高致集》《畫論》，主要編述其父郭熙的創作经验和艺术见解而成。

《林泉高致集》

序

語曰："志於道，據於德，依於仁，遊於藝。"謂禮樂射御書數畫之流也。《易》之山墳、氣墳、形墳出於三皇，山如山，氣如氣，形如形，皆畫之椎輪。黃帝製衣裳有章數，或繪或繡，皆畫本也，故舜十二章，山龍華蟲，曰觀古人象。《爾雅》曰："畫，象也。"言象之所以爲畫爾。《易》設卦觀象繫辭，《論語》"繪事後素"，《周禮》"繪畫之事後素工"，畫之爲本甚大且遠。

自古説伏戲畫八卦，讀爲"今汝畫"之"畫"，"畫"文訓爲"止"，不知畫八卦爲等義，故畫當爲畫。但今畫出於後世，其實止於畫字爾。又今之古文篆籀禽魚皆有象形之體，即象形畫之法也。

思丱角時侍先子遊泉石，每落筆，必曰："畫山水有法，豈得草草？"思聞一説，旋即筆記。今收拾纂集，殆數十百條，不敢失墜，用貽同好。

噫！先子少從道家之學，吐故納新，本遊方外，家世無畫學，蓋天性得之，遂遊藝於此，以成名焉。然於潛德懿行、孝友仁施爲深，則遊焉息焉，此志子孫當曉之也。

《林泉高致集》卷首。

山水訓

君子之所以愛夫山水者，其旨安在？邱園養素，所常處；也泉石嘯傲，所常樂也；

漁樵隱逸，所常適也；猨鶴飛鳴，所常觀也。塵囂韁鎖，此人情所常厭也；烟霞仙聖，此人情所常願而不得見也。直以太平盛日，君親之心兩隆，苟潔一身出處，節義斯繫，豈仁人高蹈遠引，爲離世絶俗之行，而必與箕穎埒素黃綺同芳哉！白駒之詩，紫芝之詠，皆不得已而長往者也。然則林泉之志、烟霞之侶夢，寐在焉。耳目斷絶，今得妙手，鬱然出之，不下堂筵，坐窮泉壑，猨聲鳥啼，依約在耳，山光水色，滉瀁奪目，斯豈不快人意，實獲我心哉！此世之所以貴夫畫山水之本意也。不此之主而輕心臨之，豈不蕪雜神觀，溷濁清風也哉！

畫山水有體，鋪舒爲宏圖而無餘，消縮爲小景而不少。看山水亦有體，以林泉之心臨之則價高，以矯侈之目臨之則價低。

山水，大物也。人之看者，須遠而觀之，方見得一障山川之形勢氣象。若士女人物，小小之筆，即掌中几上，一展便見，一覽便盡，此看畫之法也。

世之篤論，謂山水有可行者，有可望者，有可遊者，有可居者。畫凡至此，皆入善品。但可行、可望不如可遊、可居之爲得，何者？觀今山川，地占數百里，可遊可居之處十無三四，而必取可居可遊之品，君子之所以渴林泉者，正爲佳處故也。故畫者當以此意造，而覽者又當以此意求之，謂不失本意。

畫亦有相法。李成子孫昌盛，其山脚地面，皆渾厚濶大，上秀而下豐，人之有後之相也。非必論相，兼理當如此故也。

人之學畫，無異學書。書取鍾、王、虞、柳，久必入其彷彿。至於大人通士，不局於一家，必兼收並攬，廣議博考，以使我自成一家，然後爲得。今齊魯之士，唯摹營邱；關陝之士，唯摹范寬。一己之學，猶爲蹈襲，況齊魯、關陝輻員數千里，州州縣縣，人人作之哉！專門之學，自古爲病，正謂出於一律而不肯聽者，不可罪不聽之人，迨由陳跡，人之耳目喜新厭故，天下之通情。余以謂大人通士不苟於一家者，此也。

柳子厚善論爲文。余以謂不止於文，萬事有訣，盡當如是，況於畫乎！何以言之？凡一景之畫，不以大小多少，必須注精以一之。不精則神不專，必神與俱成，神不與俱成，則精不明；必嚴重以肅之，不嚴則思不深；必恪勤以周之，不恪則景不完。故積惰氣而强之者，其跡軟懦而不决，此不注精之病也。積昏氣而汩之者，其狀黯猥而不爽，此神不與俱成之弊也。以輕心掉之者，其形脫畧而不圓，此不嚴重之弊也。以慢心忽之者，其體疏率而不齊，此不恪勤之弊也。故不决則失分解法，不爽則失瀟洒法，不圓則失體裁法，不齊則失緊慢法。此最作者之大病也，然此可與明者道。

思平昔見先子作一二圖，有一時委下不顧，動經一二十日不向，再三體之，是意不欲。意不欲者，豈非所謂惰氣者乎？又每乘興得意作，則萬事俱忘，及事汩志撓，外物有一，則亦委而不顧。委而不顧者，豈非所謂昏氣者乎？凡落筆之日，必明窗净几，焚香左右，精筆妙墨，盥手滌硯，如迓大賓，必神閒意定然後爲之，豈非所謂不敢以輕心掉之乎？已營之，又撤之；已增之，又潤之。一之可矣，又再之；再之可矣，又復之。每一圖，必重重複複，終終始始，如戒嚴敵然後竟，此豈所謂不敢以慢心忽之乎？所謂天下之事，不論大小，例須如此而後有成。先子向思每丁寧委曲論及此，豈教思終身奉之以爲進修之道也耶！

　　學畫花者，以一株花置深坑中，臨其上而瞰之，則花之四面得矣。學畫竹者，取一枝竹，因月夜照其影於素壁之上，則竹之真形出矣。學畫山水，何以異此？蓋身即山川而取之，則山水之意度見矣。真山水之川谷，遠望之以取其深，近遊之以取其淺。真山水之煙石，遠望之以取其勢，近看之以取其質。真山水之雲氣，四時不同，春融冶，夏蓊鬱，秋疎薄，冬黯淡，畫見其大象而不爲斬刻之形，則雲氣之態度活矣。真山水之烟嵐，四時不同，春山澹冶而如笑，夏山蒼翠而如滴，秋山明净而如糚，冬山慘淡而如睡，畫見其大意而不爲刻畫之跡，則烟嵐之景象正矣。真山水之風雨，遠望可得，而近者玩習不能究一川徑隧起止之勢。真山水之陰晴，遠望可盡，而近者拘狹不能得一山明晦隱見之跡。山之人物以標道路，山之樓觀以標勝槩，山之林木映蔽以分遠近，山之溪谷繼續以分深淺。水之津筏橋彴以足人事，水之漁艇釣竿以足人意。大山堂堂，爲衆山之主，所以分布以次岡阜林壑爲遠近大小之宗主也。其象若大君赫然，當陽而百辟奔走朝會，無偃蹇背却之勢也。長松亭亭，爲衆木之表，所以分布以次藤蘿草木爲振挈依附之師帥也。其勢若君子軒然得時，而衆小人爲之役使，無憑陵愁挫之態也。山近看如此，遠數里看又如此，遠十數里看又如此。每遠每異，所謂山形步步移也。山正面如此，側面又如此，背面又如此，每看每異，所謂山形面面看也。如此，是一山而兼數十百山之形狀，可得不悉乎！山春夏看如此，秋冬看又如此，所謂四時之景不同也。山朝看如此，暮看又如此，陰晴看又如此，所謂朝暮之變不同也。如此，是一山而兼數十百山之意態，可得不究乎！春山煙雲綿聯，人欣欣；夏山嘉木繁陰，人坦坦；秋山明净搖落，人蕭蕭；冬山昏霾翳塞，人寂寂。看此畫，令人生此意，如真在此山中，此畫之景外意也。見青烟白道而思行，見平川落照而思望，見幽人山客而思居，見巖扃泉石而思游，看此畫令人起此心，如將真即其處，此畫之意外妙也。

　　東南之山多奇秀，天地非爲東南私也。東南之地極下，水潦之所歸，以漱濯開露之所出，故其地薄，其水淺，其山多奇峰峭壁，而斗出霄漢之外，瀑布千丈飛落於雲霞之表，如華山垂溜，非不千丈也。如華山者鮮爾，縱有渾厚者，亦多出地上，而非地中也。

　　西北之山多渾厚，天地非爲西北偏也。西北之地極高，水源之所出，以岡隴臃腫之所埋，故其地厚，其水深，其山多堆阜盤礡，而連延不斷於千里之外，介邱有頂而迤邐拔萃於四逵之野，如嵩少室非不峭拔也。如嵩少者鮮爾，縱峭拔者，亦多出地中，而非地上也。

　　嵩山多好溪，華山多好峰，衡山多好别岫，常山多好列嶂，泰山特好主峰。天台、武夷、廬霍、雁蕩、岷峨、巫峽、天壇、王屋、林慮、武當，皆天下名山巨鎮，天地寶藏所出，仙聖窟宅所隱，奇崛神秀，莫可窮其要妙。奪其造化，則莫神於好，莫精於勤，莫大於飽游飫看。歷歷羅列於胸中，而目不見絹素，手不知筆墨，磊磊磕磕，杳杳漠漠，莫非吾畫。此懷素夜聞嘉陵江水聲而草聖益佳，張顛見公孫大娘舞劍器而筆勢益俊者也。今執筆者，所養之不擴大，所覽之不淳熟，所經之不衆多，所求之不精粹，而得紙拂壁，水墨遽下，不知何以掇景於煙霞之表，發興於溪山之顛哉！後生妄談，其病可數。何謂所養欲擴大？近者畫手有《仁者樂山圖》，作一叟支頤於峰畔，《知者樂水圖》作一叟側耳於巖前，此不擴大之病也。蓋仁者樂山，宜如白樂天《草堂圖》，山居之意裕足也。知者樂水，宜如王摩詰《輞川圖》，水中之樂饒給也。仁知所樂，豈只一夫之形狀可見之哉！何謂所覽欲淳熟？近世畫手畫山則峰不過三五峰，畫水則波不過三五波，此不淳熟之病也。蓋畫山，高者、下者、大者、小者，脊脉向背，顛頂朝揖，其體渾然相應，則山之美意足矣。畫水，齊者、泊者、捲而飛激者、引而舒長者，其狀宛然自足，則水之態富贍也。何謂所經之不衆多？近世畫手，生吳越者，寫東南之聳瘦；居咸秦者，貌關隴之壯浪；學范寬者，乏營丘之秀媚；師王維者，闕關同之風骨。凡此之類，咎在於所經之不衆多也。何謂所取之不精粹？千里之山不能盡奇，百里之水豈能盡秀。太行枕華夏，而面目者林慮；泰山占齊魯，而勝絶者龍巖。一槩畫之，版圖何異？凡此之類，咎在於所取之不精粹也。故專於坡陀失之麓，專於幽閒失之碎，專於人物失之俗，專於樓觀失之冗。專於石則骨露，專於土則肉多，筆跡不混成謂之疎，疎則無真意。墨色不滋潤謂之枯，枯則無生意。水不潺湲則謂之死水，雲不自在則謂之凍雲，山無明晦則謂之無日影，山無隱見則謂之無煙靄。今山日到處明，日不到處晦。山因日影之常形也，明晦不分焉，故曰無日影。今山煙靄到處隱，煙靄不到處見。山因煙靄之常態也，隱見不分焉，故曰無煙靄。

　　山，大物也。其形欲聳拔，欲偃蹇，欲軒豁，欲箕踞，欲盤礡，欲渾厚，欲雄豪，欲精神，欲嚴重，欲顧盼，欲朝揖，欲上有蓋，欲下有乘，欲前有據，欲後有倚，欲下瞰而若臨觀，欲下遊而若指麾。此山之大體也。

　　水，活物也。其形欲深静，欲柔滑，欲汪洋，欲迴環，欲肥膩，欲噴薄，欲激射，欲多泉，欲遠流，欲瀑布插天，欲濺撲入地，欲漁釣怡怡，欲草木欣欣，欲挾煙雲而秀媚，欲照溪谷而光輝。此水之活體也。山以水爲血脉，以草木爲毛髮，以煙雲爲神彩，故山得水而活，得草木而華，得煙雲而秀媚。水以山爲面，以亭榭爲眉目，以漁釣爲精神，故水得山而出，得亭榭而明快，得漁釣而曠落。此山水之布置也。

　　山有高有下。高者血脉在下，其肩股開張，基脚壯厚，巒岫岡勢，陪擁相勾連，映帶不絶，此高山也，故如是。高山謂之不孤，謂之不仆。下者血脉在上，其顛半落，項領相攀，根基麗大，堆阜朧腫，直下深插，可測其淺深。此淺山也，故如是。淺山謂之不薄，謂之不泄。高山而孤，體幹有仆之理；淺山而薄，神氣有泄之理。此山水之體裁也。山得水而活，水得山而媚。

　　石者，天地之骨也，骨貴堅深而不淺露。水者，天地之血也，血貴周流而不凝滯。

山無煙雲，如春無花草。山無雲則不秀，無水則不媚，無道路則不活，無林木則不生，無深遠則淺，無平遠則近，無高遠則下。

山有三遠：自山下而仰山顛，謂之高遠；自山前而窺山後，謂之深遠；自近山而至遠山，謂之平遠。高遠之色清明，深遠之色重晦，平遠之色有明有晦。高遠之勢突兀，深遠之意重疊，平遠之意沖融而縹緲。其人物之在三遠也，高遠者明瞭，深遠者細碎，平遠者沖澹。明瞭者不短，細碎者不長，沖澹者不大，此三遠也。山有三大，山大於木，木大於人。山不數十百，如木之大，則山不大；木不數十百，如人之大，則木不大。木之所以比夫人者，先自其葉，而人之所以比夫木者，先自其頭。木葉若干，可以敵人之頭。自若干葉而成之，則人之大小，木之大小，山之大小，自此而皆中程度，此三大也。

遠山無皴，遠水無波，遠人無目。非無也，如無爾。

山欲高，盡出之則不高，煙霞鎖其腰則高矣。水欲遠，盡出之則不遠，掩映斷其派則遠矣。山因藏其腰則高，水因斷其灣則遠，蓋山盡出，不唯無秀拔之高，兼何異畫碓觜。水盡出，不唯無盤摺之遠，兼何異畫蚯蚓。

正面溪山林木，盤折委曲，鋪設其景而不厭其詳，所以足人之近尋也。傍邊平遠，嶠嶺重疊，鉤連縹緲而去，不厭其遠，所以極人目之曠望也。

畫意

世人只知吾落筆作畫，都不知畫非易事。《莊子》說畫史"解衣盤礴"，此真得畫家之法。人須養得胸中寬快，意思悅適，如所謂易直子諒，油然之心生，則人之笑啼情狀，物之尖斜偃側，自然布列於心中，不覺見之於筆下。晉人顧愷之，必搆層樓以爲畫所，此見古之達士，不然，志意已抑鬱澀滯，局在一曲，如何得寫貌物情，攄發人思哉？假如工人斲琴，得嶧陽桐，巧手妙意，洞然於中，則樸材在地，枝葉未披，而雷氏成琴，脫然已在於目。其意煩體悖、拙魯悶嘿之人，見銛鑿利刀，不知下手之處，焉得焦尾玉磬，揚音於清風流水哉？更如前人言，詩是無形畫，畫是有形詩，哲人多理之談，此言吾之所師。余因暇日，閱晉唐古今詩什，其中佳句，有道盡人腹中之事，有裝出人目前之景，然不因靜居燕坐，明窗淨几，一炷爐香，萬慮消沉，則佳句好意亦看不出，幽情美趣亦想不成，即畫之生意，亦豈易有及乎！境界已熟，心手已應，方始縱橫中度，左右逢原，世人將率意觸情，草草便得。

思因記先子嘗所誦道古人清篇秀句，有發於佳思者，並思亦嘗旁搜廣引，以獻之先子。先子謂爲可用者，其詩雖全章半句及只一聯者，咸錄之於下。好事者觀此，則古今精筆亦可以思過半矣。先子嘗誦詩可畫者：

女兒山頭春雪消，路傍仙杏發柔條。心期欲去知何日，惆悵回車下野橋。唐羊士諤望女兒山。

獨訪山家歇還涉，茅屋斜連隔松葉。主人聞語未開門，繞籬野菜飛黃蝶。長孫左輔尋山家。

南遊兄弟幾時還，知在三湖五嶺間。獨立衡門秋水濶，寒鴉飛去日沉山。_{寶覺寄南遊。}

釣罷孤舟繫葦梢，酒開新甕鮓開包。自從江浙爲漁父，二十餘年手不交。_{無名氏。}

舍南舍北皆春水，但見羣鷗日日來。_{老杜。}

渡水蹇驢雙耳直，避風羸僕一肩高。_{雪詩。}

行到水窮處，坐看雲起時。_{王摩詰。}

六月杖藜來石路，午陰多處聽潺湲。_{王介甫。}

數聲離岸櫓，幾點別州山。_{魏野。}

思嘗助記：

遠水兼天净，孤城隱霧深。_{老杜。}

犬眠花影地，牛牧雨聲陂。_{李拱村舍。}

密竹滴殘雨，高峰留夕陽。_{夏侯叔簡。}

天遙來鴈小，江濶去帆孤。_{姚合。}

雪意未成雲着地，秋聲不斷鴈連天。_{錢惟演。}

春潮帶雨晚來急，野渡無人舟自橫。_{韋應物。}

相看臨遠水，獨自上孤舟。_{鄭谷。}

畫訣

凡經營下筆，必全天地。何謂天地？謂如一尺半幅之上，上留天之地位，下留地之地位，中間方立意定景。見世之初學，遽把筆下去與不去，率爾立意，觸情塗抹滿幅，看之填塞人目，已令人意不快，那得取賞於瀟灑，見情於高大哉？山水先理會大山，名爲主峰。主峰意定，方作以次近者、遠者、小者、大者，以其一境主之於此，故曰主峰。又以次雜窠、小莽、女蘿、碎石，以其一山表之於此，故曰家老，如君臣上下也。_{如君子小人也。}

山有戴土，山有戴石。土山戴石，林木瘦聳；石山戴土，林木肥茂。木有在山，木有在水。在山者土厚之處有千尺之松，在水者土薄之處有數尺之蘖。水有流水，石有盤石。水有瀑布，石有怪石。瀑布練飛於林表，怪石常蹲於路隅。雨有欲雨，雪有欲雪。雨有大雨，雪有大雪。雨有雨霽，雪有雪霽。風有急風，雲有歸雲。風有大風，雲有輕雲。

大風有吹沙走石之勢，輕雲有薄羅引素之容。店舍依溪，不依水衝。依溪以近水，不依水衝以爲害。或有依水衝者，水雖衝之，必無水害處也。村落依陸不依山，依陸以便耕，不依山以爲耕。遠或有依山者，山之間必有耕處也。大松大石必畫於大坡大岸之上，不可作於淺灘平渚之邊。

一種使筆，不可反爲筆使。一種用墨，不可反爲墨用。筆與墨，人之淺近事。二物且不知所以操縱，即焉得成妙絕也哉？此亦非難。近取諸學書，正與此類。故說者謂王右軍喜鵝，意在取其轉項，如人之執筆轉腕以結字，此正與論畫用筆同。故世之人多謂善畫者往往善書，蓋由其轉腕用筆之不滯也。或曰墨之用如何？答曰：用焦墨、用宿墨、用退墨、用埃墨，不一而足，不一而得。詳見下文。硯用石、用瓦、用盆、用甕，片墨用精墨而已，不必用東川與西山。筆用尖者、圓者、粗者、細者、如針者、如刷者。運墨有時而用濃墨，有時而用焦墨，有時而用宿墨，有時而用退墨，有時而用厨中埃墨，有時而取青黛襍墨水而用之。用淡墨六七加而成深，即墨色滋潤而不枯燥。用濃墨焦墨，欲特然取其垠界。非濃與焦，則松稜石角不瞭然。既以瞭然，然後用青墨水重疊過之，即墨色分明，常如霧露中出也。淡墨重叠，旋旋而取之，謂之斡淡。以鋭筆橫臥，重重而取之，謂之皴擦。以水墨再三而淋之，謂之渲。以水墨滚同而澤之，謂之刷。以筆頭直往而指之，謂之捽。以筆頭特下而指之，謂之擢。以筆端而注之，謂之點。點施於人物，亦施於木葉。以筆引而去之，謂之畫。畫施於樓屋，亦施於松針。雪色用濃淡墨作濃淡，但墨之色不一而染就，烟色就縑素本色。縈拂以淡水而痕之，不可見筆墨跡。風色用黄土，或埃墨而得之。土色用淡墨用埃墨而得之，石色用青黛和墨而淺深取之。瀑布用縑素本色，但焦墨作其旁以得之。水色春緑、夏碧、秋清、冬黑。天色春晃、夏蒼、秋淡、冬黯。畫之處所，須冬燠夏凉、宏堂邃宇。

畫之致思，須百慮不干，神盤意豁，老杜詩所謂"五日畫一水，十日畫一石，能事不受相蹙廹，王宰始肯留真跡"，斯言當矣。

畫題

《世説》所載戴安道一事，安道就陳留范宣學，宣之讀書抄書，安道皆學。至於安道學畫，宣乃以爲無用而不喜，安道於是取《南都賦》爲宣畫，其所賦内，前代衣冠、宮室、人物、鳥獸、草木、山川莫不畢具，而一一有所證據，有可徵考。宣然後驩然從之曰：畫之爲有益如是。然後重畫。然則自古帝王名公鉅儒相襲而畫，皆有所爲而作也。如今成都周公禮殿，有西晉益州刺史張收畫，三皇五帝三代至漢以來君臣賢聖人物，粲然滿殿，令人識萬古禮樂，故王右軍恨不克見，而逮今爲士大夫之寶，則世之俗士下吏，矜眩細巧，又豈知古人於畫事別有意旨哉？中間吾爲試官，出堯民擊壤題其間人物，却作今人巾幘，此不學之弊，不知古人學畫之本意也。

思因纂録先子畫題之下，間以所聞，注而出之，蓋亦用先人之本訓爾。

一種畫，春夏秋冬各有初、中、曉、暮之類，品意思物色，便當分解，況其間各有趣哉！其他不消拘四時，而經史諸子中故事，即又當各從臨時所宜者爲可，謂如春有早春、早春雪景、早春雨景、殘雪早春、雪霽早春、雨霽早春、烟雨早春、寒雲欲雨春、雨春靄、早春曉景、早春晚景、上日春、山春、雲欲雨早春、烟靄春、雲出谷滿溪春、溜遠溪春、溜春、雨春、風作斜風細雨。春、山明麗春、雲如白鶴，非多謂如鶴形也。飛颺鶴之類，亦取自在爾。皆春題也。

夏有夏山晴霽、夏山雨霽、夏山風雨、夏山晚行、夏山早行、夏山村館、夏雨山行、夏山林木怪石、夏山松石平遠、夏山平遠、夏山雨過平遠、濃雲欲雨、驟風急雨、又曰飄風急雨。夏山雨罷雲歸、夏雨溪谷濺撲、夏山烘曉、夏山烟晚、夏日山居、夏雲多奇峰，皆夏題也。

秋有初秋雨過、平遠秋霽，亦曰秋山而霽。秋風雨霽、秋雲下隴、秋煙出谷、秋風欲雨，又曰西風欲雨。秋風細雨，亦曰秋雨。西風驟雨、秋晚煙嵐、秋山曉意、秋山晚照、秋晚平遠、遠水澄秋、疎林秋晚、秋景林石、秋景松石、平遠秋景，山水皆秋題也。

冬有寒雲欲雪、冬陰密雪、冬陰覆雪、朔風飄雪、山澗小雪、迴溪遠雪、雪後山家、雪中漁舍、艤船沽酒、踏雪遠沽、雪溪平遠、風雪平遠、絶磵霜松、松軒醉雪、水榭吟風，皆冬題也。

曉有春曉、秋曉、雨曉、雪曉、煙嵐曉色、秋煙曉色、春靄曉色、朝陽，皆曉題也。

晚有春山晚照、雨過殘照、雪晴殘照、疎林晚照、平川返照、遠水晚晴、暮山煙靄、僧歸溪寺、客到酒家，皆晚題也。

松有雙松、三松、五松、六松、怪木、古木、老木、垂崖怪木、垂崖古木、喬松、至一望松皆祝壽用。青松、春松、長松、一望松。作連山帶嶺一望不斷之意。先子於一幅上爲之，一老人以手撫面前大松，作極目引望之意，其老人若爲壽星所獻之人云。

石有怪石、坡石、松石、兼之松者也。林石，兼之林木。秋江、怪石。

怪石之在江岸者也，江上蓼花兼葭之致，可以映帶遠近作一二也。

靈巖怪石：怪石之在山巖用者也，山中松蘿大木之致，可以映帶隨上下作一二也。

松石平遠：作平遠於松石旁，松石要大，平遠要小，此小景也。

松石濺撲：作濺撲於松石邊，松石要凝重，濺撲要飛動，此小景也。大率分別淺深高下也。

雲有雲橫谷口、雲出巖間、白雲出岫、輕雲下嶺。

煙有煙橫谷口、煙出亂山、暮靄平林、輕煙引素、春山煙嵐、秋山煙靄。

水有迴溪濺撲、松石濺撲、雲嶺飛泉、雨餘瀑布、雪中瀑布、煙溪瀑布、遠水鳴榔、雲溪釣艇。

雜有水村漁舍，憑高觀耨，平沙落鴈，溪橋酒家，脩橋釣絲樵蘇，皆雜題也。

畫格拾遺

《早春曉烟》嬌陽初蒸，晨光欲動，晴山如翠，曉煙交碧，乍合乍離，或裂或散，變態不定，飄颻繚繞於叢林溪谷之間，曾莫知其涯際也。

《風雨水石》猛風驟發，大雨斜傾，瀑布飛空，奔湍射石，噴珠濺玉，交相濺亂，不知其源流來之近遠也。

《古木平遠》層巒壁立，怪木斜欹，影浸寒流，根蟠岸畔，輪囷萬狀，不可得而名也。右上三圖，乃丁昕、郭熙所畫《溫縣宣王殿三壁畫記》。

《煙生亂山》生絹一幅，皆作平遠，亦人之所難。一障亂山，幾數百里，煙嵐綿聯，亂山巀嶭，矮林小寺，間見掩映，看之令人意興無窮。此圖乃平遠中之尤物也。

《朝陽樹梢》紅縑素橫長六尺許，作近山遠山。山之前後，人家佛廟，津渡橋杓，縷分脉剖，佳思麗景，不可殫言，惟是於濃嵐積翠之間，以朱色而淺深之，大山腰橫抹，朱綠傍達於後平遠林莽，煙雲縹緲，一帶之上，朱綠相異色，而輕重隱沒，相得畫出山中一番曉意，可謂奇作也。

《西山走馬》先子在邢州時作此付思，其山作秋意，於深山中數人驟馬出谷口，內一人墜於下，人馬不大，而神氣如生。先子指之曰："躁進者如此。"自此而下，乃一長板橋，有皂幘數人，乘欵段而來者，先子指之曰："恬退者如此。"又於峭壁之隈，青林之蔭，半出一野艇，艇中蓬菴，菴中酒桎書帙，菴前一露頂坦腹人，若仰視白雲，俯聽流水，冥搜遐想之象，舟則一夫理楫，先子指示思曰："斯則又高矣。"

《一望松》先子以二尺餘小絹，作一老人倚杖巖前，在一大松下，自此後無數松，大小相亞，轉嶺下澗，幾千百松，一望不斷。平昔未嘗如此布置，此特爲文潞公壽，意取公子孫聯綿公相之義，潞公大喜。

畫記

思家有先子手誌，載神宗即位後庚申年二月九日，富相判河陽，奉中旨，津遣上京首，蒙三司使吳公中復召作省壁，續於開封尹邵公亢，召作府廳六幅雪屏。次於都水爲判監，張公堅父故人，延某畫六幅松石屏次。吳正憲爲三鹽鐵副使，召作廳壁風雪遠景屏。又於諫院爲正憲作六幅風雨水石屏。又相國寺李元濟西壁神後作溪谷平遠。次准內降，與艾宣崔白、葛守昌同作紫宸殿屏次，與符道隱李宗成同作小殿子屏。次蒙勾當掛書院供奉宋用臣傳聖旨，召赴御書院作御前屏帳，或大或小，不知其數，即有旨特授本院藝學。時以親乞免，不許。又乞假省親，命方如所乞。有旨作《秋雨》《冬雪》二圖，賜岐王。又作方丈圍屏，又作御座屏二。又作《秋景》《烟嵐》二，賜高麗。又作《四時山水》各二。又作《春雨晴霽》圖屏上。某幸蒙恩令待詔，又降旨作玉華殿兩壁半林石屏，又作着色《春山》及《冬陰密雪》。又得旨於景靈宮十一殿了屏面大石計十一枚，其後零細大小悉數不及，內有説者別列之其下。

神宗一日謂劉有方曰："郭熙畫鑒極精，每使之考校，天下畫生皆有議論，可將秘閣所有漢晉以來名畫，盡令郭熙詳定品目前來。"先子遂得徧閱天府所藏，先子一一有品第名件，思家恨不見其本。

紫宸殿屏，今江寧府艾宣畫鶴四隻，崔白畫竹數莖，葛守昌畫海棠，奉旨於屏面畫石一塊。其三畫者，累命催督，經月方了。某畫怪石，移時而就。

內東門小殿屏，屏八幅，面有兩掩扇，其左扇長安符道隱畫松石，右扇鄜州李宗成畫松石，當面六幅某奉旨畫秋景山水。

御帳畫《朔風飄雪圖》，神宗令宋用臣造御氊帳成，甚奇，蒙御批曰："郭熙可令畫此帳屏。"先子作一圖，名曰《朔風飄雪》，其景大坡林木，長飈吹空，雲物紛亂，而大片作雪，飛揚於其間。時方早，神宗一見大賞，以爲神妙，如動即於内帑取實花金帶錫先子曰："爲卿畫特奇，故有是賜。"他人無此例。

化成殿壁，在後苑延春閣西永福殿南東也。上之燕處兩壁，各畫松石溪谷灘撲門闕，南畫懸崖怪木松石，東小壁畫雨霽山水，欽明殿壁東小壁畫松石平遠，又三間作秋雨。睿思殿，宋用臣脩所謂涼殿者也，前後脩竹茂林，陰森當暑。而寒其殿中皆鑿青石，作海獸魚龍，玲瓏相通透，潛引流水，漱鳴其下，而上設御榻，真所謂涼殿也。上曰："非郭熙畫不足以稱。"於是命宋用臣傳旨令先子作四面屏風，蓋遠殿之屏皆是，聞其景皆松石平遠山水秀麗之景，見之令人森竦。有中貴王紳好吟詠，有《宮詞》百首："遠殿峰巒合匝青，畫中多見郭熙名。"蓋爲此也。瑤津亭玉華殿屏在後苑，聞宋用臣同楊琰自錢塘特地架一亭來，新鑿一池安其上，上臨幸曰："惜乎無蓮荷。"用臣曰："願陛下明日賞蓮荷。"上曰："用臣又誕也。若無蓮荷，如何？"用臣曰："惟陛下所誅。"明日，蓮荷滿池，上燕幸之，大喜，乃用臣一夕買京師盆蓮沉之池底，遂使萬柄倚岸。上曰："此亭之屏，不可不令郭熙畫。"遂揮一大圖大安輦屏，又呼九龍輦。神宗爲太皇太后特置，其工巧不可勝言。上曰："亦須郭熙畫屏風，仍設少色。"先子如期了，上極愛之。玉堂屏風，神宗既新尚書省樞密院，又鼎新禁中諸天宇，如玉堂成，特遣中貴張士良傳聖旨，以爲翰苑摛藻之地，卿有子讀書，宜與着意畫。先子齋嚝數日，一揮而成，其景春山也。春情之融冶，物態之欣豫，觀者怡然如在四明天姥之境，蘇子瞻詩所謂"玉堂畫掩春日閒，中有郭公畫春山。鳴鳩乳燕初睡起，白波青嶂非人間"，蓋摭實言情，撮其大要。政和丁酉，春思提舉成都秦鳳簡郭等路搉茶鹽事，奏計到闕，於三月二日垂拱殿登對。思立榻前，立未正，聖上矚而問，曰："熙之子臣思，即對先臣熙遭遇神宗近二十年。"語未畢，上又曰："神宗極喜卿父。"臣思再對："廿年遭遇神宗，具被眷顧，恩賜寵賚在流輩無與比者。"上又曰："是神考極喜之至，今禁中殿閣盡是卿父畫，畫得全是李成。"臣思因對："先臣熙感聖語及此，沒有餘榮極矣。自陛下臨御以來，四方萬里，盡聞陛下天才聖學無所不能，無所不精，舉家團坐，未嘗不嘆恨先臣早世，不得今日更遭遇陛下。"上又曰："神宗極愛卿父畫。"臣思再再三三復感荷聖恩，下殿謝時，忝蒙恩賜金紫，續對，又蒙特恩，面諭除思直秘閣。思今日考閱先子遺編，披奉手澤，見寧、豐間神宗所以加獎恩錫，事至稠疊，如錫帶、如陛官、如奉使頒衣、如常常及賜，皆不可勝紀，亦太平盛事。臣子遭遇，亦世之所共仰者也，其餘有可述並臣庶家有先子筆者不可具載，但顯者列之。文淵閣四庫全書本《林泉高致集》。

《畫論》

叙自古覡鑒

《易》稱聖人有以見天下之賾，而擬諸其形容，象其物宜，是故謂之象。又曰："象也者，象此者也。"嘗考前賢畫論，首稱象人不獨神氣骨法衣紋嚮背爲難，蓋古人必以聖賢形象、往昔事實，含毫命素，製爲圖畫者，要在指鑒賢愚，發明治亂。故魯殿紀興廢之事，麟閣繪勳業之臣，跡曠代之幽潛，託無窮之炳煥。

昔漢孝武帝欲以鉤弋趙婕妤少子爲嗣，命大臣輔之，惟霍光任重，大可屬社稷，乃使黃門畫者，畫周公輔成王朝謝諸侯以賜光。孝成帝遊於後庭，欲以班婕妤同輦載，婕妤辭曰："觀古圖畫，聖賢之君，皆有名臣在側。三代末主，乃有嬖倖。今欲同輦，得無近似之乎？"上善其言而止。太后聞之，喜曰："古有樊姬，今有班婕妤。"又嘗設宴飲之，會趙、李諸侍中，皆引滿舉白，談笑大噱，時乘輿幄坐，張畫屛風，畫紂醉踞妲己，作長夜之樂。上因顧指畫問班伯曰："紂爲無道，至於是乎？"伯曰："《書》云：乃用婦人之言，何有踞肆於朝，所謂衆惡歸之，不如是之甚者也。"上曰："苟不若此，此圖何戒？"伯曰："沈湎於酒，微子所以告去也。式號式謼，大雅所以流連也。謂《書》淫亂之戒，其原在於酒。"上喟然歎曰："久不見班生，今日復聞讜言。"後漢光武明德馬皇后美於色，厚於德，帝用嘉之，嘗從觀畫虞舜，見娥皇、女英，帝指之戲后曰："恨不得如此爲妃。"又前，見陶唐之像，妃指堯曰："嗟乎！羣臣百僚，恨不得爲君如是。"帝顧而笑。唐德宗詔曰："貞元己巳歲秋九月，我行西宮，瞻閟閣崇構，見老臣遺像，顒然肅然，和敬在色。想雲龍之叶應，感致業之艱難，覯往思今，取類非遠。"文宗太和二年，自撰集尚書中君臣事跡，命畫工圖於太液亭，朝夕觀覽焉。漢文翁學堂，在益州大城內，昔經頹廢，後漢蜀郡太守高朕復繕立，乃圖畫古人聖賢之像，又禮器瑞物於壁。唐韋皋爲檀州刺史，以邊人僻陋，不知文儒之貴，修學館，畫孔子七十二弟子、漢晉名儒像，自爲讚，敦勸生徒，繇茲大化。

夫如是豈非文未盡經緯，而書不能形容，然後繼之於畫也？所謂與六籍同功，四時並運，亦宜哉！

敘圖畫名意

古之秘畫珍圖，名隨意立，典範則有《春秋》《毛詩》《論語》《孝經》《爾雅》等圖。其次後漢蔡邕有《講學圖》，梁張僧繇有《孔子問禮圖》，隋鄭法士有《明堂朝會圖》，唐閻立德有《封禪圖》，尹繼昭有《雪宮圖》。觀德則有《帝舜娥皇女英圖》，隋展子虔有《禹治水圖》，晉戴逵有《列女仁智圖》，宋陸探微有《勳賢圖》。忠鯁則隋楊契丹有《辛毗引裾圖》，唐閻立本有《陳元達鏁諫圖》，吳道子有《朱雲折檻圖》。高節則晉顧凱之有《祖二疏圖》，王廙有《木雁圖》，宋史藝有《屈原漁父圖》，南齊蘧伯珍有《巢由洗耳圖》。壯氣則魏曹髦有《卞莊刺虎圖》，宋宗炳有《獅子擊象圖》，張僧繇有《漢武射蛟圖》。寫景則晉明帝有《輕舟迅邁圖》，衛協有《穆天子宴瑤池圖》，史道碩有《金谷園圖》，顧凱之有《雪霽望五老峰圖》。靡麗則戴逵有《南朝貴戚圖》，宋袁倩有《丁貴人彈曲項琵琶圖》，唐周昉有《楊妃架雪衣女亂雙陸局圖》。風俗則南齊毛惠遠有《剡中溪谷村墟圖》，陶景貞有《永嘉居邑圖》，隋楊契丹有《長安車馬人物圖》，唐韓滉有《堯民擊壤圖》。此雖不能具載，其可爲鑒戒，當與六籍並傳云。

製作楷模

　　大率圖畫風力氣韻，固在當如其人，種種之要，不可不察矣。畫人物者，必分貴賤氣貌、朝代衣冠，釋門則有善功方便之顏，道像必具修真度世之範，帝王當崇上聖天日之表，外夷應得慕華欽順之情，儒賢即見忠信禮義之風，武士固多勇悍英烈之貌，隱逸俄識肥遯高世之節，貴戚蓋尚紛華侈靡之容，帝釋須明威福嚴重之儀，鬼神乃作醜魌_{尺委切。}馳趡_{于見切。}之狀，士女宜富秀色婑_{烏昊切。}媠_{奴坐切。}之態，田家自有醇甿村野之真。畫衣紋、林、石，用筆全類於書。畫衣紋有重大而調暢者，有緾細而勁健者，勾綽縱掣，理無妄下，以狀高、側、深、斜、捲、摺、飄、舉之勢。畫林木者，有樛枝、挺幹、屈節、皴皮、紐裂多端，分敷萬狀，作怒龍驚虺之勢，聳凌雲翳日之姿，宜須崖岸豐隆，方稱蟠根老壯也。畫山石者，多作礬頭，亦為凌面，落筆便見堅重之性，皴淡即生窊凸之形，每留素以成形，或借地而為雪，其研墨之功尤為難也。畫畜獸者，全要停分嚮背，筋力精神，肉分肥圓，毛骨隱起，仍分諸物所稟動止之性。_{四足唯兔掌底有毛，謂之建毛。}畫龍者，折出三停，_{自首至膊，膊至腰，腰至尾也。}分成九似，_{角似鹿，頭似駝，眼似鬼，項似蛇，腹似蜃，鱗似魚，爪似鷹，掌似虎，耳似牛。}窮游泳蜿蜒之妙，得回蟠升降之宜，仍要駿鬣肘毛，筆畫壯快，直自肉中生出為佳也。_{凡畫龍，開口者易為巧，合口者難為功。畫家稱開口貓兒合口龍，言其兩難也。}畫水者，有一擺之波，三摺之浪，布之字之勢，分虎爪之形，湯湯若動，使觀者浩然有江湖之思為妙也。畫屋木者，折筭無虧，筆畫勻壯，深遠透空，一去百斜，如隋唐五代以前，泊國初郭忠恕、王士元之流。畫樓閣多見四角，其斗栱逐鋪作為之，嚮背分明，不失繩墨。今之畫者，多用直尺，一就界畫，分成斗栱，筆跡繁雜，無壯麗閑雅之意。畫花果草木，自有四時景候、陰陽嚮背、笋條老嫩、苞萼後先，逮諸園蔬野草，咸有出土體性。畫翎毛者，必須知識諸禽形體名件，自嘴喙口臉眼緣、_{去聲。}叢林腦毛，披蓑毛，迓有梢_{去聲。}翅，有蛤翅，翅邦_{上聲。}上有大節小節，大小窩翎，次及六梢，又有料_{平聲。}風掠草_{彌縫翅習之間。}散毛，壓碑尾、肚、毛、腿、袴尾，錐腳有探爪、_{三節。}食爪、_{三節。}撩爪、_{四節。}托爪、_{一節。}宣黃八甲，鷙鳥眼上，謂之看棚。_{一名看簷。}背毛之間，謂之合溜。山鵲雞類，各有歲時蒼嫩皮毛眼爪之異。家鶩鴨即有子肚，野飛水禽自然輕梢，_{去聲。}此之類或鳴集而羽翮緊戢，或寒棲而毛葉鬆泡。_{去聲。}已上具有名體，處所必須融會，闕一不可。設或未識漢殿吳殿、梁柱斗栱、叉手替木、熟柱馳峰、方莖額道、抱間昂頭、羅花羅幔、暗制綽幕、猢猻頭、琥珀枋、龜頭虎座、飛簷撲水、膊風化廢、垂魚惹草、當鉤曲脊之類，憑何以畫屋木也？畫者罕能精，究況觀者乎！

論衣冠異制

　　自古衣冠之制，薦有變更，指事繪形，必分時代。袞冕法服，三禮備存，物狀實繁，難可得而載也。漢魏已前，始戴幅巾。晉宋之世，方用冪䍦。後周以三尺皁絹向後幞髮，名折上巾，通謂之幞頭。武帝時裁成四脚，隋朝惟貴臣服黃綾紋袍、烏紗帽、九環帶、六合靴。起於後魏。次用桐木黑漆爲巾子，裹於幞頭之内，前繫二脚，後垂二脚，貴賤服之，而烏帽漸廢。唐太宗嘗服翼善冠，貴臣服進德冠，至則天朝，以絲葛爲幞頭巾子以賜百官。開元間始易以羅，又別賜供奉官及内臣圓頭宫樣巾子。至唐末，方用漆紗裹之，乃今幞頭也。三代之際，皆衣襴衫。秦始皇時，以紫緋綠袍爲三等品服，庶人以白。《國語》曰："袍者，朝也，古公卿上服也。"至周武帝時，下加襴。唐高宗朝，給五品已上隨身魚，又勑品官紫服金玉帶，深淺緋服，並金帶，深淺綠服，並銀帶，深淺青服，並鍮石帶，庶人服黃，銅鐵帶。一品已下文官帶手巾、筭袋、刀子、礪石，武官亦聽。睿宗朝制，武官五品已上帶七事跕䞐，佩刀，刀子，磨石契，芘，真噦，厥針筒，火石袋也。開元初，復罷之。晉處士馮翼，衣巾大袖，周緣以皁，下加襴，前繫二長帶，隋唐朝野服之，謂之馮翼之衣，今呼爲直裰。《禮記·儒行篇》：魯哀公問於孔子曰："夫子之服，其儒服與？"孔子對曰："丘少居魯，衣逢掖之衣。長居宋，冠章甫之冠。"注云："逢，大也。逢掖，大袂禪衣也。逢掖與馮翼音相近。"又《梁志》有袴褶以從戎事。三代已前人皆跣足，三代已後始服木屐。伊尹以草爲之名，曰履。秦世鈲用絲革，靴本胡服，趙靈王好之。制有司衣袍者，宜穿皁靴。唐代宗朝，令宫人侍左右者，穿紅錦勒靴。凡在經營，所宜詳辨。至如閻立本圖昭君，妃音配。番戴帷帽以據鞍。王知慎畫梁武南郊，有衣冠而跨馬，殊不知帷帽創從隋代，軒車廢自唐朝，雖弗害爲名蹤，亦丹青之病爾。帷帽如今之席帽，周迴垂網也。

論氣韻非師

謝赫云：畫有六法，一曰氣韻生動，二曰骨法用筆，三曰應物像形，四曰隨類傅彩，五曰經營位置，六曰傳模移寫。六法精論，萬古不移。然而骨法用筆以下五法，可學而能，如其氣韻，必在生知，固不可以巧密得，復不可以歲月到，默契神會，不知然而然也。

嘗試論之。竊觀自古奇跡，多是軒冕才賢、巖穴上士，依仁遊藝，探賾鈎深，高雅之情，一寄於畫。人品既已高矣，氣韻不得不高；氣韻既已高矣，生動不得不至。所謂神之又神，而能精焉。凡畫必周氣韻，方號世珍。不爾，雖竭巧思，止同衆工之事，雖曰畫而非畫，故楊氏不能授其師，輪扁不能傳其子，繫乎得自天機，出於靈府也。且如世之相押字之術，謂之心印，本自心源，想成形跡，跡與心合，是之謂印。爰及萬法，緣慮施爲，隨心所合，皆得名印，刻乎書畫發之於情思，契之於綃楮，則非印而何？押字且存諸貴賤禍福，書畫豈逃乎氣韻高卑。夫畫猶書也，揚子曰："言，心聲也；書，心畫也。"聲畫形，君子小人見矣。

論用筆得失

凡畫，氣韻本乎遊心，神彩生於用筆。用筆之難，斷可識矣。故愛賓稱惟王獻之能爲一筆書，陸探微能爲一筆畫，無適一篇之文、一物之像，而能一筆可就也，乃是自始及終，筆有朝揖，連綿相屬，氣脉不斷，所以意存筆先，筆周意内，畫盡意在，像應神全。夫内自足然後神閒意定，神閒意定，則思不竭，而筆不困也。昔宋元君將畫圖，衆史皆至，受揖而立，舐筆和墨，在外者半。有一史後至者，儃儃然不趨，受揖不立，因之舍。公使人視之，則解衣盤礴，嬴君曰："可矣，是真畫者也，"

又畫有三病，皆繫用筆，所謂三者，一曰版，二曰刻，三曰結。版者腕弱筆癡，全虧取與，物狀平褊，不能圓渾也。刻者運筆中疑，心手相戾，勾畫之際，妄生圭角也。結者欲行不行，當散不散，似物凝結，不能流暢也。未窮三病，徒舉一隅，畫者鮮克留心，觀者當煩拭眥。大抵氣韻高、筆畫壯，則愈玩愈妍。其或格凡毫懦，初觀綷似可採，久之還復意怠矣。

論婦人形相

歷觀古名士金童玉女及神仙星官中有婦人形相者，貌雖端嚴，神必清古，自有威重儼然之色，使人見則肅恭，有歸仰心。今之畫者，但貴其娉麗之容，是取悦於衆目，不達畫之理趣也。觀者察之。

論三家山水

畫山水，惟營丘李成、長安關仝、華原范寬智妙入神，才高出類。三家鼎峙，百代標程，前古雖有傳世可見者，如王維、李思訓、荆浩之倫，豈能方駕？近代雖有專意力學者，如翟院深、劉永、紀真之輩，難繼後塵。翟學李，劉學關，紀學范。

夫氣象蕭疎，煙林清曠，毫鋒穎脱，墨法精微者，營丘之制也。石體堅凝，雜木豐茂，臺閣古雅，人物幽閒者，關氏之風也。峰巒渾厚，勢狀雄強，搶上聲。筆俱匀，人屋皆質者，范氏之作也。煙林平遠之妙，始自營丘。畫松葉謂之攢針，筆不染淡，自有榮茂之色。關畫木葉，間用墨搵，時出枯梢，筆蹤勁利，學者難到。范畫林木，或側形如偃蓋，别是一種風規，但未見畫松栢耳。畫屋既質，以墨籠染，後輩目爲鐵屋。復有王士元、王端、燕貴、許道寧、高克明、郭熙、李宗成、丘訥之流，有一體，或具體而微，或預造堂室，或各開户牖，皆可稱尚。然藏畫者方之三家，猶諸子之於正經矣。

論黄、徐體異

諺云：黄筌富貴，徐熙野逸。不惟各言其志，蓋亦耳目所習，得之於心而應於手也。何以明其然？黄筌與其子居寀，始並事蜀爲待詔，筌後累遷如京副使，既歸朝，筌領真命爲宫讚。或曰筌到闕未久物故，今之遺跡，多見在蜀中日作，故往往有廣政年號。宫讚之命，亦恐傳之誤。居寀復以待詔録之，皆給事禁中，多寫禁籞所有珍禽、瑞鳥、奇花、怪石，今傳世桃花鷹、鶻、純白雉、兔、金盆鷯、鴿、孔雀、龜、鶴之類是也。又翎毛骨氣尚豐滿，而天水分色。

徐熙江南處士，志節高邁，放達不覊，多狀江湖所有汀花、野竹、水鳥、淵魚，今傳世凫、鴈、鷺鷥、蒲草、蝦、魚、叢豔折枝、園蔬、藥苗之類是也。又翎毛形骨貴輕秀，而天水通色，言多狀者，緣人之稱，聊分兩家作用，亦在臨時命意。大抵江南之藝，骨氣多不及蜀人，而瀟灑過之也。二者春蘭秋菊，各擅重名，下筆成珍，揮毫可範。復有居寀兄居寶，徐熙之孫曰崇嗣、曰崇矩，蜀有刁處士，名光胤。劉贊、滕昌祐、夏侯延祐、李懷衮，江南有唐希雅，希雅之孫曰中祚、曰宿及解處中輩，都下有李符、李吉之儔，及後來名手間出，跂望徐生與二黃，繇山水之有三家。黃筌之師刁處士，繇關仝之師荊浩。

論畫龍體要

畫龍惟五代四明僧傳古大師，其名最著。觀其體則，筆墨遒爽，善爲蜿蜒之狀，皇建院法堂屏風是其真跡。至任從一待詔之作，稍加怪怒，建隆觀翊教院玉皇殿後是其真跡。今崔白所圖，又得其要。建隆觀翊教院玉皇殿中羅琭邊有一龍頭，北都大安寺羅漢壁有龍一條。恨不見弗興秘閣之頭，軌範同否。又不知葉公當日所遇，厥狀何如。自昔豢龍氏歿，龍不復擾，所謂上飛於天，晦隔層雲；下歸於泉，深入無底。人不可得而見也。今之圖寫固難，惟以形似，但觀其揮毫落墨，筋力精神，理契吳畫鬼神。前論三停九似，亦以人多不識真龍，先匠所遺傳授之法。

論古今優劣

或問近代至藝與古人何如，答曰：近代方古多不及，而過亦有之。若論佛道、人物、士女、牛馬，則近不及古；若論山水、林石、花竹、禽魚，則古不及近。何以明之？且顧、陸、張、吳中及二閻，皆純重雅正，性出天然。晉顧愷之、宋陸探微、梁張僧繇、唐閻立本、閻立德暨吳道子也。吳生之作，爲萬世法，號曰畫聖，不亦宜哉！已上皆極佛道人物。張、周、韓、戴，氣韻骨法，皆出意表。唐張萱、周昉皆工士女，韓幹畫馬，戴嵩牛。或問曰，何以但舉韓幹而不言曹霸，止引戴嵩而弗稱韓晃？答曰：韓師曹將軍，戴法韓晉公，但舉其弟，可知其師也。至如韋鑒暨猶子鶠，皆善畫馬，但取其尤著者明之，難即徧舉也。後之學者，終莫能到，故曰近不及古。至如李與關、范之跡，徐暨二黃之蹤，前不謝師資，後無復繼踵。借使二李三王之輩復起，邊鸞、陳庶之倫再生，亦將何以措手於其間哉！故曰古不及近。二李則李思訓將軍並其子李昭道中舍，三王則王維右丞暨王熊、王宰，悉工山水。邊鸞、陳庶工花鳥，並唐人也。是以推今考古，事絕理窮，觀者必辨金鍮，無焚玉石。文淵閣四庫全書本《說郛》卷九十一《畫論》。

林放藝話（一則）

　　林放（一〇五五~一一〇九）字連本，仙居（今浙江仙居）人。元祐間，將赴試禮部，以親死不果，遂隱居東山。大觀三年卒，年五十五。著有詩二首，文集二十卷，已佚。

贈琴僧

　　霜林凋落雲影垂，朔風獵獵鼓寒威。偶來禪房訪虛寂，上人爲我彈金徽。此調悠悠泯千載，今日忽聞一嗟咨。上人所彈不在指，我亦非於耳聽之。霜天玉磬敲清曉，夜月秋聲動翠微。舉世紛紛愛箏筑，寂寥古意誰能知？過門不知鍾期子，慎勿汗漫調朱絲。文淵閣四庫全書本《宋詩紀事》卷三十二。

劉發藝話（一則）

劉發（生卒年不詳），遂州（今四川遂寧）人。嘗從學於王令。元豐八年登第，元祐中爲華亭主簿。

贈鼓琴文照大師

寶琴何所得，所得甚幽微。聊借絲桐韻，還超智慧機。霜風悲玉軫，江月入珠徽。向此諸緣盡，人間孰是非。文淵閣四庫全書本《宋詩紀事》卷三十四。

周邦彥藝話（一則）

周邦彥（一〇五六~一一二一）字美成，晚號清真居士。杭州錢塘（今浙江杭州）人。少時疏雋少儉，不爲州里推重，而博涉百家之書。元豐元年，入京師。五年，爲太學生。七年，獻《汴都賦》，受神宗賞識，由外舍生昇爲太學正。五年不遷，在此期間，常留連於歌臺倡樓，所作大多爲歌妓之詞。元祐三年，自太學正出爲廬州州學教授。八年，知溧水縣。紹聖四年還京，爲國子監主簿。元符元年，召對崇政殿，重進《汴都賦》，除秘書省正字。建中靖國元年，遷校書郎。崇寧三年，遷考功員外郎。大觀元年，遷衛尉、宗正少卿，兼議禮局檢討。政和元年，遷衛尉卿，以直龍圖閣出知河中府。二年，徙隆德府。六年，改知明州。七年，還京爲秘書監。重和元年，出知真定府。宣和二年，改順昌府。次年，徙知處州，未到任，即奉詔提舉南京鴻慶宫。宣和三年，卒於赴任途中，年六十六。周邦彥是北宋中後期著名文學家，在詩、文、詞的創作方面都卓有成就。其詩受韓愈、李賀影響較大，在江西詩派詩風盛行之際，可謂獨闢蹊徑。散文創作也很可觀，樓鑰《清真先生文集序》稱其文"經史百家之言，盤曲於筆下，若自己出"。周邦彥的主要文學成就是詞，王灼《碧雞漫志》卷二稱讚他與賀鑄"卓然自立，不肯浪下筆"。其詞情境渾融、氣格渾厚，運用典故成語渾然無跡。著有《清真集》《清真雜著》《操縵集》《片玉詞》（存）、《汴都賦》（存）等。

題李龍眠《歸去來辭》畫卷

韓退之云：昔疏廣、受二子辭位而去，公卿祖道都門外，車數百兩，道路觀者多嘆息泣下。漢史既傳其事，後世工畫者又圖其跡，至今昭人耳目，赫赫如前日事。

龍眠居士嘗以陶靖節《歸去來辭》形之圖畫，家寶戶傳，人人想見其風彩。二疏以知足去位，元亮以違己棄官，皆不爲聲利所汨，世外人也。龍眠用意至到，依辭造設，若親見其事云。政和二年九月望，武林周邦彥跋。文淵閣四庫全書本《清河書畫舫》卷八下。

錢世雄藝話（二則）

錢世雄（生卒年不詳）字濟明，號冰華先生，常州晉陵（今江蘇常州）人。熙寧間人。嘗爲吳興尉。元祐二年，爲瀛州防禦推官。五年，擢進奏院户部檢法官。通判平江府。鄭雍彈劾宰相劉摯，目錢世雄爲劉摯黨，廢罷，卒以窮死。錢世雄早年嘗從蘇軾學，與釋道潛、范祖禹、陳師道、鄒浩等交往。工詩，年十六七時，其詩已爲名流稱許。嘗造蘇軾之門，蘇軾稱其"探道著書，雲升川增"。被貶謫後益自刻勵，日以詩書自娛，無窮愁憒憾之氣。遇事感發，一見於詩。著有《冰花先生文集》，今已佚。

一 跋陳洎自書詩卷後

世雄竊服吏部陳公之賢，與令德之孫有以顯榮其後，皆見於名卿偉人之所論載，幾於成書矣，世雄不復形容其略。

獨念元豐壬戌年間，初識傅道於松陵，獲見此書，又三年一邂逅無己於京師，今廿有二年矣，而二君皆以不遇卒。

崇寧癸未端午，傳道之子孝友，復抱此書泣以相過。撫卷悲懌，益以知臧孫之有後。竊意此書自是與陳氏之祖孫隱矣，疑其可自致於斗牛間者，金石所不能礙也。

南蘭陵錢世雄謹書。文淵閣四庫全書本《石渠寶笈》卷二九。

二 跋施純叟藏東坡帖後

建中靖國元年，先生以玉局還自嶺海。四月自當塗寄十一詩，且約同程德孺至金山相候。既往迕之，遂决議爲毗陵之居。

六月自儀真避疾，渡江再見於奔牛埭，先生獨臥榻上，徐起謂某曰："萬里生還，乃以後事相託也。惟吾子由自再貶及歸，不復一見而訣。此痛難堪！"余無言者。久之復曰："某前在海外，了得《易》《書》《論語》三書，今盡以付子，願勿以示人，三十年後會有知者。"因取藏篋，欲開而鑰失匙。某曰："某獲侍言，方自此始，何遽及是也？"即遷寓孫氏館，日往造見，見必移時，慨然追論往事且及人，間出嶺海詩文相示,時發一笑,覺眉宇間秀爽之氣照映坐人。

七月十二日疾少間,曰:"今日有意喜近筆硯,試爲濟明戲書數紙。"遂書《惠州江月》五詩。明日,又得《跋桂酒頌》。自爾疾稍增,至十五日而終。藤花亭刻本《東坡事類》卷九。

薛紹彭藝話（二則）

薛紹彭（生卒年不詳）字道祖，號翠微居士，河中萬泉（今山西萬榮）人。薛向子。元祐間官承事郎，監上清太平宮。累官秘閣修撰、知梓潼路漕。善書法，名並米芾。

一　題虞書唐汝南公主墓誌帖

虞書世所傳者《孔廟記》耳，此帖遂可抗行。河東薛紹彭題。_{叢書集成初編本《古刻叢鈔》第三一頁。}

二　題懷素客舍等帖

懷素唐朝草聖超群，所謂筆力精妙，飄逸自然，非學之能至也。熙寧九年二月一日，河東薛紹彭。_{文淵閣四庫全書本《式古堂書畫彙考》卷八。}

邵伯溫藝話（一則）

邵伯溫（一〇五七～一一三四）字子文，洛陽（今河南洛陽）人，邵雍子。元祐中，以河南尹與部使者舉薦，授大名府助教，調潞州長子縣尉。紹聖初，章惇爲相，欲用之，避不就，監永興軍鑄錢監。徽宗即位，以日食求言，伯溫上書累數千言，又著《辨誣》一書，辨宣仁太后之謗。崇寧、大觀間，入黨籍，列邪等口。出監華州西嶽廟，徙知陝州靈寶縣。政和中，徙芮城縣。丁母憂，服除，主管永興軍耀州三白渠公事。除知果州，擢提點成都府路刑獄，除利州路轉運副使。晚年，提舉太平觀。紹興四年卒，年七十八。伯溫少承家學，又與司馬光、呂公著、范純仁等遊，以學行爲人所重，趙鼎嘗稱其"以學行起元祐，以名節居紹聖，以言廢於崇寧"。著有《河南集》《聞見錄》《皇極系述》《辨誣》《易學辨惑》《皇極經世序》《觀物內外篇解》等近百卷。今存《易學辨惑》一卷、《邵氏聞見錄》二十卷。

《聞見錄》（選錄 一則）

楊凝式少師，唐昭宗朝爲直史館，宰相涉之子也。朱全忠逼唐禪位，涉爲奉傳國寶使，凝式曰："大人爲唐宰相，使國家至此，不可爲無過。況乎持天子璽綬與人，雖保富貴，奈千載何？盍辭之！"涉大駭，曰："汝欲滅吾族！"神色不寧者數日。全忠既篡弑，凝式歷梁、唐、晉三朝，陽狂不任事，累官至太子少師。其書法自顔、柳以入二王之妙。居洛陽延福坊，每出，導從輿馬在前，多步行於後。一日，欲遊天官寺，從者曰："曷往廣受寺？"亦從之。今兩寺與多寶塔院有遺像尚存。近歲劉壽臣爲留臺，於故按牘中得少師自書假牒十數紙，皆楷法精絕。世論少師書以行草爲長，誤矣。文淵閣四庫全書本《聞見錄》十六。

崔鷗藝話（四則）

崔鷗（一○五七～一一二六）字德符，原籍雍丘（今河南杞縣），其父徙家潁州，遂爲陽翟（今河南禹縣）人。元祐九年進士，調鳳州司戶參軍、筠州推官。徽宗初，爲相州教授，以上書入邪等，免官，坐廢三十年。政和中，爲績溪令。宣和中監西京洛南稻田務。六年，通判寧化軍，召爲殿中侍御史。欽宗即位，授右正言。靖康元年，以龍圖閣直學士主管嵩山崇福宮，命下而卒，年六十九。崔鷗好爲文，嘗論作詩之要："凡作大要工拙，所去忌俗而已，天下書雖不可不讀，然不可有意於用事。"（《艇齋詩話》卷四）晁公武《郡齋讀書志》卷一九謂其詩清婉敷腴，有唐人風度。著有《婆娑集》三十卷，今佚。

一　江月圖

冥冥一葉輕，不知水與天。獨於顥氣中，仰見素璧圓。超然狂道士，起視清夜闌。自拈白玉笛，吹此江月寒。想當萬籟息，逸响流空煙。我從江海來，形留意先還。何當買漁篷，追此水墨仙。文淵閣四庫全書本《聲畫集》卷三。

二　早秋雨霽圖

我離蜀山來，赤日走東州。奇峰作眼想，一過神已留。翩翩宋公子，新詩藹風流。丹青見新韻，瀟灑出林丘。依微萬里遙，曠明一雨收。高雲杳寒開，縞日明華秋。風裾映山青，眇眇行李幽。得非送將歸，色有離別憂。念我山海癖，鍼砭不爲瘳。目看孤鴻飛，心已麋鹿遊。吾兒能扶犁，此幀便可投。勿言尺寸許，是中有莬裘。《聲畫集》卷三。

三　觀黃筌畫花

蒼顏白髮我雖陳，見了青紅幾度新。更向黃生毫末裏，全家看盡劍南春。
淺淺紅顴與白腮，臥枝斜葉抱新開。何人與作春風面，誑得蜂兒日日來。《聲畫集》卷六。

四　和老人觀牧圖

　　作官畏人嘲，胡孫騎牧牛。却離大江水，還家整歸舟。還家此計不可移，此樂勿令兒輩知。行歌帶索拾遺穗，耳靜不復聞征鼙。功名亦妄爾，吾生去此將安之？趁此青草長，自牧牛與羊。不減九十頭，何翅三百強。沙平水淺南山下，千角萬蹄如此畫。牛腰吹笛遡秋風，不問人間矍鑠翁。《聲畫集》卷七。

何頡之藝話（一則）

何頡之（生卒年不詳）初名頏，字頡之，後改字爲名，又字斯舉，號樗叟。黃州（今湖北黃岡）人。蘇軾貶黃州，從蘇軾學，黃庭堅亦推重之。詩文俱善。

觀李伯時題閻立本西域圖

窮荒未信子年欺，自笑山林老一枝。海上嘗思黿殼卷，天涯欲化鳥工窺。丹青閫令如曾到，風俗張騫舊獨知。公喜著書尤博雅，山經暇日補殘遺。文淵閣四庫全書本《宋詩紀事》卷三十。

李膺仲藝話（一則）

李膺仲，約神宗、哲宗時人。

題自畫蘆雁

晚來無事理扁舟，喚起騷人漫浪愁。過眼飛鴻三兩字，淡煙寒日荻花秋。文淵閣四庫全書本《聲畫集》卷八。

蔡卞藝話（一則）

蔡卞（一〇五八～一一一七）字元度，仙遊（今福建仙遊）人，蔡京弟。與蔡京同登熙寧三年進士第，調江陰主簿。從王安石學，王安石以女妻之。元豐中，爲國子直講，加崇政殿説書，擢起居舍人，歷同知諫院、侍御史，拜中書舍人兼侍講，進給事中。哲宗即位，遷禮部侍郎。出使遼，還，以龍圖閣待制知宣州，徙江寧府，歷知揚、廣、越、潤、陳五州。紹聖元年，復爲中書舍人，遷翰林學士。四年，拜尚書左丞，倡"紹述"之説。徽宗即位，諫官連上疏論其奸惡，出知江寧府，貶少府少監，分司池州。逾歲，起知大名府，徙揚州，召爲中太乙宮使。崇寧元年，擢知樞密院事，與其兄蔡京政見不合。四年，以資政殿大學士出知河南。加觀文殿學士，拜昭慶軍節度使，召爲侍讀，進檢校少保、開府儀同三司。政和末卒，贈太傅，年六十，諡文正。高宗即位，追貶寧國軍節度副使。紹興五年，再貶單州團練副使。

唐玄宗《鶺鴒頌》跋

唐明皇於兄弟間以友愛稱，時有鶺鴒數千栖麟德之庭木間，君臣賡頌，以爲美談。聖上紹述先烈，發揮哲廟之志，鉅細畢舉，是以斯禽一日同集後苑龍翔池，數以萬計，蓋前此未之有也。上既親御丹青圖其狀，又作爲雅詩以賦之，事辭之稱，與日月争光，顧此頌所談亦不足貴矣。改月三日昭慶軍節度使、中太一宮使臣蔡卞題。清抄本《石渠寶笈三編》。

黃定藝話(一則)

黃定(生卒年不詳)字致一,邛州臨邛(今四川邛峽)人,在哲宗世。

書唐凌煙閣功臣畫像後

　　元符改元之初,予以事至京師,道出興元,渴於富人之家〔一〕。入其門,升其堂,見其壁之四隅瑞氣蟠空,祥煙滿室,有如喬松老檜,枝幹盤錯,倚乎重巖繡嶺之中,古怪萬狀,蒼蒼然霜姿雪操之不改也。迫而視之,乃正觀間凌煙所畫功臣之像焉。自王珪而下凡十八人,墨跡淋漓,筆勢隱見。

　　觀太宗創業之始,間關草昧,躬服汗馬之勞,而數公者推心協謀,智勇俱奮,若榱橡樑柱之成大廈,故能造王業於笑談指顧之間也。其為英風茂烈,卓然著見於後世者,可考而知,此所以使人想慕之不暇。

　　今雖去唐為遠矣,而貌像猶在,睹其衣冠容止,而知太宗君臣之相遇不亦偉歟!從而求其本以歸,是亦像者之足榮也。藏諸篋笥,以為珍奇美麗之觀。嗚呼,安得好事者而與共焉!宋慶元三年書隱齋刻本《國朝二百家名賢文粹》卷一九四。

〔一〕渴:似為"謁"字之誤。

董賓卿藝話（二則）

董賓卿（生卒年不詳），饒州德興（今江西德興）人。元祐三年進士及第。政和初知連州，政和五、六年間知衛州。階至中奉大夫。

一 劉海蟾仙跡跋（一）

衛州□□□□觀知事□重微，一日，忽睹□□□□弊履謁於堂，不禮，意恭甚，疑爲求化者。揖之坐，竟不□語，但微哂而已。重微起，取金與，未及房，已聞弄筆聲。慮其污新飾堂也，急回視，壁間已有題字矣。重微方駭其怪筆，欲究其說，已失道人所在。

其書，士人李兌以謂頗類仙人謝小娥筆□云□邢臺仙書碑字證之，乃"秦人劉海蟾來過"也。字體如煙雲徘徊，勢欲飛動，似非凡筆所能爲。然神仙之事，杳默難知，因紀梗概，以俟識者辨之云。

重微睹道人時，即政和五年乙未十一月十有四日也。鄱陽董賓卿。汲郡呂無逸書。北京大學圖書館藏《柳風堂石墨》。

二 劉海蟾仙跡跋（二）

政和六年四月十八日，賓卿因行縣再到此，詳視所跋壁間題字，益信其不凡。使或人書得鵝轉頸法，恐不能騫騰飛舉，離絕筆墨畦徑若此也。

今天子明白入素□薦□□體□□神與天爲一，且嘗面奉帝訓，尊崇道教，故異人奇士，繼踵而出。不識此將以□天子□□而方且自天子之居來耶？賓卿謹題。《柳風堂石墨》。

晁説之藝話（二六則）

　　晁説之（一〇五九～一一二九）字以道，一字伯以，因仰慕司馬光爲人，又自號景迂生，濟州鉅野（今山東鉅野）人，晁端彦子。元豐五年進士。元祐初，官兖州司法參軍。紹聖間，爲蔡州、宿州教授。元符中，改宣德郎，知磁州武安縣，移知定州無極縣。坐元符應詔上書入黨籍，監嵩山中嶽廟、陝州集津倉。監明州造船場，起通判廓州，提點南京鴻慶宫。宣和時，知成州。欽宗即位，以著作郎召，除秘書少監，兼太子諭德，除中書舍人兼太子詹事。復以議論不合落職，提舉西京嵩山崇福宫。高宗即位，召爲侍讀，復待制，提舉萬壽觀，再提舉杭州洞霄宫。建炎三年卒，年七十一。説之嘗從曾鞏學作文，後爲家人講論讀書次序，以歐陽修文集爲先，其次讀韓愈文，再次學司馬遷文，故其爲文能博極經術，文辭雅健。著有詩文、雜著、論述凡三十二種，靖康之難時大多散失，其孫晁子健於高宗紹興間搜訪遺文，編爲《景迂生文集》十二卷，又於孝宗乾道時再加補輯，重編爲二十卷，遂成定本。現存《嵩山景迂生文集》二十卷。晁説之還著有《晁氏客語》一卷，收錄熙寧、元豐時人物言論佚事，有補充史料之價值。

一　題兩馬圖

　　前馬去駸駸，年少意有餘。後馬追馳驛，喘殺肥駽奴。文淵閣四庫全書本《景迂生集》卷五。

二　論書

　　歐、虞筆圓，褚、薛筆方。其後悉學大令，而方圓錯出，顔復圓，柳復方矣。隋朝一代筆法盡，未必智果之力也。梁蕭子雲兼南北之善，或云亦大令之徒。四部叢刊本《嵩山文集》卷一四。

三　送屈用誠序

屈鼎畫山水，當時與范寬齊名。其後范之名日盛，而屈或不得與，良可嘆也哉！

范之筆突兀而易識，學者自謂易爲范也。屈則沈毅橫恣，幾絕來學之路，非篤志老於其事者，鮮不忽諸。如紀真、黃懷玉、商訓輩皆學范而大得名者，未知有一人稱屈之徒也。

惟是其家子孫自致身於遺蹤間而珍之，不肯少貶於眾好也。孫用誠者得其法爲多，老矣，衣食貧，所蹟每爲人作其老阿父畫，遇十人而九不顧。用誠曰："奈何，要當療飢寒於速售者，無如許家父近之爲。"許道寧云："爾劣爲許家父畫，視一人則十百人爭賞之，恐不得。"用誠嘆曰："吾雖飽於許家父，暖於許家父，其如吾志之饑且寒何！復恐地下無見吾老阿父之面目也。"以故棲棲岐山下，東未嘗至咸陽，寧論京師貴人之媚哉？

予前年道扶風，偶見用誠之屏障而多之，力致之於同谷。初爲予作畫猶是許家父也，予斥之曰："老處士非翕雲屈郎之孫也！"乃瞿然亟作其老阿父八幅而告歸，予勉之曰："爾祖卒年九十有四歲，未死前數日猶畫不已。爾年方將七十歲，未宜自息也。古今學士大夫或遇不遇於一時，而遺恨於無窮者，正如爾祖與范之盛衰也。畫知有吳而不知有張，書知有王而不知有鍾，儒生持子書而不讀《孝經》，可勝道哉，可勝道哉！"

歲暮冰雪，用誠復徒步還岐山下，予亟序以送之，可爲我示令君呂二十一郎，是一門四相家，必有以感於予之言。

宣和癸卯十二月三日，嵩山晁説之序。《嵩山文集》卷一七。

四　跋米元章與趙景升帖

通州防禦使令畯既窆孝恭公之誌銘，雪淚而言曰："卜日有期，因使刻畫未工，播傳且不遠廣，二恨沒身，將無以贖。"乃移諸橫石，增筆墨之美，而施則無窮，君子於是知孝恭之所以爲孝恭者。既自躬之，復見其子之源流〔一〕，可勝道哉！伏念燕懿王體貌魁偉，謹慎寡言，好讀書，無犬馬之玩，是孝恭之所自邪！

政和四年甲午六月戊午，嵩山晁説之題。《嵩山文集》卷一八。

〔一〕其：原在"之"下，據文淵閣四庫全書本乙。

五　題《七賢圖》

評書曰非鍾則王，豈知書者？畫之張、吳可同日語耶？黃七兄老矣，不得不昏繆如此。

或謂此本唐人所摹，藉以爲高歟，實仰之也。觀其點睛不著意，而手柔衣寬，非唐人脱筆之妙，莫之及也。靖康元年十一月二十日阻凍睢陽舟中題。《嵩山文集》卷一八。

六　題魯直嘗新柑帖

元祐末，有蘇、黃之稱，漸不平之。或曰："蘇公自有芍藥之評。"恐未必然也。靖康元年十一月二十二日，箕山晁説之題。《嵩山文集》卷一八。

七　題魯直章草顛草

章草似晉人，顛草似唐人。靖康丙午十一月癸未，箕山晁説之題。《嵩山文集》卷一八。

八　題蔡君謨弔石曼卿詩後

蔡公於是乎句法曼卿，而字盡曼卿，真足以弔矣。靖康元年十一月二十三日，嵩山晁説之題睢陽舟中。《嵩山文集》卷一八。

九　題江南後主詞翰

黃魯直謂李後主書出於裴休，予初大駭之，惟見休石刻字故也。晚乃見休行書墨跡一帖，良以媿嘆。靖康元年丙午十二月二十六日，箕山晁説之避地於高郵題。《嵩山文集》卷一八。

一〇　題《破琴詩》後

予有王晉卿淡碧絹畫《房琯悟前生圖》，寫此詩於其後，甲午年遭火矣。靖康丁未正月十三日晁説之題。《嵩山文集》卷一八。

一一　跋王安簡公帖

王安簡公與説之曾祖文莊公特相善，爲書文元公誌銘，實文元公門下客云。靖康丁未正月十三日晁説之記。《嵩山文集》卷一八。

一二　跋唐劉元方敕

開元中唐玄度兄弟作此樣敕字後，至本朝未之或改也。蔡司空始別創一體，謂之蔡家敕。靖康丁未正月十三日晁説之題。《嵩山文集》卷一八。

一三　題東坡帖

梁武帝不能辨王右軍真僞，必送陶隱居審定。《嵩山文集》卷一八。

一四　題無水池新硯

若硯不欲受水，則墨亦不欲磨硯。至於筆不欲點墨，紙不欲落筆，惟投縣過白紙者即得之也。雨暗窗昏，旅思大不佳，書以示德全，而病目又不能寫字也。正月二十二日天台教僧。《嵩山文集》卷一八。

一五　跋李太白草書

葛叔忱豪放不群，客爲叔忱嘆李太白無字畫傳於後。叔忱一日偶在僧舍，縱筆作字一軸，自名之曰李太白書，以戲一世之士。且與其僧約曰："異日無語人。"每欲其僧信於人也。其所謂得之丹徒僧舍者，乃書之丹徒僧舍也，奈何！不信者請以三事質之。

昔人有一書曰《古今能書人姓名》，自謂悉盡矣，恨不得聞見而録之也，乃獨於白而遺之耶？以故《法書要録》《法書苑》《墨藪》諸家，皆無白書之品第也。白自負王霸之略，飲酒鼓琴，論兵擊劍，鍊丹燒金，乘雲仙去。其志之所存者，靡不振發之，而草書奇屈如此，寧謙退自晦，無一字乎？白集有《懷素草書歌》，識者曰非白所作也，真偽未敢論。要是白無一語自及其書，何邪？會稽湖上記者賀監與！斯人清狂，捐落萬事，顧肯孜孜收拾白稿草以欣戚耶？

靖康丁未避地高郵任城，二十二叔父命書。《嵩山文集》卷一八。

一六　題劉器之與陳止之書（選一）

劉六器之丈忘年下士，其字畫出於宣獻公，皆與時異尚云。建炎二年戊申三月二日晁説之題。《嵩山文集》卷一八。

一七　宋宣獻帖

常山公有書名一時，蔡君不能揜也。兹二帖益重吾兩家事契哉！建炎戊申上巳，海陵旅舍晁説之題。《嵩山文集》卷一八。

一八　題陸子履帖

陸子履少有書名，而晚年名似減，何也？惟歐陽公始終眷眷於斯人耳。建炎戊申上巳，擁火海陵旅舍中，晁説之題。《嵩山文集》卷一八。

一九　題石曼卿送周卿遊邊

觀曼卿書，想見其談兵，雖范文正公不能折也。要在尹師魯頓挫耳。清明後一日，箕山晁説之題。《嵩山文集》卷一八。

二〇　跋沈睿達寫《桃園圖》

治平、熙寧間，睿達書名，自浙江振京師，誰知有東坡書哉？況又十五餘年後，稱黄魯直書，至於内人裙帶事，識者猶爲睿達嘆息之。建炎戊申清明後一日，箕山晁伯以父。《嵩山文集》卷一八。

二一　題僧希白摹法帖

僧希白書，豪放自得，恨平生功淺，乃手摹内法帖，而不能没其俊氣。東坡故不喜王著之拘，而喜白之逸。戊申七月二十七日，海陵旅舍伯以父。《嵩山文集》卷一八。

二二　題晉上人智果帖（二）

鍾、王筆法，隋人所得與唐人不同，大抵隋多鍾而唐多王耳。果師當在永、素之間，視懷仁輩如何！老法華再題。《嵩山文集》卷一八。

二三　題晉上人智果帖（三）

予得此書三日不病，餘尚何言哉！立冬旦日旅次西齋。《嵩山文集》卷一八。

二四　題周景夏所藏東坡帖（一）

予嘗謂古人因書而得名，後人因名而名其書。李德素一時高士也，善能評魯直書云。建炎二年戊申七月三十日，嵩山晁說之海陵旅舍題。《嵩山文集》卷一八。

二五　題周景夏所藏東坡帖（二）

蔡君謨死後，宋次道、陸子履獨擅書名。既而沈睿達書得名甚峻於時，未有一人稱東坡書者。公方日奏忠言，犯時禁，忌其名自有所在，而未暇以書稱也。逮公書名出，而大雅君子傷之。建炎二年戊申七月三十日，嵩山晁說之海陵旅舍題。《嵩山文集》卷一八。

二六　題蕭詢筆

海陵蕭詢少能識毫作筆，輒嘆曰："小藝自有微妙處，我自不能到其處耳，世豈無其人哉！"乃遊宣州見諸葛言，潤州見陶穎，常州見許遇，而蘇州仲璋、俞俊、杭州李正方、秀州沈明、和州柳載，皆身事其人，心其法。

以諸家之善，一日歸鄉中，旁郡邑舊有名者往往忌之，而不敢疾也。詢既有以動其本色人，則彼食鱠者闕。《嵩山文集》卷一八。

楊延齡藝話（四則）

楊延齡（生卒年不詳），約公元一〇八二年前後在世。著有《楊公筆錄》一卷。該書考證字詞音義，記載宋代朝野雜事，收錄亡佚碑銘詩文，具有一定的參考價值。書中稱引王安石新學與二程洛學之説，相容衆説，頗爲公允。

《楊公筆錄》（選錄 四則）

蒼頡之古文、史籀之大篆、李斯之小篆、程邈之隸書、史黃門之章草、劉德升之行書、蔡中郎之飛白、張伯英之草書，書制不一，工拙自殊。如胡昭體肥，鍾繇體瘦，次仲楷法，梁鵠筆勢，師宜官方寸千言，王右軍方丈一字，僧虔正書第一、草書第二，子玉章草入神、小篆入妙。其自矜則苟非絹素，不肯下筆；其自適則不擇紙筆，皆能如意；其苦思則或卧畫被穿，或寢宿碑下；其勤力則或書柿葉數屋，或積筆頭十甕；其新奇或因施匠垔，或觀舞劍器；其流逸則或佔頭搵水，或掃帚沾泥。名跡先後，映冠古今。然韋仲將因書淩雲而垂戒，王子敬不肯題太極殿而自高，王褒恨辛苦筆硯之役，蕭子敬嘆唯以筆跡得名。藝至於工，反爲人役，則戴安道之破琴，閻立本之戒畫，皆此意。

俳優弄參軍，段安節云：“始自後漢。館陶令石耽有臟犯，孝和帝惜其才，免罪。每宴樂，即令著白衣袂衫，命優伶戲弄辱之，經年乃放。後爲參軍掾。唐開元中有李仙鶴善此戲，明皇特授韶州同正參軍。”

傀儡子，蓋始於周穆王時，工人偃師之作。段安節乃云起於漢高平城被圍，陳平秘計。

虢州朱陽山出石硯及月石屏，其來甚久。按唐李匡文之叔祖，元和初爲朱陽宰。其諸子因訪尋山水，一日於澗側見紫石，愛之，遂自刻姓氏年月於其上，復作爲硯，初惜其大，不可挈。復行百餘步，往往有如拳者，乃携歸。有一縣胥請斵之，形制甚妙。胥父兄，稠桑旅人也，遂解籍請歸，作此硯及諸器用貨之，大獲厚利。此事見李匡文《資暇集》。然其硯甚膩，止可玩而不可使者。其石屏自有滿月及松柏形，殆非人力可爲，亦莫測其理。不知何緣感化至此。以上文淵閣四庫全書本《楊公筆錄》。

郟僑藝話（一則）

郟僑（生卒年不詳）字子高，華亭（今上海松江）人，亶子。嗣父業，精通水利，嘗著《吴中水利説》，多有所建明。曾官將仕郎。晚年自號凝和子。

爲簡公約賦素琴堂

素琴之堂虛且清，素琴之韻淪杳冥。神閒意定默自鳴，宮商不動誰與聽？堂中道人骨不俗，貌麗形端顔瑩玉。我嘗見之醒心目，寧必絲桐絃斷續。嗚呼靖節已死不復聞，成虧相半疑昭文。阮手鍾耳相吞吐，素琴之道詎可論？道人道人聽我語，紛紛世俗誰師古，金徽玉軫方步武，虛堂榜名無自苦。文淵閣四庫全書本《宋詩紀事》卷十七。

晁冲之藝話（一則）

晁冲之（生卒年不詳）字叔用，一字用道，濟州鉅野（今山東鉅野）人，晁說之、補之從弟。晁氏以文學世其家，中科第者代有其人，獨晁冲之不第。紹聖間，黨錮事起，晁說之、補之俱罹黨籍，冲之隱居具茨山下，得免於禍，世人又稱爲具茨先生。約卒於宋南渡時，官終承務郎。其詩早年受知於陳師道，呂本中將其列入江西詩派。劉克莊《江西詩派序》稱其詩"意度沉闊，氣力寬餘，一洗詩人寫餓酸辛之態"，經靖康亂離後，發爲詩歌"悲哀警策"，"激烈慷慨"，南宋詩人陸游"可以繼之"。著有《具茨集》三卷。北宋滅亡，其文章大多散失，南宋初晁公武裒輯其詩，編爲《具茨晁先生詩集》，共收詩二百餘首。

和十二兄五首（選一）

先生翰墨英，揮灑每被酒。氣凌蒼柱穹，勢壓坤軸厚。俊拔今固無，妙絕古未有。驚鸞忽矯翼，犇馬時驤首。高步褚薛流，下視鍾王友。好事隨取之，所至具名酎。簡疏秦隸奇，譎怪夏篆醜。么麼張芝草，嫵媚元和柳。載觀碑籍存，尚恐金石朽。未知太極成，有請於公不？文淵閣四庫全書本《宋詩鈔》卷三十二。

洪朋藝話（二則）

洪朋（生卒年不詳）字龜父，豫章（今江西南昌）人，黄庭堅外甥。幼年喪父，祖母李氏教以經義，稍長，又從其舅學習詩律。兩次應進士科試，不第，後以布衣終，死時年僅三十八歲。洪朋長於詩，在當時負有盛名，爲時人推重，與其弟並稱爲"四洪"，吕本中將其列入《江西詩社宗派圖》中。黄庭堅愛其詩，嘗謂"龜父筆力可扛鼎，它日不無文章垂世"（《書舊詩與洪龜父跋其後》），周紫芝也説他作詩"用意精深，頗加雕繪之功"，風格酷似黄庭堅（《書老圃集後》）。著有《清虚集》一卷，原集久已佚。清四庫館臣自《永樂大典》輯出詩一百七十八首，編爲《洪龜父集》二卷。

一　題胡潛風雨山水圖

胡生好山水，煙雨山更好。鴻鴈書遠空，馬牛風塞草。文淵閣四庫全書本《洪龜父集》卷下。

二　跋山谷帖用其韻

學書右軍盡善，下筆少陵有神。無復向來金馬，可惜埋此玉人。
壓倒詩中宰相，鼓行文苑宗公。毒霧瘴氛作祟，英姿爽氣成空。《洪龜父集》卷下。

蘇元崇藝話（一則）

蘇元崇，南徐（今江蘇南徐）人。餘不詳。

題吳道子《天龍八部圖》

蒙伯鎮供奉見過，携示吳道子所畫，得見妙筆。崇寧丙戌九月三日，南徐蘇元崇題。文淵閣四庫全書本《清河書畫舫》卷四上。

劉欽止藝話（一則）

劉欽止（生卒年不詳）字繩祖，湖州（今浙江湖州）人。徽宗時官至承務郎，年始過四十而逝。

題右軍二謝帖

元符二年季秋九日，鄭子猶出此帖於滎陽尉舍以示余，因得以觀右軍筆畫之妙，第有嘉嘆而已。吳興劉欽止繩祖書。文淵閣四庫全書本《續書畫題跋記》卷一。

蘇邁藝話（一則）

蘇邁（一〇五九~?）字伯達，眉山（今四川眉山）人，軾長子。元豐中，蘇軾以烏台詩案入獄，邁與之隨行。七年，爲饒州德興縣尉。蘇軾貶惠州，邁求爲潮州安化令，以便饋親。政和初，爲嘉禾令。後爲雄州防禦推官，終駕部員外郎。蘇邁文章政事，卓有父風，詩文亦有思致，時出新句。

題鄭天覺畫

鄭天覺自除直殿以後，筆力驟進，無一點畫工俗韻，比來士人中罕見出其右者。爲冰華居士錢濟明作《明皇幸蜀圖》，又作《單于並騎圖》，皆清絕可人。予從冰華求此一軸，以光畫篋。大觀三年八月十日，眉山蘇邁伯達書。黑龍江人民出版社一九八四年影印本《三希堂法帖》第十二冊。

李廌藝話

李廌（一〇五九～一一〇九）字方叔，號濟南先生，其先自鄆州徙華州（今陝西華縣），故又自號太華逸民。早年以學問爲鄉里所稱，嘗携文謁蘇軾於黃州，軾稱其"筆墨瀾翻，有飛沙走石之勢"，並稱其才爲"萬人敵"。歸家，益閉户讀書。元祐三年試禮部，蘇軾典貢舉，意在擢爲高等，不意落第。後再應試失利，遂絶意功名，歸耕潁川，定居於長社（今河南長葛）。元祐中詔求直言，進獻《忠諫書》《忠厚論》及《兵鑑》。蘇軾與范祖禹欲共舉薦於朝，後相繼去國，未果。建中靖國初蘇軾卒，李廌走赴許汝間，相地卜兆，作文以祭之。蘇過居於許，多與遊。大觀三年卒，年五十一。李廌爲"蘇門六君子"之一，詩詞文俱工。其文章條暢曲折，以氣勢勝，蘇軾評論其文"如大川東注，晝夜不息，不至於海不止"，周紫芝亦云"自非豪邁英傑之氣過人十倍，則其發爲文詞，何以若是其痛快"（《書月巖集後》）。其《答趙士舞德茂宣義論宏詞書》提出文章需具德、志、氣、韻"四要"說，是宋代文論之重要篇章。所作《吊東坡文》言辭悲慟，文氣奇壯，一時爲人傳誦。詩歌多以山水、行旅、寄贈、題畫爲内容，大多"詞氣卓越，意趣不凡"（蘇軾《答李方叔書》）。詞作不多，然亦工緻。李廌的文集，在宋代有刊本《濟南集》，又名《月巖集》，凡二十卷，至清初已佚，清四庫館臣自《永樂大典》輯出詩文編爲八卷，含詩賦五卷、文三卷。另有《德隅堂畫品》一卷，品評唐宋名畫，闡發繪畫理論，多有精到之見；《師友談紀》一卷，記録蘇軾、范祖禹、秦觀、黄庭堅等人治學論文之説，爲宋代文論之重要論著。

《德隅堂畫品》

《德隅堂畫品》書後

趙德麟藏書數萬卷，蓄畫數十函，皆留京師邸中，廌所評，皆襄陽隨軒橐中品也。

德麟以文章名於時，廌聞其名於薦紳士大夫間，蓋十餘年。比自箕隗，將道漢沔，東適吳粵，遇於荆州，留連餘半年。中間與德麟徜徉山水，爲觴詠登臨之樂，無日不然。遇佳興，則取諸畫次第觀之，廌每有評説，德麟曰："子姑識其語，予將質之於他人。"廌曰："畫之爲伎，下矣，能求其意，何足道哉！然知其説者，或寡能盡其心。

求舐筆和鉛之際，筆墨心手相應於繪素之初，則靡有不得之矣。"後之觀者，嘗試以廌之說而求之。

元符元年七月既望，襄陽北津舟中，讚皇李廌方叔書。《宋人集》本《德隅堂畫品》末附。

《蕃客入朝圖》

梁元帝爲荆州刺史日所作粉本。魯國而下，凡三十有五國〔一〕，皆寫其使者，欲見中外一家，要荒種落共來王之職。其狀貌各不同，然皆野怪寢陋，無華人氣韻。如丁文簡公家凌煙功臣、孔子七十門人小樣，亦唐朝粉本，形性態度，人人殊異，畫家蓋以此爲能事也。

此圖題字殊妙，高昌等國皆注云貞觀某年所滅。又筆氣與閻立本所作《職貢圖》正相若，得非立本摹元帝舊本乎？或以謂誠元帝所作，傳至貞觀，後人因事記於題下，亦未可知。然畫筆神妙，不必較其名氏，或梁元帝，或閻立本，皆數百年前第一品畫筆。

紙縫有褚長文審定印章，長文之鑑畫有名於古，定能知此不凡也。

〔一〕有：原無，據文淵閣四庫全書本《濟南集》補。

《大悲觀音像》

唐大中年范瓊所作。

像軀不盈尺，而三十六臂，手目皆端重安穩，如汝州香山大悲化身自作塑像〔一〕，襄陽東津大悲化身自作畫像，意韻相若。蓋臂手雖多，左右對以偶之，其意相應，渾然天成，不見其有餘。所執諸物，各盡其妙。筆跡如縷，而精勁溫潤，妙窮毫釐。其盧楞伽、曹仲宣之徒歟！

〔一〕州：原作"洲"，據文淵閣四庫全書本《濟南集》改。

《春龍起蟄圖》

蜀文成殿下將軍孫位所作。

山臨大江，有二龍自山中出。一龍蜿蜒，驪首雲間，水隨雲氣而上，雨自鬣中出，魚蝦隨之，或平空而隕。一龍尾尚在穴，前踞大石而蹲，舉首望雲中，意欲俱往。怒風如腥，草木盡靡；波濤震駭，澗谷瀰漫。山下橋路皆沒，山中居民老小聚觀，闔户闚牖，人人驚畏，若屋顛墜。筆勢超軼，意氣雄放，非其胸中磊落不凡，能闚神物變化，窮究百物情狀，未易能也。

位後名遇，蓋遇異人得度世法，信乎非俗工也。

《樓居仙圖》

郭忠恕恕先所作。中書令趙韓王普思默堂印，相國王冀公欽若、太原欽若圖書。

作石似李思訓，作樹似王摩詰，至於作屋木樓閣，恕先自爲一家，最爲獨妙。棟樑楹桷，望之中虛，若可投足；欄楯牖户，則若可以捫歷而開闔之也。以毫計寸，以分計尺，以尺計丈〔一〕，增而倍之，以作大字，皆中規度，曾無少差。非至詳至悉，委曲於法度之内者不能也〔二〕。

然恕先仕於朝，跅弛不羈，放浪玩世，卒以傲恣流竄海島，中道仆地，蜕形仙去。其圖寫樓居，乃如此精密；非徒精密也，蕭散簡遠，無塵埃氣。東坡先生嘗讚曰："長松參天，蒼壁插水。縹緲飛觀，憑欄誰子。空濛寂歷，煙滅雨没。恕先在焉，呼之或出。"非神仙中人，孰能知神仙之樂而寓於畫也。

予嘗見恕先清泰元年所作《盤車圖》粉本水磨大圖，今並此圖，最能知其妙處，孔子所謂從心所欲不踰矩，莊子所謂倡狂妄行乃蹈乎大方者也。其爲人無法度如彼，其爲畫有法度如此，則知天下妙理從容，自能中度。使恕先規規度量而爲之，則亦疲矣，恕先肯爲是乎？

〔一〕尺：原作"寸"，據文淵閣四庫全書本《濟南集》改。
〔二〕者：原作"皆"，據同上改。

《仙遊圖》

唐關同所作，故相晉國丁公印章在焉。

同畫山水入妙，然於人物非工，每有得意者，必使胡翼主人物。此圖神仙，翼所作也。大石叢立，屹然萬仞若精鐵，上無塵埃，下無糞壤，四面斬絶，不通人跡，而深巖委澗，有樓觀洞府、鸞鶴花竹之勝。杖履而遨遊者〔一〕，皆羽衣飄飄，若御風而上征者，非仙靈所居而何。石之立者，左右視之，各見其圜鋭短長遠近之勢；石之坐卧者，上下視之，各見其方圓廣狹薄厚之形。筆墨略到，便能移人心目，使人必求其意趣。此又足以見其能也。

〔一〕遨：原無，據文淵閣四庫全書本《濟南集》補。

《雞竹圖》

南唐霸府之庫物，舊有集賢院印章，梅翰林詢塗去故印〔一〕，復用"梅昌言印"以蓋之。徐熙所作也。

叢生竹篠，根幹節葉皆用濃墨粗筆；其間櫛比，略以青緑點掃而具，蕭然有拂雲之氣。兩馴雉啄其下，羽翼鮮潔，喙欲鳴，距欲動也。

近時畫師作翎毛，務以疏渲細密爲工，一羽雖似，而舉體或不得其大全。此雉羽毛不復疏渲，分布衆采，映帶而成生意，其態無一不具。非造妙自然，莫能至此。

〔一〕詢：原作"詞"，據文淵閣四庫全書本《濟南集》改。

《棘鵾》《柘條銅觜》

皆南唐鍾隱所作。

隱,天台人,以其隱於鍾山,遂爲姓名,蓋處士也。畫花高淡簡遠,工於用墨,筆跡渾成,外無稜刺。木身鳥羽,皆用淡色,意就而成。

世俗畫鵰狸鷹兔鷂雉鷃雀之類,皆作禽奮搏擊之狀,欲示其猛。隱所作鵾,坐枯枝上,貌甚閒暇,注目草中之禽。其意欲取,蹲縮作勢,得兵家所謂鷙鳥之擊,必匿其形,使人想其霜拳老足,必無虛下也。

世俗作銅觜,多有作儇子豔婦,琱籠綵縷以爲之飾,雖或工巧,而凡猥可憎。隱所作銅觜,坐枯條上,有得蔭忘形之意。傍有六樹,蒼皮鮮駁,下有叢竹茂密。春風野色,駘蕩在目。然老樹欹卧,不見條枝;竹朳雖多,景若未盡。當是金陵霸府中大屏之一扇,或大圖之一幅。或聞今寧遠軍節度使高公家藏亦有鍾隱圖〔一〕,亦止三幅,筆墨相若,而景物與之連屬,疑爲此畫之旁幅,惜乎未能並觀其全也。

〔一〕家藏:底本作"公繪",據原校改。

熒惑像

朱髮森然上衝冠,荷長戟,貌甚忿怒。口鼻出息,煙焰皆飛。然氣志超然,有天人之意。

靈惠應感公像

秦蜀守李冰之子開二江,制水怪,蜀人德之,祠於灌口,世所謂灌口二郎者也。風貌甚都,威儀嚴毅。然挾彈遨遊,僕隸整輂,有功成廟食之氣。

雪鍾馗

破巾袒褐,束縛一鬼,荷於擔端,行雪林中。想見武舉不第,胸中未平,又怒鬼物擾人,擒捕擊搏〔一〕,戲用餘勇也。皆蜀孫知微所作。

知微,華陽人,有高行,寓意於畫,以畫隱者也。筆墨神妙,超然度越衆人。乖崖張公詠鎮蜀,雅聞其名,欲一見之,終不可致。一日,張公知在曾舍飲,亟捐車騎、却鳴騶,徑往詣之,知微即投閣遁去。乖崖公還朝,出劍關,逢一村童持知微書、負一篋迎道左,書曰:公所喜者,畫也,今以二圖爲獻。問知微所在,則曰:適一山人以書信授我,已去遠矣。張公益嘆其高。

予外曾祖正惠馬公知節守成都,知微日居府中,相從甚歡,得畫最多,公解所服金帶贈之,知微即繫於紵袍上。人見其標韻蕭然,白衣金帶,皆以爲李太白、孫思邈也。馬公在前朝貴人中,最名識畫,一時公卿家畫,往往聽其審定。蓋久與知微語,得辨畫之要也。

〔一〕擊搏：原無，據文淵閣四庫全書本《濟南集》補。

火佛像

蜀張南本所作。

世之畫史，但能寫物之定形，故水火之狀，難盡其變。始，南本與孫位並學畫水，皆得其法。南本以爲同能不若獨勝，遂專意畫火，獨造其妙。今此辟支佛結跏趺坐〔一〕，火周其身，筆氣焱鋭，得火之性。觀之者以煙飛電掣，烈然有焚山燎原之勢，佛以定慧力坐其間，安然不動，則毛末小利害足以動其心乎！

予爲之偈曰："大士坐禪，心若水月。火周其體，熾焰炎烈。靜觀無始，火本不熱〔二〕。與火相忘，何生何滅。吾觀若人，孰懼燒劫。"

〔一〕今此：原作"世傳"，據文淵閣四庫全書本《濟南集》改。
〔二〕火本不：原作"人本非"，據同上改。

寒龜曝背圖

蜀黃筌所作。筆墨老硬，無少柔媚。

筌平時所作雀竹魚龍，亦皆設色鮮華，以示其巧。此獨爲水墨枯林之下，一龜盤跚曳尾而行，若春雷已動，餘寒未去，負朝陽以曝其背，有舒緩彎跧之態，其趣甚樂。

頃在丞相范公家見筌一龜，筆墨與此無異，但其色甚光澤〔一〕，水旁之草方茂，蓋方自水中出，又非寒時，其狀不得不殊。故觀畫者，要當識其畫時用意處也。

〔一〕光：原無，據文淵閣四庫全書本《濟南集》補。

補陀觀音像

蜀勾龍爽所作。具天人種種殊相，寶珠、瓔珞、銖衣、紺髻，使人瞻之，敬心自起。筆氣清潤，意通幻妙。

所居補陀落伽山，在海岸孤絕處，煙巒蒙密，佳氣藹然，予嘗與德麟甫雨後望襄陽鳳林諸山，氣象略相似，頗恨是中無此大士也。

紫微朝會圖

朱梁時將軍張圖所作。

帝被袞執圭，五星二曜，七元四聖，左右執侍；十二宮神，二十八星，各居其次。乘雲來下，其容色皆端敬，其服章皆嚴謹。

道家謂玉皇大天帝爲衆仙天子，紫微大天帝爲衆星天子，觀此圖者，知君臣之義，雖九天之上亦未嘗廢也〔一〕。

圖作衣文，不師吳衣當風、曹衣出水之例，濃墨粗筆，如草書顛掣飛動〔二〕，勢甚豪放。至於作面與手，及諸服飾儀物，則用細筆輕色，詳緩端慎，無一欹側，一家之妙用也。

〔一〕雖：原作"惟"，據文淵閣四庫全書本《濟南集》改。
〔二〕掣：原作"製"，據同上改。

乳虎

宣城包鼎所作。絹素雖斷，而毛色精潤如新。

包氏以畫虎世其家，而鼎之所畫居最。虎，天下之至猛，至於牽制父子、牝牡之情，則雖威而不怒。

荒榛赤草，鳥噪其上，兩虎引子而行，意甚安佚。其雄前行，觀其意，亦有禦護之意。小虎牙爪未備，已有食九牛之氣。但吞噬之獸，夫婦父子相從羣行，人或遇之，誠可懼也。

被髮觀音變相

水中石上，襲衣寶珞，被髮按劍而坐，非近時所能爲，必五代或晚唐名輩所作。筆細而有力，似吳道玄。獨設色太重，衣上花文不類吳筆。或云朱繇，疑或是也。

觀世音聞聲以示現〔一〕，今世此形相世所罕作，吾弗知爲何等人、以何等身得度，故現此身而爲說法也。

〔一〕觀世音聞聲：原作"觀世間音聲"，據文淵閣四庫全書本《濟南集》改、補。

正坐佛

唐趙公祐所作。予遠祖相國衛公爲浙西按察使日幕中僚也。

世俗畫佛菩薩者，或作西域相，則拳髮虯髯，穹鼻黝目，一如戎人。或作莊嚴相，妍柔姣好，奇衣寶玩，一如婦人。皆失之矣。

公祐所作三十二相，八十種好皆具，而慈悲威重，有巍巍堂堂天人師之容。筆跡勁絶，用色精密，縑素暗腐而丹青不渝，真可寶乎！

玉皇朝會圖

蜀石恪所作。

天仙靈官，金童玉女，三官太一，七元四聖，經星緯宿，風雨雷電諸神，嶽瀆君長，地上地下主者，皆集於帝所，玉皇大天帝南面端扆而坐〔一〕，眾真仰首承望清光，見之者神思超然，如在乎通明殿中也。

恪性不羈，滑稽玩世，故畫筆豪放出繩檢之外，而不失其奇。所作形相或醜怪奇倔，以示其變。水府官吏，或繫魚蟹於腰，以侮觀者。

頃見恪所作《翁媼嘗醋圖》，蹇鼻撮口，以明其酸。又嘗見恪所作《鬼百戲圖》，鍾馗夫婦對案置酒，主供帳果肴及執事左右，皆述其情態；前有大小鬼數十，合樂呈伎倆，曲盡其妙。此圖玉皇像不敢深戲，然猶不免懸蟹，欲調後人之笑耳。

〔一〕南面：原無，據文淵閣四庫全書本《濟南集》補。

渡水牛出林虎

皆朱梁時道士厲歸真所作。

闊岸平波，遠山坡陀，青林淺草，牛與牧人情味俱適。筆簡意盡，氣韻蕭爽，戴嵩、韓滉所畫，未知其孰賢也。

歸真畫虎，毛色明潤，其視耽耽，有威加百獸之意。歸真嘗作棚於山中大木上，下觀猛虎，欲見其真態。又或自衣虎皮，跳擲於庭，以思倣其勢。今觀此圖，非心通意解，未易得其自然也。

歸龍入海圖

毗陵戚化元所作。

筆力崢嶸，善作風浪起伏之勢，令人心目眩漾。一龍蜿蜒翔於水上，然先後之浪皆勻，未有翻湧濆漩之形。雲氣雖從，然不自水中出。予見而知之曰：此非《游龍出海圖》，乃《歸龍入海圖》也，因以名之。

菡萏圖

趙昌所作。

昌善畫花，設色明潤，筆跡柔美，國朝以來有名於蜀。士大夫舊云：徐熙畫花傳花神，趙昌畫花寫花形。然比之徐熙，則差劣。其後鐔宏、王友之輩皆弗逮也。

蓮與荷生污泥之中，出於水而不著水。昌此花標韻清遠，能識此意耳。

長帶觀音

今龍眠居士李伯時作。

伯時名公麟，登進士第，以文學有名於時，學佛悟道，深得微旨，立朝藉藉有聲。博求鐘鼎古器圭瓚璧寶玩，森然滿家，雅好畫筆，心通意徹，直造玄妙。蓋其天才軼羣，舉皆過人，士大夫以謂鞍馬愈於韓幹，佛像可近吳道玄，山水似李思訓〔一〕，人物似韓滉，非過論也。

今觀此像，固非世俗可以彷彿，而紳帶特長，過一身有半，蓋出奇立異，使世俗驚惑，而不失其勝絕處也。比見伯時為延安呂觀文吉甫作石山臥觀音像，前此未聞有此樣，是亦出奇也。

唐閻立本、楊炎能畫，不害其爲貴人；王維、鄭虔能畫，不害其爲賢士。國朝燕龍圖穆之、宋中郎浼與伯時皆能畫，何愧於古耶？

宗室、光州防禦使令穰字大年，予雖未之識，然雅聞有美才高行，讀書能文，自少喜作山水，士大夫家往往有之，以爲寶玩。大年與德麟同出太祖皇帝之後，於德麟爲兄，蚤相器重，以故德麟所收，皆大年平時所得意者。大年用五色作山水竹樹梟鷹之類，有唐朝名畫風調。江都王鞍馬，滕王蛺蝶，皆唐宗室之妙畫，可與之方駕並游矣。乃知貴人之天質自異，意所專習，則必能度越流俗也。以上《宋人集》本《德隅堂畫品》。

〔一〕水：原無，據文淵閣四庫全書本《濟南集》補。

輯録（七則）

一 墨池

臨池苦學書，池水爲變色。終朝坐忘疲，捲卷每自得。滋靈蚌孕貴，飫餌魚腹溢。囧堂映茂草，玄源漱白石。秖恐驪龍飛，蜿蜓上丹極。文淵閣四庫全書本《濟南集》卷一。

二 筆溪

張生古狂夫，草聖稱豪邁。縱橫意有得，野馬御風快。醉醒忽驚神，自以不可再。乃知高世能，至理適有在。況夫窮年華，朝夕精揀汰。期兹筆溪水，色變崑崙派。《濟南集》卷一。

三 霹靂琴

老桐初無異，憔悴輩散木。良材固自信，終歲委空谷。孤根聽霜霰，厥命寄樵牧。雖云具宮徵，誰意望琴筑。天公憐冤憤，霹靂驅怪伏。蛟龍出蒼榦，電火燃裂腹。造物一慇弔，爲惠在反覆。神馳變廢物，瞻賞改舊目。裂爲君子琴，日奏太古曲。因知物興廢，尚爾轉禍福。志士抱孤操，來者悅未卜。壯年昧籌筭，奚用定榮辱。《濟南集》卷一。

四 題蔡君謨墨跡後

古人托一技，身死名不滅。賢愚置不論，筆畫觀可閱。嶧山刻秦銘，斯篆屈金鐵。雖在衆憎惡，恨不頸荐鉞。褚令狷且直，還笏首叩血。魯公秉忠勤，白首抗希烈。獨有虞永興，當年稱四絶。賢哉蔡莆陽，直氣亘南粤。入爲楓宸侍，遇事挺奇節。揮毫霸當年，粲然星中月。非惟驚代能，乃是名世哲。《濟南集》卷二。

五 琴臺

《廣陵散》成不忍傳，淵明援琴葛爲絃。乃知此樂潛聖賢，直與天地通其玄。我兄能琴人所先，我非知音知自然。或聞一曲山月前，輕颺如坐春水船。逆隨河源上青天，口膠不語生醴泉。鼓舞和氣如陶埏，至樂默默坐忘年。《濟南集》卷三。

六　題王摩詰曲江春遊圖

咸雍山河互王霸，涇渭爲隍城塹華。曲江臺沼備豫游，祗與畫師供入畫。長安城西山萬重，昆明烟浪繞新宮。新蒲細柳春風裏，萬户千門佳氣中。我生不及開元時，猶喜此圖今見之。蒼莽煙綃橫短幅，眼中終南倒溪淥。傾城士女巷無人，三月三時曲江曲。老稚妍媸賤或貴，來者携壺歸者醉。筆端造化有能事，各肖人人樂遊意。如今此地空塵跡，石鯨縱在如銅狄。宜春五柞更蕭條，無復榛中得遺甓。我願吾王明六符，不蹈漢唐耳目娛樂。池籞假民任畋漁，無令畫師爲畫圖。《濟南集》卷三。

七　以古畫觀音易眉子石硯歌

疇昔翰林蘇謫仙，溪藤寫贈眉石篇。先生頃於南京嘗寫此篇贈鷹。欲尋此硯副此什，婺源煙水空茫然。君家寶硯多奇石，一一玄圭與蒼璧。此硯初來衆硯疑，厠居末品真可惜。寶林大士千億身，吾家古畫妙入神。欲持吾畫易君硯，庶幾速證西來因。我持君硯復何爲，嵩山之陽潁水湄。茹藜咀藿坐蓬蓽，漱流枕石書新詩。萬事推遷皆傳舍，世間孰是常存者，畫硯伊余聊稅駕。《濟南集》卷三。

蔡肇藝話（四則）

蔡肇（？～一一一九）字天啓，潤州丹陽（今江蘇丹陽）人，蔡淵子。師事王安石，備見器重。元豐二年進士，爲明州司户參軍、江陵推官。元祐中，又從蘇軾遊，聲譽益顯，歷太學正，出通判常州。紹聖中，召爲衛尉寺丞。元符初，提舉永興軍路常平。徽宗時，爲户部員外郎，徙吏部，兼編修國史。言者劾其學術反覆，出提舉兩浙刑獄。大觀四年，召爲禮部員外郎，拜中書舍人。以草制不稱旨，罷爲顯謨閣待制，知明州。言者又論其非議辟雍，奪職，提舉杭州洞霄宫。宣和元年卒。蔡肇文思敏捷，爲文援筆立就，長於歌詩。著有《丹陽集》三十卷，又有詩三卷，今不存。僅《兩宋名賢小集》中收有其《據梧小集》一卷。

一　題申王畫馬圖

天寶諸王愛名馬，千金爭致華軒下。當時不獨玉花驄，飛電流雲絕瀟灑。兩方岐薛寧與申，霪陵内厩多清新。肉駿汗血盡龍種，紫袍玉帶真天人。驪山射獵包原隰，御前急詔穿圍入。揚鞭一蹙破霜蹄，萬騎如風不能入。雁飛兔走驚絃開，翠華按轡從天囘。五家錦繡徧山谷，百里烏珥遺塵埃。青驟蜀棧西超忽，高準濃蛾散荆棘。苜蓿連山鳥自飛，五陵佳氣春蕭瑟。文淵閣四庫全書本《兩宋名賢小集》一○九《據梧小集》。

二　題畫授李伯時

鴻雁歸時水拍天，平岡老木尚依然。借君餘地安漁艇，乞我寒江聽雨眠。《據梧小集》。

三　題李世南畫扇

野水潺潺平落澗，秋風瑟瑟細吹林。逢人抱瓮知村近，隔塢聞鐘覺寺深。《據梧小集》。

四　題三茅風雨圖

筆間雲氣生毫末，紙上松聲聽有無。收得三茅風雨樣，高堂六月是冰壺。《據梧小集》。

鄒浩藝話（九則）

　　鄒浩（一〇六〇～一一一一）字志完，號道鄉先生，常州晉陵（今江蘇常州）人。元豐五年進士，調揚州教授，移潁昌府。元祐七年，蘇頌薦爲太常博士，御史來之邵論罷之，出爲襄州州學教授。召對，擢右正言。上章劾章惇慢上不忠之罪，並言不當立賢妃劉氏爲后，除名勒停，羈管新州。徽宗即位，召還，復右正言，遷左司諫，改起居舍人，進中書舍人，同修神宗朝國史。遷兵部侍郎，徙吏部，以寶文閣待制出知江寧府，改知杭、越二州。蔡京用事，再謫衡州別駕，永州安置。明年，除名勒停，昭州居住。崇寧四年，移漢陽軍居住。五年，放歸常州。大觀四年，復直龍圖閣。政和元年以疾卒，年五十二。紹興間，賜謚曰忠。鄒浩受學於程頤，又篤信禪學，嘗自言"儒釋本不異，昧者自親疏"（《偶書》），故其詩文多禪偈語。他爲諫官時所上奏疏，往往色正辭嚴，深中時弊，李綱《道鄉鄒公文集序》謂其文"高明閎遠，溫厚深醇，追古作者，有黼黻之文，有金石之聲，有菽粟布帛之用"，清人王士禛《帶經堂詩話》卷六稱"古今仰之如泰山北斗"。擅長爲詩，王士禛《跋道鄉文集》謂其古體詩似白居易，格律詩深穩，與葉夢得工力相似。鄒浩的著述由其子鄒柄、鄒栩編爲《道鄉集》四十卷。

一　觀華光長老仲仁墨梅

　　我從梅花海裏來，驚此兩枝堂上開。不由天降非地出，道人作麼生栽培。無縫塔子通一線，放光照醒陳根荄。玉蟾銀漢雨初霽，半啓瓊室通瑤臺。香雲漠漠護顏色，世眼欲覩誠難哉。不如取酒共春醉，一盃一盃復一盃。文淵閣四庫全書本《道鄉集》卷五。

二　和晦之見贈聽琴

　　忌子當年妙五音，曾令按劍革初心。昭文重愧難成曲，潘岳胡爲繆見尋。在昔絲桐嘗棄置，到今山水自高深。何當共造無絃處，莫使淵明擅此琴。《道鄉集》卷六。

三　再和晦之

舉世欣欣濮上音，絲桐還寄長卿心。知君韶濩思千載，勁節松筠挺幾尋。萬籟息時霜劍立，一燈明處夜堂深。他年振鐸收遺器，豈愧雲和瑟與琴。《道鄉集》卷六。

四　倒用前韻

我有一張琴，窮高更極深。瓠巴那解鼓，師曠杳難尋。寂寂三冬夜，悠悠萬古心。衣冠徧天宇，誰爲作知音。《道鄉集》卷六。

五　爲錢濟明跋書畫卷尾

某生晚，不及識蔡公。公之宰木既已合抱，方於濟明家見遺墨四軸。某雖不能書，然當世士大夫能書者咸先之，固知其筆妙與人稱也。右君謨帖。

紫微錢公，朝廷之名卿，鄉邦之先生也。某從學時，公既殂矣，不及親炙以爲師。而與公之子通直爲友，因得觀公所書《遺教經》，以想見剛風特操之彷彿云。右錢遺愛公書經。

愛其人者，愛其屋上之烏，況鶴乎！少游嘆之，良有以也。右秦少游爲錢公所作《鶴賦》。

晉卿以尚主之貴，日在綺羅絃管之間，而濡毫嬉戲，乃皆風塵表物。非其胸中自有丘壑，何以及此！右王晉卿所畫柳溪漁浦小景。　清道光十三年鄒氏留餘堂所刊之《道鄉先生文集》卷三二。

六　爲陸伯思跋韓魏公、范文正公書後

某生晚，不及識公。元符末，公之長子嗣爲大丞相，某始獲登公門，想見垂紳正笏，不動聲氣，措天下於泰山之安。今嗣丞相亦亡矣，覽觀遺帖，祗益悵然。

公嘗云"先天下之憂而憂，後天下之樂而樂"，以其言攷其行事，信乎能踐之也，宜其廢賤遺墨爲志於古者寶藏如此。《道鄉先生文集》卷三二。

七　跋漳浦李大忠微叔所藏書畫尾

嶺表歸來飯不足，負郭有田多未墾。何當賣劍成此謀，耕遍雨餘春雨綠。右戴松牛。

王荆公嘗言，安惠周公與其弟越皆以能書爲世所稱，每出輒爲人取去。此書蓋亦爲人取去者，不知傳幾人，而微叔得之。右周越草。

錢塘方鏤聖俞詩爲新集，遠方得之，猶知貴重，況聖俞所自編以贄當時公卿者乎？微叔不寶珠玉而寶此編，固其宜也。右梅聖俞詩。

漳浦李大忠微叔與兄大方幾仲皆從山谷遊，得書不知幾何，必謹藏之。微叔歸自中都，道由晉陵，出此集示予，且曰此乃山谷爲葉尉時所書也。然與予平昔所見絕不相類，豈其少年作字若此而晚年異此乎？必有能辨之者。右黃魯直書。《道鄉先生文集》卷三二。

八　書與墨工張處厚

予用張處厚墨久矣，而未之識。一旦處厚踵予門，問其家世，則谷之子，遇之孫也。

昔奚氏以墨顯於江南，而遇妙得其法。至處厚，益恐墜其家聲，不汲汲於利售，尤爲可尚云。《道鄉先生文集》卷三二。

九　強君翊墓誌銘（節錄）

（強君翊）畫詩章妙得古意，有得之者必秘藏誦玩，蓋不獨以君詞翰俱美而已。《道鄉先生文集》卷三五。

毛滂藝話（一則）

　　毛滂（一〇六〇～一一二五）字澤民，號東堂，衢州江山（今浙江江山）人，維瞻子。元豐中，維瞻知筠州，蘇轍貶監筠州鹽酒稅，滂得以受知於蘇軾兄弟。元豐七年，以蔭入官，爲郢州縣尉。元祐中，爲杭州司法參軍，移饒州。紹聖四年，知武康縣。崇寧初，除删定官，爲言者所論，罷。二年進《恢復河湟賦》，屢次上書蔡京，多干謁之詞。大觀中居杭州。政和四年，以祠部員外郎知秀州。宣和末年卒。毛滂長於詩詞，在杭州嘗賦《惜分飛》詞贈歌妓，蘇軾時爲杭州守，大爲稱賞，向朝廷舉薦，稱其"文詞雅健，有超世之韻；氣節端麗，無徇人之意"（蘇軾《薦毛滂狀》）。《四庫全書總目》卷一五五謂"其詩有風發泉涌之致，頗爲豪放不羈，文亦大氣盤礴，汪洋恣肆，與李廌足以對壘，在北宋之末，要足以自成一家"。毛滂的文學成就主要在於詞的創作，其詞涉及面較廣，包括慶壽、探梅、泛舟、冶遊、都市風光、贈妓等内容，大多饒於情韻，婉麗可誦，清人陳廷焯評《白雨齋詞話》卷一謂其詞"意境不深，間有雅調"。著有《東堂集》，原集已佚，清四庫館臣自《永樂大典》中輯出詩文，重編爲《東堂集》十卷。毛滂詞在宋代已有單刻本《東堂詞》一卷行世。

跋李伯時《醉僧圖》

　　道人三昧一壺中，筆下驚蛇怖小童。日日松間好消息，酒香先過野橋風。文淵閣四庫全書本《東堂集》卷四。

潘大臨藝話（六則）

潘大臨（？～一一〇六）字邠老，祖籍閩（今福建），後爲黃州（今湖北黃岡）人。少時警敏不羈，家貧不仕，與弟大觀皆以詩名。蘇軾貶官黃州時，潘大臨與之遊從，稱爲"清潤潘郎"。與張耒、徐俯、"三洪"、"二謝"、呂本中等人過從甚密。大觀間，客死於蘄春。潘大臨爲江西詩派詩人，早年嘗從蘇軾學作詩，其詩風格接近黃庭堅。作詩精苦，有"滿城風雨近重陽"詩句，最爲膾炙人口。然而其詩意境不大，劉克莊《江西詩派小序》即批評他有"深蕪之病"。著有《柯山集》二卷，今已佚。《兩宋名賢小集》收有《潘邠老小集》一卷，存詩十餘首。

一 吳熙老所藏風雨圖

我遊匡山夏將杪，赤日青天萬山繞。忽然風雨動地來，震氣果雷離電遶。一川煙靄失東西，萬里乾坤錯昏曉。香鑪高峰危欲墮，石門細路人心劋。江翻那聞得計魚，木拔豈有安巢鳥？須臾雲過雨脚收，依舊晴暉著叢篠。羣山歷歷在眼前，恰似憑高日方曉。誰將此景入畫圖，數幅生綃盤礴了。吳丞此畫絶代無，張公此詩古來少。讀詩觀畫興未窮，北窗風涼退自公。使君意消三伏中，未可鞭箠催青銅。文淵閣四庫全書本《兩宋名賢小集》卷七十七《潘邠老小集》。

二 贈張聖言畫柯山圖

我昔騎鯨遊九州，上扣天關望冕旒。羣公侍旁好顔色，將順帝旨成剛柔。抱持日月不自獻，蒙茸塵土歸家丘。結茅竹間今休已，炎暑避舍清飈留。屋頭清溪鳴晝夜，當戶古木蔽馬牛。蒼頭盧兒從高蓋，傳呼不到門巷幽。兩公忘言兒袖手，驅除睡魔須茶甌。誰傳此意到旁郡，解衣槃礴煩張侯。張侯落筆妙天下，未墜學士之風流。欲見柯山入畫圖，丹青知君百不憂。黃公不肯直南省，一麾已具東南舟。請君援筆待公至，畫我迎公竹陰裏。《潘邠老小集》。

三　題張聖言畫四時景物

我到淮南幾見春，一身蓑笠蔽煙雨。桃花林裏有人家，疑是柯山最深處。
成陰衆木與天參，日暮風雨地軸翻。曾向廬山問行李，石門西路接僧垣。
荻花索索水津津，日落空山開霽新。松下有人摩詰似，與渠烟火作比鄰。
雲蒙山頭雪翻空，飛鳥繞樹困號風。關山淮水失微路，酒爐曾借衰顏紅。《潘邠老小集》。

四　題陳德秀畫四季枕屏圖五首

亂山深處碧波流，隔岸垂楊繫小舟。無數桃花伴春夢，夢中還作武陵遊。
苑簣竹閣枕迴溪，柳外平橋拍水低。在藻白魚知鷺下，穿林黃雀覺蟬嘶。
錦樹連雲爛不收，山河風景一番秋。老夫枕簟便涼夜，不比新亭去國愁。
江樹溟濛雪暗天，似聞寒雁破昏烟。相思此夜堪乘興，試問漁翁覓釣船。
好景入詩皆可畫，未知陳子畫中詩。疑公便是褚季野，正爾不言行四時。《潘邠老小集》。

五　題趙承遽所藏大年畫平遠二首

吳頭楚尾散花洲，天潤波雲恰下鷗。帝子胸中有江漢，故能風露筆端秋。
將軍心眼到滄洲，木脫波生一夜秋。想得筆端鳧雁足，又添鸂鶒起沙頭。《潘邠老小集》。

六　江夏別魯直送之宜州

翰墨精神全魏漢，文章波瀾似春秋。可是中州著不得，江南已遠更宜州。《潘邠老小集》。

趙令時藝話（二八則）

趙令時（一〇六一～一一三四）字德麟，燕懿王德昭玄孫，早以才敏聞。元祐六年，簽書潁州公事，蘇軾爲守，愛其才，薦於朝。附內侍譚稹以進。紹興初，官至朝請大夫。改右監門衛大將軍、榮州防禦使，權知行在大宗正事。遷洪州觀察使，襲封安定郡王。尋遷寧遠軍承宣使，同知行在大宗正事。紹興四年卒。其詞雖與蘇軾多唱和，但氣格殊異，悽婉柔麗，極近秦觀。值得注意的是他以十二首《商調蝶戀花》鼓子詞詠張生、崔鶯鶯故事，韻、散相間，有說有唱，夾敘夾議，是研究宋、金說唱文學與戲劇文學的重要資料。其筆記《侯鯖錄》八卷，多記文壇掌故，品評詩詞多有新見。著《聊復集》，今不傳，有趙萬里輯本《聊復集》詞一卷。

一　跋太白醉草

雖自九天分派，不與萬李同林。步處雷驚電繞，空餘翰墨窺尋。文淵閣四庫全書本《宋詩紀事》卷八十五。

二　李廌《畫品》跋

李方叔初以文章映照一世，其氣韻高遠，鑑裁明當，決不待試而後知。每展書畫，目所寄處，便瞭妙境。余最喜，爲盡出所藏。

謝東山嘗謂政索解人不可得，每於方叔始無此恨。故所品畫，語勝理詣，翰墨娟秀，讀之未必見畫，而橫陳目前。當與吾家諸畫俱入秘篋，或留子孫，或落人間，皆爲無窮之玩。

元符元年七月二十一日，襄陽官舍趙令時德麟書。《宋人集》本《德隅堂畫品》。

三　喬仲常《後赤壁賦圖》跋

觀東坡公賦赤壁，一如自黃泥阪遊赤壁之下。聽誦其賦，真杜子美所謂"及兹煩見示，滿目一悽惻。悲風生微綃，萬里起古色"者也。宣和五年八月七日，德麟題。文淵閣四庫全書本《石渠寶笈》卷三二。

四　題《懷素自序帖》

令時夏日與劉延仲、呂辨老過都統太尉王公，觀法書名畫，如行山陰道上，映照人目，殆不可言。遂知兵火之餘，珍奇多出，莫此若也。因見辨老素師自叙，一洗累年胸中塵土，是真幸會。紹興二年五月十二日，趙令時德麟題。文淵閣四庫全書本《式古堂書畫彙考》卷八。

五　跋蘇軾題"隱秀齋"後

德裕御帶馬公，以忠直心奉事帷幄，以慈仁力安樂諸人，剛直廉潔，不回於私，有前輩風度。每見昔之名士，一句一字心必愛之。

比於臨安通守舊治，今爲行在御藥院者，柱間得東坡先生爲治中時所題"隱秀齋"三字，雖經兵火，而此書獨存。德裕遂加調護，將刻諸石，爲几壁之玩，又欲顯白於時。余輒隨喜，因題其下。道光振綺堂刊本《咸淳臨安志》卷五三。

《侯鯖録》（選録　二三則）

唐梨園弟子，以置院近於禁苑之梨園也。女妓入宜春院，謂之內人，亦曰前頭人，謂在上前也。骨肉居教坊，謂之內人家。有請奉，其得幸者，謂之十家。故鄭嵎《津陽門》詩云"十家三國爭光輝"是也。家雖多，亦以十家呼之。三國，謂秦、韓、虢國三夫人也。

唐太宗貞觀初，內宴長孫無忌，造《傾杯曲》。又《樂府雜録》云："宣宗善吹蘆管，自製此曲。"

元祐中，館職諸公賦《韓幹馬》詩，獨張文潛最高勝，云："頭如翔鸞月頰光，背如安輿凫臆方。心知不載田舍郎，尚帶開元天子紅袍香。韓幹寫時國無事，天開樹蔭春晝長。雙髯執轡儼在傍，如瞻馳道黃屋張。北風揚塵燕賊狂，廄中萬馬驅范陽。天子乘騾蜀山險，滿川苜蓿爲誰芳？"

王令逢源，荆公王深父兄弟交遊也。嘗賦《韓幹馬》詩云："天寶天子盛天廄，吐番人馬上天壽。紫衣馭吏徧坐前，騎入金門不容驟。西極苜蓿爲誰肥，六閑飛黃臥嗟瘦。乾元殿下誰把筆，當年人無出幹右。傳聞三馬同日死，死魄到紙氣方就。鐵勒夾口重兩銜，墨絲夘尾合雙紐。天門未上人就觀，老胡驚嗟失開口。生搜朔野空毛群，死斷世工無後手。當時天子惜不傳，送入御府置官守。胡塵勃鬱燕薊來，宮闕蕭騷既焚後。誰棄千金出手收，足踏萬里避奔走。幾經蹂棄道邊塵，今日寧無紙上垢？尊前病客不識畫，但驚骨氣世未有。冀北駿足無時無，生不逢幹死空朽。世工無手不肯休，往往氣骨陋如狗。"以上文淵閣四庫全書本《侯鯖錄》卷一。

前世錢未有草書者，淳化中，太宗皇帝始以宸翰爲之，既成，以賜近臣。崇寧、大觀御書錢，蓋襲故事也。王元之責商於，有詩云："謫官無俸突無煙，唯擁琴書盡日眠。還有一般勝趙壹，囊中猶貯御書錢。"

蔡持正謫新州，侍兒從焉，善琵琶。嘗養一鸚鵡，甚慧，丞相呼琵琶，即扣一響板，鸚鵡傳呼之。琵琶逝後，誤扣響板，鸚鵡猶傳言，丞相太慟，感疾不起。嘗爲詩云："鸚鵡言猶在，琵琶事已非。傷心瘴江水，同渡不同歸。"

魯直評東坡書曰："學問文章之氣，鬱鬱蔥蔥，散於筆墨之間，此所以他人終莫能及。"以上《侯鯖錄》卷二。

一道人敗道後，作詩云："瑤峰一別杳難期，消渴從教醉枕敧。不信丹青能畫得，五更燈暗月來時。"

東坡云：王晉卿嘗暴得耳疾，意不能堪，求方於僕。僕答之曰："君是將種，斷頭穴胸當無所惜，兩耳堪作底用，割捨不得？限三日疾去，不去，割取我耳。"晉卿灑然而悟。三日，病良已，以詩示僕云："老婆心急頻相勸，令嚴只得三日限。我耳已聰君不割，且喜兩家皆平善。"今定國所藏《挑耳圖》，得之晉卿，聊識此耳。

東坡云：硯之美者必費筆，不費筆則退墨，二德難兼。非獨硯也，大字難結密，小字常局促，真書患不放，草書患無法，茶苦患不美，酒美患不辣。萬事無不然，可以付之大笑也。

東坡云：劉十五孟父論李十八公擇草書，謂之鸚哥嬌，意謂鸚鵡能言，不過數句，大率雜以鳥語。十八其後進以書問僕近日書如何，僕答之："可作秦吉了矣。"然僕此書自有"公在乾侯"之態也。

東坡題魯直草書《爾雅》後云："魯直以真實心出遊戲法，以平等觀作欹側字，以磊落人錄細碎書，亦三反也。"以上《侯鯖錄》卷三。

東坡云："吾酒後乘興作數十字，覺酒氣拂拂從十指出也。"大是妙語。

東坡云：予去杭十七年，復與彭城張聖塗、丹陽陳輔之同來院，僧梵英葺治堂宇，比舊加嚴潔，茗飲芳洌。問此新茶耶？英曰："茶新舊交則香味復。"予嘗見知琴者言："琴不百年，則桐之生意不盡，緩急清濁，常與雨暘寒暑相應。"此理與茶相近，故並記之。以上《侯鯖錄》卷四。

五代敬翔當權時，門前一舉子白衫作舞，歌唱曰："執板談歌乞個錢，塵中流浪酒中仙。直饒到老常如此，猶勝危時弄化權。"

仲殊《題李伯時支遁相馬圖》云："月窟精神不受羈，白雲野老太支離。當時若也無人識，駿骨靈心各自知。"以上《侯鯖錄》卷六。

天福中，楊凝式風子筆墨高妙，洛陽寺有題壁。李建中亦有書名，嘗題其旁云："杉松倒潤雪霜乾，屋壁麝煤風雨寒。我亦平生有書癖，一回入寺一回看。"

東坡論沈傳師書云："傳師雖學二王筆法，後欲破之自立，乃傷變主者也。近世人多學傳師，又不至，但有小人跳籬驀圈，腳手令人可憎。世人皆學，何哉？"

荆公云：古之歌者，皆先有詞，後有聲，故曰："詩言志，歌永言，聲依永，律和聲。"如今先撰腔子，後填詞，却是永依聲也。以上《侯鯖錄》卷七。

宣城守呂士隆，好緣微罪杖營妓。後樂籍中得一客娼，名麗華，善歌，有聲於江南，士隆眷之。一日，復欲杖營妓，妓泣訴曰："某不敢避杖，但恐新到某人者不安此耳。"士隆笑而從之。麗華短肥，故梅聖俞作《莫打鴨》詩以解之曰："莫打鴨，莫打鴨，打鴨驚鴛鴦。鴛鴦新自南池落，不比孤洲老禿鶬。禿鶬尚欲遠飛去，何況鴛鴦羽翼長。"

客有自丹陽來過潁見東坡先生，說章子厚學書，日臨《蘭亭》一本。坡笑云："從門入者非寶，章七終不高耳。"

東坡嘗作《韓幹馬》詩云："少陵翰墨無形畫，韓幹丹青不語詩。此畫此詩今已矣，人間駑驥謾爭馳。"余以爲若論詩畫，於此盡矣，每誦數過，殆欲常以爲法也。

蘇二處見東坡先生與其書云："二郎姪，得書知安，並議論可喜，書字亦進，文字亦若無難處。止有一事與汝說：凡文字，少小時須令氣象崢嶸，采色絢爛，漸老漸熟，乃造平淡。其實不是平淡，絢爛之極也。汝只見爺伯而今平淡，一向只學此樣，何不取舊日應舉時文字看，高下抑揚，如龍蛇捉不住。當且學此。只書字亦然。善思吾言。"云云。此一帖乃斯文之秘，學者宜深味之。以上《侯鯖錄》卷八。

鮑慎由藝話（一則）

鮑慎由（生卒年不詳），《宋史》本傳作鮑由，字欽止，處州龍泉（今浙江龍泉）人。元祐六年進士。徽宗召對，除工部員外郎，以不合去，責監泗州轉般倉。歷河東、福建路常平，廣西、淮南路轉運判官，以言事罷，提點元封觀。起知明州、海州。卒，年五十六。慎由嘗從王安石學，又受蘇軾薰陶，故其爲文"汪洋閎肆，粹然一本於經，而筆力豪放，自見於馳騁之間，深入墨客騷人之域"，而詩歌"尤高妙清新"（汪藻《鮑吏部集序》）。著有《夷白堂小集》二十卷、《別集》三卷，今已佚。

謝傳神蔡景直

馳譽丹青有古風，筆端及我未宜蒙。雲臺麟閣遙相望，枉寫褎公與鄂公。文淵閣四庫全書本《宋詩紀事》卷三十二。

吴可藝話（四則）

吴可（生卒年不詳）字思道，號藏海居士。金陵（今江蘇南京）人，一説甌寧（今福建建甌）人。吴可詩頗爲當時文士所推重，古體質樸，律詩謹嚴，七絶尤勝，自然含蓄，意境新警。他生當南北宋之交，歷經沉離轉徙，其詩較真實地反映了北宋末年的民族危機和社會動亂，表達出他對當時政治的看法。其論詩主張，主要見於《藏海詩話》和《詩人玉屑》所録的《學詩》，頗能切中北宋詩壇某些流弊；他喜用參禪之説，提出詩貴頓悟和不蹈襲前人窠臼的論點。著有《藏海詩集》，已佚，清四庫館臣自《永樂大典》輯出，編爲《藏海居士集》二卷。

一 題馬上元所藏趙墨隱畫淵明四詩（節録）

我不識趙子，見此便得之。談笑出丘壑，粲然備四時。似聞月旦評，氣壓淵明詩。文淵閣四庫全書本《藏海居士集》卷上。

二 送李四清（節録）

連侯愛畫魚，李侯愛畫山。詩情動幽懷，摹寫不少閒。騷雅移丹青，妙寄雲水間。翻然欲登涉，試尋芷與蘭。我不一音解，早年便掛冠。養拙頹簷下，任真亦足歡。《藏海居士集》卷上。

三 和人聞笛

鄰笛聲哀不自安，轉移宫調幾多般。夢回飛蝶三千里，月照高樓十二欄。別鶴唳長秋露重，老龍吟苦夜潭寒。清愁一晌知何限，待啟菱花向曉看。《藏海居士集》卷下。

四 書却暑圖後

冰柱雪車誰復作，礬頭凌面未能摹。北窗揮汗渾無奈，漫借君家《却暑圖》。《藏海居士集》卷下。

劉正夫藝話（一則）

劉正夫（一〇六二～一一一七）字德初，衢州西安（今浙江衢州）人。元豐八年舉進士，爲真州教授，遷太學博士。徽宗即位，擢起居舍人，進給事中、禮部侍郎。與蔡京不協，京謀中以事，改龍圖閣直學士、知河南府。大觀三年，召拜工部尚書，進右丞、中書侍郎。政和六年致仕歸，七年卒，年五十六。

論字

字美觀則不古，初見之則使人甚愛，次見之則得其不到古人處，三見之則偏旁點畫不合古者歷歷在眼矣。

字不美觀者必古，初見之則不甚愛，再見之則得其到古人處，三見之則偏旁點畫亦歷歷在眼矣。

故觀今之字，如觀文繡；觀古人字，如觀鐘鼎。學古人字，期於必到，若至妙處，如會於道，則無愧於古矣。文淵閣四庫全書本《宣和書譜》卷一二。

李新藝話（三則）

李新（一〇六二~?）字元應，自稱跨鰲居士，仙井監（今四川仁壽）人。元豐七年，入太學，時年二十三。元祐三年進士。元符末，爲南鄭縣丞，應詔上萬言書。崇寧元年，坐元符上書奪官，謫置遂州。大觀元年，遇赦，爲普州司法參軍。宣和間，爲資州司錄。卒年不詳。紹興五年，追贈朝奉郎。李新爲北宋末年重要作家，其散文多論及時事，依違新舊黨之間，嘗作《三瑞堂記》以諛頌蔡京，議論也往往趨附時局，以求遷除。有一些文章，俳散相間，妙於變化，俊邁可誦。詩歌氣格開朗，無南渡後詩人細碎哀傷之音。著有《跨鰲集》五十卷，原本已佚，清四庫館臣自《永樂大典》中輯出詩文，編爲三十卷。

一 跋《瑤池命宴圖》

蔭長春難老之藤，據上古不化之松，玲語霄之羽客，朝巢蓮之隱翁。今夕何夕兮，送玉麟於八區，鶴致群仙之命，龜開千歲之筭。五雲兮趣駕，虛席兮瑤池，攬海桃之翠實，潔沉瀣之明卮。屬西王母薦壽，不醉兮無歸。文淵閣四庫全書本《跨鰲集》卷一七。

二 送張潛夫入道序（節錄）

潛夫能詩而善畫，如劉奉先畫，如李長吉詩。讀子美歌山水障，如見奉先畫；想奉先畫，則知潛夫詩。讀牧之序《長吉集》，則長吉詩可槩見；長吉詩可見，則知潛夫畫。要之，不貴丹砂曾青與不作古人以經目者。《跨鰲集》卷一八。

三 跋顏魯公書後

譽魯公書如譽日月，然日月奚假譽耶？或者曰吾不愛魯公書，是宋人之名其母也，晉人之字其父也，父與母安可名字之哉！

公以制科起家，決獄得天下直聲。"御史雨"比束晳，劾延祚不葬母類陳蕃。至於察祿山異志，密繕陴隍，一城撐然，賢於河北二十四郡，此則古未有也。後忤盧杞，出使希烈，視賊如犬豕螽蚘然。知忠義所在，得死爲得所歸也，灼知刀鋸之奏空也，湯鑊之漸水也。名節如是，何不若日月乎！自古及今，日月本無成與虧，又何譽焉？

公善正、草書，世所共秘，其不愛者，蓋名其母、字其父者也。武信何歇得公字刺於石，僕且概舉公之名節。譽日月則不敢，字父而名母尤不敢也。宋慶元三年書隱齋刻本《國朝二百家名賢文粹》卷一九二。

王壽卿藝話（二則）

王壽卿（一〇六三～一一二五）字魯翁，河南府（今河南洛陽）人。工篆書，深得李陽冰意法。紹聖間詔國子監鏤《字說》頒學者，勒遣篆文，力辭不赴。宣和中被旨篆《周禮》石經。嘗爲趙明誠篆《古器物銘碑》。宣和七年卒於京師，年六十三。事跡見《皇宋書錄》卷中《芒洛冢墓遺文》所載《王魯翁墓誌》。

一 題徐鉉小篆《千字文》帖

徐騎省書次韻高古，足爲近代之冠，然世多大字，而此特謹小，尤可珍貴。政和元年二月晦，王壽卿題。李平叔預觀焉。叢書集成初編本《寶真齋法書讚》卷九。

二 任升刻三碣跋

唐人不但書學之妙，至於刊勒，亦非後世所及。尤可論者，若褚河南書《聖教序》，有添派撇畫處，毫釐具在。李監作□，令碣其都字，上縱廣半寸許皆闕之，當是書丹後有減去者，不敢妄補，最有嘉思。今之匠氏猥曰"我善損益書體，使就妍正"，此大弊也。

近有任升特善於事，類能存其筆意，蓋穎出流輩者。爲穆氏刻其三碣，至爲精好，它工皆莫能及，任生於是知方矣。能益勉之，則古人不難到也。宣和己亥重五日，王魯翁書。國家圖書館藏拓片·各地八九一三。

饒節藝話（二則）

饒節（一○六五～一一二九）字德操，撫州臨川（今江西撫州）人。少業儒，事科舉，連年不第。後入京師，遊謁縉紳間，嘗爲曾布客，與曾布論新法不合，遂去之。落髮爲僧，法名如璧，又自號倚松老人。駐錫杭州靈隱寺。晚年，主持襄陽天寧寺，又居鄧州香嚴寺。建炎三年卒，年六十五。饒節以詩名，風格蕭散，與江西詩派諸人相近，陸游推許爲當時詩僧第一。著有《倚松詩集》二卷。

一　李太白畫歌

先生之氣蓋天下，當時流輩退百舍。醉中咳唾落一作雨。珠璣，身後聲名滿夷夏。青山木拱三百年，今晨乃拜先生畫。烏紗之巾白紵袍，岸巾攘臂方出遨。神遊八極氣自穩，冰壺玉斗霜風高。嗚呼先生泰絶倫，仙風道骨語甚真。肅然可望不可親，懸知野鶴非雞羣。天寶之初天子逸，先生醉去不肯屈。採石江頭明月出，鼓枻酣歌志願畢。祇今遺像粉墨間，尚有英風爽毛骨。宣州長史粉黛工，誰令寫此人中龍？細看筆意有俯仰，妙處果在阿堵中。人云此畫世莫比，吳侯得之喜不寐。意侯所愛豈徒爾，亦惜真才死泥滓。先生朽骨如可起，誰爲獵之奉天子。作爲文章文聖世，千秋萬古誦盛美。再拜先生泪如洗，振衣濯足吾往矣。文淵閣四庫全書本《倚松詩集》卷一。

二　題宗子趙明叔《盤車圖》後

跌宕平生萬里程，盤車一展老心驚。溪昏樹暗牛争力，似聽當年風雨聲。《倚松詩集》卷二。

蔣猷藝話（一則）

　　蔣猷（一〇六五～一一三〇）字仲遠，金壇（今江蘇金壇）人。元豐八年進士，調武進主簿，移巴陵令。崇寧間除監察御史。歷宗正少卿，改太常。政和間召爲中書舍人、御史中丞，遷兵部尚書，改工部、吏部尚書。宣和二年知婺州，四年知明州，七年以刑部尚書兼資善堂翊善，復爲兵部尚書。建炎四年卒，年六十六，謚莊定。著有《夏祭敕令格式》。

題蔡君謨趙氏神妙帖

　　君謨書，評者以爲本朝第一，今觀其書尺，信不虛也。建炎戊申四月甲戌，蔣猷題。叢書集成初編本《寶真齋法書讚》卷九。

蘇庠藝話（一則）

蘇庠（一〇六五～一一四七）字養直，號眚翁，更號後湖，潤州丹陽（今江蘇丹陽）人。堅子，頌之族。少時聰穎，嘗應進士試，中程，以犯諱被黜，由是不復應舉。隱居江湖間，與一時名士如徐俯、惠洪等遊。高宗紹興間，累召不起。十七年卒。蘇庠工詩文書翰，又擅長作詞。著有《後湖集》十卷。又有《後湖詞》一卷，原集均已佚，近人劉毓盤有輯校本《後湖詞》一卷。

題米芾畫

米禮部人物瀟散，有舉扇西風之興。一本唐裝據案執論十七帖，上有篆書"淮陽外史米元章像"八字，及元章自書裴几延、毛子明窗館墨。卿功名皆一戲，未覺負平生。四庫全書存目叢書本《米襄陽志林》卷一二。

方勺藝話（一則）

方勺（一〇六六~？）字仁聲，金華（今浙江金華）人，一說嚴瀨（今浙江桐廬）人。元豐六年入太學。元祐五年應試不第，遂無仕進意，後寓居烏程泊宅村，爲唐張志和浮家泛宅之所，故自號泊宅翁。長於詩文，風格雄深雅建，追古作者。著有《泊宅編》，輯録元祐至政和間朝野軼聞，摭拾時事甚多，對考證當時事頗有裨益。另有《雲茅漫録》十卷，今已佚。

《泊宅編》（選録 一則）

前世書法名畫，有傳之秘閣者，謂之"閣本"。流俗看畫，但云"閣本"，則翕然稱美。范文正公知睦州，奏以唐處士方干配嚴光位。干爲御史，方蒙遠祖下鸕鷀原_{御史所居}。取畫像，家無以塞命，鄉人但塑一幅巾道服者置之祠中。元祐間，有旨下諸郡，取前賢所寫真，令所在如法圖進，睦守以嚴方應詔。後人見玄英之像，豈不謂之閣本哉！_{文淵閣四庫全書本《泊宅編》卷中。}

洪炎藝話（一則）

洪炎（一〇六七？～一一三三）字玉父，南昌（今江西南昌）人。黃庭堅之甥，與兄朋、弟芻、羽俱以文詞名世，號四洪。紹聖元年進士，因其兄洪芻入元祐黨籍而遭貶斥，後起知譙縣，有善政，累遷著作郎，秘書少監。南宋初，召爲中書舍人。紹興中卒。洪炎兄弟深受黃庭堅影響，俱以詩知名，時人號爲"四洪"，比爲南朝"四謝"。其詩風格近黃庭堅，入江西詩派，又因經歷靖康戰亂，故詩中多家破國亡之感，而又意趣深沉，瀟灑落拓，絕無羈愁淒苦之況。擅長爲文，制誥章表，操筆立就，文詞典雅精煉。今存《西渡集》二卷、《補遺》一卷。

葉少蘊出示鄭先覺閱駿圖，爲作長歌

丹青得名曹將軍，畫馬已來無復人。諸生韓幹受肉法，絕足亦傳沙苑真。儒林望郎李公麟，曹韓復生能與隣。心胸可納天西極，紈素頻空冀北羣。鄭生晚識李侯比，自許筆端輕萬里。山川初出大宛城，翰墨猶沾渥洼水。汗血歕沙指顧間，霧鬣風揚卷中起。戲成十馬皆龍材，前有飛黃後山子。葉公好尚有祖風，苦愛真龍似畫龍。千金不惜市駿骨，睥睨神物秋毫中。英雄嘗聞妾換馬，意氣欲將詩換畫。詩工畫妙兩崛奇，谷量馬觀未論價。公詩自是生驊騮，恨公不身親李侯，向來曹韓空白頭。文淵閣四庫全書本《西渡集》卷下。

慕容彥逢藝話（五則）

慕容彥逢（一〇六七～一一一七）字叔遇，宜興（今江蘇宜興）人。少時銳志於學，登元祐三年進士第，調銅陵、金華主簿，改瀛州防禦推官，知鄂州崇陽縣。應宏詞科試中第，遷淮南節度推官、趙州州學教授。元符元年，爲國子監簿，遷太學博士。崇寧初，除秘書省校書郎，擢監察御史兼權殿中侍御史。任左正言，遷左司諫。徽宗即位，除起居舍人，擢爲中書舍人，預編修哲宗御集。大觀元年，權翰林學士，數月後除兵部侍郎，改吏部侍郎，兼侍讀。求補外，出知汝州。政和元年，以吏部侍郎召，兼侍講。次年，擢刑部尚書。六年，知貢舉。七年卒，年五十一，謚文友。慕容彥逢博學，通經史諸子百家之書，又久司文翰，蔣瑎稱其文章"渾雄深博，發爲詞章，雅麗簡古，無世俗氣"（《慕容彥逢墓誌銘》），四庫館臣亦謂其"文章雅麗，制詞典重溫厚，尤爲得體"。但其文章內容多爲逢迎旨意、文飾太平之作，故四庫館臣又譏云"檢核所作，希睹讜言，惟多以獻媚貢諛，熒惑主聽"（《四庫全書總目》卷一五五）。現存詩多爲奉和、次韻之作，文也多爲制詔、表啟、墓銘等，以應制之作爲主，儘管文字華麗，但內容空乏，格調不高。著有文集二十卷、外制二十卷、內制十卷、奏議五卷、講解五卷，後經兵火，散失殆盡。淳熙間裔孫慕容綸重編爲《摛文堂集》三十卷，刊於象州。原集今已佚，清四庫館臣自《永樂大典》輯出詩文，編爲一五卷。

一　求畫

伯父有畫美且都，丹青彷彿顏色渝。塵埃漬漬相染污，惟有筆畫存規模。隔步看之有若無，想像人物淪煙蕪。刲羊刺鹿皆模糊，皮毛狼籍血盤盂。巨索懸鼎地爲爐，薪火炎炎勝西隅。庖人握刀昉精麤，几上獸肉縱橫鋪。中有一人與衆殊，戴帽被甲腰屬鏤。昂藏形貌長髭鬚，眼看手指如典徒。一奴禿首携酒壺，酌之飲衆蘇勞痡。光緒二十三年武進盛氏刊本《摛文堂集》卷一。

二　和衡姪題孫德明墨梅

霜風栗烈砭人肌，又是江南梅發時。寫影尋真未端的，此心隱處是南枝。《摛文堂集》

卷二。

三　跋僧懷素帖

歐陽文忠公稱魏晉法帖，初非用意，自然可喜。後人以學書爲事業，如懷素之徒，疲敝精神，不以爲苦。然六藝未有不學而工者。

魏晉書體，皆有師承，以意在筆前爲法。文忠不喜學書，故詆若此。懷素行筆，頗類羊欣，梁武帝亦以欣終不似真云。辛卯重九日題。《摘文堂集》卷一三。

四　跋李伯時馬

杜工部稱韓幹馬能窮殊相，而畫肉不畫骨，獨曹將軍爲盡善。予觀二人遺跡，信然。伯時筆法，蓋得於曹、韓，士大夫寶之爲神品。觀於通真西軒，丙戌三月。《摘文堂集》卷一三。

五　題青城瑞石文後

政和五年三月癸巳，上御集英殿第多士，命近臣侍內出青城山瑞石，尖圓黑色，大如百斤秤錘。有白文在石，曰"呂公天與之道，急急呂公之行"。凡三十有三字，分兩行。石脉透徹，文及旁見字法，比王右軍尤加清逸。

臣某與觀，并賜模本，得以寶藏，豈不榮幸？模本止得十之七八〔一〕，蓋石理溫潤，字字精采，殆若飛動，非模刻所能盡也。具位臣姓某謹題。《摘文堂集》卷一三。

〔一〕止：原闕，據文淵閣四庫全書本改。

周行己藝話（五則）

周行己（一〇六七～？）字恭叔，永嘉（今浙江永嘉）人，學者稱爲浮沚先生。年十七，補太學諸生。師事程頤，傳其學，開永嘉學派。元祐六年進士。崇寧中，爲太學博士、齊州教授。嘗知樂清縣。宣和初，入爲館職，官至秘書省正字。後入東平王趙偲幕府，卒於鄆州。行己早年志於學，又與曾肇、黃庭堅、晁說之、秦觀等人有詩篇唱和，故詩文俱有法度，《四庫全書總目》卷一五五稱其文章"明白淳實，粹然爲儒者之言，固有由也"，又不立洛、蜀門户之見，詩文"嫻雅有法"，爲道學家中富於文彩者。著有《浮沚先生集》十六卷、《後集》三卷，原本已佚，清四庫館臣自《永樂大典》輯出詩文，重編爲八卷。

一　跋薛唐卿秦璽文

李斯篆，世傳爲第一，學者莫不愛之。吾每見其書，幾不疾唾而却走者，何哉？謂夫人善成其君之過也。

夫秦之君，其資亦未若桀、紂之惡之甚也，而二三臣釀其君於不善，則又有甚焉者，嗚呼斯乎！是嘗去詩書以愚百姓者乎？是嘗聽趙高以立胡亥者乎？是嘗殺公子扶蘇與蒙恬者乎？是嘗教其君嚴督責而安恣睢者乎？使其璽不得傳者斯人也，而其刻畫，吾忍觀之哉？

顧唐卿猶區區珍藏之者，豈不欲傳百世以爲監歟？吁，是何以監也！文淵閣四庫全書本《浮沚集》卷六。

二　跋李文叔蔡君謨帖

近世士人多學今書，不學古書，務取媚好，氣格全弱。

君謨正書多法魯公，簡牘行草備兼諸體，皆能冠絶一時，學云故也。然而以古並之，便覺不及。豈古人心法不傳，而規模形似不足以得其妙乎？《浮沚集》卷六。

三　魯直帖

秀潤瞻眉宇，清真接話言。端能愈吾疾，已覺意超然。《浮沚集》卷九。

四　李端叔帖

鐵面黃犀骨，霜髭燦蝟毛。晚年聊混俗，猶不廢稱豪。《浮沚集》卷九。

五　米元章帖

戲事芻陳子，浮生甑墮休。遺音餘翰墨，人尚想風流。《浮沚集》卷九。

謝逸藝話（三則）

謝逸（一〇六八～一一一三）字無逸，學者尊稱爲溪堂先生，臨川（今江西撫州）人。少孤，操履峻潔，師事呂希哲，博學工文辭，善詩文，再舉進士不第，遂絕意仕進，以布衣終其身。政和三年卒於家。謝逸工詩詞，呂本中列爲江西詩派中人，稱其才學"富贍"，並將他與弟謝邁比作南朝詩人"二謝"（謝靈運、謝惠連）（呂本中《題竹友集》）。《四庫全書總目》卷一五五云："今觀其詩，雖稍近寒瘦，然風格雋拔，時露清新，上方黃、陳則不足，下比江湖詩派則渢渢乎雅音矣。"他曾經作詠蝴蝶詩三百首，狀物生動，造語俊逸，時人稱之，戲呼爲"謝蝴蝶"。謝逸詞在北宋也自成家數，專工小令，擅長寫閨情、風景，大體沿晏殊、張先諸家詞人創作路子，而出語清淡，意境玲瓏，雖不重辭藻雕飾，而仍輕倩可人。王灼《碧雞漫志》卷二謂其"字字求工，不敢輒下一語"。清人馮煦《蒿庵論詞》稱其詞"溫雅有致，蘊藉甚深"。著有《溪堂集》二十卷，已佚。四庫館臣自《永樂大典》輯出詩文，編爲《溪堂集》十卷。

一 觀蔡規畫山水圖

蔡生老江南，山水涵眼界。揮灑若無心，筆端生萬怪。樹杪聳煙鬟，雲端懸縞帶。繫舟枯柳根，茅屋臨清派。掃壁掛高堂，肅肅起清籟。君名定不朽，第恐縑素敗。文淵閣四庫全書本《溪堂集》卷一。

二 與諸友分韻詠古碑，探得《羅池廟記》，以"池"字爲韻

德不蓋當代，名欲萬世垂。刻石期後人，石與名俱隳。子厚名甘士，投荒死南夷。柳民懷遺愛，作廟臨羅池。韓公記其事，沈子書其詞。韓詞昭萬古，沈書妙一時。名實兩無媿，後世傳不疑。吾人共閒燕，翰墨相娛嬉。食不設寒具，玩此前賢碑。願作《集古錄》，模楷歐少師。《溪堂集》卷一。

三　上南城饒深道書

　　某臨川人也，祖廬在關市之衝。鄰之東西有畫工曰施氏、郝氏。施氏每畫則含毫和鉛，睥睨繒綃，迅奮一掃，萬象呈列，奇怪變見，鬼工神械，似非人力所能。睹者皆目瞪口張，怳然疑駭，徐而争持金帛，高其價而市之。至郝氏則窮日之力，舐筆徬徨而不决，艱難僅成盈尺之幅。未及展玩而市人皆抵掌笑之矣。由是施日益富，而郝日益貧。

　　居一日，郝語其嫗曰："彼與我皆人也，彼工而我拙，豈天俾之然耶，特未得其術耳。"廼投筆裂繒，傴僂而進謁於施氏之門，磬折百拜而言曰："予願得畫之術。"施憫其貧，而嘉其勤且篤也，與之坐而告之曰："畫非一端，予試言其大略，子將觸類而長之。夫畫馬難於畫骨，而畫毛中之骨尤難；畫花難於畫葉，而風中之葉尤難。畫龍蜃則矯矯如驪首於江湖，畫草蟲則趯趯如鼓翅於原野，鬼神貴乎怪，水石貴乎清。子歸闔户，瞑目坐想天下之物千彙萬象於前，然後振筆一灑，其畫豈歉於予哉？"郝如其説，不三日而名與施相若。

　　僕聞之，慨然歎曰："畫工技之至賤者也，尚不耻相師，况圜冠方履而號爲儒者乎！"僕自是諄諄然竊有意於求師也。僕生二十四年矣，十五六時有客自盱江來，得執事之程文，手抄口誦於几席之間，嘗模楷其語法。然是時若童子之愛金，徒知可愛，而不知其所以愛也。自後執事以雄才巨筆高掇甲科，僕加景慕，恨不得一瞻風采。

　　去年之冬，遊學豫章，適遇執事蒞職獄掾於此。方下車之初，亦嘗聞名於典謁，然尚未盡其胸中欲言者。比於令姪處又得執事之文數篇，始大悔悟曰："有豪傑如執事者而不往師之，獨不愧於鄰之郝氏乎？"輒寫近作雜文一篇〔一〕，捧詣門下，以爲進見求教之資。執事者當憫其愚而嘉其勤且篤也，凡爲文之旨趣、命意之淺深、造詞之工拙、趨向之是非，皆别白而訓之。僕非敢望退而三日與執事之文相若，倘僅得彷彿，亦此生之幸也。

　　抑嘗聞"本深而末茂，行峻而言厲"，是韓愈之訓尉遲生也；"激之欲其清，揚之欲其明"，是柳宗元之訓崔黯也；"以意爲主，以氣爲輔，以辭采章句爲之兵衞"，是杜牧之訓莊充也。此三説亦粗得文之旨矣，然三子之文亦無聞於世。僕竊意當世之士所以求教於賢人君子者，特沽名釣譽耳，訓之者雖竭其誠，而聽之者未必能行之也。僕今日之來，非敢沽名釣譽也。干冒尊嚴，不勝戰汗之至。

　　不宣，某再拜。《溪堂集》卷八。

〔一〕作：原作"述"，據乾隆五十四年鮑氏知不足齋抄本改。

邢居實藝話（一則）

　　邢居實（一〇六八～一〇八七）字惇夫，鄭州原武（今河南原陽西）人，邢恕子。少時以奇童著稱，讀書廣博，年十四時賦《明妃引》詩，蘇軾極爲稱賞，由是知名。年十六七時，已擅長各體文章，論議凜然，自成一家法，黃庭堅、晁補之、張耒、秦觀、陳師道皆見而愛之。從父赴任隨州，元祐二年，卒於漢東，年甫二十。居實少年豪邁，詩文俱佳，黃庭堅《書邢居實文卷》稱讚其"才性高妙，超出後生千百輩"。其詩文由王直方彙集遺稿編爲《呻吟集》一卷，今已佚。

李伯時畫《黃知命騎驢圖》，爲賦長歌

　　長安城頭烏欲棲，長安道上行人稀。浮雲捲盡暮天碧，但有明月流清輝。君獨騎驢向何處，頭上倒著白接䍦。長吟搖首望明月，不學山翁醉似泥。到得城中燈火鬧，小兒拍手攔街笑。道旁觀者那得知，相逢疑是商山皓。龍眠居士畫無比，搖毫弄筆長風起。酒酣閉目望窮途，紙上軒昂無乃似。君不學長安遊俠誇年少，臂鷹挾彈章臺道。君不能提攜長劍取靈武，指揮猛士驅貔虎。胡爲腳踏梁宋塵，終日飄飄無定所。武陵桃源春欲暮，白水青山起煙霧。竹杖芒鞵歸去來，頭巾好挂三花樹。文淵閣四庫全書本《宋詩紀事》卷三十四。

劉安節藝話（一則）

劉安節（一〇六八～一一一六）字元承，溫州永嘉（今浙江溫州）人。與從弟劉安上俱有文名，爲士友所推重，號稱"二劉"。元符三年進士，調越州諸暨縣主簿，改河東提舉學事司管勾文字。召對，擢監察御史，攝殿中侍御史。明年，除太常少卿。諫官劾其在任無所建明，責知饒州，移宣州。政和六年，卒於官，年四十九。安節早年從二程學，爲永嘉學派之先，文章也多具道學家特色，故《四庫全書總目》卷一五五稱其文章"明白質實，不失爲儒者之言。經義尤明白條暢。蓋當時太學之程式，後來八比之權輿也"。其現存文集的策論，如《兵論》《君臣同心論》《名節論》《用人論》等篇，均能援據經典，對現實問題提出見解，體現出"明白質實"的特色。著有《劉左史集》四卷。

以六律爲之音

學詩之道，有本有用，志之所之謂之詩，此其本也。聲成文謂之音，此其用也。本失其中，則言不止乎禮義，其文能足論而不失乎？用失其和則音不出乎度數，其聲能足樂而不流乎？是故先王之教人以詩，雖其本之道德，出於性情者，固已盡美，而聲音之末亦有不敢苟焉者，非以是爲美聽也，蓋將以納世於太和者，而乃不能使其聲足樂而不流，且不足以感動人之善心，豈作樂之意哉！

此太師之教六詩，必以六律爲之音者，此其意也。且夫奏之以無怠之聲，調之以自然之命，非宮也，非商也，而合乎大順。非律也，非呂也，而應乎自然。此聖人之天樂，而出乎心之無所傳而然者，雖師曠清夜傾耳以聽，曾不得其聲音，尚能以律呂而爲之節奏哉？夫惟存於心而爲志，宣於口而爲詩，既已存於心矣，且得無形乎？既已宣於口矣，且得無聲乎？形聲者，度數之所域也。域於度而求越於度，域於數而求出於數，則將與物爲忤，而失所以和順之道，此學詩者所以不能捨六律而正五音，有待於太師之所教者也。是故黃鐘爲宮，林鐘爲徵，太簇爲商，南呂爲羽，姑洗爲角，此黃鐘之爲宮也，六詩之聲即此以求之，則聲成文而爲音矣。大呂爲宮，夷則爲徵，應鐘爲商，無射爲羽，南呂爲角，此大呂之爲宮也，六詩之聲即此以求之，則聲成文而爲音矣。非特黃鐘也，太簇、姑洗、蕤賓、夷則、無射，凡屬乎律者，莫不然焉。非特大呂也，應鐘、南呂、林鐘、小呂、夾鐘，凡屬乎呂者，莫不然焉。夫惟六詩之章一出於六律，而爲之度數，故能播之金石，形之舞蹈，宣之絲竹，達之匏革，而與堂上之歌相和爲一。翕如其始作也，純如其從之也，繹如其樂成也，曾未有毫釐之差者，蓋其所歌出於一律故爾。

以傳求之，六詩之音雖不可槩見，然觀鄉飲酒之樂，工歌《鹿鳴》《四牡》《皇皇》之三，又歌《南陔》《白華》《華黍》之三，終之以合樂焉。《鹿鳴》《南陔》，《詩》之風雅也，而鄉飲以之合樂，非夫六律之爲音亦能若是乎？以至射也，燕也，冠昏也，凡用樂莫不皆然，此六詩之義所以用之天下，而使人聞之者可以興，可以羣，與樂同其妙用者，太師之教爲之闓端故也。

昔者舜命夔典樂教胄子，有曰："詩言志，歌永言，聲依永，律和聲。"則教詩以律，其來尚矣。於舜之世，而夔之樂乃至於百獸率舞，鳳凰來儀者，豈特德化之所由致耶？律呂之法抑亦有助焉耳。永嘉叢書本《劉左史集》卷三。

張友正藝話（一則）

張友正（生卒年不詳），哲宗至高宗時人，建炎中官於江陰。

李公麟《二馬圖》跋

元祐丙寅，先人爲開封法掾。是時李伯時在京師，每相過，必終日見紙筆，喜畫。四十年後，今所存惟此耳。建炎戊申夏，江陰官舍，友正書。文淵閣四庫全書本《石渠寶笈》卷六。

笪净之藝話（一則）

笪净之（一〇六八～一一一三），金陵（今江蘇南京）人。茅山道士静一先生弟子。徽宗時，賜號守静法師，領住持茅山元符萬寧宮。越明年，又加號凝和。政和三年七月卒，年四十六，贈冲隱先生。

題《元符萬寧宮記碑》

皇帝以新宮告成，親題其記之額，刻碑以賜。聖筆神畫，妙絕古人，龍章鳳書，輝映秘殿。既而申命有司，填之以金，蓋以護持秘藏，永爲斯宮之寶，又以示其不可傳玩於民庶也。

臣净之伏睹聖上所以協成先志、繕此棟宇者，甚寵甚渥；資政之記，鋪張閎休，發揮睿意者，甚文甚焕。此而不揚天下，何觀焉？

臣夙傳師訓，累預賜對。比緣慶成，錫加異號。聖恩隆重，無以爲報，是用别刊佳石，以廣其傳，庶使内外遠近，皆得究知聖上作宮之意，先生成道之跡，洗心滌慮，以趣真風者，區區之願也。

大觀元年二月十五日，特賜守静凝和法師、上清經籙二十六代嗣教宗師、充住持元符萬寧宮事臣笪净之謹題。影印正統道藏本《茅山志》卷二六。

汪伯彥藝話（一則）

汪伯彥（一〇六九～一一四一）字廷俊，號新安居士，徽州祁門（今安徽祁門）人。崇寧二年進士。靖康元年，獻河北邊防十策，以直龍圖閣知相州。受知康王，引爲大元帥府副將，奏爲集英殿修撰。高宗即位，擢知樞密院事，未幾拜右僕射。在相位專權自恣，力主南遷，不爲戰守之計。御史諫官劾奏之，罷爲觀文殿大學士知洪州，尋落職居永州。紹興初，復職知池州，爲江東安撫大使。言者論列不已，乃奪前職。後拜檢校少傅、保信軍節度使，知宣州軍州事，封新安郡開國公。紹興十一年卒，年七十三，贈少師，諡忠定。著有《春秋大義》十卷、《建炎中興日曆》五卷、《汪伯彥後集》二十五卷等。

跋徽宗皇帝御書草聖詩

紹興六年冬十有一月甲申，左正議大夫、提舉臨安府洞霄宮臣汪某，謁右朝奉大夫、前權發遣漳州軍州事臣宇文師瑗，有書一卷，且曰得之於行朝鬻書者。出以相示，白玉軸，黃羅表焉，飾以泥金遊龍，標題曰"徽宗皇帝御書草聖詩什"。

臣某視之，太上道君皇帝之宸翰也。驚竦儵忽，若無所見。徐疏精神，披卷恭覽，熙陵親札，古詩凡五十有二章。章或五言，或七言，幾千字。乾文羲畫，倬然飛動，若龍翔鳳鶱。詩之大槩，如曰"似彼造化力，由茲方寸中"，有以見其以大宗師出而應帝王業也；如曰"巷有千家月，人無萬里心"，有以見當時戢戈偃武之意也。千變萬態，其指歸處如《風》《雅》《頌》焉。雖曰古什，而其溫柔之教，實出於當時文治天下之心，形之於畫而託之於古什也如此。太宗以是傳惠無疆，太上皇帝稽若緝熙，如丹雘是塗，以光昭前烈而永保之。

嗟乎！運遭陽九，山河大地，玉石俱焚，皇居帝室之書散逸人間，或混瓦礫，或汙腥羶。淵聖皇帝於是失其傳，而斯文不知其幾流散，轉落於鬻書者之手。天其意者，未喪斯文，稍轉而歸諸公卿大夫之家。師瑗邂逅有之，以須搜訪。

嗚呼！天道有常，不能無消息盈虛之變。雲漢之在天也，合散消息，有不可測，至其爲章，則從橫燦然，在人耳目者，無得而改，風雨昏晦，終無得而掩焉。上古帝王之書如堯、舜之典，皋陶、大禹之謨，夏、商、周之訓誥、誓命，雖經暴秦煨燼之餘，而萬世之下，昭昭若揭日月而行。然則此書終何漫沒云！

恭惟今皇帝撥亂興衰，雖治以馬上，而文物聲明率時先祖以照臨百官，繼猶判渙，莫不收斂。斯文也，豈久於人間哉？不然則太極高真髣髴睥睨，敕六丁而下取之，當與八龍雲篆光明之章、三元八會群方飛天之書，策回飆、載雲旗而上超無爲，以登至清之庭，與天地相爲經始也，師瑗終恐不得而有。臣某謹題。宋慶元三年書隱齋刻本《國朝二百家名賢文粹》卷一九三。

宋正功藝話（一則）

宋正功（生卒年不詳），常山（今河北元氏西北）人，崇寧中知單州。

題高適琴臺詩刻

琴臺最爲單父舊跡，昔人形於詩詠，間有刻石者，唐高適三章尤爲奇古，因命刊刻，龕置臺上。

按《唐新書》，適字達夫，滄州渤海人，少落魄，不治生事，客梁、宋間。宋州刺史張九皋奇之，舉有道科，中第，調封丘尉。不得志去，客河西，後爲拾遺、御史，蜀、彭二州刺史。肅宗朝代崔光遠爲西川節度使，召還，爲刑部侍郎、左散騎常侍。永泰元年卒，適年五十。始爲詩即工，以氣質自尚，每一篇成，好事者竟傳布，有集十卷。此三章乃客梁、宋時至單父所作也。

崇寧癸未孟夏吉朔，單父郡守常山宋正功題。臺灣新文豐出版公司石刻史料新編本《平津館金石萃編》卷一九。

張璉藝話(一則)

張璉(生卒年不詳),晉(今山西)人。崇寧間官朝奉郎,嘗行太府寺丞。

蘇軾書《楚辭》跋

先生每論《楚辭》下《風》《雅》一等,至鮮于子駿所作,且嘆稱之,況《九歌》《九辨》乎!筆墨之,詠歌之,尚何疑。晉國張璉。

淵於書不識真贋,獨識此書爲先生真跡,三嘆。文淵閣四庫全書本《石渠寶笈》卷一〇。

陳暘藝話（二則）

陳暘（生卒年不詳）字晉之，福州（今福建福州）人，祥道弟。中紹聖元年制科，授順昌軍節度推官。徽宗初，進《迓衡集》以勸導紹述，爲太學博士，兼秘書省正字。上所著《樂書》二百卷，貫穿明備，遷太常丞。進駕部員外郎，爲講議司參詳禮樂官。後官禮部侍郎，以顯謨閣待制提舉醴泉觀。嘗坐事奪官，已而復之。卒年六十八。

一　《樂書》自序

臣聞先天下而治者在禮樂，後天下而治者在刑政。三代而上，以禮樂勝刑政，而民德厚。三代而下，以刑政勝禮樂，而民風偷，是無他，其操術然也。

恭惟神宗皇帝超然遠覽，獨觀昭曠之道，革去萬蠹，鼎新百度，本之爲禮樂，末之爲刑政。凡所以維綱治具者，靡不交修畢振，而典章文物，一何煥歟！

臣先兄祥道是時直經東序，慨然有志禮樂，上副神考修禮文正雅樂之意，既而就《禮書》一百五十卷。哲宗皇帝祇遹先志，詔給筆札繕寫以進。有旨，下太常議焉。臣兄且喜且懼，一日語臣曰："禮樂治道之急務，帝王之極功，闕一不可也。"比雖籠絡今昔，上下數千載間，殆及成書，亦已勤矣。顧雖瘠瘵在樂而精力不逮也，屬臣其勉成之。臣應之曰："小子不敏，敬聞命矣。"臣因編修論次，未克有成。先帝擢實上庠，陛下升之文館。積年於茲，著成《樂書》二百卷。曲蒙陛下誤恩，特給筆札，俾錄上進。庶使臣兄弟以區區所聞，得補聖朝制作討論萬一，其爲榮幸，可勝道哉！

雖然，纖埃不足以培泰華之高，勺水不足以資河海之深，亦不敢不盡心焉爾。臣竊謂古樂之發，中則和，過則淫。三才之道，參和爲冲氣。五六之數，一貫爲中合。故冲氣運而三宮正焉，參兩合而五聲形焉，三五合而八音生焉，二六合而十二律成焉。其數度數雖不同，要之一會，歸中聲而已，過此則胡鄭哇淫之音，非有合於古也。是知樂以太虛爲本，聲音律呂以中聲爲本，而中聲又以人心爲本也。故不知情者不可與言作，不知文者不可與言述，況後世泯泯棼棼，復有不知而述作者乎！

嗚呼，《樂經》之亡久矣，情文本末，湮滅殆盡。心達者雖知而無師，知之者欲教而無徒。後世之士，雖有論譔，亦不過出入先儒臆説而已。是以聲音所以不和者，以樂不正也。樂所以不正者，以經不明也。臣之論載，大致據經考傳，尊聖人，折諸儒，追復治古而是正之。囊括載籍，條分彙從，總爲六門，別爲三部。其書冠以經義，所以正本也。圖論冠以雅部，所以抑胡鄭也。經義已明而六律六吕正矣，律吕已正而五聲八音和矣。然後發之聲音而爲歌，形之動静而爲舞。人道性術之變，蓋盡於此。苟非寓諸五禮，則樂爲虚器，其何以行之哉。是故循乎樂之序，君子以成焉。明乎樂之義，天下以寧焉。然則樂之時用，豈不大矣哉！

繇是觀之，五聲十二律，樂之正也。二變四清，樂之蠹也。蓋二變以變宫爲君，四清以黃鐘清爲君，事以時作，固可變也，而君不可變。太簇、大吕、夾鐘，或可分也，而黃鐘不可分。既有宫矣，又有變宫焉。既有黃鐘矣，又有黃鐘清焉。是兩之也，豈古人所謂尊無二上之旨哉！爲是説者，古無有也，聖人弗論也，其漢唐諸儒傳之説歟？存之則傷教而害道，削之則律正而聲和。臣是敢辭而闢之，非好辯也，志在華國，義在尊君。庶幾不失仲尼放鄭聲惡亂雅之意云爾。

臣謹序。_{十萬卷樓刊本《皕宋樓藏書志》卷一一。}

二　題杜衍老來多病帖

杜公筆法，其妙入神，永叔以草聖稱之，真不誣矣。政和乙未夾鐘月既望，梅川陳暘筆。_{國家圖書館藏本《宋名人書》卷五。}

李忞藝話（一則）

李忞（生卒年不詳）字去言，建昌（今江西南城）人，常猶子。

黃魯直書簡帖跋

風塵表物，凡所以發於用者，皆足以妙天下。此書雖在元祐間，而筆勢已有三昧。觀涪翁之言，自謂黔中時字，意到筆不到，則此書固當不自取也。余頗得太平州書，體質老健而豪放，韻益奇。蓋舟中所見，盪槳撥棹，悟入之後也。此書政足以傳百世，尚何安石碎金之足比乎？涪翁蓋抑損云爾。李忞。叢書集成初編本《寶真齋法書讚》卷一四。

晁詠之藝話（一則）

　　晁詠之（生卒年不詳）初名深之，字深道，後改今名，字之道，又字叔予，鉅野（今山東鉅野）人，晁說之弟。以門蔭入官，調揚州司法參軍，未上。元祐間，復舉進士，又舉宏詞，爲河中府教授。元符末，應詔上書論事，入黨籍，罷官。久之，爲京兆府司錄事，秩滿，提點崇福宮。卒，年五十二。詠之生於文學世家，素有文名，晁公武《郡齋讀書志》卷一九謂其"天才英特，爲文章立成，明潤密緻，世以爲宜在北門、西掖"。有《崇福集》三十一卷、《四六集》十五卷，已佚。

題韋偃雙松老僧圖

　　兩松鬱蒼蒼，夭矯出峭。儵然龍蛇姿厈，勢欲排巖嶠。老禪獨會心，默坐觀萬竅。我亦發深省，倚檻一長嘯。此興含千古，孰謂韋偃少？文淵閣四庫全書本《聲畫集》卷二。

洪芻藝話（二則）

洪芻（生卒年不詳）字駒父，南昌（今江西南昌）人。紹聖元年進士。崇寧三年，坐元符間上書入黨籍，爲邪等，奪官貶謫閩南。兩年後復官。靖康中，爲諫議大夫。汴京失守，洪芻爲金人搜括金銀，建炎元年坐罪流放沙門島，死於貶所。洪氏兄弟爲黃庭堅外甥，均有詩名，時人稱爲"四洪"。洪芻詩入江西詩派，黃庭堅《與洪駒父》謂其"風骨清潤"，"句甚秀而氣有餘"，作詩甚有法度。著有《老圃集》一卷，又有《豫章職方乘》三卷、《香譜》一卷。文集已佚，四庫館臣自《永樂大典》重輯爲二卷。《通志·藝文略》八又著錄有《洪駒父詩話》一卷，宋人詩話引用頗多，原本也已不存，今人郭紹虞《宋詩話輯佚》曾加輯錄。

一　跋橘帖二首

蘇州句法追彭澤，九日題詩興有餘。可是門生藏橘帖，不勞博物見新書。

右軍一字價連城，斷簡殘章尚典型。坐獲驪珠三十九，絕勝辛苦賺蘭亭。文淵閣四庫全書本《老圃集》卷下。

二　跋東坡畫天籟堂壁

東坡先生頃作枯木怪石於天籟堂壁間。有力者負之而走矣，獨留其影於琢石坊，李氏因刻之琬琰。靖康元年六月癸丑，豫章洪芻書。中華書局一九八六年影印本《永樂大典》卷六六九八。

趙昜藝話（一則）

趙昜（生卒年不詳）字乂若，蕃祖父。其先本杭州人，後徙開封（今河南開封）。紹聖元年登進士第。靖康中爲秘書少監。建炎初出提點坑冶，寓信州之玉山。累官直龍圖閣，提舉江州太平觀。有《趙昜詩》一卷。

題劉資仁韓幹飲馬圖

韓幹所畫天閑圖，縣官日給三品芻。不嘶不鳴肥如鬼，時時步作康莊衢。飲之曲江戲短蕪，沙軟風輕樂于于。豈知渥洼直龍駒，垂頭戢耳困鹽車。圉人太僕反歔欷，瘦骨硉矹甘爲駑。不須驤首顧長途，局促驥足何時無。文淵閣四庫全書本《聲畫集》卷七。

王當藝話（六則）

王當（生卒年不詳）字子思，眉州眉山（今四川眉山）人。少時好學，博通古今，嘗舉進士，不第，遂不應科舉。撰《春秋列國名臣傳》五十卷。元祐中，蘇軾薦應賢良方正科試，策入四等，調龍遊縣尉。蔡京知成都府時，舉其為學官，不就。後蔡京為相，遂不復仕。卒，年七十二。王當長於經學，著有《經旨》二卷、《史論》十二卷、《兵書》十二篇，均不傳。

一　德清宰俞居安自畫淵明圖

門無車馬喧，逕有松菊陰。前窗面清泚，後戶依嶔岑。就使世俗工，猶足寫幽深。況今令尹賢，洞照先哲心。出處異軌轍，丘壑同胸襟。予知淡筆墨，良似無弦琴。先生如明月，瑩潔照古今。形模或能寫，光彩詎可臨？寥寥千古意，當向筆下尋。人心去典午，朝柄歸卯金。豈無康濟心，且賦《歸來吟》。天生卓犖姿，豈是甘山林？當今急英賢，四海待商霖。勉哉就功名，枯槁不足欽。文淵閣四庫全書本《聲畫集》卷一。

二　表兄丁行之俾予作山水一軸

禿髮管城書不中，射煤滿硯隨輕濃。煙雲變怪本無定，丹青故匪能形容。解衣盤礴無人久，妙跡於今復何有。揮毫要使真宰泣，歎息初非癡絕手。遼東有人丁令威，去家得仙今暫歸。上界繁華異丘壑，安得長林大麓長追隨。聯翩大軸要予寫，敲冰不在鵝溪下。吾既不能為喬松直榦摩蒼天，又不能為小童一線飛紙鳶。萬里江山入平遠，喚取畫師閻立本。《聲畫集》卷四。

三　江侯邀予作山水畫以贈之

江侯樂山水，誓卜山水居。遊戲天目道，箬帽跨蹇驢。村童習識之，拍手笑且呼。行行不知顧，心與山水俱。於茲且幾年，所得應有餘。云胡不知厭，要予寫諸圖。昔者少壯日，戲墨謾妻奴。今衰眼目暗，筆硯久已疎。書來不得謝，督廹疇敢徐。圖成不自識，濃淡恣所如。雲深霧莫測，中恐藏於菟。人生孰非幻，作觀隨有無。江侯樂山水，何考其真歟。作詩調江侯，江侯其曉諸。觀畢勿遽棄，醬瓿尚可糊。《聲畫集》卷四。

四　何源秀才爲予畫山水圖覓詩

孤峰特立何巉巉，勢與霄漢高相參。左蟠右列分嶺岫，儼若至尊朝子男。怪予蝸室不盈丈，欲有異境超塵凡。素縑挂壁故妥帖，平地作此千嵌巖。雲蒸霧結深莫測，長林大麓亂不芟。想當變怪蟄龍虎，中有窟穴誰能探。將崩未崩江動石，欲去不去風滿帆。山坳林闕見天際，隱約萬里橫煙嵐。嗟予質性素山野，視此丘壑心益耽。《聲畫集》卷四。

五　戲畫古松真清齋前

輪囷復離奇，不柏亦不栗。吾廬非夏社，嘉樹伊誰植。剨心謝吹噓，強骨餘霹靂。崢嶸歷風霜，偃蹇豈朝夕。客從何方來，一覩心眼惑。怪此蒼蛟龍，落莫依屋壁。不知造物工，輸寫入筆力。輕明絕纖埃，冥晦滴濃墨。皮堅皵鱗甲，葉老攢矛戟。古工予不師，揮掃恣淋漓。槃礴醉且狂，詎識韋與畢。雖云不造極，要自出胸臆。當知後凋操，不在翰墨跡。地瘠山骨出，天低雲氣逼。俯仰輒有礙，巨榦那能直。翻令棟梁姿，鬱屈自踢蹐。安得少陵絹，一掃二千尺。會看十八公，高壓三品石。《聲畫集》卷五。

六　戲畫松柏壁

窮山數家聚，官況羇若旅。冰廳晝日永，眇眇誰與語。眷彼蒼髯生，結友得新甫。奮筆寫瑰姿，雙虬見牆堵。飽霜柯葉老，積日皮骨古。上有雲垂天，慘淡閟寒雨。下有溪漱石，犖确絕埃土。材奇生長艱，根瘦卓立苦。交柯寒相依，雷陳共然許。分榦或相避，廉藺馴兩虎。信非同根生，要是歲寒侶。衆木猥連林，噲等何足伍。君看桃與李，穠麗相媚嫵。情態能幾時，紛紛可堪數。《聲畫集》卷五。

釋祖可藝話（九則）

　　釋祖可（生卒年不詳）俗名蘇序，字正平，京口（今江蘇鎮江）人，蘇堅子，庠弟。後出家爲僧，改今名。住廬山之下，患有惡疾，故人戲稱癩可。善詩，入江西詩派，與如璧、善權齊名，時稱"三詩僧"。葛立方謂其詩"清新可喜，然讀書不多，故變態少。觀其體格，亦不過煙雲、草樹、山水、鷗鳥而已"（《韻語陽秋》卷四）。亦能詞，其《小重山》（誰向江頭遣恨濃），情意工絕，柔媚豔麗，最爲人所稱道。著有《瀑泉集》十二卷，今已佚。

一　李伯時作《淵明歸去來圖》，王性之刻於琢玉坊，病，僧祖可見而賦詩

　　坐上柴桑墟落煙，眼中百里舊山川。候門稚子似無恙，三徑巾車人絕憐。尚友當須今逸少，丹青寧復老龍眠。流傳匪獨遺怡玩，端使懦夫懷凜然。文淵閣四庫全書本《聲畫集》卷一。

二　次吳伯江所藏文湖州山水韻

　　乘空作山川，妙絕借墨色。曲折千里素幅間，來自吳興白蘋客。乃知瀟湘洞庭岸，平吞胸中寄筆力。清霜搖落江海空，如聞冥冥度驚鴻。重樓複閣底處所，使我絕欲空濛中。吳侯吳侯安用許，浪迫歸心赴儵渚。如何喚得江上船，一臥蒼波占煙雨。《聲畫集》卷四。

三　書余逢時所作山水

　　江勢捲十萬頃，村墅掩三四家。落雁驚橫煙水，小舟欹著寒沙。
　　折葦非關秋色，飛鷗元自斜行。坐上忽驚丘壑，窗間那有瀟湘。
　　江南江北岸，飽歷此山川。誰信著筆力，盡驅來眼前。野橋分道路，古木薄風煙。我欲徑歸去，沙頭人挽船。《聲畫集》卷四。

四　詠秦處士作枯松

秦郎真是舊摩詰，寫出崔巍霜雪姿。林壑捲簾相照映，坐令公子發幽思。《聲畫集》卷五。

五　求初老墨梅

手開玉璽心希有，乃得橫煙冰雪枝。枯木堂中安用許，適堪病眼發新詩。《聲畫集》卷五。

六　墨梅

不向江南冰雪底，乃於毫末發春妍。一枝無語淡相對，疑在竹橋煙雨邊。《聲畫集》卷五。

七　書性之所藏伯時木石屏

此自是我輩物，而乃落君家房。尚喜周旋顧盼，無憂犖角風霜。
淡籠嵷煙雨色，老槎牙霜霰痕。想見湘岑落木，霧連江月昏昏。
胸中定自有此，筆端乃一見之。摧却岌峩天柱，來成咫尺峩嵋。《聲畫集》卷六。

八　書秦處度所作松石

憐君作詩自無敵，遊戲詩餘畫成癖。高堂奮袖風雨來，霜幹雲根動秋色。長懷祝融天柱峰，萬年不死之喬松。觀君此畫已無數，不復望雲支瘦節。《聲畫集》卷六。

九　觀壯輿所藏伯時馬

平生徒説追風足，厭見駑駘飽芻粟。劉侯爲出二馬圖，緬想權奇在坰牧。本朝不伐大宛城，公初得之無乃驚。胡沙燕山在吾目，短草落日低邊明。雄姿忽作風動壁，意氣騰驤欲無敵。前者驕矜後者馳，信矣能先鳥疾飛。圉人亦復神超然，亮作俗肉勤加鞭。吁嗟駿骨世定有，良樂不逢長棄捐。《聲畫集》卷七。

胡致隆藝話（二則）

胡致隆（生卒年不詳）字藏之，自號蕭灘居士，臨江（今江西樟樹西南）人，胡彥明子。其父與黃庭堅爲同年進士，致隆嘗以詩取知於黃庭堅，如其《登鐵甕城》"吴王殿裏笙歌罷，煬帝城邊草木荒。萬里烟霞歸洞急，一川風月渡江忙"，寫景懷古，清朗可誦。無子嗣，故遺稿不傳。

一 題吴生畫《桃源圖》

王宰十日畫一石，左思十年賦《三都》。誰似今時吴道子，咄嗟能辦武陵圖。武陵不與人間隔，可憐舊日無尋覓。蒼蒼烟水只依然，試倩漁舟問消息。文淵閣四庫全書本《宋詩紀事》卷四十二。

二 題《瘞鶴銘》

當年誰爲裹玄黄，潮打孤城草木荒。華表竟無新信息，斷碑空有碎文章。雲埋紫蓋峯何在，煙鎖青田路正長。遙想華亭披道氅，夜隨明月過錢唐。《宋詩紀事》卷四十二。

李彭藝話（一四則）

李彭（生卒年不詳）字商老，南康軍建昌（今江西永修西北）人，常從孫。家貧績學，隱居不仕，與蘇軾、黃庭堅、張耒、韓駒、謝逸等人有交往唱和。工書法，有六朝鍾、王風範，世人多藏之以爲墨寶。又長於詩，吕本中列入江西詩派，其詩風格與謝逸、洪朋諸人相近，現存詩内容多爲詠吟隱居生活及與友人唱和，形式上較多長篇古體。著有《日涉園集》十卷，原集已佚，清四庫館臣自《永樂大典》輯録詩文，重編爲文集十卷。

一　題《蘭亭修禊圖》

商飈吹漢皋，水滿郎官湖。狂策上秋興，拂塵觀畫圖。娟然春風面，觴詠聊歡娱。中有超絶人，髯髯多髭鬚。筆端吐奇胸，紫鳳兼天吴。草木方變衰，安得蘭蕙俱。生絹如無有，酣放間歌呼。可憐謝餘杭，沾醉欹坐隅。詩慳遭重劾，罰酒輸行厨。遥遥數千里，定交在須臾。金谷望塵友，鷙鳥何其愚。嗟彼許敬宗，握筆侍玉除。將圖來此傳，懸知不相如。畫中見勝韻，真欲誅奸諛。臨風增想像，候鴈度晴虚。文淵閣四庫全書本《日涉園集》卷二。

二　范家所藏孫知微畫《彭祖女禮北斗圖》

晴空無塵月在房，松間博山沈水香。翠眉女子約晷粧，兩足亭亭如雪霜。步虛之聲風度長，紫微北斗忽低昂。金釵何勞十二行，不羡盧家丹桂梁。凌雲已復飛羅裳，生絹寫照公家藏。應憐彩鸞鷖鳳凰，未能割愛俱翱翔。《日涉園集》卷五。

三　題閻立本《醉客圖》

酒有何好工作病，頗怪斯人喜中聖。藏身麯糵勝巖幽，寄愁天上呼不醒。春風吹開玉東西，月落參橫掛酌之。吐茵脱帽有妙理，眩朱成碧渾忘歸。右相丹青果馳譽，幻藥調成疑笑語。便覺微綃古意生，似聞醉眠卿可去。半生憂患復蕭條，甕中肥遁何須邀。一樽桑落對公等，盡解平時藜莧嘲。《日涉園集》卷五。

四　包虎行

畫師老包氣如虹，解衣醉倒塵泥中。急呼生綃卧展轉，筆追造化分奇功。須臾奮袂於菟出，絶壑陰崖嘯風月。懸著高堂煙霧深，觀者膽寒俱辟易。誰爲彪子與戲孫，宛陵後葉諸仍昆。顧視雄姿亦逌緊，小犢繭栗何勞吞。通玄論成馱貝葉，大空小穴隨老衲。何暇與汝同條生，玄豹豐狐要彈壓。《日涉園集》卷五。

五　東庵舒老出徐兔圖障求詩章末兼戲行叟

宛陵包虎天下無，徐生之兔畫作殊。眼明忽見此粲者，在笥不獨藏於菟。平岡雄兔脚撲朔，草樹深煙紛漠漠。懸知丹青相拂祈，不怕蒼鷹頭戴角。坡陀雌兔眼迷離，拊憐大兒攜小兒。銜粟分甘且療饑，學母由來無不爲。東庵道人念俱寂，遣予不復嘲熱客。生綃新圖聊一出，便覺野風來四壁。絅懷中有衣褐徒，不牙不角真趺居。莫令舉網拔豪族，湯沐管城還自娛。黑頭歸來能自了，巖壑猶堪伴猿鳥。《日涉園集》卷五。

六　題伯時所畫《邵平種瓜圖》

邵平湯沐故千户，解組投林如脱兔。勒銘鼎鼐屬伊人，我方荷鋤厲煙雨。瓜田鉤帶蓋阡陌，大者輪囷細旁午。觳觫設險吾何補，日日青門自成趣。槿籬半破復牽蘿，夕霏晼晚留疎樹。娟然翠氣出眉嫵，喜得斯人慰遲暮。劇談欲寫塊磊胸，尚恐軒昻作莊語。畫師紛紛安足數，對此令人重豪素。陽陵公子傲雪林，灑落由來足風露。自言購取傾家貲，柴桑要伴歸來賦。兩郎後先千載餘，粉墨相追叶風度。懸之素壁足丘壑，嗷嗷猿啼起寒霧。《日涉園集》卷五。

七　題盧鴻草堂圖

丈室幽雲織翠微，盧生草堂雲作扉。陰崖絶壑鳥跡稀，扶藜縱觀拂雲霓。心知丹轂赤吾族，要須愛身如愛玉。三十六峰幽意足，何必鑑湖分一曲。老仙曾上登封壇，一夜璽生雙足間。不知此圖筆筆妙，巖巒映帶冰霜顔。集賢學士從省歸，僧床卧觀晝掩扉。繡鞍那補塵化緇，不如盧郎駕鴻飛。老色蒼顔今採薇，故山風煙常滿衣。眼明見此社中客，盡謝東阡與西陌。《日涉園集》卷五。

八　吳熙老家《風雲圖》

秦人屈鼎真畫師，胸蟠風雲人得知。獨無佳句自潤色，未忍援毫時吐之。酒澆塊磊遂倒彙，素練忽復翻淋漓。宛如盛怒生囊口，颷至霆擊何由追。墨雲霾霽摧半嶽，飛動殆莫窮端倪。征人解裝馬伏櫪，居人墐戶雞亦棲。虛堂高掛髮爲立，三伏凜凜無炎曦。吳侯憐我慘不樂，卷去隨手俱清夷。乃知非獨畫工妙，妄念起滅分毫釐。想當在笥常泂泂，不與關河相蔽虧。會當一雨被八表，何用祕藏深密爲。《日涉園集》卷五。

九　題伯時畫《蓮社圖》

遠公得名喧宇宙，如意舉墮渠不知。何爲歡聚野狐羣，依經解義真成癡。柴桑老翁挽不留，籃輿醉衝煙靄歸。由來却具一隻眼，社中不著謝客兒。白業許時露消息，鼻觀參取初自誰。飲光微笑總爲此，至今留與後人疑。《日涉園集》卷五。

一〇　題吳成伯家文與可所畫《晚靄橫春圖》

湖州手參造化鑢，墨君老稚俱扶疎。含毫回作晚靄戲，凭軒丹青渾欲無。雨聲忽破鳥行急，木末尚掛窮猿呼。衰翁將雛來蕩槳，挽引斜暉到漁網。嵐昏那計目力長，厓傾欲陟天梯往。湖州雖仆妙相存，此畫他年人更珍。但恐君家風雨夜，山川斷取不無神。《日涉園集》卷五。

一一　賦張邈所畫《山水圖》

異時頗愛宋元君，踏門畫史如雲屯。舐筆和墨太早計，解衣槃薄全天真。夢澤張侯飽閒暇，直疑胸中有成畫。酒酣耳熱呼不醒，澹墨淋漓疾揮灑。誰爲右轄賦招魂，遠過酸寒鄭廣文。怪底高堂見丘壑，欲攀松蘿尋石門。咫尺終南與王屋，翩翩不下如黃鵠。水南水北索價高，放浪猶歌紫芝曲。張侯愛畫入骨髓，腦脂遮眼良有以。筆端刻意寫遺民，要似留侯赤松子。如聞可汲丹王明，會須添作貢公喜。《日涉園集》卷六。

一二　賦米芾所畫《金山圖》

憶昔扁舟帆正落，揚子江頭風浪惡。江心樓臺渾欲沈，不獨能高瓦棺閣。晚山接天波面平，白鷗去邊鐘磬鳴。雲昏上頭不可到，往來余懷今未寧。楚狂澹墨掃絹素，澄神臥遊知處所。欲披霧幰尋野僧，反向煙汀辨江樹。新詩葱蒨工於畫，川岑想像高堂掛。驊騮絶塵走千里，何勞遠處幽並夜。漸到潯陽不復前，安得仙山來眼邊。斷非毗耶掌中取，直疑壺公謫處天。新詩妙畫真有益，張衡南都能畢力。不如此詩氣嶕崒，却使丹青句中識。《日涉園集》卷六。

一三　贈暉書記，暉有伯時所畫馬甚奇

脱盡膏粱氣，秖餘雲壑姿。囊中支遁馬，筆下惠休詩。木末鳥還語，花邊蝶浪窺。平章賴公等，吾病不能奇。《日涉園集》卷七。

一四　觀畫山水

不愛邊鸞愛李成，胸中成畫自崢嶸。數行島嶼隨人去，一段風煙向腕生。猨啼巫峽殷勤嘯，雁到衡陽嘹唳鳴。我與羣山成保社，直疑俱是舊經行。《日涉園集》卷八。

薛嗣昌藝話（一則）

薛嗣昌（生卒年不詳）字元宗，河中萬泉（今山西萬榮）人，薛向子。崇寧中歷熙河轉運判官，梓州、陝西轉運副使，直龍圖閣、集賢殿修撰。入爲左司郎中，擢徽猷閣待制、陝西都轉運使。大觀間知渭州，改慶州。責安化軍節度副使，起知相州、太原府。政和中進延康、宣和殿學士，拜禮部、刑部尚書，坐啓擬反覆罷，提舉嵩山崇福宮。久之，遷延康殿學士、知延安府。後覆罪降爲待制。

題智永禪師《千字文》

智永禪師，王逸少之七代孫。妙傳家法，爲隋、唐間學書者宗匠，寫真草《千文》八百本散於世，江東諸寺各施一本。

住吳興永欣寺，積年臨書，所退筆頭置之大竹簏，受一石餘，而五簏皆滿，求書者如市，所居戶限爲之穿穴，乃用鐵葉裹之，人謂之"鐵門限"。後取筆頭瘞之，號"退筆冢"。長安崔氏所藏真跡最爲殊絕，命工刊石，置之漕司南廳，庶傳永久。大觀己丑二月十一日，樂安薛嗣昌記。影印本《千字文帖》。

李錞藝話（一則）

　　李錞（生卒年不詳）字希聲，嘗官秘書丞，與徐俯、潘邠老同時。工詩，入江西詩派，風格與韓駒等相近。其《早梅》詩"雪徑清寒蝶未知，暗香誰遣好風吹。野橋漏泄春光處，正爲橫斜一兩枝"，刻畫梅花神態精警。著有《李希聲集》一卷，今已佚。又著有《詩話》一卷，亦佚，今人郭紹虞《宋詩話輯佚》輯得詩話十七則。

題宗室公震四時景

　　九江應共五湖連，尺素能開萬里天。山杏野桃零落處，分明寒食曉風前。繁陰雜樹映汀沙，三伏江天自一家。欲喚扁舟渡雲錦，平鋪明鏡是荷花。春菹寂寞繞疏叢，霜後雲生浦溆風。此處年年報秋色，只應衰柳與丹楓。剪水飛花細舞風，斷蘆洲外水連空。剡溪幾曲知名處，何似今朝眼界中。文淵閣四庫全書本《宋詩紀事》卷三十三。

吴开艺话（一则）

吴开（生卒年不详）字正仲，汀州清流（今福建三明清流）人。绍聖四年，中宏詞科。政和三年，爲宗正少卿，以言者論罷。靖康初，爲翰林學士承旨。東京失守，隨從宋欽宗入金營。金人議立張邦昌，令其傳道指揮，京師人稱之捷疾鬼。張邦昌立，以之權同知樞密院事。宋高宗即位，上疏自斥，乞正典刑，提舉江州太平觀。尋奪職，責授昭化軍節度副使、永州安置，移韶州。紹興二年，再貶南雄州居住。十四年，赦還，寓家贛上。吴开詩文存世不多。又著有《優古堂詩話》一卷，評論北宋人詩，兼及唐人詩，議論詩人運意之異同與遣詞之巧拙，使讀者領悟作詩之法，爲宋人詩話之較有影響者。

跋眉山蘇氏十一帖

杜唐弼出眉山蘇公父子與其先書十一帖以示予。

君懿於唐弼，曾大父也。明允友君懿而兄事之。道源以父任薄其官，有子孟堅踐世科，道源優遊侍旁，時過子舍。孟堅官於寅，子瞻適謫居，道源過之遊，相好也。孟堅金陵丁外艱，子瞻赴英州，阻風石頭。唐弼方少，往見，從容累日，所爲求哀挽者。子瞻接杜氏四世，觀其書，可以識其年。晚與孟堅江上帖，筆勢欹傾，而神氣橫溢，蓋似其暮歲之文，然不數月而病且死矣。唐弼材而賢，是能世其家者。

建炎己酉閏月庚辰，魏郡吴开跋。文淵閣四庫全書本《式古堂書畫彙考》卷一〇。

許光凝藝話（一則）

許光凝（生卒年不詳）字嘉謨，河南（今河南洛陽）人。崇寧中以通直郎知蘄州，移知蘇州。大觀中爲中書舍人。政和初歷知鄧州，三年進顯謨閣待制，四年移知揚州，五年再徙成都。擢翰林學士、兼修國史，除禮部尚書、吏部尚書。

《林泉高致集》後序

翰林郭公字淳大，河陽溫縣人。生有異性，才爽過人。事親孝，居家睦，處鄉里，立節尚氣，重然諾，不妄交遊。喜泉石，安畎畝。不學而小筆精絕，爲朋舊求討，遂寖有名。既壯，公卿交召，日不暇給。迄達神宗天聽，召入翰林，受眷被知，評在天下第一。

光凝世居洛，先考與公布衣之舊，故自兒童已知公名，熟公行。及前歲被命守蜀，又得從公之子思遊。因獲窺公家集，見公所蓄嘉祐、治平、元豐以來崇公鉅儒詩歌讚記，並公平日講論小筆範式，粲然盈編，厥題曰《郭氏林泉高致》，具載公之潛德懿行，洎神宗獎遇，與所知天下賢公卿士大夫。因一覽，便令人洒然起物外煙霞之想，真可謂林泉之高致矣。

思元豐中太學名進士，五年壬戌高等賜第。博學多才，自結聖知。讀此集，則所以發揚幽懿、攄說履素，亦可謂善論撰先人之德美矣。其諸孫亦楚楚出頭角，有文采，郭氏門户之大未易可量也。

時政和七年四月二十一日，中大夫、翰林學士、兼脩國史、賜紫金魚袋河南許光凝書。文淵閣四庫全書本《林泉高致集》卷末。

韓拙藝話

韓拙（生卒年不詳）字純全，號琴堂，南陽（今河南南陽）人。善畫山水窠石，紹聖間擔篆至京師進藝，爲王詵所賞，薦於端王趙佶（徽宗）。徽宗即位，授翰林書藝局祗候，累遷爲直長、秘書待詔，官至忠訓郎。著有《山水純全集》（存）。《山水純全集》是一部繪畫論專著，又名《山水純全論》。成書於公元一一二三年前。一共十篇，所論俱主規矩，重法度而忽情致，是院體畫理論的代表，但不作空泛之談，切實詳明，尤宜初學者。

《山水純全集》
序

夫畫者，肇自伏羲氏畫卦象之後，以通天地之德，以類萬物之情。嗣於黃帝時，有史皇、倉頡生焉。史皇狀魚龍龜鳥之跡，蒼頡因而爲字，相繼更始，而圖畫典籍萌矣。

書本畫也，畫先而書次之。《傳》曰：言者成造化，助人倫，窮神變，測幽微，與六合同功，四時並運，法於天然，非由述作。其書畫同體而未分，故知文能序其事，不能載其狀，有書無以見其形，有畫不能見其言，存形莫善於畫，載言莫善於書，故知書畫異名，其揆一也。

古云：畫者聖也，蓋以窮天地之至奧，顯日月之不照，揮纖毫之筆則萬類由心，展方寸之能則千里在掌，豈不爲筆補造化者哉！自古逮今，名賢上士雅好之者，畫也，然精於繪事者多矣。

愚世業儒，縈名薄宦，賦性疏野，惟志所適，切慕於畫，求前賢之模範，究古人之糟粕，自幼嗜好，留心於此，至今白首，尚且孳孳無倦。惟患學之淺短，自爲成癖爾，乃夙賦其性邪？

唐右丞王維文章冠世，畫絕古今，嘗自題云："當世繆詞客，前身應畫師。"誠哉是言也！且夫畫山水之術，其格清淡，其理幽奧，至於千變萬化，四時景物，風雲氣候，悉資筆墨而窮極幽妙者，若非博學廣論，焉得精通妙用歟！故有寡學之士，兀兀之徒，忽略此道者多矣。其學問廣博之流，惟恐淺陋疏略也，彼孜孜汲汲，與利名交戰者，與吾道殊途耳，此安足與言之哉！

愚習山水人物，已為歲久，所得山水之趣，粗以為法，誠不敢為卓絕之論，雖言無麗藻，亦使好學之士頓然開悟，分為十論，各隨品目，以附於後。

宣和辛丑歲季夏八日，琴堂韓拙全翁序。商務印書館本《說郛》本《山水純全集》卷首。

論山

凡畫山言丈尺寸分者，王右丞之法則也。山者有主客尊卑之序，陰陽逆順之儀，其山布置，各有形體，亦各有名，習乎山水之士，好學之流，切要知之也。主者乃眾山中高而大者是也，有雄氣而敦厚，旁有輔峰叢圍者嶽也。大者尊也，小者卑也。大小岡阜，朝接於主者，順也，不如此者，逆也。客者，其山不相干而過也。分陰陽者，用墨取濃淡也。凹深為陰，凸面為陽。山有高低大小之序，以近次遠，至於廣極者也。

洪谷子云：尖者曰峰，平者曰陵，圓者曰巒，相連者曰嶺，有穴曰岫，峻壁曰巖，巖下有穴曰巖穴也。山大而高曰嵩山，小而孤曰岑。銳山曰嶠，高峻而纖者嶠也。卑而小尖者扈也，山小而孤，眾山歸叢者名曰羅圍也。言襲陟者山三重也。兩山相重者謂之再成映也。一山為砒，小山曰岌，大山曰岠。岌謂高而過也。言屬山者相連屬也。言嶧山者連而絡繹也。俗曰絡繹者，羣山連續而過也。言獨者孤而只一山是也。山岡者其山長而有脊也。翠微者近山傍坡也。言山頂冢者山巔也。巖者有洞穴是也。有水曰洞，無水曰府。言山堂者山形如堂室也。言障者山形如幃帳也。小山別、大山別者，鮮不相連也。言絕徑者連山斷絕也。言崖者左右有崖夾山是也。言嶷者多小石也。多大石者礐，平石者磐石也。多草木者謂之岵，無草木者謂之垓。石載土謂之崔嵬，石上有土也；土載石謂之砠，土上有石也。言阜者土山也。小堆曰阜，平原曰坡。坡高曰隴，岡嶺相連，掩映林泉，漸分遠近也。言谷者通人曰谷，不通人曰壑。窮瀆者無所通，而與水注者川也。兩山夾水曰澗，陵夾水曰溪，溪者蹊也，有水也，宜畫盤曲掩映斷續，伏而後見也。

山亦有四方，體貌景物各異。東山敦厚而廣博，景質而木多；西山川峽而峭拔，高聳而險峻；南山低小而水多，江湖景秀而華麗；北山闊墁而多阜，林木氣重而水窄。東山宜畫村落、耕鈕、旅店、山居、遊宦、行旅之類；西山宜畫關城、棧道、羅網、高閣、觀宇之類；北山宜用盤車、駱駝、樵人背負之類；南山宜畫江鄉、魚市、水村、山郭之類，但加之稻田、漁樂，無用駱駝也，亦不用盤車也。要知南北之風土不同耳，故深宜分別。

山有四時之色。春山豔冶，夏山蒼翠，秋山明淨，冬山慘澹，此四時之氣象也。

郭氏云：山有三遠，自山下而仰山上，背後有淡山者謂之高遠。自前山而窺後山者謂之深遠，自近山至遠山謂之平遠。愚又論三遠者：有山根邊岸、水波亘望而遙謂之闊遠，有野霞暝漠、野水隔而彷彿不見者謂之迷遠，景物至絕而微茫縹緲者謂之幽遠。

以上山之名狀，當備畫文理詩意用之，兼候博古君子之問，若問而無以對，此無知之士也，不可不知。

或詩句中有此山名，雖有其名而不知其山之體狀者，安可措手而製之！

凡畫全景山者，重疊覆壓，咫尺重深，以近次遠，或以下層疊，分布相輔，以卑次尊，各有順序，又不可太實，仍要嵐霧鎖映，林木遮藏，不可露體，如人無衣，乃窮山也。且山者以林木爲衣裳，以草木爲毛髮，以煙霞爲神采，以景物爲妝飾，以水源爲血脉，以嵐霧爲氣象。畫若不求古法，不寫真山，惟務俗變，采合虛浮，妄自爲超古越今，心以目蔽，變是爲非，此乃懵然不知山水格要之士也，難可與言之。

嗟乎！今人是少非多，忘古徇今，方爲名利之誘奪，博古好學者鮮矣。倘或有得其堂奥者，誠可與論也。彼笑古傲今、侮慢宿學之士，曷足以言此哉！《山水純全集》卷一。

論水

夫水有緩急淺深，此爲大體也。

山上有水曰泷，山下有水曰潢，山澗有水曰溯。湍而漱石者謂之湧泉，山石間有水，渾潑而仰沸者謂之噴泉。言瀑布者，巔崖峻壁之間，一水飛出如練，千尺懸灑於萬仞之下，有驚濤怒浪湧瀼騰沸，噴濺漂流，雖黿鼉魚鼈皆不能容也。言濺瀑者，山間積水欲流，而石隔罅中猛下，其片浪如滾，有石迎激，方圓曲折，交流會合，用筆輕重，自分淺深，盈滿而散漫也。言淙者，澄流攢衝，鳴湍疊瀨，噴若雷風，四面叢流，謂之淙也。言泒水者，不用分開，一片注下，與瀑布頗異，亦宜分別。

夫海水者，風波浩蕩，巨浪翻卷，山水中少用也。有兩邊峭壁萬仞不可通途，中有湍急漂流如箭，舟船不可停者，硤水耳，無急於此也。言江湖者，洞庭之廣大也。言水源者，平出之流水也，其水混混不絕，故孟子所謂不捨晝夜者是也。惟溪水者，山水中用之多矣，宜盤曲掩映，斷續伏而復見，以遠至近，仍宜用煙霞隱鎖爲佳。王右丞云"路欲斷而不斷，水欲流而不流"，此之謂歟！

夫沙磧者，水心通流，水流兩邊，急而有聲，中有灘也。夫石磧者，輔岸絕流，水流兩邊，迴還有紋，中有石也。言壑者，有岸而無水也。

然水有四時之色，隨四時之氣。春水微碧，夏水微綠，秋水微清，冬水微慘。又有沙汀湖渚，皆水中可居人而景所集也。至於魚瀨雁鶩之類，畫之者當自取才調。況水爲山之血脉，凡畫山水，故宜天高地闊爲佳也。《山水純全集》卷一。

論林木

凡林木，有四時榮枯、大小叢薄、咫尺重深、以遠次近，故林木要看蒼逸健硬，筆跡堅重，或質或麗，以筆跡欲斷而復續也。且或輕或重本在乎用筆，高低暈淡悉由於用墨，此乃畫林木之要格也。

洪谷子曰："筆有四勢者，筋皮骨肉也。"筆絕而不斷謂之筋，纏縛隨骨謂之皮，筆削堅正而露節謂之骨，起伏圓混而肥謂之肉。凡畫宜骨肉相輔也，肉多者肥而軟濁也，柔媚者無骨也；骨多者剛而如薪也，勁死者無肉。跡斷者無筋也，墨大而質樸者失其真氣，墨微怯弱者敗其真形。其木要停匀而有勢，不可太長，太長者無勢力；不可太短，太短者差濁也。

木皆有形勢，而取其力，無勢而亂作盤曲者乏其勢也。若只取剛硬而無環轉者，虧其生意也。若筆細墨微者怯弱也。大凡取其合宜用度之也。

木貴虯健老硬，其形勢甚多。或聳而拔逸者，或屈折而俯仰者，或躬身而若揖者，或如醉人而狂舞者，或如披頭仗劍者，皆松也。或如怒龍驚虬之勢，騰龍伏虎之形，似狂怪而飄逸，似偃蹇而躬身，或離披倒趄，如飲於水中，或巔崖嶮峻倒崖而身覆下者，為松之儀。其勢萬狀，變態莫測。

凡畫根者，臨崖倒起之木，其根起伏，出拔土外，狂而且進也。其平立之木，當以大根深入崖中，惟傍進小根，方宜出土也。

凡作枯槎槁木，要窽嵌空耳。且松者若公侯也，為眾木之長，亭亭氣槩，高上盤於空，勢逼霄漢，枝進而復掛，下覆凡木，以貴待賤，如君子之德和而不同。

荊浩曰："成材者氣概有餘，不材者抱節自屈。"有偃蓋而枝盤、頭低而腰亞者為異松也。皮老蒼鱗，枝枯葉少者為古松也。訣云：松不離於兄弟，謂高低相亞；松亦有子孫，謂新枝相續。唯蟠松其梢凌空而聳出，其枝交結而蔭重也。且柏者若侯伯也。

訣曰：柏不叢生，要老逸舒暢，皮宜轉紐，捧節有文，多枝少葉，其節嵌空，勢若蛟虯，身去而復回，狀迭縱橫，乃古柏之狀。惟蟠柏者葉密枝進，梢氣聳拔也。

檜者松身柏葉，會於松柏，故名曰檜。其枝放肆而盤曲，其葉聚散而無定，乃古檜之體也。

其餘種種羣木，難以具述，惟楸梧槐柳儀形各異。大概有葉之木，貴在豐茂而蔭鬱，至於寒林者，止務森聳重深，分布而不雜，宜作枯梢老槎，背後當用淺墨軟梢之木相伴和為之，故得幽韻而氣清，林罅不用明白，尤宜煙嵐映帶，誠為李成咸熙中深得其妙用者哉！

梁元帝云："木有四時，春英，夏蔭，秋毛，冬骨。"春英者葉細而花繁也，夏蔭者葉密而茂盛也，秋毛者葉疏而飄零也，冬骨者葉枯而枝槁也。其有林巒者山巖石上有密木也，林鬱者山腳下有林木也，林迥者遠林煙暝也。遠木者，取其大要，而不可狂斜倒起，隱淡直立，辨其形質，可一一分明也。

又云："質者形質備也。"雜木取其大綱，用墨點成，淡淺相等。林木者山之衣也，如人之衣妝，使山無儀盛之貌，故貴密木茂林，有華盛之表也。木少者謂之露骨，如人衣少也。若作一窠一石，務要簡耳。《山水純全集》卷二。

論石

夫畫石貴要磊落雄壯，蒼硬頑澀，礬頭菱面，層疊厚薄，覆壓重深，落筆堅實，堆叠凹凸，深浅之形，皴拂阴阳，点匀高下，乃为破墨之功也。

言磐石者，大石也。然石之状不一，或层叠而秀润，或崔嵬而颠险。有岩石嵯峨者，有怪石崩坍者。或直插入水，而深不可测者，或根石浸水，而脚石相辅者，峯屹嶙峋，千怪万状，纵横放逸，其体无定而又皴拂多端也。有披麻皴者，有点错皴者。《尔雅》云："谓木皮申错也。"有斫皴者，或横皴者，或匀而连水皴者，一点一画，各有古今体法存焉。

昔人云：石无十步真，山有千里远。况石为山之体，贵其润泽而不贵枯燥也，画之者不可失此。《山水纯全集》卷二。

论云霞烟雾霭岚光风雨雪

夫通山川之气，以云为总也。云出于深谷，纳于岘夷，是掩日蔽空，勃然无所拘也。升之晴霁则显四时之气，散之阴晦则遂其四时之象。故春云如白鹤，其体闲逸融和而舒畅也；夏云如奇峰，其势阴郁浓翳而无定也；秋云如轻浪飘零，或若兜罗之状，廓静而清明也；冬云如泼墨惨翳，示其玄冥之色，昏寒深重，此晴云四时之象也。故春阴则云气淡荡，夏阴则云气突黑，秋阴则云气轻浮，冬阴则云气黯淡，此阴云四时之象也。

然云之体合散不一焉。轻而为烟，重而为雾，浮而为霭，散而为气。其有山岚之气，烟之轻者，云捲而霞舒。烟者气之所聚也。凡画者分气候，别云烟为先。山水中所用者，霞不重以丹青，云不施以彩绘，恐失岚光野色自然之气也。且云者有出谷，有游云，有寒云，有暮云，有朝云。云之次为雾，有晓雾，有远雾，有寒雾。雾之次为烟，有晨烟，有莫烟，有轻烟。烟之次为霭，有江霭，有莫霭，有远霭。云烟雾霭之外，又言其霞者。东曙曰明霞，又曰朝霞；西照曰莫霞；乃早晚一时之晕彩也，不可多用。

凡云雾烟霭之气，为岚光山色、遥岑远树之彩也，善绘于此者，则得四时之真气，造化之妙理，故不可逆其岚光，而当顺其物理也。

风虽无迹，而草木衣带之形，云头雨脚之势，无少逆也，逆之则失其大要矣。继而雨雪之际，时虽不同，然雨有急雨，有骤雨，有夜雨，有欲雨，有雨霁；雪者有风雪，有江雪，有夜雪，有春雪，有莫雪，有欲雪，有霁雪。凡风雨雪之意，皆本于云，色之轻重，类于风势之缓急，想其时候，方可落笔。大概以云别雨雪之意则宜暗而不宜显也。

又如《尔雅》所云，天气下而地不应曰雺，言昧物而轻也；地气发而天不应曰雾，言瞑物而重也；风而云为瞳，风而雨为霾，言无分远近也；阴风重而为瞳，言无分于山林也。此皆不时之气，非云之所该也。至于鱼龙草莽之象，吕氏之言甚明；鸾翔凤翥之形，陆机之论深得。然在画者穷天地之奥，扫风云之候，曷可不深究焉。《山水纯全集》卷三。

論人物橋杓關城寺觀山居舟車四時之景

凡畫人物，不可粗俗，所貴純雅而幽閒。其有隱居傲逸之士，與村夫農者漁父牧豎等輩，體狀不同。

竊觀古之山水中人物優容閒雅，無有粗惡者，近世所作，往往粗俗不謹，殊失古人之態。言橋杓者，通舡曰橋，不通舡曰杓。杓以橫木渡於溪碙之上，但使人跡可通也。關者在乎山硤之間，只一路可通，無旁歧小峽，方可用關也。城者雉堞相映，樓屋相望，須當映帶於山崦林木之間，不可一一出露，恐類於圖經。山水中所用惟古堞城可也。畫僧道寺觀者，宜掩抱幽谷深巖峭壁之處。惟酒旂旅店方可當途村落之間，而山居隱逸之士，務要幽僻，不同於此，宜畫草庵茅舍、房屋平林、牛馬耕耘之類。有廣水處可畫漁市、漁溇、捕魚、採菱、曝網之類。

言舟舡者大曰舟，小曰舡。漁人所泛者曰艇，隱逸高尚之士所乘者曰舫。或插以罾罩，或拖以絲綸者，漁艇也。或爲木屋，或爲棚幕者遊舫也。以小槳所搖者謂之飛航，獨一木所造者謂之桐槽，於山水中所宜用者惟此耳。其舟舡宜游漾輕浮，不可重載，其餘江海巨載之舟，於山水中少用也。

品四時景物，務要明乎物理，度乎人事。春時可以畫人物忻悅而舒和，郊遊踏青，翠陌秋千，漁唱渡水，歸牧耕耡、山種捕魚之類也；夏可畫以人物，但於山陰林壑之處，或行旅憩歇，水閣高亭，避暑納涼，翫水浮舟，臨江浴潦，曉汲涉水，風雨過渡之類也；秋畫以人物，則吹簫、翫月、採菱、浣紗、漁笛、搗帛、夜舂、登高、賞菊之類也；冬畫以人物，則圍爐飲酒、慘冽遊宦、雪笠寒僮、騾綱運糧、雪江渡口、寒郊遊獵、履冰之類也。若水埜之間，可兼於禽鳥者，春宜畫燕雀、黃鶯、夏宜鸂鶒、鷗鷺，秋宜征雁、羣鶖，冬宜落雁、寒鴉，今略言其大槩耳。若能法此以隨時製景，任其才思，則山水妝飾而無有不備者矣。《山水純全集》卷三。

論用筆墨格法氣韻之病

凡畫者筆也，此乃心術，索之於未兆之前，得之於形儀之後，默契造化，與道同機，握管而潛萬物，揮毫而掃千里。故筆以立其形體，墨以別其陰陽，山水悉從筆墨而成。而吳道子筆勝於質，此乃畫聖賢也。常謂道子山水有筆而無墨，項容山水有墨而無筆，此皆不得其全善也。荊浩採二賢之長，以爲己能，則全矣。蓋用墨太多則失其真體，損其筆而且冗濁；用墨太微則氣怯而弱也；過與不及皆爲病耳。切要循乎規矩格法，以本乎自然氣韻，以全其生意。得於此者備矣，失於此者病矣。以是推之，豈可與俗士論哉！

凡未操筆間，當先凝神著思，預想目前，所以意在筆先，用意於內，然後用格法以揮之，可謂得之於心，應之於手也。其用筆有簡易而意全者，有巧密而精細者，或取氣概而筆跡雄壯者，或取順快而流暢者，縱橫變化，用功乎筆也。

然作畫之病者眾矣，惟俗病最大，多出於淺陋狗卑，昧乎格法之士，動作無規，亂揮取逸，強務古淡而枯燥，苟圖巧密而纏縛，詐爲老筆，本非自然，此爲論筆墨格法氣韻之病耳。

古云用筆有三病：一曰板病，二曰刻病，三曰結病。板病者腕弱筆癡，取與全虧，物狀平匾，不能圓渾者，板也。刻病者筆跡顯露，用筆中凝，勾畫之際，妄生圭角者，刻也。結病者欲行不行，當散不散，事物留礙，不能流暢者，結也。

愚有一論，爲之確病。筆路謹細而癡拘，全無變通，筆墨雖行，類同死物，狀如雕印之跡者確也。

凡用筆先求氣韻，次採體要，然後精思。若形勢未備，便用巧密精思，必失其氣韻也。大概以氣韻求其畫，則形似自得於其間矣。且善究山水之理者，當守其實，其實不足，當去其華，而華有餘。實爲質幹也，華爲華藻也。質幹本乎自然，華藻出於人事。實爲本也，華爲末也。自然體也，人事用也。豈可失其本而逐其末，忘其體而執其用乎！猶畫者惟務華媚而體法虧，惟務柔細而神氣泯，真俗病耳，焉知守實去華之理哉！

若行筆或粗或細，或揮或勻或點，或重或輕，不可一一分明，以布遠近取似者，氣弱而無畫也。其筆太粗則寡於理趣，其筆太勁則絕乎氣韻，一皴一點，一勾一斫，皆有法度，若不從畫法意，只寫真山，不分遠近、淺深，乃圖經也，烏得其格法氣韻者歟！

凡用墨不可深，深則傷其體；不可微，微則敗其氣：此皆病也。勾落筆，使用墨取淡者爲之滑而無法，其先皴而後淡，次取陰陽淺深者，真得其理。又以畫之取遠景，貴簡而不絕，繁而不冗，使觀者豁然，如目窮幽曠瀟灑之趣，不其神妙矣乎〔一〕！《山水純全集》卷四。

〔一〕"凡用墨不可深"至篇末，文淵閣四庫全書本作"凡畫有八格：石老而潤，水淨而明，山要崔嵬，泉宜灑落，雲煙出沒，野逕迂迴，松偃龍蛇，竹藏風雨也。"

論觀畫別識

瓊瑰琬琰，天下皆知其爲玉也，非卞氏三獻，孰別荊山之姿而爲美！驊騮騄駬，天下皆知其爲馬也，非伯樂一顧，孰別冀北之駿而爲良！若玉之無別，安得瓊瑰琬琰之名？若馬之無別，豈得驊騮騄駬之駿？別玉者卞氏耳，識馬者伯樂耳，天下後世亦無復加諸是。猶畫山水之流於世也，隱造化之情實，論古今之曠奧，發揮天地之形容，蘊藉聖賢之藝業，豈賤隸俗人得以易窺其端倪！蓋有不測之神思，難名之妙意寓於其間矣。

凡閱諸畫，先看風勢氣韻，次究格法高低者，爲前賢家法規矩用度也。倘生意純而物理順，用度備而格法高，固得其格者也。雖有其格，而家法不可揉雜者何哉？且畫李成之豈用雜於范寬？正如字法，顏、柳不可以同體，篆、隸不可以同攻，故所操不一，則所用有差，信乎然矣。歸古驗今，善觀乎畫者，焉可無別歟！

然古今山水之格皆畫也，通畫法者得神全之氣，攻寫法者有圖經之病，亦不可以不識也。以近世畫者多執好一家之學，不通諸名流之跡者眾矣，雖究博諸家之能，精於一家者寡矣。若此之畫，則雜乎神思，亂乎規格，難識而難別，良由此也。惟節明其諸家畫法，乃爲精通之士，論其別白之理也。

窮天文者然後證丘陵天地之間，雖事之多，有條則不紊，物之眾，有緒則不雜，蓋各有理之所寓耳。觀畫之理，非融心神，善縑素，精通博覽者不能達是理也。畫有純質而清淡者，僻淺而古拙者，輕清而簡妙者，放肆而飄逸者，野逸而生動者，幽曠而深遠者，昏暝而意存者，真率而閒雅者，冗細而不亂者，重厚而不濁者，此皆三古之跡，達之名品，參乎神妙，各適於理者然矣。畫者初觀而可及，究之而妙用益深者，上也。有初觀不可及，再觀不可及，窮之而理法乖異者，下矣。

畫譬猶君子歟！顯其跡而如金石，著乎行而守規矩，觀之而溫厚，望之而儼然，易事而難說，難進而易退，動作週旋，無不合於理者，此上格之體，有若是而已。畫猶小人歟！以浮言相胥，以矯行相尚，近之而無取，遠之則有怨，苟諂媚以自合，勞詐僞以相蔽，旋爲交搆，無有狥於理者，此卑格之體有若是而已。倘明其一而不明其二，達於此而不達於彼，非所以能別之也。

昔人有云，畫有六要。一曰氣。氣者制度時用，隨形運筆，取象無惑。二曰韻。韻者隱霧立形，備儀不俗。三曰思。思者頓挫取要，凝想物宜。四曰景。景者制度時用，搜妙創奇。五曰筆。筆者難依法則，運作變通，不質不華，如飛如動。六曰墨。墨者高低暈淡，品別淺深，文采自然，似非用筆。有此六法者，神之又神也。若六法未備，但有一長，亦可採覽。

畫有珍於世，不自顯名者，所謂以實得其名矣，不期顯而自顯也。畫有一時雖顯其名，久則易銷者，所謂譽過於實，不期銷而自銷矣。凡秘畫者，豈可擇於名譽冠蓋，但看格清意古，墨妙筆精，景物幽閒，思遠理深，氣象瀟灑者爲佳。其未當精絕，惟實巧密者鮮鑑矣。

世有王晉卿者，戚里之雅士也。耕獵文史，放肆圖畫，每燕息之餘，多戲小筆，散之於公卿家多矣。常蒙青眼左顧，每圖畫必見召，觀論乎淵奧，搆其名實。偶一日於賜書堂東掛李成，西掛范寬。先觀李公之跡云："李氏畫法，墨潤而筆精，煙嵐輕勃，如對面千里，秀氣可掬。"次觀范氏之作，又云："如面前真山峰巒，渾壯雄逸，筆力老健，此二畫乃一文一武耶？"愚嘗思其言，由賞鑑而通於骨髓，其格法之要，切須知之，方能定優劣，明是非，可謂精通善鑑者。畫若不遇於識鑑者，如瞑行於途，無分善惡也。悲夫！

今有名卿士大夫之畫，自得優遊閒適之餘，握管濡毫，落筆有意，多求簡易而取清逸，出於自然之性，無一點俗氣，以世之格法，在所勿識也。古之名流士大夫皆從格法。南唐以來，李成、郭熙、范寬、燕公穆、宋復古、李伯時、王晉卿亦然，信能悉之於此乎〔一〕！《山水純全集》卷四。

〔一〕文淵閣四庫全書本於此後尚有："按《畫譜》，荆浩河內人，號洪谷子，博雅好古今山水，專門頗得意趣閒。嘗謂吳道子山水有筆而無墨，項容山水有墨而無筆，浩兼二子所長而有之。蓋有筆而無墨者，見落筆蹊徑而少自然；有墨而無筆者，去斧鑿痕而多變態。故王洽之畫先潑墨縑素，取高下自然之勢而爲之。浩介乎二者之間，則人與天成兩得之矣。"

論古今學者

天之所賦於我者性也，性之所貴於人者學也。性有頴蒙明敏之異，學有日益無窮之功，故能因其性之所悟，求其學之所資，未有業不精於己者也。且古人以務學而開其性，今人以天性而恥於學，此所以去古踰遠，貽笑於大方之家也。

昔顧愷之夏月登樓，家人罕見其面，遇風雨晦明、饑飽喜怒皆不操筆。唐有王右丞，杜員外贈歌云："十日畫一水，五日畫一石，能事不受相促迫，王宰始肯留真跡。"古者如此多，略舉一二。蓋前人爲銷日養神；今人反以圖利勞神；古之學者爲己，今之學者爲人；古之冠冕上士，燕閒餘裕，以此爲清幽自適之樂。唐張彥遠云："書畫之術，非閭閻之子可爲也。"奈何頃者往往以畫爲業，以利爲圖，全乏九流之風，不修士大夫之體？豈不爲自輕其術哉！故不精之原，良以此也，真所謂棄本逐末矣。

且人之無學謂之無格，無格謂無前賢格法也，豈有不落格法者而爲越古超今名賢者歟！所謂寡學之士，則多性強而自爲蔽者有三，難學者有三。何謂也？有心高而自恥下問，惟憑盜學者，爲自蔽也。有性敏而才高，雜學而狂亂，志不歸一者，爲自蔽也。有少年夙賦其性，不勞而頗通，慵而不學者，爲自蔽也。難學者何也？有慢學而不知其學之理，苟僥倖之策，唯務作僞以勞心，使神志散亂，而不究於實者，難學也。有本性無學之心，而假以爲生者，難學也。如此之徒，技之下耳，安得以傳古人之糟粕，達前賢之閫奧！未有不學而良能也，信斯言也。

凡學者宜執一家之體法，學之成就，方可變易爲己格，則可矣。噫！源深者流長，表端者影正，則學造乎妙，藝盡乎精思，蓋有本者亦若是而已。《山水純全集》卷四。

論三古之畫過與不及

且論畫多能精當者，國之王晉卿也。論三古：高古、中古、近古。自三皇以前，爲洪荒之世，畫無得名之。自伏羲氏定龜文，畫於卦象之後，畫始有形意。畫本畫也，逮黃帝時，史皇睹物而狀之，此畫之始也。至五帝、禹、湯及秦、漢以來，畫斯興焉。其時雖錄人姓名，然畫跡未見有之者，莫能定其優劣。其畫大興於晉、宋，其真跡人間雖有，罕得而見之。

晉卿論三古之畫，可代爲之高者。晉宋爲高古，唐爲中古，五代爲近古。晉宋有顧、陸、張、展，畫之聖賢也，乃爲百代之師範矣。

唐張彥遠云：古之畫人物，純重而閒雅。今也不然，至唐之盛，漸乏純重而少閒雅，何況於近代耶！郭若虛云：今人佛像、鞍馬殆不及古，花竹、禽鳥、山水古不及今。唐李思訓、張藻、宋審、王維、王宰、楊炎之流，乃仙格神奇，過於高古，亦以爲傳世之師法耳。五朝有荊浩、關仝超出古今。至宋朝初，又有李成、范寬。李雖師於關而過之，可謂青出於藍矣。二賢畫能各立家法。時有李昇慕李思訓之格，呼爲將軍，亦自立家法。其有王士元、翟院深、王端、燕肅、董元、陸僅、趙幹、屈鼎、紀貞、巨然、許道寧、劉丞、丘納、黃筌、燕文貴、宋迪、商訓、龐崇穆、李隱宋、李宗成、郝鋭、梁宗信、郭熙、侯封、高克明、董賮、符道隱、永嘉僧擇寧、吳僧繼章，以上名流，各書宗法師資品學。

　　山水之士，要知貴通其宗祖格法，故序其後。《山水純全集》卷四。

趙鼎臣藝話（五則）

趙鼎臣（一〇七〇~？）字承之，少時種竹於居所之南，自號竹隱畸士，又號葦溪翁，衛城（今河南淇縣）人。元祐六年進士。紹聖二年，以真定户曹參軍應宏詞科試中第。宣和元年，爲度支員外郎。三年，以右文殿修撰知鄧州，後召爲太府卿。鼎臣與王安石、蘇軾等人交好，多相唱和，故詩文具有門徑。蘇軾稱賞其"辭源江海浩奔忙，句法風騷森出入"之句，以爲"極爲雄偉"（《苕溪漁隱叢話》前集卷五二引）。《四庫全書總目》卷一五五稱其文章"刻意研練，古雅可觀，亦非儉陋者所能望其項背"。著有《竹隱畸士集》一百二十卷，後由其孫趙綱立刊於復州，僅四十卷，亦佚。清四庫館臣自《永樂大典》輯出詩文，編爲二十卷。

一　跋錢服道畫（一）

錢服道顧盼精悍，談辨縱橫，雜以滑稽，坐客絶倒。已而徐考其言，未始不有味也。今觀其畫，乃知此即佳處，故自不凡。文淵閣四庫全書本《竹隱畸士集》卷二〇。

二　跋錢服道畫（二）

王子猷在山陰，月夜忽憶戴逵。逵時在剡，便乘舟詣之，經宿方至，造門不前，曰："乘興而來，興盡而返，何必見戴。"說者謂山陰去剡蓋百餘里，逆流而上，極爲崎嶇，經宿之興，安得不盡，以爲書事者之過。

今觀此畫，溪山清絶，爽氣逼人，顧雖千里，將必命駕，而況一朝夕之頃哉。細人喜以俗情度量君子，類皆如此。雖然，微服道昔賢賞會，將見訛於俗子矣。畫有《雪滿剡溪》。　《竹隱畸士集》卷二〇。

三　跋錢服道畫（三）

退之詩曰："猶嫌山在眼，不得著脚歷。往語山中人，與我潤側石。"好事者之愛山動如此。

始余來洛，便有意於嵩少。官有吏責，欲往不能，所謂澗側之石，顧又豈力之所能致哉。幸服道與吾鄰而不吾鄙也，姑將時閱此畫，以自償其不得往之心，庶猶愈乎。畫有《雲連嵩嶺》。　《竹隱畸士集》卷二〇。

四　跋錢服道畫（四）

　　自伯時父沒，士大夫之畫未有超逸絕塵，能繼其後者。吾於服道，蓋未見其止也。《竹隱畸士集》卷二〇。

五　跋猶子棄畫

　　猶子棄少孤且貧，自學書，即喜畫，初無有教告之者。所居環堵蕭然，然圩墁之飾惟謹，牆隅屋角，無非畫也。年益長，家益貧，其喜畫益甚。
　　昔之工一藝者，往往多窮。羿以射窮，韓非以說窮，孟郊、賈島至各以詩窮終其身。棄乎棄乎！汝姑毋工，余懼汝之窮也。
　　余昔從軍并州，冬大雪，凡五晝夜不止，屋瓦之厚三尺。一日，從二三酒徒挾重裘，馳駿馬，相與登爽亭，以望西山。縱酒劇飲，夜三鼓乃歸，自以爲一時之豪也。今觀墨隱所畫，老子於此興亦不淺。棄自號墨隱居士。　《竹隱畸士集》卷二〇。

孫奇藝話（一則）

孫奇，徽宗時華州（今陝西鄭縣）人。餘不詳。

題蘇若蘭《織錦圖》臨本

孔子叙《易》，以《咸》爲下經之首，而列夫婦於父子君臣之二。故舜之歷試，觀於二女，文王之德，刑於寡妻，況常人乎！

世衰道微，風俗媮弊，牽媵妾之愛，忘伉儷之重。長柄短轅，見笑於當時；生致墓中，貽酷於身後。心知其非，而不能自克。如滔者，可謂過而能改者也，賢於晉二子遠矣。大觀庚寅十二月，少華孫奇書。文淵閣四庫全書本《式古堂書畫彙考》卷四五。

廖剛藝話（三則）

廖剛（一〇七一～一一四三）字用中，號高峰先生，南劍州順昌（今福建順昌）人。嘗從陳瓘、楊時學。崇寧五年進士，歷縣主簿、州判官、録事參軍、教授。宣和元年自漳州司録召爲國子録，擢監察御史。論奏無所避忌，出知興化軍。靖康初，召爲右正言，未赴。紹興元年，除福建路提點刑獄，召爲吏部員外郎，遷起居舍人，權吏部侍郎兼侍講。四年，除給事中，權户部侍郎。五年，遷刑部侍郎。六年，出知漳州。八年，拜御史中丞。以論事爲秦檜所惡，改工部尚書，提舉亳州明道宫。十三年卒，年七十三。廖剛爲文通於事務，謝如圭謂其文醇正，"自方寸中流出，非務誇多而鬭靡，非務逞奇而尚怪，盎然得中和之氣，無所施而不可"（《高峰先生文集序》），也不免有過溢之辭。其文集多奏札表啓，指陳時弊。詩詞清新淡雅，著有《高峰先生文集》十七卷。

一　書贈馮生

世之名技術者，類多異端末習，徒以投好流俗，初無補於名教。惟圖像之妙，獨能使孝子慈孫瞻仰恭敬，儼如逮事。其所以慰藉人心，無有窮也，藝之不可廢者歟！

馮君安民得此三昧，未見倫比，且能自持其術，而不苟取悦於人。頎澤醜好，直與造物者同坯冶於筆端，而無敢設焉，兹可尚已。

建炎戊申，余念高曾先世繪綵黝剥，命一新之。蓋館之踰月而厭觀其能，於其告行，書此以爲贈云。福建圖書館藏明抄本《高峰先生文集》卷一一。

二　御書三十二字跋尾

考校試卷，當以忠正直言、利害切當、文辭富贍爲上等，阿附諂諛、文辭蕪累爲下等。

紹興二年春三月甲寅，上御便殿策試進士。越翼日，遣中使持宸翰徧示考官以去取之旨，凡三十有二字。且命留賜詳定官。臣等祗奉訓詞，敢不悉心以奉休德。

竊惟理亂之機，常在於聽納之際。忠言入則正道勝，而治所由興；諛言入則邪道勝，而亂所由起。人主悦諛而厭忠，古今一轍，故治常少而亂多。今陛下求言之誠，擇善之審如此，用圖中興，其庶幾乎！

　　詳定官、左宣教郎、守尚書禮部員外郎臣林待聘，左朝議大夫〔一〕、行右司諫臣方孟卿，左朝散郎、權尚書吏部侍郎、兼侍講、賜紫金魚袋臣廖某謹書。《高峰先生文集》卷一一。

〔一〕夫：原無，據宋官制徑補。

三　雜説（節錄　一則）

　　東坡《畫馬》詩，蓋取六一《盤車圖》詩語。《廬山絶句》"横看成嶺仄成峰"者，亦似用此篇語。《高峰先生文集》卷一三。

唐庚藝話（二則）

唐庚（一〇七一～一一二一）字子西，眉州丹稜（今四川丹稜）人。少時學爲文，出語已驚人。年十八遊太學，紹聖初進士及第，爲利州司法參軍，歷閬中令、鳳州教授等職，爲州縣官十年。崇寧二年，爲宗子博士。張商英爲相，舉薦提舉京畿常平。張商英罷相，唐庚坐貶惠州六年。政和初，復官承議郎、提舉上清太平宮，歸京師，僦居於景德寺。後歸蜀，卒於道，年五十一。唐庚善詩文，其詩學蘇軾，其遭際也與蘇軾相似，故人有"小東坡"之稱。其作詩近於苦吟，與蘇軾放筆快意不同，往往反復修改數次然後成篇，故其詩工於屬對，巧於用事，清奇俊麗，且多新意，不襲前人語，自有其特色。劉克莊《後村詩話》前集卷二云："唐子西諸文皆高，不獨詩也。其出稍晚，使及坡門，當不在秦、晁之下。"宋人李耆卿《文章精義》也稱其文"極莊重縝密，雖幅尺稍狹，無長江大河一瀉千里之勢，然最利初學"。著有《唐先生文集》。

一　舞馬行　並序

明皇時，教坊舞馬百疋謂之"某家嬌"，其曲謂之《傾盃樂》。天寶之亂，此馬流落人間，魏博田承嗣得之，初不識也。已而承嗣大燕軍中，酒行樂作，馬聞樂聲起舞，承嗣以爲妖，命殺焉。予讀其說而悲之，作《舞馬行》。

天寶舞馬四百蹄，綵牀襯步不點泥。梨園一曲《傾盃樂》，驤首頓足音節齊。幾年流落人間世，挽鹽駕鼓不敢嘶。忽然技癢不自禁，俗眼驚顧身顛躋。後生何嘗識此舞，謂之不祥固其所。文淵閣四庫全書本《眉山詩集》卷三。

二　題崔令曲海後

崔令飲酒五七斗，崔令唱辭一千首。時時浪飲輒高歌，利鎖名韁總無有。人稱崔令爲顛狂，我知崔令非顛狂。承流宣化有餘方，高歌浪醉也何妨！《眉山詩集》卷三。

釋惠洪藝話（七一則）

釋惠洪（一○七一～一一二八），又作慧洪，字覺範，易名德洪，號寂音尊者，又自署老儼、甘露滅，筠州新昌（今江西宜豐）人。俗姓彭，或云俗姓喻。年十四，父母並歿，從雲庵克文等學出世法。十九歲試經東京，得度，假惠洪籍爲大僧，能通《唯實論》。服勤四年，南歸廬山依克文，又隨克文遷洪州石門。崇寧中，與陳瓘、張商英、黃庭堅等遊，主臨川北禪院，遷金陵清涼寺。大觀三年秋，以僧控冒籍訕謗，入制獄一年。張商英、郭天信爲奏得免，並許改名德洪，賜師號。政和元年十月，張、郭被黜，坐交通二人，詔奪僧籍配海南。三年五月被赦還。次年復被劾於并州獄，久之乃得釋還鄉，野服往來九峰、洞山間四年。後又爲狂道士誣爲張懷素黨人，坐繫南昌獄百餘日，會赦得免，居湘中。靖康中，許還僧籍復舊名。建炎二年五月卒，年五十八。惠洪博學強識，工詩能畫，有名於世，爲當時有名詩僧。與蘇軾、黃庭堅、謝逸等往還，其詩清俊健偉，詞意灑脱，無宋代詩僧常見之蔬筍氣。清人延君壽《老生常談》稱其"真能於蘇、黃外，又作一種筆墨，讀之令人神清骨爽"。又擅長作小詞，"情思婉約似少游"（《許彥周詩話》）。因其詩詞中多有綺麗之作，故有"浪子和尚"之譏（《能改齋漫録》卷一一）。惠洪還擅長畫梅竹，所畫枝梗遒健挺拔。著述甚富，詩文集有《筠溪集》十卷、《甘露集》九卷、《物外集》、《石門文字禪》三十卷。今僅存詩文集《石門文字禪》三十卷。又著有《冷齋夜話》十卷，雖爲筆記，但内容多論詩或記載詩之本事，尤其以記載蘇軾、黃庭堅詩之逸事爲多，成語"滿城風雨"、"脱胎換骨"、"大笑噴飯"、"癡人説夢"等典故均出於此書；《天廚禁臠》三卷，以唐、宋各家之篇、句爲式，標論詩格，是宋代論詩之重要著述；又有筆記《林間録》十四卷，今存二卷、《後集》一卷。

一　次韻龔德顏柳帖

顏柳以字名，畫畫法可究。後世何寂寥，此輩了無有。皆云學天至，妙不應心手。那知斯人徒，德高名往就。字工德不修，名與身俱朽。吾子佳少年，俊氣駒方驟。新詩作行草，開軸龍蛇走。坐客口爲愕，我亦知肯首。積墨如陂池，積筆高隴阜。學之不至顏，要亦終至柳。此詩聞東坡，請君書座右。文淵閣四庫全書本《石門文字禪》卷一。

二　華光仁老作墨梅甚妙，爲賦此

雪裏梅開何草草，欲問清香無處討。回看水際竹叢邊，寂寞閑愁洗粧早。東坡戲作有聲畫，竹外一枝斜更好。但恐金鬚容易墮，額黃雖妙難長保。笑笑先生獨愛竹，雪壁風梢麝煤掃。應爲冰姿不可傳，醉裏相忘亦顛倒。慚愧高人筆下春，解使孤芳長不老。從來病眼錯黃昏，隔霧相看更相惱。文淵閣四庫全書本《石門文字禪》卷一。

三　汪履道家觀所蓄《煙雨蘆鴈圖》

西湖漠漠生煙雨，浦浦圓沙梟鴈聚。今日高堂素壁間，忽見西湖最西浦。翩翩兩鴈方欲下，數隻飄然掠波去。獨餘一隻方穩眠，有夢不成亦驚顧。蕭梢碧蘆秋葉赤，青沙白石紛無數。我本江湖不繫舟，爾輩況亦江湖侶。令人便欲尋睿郎，呼船深入龍山塢。文淵閣四庫全書本《石門文字禪》卷一。

四　蒲元亨畫《四時扇圖》

畫工妙物無不可，誰能筆端自忘我。醉蒲睡著呼不聞，但見解衣磅礴臝。起來漱墨滋破硯，霜綃只尺開紈扇。點綴四時無不有，但覺眼前紅綠眩。雲破連峯青碧開，林梢時復見樓臺。斷橋落日空流水，爲問秦人安在哉？春山杏靄知何處，夏木森森蔽雲雨。秋陰未破雪滿山，笑指千峯欲歸去。看山對客憶蛾眉，客去愁多自不知。滿眼匡廬看畫軸，平生坐媿虎頭癡。萬事浮雲定何有，白鶴歸來千載後。江山長在身世忙，歲月不移舟壑走。對此未歸心欲折，借君玉斧修圓月。會看談笑滿清風，詎使人間畏炎熱。文淵閣四庫全書本《石門文字禪》卷二。

五　法雲同王敦素看東坡枯木

此翁胸次足江山，萬象難逃筆端妙。君看壁間耐凍枝，煙雨楂芽出談笑。想當邰立磅礴時，醉魂但覺千嵒曉。恨翁樹間不畫我，擁衲扶筇送飛鳥。併作玄沙息影圖，禪齋長伴爐煙裊。王郎自是玉堂人，風流合受鶯花繞。何爲愛此枯瘦栳，嗜好果超凡子料。爲君援筆賦新詩，詩成一笑塵寰小。文淵閣四庫全書本《石門文字禪》卷四。

六　戒壇院東坡枯木、張嘉夫妙墨，童子告以僧不在不可見，作此示汪履道

雪裏壁間枯木枝，東坡戲作無聲詩。雪川謫仙亦豪放，酒闌爲吐煙雲詞。聞傳秀色絶今古，正如四月出盆絲。老僧遮護不許見，敲門遊客遭慢欺。我來擬看亦乘興，興盡却還君勿嗤。文淵閣四庫全書本《石門文字禪》卷四。

七　季長出權生所畫《嶽麓雪晴圖》

湘西今日雲生早，嶽麓雪晴看愈好。朱欄青瑣寄木杪，下臨絶壑青松道。知誰沙步泊漁舟，舟中應容寂音老。愛山誰復如君者，一幅湘西和我畫。分身亦欲看京華，要使癡兒驚羽化。文淵閣四庫全書本《石門文字禪》卷五。

八　和景醇從周廷秀乞東坡草蟲

周髯迂闊亦自笑，安樂飢寒奈嘲誚。東坡墨戲偶得之，保藏更作一金調。自言吾富可埒國，癡病已深那可療。坡初畫此適然耳，髯以詫人無乃勤。彭侯滿腹是精神，翰墨行藏兩俱妙。應嗟玩物非尚德，未欲奪攘投火燎。乞之如易紫香囊，豈弟高風珠自照。此詩醇釅等佳醞，爲君滿引那辭醥。文淵閣四庫全書本《石門文字禪》卷六。

九　贈鄒處士（節録）

長沙人物秀而雅，爭如絶致名天下。率更之書更古今，鍾王筆跡遭凌跨。藏真草聖夢英篆，齊己詩篇洞青畫。文淵閣四庫全書本《石門文字禪》卷七。

一〇　汪履道家觀《雪鴈圖》

水落陰湖洲渚生，風折敗荷枯葦莖。白沙鏖鏖墨雲重，熟視滿空翻玉英。湖邊兩鴈誰教汝，穩臥自多高世情。惠崇逸想巧圖畫，定應愛汝夢漏清。文淵閣四庫全書本《石門文字禪》卷八。

一一　穎臯楚山堂秋景兩圖絶妙二首

一鷗低飛落平湖，一鷗驚顧行焂如。紅衣脱盡蓮蓬綠，翠蓋凋殘荷柄枯。更有數蓬癉已老，無人折之欲傾倒。陌上殘紅空自好，爲誰點綴湖邊草。

溪邊兩鴨自夫婦，生而能言似相語。婦先浮波喜轉顧，夫欲隨之竟先去。水際清蘋各占叢，風撼荷花已退紅。不見清香雲錦段，空餘霜葉伴枯蓬。文淵閣四庫全書本《石門文字禪》卷八。

一二　書華光墨梅

一枝已清妍，交枝更媚嫵。見之已愁絕，那復隔煙雨。錢塘千頃春，想見西津渡。他日到南屏，莫忘孤山路。文淵閣四庫全書本《石門文字禪》卷八。

一三　妙高墨梅

日暮江空船自流，誰家院落近滄洲。一枝閒暇出牆頭，數朵幽香和月暗。十分歸意爲春留，風撩片片是閑愁。文淵閣四庫全書本《石門文字禪》卷八。

一四　與客論東坡作此

東坡醉墨浩琳琅，千首空餘萬丈光。雪裏芭蕉失寒暑，眼中騏驥略玄黃。機輪妙轉風雷舌，春色濃纏錦繡腸。可惜騎魚天上去，斷絃空壁暗淒涼。文淵閣四庫全書本《石門文字禪》卷十一。

一五　謝妙高惠墨梅

霧雨黃昏眼力衰，隔煙初見犯寒枝。徑煩南嶽道人手，畫出西湖處士詩。文淵閣四庫全書本《石門文字禪》卷十六。

一六　妙高梅花

戲折寒梅畫裏傳，便知香釀攪佳眠。愛吾花木逡巡有，乾笑春風入暮年。文淵閣四庫全書本《石門文字禪》卷十六。

一七　琛上人所蓄妙高墨戲三首　並序

淮上琛上人袖妙高老墨戲三本來閱，此不自知身在逆旅也。妙高得意懶筆，而琛公能蓄之。琛之好尚，蓋度越吾輩數十等也。爲作三首，結林間無塵之緣。

年年長恨春歸速，脫手背人收拾難。那料高人筆端妙，一枝留得霧中看。

脩葉鬧花增秀色，爲誰幽徑撒秋香。還如此老行藏處，不爲無人亦自芳。

一幅湘山千里色，碧天如水盖秋寬。磨錢作鏡時一照，乞與禪齋坐卧看。文淵閣四庫全書本《石門文字禪》卷十六。

一八　謝人惠《蘆雁圖》

道林煙雨久不到，忽見橘州蘆雁行。笑裏筆端三昧力，坐中移我過瀟湘。文淵閣四庫全書本《石門文字禪》卷十六。

一九　次韻張敏叔畫桃梅二首

要看紅雨滴殘春，作陣驚飛亂蝶群。好在一枝長不死，謾煩詩筆掃煙雲。

玉骨冰姿過眼空，却煩摹刻倩詩工。暗香錯莫知誰寫，多謝黃昏一陣風。文淵閣四庫全書本《石門文字禪》卷十六。

二〇　昭默禪師序（節錄）

李北海以字畫之工，而世多法其書，北海笑曰："學我者拙，似我者死。"當時之人不知其言有味，余滋愛之。蓋學者所貴，貴其知意而已。至於蹤跡繩墨，非善學者也。豈特世間之法爲然，出世間法亦然。四部叢刊初編影印明徑山寺刻本《石門文字禪》卷二三。

二一　題黃龍南和尚手抄後（一）

予猶及見叢林老成人，皆云黃龍南禪師遊方時，嘗至歸宗寶鬘頭，方會茶師，却倚而坐。寶呵之："南書記無骨耶？"師驚顧，玉立如山。又至棲賢，諟禪師教令坐禪，久之得定，因誦《首楞嚴》呪終其身。

建中靖國元年春，修水祖超然出雲庵所蓄此書爲示，點畫奇勁，如空中之雨，小大蕭散，出於自然。予置卷歎曰：成德之人，其所作爲，雖點筆弄墨之際，亦自卓絕，況其不可名者乎？某題。四部叢刊初編影印明徑山寺刻本《石門文字禪》卷二三。

二二　題黃龍南和尚手抄後（二）

黃龍南禪師手錄《四十二章經》一卷，筆法深穩莊重而若瘦，得顏平原用筆意。

雲庵老人生平無所嗜好，獨秘畜此經，偶爲人持去，十餘年莫知其所。與客論字，未嘗不搏髀追繹之。其師希祖得於筠溪胡氏家，出以示予曰："君其寶之，政使此字不工，猶足以爲希世之珍，矧工如此，又雲庵所愛而不忘者乎！"四部叢刊初編影印明徑山寺刻本《石門文字禪》卷二五。

二三　題黃龍南和尚手抄後（三）

歐陽文忠公曰："論書當兼論平生，借使顏魯公書不工，世必珍之。"蘇東坡亦曰："字畫大率如其爲人，君子雖不工，其韻自勝，小人反此也。"老黃龍非其以筆墨傳世者也，而其書終亦秀發，乃知歐、蘇之言，蓋理之固然。

石門某謹題。四部叢刊初編影印明徑山寺刻本《石門文字禪》卷二五。

二四　題晦堂墨跡

右晦堂大和尚墨跡三紙。佛印蓋公輩流也，而其言推敬之，至稱爲老師。退之之與柳子厚，歐陽永叔之與楊大年，道樞不同，而韓、歐之稱柳、楊，唯恐不師尊之。議者以謂避爭名之嫌，非也。前輩傾倒，法當然耳。

公道德冠叢林，而器資與公輩一時，又名卿且留情吾道者，今皆成千古，堪師之。能畜此帖，嗜好，大是不凡。

宣和四年自印福絕湖來，出以示其姪，因流涕書之。四部叢刊初編影印明徑山寺刻本《石門文字禪》卷二五。

二五　題雲庵手帖（一）

南禪師學魯公字最有工，當時歸南公者，無不學之，然無出雲庵之右者。昭默老人嘗與德洪共觀此書，歎慕之不已，以謂不減楊少師，一道人其珍之。

崇寧五年十月十八日，門人某題。四部叢刊初編影印明徑山寺刻本《石門文字禪》卷二五。

二六　題雲庵手帖（二）

雲庵和尚《與檀越帖》一紙，伏讀如受訓詞。叢林荒寒，無復平日，此老知不復見，況筆畫語言乎？

門人某流涕謹書。四部叢刊初編影印明徑山寺刻本《石門文字禪》卷二五。

二七　題徹公石刻

徹上人詩，初若散緩，熟味之，有奇趣。字雖不工，有勝韻。想其風度清散，如北山松下見永道人耳。

公雖遊戲翰墨，而持律甚嚴，與道標、皎然齊名。吳人爲之語曰："餘杭標，摩雲霄；雪溪畫，能清秀；嵇山徹，洞冰雪。"予視三人者，在唐號以詩鳴者尚多有，而後世敬愛之者以其知所守而已，文字不足道也。東坡每曰："使魯公書不工，尚足以爲希世之珍。"其是之謂耶！四部叢刊初編影印明徑山寺刻本《石門文字禪》卷二五。

二八　題昭默墨跡

余還自海南，館於道林，道人朱公破雨自雲蓋來，坐未定，出昭默書一軸。予久去箴誨，初見必輒輟熟，視之不自覺意消也。秦少游至錢塘，見功臣山政禪師書，歎以爲非積學所致，其純美之韻，如水成文，出於自然。昭默暮年臻妙，其以是哉！顏平原有大節於唐，而以書名，識者惜之。

予以謂斯人德高，而名往就之耳，借使此老書不工，尤當寶秘，況工乎，愈可寶也！然與其門人書，語多以見及。余衰退流落，又自恨生所知遇，不能不短氣耳。四部叢刊初編影印明徑山寺刻本《石門文字禪》卷二六。

二九　題昭默自筆小參

遊東吳見岑邃，爲予言："秦少游絕愛政黃牛書，問其筆法。政曰：'書心畫地，作意則不妙耳。'故喜求兒童字，觀其純氣。"

昭默自臥疾後無他嗜好，以翰墨爲佛事，如示眾以小參之語，皆肯自筆，此殆清閒有餘，又性不違人，豈一代宗師而作許兒戲事，此所謂大慈過人之行，非近世栽培聲名，高自標致所能及也。誠侍者出以示予，覽之涕泗橫流。

某年月日。四部叢刊初編影印明徑山寺刻本《石門文字禪》卷二六。

三〇　題昭默遺墨

昭默老人，道大德博，爲叢林所宗仰。雖其片言隻偈，翰墨遊戲，學者爭秘之。非以其書詞之美也，尊其道師之德耳。

予遊諸方，處處見之，開卷輒識其真。精到之韻，骨枯老狀，蓋其退居時筆也。南嶽見方廣圓首座，出此爲示。噫，圓知敬慕昭默，其亦賢於人遠矣！四部叢刊初編影印明徑山寺刻本《石門文字禪》卷二六。

三一　題宗上人《僧寶傳》

予撰此傳方定稿，上净三昔，而東甌道人將還石門，自溈水過谷山款予，見其書曰："噫嘻，此一代之博書，先德前言往行具焉，願手錄以示江南道侶。"即挂巾屨坐夏。

四月二十三日錄畢以示予，予歎曰："夫彈冠必整衣，心敬必形肅。宗非至誠愛，重法道，其謹楷精嚴，渠能至是哉？歐陽率更以書畫名世，見鍾太傅碑，愛其筆法，臥其下三昔不忍去。率更嗜世間法且爾，況出世間法乎？宗爲法坐夏，賢於率更遠甚。"四部叢刊初編影印明徑山寺刻本《石門文字禪》卷二六。

三二　題權巽中詩

世稱唐文物特盛，雖山林之士，輒能以詩自鳴。以余觀之，如雙井茶，品格雖妙，然終令人咽酸冷耳。

巽中下筆，豪特之氣凌跨前輩，有坡、谷之淵源。予見之，未視名字，輒能辯。大率句法如徐季海之字，字外出骨，骨中藏稜，讀者當置軸紬繹，想見瘦行清坐時也。使巽中聞此語，當以予爲知言。四部叢刊初編影印明徑山寺刻本《石門文字禪》卷二六。

三三　題華光《鑑湖圖》

予建中靖國遊西湖，航西興，遊浙東，以病不果，甚以爲恨。讀東坡詩，見山川之精神，如兒稚對蜜知其甜。

今觀《鑑湖圖》，如華光戲以蜜置舌書間耳。湧師俄收之而去，兒稚雖癡，然亦知蜜不可如飯嘗食之也。四部叢刊初編影印明徑山寺刻本《石門文字禪》卷二六。

三四　題《墨梅山水圖》

華光老人眼中閣，煙雨胸次有丘壑。故戲筆和墨，即江湖雲石之趣，便足春色，不可收畜也。而此老人藏於耐寒凍枝頭，一時高韻，譁於士林。而其所畜，又其尤精選也。以病舉以付其子湧，湧如獲夜光，照乘千里，以書誇於予。不有是父，安得此子哉？

歐陽率更見《索靖碑》，因留不去，竟寢其下三昔。文字畫刻是中，安得美味而嗜好有如此者？予初大怪之，及視湧之好尚，率更要不足怪也。四部叢刊初編影印明徑山寺刻本《石門文字禪》卷二六。

三五　題墨梅

華光作此梅，如西湖籬落間，煙重雨昏時見，便覺趙昌寫生不足道也。四部叢刊初編影印明徑山寺刻本《石門文字禪》卷二六。

三六　題《平沙遠水圖》（一）

公翼詩云："蕭然野趣忽在手，彷彿江南煙雨村。"此殆筆端能生煙雲，非胸次有江山，何能作此語！四部叢刊初編影印明徑山寺刻本《石門文字禪》卷二六。

三七　題《平沙遠水圖》（四）

"好在華光真子，過於雲屋之間。春色都隨談笑，袖中仍有湖山。"宣和元年十二月初五日，惠子出其師所作湖山平遠，曰："此蓋老人得意時筆也。"

予平生無所嗜山水，少年遊戲錢塘，眷湖山之勝，欲老焉。以詩寫之不能肖，逮今衰暮，雖與華光善，得其戲筆，必爲人持去。惠子呵予不能善秘之，予曰："凡四海九州，山川煙雲，皆吾畫笥也，奈何爲兒戲，蓄紙墨間乎？"惠子笑曰："公懵恍大言，蓋其天性。然爲題此紙。"於是書六言付之。四部叢刊初編影印明徑山寺刻本《石門文字禪》卷二六。

三八　題《平沙遠水圖》（五）

宣和元年十二月初吉日，里道人稱公絕沖來過予。時江寒欲雪，小室誼譁。良久出畫一軸，蓋《橘洲斷岸平遠之圖》，華光墨梅別館之兒稚也。稱妙思如此，力之不已，當不減華光。口占曰："袖裏兩枝煙雨，門前一片瀟湘。"四部叢刊初編影印明徑山寺刻本《石門文字禪》卷二六。

三九　跋魯公與郭僕射論位書

魯公作字多擘窠大書，端勁而秀偉，黃魯直云："此所期無不欲高照千載者。"

此帖草略匆匆，前所未見。開軸未暇熟視，已覺粲然，忠義之氣橫逆，而點畫所至處，便自奇勁。公嘗謂盧杞曰："朝廷法度，豈更堪公破壞也？"於此又曰："朝廷綱紀，須共存正。"凛然想見其爲人。蓋公所遭之時如此，而所守之道不得不然，故倉卒未敢忘國之綱紀也。余私有感於中者，因記於此。四部叢刊初編影印明徑山寺刻本《石門文字禪》卷二七。

四〇　跋東坡山谷帖（一）

東坡、山谷之名，非雷非霆，而天下震驚者，以忠義之效，與天地相始終耳，初不止於翰墨。王羲之、顔平原皆直道立朝，剛而有禮，故筆跡至今天下寶之者，此也。

予於雲巖訥室觀此帖，皆其海上窮困時自適之語，然高標遠韻，凌秋光，磨月色，令人手玩，一飯不置。若訥當藏之名山，以增雲林之佳氣。四部叢刊初編影印明徑山寺刻本《石門文字禪》卷二七。

四一　跋東坡老木

東坡婆娑林丘，如此老木，而山谷以筆端之口爲形容之。華光鉢囊中乃一時頓有此兩玉人耶！四部叢刊初編影印明徑山寺刻本《石門文字禪》卷二七。

四二　跋東坡書簡

王逸少骨鯁，顏平原剛正，兩公皆有立朝大節，而後世以字畫稱，予嘗嗟惜之。然名德之重，故世珍其筆跡，蓋理之固然。東坡之於王、顏，又其逸羣絕塵者，其法權極可寶秘。

宣和四年人日，覺慈軸以來示予，予忻然喜其嗜好，若可教也。四部叢刊初編影印明徑山寺刻本《石門文字禪》卷二七。

四二　跋山谷所遺靈源書

熙寧、元豐之間，西安出二偉人。徐德占一旦興草萊，與人主論天下事，若素宦於朝。黃魯直氣摩雲霄，與蘇東坡並馳而爭先。二公皆名震天下，聖世第一等人也。而詩詞所寓，翰墨之妙，拳拳服膺於靈源大士如此，則知彼上人者，必有大過人者耳。一以達摩正諦，不斷才一縷爲憂，一以願得一雲門爲言，豈非念其所負不可以蹤跡者耶？

高安道人誼叟久從之游，蓄此書，出以示予。予祝之，使藏之名山，庶百千年之下，知江南道德所在，未全寂寥也。四部叢刊初編影印明徑山寺刻本《石門文字禪》卷二七。

四三　跋山谷筆跡

山谷爲予言，自出峽見少年時書，便自厭。此帖在龍舒時作，自然有一種勝氣，未易與俗人言也，當有賞音耳。四部叢刊初編影印明徑山寺刻本《石門文字禪》卷二七。

四四　山谷帖

山谷翰墨風流，不減謝東山，而書詞鄭重，傾倒於華光如此。予疑百世之下，有讀之者，知華光後身支道林哉！四部叢刊初編影印明徑山寺刻本《石門文字禪》卷二七。

四五　跋行草墨梅

山谷醉眼蓋九州，而神於草聖；華光道價重叢林，而以筆墨作佛事。兩翁並軸，如夏口松下見婁師德、永禪師像於邢和璞甕中耳。四部叢刊初編影印明徑山寺刻本《石門文字禪》卷二七。

四六　跋《橘洲圖》山谷題詩

予棲遲橘洲斷岸甚久，別來無夕不在夢。偶開軸見之，如倚法華臺引鏡也。讀山谷語，如幅巾相從道林路時。四部叢刊初編影印明徑山寺刻本《石門文字禪》卷二七。

四七　跋黔安書

王家父子翰墨，流落後世不少，而所見皆弔喪問病之帖。豈其得意之書已爲當時賢士大夫所藏，世不得而見之耶？

弼上人處見黔安青石牛帖，皆與村落故人語，然其傲睨萬物之意不沒，更百年後，斯帖當亦貴耳。四部叢刊初編影印明徑山寺刻本《石門文字禪》卷二七。

四八　跋山谷字（一）

山谷初自鄂渚舟至長沙時，秦處度、范元實皆在，予自三井往從之。道人儒士數輩日相隨，穿聚落，遊叢林，路人聚觀，以爲異人。今餘二十年，予再遊長沙，山林間往往見其筆札。

此帖此簡前嘗見之。宣和二年秋八月至法輪，竦上人出以爲示，玩之不忍置。魯女有遺荆釵而泣者，路人笑之曰："以荆爲釵易辦，女乃泣，何也？"女以手掠髮曰："非以其難致也，以其故舊耳。"予所以玩之者，實鍾魯女泣荆之情。四部叢刊初編影印明徑山寺刻本《石門文字禪》卷二七。

四九　跋山谷字（二）

山谷初謫，人以死弔，笑曰："四海皆昆弟，凡有日月星宿處，無不可寄此一夢者。"

此帖蓋其喜得黔、戎有過從之詞，其喜氣可搏掬。山谷得瘴鄉，有遊從，其情如此。使其坐政事堂，食箸下萬錢，以天下之重，則未必有此喜也。四部叢刊初編影印明徑山寺刻本《石門文字禪》卷二七。

五〇　跋石臺肱禪師所蓄草聖

少游此詩，荆公自書於紈扇，蓋其勝妙之極，收拾春色於語言中而已。及東坡和之，如語中出春色。山谷草聖，不數張長史、素道人，遂書兩詩於華光梅花樹下，可謂四絶。

予不曉草字，開卷但見其雷砰電射，揭地祇而西七曜耳。吁哉，異也，政當送與龍安照禪師，使一讀之。四部叢刊初編影印明徑山寺刻本《石門文字禪》卷二七。

五一　跋東坡山谷墨跡

予自南來，流落山水，久不見偉人，便覺胸次勃土可掃。宣和二年冬，湧師於湘西古寺中出以爲示，如見蘇、黄連璧下馬，氣如吐霓也。四部叢刊初編影印明徑山寺刻本《石門文字禪》卷二七。

五二　跋山谷字

山谷翰墨妙天下，蓋所謂本分鉗鎚。至於説禪，自到於三老之後，則似攙奪行市。奇傑之氣，光風霽月，如珥立殿陛之下，何其照曜哉！

漳州正道書記於東山雪朝出以相示，便覺增清山川，精神秀發。道雖一枝一缽，求實於己者無有，然骨董箱有此軸，殆可與連城照乘争價也。四部叢刊初編影印明徑山寺刻本《石門文字禪》卷二七。

五三　跋叔黨字

王子敬童稚時，作字行草已超。故方引紙著腕，右軍從後掣其筆不獲，乃歎曰："是兒他日名當大成。"予觀叔黨行草，皆蟬蜕壒塵之類，筆法通亞乃翁矣。惜其早世不秋，庸詎不以此郎媲子敬耶？

邵陽儉上人，雨歇携此帖見過，翛然如見父子角巾竹杖，行小港榕林之下，不勝清絶。

建炎二年三月十八日。四部叢刊初編影印明徑山寺刻本《石門文字禪》卷二七。

五四　跋本上人所蓄小坡字後

雞蘇，《本草》："龍腦薄荷也。"東吳林下人夏月多以飲客，而俗人便私議坡誤用雞蘇爲紫蘇，可發吳儂一笑。

予將發鸞溪，上人以此軸爲示，筆勢飛動，皆學坡而未臻坡嶮處者，要之如馬巷中逢王、謝家子弟，步趨狀貌，蘊藉風流，有自來矣。

覺範題。四部叢刊初編影印明徑山寺刻本《石門文字禪》卷二七。

五五　跋了翁書

宣和二年夏得翁書："前去無日矣，能復一來相見乎？"翁平生剛方，吐言如刀鋸，而此書若悽冷，私怪之。明年四月遣書走山陽，八月人還云："翁方發書日下世矣。"蓋四月九日也，聞之酸鼻累日。

翁視死生一戲耳，予重爲天下惜此人品。翁知國如陸忠公，臨大節不奪如顔魯公，文章光明贍博如白樂天，通達宗教如裴公美。然四公者，皆享富貴，建功名，死無遺恨。而翁兼四公之長，而以一斥不能復，遂坐廢三十年，予所以追悼而不去心也。

八月七日，方飯僧薦冥福，病卧，刺然刀畫。而南州珠上人携此軸來，讀之而長歎，哲人逝矣，予何所稅駕乎！此去死生一決耳。珠包腰一鉢，苦硬有膽氣，而能蓄此書。今叢林禪和子以爲何種故紙，然則珠殆亦有佳處，因爲流涕而書之。四部叢刊初編影印明徑山寺刻本《石門文字禪》卷二七。

五六　跋瑩中帖

瑩中竄海上，而名震天下，不減司馬丞相之在洛中時。平生多與山林之人遊，處處見其翰墨，雖戲語亦如雪中春色。予觀堪公所蓄《答仰山真慧禪師》，簡重而謹嚴，如其爲人，味其立朝盡節，無愧宋廣平、陸宣公也。四部叢刊初編影印明徑山寺刻本《石門文字禪》卷二七。

五七　跋蔡子因詩書（一）

歐陽文忠公嘗非笑肥字，而誇杜子美獨貴瘦硬。東坡作詩曰："杜陵論書貴瘦硬，此論未工吾不平。豐妍瘦容各有態，飛燕玉環誰敢憎？"

予因此帖，可謂豐妍者也。觀其俊氣橫逸，不受富貴鞿勒之韻，宜從古人中求。宣和元年十月八日，臨川瞻上人出以爲示，更覺神魄飛越於鐵甕城之下，瓜洲杳靄之間。四部叢刊初編影印明徑山寺刻本《石門文字禪》卷二七。

五八　跋李商老大書雲庵偈（二）

近世要人達官，其氣焰摩層霄，而門可附而炙手者，不翅百千。然其語言翰墨，人見之，皆如拒頑百姓見催租文，引恚視之，不棄擲幸矣。

商老灌園脩水之上，而筆畫一出，人爭傳寶，以相矜誇，吾是知道德無貧賤也。覺慈生一十年，去年從余，而知有商老，偶出所蓄一軸，見嬉喜而書其尾，且以雪道向無知之恥云。四部叢刊初編影印明徑山寺刻本《石門文字禪》卷二七。

五九　跋太師試筆帖（一）

此帖骨氣深穩，姿媚橫生，其得意時筆也。不然，何其如行雲流水之閒暇也？予臥痁踰月，偶閱之，覺痁不辭而去，乃知橄愈頭風，非虛語耳。四部叢刊初編影印明徑山寺刻本《石門文字禪》卷二七。

六〇　太師試筆帖（二）

予觀太師楚國公之書，骨含富貴，積學之至，神氣蓋人。然付其姪以寶公詩，其外護欲傳之子孫，爲無窮家法也。四部叢刊初編影印明徑山寺刻本《石門文字禪》卷二七。

六一　跋公袞帖

見蛇鬭而筆法進，聞雞聲而遂能神，東坡以謂寧有存法與神於胸中，而能學書者乎？

予觀公袞行草，既不用法，亦不祈其神，娓娓意盡則止耳。四部叢刊初編影印明徑山寺刻本《石門文字禪》卷二七。

六二　跋《百牛圖》

畫工能爲神鬼之狀，使人動心駭目者，以其無常形，無常形可以欺世也，然未始以爲貴。唯犬馬牛虎有常形，有常形故畫者難工。世之人見其似，則莫不貴之。

畫牛之法，徑寸者不刷毛。予觀此圖，非特入法，凡百尾喜怒，俯仰小大，伏立趨並，浮鼻荷癢，盡其情狀。意非畫師，殆高人韻士以寓其逸想耳。

予老住江村，而比道林嶽麓之富，其牛每以谷量。日夕蓋拾礫追逐，叱叱於田畝之中，厭飫矣。而全美乃以此軸爲示，何哉？予以湘西之雲塢爲畫笥，則全美必以此圖爲笮。四部叢刊初編影印明徑山寺刻本《石門文字禪》卷二七。

《冷齋夜話》（選録　九則）

羅漢第五尊失隊

予往臨川景德寺，與謝無逸輩升閣，得禪月所畫《十八應真像》甚奇，而失第五軸。予口占嘲之曰："十八應真解脫根，少叢羅漢鬧山門。不知何處進齋去，未見雲堂第五尊。"明日有女子來拜叙，曰："兒南營兵妻也，寡而食素，夜夢一僧來，言曰：'我本景德僧，因行失隊，煩相引歸寺，可乎？'既覺，而鄰家要飯，入其門，壁間有畫僧，形狀瞭然，夢所見也。"時朱世英守臨川，異之，使迎還，爲閣藏之。予方少年時，羅漢且畏予嘲，及其老也，如梵吉者亦見悔，可怪也。

東坡書壁

前輩訪人不遇，皆不書壁。東坡作行，不肯書牌，其特地止書壁耳。候人未至，則掃墨竹。以上中華書局本一九八八年版《冷齋夜話》卷一。

雷轟薦福碑

范文正公鎮鄱陽，有書生獻詩甚工，文公禮之。書生自言："天下之至寒餓者，無在某右。"時盛習歐陽率更字，薦福寺碑墨本直千錢。文正爲具紙墨，打千本，使售於京師。紙墨已具，一夕，雷擊碎其碑。故時人爲之語曰："有客打碑來薦福，無人騎鶴上揚州。"東坡作《窮措大詩》曰："一夕雷轟薦福碑。"

安世高請福邾亭廟，秦少游宿此，夢天女求讚

安世高者，安息國王之嫡子也，爲沙門。漢桓帝建和初至長安，靈帝末關中大亂，謂人曰："我有道伴在江南，當往省之。"人曰："遊宦乎？沙門乎？"曰："以嗔故爲神，然吾亦往廣州償債耳。"世高舟次廬山邾亭湖廟下，廟甚靈，能分風送往來之舟。世高舟人捧牲請福，神輒降曰："舟有沙門，乃不俱來耶？"世高聞之，爲至廟下。神復語曰："我果以多嗔致此業，今家此湖，千里皆所轄，以雖嗔而好施，故多寶玩。以縑千匹、黃白物付君，爲建佛寺爲冥福。"今洪州大安寺是也。秦少游南遷，宿廟下，登岸縱望久之，歸卧舟中，聞風聲，側枕視，微波月影縱橫，追繹昔嘗宿雲老惜竹軒，見西湖月夜如此，遂夢美人，自言維摩詰散花天女也，以維摩詰像來求讚。少游極愛其畫，默念曰："非道子不能作此。"天女以詩戲少游曰："不知水宿分風浦，何似秋眠惜竹軒。聞道詩詞妙天下，廬山對眼可無言。"少游夢中題其像曰："竺儀華，夢瘴面囚首，口雖不言，十分似九。應笑舌覆大千作師子吼，不如博取妙喜如陶家手。"予過雷州天寧，與戒禪師夜話，問少游字畫。戒出此傳爲示，少游筆跡也。以上《冷齋夜話》卷二。

活人手段

司馬溫公童稚時，與羣兒戲於庭。庭有大甕，一兒登之，偶墮甕水中，羣兒皆棄去，公則以石擊甕，水因穴而迸，兒得不死。蓋其活人手段已見於齠齔中，至今京洛間多爲《小兒擊甕圖》。《冷齋夜話》卷三。

劉淵材南歸布橐

淵材遊京師貴人之門十餘年，貴人皆前席。其家在筠之新昌，其貧至饘粥不給，父以書召其歸，曰："汝到家，吾倒懸解矣。"淵材於是南歸，跨一驢，以一顆挾以布橐，橐、驟皆斜絆其腋。一邑聚觀，親舊相慶三日，議曰："布橐中必金珠也。"予雅知其迂闊，疑之，乃問親舊，聞淵材還，相慶曰："君官爵雖未入手，必使父母妻兒脫凍餒之厄。橐中所有，可早出以觀之。"淵材喜見眉鬚，曰："吾富可敵國也，汝可拭目以觀。"乃開橐，有李廷珪墨一丸，文與可竹一枝，歐公《五代史》草稿一巨編，餘無所有。

李伯時畫馬

李伯時善畫馬，東坡第其筆，當不減韓幹。都城黃金易得，而伯時馬不可得。師讓之曰："伯時爲士大夫，而以畫行，已可恥也。又作馬，忍爲之耶？"伯時恚曰："作馬無乃例能蕩人心、墮惡道乎！"師曰："公業已習此，則日夕以思其情狀，求爲神駿，繫念不忘，一日眼花落地，必入馬胎無疑，非惡道而何？"伯時大驚，不覺身去坐榻曰："今當何以洗其過？"師曰："但畫觀音菩薩。"自是畫此像妙天下。故一時公卿服師之善巧者也。

房琯前身爲永禪師

《東坡集》中有《觀宋復古畫序》一首曰："舊說房琯開元中嘗宰盧氏，與道士邢和璞過夏口村，入廢佛寺，坐古松下。和璞使人鑿池，得甕中所藏婁師德與永禪師畫，笑謂琯曰：'頗憶此耶？'因悵然悟前生之爲永禪師也。故人柳子玉寶此畫，蓋唐本，宋復古所臨者。"以上《冷齋夜話》卷八。

草書亦自不識

張丞相好草書而不工，當時流輩皆譏笑之，丞相自若也。一日得句，索筆疾書，滿紙龍蛇飛動，使侄錄之。當波險處，侄罔然而止，執所書問曰："此何字也？"丞相熟視久之，亦自不識，詬其侄曰："胡不早問，致予忘之。"《冷齋夜話》卷九。

方勻藝話（二則）

方勻（生卒年不詳）字仁宅，婺州金華（今浙江金華）人，勺弟。博學好古，未壯而卒。

一　秦《詛楚文》跋尾

右秦《告巫咸神碑》，在鳳翔府學，又一本《告亞駞神》者，在洛陽劉忱家，書辭皆同，唯偏旁數處小異。

案《史記·世家》，楚子連"熊"爲名者二十二，獨無所謂熊相者。以事考之，楚自成王之後，未嘗與秦作難。及懷王熊槐十一年，蘇秦爲合從之計，六國始連兵攻秦，而楚爲之長，秦出師敗之，六國皆引而歸。今碑云"熊相率諸侯之兵以加臨我"者，真謂此舉，蓋《史記》誤以熊相爲熊槐耳。其後五年，懷王忿張儀之詐，復發兵攻秦。故碑又云"今又悉興其眾，以偪我邊境"也。是歲秦惠王二十六年也。王遣庶長章拒楚師，明年春，大敗之丹陽，遂取漢中之地六百里。碑云"克齊，楚師復略我邊城"是也。然則碑之作正在此時，蓋秦人既勝楚而告於諸廟之文也。秦人嘗與楚同好矣，楚人背盟，秦人疾之，幸於一勝，徧告神明，著諸金石，以垂示後世，何其情之深切一至是歟！

余昔固嘗怪秦、楚虎狼之國，其勢若不能並立於天下，然以鄰壤之近，十八世之久，而未聞以弓矢相加，及得此碑，然後知二國不相爲害，乃在於盟詛之美、婚姻之好而已。戰國之際，忠信道喪，口血未乾，而兵難已尋者比比皆是，而二國獨能守其區區之信，歷三百有餘歲而不變，不亦甚難得而可貴乎？然而《史記》及諸傳記皆不及之也。

碑又云："熊相背十八世之詛盟。"今世家所載，自成王至熊相纔十七世爾。又云："楚取我邊城新隍及長。"而《史記》止言六國敗退而已。由是知簡策之不足盡信，而碑刻之尤可貴也。

秦惠公二十六年，周赧王之三年也。自碑之立，至今紹聖改元，實一千四百六年。

中華書局一九八三年校點本《泊宅編》卷二。

二　石經跋尾

右石經殘碑在洛陽張景元家，世傳蔡中郎書，未知何所據。

漢靈帝熹平四年，邕以古文、篆、隸三體書五經，刻石於太學。至魏正始中，又爲一字石經相承，謂之《七經正字》。今此所傳皆一體隸書，必魏世所立者，然《唐·經籍志》又有邕《今字論語》二卷，豈邕五經之外復爲此乎？

據《隋·經籍志》，凡言一字石經，皆魏世所爲。有一字《論語》二卷，不言作者之名，而《唐志》遂以蔡邕所作，則又疑唐史傳之之誤也。蓋自北齊遷邕石經於鄴都，至河濱岸崩，石沒於水者幾半。隋開皇中，又自鄴運入長安，未及緝理，尋以兵亂廢棄。唐初，魏鄭公鳩集所餘，十不獲一，而傳拓之本猶存秘府。前史所謂三字石經者，即邕所書，然當時一字石經存者猶數十卷，而三字石經止數卷而已。由是知漢石經之亡久矣，不能若此之多也。

魏石經近世猶存，五代湮滅殆盡。往年洛陽守因閱營造司所棄碎石，識而收之，遂加意搜訪，凡得《尚書》《論語》《儀禮》合數十段。又有《公羊》碑一段在長安，其上有馬日磾等名號者，魏世用日磾等所正定之本，因存其名耳。

案《洛陽記》，日磾等題名本在《禮記》碑，而此乃在《公羊》碑上，益知非邕所爲也。《尚書》《論語》之文與今多不合者，非孔安國、鄭康成傳之本也。獨《公羊》當時無他本，故其文與今文無異，皆殘闕已甚，句讀斷絕，一篇之中或不存數字，可勝歎惜哉！

吾友鄧人董堯卿自洛陽持石經紙本歸，靳然寶之如金玉，而予又從而考之。其勤如是，予二人亦可謂有志於斯文矣！《泊宅編》卷二。

劉昺藝話（一〇則）

劉昺（生卒年不詳），初名炳，後賜今名，字子蒙，開封東明（今河南蘭考）人。元符末中進士甲科，授太學博士，遷秘書省正字、校書郎。擢大司樂，引蜀人魏漢津鑄九鼎，正樂律。累遷給事中、翰林學士，改工部尚書。出知陳州，坐視喪不葬奪職。蔡京入相，引爲户部尚書，再爲翰林學士。加宣和殿學士，知河南府。後坐與王寀交通長流瓊州，卒，年五十七。著有《大晟樂書》二十卷、《樂論》八卷、《運譜四議》二十卷、《政和頒降樂曲樂章節次》一卷、《政和大晟樂府雅樂圖》一卷。

一　《樂圖》序

天地相合，五數乃備。不動者爲五位，常動者爲五行，五行發而爲五聲。律吕相生，五聲乃備，布於十二律之間，猶五緯往還於十有二次，五運斡旋於十有二時。其圖五聲以此。

兩儀既判，八卦肇分。氣盈而動，八風行焉。顓帝乃令飛龍效八風之音，命之曰《承雲》。方是時，金、石、絲、竹、匏、土、革、木之音未備，後聖有作，以八方之物全五聲者，製而爲八音，以聲召氣，八風從律。其圖八音以此。

上象著明器形，而下以聲召氣，胎合元精。其圖十二律應二十八宿以此。

斗在天中，周制四方，猶宫聲處中爲四聲之綱。二十八舍列在四方，用之於合樂者，蓋東方七角屬木，南方七徵屬火，西方七商屬金，北方七羽屬水。四方之宿各有所屬，而每方之中，七均備足。中央七宫管攝四氣。故二十八舍應中正之聲者，製器之法也；二十八舍應七均之聲者，和聲之術也。其圖七均應二十八宿以此。

合陰陽之聲而文之以五聲，則九六相交，均聲乃備。黄鐘爲宫，是謂天統；林鐘爲徵，是謂地統；太簇爲商，是謂人統。南吕爲羽，於時屬秋；姑洗爲角，於時屬春；應鐘爲變宫，於時屬冬；蕤賓爲變徵，於時屬夏。旋相爲宫，而每律皆具七聲，而八十四調備焉。其圖八十四調以此。

自黄鐘至仲吕，則陽數極而爲《乾》，故其位在左；蕤賓至應鐘，則陰數極而爲《坤》，故其位在右。陰窮則歸本，故應鐘自生陰律；陽窮則歸本，故仲吕自歸陽位。

律吕相生，起於復而成於《乾》，終始皆本於陽，故曰"樂由陽來"，六吕則同之而已。相生之位，分則爲《乾》《坤》之爻，合則爲《既濟》《未濟》之卦。自黄鐘至仲吕爲《既濟》，故屬陽而居左；自蕤賓至應鐘爲《未濟》，故屬陰而居右。《易》始於《乾》《坤》而終於《既濟》《未濟》，天地辨位而水火之氣交際於其中，造化之原皆自此出。其圖十二律所生以此。

二十四氣差之毫釐，則或先天而太過，或後天而不及。在律爲聲，在曆爲氣。若氣方得節，乃用中聲；氣已及中，猶用正律。其圖十二律應二十四氣以此。

漢津曰"黄帝、夏禹之法，簡捷徑直，得於自然，故善作樂者以聲爲本。若得其聲，則形數、制度當自我出。今以帝指爲律，正聲之律十二，中聲之律十二，清聲凡四，共二十有八"云。其圖十二律鐘正聲以此。

堂上之樂，以人聲爲貴，歌鐘居左，歌磬居右。近世之樂，曲不協律，歌不擇人，有先製譜而後命辭。奉常舊工，村野癃老者斥之。升歌之工，選擇惟艱，故堂上之樂鏗然特異焉。其圖堂上樂以此。

金玉之精，禀氣於乾，故堂上之樂，鐘必以金，磬必以玉。《歷代樂儀》曰："歌磬次歌鐘之西，以節登歌之句。"即《周官》頌磬也。神考肇造玉磬，聖上紹述先志，而堂上之樂方備，非聖智兼全、金聲而玉振之者，安能與於天道哉？其圖金鐘玉磬以此。

《大晟》之制，天子親祀圓丘，則用景鐘爲君圍，鎛鐘、特磬爲臣圍，編鐘、編磬爲民圍，非親祀則不用君圍。漢津以謂："宫架總攝四方之氣，故《大晟》之制，羽在上而以四方之禽，虞在下而以四方之獸，以象鳳儀、獸舞之狀。龍簨崇牙，製作華焕。"其圖宫架以此。

新樂肇興，法夏籥九成之數：文舞九成，終於垂衣拱手，無爲而治；武舞九成，終於偃武修文，投戈講藝。每成進退疾徐，抑揚顧揖，皆各象方今之勳烈。文舞八佾，左執籥，右秉翟。蓋籥爲聲之中，翟爲文之華，秉中聲而昌文德。武舞八佾，執干戈而進，以金鼓爲節。其圖二舞以此。中華書局二十四史本《宋史》卷一二九《樂志》四。

二　樂論（一）

樂由陽來，陽之數極於九，聖人攝其數於九鼎，寓其聲於九成。陽之數復而爲一，則寶鼎之卦爲《坎》；極而爲九，則彤鼎之卦爲《離》。《離》，南方之卦也。聖人以光明盛大之業，如日方中，嚮明而治，故極九之數則曰景鐘，大樂之名則曰《大晟》。日王於午，火明於南，乘火德之運，當豐大之時，恢擴規模，增光前烈，明盛之業，永觀厥成。樂名《大晟》，不亦宜乎？《宋史》卷一二九《樂志》四。

三 樂論（二）

後世以黍定律，其失樂之本也遠矣。以黍定尺，起於西漢，蓋承六經散亡之後，聞古人之緒餘而執以爲法。聲既未協，乃屢變其法而求之。此古今之尺所以至於數十等，而至和之聲愈求而不可得也。《傳》曰："萬物皆備於我矣，反身而誠，樂莫大焉！"秬黍云乎哉？《宋史》卷一二九《樂志》四。

四 樂論（三）

焦急之聲不可用於隆盛之世。昔李照欲下其律，乃曰："異日聽吾樂，當令人物舒長。"照之樂固未足以感動和氣如此，然亦不可謂無其意矣。自藝祖御極，和樂之聲高，歷一百五十餘年，而後中正之聲乃定。蓋奕世修德，和氣薰蒸，一代之樂，理若有待。《宋史》卷一二九《樂志》四。

五 樂論（四）

盛古帝王皆以明堂爲先務，後世知爲崇配、布政之宮，然要妙之旨，秘而不傳，徒區區於形制之末流，而不知帝王之所以用心也。且盛德在木，則居青陽，角聲乃作；盛德在火，則居明堂，徵聲乃作；盛德在金，則居總章，商聲乃作；盛德在水，則居玄堂，羽聲乃作；盛德在土，則居中央，宮聲乃作。其應時之妙，不可勝言。一歲之中，兼總五運，凡麗於五行者，以聲召氣，無不總攝。鼓宮宮動，鼓角角應，彼亦莫知所以使之者。則永膺壽考，曆數過期，不亦宜乎？《宋史》卷一二九《樂志》四。

六 樂論（五）

魏漢津以太極元氣，函三爲一，九寸之律，三數退藏，故八寸七分爲中聲。正聲得正氣則用之，中聲得中氣則用之。宮架環列，以應十二辰；中正之聲，以應二十四氣；加四清聲，以應二十八宿。氣不頓進，八音乃諧。若立春在歲元之後，則迎其氣而用之，餘悉隨氣用律，使無過不及之差，則所以感召陰陽之和，其法不亦密乎？《宋史》卷一二九《樂志》四。

七 樂論（六）

乾坤交於亥，而子生於黃鐘之宮，改稟於乾，交於亥，任於壬，生於子。自乾至子凡四位，而清聲具焉。漢津以四清爲至陽之氣，在二十八宿爲虛、昴、星、房，四者居四方之正位，以統十二律。每清聲皆有三統：申、子、辰屬於虛而統於子，巳、酉、丑屬於昴而統於丑，寅、午、戌屬於星而統於寅，亥、卯、未屬於房而統於卯。中正之聲分爲二十四宿，統於四清焉。《宋史》卷一二九《樂志》四。

八　樂論（七）

昔人以樂之器有時而弊，故律失則求之於鐘，鐘失則求之於鼎，得一鼎之龠，則權衡度量可考而知。故鼎以全渾淪之體，律呂以達陰陽之情，天地之間，無不統攝，機緘運用，萬物振作，則樂之感人，豈無所自而然邪？《宋史》卷一二九《樂志》四。

九　樂論（八）

聖上稽帝王之制而成一代之樂。以謂帝舜之樂以教胄子，乃頒之於宗學；成周之樂，掌於成均，乃頒之府學、辟廱、太學；而三京藩邸，凡祭祀之用樂者皆賜之，於是中正之聲被天下矣。漢施鄭聲於朝廷，唐升夷部於堂上，至於房中之樂，唯恐淫哇之聲變態之不新也。聖上樂聞平淡之音，而特詔有司制爲宮架，施之於禁庭，房中用雅樂，自今朝始云。《宋史》卷一二九《樂志》四。

一〇　八音之器説

景鐘乃樂之祖，而非常用之樂也。黃帝五鐘，一曰景鐘。景，大也；鐘，四方之聲，以象厥成。惟功大者其鐘大，世莫識其義久矣。其聲則黃鐘之正，而律呂由是生焉。平時弗考，風至則鳴。鎛鐘形聲宏大，各司其辰，以管攝四方之氣。編鐘隨月用律，雜比成文，聲韻清越。錞、鐲、鐃、鐸，古謂之四金。鼓屬乎陽，金屬乎陰。陽造始而爲之倡，故以金錞和鼓；陽動而不知已，故以金鐲節鼓。陽之用事，有時而終，故以金鐃止鼓。時止則止，時行則行，天之道也，故以金鐸通鼓。金乃《兑》音，《兑》爲口舌，故金之屬皆象之。

"依我磬聲"，以石有一定之聲，眾樂依焉，則鐘磬未嘗不相須也。往者，國朝祀天地、宗廟及大朝會，宮架內止設鎛鐘，惟后廟乃用特磬，若已升祔后廟，遂置而不用。如此，則金石之聲小大不侔。《大晟》之制，金石並用，以諧陰陽。漢津之法，以聲爲主，必用泗濱之石，故《禹貢》必曰"浮磬"者，遠土而近於水，取之實難。昔奉常所用，乃以白石爲之，其聲沉下，製作簡質，理宜改造焉。

漢津誦其師之説曰："古者，聖人作五等之琴，琴主陽，一、三、五、七、九，生成之數也。"師延拊一弦之琴，昔人作三弦琴，蓋陽之數成於三。伏羲作琴有五弦，神農氏爲琴七弦，琴書以九弦象九星。五等之琴，領長二寸四分，以象二十四氣；嶽闊三分，以象三才；嶽内取聲三尺六寸，以象期三百六十日；龍齗及折勢四分，以象四時；共長三尺九寸一分，成於三，極於九。九者，究也，復變而爲一之義也。《大晟》之瑟長七尺二寸，陰爻之數二十有四，極三才之陰數而七十有二，以象一歲之候。既罷箏、築、阮，絲聲稍下，乃增瑟之數爲六十有四，則八八之數法乎陰，琴之數則九十有九而法乎陽。

篴以一管而兼律吕，衆樂由焉。三窾成簫，三才之和寓焉。六窾爲篴，六律之聲備焉。篪之制，採竹竅厚均者，用兩節，開六孔，以備十二律之聲，則篪之樂生於律。樂始於律而成於簫。律準鳳鳴，以一管爲一聲。簫集衆律，編而爲器，參差其管，以象鳳翼；簫然清亮，以象鳳鳴。

列其管爲簫，聚其管爲笙。鳳凰于飛，簫則象之；鳳凰戾止，笙則象之。故内皆用簧，皆施匏於下。前古以三十六簧爲竽，十九簧爲巢，十三簧爲和，皆用十九數，而以管之長短、聲之大小爲別。八音之中，匏音廢絶久矣。後世以木弋匏，乃更其制，下皆用匏，而並造十三簧者，以象閏餘。十者土之成數，三者木之生數，木得土而能生也。九簧者，以象九星。物得陽而生，九者，陽數之極也。七簧者，以象七星。笙之形若鳥斂翼，鳥，火禽，火數七也。

釋《詩》者以塤、篪異器而同聲，然八音孰不同聲，必以塤、篪爲況？嘗博詢其旨，蓋八音取聲相同者，惟塤、篪爲然。塤、篪皆六孔而以五窾取聲。十二律始於黃鐘，終於應鐘。二者，其窾盡合則爲黃鐘，其窾盡開則爲應鐘，餘樂不然。故惟塤、篪相應。

凡言樂者，必曰鐘鼓，蓋鐘爲秋分之音而屬陰，鼓爲春分之音而屬陽。金奏待鼓而後進者，雷發聲而後羣物皆鳴也；鼓復用金以節樂者，雷收聲而後蟄蟲坏户也。《周官》以晉鼓鼓金奏，陽爲陰唱也。建鼓，少昊氏所造，以節衆樂。夏加四足，謂之足鼓；商貫之以柱，謂之楹鼓；周縣而擊之，謂之縣鼓。韜者，鼓之兆也。天子錫諸侯樂，以柷將之；賜伯、子、男樂，以韜將之。柷先衆樂，韜則先鼓而已。以雷鼓鼓天神，因天聲以祀天也；以靈鼓鼓社祭，以天爲神，則地爲靈也；以路鼓鼓鬼享，人道之大也。以舞者迅疾，以雅節之，故曰雅鼓。相所以輔相於樂，今用節舞者之步，故曰相鼓。登歌今奏擊拊，以革爲之，實之以糠，升歌之鼓節也。

柷之作樂，敔之止樂，漢津嘗問於李良，良曰："聖人製作之旨，皆在《易》中。

《易》曰:'《震》,起也。《艮》,止也。'柷、敔之義,如斯而已。柷以木爲底,下實而上虛。《震》一陽在二陰之下,象其卦之形也。擊其中,聲出虛,爲衆樂倡。《震》爲雷,雷出地奮,爲春分之音,故爲衆樂之倡,而外飾以山林物生之狀。《艮》位寅,爲虎,虎伏則以象止樂。背有二十七刻,三九陽數之窮。戞之以竹,裂而爲十,古或用十寸,或裂而爲十二,陰數。十二者,二六之數,陽窮而以陰止之。"以上《宋史》卷一二九《樂志》四。

俞次契藝話（一則）

俞次契（生卒年不詳），哲宗、徽宗時揚州（今江蘇揚州）人。崇寧中被列入元符三年臣僚章疏邪上尤甚者名單。

靈泉寺蔡京書榜記略

書，心畫也。由書以觀，可見所養。

太師魯國公以道經國，爲時□公，左右羣王，運量天下，廟謨咸算，不可得名。其發而爲書，則敦大博厚，玩之無斁，似德；含洪包容，緩而不迫，似量。其靜也，一毫不露；其肆也，萬象森列。下闕無問邇遢，凡公片書隻字，在在處處，必有神物護之。萬曆六年刻本《金華府志》卷二五。

李粲藝話（一則）

李粲（生卒年不詳）字德素，廬州舒城（今安徽舒城）人，哲宗至高宗時在世。

題東坡書答錢穆父詩

用筆之妙，如出鐫刻。富家大族，非貧窶所致，徒羞縮耳。舒城李粲觀。元祐二年十二月晦。黑龍江人民出版社一九八四年影印本《三希堂法帖》第一〇冊。

吕頤浩藝話（四則）

吕頤浩（一〇七一～一一三九）字元直，齊州（今山東濟南）人。紹聖元年進士，爲密州司户參軍、邠州教授、宗子博士。入爲太府少卿、河北轉運副使，昇都轉運使。宣和末伐燕之役，爲燕山府路轉運使，以奏論邊事忤徽宗，貶官褫職，尋復焉。高宗即位，知揚州，進户部尚書。建炎二年，拜同簽書樞密院事、江淮兩浙制置使，改江東安撫制置使兼知江寧府。苗傅、劉正彦等叛，吕頤浩率兵勤王。高宗正位，擢尚書右僕射、中書侍郎兼御營使，改同中書門下平章事。四年，因與趙鼎不協，罷爲醴泉觀使，除江東安撫制置大使，兼知池州。紹興初，拜尚書左僕射、同中書門下平章事，兼知樞密院事。二年，都督江淮荆浙諸軍事，開府鎮江。三年，爲侍御史辛炳等所劾，罷相，提舉洞霄宮。五年，奏論戰守方略十事，起知潭州。六年，改兩浙西路安撫制置大使兼知臨安府，移知建康府，以疾去職，充醴泉觀使。九年卒，年六十九，贈秦國公，謚忠穆。頤浩有膽略，善鞍馬弓劍，當南宋初國運艱難之際，人倚之爲重，但專擅自用，排斥異己，胡安國嘗勸其以至公爲先，而不能用其言。其詩歌多次韻之作，格調不甚高，又偏重議論，表現出較多的宋詩特色。著有《吕忠穆集》十五卷，原本已佚，清四庫館臣自《永樂大典》中輯出詩文，重編爲八卷。又有《吕忠穆公奏議》，已佚。

一　御書《蘭亭》後序

紹興七年三月，臣頤浩蒙恩趣召入觀，對於建康宮。既陛辭，行次近舍，皇帝遣中使賜以御書晉王羲之《蘭亭脩禊序》。臣下拜捧觀，如凌玉霄，遡紫清，雲章奎畫，爛然絢目，而不知卷數之在手也。

自鍾、張而降，以書名家，惟羲之爲冠，而蘭亭存稿又其絕筆。陛下天縱多能，博通眾藝。翰墨之妙，前兼古人。顧如此書，雖下法羲之，而天資高邁，神意自得，直出其上，非若世人臨倣摹擬，拘於筆畫形似之間者也。

臣伏思太宗皇帝宸翰之工，實逼二王。於時臣下名善書者，莫能望其髣髴。然方繼承藝祖，卒其功伐，屢征不庭，初未遑暇。神武既定，文德誕敷。如字學一事，猶能獨擅天下而傳美於後，況於紀綱法度之垂裕者乎！

今陛下乘中興之運，躬撫六師，志戡多難，期復大業。需時偃革，則還以人文，化成天下。寶書傳美，又將貽萬世以紹我太宗之懿，蓋有待焉。臣老矣，念終無以仰裨聖志，尚庶幾及見大勳之集也，刊諸琬琰，竊以爲志。

少保、鎮南軍節度使、充兩浙西路安撫制置大使、馬步軍都總管兼知臨安軍府事、兼管內勸農使、兼行宮留守臣呂頤浩謹書。文淵閣四庫全書本《忠穆集》卷七。

二 跋范堯夫、范彝叟、范德孺墨跡

范文正公幼孤，隨其母嫁長山朱氏。既長，知其家世，感泣而去。之京南。刻意苦學，富貴貧賤，毀譽歡戚，不動其心，而有志於天下。其立朝行己，忠言嘉謨，見於歐陽永叔所撰《神道碑》。其平生踐履，進退出處，具載國史。

公生四子，長曰純佑，有才識，早卒。次曰純仁，字堯夫，元祐中爲尚書右僕射。次曰純禮，字彝叟，建中靖國元年任尚書右丞。次曰純粹，字德孺，仕至龍圖閣待制。

元豐末堯夫守濟南府，某爲府學生，已獲參識。元祐九年集英唱名，公位丞相，而德孺知己尤深。崇寧初爲邠州州學教授，學有三范祠堂，蓋邠州屬環慶路，而文正公、堯夫、德孺皆嘗爲環慶路帥，德澤在民，邦人懷之。黨籍起，獨祠堂得不壞。

兵亂以來，范氏子孫流落幾盡。紹興二年四月下休，德孺之子正興見訪，携堯夫、彝叟、德孺墨跡相示，披閱久之，蓋寶元、慶曆間士大夫忠厚諒直之風槩見於字畫矣。仍以所記二詩題於卷末。

紹興二年四月日，濟南呂某記。《忠穆集》卷七。

《燕魏雜記》（選錄 二則）

李邕以文章氣節聞天下，字畫尤工。李嶠、張廷珪薦邕文高氣直，嘗爲北海太守，天下名爲北海。李林甫素所不喜，遣羅希奭殺之。杜甫作《八哀》詩云："憶昔李公存，詞源有根柢。"又云："干謁走其門，碑碣照四裔。"今邕碑見於世者尚多，燕山府良鄉縣有邕所書《雲麾將軍李公神道碑》，筆勢豪放，尤可愛重。金人不學書，不知碑之存亡，可惜也。

大名府留宮門街東，有《何公德政碑》，乃魏博節度使何進滔碑也，柳公權撰並書。公權書畫冠絕當代，文宗嘗歎美其書曰："鍾、王無以尚也！"當是時，大臣家碑誌非其筆，人以子孫爲不孝。此碑字大而尤爲端謹嚴重，魏人愛之。碑樓極宏壯，故歲久而字不訛闕。按《唐史》，進滔治魏十餘年，民安之，後累遷檢校司徒、同中書門下平章事。宣和年間內侍譚禎奉使河朔，遂磨滅此碑，邦人憤恨，可惜也。以上《忠穆集》卷八。

尹焞藝話（二則）

尹焞（一〇七一～一一四二）字彥明，一字德充，洛陽（今河南洛陽）人，尹源孫。少時師事程頤，曾應舉，見策題有誅元祐諸臣之語，不對而去，遂終身不再就舉。聚徒講學於洛中，爲士人所仰。靖康初，种師道舉薦，召對京師，不欲留，賜號和靖處士。次年，金人攻陷洛陽，全家遇害，尹焞死而復蘇，劉豫欲聘其爲官，自商州奔蜀，至閬州得程頤《易傳》，精研之。紹興四年，居涪州，侍郎范冲舉以自代，授左宣教郎，充崇政殿說書。八年，除秘書少監。繼傘太常少卿，仍兼說書。擢禮部侍郎兼侍講，以反對和議，乞致仕，隱居平江虎丘西庵。十二年卒，年七十二。程頤謂詩文害道，尹焞宗之，故所作詩文亦少，其集中所存奏札二卷多爲門人代筆，《師說》三卷亦其門人所輯，但其詩也有清新可誦者。著有《論語解》《門人問答》《和靖文集》，今存《和靖先生文集》八卷。

一 題伊川先生像

焞至蜀累年，見伊川先生畫像數本，最得其真。然則望之儼然，即之也溫，殆非畫工所能傳也。學生祁寬，好學守道，欲刊諸石，以傳久遠，其志益可佳矣。門人河南尹焞題。文淵閣四庫全書本《和靖集》卷三。

二 題溫公《莊子節》帖

焞少年居鄉里，文正溫公來謁叔父諱材，得侍立左右。今觀其書，用筆端正。揚子雲云："書，心畫也。"寧不信然。紹興十二年暮春晦月，河南尹焞謹題。《和靖集》卷三。

葛勝仲藝話（二一則）

　　葛勝仲（一〇七二～一一四四）字魯卿，常州江陰（今江蘇江陰）人，徙居丹陽（今江蘇句容）。紹聖四年進士，調杭州司理參軍。元符三年，試博學宏詞科，授河中府知錄參軍。建中靖國初，除兗州教授。崇寧二年，入爲太學正。宋徽宗幸太學，獻賦數千言，評爲四方文士之首。大觀元年，差提舉議曆所檢討官，兼宗正寺丞。三年，以議禮制不合，貶知歙州休寧縣。政和中，召爲禮部員外郎，權國子司業，遷太常少卿，續修《太常因革禮》。兼太子諭德，徙太府少卿，除國子祭酒。宣和元年，知汝州，改湖、鄧二州，以忤朱勔罷歸。建炎四年，起知湖州。紹興元年致仕，十四年卒，年七十三，諡文康。勝仲熟知掌故，盡讀佛藏，所作文字多闡明佛理。章倧稱其爲文汪洋雄健，而精深醇密，各類文章各自有體，悉極其妙，登臨宴賞，援筆立成，多爲時人所稱誦。也長於詞，風格接近二晏而不及其工致。勝仲詩文最早由葛立方編爲《文康葛公丹陽集》八十卷，原集已佚，清四庫館臣自《永樂大典》輯爲《丹陽集》二十四卷。其詞在宋代即有單刻本《丹陽詞》一卷流傳。還著有《考古通論》，考證諸史異同，今已不存。

一　程良器嘉量解元許爲寫照，作詩求之

　　虎頭千古丹青傑，誰言點中有癡絕。手揮五絃真勝詣，頰染三毫更超越。自言四體媸或妍，顧與妙處無相關。炯炯雙瞳點圓碧，筆下頓覺神明還。程郎言語妙天下，畫復通靈能變化。掃除俗骨畫如詩，摹寫天機詩似畫。竹齋溪嶼數相從，似蒙僮僮窺塵容。祇呵衆史露拙迹，疑有心畫藏胸中。寒鄉鼠目麏頭子，葛陂練裙謝龜紫。幼輿政自丘壑人，試爲寫傳嵓石裏。文淵閣四庫全書本《丹陽集》卷十八。

二　再次韻四首呈至父（選二）

　　文卷縱橫未易名，欲搜佳筆送王庭。去留彼我心無著，工拙錙銖眼盡經。老信虛名真畫餅，忙知急景甚飛星。自憐考閱專精甚，不覺猝然柱破霆。

披卷疲勞亦暫停，相攜欸睇聚閒庭。繪圖細閱吳生品，茗盌分評陸子經。牓帖未應憑主第，文窮端已送奴星。毬塲縶鏁驚踰月，叵信流光甚疾霆。文淵閣四庫全書本《丹陽集》卷十九。

三　跋子猷訪戴圖

玉屑金波各眼塵，如何牽役不知勤。往來擾擾天機亂，郤似端居對此君。文淵閣四庫全書本《丹陽集》卷二十二。

四　跋陶淵明歸去來圖

小邑絃歌始數旬，迷塗纔覺便歸身。欲從典午完高節，聊與無懷作外臣。文淵閣四庫全書本《丹陽集》卷二十二。

五　吳道子畫鬼

莫將幽顯較精麤，人鬼從來理不殊。磊砢挐雲傳怪狀，論師天眼識工夫。文淵閣四庫全書本《丹陽集》卷二十二。

六　跋李伯時畫《李元通隨虎圖》三首

華嚴寶軸掛於菟，笑問翻經有地無。引下福山三十里，不應老馬獨知塗。
清樾寒潭土作宮，楊枝栢葉五年中。論成永作將來眼，第一功歸大小空。
素幅工傳長者真，龍眠端恐是前身。只留散帶經行影，不貌供齋兩玉人。文淵閣四庫全書本《丹陽集》卷二十二。

七　跋黃魯直畫

江南黃鸛飛滿野，徐熙畫此何爲者。百年幅紙無所直，公每玩之常在把。文淵閣四庫全書本《丹陽集》卷二十二。

八　畫竹二首

萬箇霜筠保歲寒，風枝輕戞玉琅玕。何人重作翽翽賦，寫出高標與諦看。
眼到竹邊知未是，竹來眼裏亦全非。諸人問我真如意，不到山前帶笠歸。文淵閣四庫全書本《丹陽集》卷二十二。

九　賀燕樂表

　　名與功偕，肇建盛王之樂；政由俗革，通新治世之音。閱視燕朝，頒傳寰宇。既備乃奏，永觀厥成。竊以原樂之初，聲相應故生變；語形而上，道可載而與俱。厥惟聖明，乃議述作。禹取聲而爲度，夔製律以和聲。雖諧鈞已格於三神，而燕樂尚循於五季。爰稽中正，盡革哇淫。增徵角之招，而七律始全；陳土石之器，而八音初備。有始禽從純之美，無細抑大陵之傷。蓋和聲既滌於姦聲，則今樂遂同於古樂。

　　恭惟皇帝陛下道超器數，治極盈成。察鯀於清濁之間，象事以始終之序。曰惟嘉饗，深厭溺音。立度出均，始達神明之德；登歌下管，遂同天地之和。順氣應之，治道備矣。臣等無裨政化，狠預榮懷。爲《韶》九成，聽鏗將而竊歎；大食三侑，願保用於無窮。常州先哲遺書本《丹陽集》卷一。

一〇　舅氏續《千字文》序

　　昔梁武帝得王逸少所書《千字文》，雜亂不可讀，命陳郡周興嗣次爲韻語，以便臨翫，後世謂之《千文》，歐陽率更、張長史、道人智永輩各有稿書本行於世。

　　舅氏侍其公亦好草聖，書《千文》尤工，好事者時得之，輒以鑱石。又嘗以巧意遷避興嗣所用字，別製千言，貫穿經傳，詞義粲然。豫章黃魯直見而抵之以書曰："引辭連類，使不相牴觸，甚有功，當與《凡將》《急就》並行也。"

　　《千文》爲天下官府若市井簿領會數之用久矣，今增以續文，合二千言，凡取一字爲母，配以次字爲一號，輾轉相乘，可計二百萬之數，於世用豈小補哉！

　　公博學善屬文，此特一時弄筆爲戲耳，乃爲簡牘無窮之用。竊嘗謂："械樸微物也〔一〕，而薪之槱之，可以享上帝、養聖神。不龜手之藥，賤藝也，而習以水戰，大敗越人，取封邑。事小而用大者，在古多有之，豈特是書而已哉！"

　　公皇祐元年進士，屢刺名郡，所蒞有政績，官至朝散大夫，贈金紫、光祿，諱瑋，字良器。常州先哲遺書本《丹陽集》卷八。

〔一〕械：原脱，據文淵閣四庫全書本補。

一一　跋洪慶善所藏東坡書杜詩並判訟牒

　　昔張長史判訟牒筆跡高妙，常熟老人猶知曰陳牒求判而藏之，況東坡跡乎！若其勝日暇時，瑣窗棐几，取精筆妙墨而書詩史中尤動人句，其宜藏弄，又非判牒比。常州先哲遺書本《丹陽集》卷一〇。

一二　跋褚遂良臨《蘭亭》帖

昭陵嘗恨虞永興死,無與論書者。魏鄭公曰:"遂良下筆遒勁,甚得逸少體。"即日令侍書。又,當時爭以逸少書求售,真僞莫別,獨遂良論所出,談者不復敢異。

是篇河南所臨,固宜與永和筆跡亂真也。常州先哲遺書本《丹陽集》卷一〇。

一三　跋洪慶善所藏本朝韓、范諸公帖

祖廟勳德,大臣磊落相望,而此數公爲之傑。身生晚,恨不及見之。今觀其筆跡,如登龍門之阪,侍熒煌之座,而聞河漢之無極也。

紹興甲寅十一月己亥謹書,時與慶善同寓寶溪。常州先哲遺書本《丹陽集》卷一〇。

一四　跋蔡君謨帖

君謨尺牘,作行草諸體,皆其妙絕可藏云。第一紙是嘉祐五年自泉南赴召至省時道中與章伯鎮者。常州先哲遺書本《丹陽集》卷一〇。

一五　跋君謨與唐彥猷論其弟直諫帖

參預唐公介居言責,日對便殿,擊丞相潞公甚力。時君謨立螭坳,親見之,退而稱其風操配古人,且以所論不從爲不幸,公行尺牘,而不復畏避時相。蓋嘉祐、至和以前,士風質直端亮類如此。常州先哲遺書本《丹陽集》卷一〇。

一六　跋法照闍黎君謨帖

祖姑清源君寶與君謨媲德。君謨尺牘抵諸大父無虛月,故予家藏其跡甚富。今觀法照講師所蓄帖僅二十餘字,而點曳之工,使人尋玩無斁,殆所謂百不爲多、一不爲少者耶!常州先哲遺書本《丹陽集》卷一〇。

一七　跋蔡潮州予大父草書帖

古人善書,類欲其子似己。大令幼時,右軍掣其肘,輒喜庾家小兒賤家雞,安西每以爲言。今蔡隱君妙於稿書,不以授其子,獨課以力學。當時水墨積習,爲無關身名輕重,故爾耶?常州先哲遺書本《丹陽集》卷一〇。

一八　跋河中守章公授刺血上表乞父内徙帖

唐昭陵用李英公不疑，以其不負李密也；用魏鄭公不疑，以其不負前宮也。

故河中守章公嘗以文辭冠天下士，其上章徽廟，爲父求内徙，實出身血書之，雖極哀切，無他枝辭以明父勳德，獨曰："言寡過而未能，論大節而可託。"又曰："頃受先帝知遇，最能承以孤忠；今蒙陛下存全，豈獨忘於大德。"父之忠績，不必累數千言而昭然著見，動寤萬乘有餘矣，非言語妙天下者能之乎？

今上饒使君孝誠動天，錫以進本，既刻之金石以示搢紳，後爲石室家次藏之，以傳無窮。忠孝大節萃於一門，綿三世見之。嗚呼休哉！_{常州先哲遺書本《丹陽集》卷一〇。}

一九　跋陳去非右丞畫山水

觀此筆，所謂"積雪帶餘暉"、"青峰出山後"、"夕嵐飛鳥還"等語如在目中，信其詩畫同出於天機也。談者謂右丞詩合《國風》，畫山水楊子華之聖，信然。_{常州先哲遺書本《丹陽集》卷一〇。}

二〇　跋《醉道士圖》

范長壽、何長壽筆法師僧繇，並有《醉道士圖》傳於世。自顧、陸、子華之後，人物推博陵爲中興。此圖信可珍也。_{常州先哲遺書本《丹陽集》卷一〇。}

二一　跋與可竹

造物亭毒之妙，此君能發之；此君生植之妙，與可墨君能發之；與可墨君之妙，東坡詩文能發之。後之人士，殆不必措一辭。_{常州先哲遺書本《丹陽集》卷一〇。}

米友仁藝話（三三則）

米友仁（一〇七二～一一五一）原名尹仁，字元暉，自稱懶拙老人，潤州丹徒（今江蘇鎮江）人，芾子。米友仁天賦超逸，不事繩墨，力學嗜古，善書畫，與其父齊名，世稱"小米"，所作山水，點滴煙雲，草草而成，而不失天真，傳世真跡有《雲山得意圖》《瀟湘奇觀圖》等。擅詩詞，多描寫自然山水的奇趣與寄興雲水間之情懷，風格空靈清逸，用字著色淡雅而富於韻味。其現存詩如《題大姚山圖二首》"武林秋高曉欲雨，正若此畫雲冥冥"，《題董源夏山圖》"日落古道空，天青暮雲碧"；詞如《阮郎歸》"碧溪風動滿文漪，雨餘山更奇，淡煙橫靄柳行底，鴛鴦來去飛"。景色鮮明而富於繪畫美感。著有《陽春集》，原本已佚，清人鮑廷博自《寶真齋法書贊》中録出成集。

一　題栔帖

圖契朴琱推聖智，萬古奔沈餘末伎。蘭亭醉墨更無加，始信功名皆儻爾。庾翼兒郎豈不點，自是家雞憋野雉。退之強聒六藝疎，見處纔能到姿媚。相公有官那得取，不與官家深自祕。却因同好露心胸，謾使蕭郎誇末計。摸金不必曹阿瞞，溫韜家有昭陵器。披沙只恐取黃金，剔軸誰能收故紙？天章寶塔高嵯峨，永表文皇好文藝。至今油蠟傳未休，善本何辭萬金弃。文淵閣四庫全書本《宋詩紀事》卷四十五。

二　題定武本《蘭亭》

翰墨風流冠古今，鵝池誰不賞山陰。此詩雖向昭陵朽，刻石猶能直萬金。《宋詩紀事》卷四十五。

三　自題大姚村圖

廣文當日官雖冷，可奈才名振世何。也日君家須炙手，而今聊復雀堪羅。
老年尚喜管城子，更愛好山江上青。武林秋高曉欲，雨正若此畫雲冥冥。《宋詩紀事》

卷四十五。

四　自題山水

霄壤千千萬萬山，東南勝地熟躋攀。古人作語詠不得，我寓無聲縑楮間。《宋詩紀事》卷四十五。

五　題董源《夏山圖》

崇山過新雨，蒼翠濃欲滴。林深不通人，溪迴有吟客。日落古道空，天青暮雲碧。何處一聲蟬，幽棲仍自得。《宋詩紀事》卷四十五。

六　題自畫横披與翟伯壽

山中宰相有仙骨，獨愛嶺頭生白雲。壁張此畫定驚倒，先請喚人扶著君。《宋詩紀事》卷四十五。

七　山水畫卷跋

子雲以字爲心畫，非窮理者其語不能至是，畫之爲説亦心畫也。上古莫非一世之英，乃悉爲此，豈市井庸工所能曉？開闢以來，漢與六朝作山水者不復見於世，惟右丞王摩詰古今獨步。僕舊秘藏甚多，既自悟丹青妙處，觀其筆意，但付一笑耳，天壤間所有《瀟湘奇觀》蓋如是也。自古文人才士無不爲世所忌，擠毀下石，無足怪者，百世之下方自有公論。

僕己酉歲避兵火於金壇，繼至新昌，隱君子蔣仲友館僕於舍者七閱月，此畫非大貴人可得，亦非大貴者可求，實一世之所共知，因戲作小詩於畫云："亂山深處是煙霞，雨暗晴暉日夕佳。要識先生曾到此，故留戲筆在君家。"庚戌仲秋建炎紀歲初七日，元暉。文淵閣四庫全書本《清河書畫舫》卷一〇上。

八　《瀟湘妙趣圖》跋

昨與吳傳朋蜀冷金箋上戲作一幅，比與達功相遇，知亦爲此郎奪。因追省此詞，跋於小卷後。舊曾寫寄蔡天任，以《白雪》易其名，舊名可謂惡甚。懶拙道人元暉。《清河書畫舫》卷一〇上。

九　褚遂良書《唐文皇哀册》跋

褚遂良書在唐賢諸名世士書中爲秀穎，得義之法最多者，真字有隸法，自成一家，非諸人可以比肩。此書蓋其晚年。紹興丙辰十二月初五日。臣友仁審定。成都古籍書店一九八五年本《汪氏珊瑚網法書題跋》卷一。

一〇　桓溫《旱燥帖》跋

右《旱燥帖》，晉臣溫手跡，字法淳古無俗韻，亦一代佳札。

臣之事君，以忠而已，非貴乎虛拘苛禮也。古者奏事乃用親札，而不以繁文盡恭。蓋君臣之義同父子，各無所疑，通其情實之爲美，於溫此帖可以見。紹興戊午四月初四日，臣米友仁恭題。《汪氏珊瑚網法書題跋》卷一。

一一　徽宗著色山水圖跋

畫以人物花竹、鳥獸禽蟲爲神妙，宮室臺榭、園池器用爲精巧。獨山水清雄奇富，變態無窮爲難。九重之筆，渾然天成，粲然日新，已離畫工之度數，而得詩人之清麗也。紹興九年五月二日，襄陽米友仁書。《汪氏珊瑚網名畫題跋》卷三。

一二　《瀟湘奇觀》畫卷跋

先公居鎮江四十年，作庵於城之東南岡上，以"海嶽"命名。一時國士皆賦詩，不能記。翰林承旨翟公詩"楚米仙人好樓居，植梧崇岡結精廬。下瞰赤縣賓蟾烏，東西跳丸天馳驅。腹藏萬卷胸垂胡，論□□河決九渠。掀髯送目□八區，欲叫虞舜□蒼梧"云云。餘不能盡記也。卷乃庵上所見，大抵山水奇觀，變態萬層，□在晨晴晦雨間，世人鮮復知此。

余生平熟瀟湘奇觀，每於登臨佳處，輒復寫其真趣，□卷以悅之目，□□□□使爲之，此豈悅他人物者乎？

此紙滲墨，本不可運筆，仲謀勤請，不容辭，故爲戲作。

紹興□□孟春，建康宮舍友仁題。羊毫作字，正如此紙作畫耳。《汪氏珊瑚網名畫題跋》卷四。

一三　《雲山》短卷跋

所至之地，爲人迫作片幅，莫知其幾千萬億，在諸好事家矣。此幅爲祐之何處得，出示索跋。元暉。《汪氏珊瑚網名畫題跋》卷四。

一四 《雲山》小卷跋

余墨戲氣韻頗不凡，他日未易量也。米元暉書。《汪氏珊瑚網名畫題跋》卷四。

一五 先臣臨《至洛帖》跋

羲之《至洛帖》端雅古勁，蓋其暮年更妙，字比《快晴帖》益有勝趣。先臣芾晚歲手臨。紹興丙辰十二月初五日，臣友仁審定。乾隆拓本《餘清齋法帖》第八冊。

一六 先臣臨羲之《玉潤帖》跋

羲之《玉潤帖》，世舊有石刻流傳，好事之家多有雙鉤模本。此帖先臣芾手臨，蓋中年字也，筆筆取似，故無少異。紹興丙辰季冬初七日，臣友仁審定。叢書集成初編本《寶真齋法書贊》卷二〇。

一七 《靈峰行記》帖跋

易安居士一日携前人墨跡臨顧，中有先子留題，拜觀不勝感泣。先子尋常爲字，但乘興而爲之。今之數句，可比黃金千兩耳，呵呵。敷文閣直學士、右朝議大夫、提舉佑神觀友仁謹跋。《寶真齋法書贊》卷一九。

一八 先人壽詩帖跋

先子真蹟也。昔唐李義府出門下典儀，宰相屢薦之，太宗召試講武殿，側坐，而殿賜有烏數枚集之，上令作詩詠之。先子因暇日偶寫，今不見四十年矣。易安居士求跋，謹以書之。敷文閣直學士、右朝議大夫、提舉佑神觀友仁謹跋。《寶真齋法書贊》卷二〇。

一九 自書韓退之《五箴》帖跋

僕宣和之末與道山二國士同修於寶堂，兼掌書學二年餘。是時日得親筆硯，如《蘭亭修禊序》，爲諸生迫使，臨寫百餘本。至今有出以示者，稍亦可觀。爾後遑遑奔走營哺之不暇，豈復與管城氏周旋？獨書簡不得已而事之，所作字多不足觀，交遊見迫，寫成往往自擲去。汝文以此索字，偶鄰右大蘗之後，冗長箱篋悉寄北關空闕竹圃中，諸毫不應手作字，又紙乾澀，不能連墨如人意，愧無足觀也。友仁上。

見詢廣中幹，至荷。已屢說英石如有真山之兄，可以作筆格者，並檳榔軸作土毛，不厭其多。呵呵。《寶真齋法書贊》卷二四。

二〇　先臣臨羲之真跡帖跋

羲之真跡四帖，麻紙上書，先臣芾舊所藏。其二得於職方員外郎劉涇，其二得於大相國寺僧清道，偶合縫，有唐室貞觀小璽文。大觀間已獻御府。迄元祐之末，先臣芾權潤州州學教授，時紹聖間任樞密院事林希以待制爲潤守，極好古博雅，出此帖示之。希曰："昨秘閣所見貞觀印文，貞字在上，觀字在下，相去五六寸許。"遂熟視之，所印上下各不相對。希歎曰："益顯此書是真。"唐御府所藏，蓋或有時上下印也。

先臣芾所藏晉、唐真跡，無日不展于几上，手不釋筆臨學之，夜必收於小篋，置枕邊乃眠。好之之篤，至於如此，實一世好學所共知。

此帖乃先臣芾中年手臨，今得秘於紹興嗣聖天府，實萬世不朽之傳。翰墨之學，出類拔萃，必有神物護持〔一〕，亦可謂榮遇矣。今臣忽得經目一閱，恭跋於後，臣又繼膺宸翰所臨以賜。伏睹筆意快逸，意在筆先，字字縱心，皆相連屬，龍鸞飛翔，眩映觀睹，深得羲之法度，妙處非愚臣所敢率易窺頌。得以寶之十襲，傳示雲來，臣之一門父子預榮，實千載未易逢之幸也。

紹興七年閏十月十二日，臣米友仁書。《寶真齋法書贊》卷二四。

〔一〕護：原作"獲"，據文意徑改。

二一　先臣臨羲之七帖跋

羲之七帖，先臣芾中年手臨。此字有雲煙捲舒翔動之氣，非善雙鈎者所能得其妙，精刻石者所能形容其一二也。紹興丙辰十二月初七日，臣友仁審定。萬曆拓本《戲鴻堂法書》卷一四。

二二　盧鴻《十志堂圖》跋

先子所著《畫史》中載劉子禮以五百文錢置錢氏畫五百軸，初未發緘銓美惡也。既得之後，其間有盧鴻《草堂圖》一卷，已是數百年物矣〔一〕。頃李伯時曾臨一本，仍自書歌一篇，次則秦少游、朱伯原、先子書也，又其次陳碧虛、仲殊師、參寥子輩繼之，餘亦一時聞人。

紹興己未仲春，予舟過蘇臺。石瑩中爲長洲令尹，得宇文季蒙所藏伯時本，屬林彥祥爲摹，乃亦首自書其篇，瑩中輒俾余書先子所書一篇，餘悉欲得一時名士繼之。

歎其雅尚不凡，因又跋於尾。是月二十七日，米友仁元暉。學海類編本《志雅堂雜鈔》卷三。

〔一〕年：原作"千"，據《雲煙過眼錄》卷三改。

二三　今上皇帝臨王羲之帖跋

今上皇帝宸翰臨王羲之、王獻之等書十三帖。臣友仁伏奉聖恩寵賜，謹命工模刻。伏念臣微賤一介，初無片善足稱，場屋不第，叨竊賞延，祗緣先臣芾名氏在人，復因臣於宣和間同二館職，修書於寶堂，仍兼掌書庫，謬預世繼其職，亦與二省郎同領，皆臣前此非據之幸，夫何實能而寅緣名姓，誤瀆宸聽。又臣昨者伏遇駐蹕臨安，承乏權貨，偶當輪對。入覲清光之日，仰奉玉音曰："卿之翰墨丹青，皆有家學。"恭聞聖訓，震懼失措，欣榮在懷，夙夕不置。如臣學識至疏，詞藝至陋，敢圖睿主有此過獎！逮薦膺臨帖降賜，俾之研味，天縱以法，超詣三昧之妙，其為遭遇，蓋千載未易逢者，臣之僥倖則可知矣！

恭惟聖上萬機之暇，醉心韋編，寓意聲畫，莫不造入睿智精微之域。如臣何知，縱極口語，實無能名。管中之見，但歎宸毫氣秀韻古，縱橫自如，一點一畫，莫不中道。如晉唐百氏以善書名傳千古者，未易可以仰跂。諦玩愈久，端如夏日晴雲，捲舒揚輝乎太虛寥廓，崢嶸萬態，瑞映有睹，孰不知為異奇偉之觀，但亦詠頌之不足，而至於手之舞之、足之蹈之而已。是用鏤於堅珉，庶幾與天地齊久，日月並光，億萬斯年，服膺有識，以為師範者焉。

紹興十一年十一月冬至日工成，臣友仁冠服儼容，薰毫滌硯，以宸翰閣名榜緘秘石，刻於平江府本司公宇。右朝散郎、提舉兩浙路茶鹽公事、賜緋魚袋臣米友仁恭書。明拓本《大玉煙堂帖》卷二〇。

二四　先君與提刑郎中書七幅跋

右七幅皆中年時真跡。可以見前輩交際之義，與手足之愛無以異。四海皆兄弟，當於此求其說焉。子友仁己巳歲獲觀，謹書。中華書局香港分局一九八〇年本《叢帖目》卷二。

二五　先君與永仲朝奉書四幅跋

四幅竹紙上帖，三十七歲時字，深為得意書。子友仁己巳歲獲觀，鑑定真跡，謹跋。《叢帖目》卷二。

二六　獻汲相國紀慶《訴衷情》詞帖跋

紹聖丙戌仲夏中浣，先子禮部撰樂章，寄聲《訴衷情》，獻汲公相國慶旦生申。余方數歲，今復獲觀，感激無已。回禄之後，難得矣。敷文閣直學士、右朝議大夫、提舉佑神觀友仁謹跋。《叢帖目》卷二。

二七　觀潮浙江亭七律帖跋

先子禮部真跡也，乃遺佛印禪師。筆法輕清瀟灑，欽仰恭愛，世當寶之。敷文閣直學士、右朝議大夫、提舉佑神觀友仁謹跋。《叢帖目》卷二。

二八　《芾老矣》帖跋

先子禮部頃年於致爽軒所書祥瑞事跡，字畫超妙入神，非特遊戲翰墨而已。如龍跳天門，虎卧鳳閣，故歷代寶之，訓以爲永。敷文閣直學士、右朝議大夫、提舉佑神觀友仁謹跋。《叢帖目》卷二。

二九　《滿庭芳》詞帖跋

先子禮部紹聖中與南徐太守侍講尚書周仁熟於甘露寺法堂試賜茶。泛舟之金山，謁佛印，因書樂章作《滿庭芳》歌之。先子揮翰如龍跳天門，虎卧鳳閣，故歷代寶之，永以爲訓。敷文閣直學士、右朝議大夫、提舉佑神觀米友仁謹跋。《叢帖目》卷二。

三〇　《賀聖朝》詞帖跋

先子禮部昔年所遺墨。一日，西蜀道士李靈素携跡過訪，一一拜觀，不勝感泣。求余跋，不欲辭，適以辭免新除兵侍，未暇索言之。右朝請大夫、新除尚書兵部侍郎米友仁元暉謹書。《叢帖目》卷二。

三一　《鷓鴣天》詞跋

先子禮部紹聖中撰此樂章，以擬汲公拜國眉壽，乃所遺草真跡也。又有其詠梅兩絕句云："姑射真人自少羣，要親高節許交君。一臺二妙逢清賞，甘遜佳名得致榮。""江頭盡醉似泥何，管領仙姿酒醱多。煙艇兩三橫岸處，惜花佇立想凌波。"敷文閣直學士、右朝議大夫、提舉佑神觀友仁謹跋。文淵閣四庫全書本《真跡日錄》卷二。

三二　跋《雲山得意圖》卷

紹興乙卯初夏十九日，自溧陽來遊苕川，忽見此卷於李振叔家，實余兒戲得意作也。

世人知余喜畫，競欲得之，尠有曉余所以爲畫者。非具頂門上慧眼者，不足以識，不可以古今畫家者流求之。

老境於世海中，一毛髮事泊然無着染，每靜室僧趺忘懷，萬慮與碧虛寥廓同。其流蕩焚生事，折腰爲米，大非得已。此卷慎勿與人。中華書局聚珍仿宋版《壯陶閣書畫錄》卷五。

三三　跋《蘭亭》帖

唐太宗得《蘭亭》，命馮承素、諸葛正之流雙鈎模，賜左右大臣。昨見一本於蘇國老家，後有褚遂良檢校字。世傳石刻，諸好事家極多，悉以定本爲冠，此蓋是也。友仁書。文淵閣四庫全書本《蘭亭考》卷五。

夏倪藝話（三則）

夏倪（？～一一二七）字均父，蘄州蘄春（今湖北蘄春）人，夏竦孫。徽宗宣和間自府曹遷祁陽監酒，後官終知江州。倪與黃庭堅、饒節、汪革、惠洪、呂本中等相友善，詩歌入江西詩派。呂本中稱其"文詞富贍，儕輩少及"（《紫微詩話》）。劉克莊亦謂其五言詩酷似陶淵明、韋應物，"律詩用事琢句，越出繩墨，言近旨遠，可以諷味"（《江西詩派小序·夏均父》）。著有《遠遊堂集》二卷，今已佚。

一 題宗室永年畫犬圖

公子朝回玉宸裏，戲弄丹青歌扇底。興來貌寫到濃鬆，拳尾如搖欲投骲。豐顱闊腋偉骨相，縱逸未饒盧鵲駬。庭除夜閒春尚寒，屈藏短喙眠朝暾。其一狺狺口若吠，欲前卻立客在門。俗言犬馬最難畫，眾所共譏誰面謾。非如鬼物隱幽眇，反覆醜好懸毫端。紛紛眾史坐嘆息，筆仗突兀不可扳。乃知心匠本神授，以心運手不作難。我家敗屋依破垣，偷兒踏瓦驚夜眠。四壁雖如長卿第，舊物猶存子敬氈。就君乞取挂墻壁，端能警我窺窬客。文淵閣四庫全書本《兩宋名賢小集》卷六十八《五桃軒集》。

二 和王子飛題李伯時畫《列子御風圖》

道師形氣合於無，八極超搖得自如。知我御風風御我，長袪獵獵自乘虛。《五桃軒集》。

三 次韻題《歸去來圖》

堦亭午景負槐陰，空齋初罷戲五禽。沔州太守致音問，旁讀乃有歸來吟。先生抱道肯乞憐，凜凜有面方如田。何能爲此三斗粟，折腰鄉里小兒前。顧視銅章等涕吐，賦歸唾詞如湧泉。龍眠居士歎豪逸，想像明窗戲拈筆。翕忽英姿來筆下，如恐超起將羽化。吁嗟能事詎可疇，一見公詩如見畫。惜哉道遠莫可致，強欲賡酬抽鄙思。韻絕難追神易倦，使我空然汗顏面。他日從公會借觀，錦囊捧出春筍寒。《五桃軒集》。

許景衡藝話（一二則）

許景衡（一〇七二～一一二八）字少伊，溫州瑞安（今浙江瑞安）人。早年嘗從程頤學。紹聖元年進士。大觀中，爲敕令所刪定官，遷少府監丞。乞外任，除大名少尹，未行，改福州通判。宣和六年，召爲監察御史，除殿中侍御史。宋軍討伐燕山，上疏力論不當用童貫，列其罪數十條，又奏論譚稹罪大罰輕，去官。宋欽宗即位，召爲左正言，改太常少卿兼太子諭德，試中書舍人。高宗即位，除御史中丞，拜尚書右丞。爲黃潛善等排沮，罷爲資政殿學士，提舉杭州洞霄宮。行至瓜州，遇疾卒，年五十七。景衡學有本源，立身剛正，其文章"坦白光明，粹然一出於正"，奏疏多切於時用，"誠意懇摯，剴切詳明"（《四庫全書總目》卷一五六）。詩歌語言清俊，不用典故，不露佹厲之氣，佳句疊見。著有《橫塘集》三十卷，原本已佚，清四庫館臣自《永樂大典》輯出詩文，重編爲二十卷。

一　李伯時畫陶淵明，其猶子遺余，作此謝之

斯人今何在，古冢號寒木。簡編漫遺言，風采不可復。龍眠真偉人，千載識高躅。神交入心匠，醉墨爛盈幅。蕭然出塵意，豈獨舊眉目。仲容還好事，收拾珍笥櫝。世人渾未見，惠然投我欲。乘田元不恥，折腰亦何辱。行藏固有在，今昔豈余獨。新詩第甲乙，三徑森松菊。少陵曾未知，浪疑公避俗。我生癡鈍殺，野性等麋鹿。長恐探道淺，輕比抵鵲玉。人生適意耳，何苦自羈束。低頭拜公像，塵土方碌碌。文淵閣四庫全書本《橫塘集》卷二。

二　故人惠馬生筆

聞說江南多筆工，馬生所作尤瓌異。十年江海得妙旨，一日聲名傾衆技。故人憐我有書癖，數管不辭千里寄。齊鋒出穎雖不殊，灑墨虛心皆已智。當年退之傳毛穎，假辭託說終傷僞。我今草草又百載，矯首相望空兩地。文房四子迭有無，商沒參橫似相避。鼠須栗尾乃見嫌，強欲用之隨棄置。馬筆端如故人面，眼瞥見時心已記。跳龍臥虎非世習，綰蚖縈蚓皆兒戲。豈知遠適在加鞭，却倣良工先利器。何當拂衣隱林麓，

約史著書從素志。敢言名姓垂竹帛，自甘生死惟文字。敬謝故人因及馬，梳毫截管惟精緻。而今勁健已不售，要須軟熟隨人意。《橫塘集》卷二。

三　趙持志出先公文炳所藏蘆鴈

當年公子身通侯，錦衣玉食天上遊。騎龍日日朝北斗，豈識萬里江湖秋。但聞人說蘆葦傍，枯荷翻倒風颼颼。四天墨黑雪欲落，羣鴈上下聲呦呦。坐嗟上界足官府，十年高閣空雙眸。豈無詩句強模寫，曉夢不到寒江頭。何人筆墨得能巧，活脫所見來神州。高堂素壁試披拂，已覺身在蘆花洲。嗟嗟江海人兀兀，一葉舟煙蓑雨笠。不自好風雪，橫來翻百憂。豈知公子曾未見，縑素髣髴千金酬。人生萬事適意耳，過眼起滅皆浮漚。玉函置璧誇謹密，流落道路知誰收。公子好畫豈云爾，要使萬物供冥搜。至今好句在人口，泰華突兀黃河流。嗟我後來亦作詩，辭慳意鄙勞雕鎪。願起公子已死中，論詩觀畫一洗千古愁。《橫塘集》卷二。

四　韋尉畫孫倅寶冠山圖

問著蠟屐到何處，直在寶冠山上頭。碧澗坐來元洒落，彩毫畫得便風流。公方得志人間世，我亦長思物外游。一幅須尋好東絹，閒人亭畔倩韋侯。《橫塘集》卷四。

五　題坡竹

勁節風霜日，平生忠義心。誰知身死後，寸墨市千金。《橫塘集》卷六。

六　孔顏畫像

亭亭一氣自渾淪，藹藹和風與慶雲。畫手千年聊寫似，豈知天未喪斯文。《橫塘集》卷六。

七　行之見招觀畫

喚我來看訪戴圖，溪山慘淡雪糢糊。扁舟也待江湖去，更有王維妙手無。《橫塘集》卷六。

八　墨牛圖

一牛動是萬錢值，墨指一作何紛綸。安得田家真有此，坐令四海無饑民。
出處由來祇一塗，區區分別欲何如。試看信手作毛角，絕勝當年陶隱居。《橫塘集》卷六。

九　郭璋畫跋

太原郭璋及其子晦皆善畫，尤精於人物。元符三年，余將西遊京師，璋父子遺余西域像，世俗所謂觀音者。徙倚巖石間，端嚴冲靖，凜然如生。其用筆意與吳、張相上下。

余平生不喜佛，特少年嘗好觀畫耳。嗟夫！璋以余之所好，遂忘余之所惡，殊不知余之所惡，蓋有甚於所好也。逸少之於鵝，衛子之於驢，皆以其所好卒被惡名，蓋予每以爲戒。今璋之畫，豈惟予之所惡，亦予所不復好也。然璋畫妙絕，富人以金繒購之未易得，今乃獨以遺予，是未易詰其所以然者。

予友某，純孝人也，將歸寧臨海，謂予曰："敢輟子之所惡，以奉吾母之所好，可乎？"余曰："己所不欲，勿施於人。君母所好，果何如哉？然余亦豈有靳焉。"虛其請者，蓋非所以遺某人母也。《橫塘集》卷二〇。

一〇　跋陳君章所藏諸公帖

范文正公啟齒弄筆，不忘忠義，此帖有"終日爲善，以報己知"之語，凡謝人，不當如是耶？前輩風流日遠，使人歎息。

歐陽公以文章伏一世，初不以字畫自名也，而遺墨爛然，殆不愧當時工書者。於以櫱公之往烈，亦豈易量耶？

杜祁公書清勁不俗，如其爲人。君章寶藏，雖寸紙數字不棄也，其好古樂善如此，誠可尚云。

舒王筆墨瀾翻，其得意處不減古人，而議者以爲酷類楊凝式，果然否耶？

某年月日，同左與言登八詠樓，覽觀溪山之勝，慨然想見古人。會陳君章攜諸公筆跡見過，相與舒捲終日，而文、富小帖，蓋其一也。昭陵遺老，無復人矣，見其似者喜，況手澤乎？《橫塘集》卷二〇。

一一　跋遺直碑

某嘗得清獻公奏稿，見其誠心體國，知無不言，墓碑所著，乃其一二大者耳。日月滋久，斯文不傳，後生無復前輩之風流。幼安每出以示人，其意遠矣。《橫塘集》卷二〇。

一二　跋龍眠《淵明圖》

余既得伯時所畫陶靖節，乃屬元中書《歸去來辭》以副之。二者爲吾寶錄，蓋不獨其筆跡也。《橫塘集》卷二〇。

蘇過藝話（四則）

蘇過（一〇七二～一一二三）字叔黨，眉州眉山（今四川眉山）人。蘇軾少子。元祐五年，以詩賦解兩浙路，禮部試下第。七年，以父蔭任右承務郎。後蘇軾貶官惠州、儋耳，蘇過皆侍行，飲食服用，皆由其斟理。初至海上，撰文曰《誌隱》，蘇軾覽之，謂可安於島夷矣。蘇軾赦歸道卒，蘇過遂家於潁昌，營湖陰地數畝，稱小斜川，遂自號"斜川居士"。政和二年，出監太原税。六年，知偃城縣，與葉夢得多有唱和。宣和五年，權通判中山府，暴疾而卒，年五十二。蘇過多才藝，善書畫，長於詩文，詩文風格多類蘇軾，明文徵明謂"斜川詩語字畫，妙有家法，昔人謂能亂真乃翁"（《跋東坡五帖叔黨一帖》），故人有"小東坡"之稱。早年所作《思子臺賦》《颶風賦》，金王若虛稱"步驟馳騁，抑揚反覆，可謂奇作"（《文辨》），盛傳於世。詩亦"步驟氣格，殊有父風"（《苕溪漁隱叢話》前集卷四一）。詞清麗飄逸，與蘇軾之婉約詞相近。著有《斜川集》二十卷，原本已佚，清四庫館臣自《永樂大典》輯出，重編爲《斜川集》六卷。

一　書先公字後

吾先君子，豈以書自名哉！特以其至大至剛之氣，發於胸中而應之於手，故不見其有刻畫嫵媚之工，而端章甫，若有不可犯之色。知此然後可以知其書。然其少年喜二王書，晚乃喜顏平原，故時有二家風氣。俗子初不知，妄謂學徐浩，陋矣！

公之書，如有道之士，隱顯不足以議其榮辱。昔之人有欲擠之於淵，則此書隱；今之人以此書爲進取資，則風俗靡然。爭以多藏爲誇，而逐利之夫，臨摹百出，朱紫相亂，十七八矣。嗚呼！此皆書之不幸也。陽春白雪之歌出，豈容閭巷小人皆好哉！

雖然，無知者役於名，以僞爲真，不足責。至搢紳士大夫家爲世所欺，可爲太息。而又有妄庸者居其間，自謂能是正其非，侶强大言，反以真爲僞，其無知則一也。而使此書或至與玉石俱焚，是重不幸也！

過侍先君居夷七年，所得遺編斷簡皆老年字，落其華而成其實，如太羹玄酒，朱弦疏越，將取悦於婦人女子，難矣哉！世方一律，殆未可言。且非獨書也，斯文亦然。公昔爲《藏經記》，初傳於世，或以爲非公作，其後知之者以爲神奇。在惠州作《梅花詩》，有以爲非，至有以爲笑。此皆士大夫閒以文鳴者，其説能使人必信，其謬妄如此，乃知識《古戰場文》者鮮矣，可爲流俗痛哭。

過謹書，藏於家。知不足齋叢書本《斜川集》卷六。

二　題《陽關圖》後

山林之人，能忘富貴易；軒冕之士，能處枯槁難。謝安雅志東山，故於富貴如脱屣。山、王未能忘軒冕，故不敢數於嵇、阮間。大抵能脱略世故，不戚戚於貧賤者，必英偉奇特人也。

余雖不敢執鞭從浮休公遊，然先子與有一日之雅，薰猶臭味，可以不言而喻。公之立朝，毅然有不可犯之色；退藏於家，一丘一壑，有終焉之計。此其中豈無所得而然哉！

公之外孫高君，嘗得浮休手書《陽關圖歌》一篇。乃使人臨畫李龍眠《陽關圖》置其首。又得長安王正叔畫浮休像：幅巾野服，坐山林間，埽棄塵累，超然物表。置之卷末。二人真知浮休公者。世人徒見其功名之心，慨然未忘，而不知今之隱几，非昔之隱几者也。余略爲之一辨。《斜川集》卷六。

三　跋李防禦遺文

防禦公以儒者尉南海，設方略，破劇賊。進秩至蒼梧太守，知名南服。受代還漳江，過羅浮，爲先君留十日。飲酒論道，商略古今，自恨相見之晚。過方侍行，具見其事。

不踰年，公還朝，宰相薦换右列，付方面，蓋將以功名誘焉，而公循然退避，終老於鄉里，雖欲挽留而不可得。非養於胸中有素，而出處進退在我，安能以清節照世乎！讀其遺文，觀其字畫，雍容渾厚而不迫切，君子哉！

宣和辛丑三月二十日得之於其子大忠〔一〕，跋其後而歸之。《斜川集》卷六。

〔一〕三：原注："一作'二'。"

四　題唐馬

先子《賦申王馬圖》有"肉駿汗血盡龍種，紫袍玉帶真天人"之句，見得當時不獨曹緯韋畫骨而不畫肉，諸王留意摹寫亦然。故後世纔見畫馬，便指爲曹緯韋作，定知諸王肆意馳騁，所見既多，下筆益高，其間造入微妙處，曹緯所不□到，其可概以畫目之耶？

崇寧作噩歲仲夏吕知止家避暑，因觀唐馬，遂書卷末。眉陽蘇叔黨題。上海古籍出版社一九八五年版《鐵琴銅劍樓藏書題跋集録》卷二。

許翰藝話（四則）

許翰（？～一一三三）字崧老，襄邑（今河南睢縣）人。元祐三年進士。宣和七年，召爲給事中，爲書抵時相，論中書舍人孫傅不當黜，落職，提舉江州太平觀。靖康初，復以給事中召，除翰林學士，改御史中丞。擢中大夫、同知樞密院。以病求去，出知亳州。高宗即位，李綱舉薦，拜尚書右丞兼權門下侍郎。以論李綱、宗澤不當罷職、陳東不當誅，忤執政黃潛善，求去，以資政殿大學士提舉洞霄宮，復落職。紹興元年，召復端明殿學士、提舉萬壽觀，辭不就。三年卒。許翰正直不阿，深通經術，發爲文章，勁氣凛然，具有本源。著有《論語解》《春秋傳》，今已佚；又著有《襄陵文集》二十四卷，原本已佚，四庫館臣自《永樂大典》輯出詩文，重編爲十二卷。

一　跋范文正公墨跡

范文正公天下英豪，而論詩精緻反復，謹一字之低昂，知前賢於事無所苟也。此帖久益艱得，世當共保護之，使後生猶睹老成典刑，惇薄鎮浮，豈小補哉！紹興元年冬十一月乙巳，襄陵許某謹跋。文淵閣四庫全書本《襄陵文集》卷一〇。

二　跋溫公帖

溫公字畫，秦隸之始變，蕭散精勁，冰清弦直，此其胸中必無眥韋之氣矣。紹興元年冬，許某謹識。《襄陵文集》卷一〇。

三　跋志伋字

余生平欣慕志伋之名節而未識其人，今始睹其遺跡，如燕昭之撫然於駿骨也。蒼龍戊申，許崧老跋。《襄陵文集》卷一〇。

四 《法帖刊誤》跋

余待罪天禄，與觀中秘，古跡石刻所本，其真易識，蓋瞭然知其僞者十九，而後乃知黃子之作此書，拔賞者寡而掊擊者多，故有以也。書之考引載籍則昭昭矣，至其洞察真贋，品藻高下，水墨之間，毫釐千里，則非書家者流心知其意，未易不惑。余是以道余所見於天禄者，使世知其論刻之嚴如此，皆不妄也。政和五年三月中澣，襄陵許翰崧老跋。古逸叢書三編影南宋嘉定三年刻本《東觀餘論》卷上《法帖刊誤》下附。

曾紆藝話（五則）

曾紆（一〇七三～一一三五）字公卷（一作公袞），晚自號空青老人。建昌軍南豐（今江西南豐）人。建中靖國元年，曾布爲太后山陵使，辟爲從事，除太僕寺主簿。崇寧二年，入元祐黨籍，編管永州，會赦，移衡州。復承奉郎，監潭州南嶽廟。調監南京、河南稅，改簽書寧國軍節度判官。歷通判鎮江府，知楚、秀二州。召還，提舉京畿常平，改江南東路轉運副使。罷歸，主管南京鴻慶宮，屏居湖州。建炎三年，以首倡平息苗傅、劉正彥反叛有功，除直顯謨閣，復爲江南東路轉運副使，移兩浙路，知撫州。四年，爲福建路提點刑獄。五年，進直寶文閣，詔齎曾布《正論》手書赴闕，中道除知信州，移衢州，未之官卒，年六十三。曾紆博極書史，善篆隸書法，文章翰墨，風流蘊藉。南宋陸游、周必大等對其詩文也多加讚賞。詞亦清麗明快。著有《南游記舊》一卷、《空青遺文》十卷，今已佚。

一　跋李伯時《天馬圖》

余元祐庚午歲以方開科應詔來京，見魯直九丈於酺池寺。魯直方爲張仲模箋題李伯時畫《天馬圖》，魯直謂余曰："異哉！伯時貌天廄滿川花，放筆而馬殂矣。蓋神駿精魄，皆爲伯時筆端取之而去，實古今異事，當作數語記之。"

後十四年，當崇寧癸未，余以黨人貶零陵，魯直亦除籍徙宜州，過余瀟湘江上，因與徐靖國、朱彥明道伯時畫殺滿川花事，云此公卷所親見。余曰："九丈當踐前言記之。"魯直笑云："祇少此一件罪過。"

後二年，魯直死貶所。又廿七年，余將漕二浙，當紹興辛亥。至嘉禾，與梁仲謨、吳德素、張元覽汎舟訪劉延仲於真如寺。延仲遽出是圖，開卷錯愕，宛然疇昔。撫事念往，逾四十年，憂患餘生，歸然獨在。彷徨吊影，殆若異身也。因詳叙本末，不特使來者知伯時一段異事，亦魯直遺意，且以玉軸遺延仲俾重加裝飾云。

空青曾紆公卷書。適園叢書本《珊瑚網》卷二六。

二　題懷素《自敘》帖

《藏真自敘》，世傳有三：一在蜀中石陽休家，黃魯直以魚牋臨數本者是也；一在馮當世家，後歸尚方；一在蘇子美家，此本是也。

元祐庚午，蘇液攜至東都，與米元章觀於天清寺。舊有元章及薛道祖、劉巨濟諸公題識，皆不復見，蘇黃門題字乃在八年之後。遂昌邵宰疑是興宗諸孫，則蘇氏皆丹陽里巷也。今歸呂辨老。辨老父子皆喜學書，故於兵火之間能終有之。紹興二年三月癸巳，空青老人曾紆公卷題。文淵閣四庫全書本《式古堂書畫彙考》卷八。

三　書擬《峴臺記》後

伯父紫微公作記後二十九年，當元豐乙丑，以兒童侍先丞相登是臺；又四十九年，當紹興壬子，蒙恩起明道吏，守鄉郡。華顛獨來，陳跡具在。斷碑仆地，臺且圮矣。撫事念往，悲莫能勝！

方時多艱，兵旅未休，顧葺興之實未遑暇。越明年，始取舊記載刊碑石，不獨使擬峴之名託之文字，與谿山之勝共傳不朽，實亦慰子孫無窮之慕焉。紹興癸丑五月望，右中奉大夫、直顯謨閣、知撫州軍州事某題。光緒二年刻本《撫州府志》卷九。

四　題李伯時馬圖

紹聖丙子，伯時爲予摹韓馬；後爲王彥舟取去，又在此馬後七年也。王元規所得劉景文家紫燕，亦名世之畫，又敗其足，豈圉人太僕爲祟乎？二畫真跡，後皆入宣和御府，今悉從胡塵北去，痛哉！紹興甲寅七夕後一日，空青老人曾紆公卷題。文淵閣四庫全書本《清河書畫舫》卷八。

五　陳閎《十八學士春宴圖》跋

《唐文學館十八學士春宴圖》，相傳爲陳閎筆。閎，會稽人，開元中仕至永府長史，人物之妙，幾與閻右相爭衡。余前在王厚伯處見唐人所畫《蓮社十八賢》像，風流位置，正絕相似，其爲唐人名筆無疑。林泉紱冕，各自不同。觀此，亦足以想見一時風尚也。空青老人曾紆題。文淵閣四庫全書本《真跡日錄》卷二。

黄伯思藝話（一〇六則）

黄伯思（一〇七九～一一一八）字長睿，別字霄賓，自號雲林子，邵武（今福建邵武）人。自幼警敏，日誦書千言，入太學，以銓試高等調磁州司法參軍。元符三年進士，改通州司戶、河南府戶曹參軍。除詳定九域圖志所編修官，兼六典檢閱文字，擢秘書省校書郎，遷秘書郎。政和二年卒，年四十。所學汪洋浩博，雅好古文奇字，洛下公卿家藏彝器款識，皆能道其本末，各體書藝均妙絕，又得縱觀冊府藏書，盡悉典章文物。擅長屬文，文辭雅健，格高而思深，詩歌俊逸清新，追古作者，學問慕揚子雲，文章慕柳子厚，詩篇慕李太白。著有文集五十卷、《東觀餘論》三卷、《法帖勘誤》二卷，文集今已佚。

一　記與劉無言論書

劉憲御史燾無言來，予與論書，劉因言："政和初人於陝西發地，得木竹簡一甕，皆漢世討羌戎馳檄文書，若今吏案行遣，皆章草書。然斷續不綴矣，惟鄧騭永初二年六月一篇成文爾。今宗室仲忽及梁師成家尚多，得之石本，乃就簡上摹得者。"

予因言："見漢魏間人章表，亦多用章草書，今猶有存者，如司馬孚、孫皓表奏，世或傳之。疑所謂章草，上章用之，不因漢章帝好之，因謂之章草也。蓋此雖草書，而有波磔，若正書之有分隸，既不顛放易曉，又可赴急，宜漢人以乍檄書也。"

劉言："《續帖》中李懷琳書《絕交書》多有古字，若□□□□□□□等字，疑有所受，非懷琳自能作也。"

予言："張彥遠言：'昔嵇叔夜自書《絕交書》數紙，人以右軍數帖來易，惜不與之。'則叔夜書唐世尚有之。疑懷琳嘗見之，故放焉，決非自能作也。蓋懷琳嘗偽作衛夫人及七賢帖，不逮此遠矣。故竇息云：'乃有懷琳，厥蹟疏壯，假他人之姓字，作自己之形狀。'則知《絕交書》誠有所放也。其卷尾云'右軍書'，蓋誤。"

云："今世有蕭子雲章草書《出師頌》，甚古雅，與子雲他書全不類，疑亦放漢人書也。蓋東漢人喜作分隸與章草，它書傳世者鮮矣。"

予言："《淳化法帖》中有南唐人一手偽帖頗多，如偽作山濤、崔子玉、謝發、卞壺，皆是一手寫古人帖語耳。第三卷最多，今秘閣有數匣尚存，皆澄心堂紙書，分明題曰'倣書'，不作傳摹與真跡。而當時侍書王著編彙，殊不曉，特取名以入録，故與真蹟混淆；却多有好帖不入，殊可惜也。予《法帖正誤》中論之甚詳。"

劉言："鄧騭簡書'永初二年六月丁未朔二十日丙寅'，而東漢紀是年七月復有丙寅，恐史誤也。簡書當時文字，又有月朔不應差云。"又云："歐陽詢舉世呼爲率更，傳亦書其終於率更，而有八分書一碑，乃銀青光祿大夫爲給事中，史未嘗書也。"

予云："此例甚多。如唐史《王方慶傳》云，自褒至方慶五世封石泉，而今《寶章集》中方慶官云琅邪縣開國子，則是方慶嘗封琅邪，後徙石泉也，亦史誤。至於世之稱謂則不常，如楊凝式終太子太傅，而今人但呼爲楊少師之類。"

劉云："楊書'賽過珊瑚樹'一帖，乃在洛中一僧房中於書上寫之，即俗所謂書襻者。"

予云："洛陽文潞公家有楊書詩帖十一紙，字與《珊瑚帖》相類，今洛亦有石本，而不能盡載也。楊多書僧壁，而傳於楮素者甚少，今壁書亦自少。洛陽惟有廣愛寺西禪院兩壁、勝果院一壁、天宮寺一壁而已。因甲子歲大水，損失者多矣。"

劉言："瀛州有《邢巒碑》，甚完。金陵有唐高正臣書本，埋沒圃中，其父宜翁令人發出立之，今易致。其字畫殊有虞、褚法也。"又云："《續帖》中'春朝微雨'一帖乃陸柬之書。"

余云："法帖中有柬之一帖，乃晉人語，恐柬之臨學者。"予又云："裴行儉以書知名，而世人罕傳之。嘗見一帖，寫兵法，字甚怪放，恐非真也。"

劉云："嘗見行儉所書《千字》亦工云。"又云："《寶章集》題者小字乃鍾紹京書。"

予云："紹京碑今有存者，蓋師薛稷也。"予又云："焦山《鶴銘》俗傳王逸少書，非也。一小書中載云陶隱居書，此或近之。然此山有唐王瓚一詩刻，字畫全類此銘，不知即瓚書，抑瓚學銘中字而書此詩也。"

劉曰："嘗親至彼觀，疑即瓚書也。下有云'皇山樵人逸少書'，非王逸少也，蓋唐有此人亦號逸少耳。"又云："作鐘鼎須用竹筆書乃佳。"

予云："不然。今鐘鼎字若《季鼎》《伯戔》，字皆兩頭纖纖，若使竹筆，何能如此？"

劉又言："頃謁蘇子容相，未出間，見傳唐人一書，中云文皇令群臣上奏，任用真草，惟名不得草。後人遂以草名爲花押，韋陟五朵雲是也。此書偶忘其名。有朝士施結者，喜收古今人押字，不遠千里求之，所藏甚多，類而成書矣。嘗欲爲作序，偶忘此事所出，遂不用。"

予云："魏晉以來法書，至梁御府藏之，皆是朱异、唐懷充、沈熾文、姚懷珍等題名於首尾紙縫間，故或謂之押縫，或謂之押尾，祇是謂書名耳。後人花押乃以草書記其自書，故謂之押字，或云草字，蓋沿習此耳。唐人及國初前輩與人書牘，或祇用押字，與名用之無異，上表章亦或爾。近世遂施押字於移檄，或不書己名字，而別作形模，非也。"中華書局一九八八年影印上海圖書館藏宋嘉定三年婁鑰、莊夏校刻本《東觀餘論》卷上。

二　論飛白法

觀唐玄度十體書，因思張懷瓘云飛白全用隸法，蓋八分之輕者。今世人爲此書，乃全用草法，正與古背馳矣。又鮑照飛白用豪筆乃能成字，或輕或重也。蓋或輕若絲髮，或重若雲山，濃淡相錯乃成字。若不用豪筆書之，則不能若此。

今觀十體中，"飛龍"二字作飛白書，正用筆作，與散隸頗相近；但增縹緲縈舉之勢〔一〕，又全用楷法。洛陽唐恭陵《孝恭皇帝睿德之紀》及《牛口紀功碑》首唐大帝飛白亦如此作，皆有豪筆點掃濃淡之勢。而近世相承飛白皆用相思爲片板，若鬃刷然。以書殊不用豪筆，故作字無濃淡纖壯之變，非古也。

當蔡邕於鴻都下見工人以堊帚成字，歸而爲飛白之書，非便用堊帚，蓋用筆效之而已。今人便謂所用木筆爲堊帚，謬矣。又云"飛而不白"，又云"白而不飛"，蓋取其若絲髮處謂之白，其勢飛舉謂之飛。而俚俗鄙語又謂蔡中郎見帛飛空中，因作此字，以白爲帛，此尤無稽也。《東觀餘論》卷上。

〔一〕但：原作"坦"，據原校改。

三　論臨摹二法

世人多不曉臨、摹之別。臨謂以紙在古帖旁，觀其形勢而學之，若臨淵之臨，故謂之臨。摹謂以薄紙覆古帖上，隨其細大而揭之，若摹畫之摹，故謂之摹。又有以厚紙覆帖上，就明牖景而摹之，又謂之響搨焉。臨之與摹，二者迥殊，不可亂也。《東觀餘論》卷上。

四　論書八篇示蘇顯道

一

章草惟漢魏、西晉人最妙，至逸少變索靖法，稍以華勝。世傳書諸葛武侯對蜀昭烈語，及豹奴等章帖，皆逸少書也。蕭景喬《出師頌》雖不迨魏晉人，然高古尚有遺風，自其書中觀之，過正隸遠矣。隋智永又變此法，至唐人絕罕爲之，近世遂窈然無聞。蓋去古既遠，妙指弗傳，幾至於泯絕乎？然世豈無茲人，顧俗未之識耳。

二

張懷瓘論書，以會稽草書第八，在世將、茂宏輩諸人下，意謂其拘法度、少縱放也。

予謂草之狂怪，乃書之下者因陋就淺，徒足以障拙目耳。若逸少草之佳處，蓋與縱心者契妙，寧可以不踰矩議之哉！若懷瓘者，以形模求字，不可告以天下之馬也。

三

昔人運筆，側掠努趯，皆有成規，若法度禮樂，不可斯須離。及造微洞妙，則出沒飛動，神會意得，然所謂成規者初未嘗失。今世人作一波畫，尚未知厝筆處，徒規規強效古人，縱成，但若印刻字耳。

四

篆法之壞肇李監，草法之弊肇張長史，八分之俗肇韓擇木。此諸人書非不工也，而闕古人之□原〔一〕，教俗士之升木，於書家爲患最深。

夫篆之方穩，草之顛放，八分之纖麗，學便可至，而天勢失矣。彼觀鐘彝文，識漢世諸碑、王索遺跡，寧不少損乎？此可爲知者道。

五

流俗言，作書皆欲懸腕，而聚指管端，真草必用此法乃善。予謂不然。逸少書法有真一、行草三，以言執筆去筆跗遠近耳。今筆長不過五寸，雖作草書，必在其三，而真、行彌近。今不問正草，必欲聚指管端，乃妄論也。今觀晉、宋及唐人畫圖，執筆者未嘗若此，可破俗之鄙説。

六

凡書，橫難從易，方正在二者間。不悟書意，而作衡法，不斜則濁。此體惟鍾、索、逸、獻真知也，宋、齊、梁人似之，陳、隋至唐皆不近也。

七

陶隱居集楊、許三儁君真跡，論其書云：“楊君書最工，不今不古，能大能細，大較雖祖效郗法，筆力規矩兼於二王。掾書乃是學楊，而字體勁利，偏善寫經畫符，與楊相似，鬱勃鋒勢迨非人功所逮。長史章草迺能，而正書古拙。隱居昔見張道恩善别法書，歎其神識，今觀三君跡，一字一畫，皆望影懸了，自思非智藝所及，特天假此鑑，令有以顯悟爾。”

三君書跡，今無復有，獨唐寳息《述書賦》著楊真人行書《帶名六行觀》，隱居之論，想見其清致也，惜哉今亦弗傳矣。

隱居書自奇，世傳《畫版帖》及焦山下《瘞鶴銘》，皆其遺跡也，今人罕能辨之。於戲，妙識遠矣！古人之知音益希，安得隱居、道恩輩與之論書哉！

八

王會稽七子，凝、操、徽、渙、獻五人書跡具傳，惟玄、肅二子未見，餘皆得家範，而體各不同，是善學逸少書者。猶顏延年對宋文帝，自謂"竣得臣筆，測得臣文，奐得臣義，躍得臣酒"，書亦猶是也。《東觀餘論》卷上。

〔一〕"原"字上原校云："闕一字，恐是'淵'字。"

五　論書六條

一

唐人更不作章草書，近來有濟及洪府人強學之，所謂"不堪位置，舉止羞澀"，終不似真。俗人未嘗知古人用筆處，見其人書者，隨眾稱善，皆曰"鍾、索復出"矣。

二

凡書，衡難從易，方正在二者間。不悟書意者強作橫書，不斜則濁，蜀中一人是已。此體惟鍾、索盡古人之妙，宋、齊時人似之，梁、陳、隋至唐終不近也。

三

後魏、北齊人書，洛陽故城多有遺跡，雖差近古，然終不脫氈裘氣。文物從永嘉來，自北而南，故妙書皆在江左。

四

洛人好楊凝式少師書，信可傳寶。但自唐中世來，漢、晉書法不傳，如凝式輩，所祖述者不遠，會稽父子筆法似不如是。洛人得楊真跡，誇詡以爲希世珍，所謂子誠齊人耳。

五

"我居青空表，君處紅埃中。僊人持玉尺，度君多少才。玉尺不可盡，君才無時休。"此《上清寶典》李太白詩也。

六

近世書人惟章申公能傳筆意，雖精巧不迨唐，而筆勢超超，意出褚、薛上矣。比來□陽號知古法〔一〕，然但能行書，正草殊不工。愛觀古帖，而議論疏闊；好摹古帖，而點畫失真。世言其搨本與真跡同，然比李建中、周越輩則小過也。《東觀餘論》卷上。

〔一〕"來"下原校云:"空一字,疑'裏'字。"

六　論虞書《千文》

聞曾家所藏虞帖,未曾見,但前輩寫《千文》,如智永輩,不正即草,未有以行書寫者。世有歐率更行書《千文》一卷,乃是集其字爲之者。未知此虞本如何,須它日見,乃可辨真否也。然世人藏虞行書帖,如《汝南公主墓誌》《積時帖》《齋會帖》〔一〕。《東觀餘論》卷上。

〔一〕此下原校云:"疑有闕文。"

七　論張長史書

始觀張旭所書《千字文》,至"母圖隸散"等字,怪逸過甚。好事者以長史喜狂書,故效其跡,及反覆徐觀,至"鴈門云亭,愚蒙瞻仰"等字,與後題月日,則雄隱軒舉,槎枿絲縷,千狀萬變,雖左馳右鶩,而不離繩矩之内。猶縱風鳶者翔戾於空,隨風上下,而綸常在手;擊劍者交光飛刃,歘忽若神,而器不離身。駐目視之,若龍鸞飛騰,然後知其真長史書,而不虛得名矣。世人觀之者不知其所以好者在此,但視其怪奇,從而效之,失其指矣。昔之聖人縱心而不踰規矩,妄行而蹈乎大方,亦猶是也。

嘗觀莊周書,其自謂謬悠荒唐而無端涯,然觀其論度數形名之際,大儒宗工有所不及,其道所以之無爲而無不爲矣。於戲!觀旭書尚其怪而不知入規矩,讀《莊子》知其曠而不知其入律,皆非二子之鍾期也。《東觀餘論》卷上。

八　《法帖刊誤》序

淳化中内府既博訪古遺跡,時翰林侍書王著受詔緒正諸帖。著雖號工草隸,然初不深書學,又昧古今,故秘閣法帖十中瑤珉雜糅,論次乖譌,世多耳觀,遂久莫辨。

故禮部郎米芾元章筆翰妙薦紳間,在淮南幕府日,嘗跋尾作數百語,頗有條流。但概舉其目,疏略甚多,故諸部中或僞跡著甚而不覺者,若李懷琳所作衛夫人書、逸少《闊别稍久帖》之類;有雖審其僞而譏評未當者,若知伯英、大令諸草帖爲唐人書,而不知乃書晉人帖語之類;有譏評雖當,主名昭然而不能辨者,若以田疇字爲非李斯書,而不知乃李陽冰《明州碑》中字之類;有誤著其主名者,若以晉人章草《諸葛亮傳》中語,遂以爲亮書之類是也。其餘舛午尚多。書家責能書者備,故僕於元章慨然。

古語有之:"善書不鑑,善鑑不書。"僕自幼觀古帖至多,雖豪墨積習未至,而心悟神解,時有所得,故作《法帖刊誤》。凡論真僞,皆有據依,使鍾、王復生,不易此評矣。元章今已物故，恨不示之，後有高識，賞予知言。

大觀戊子歲六月七日，西都府院東齋序。《東觀餘論》卷上。

九　跋干祿字碑後

歐陽文忠言，楊漢公謂此書以工人用爲衣食之業，故摹多而損速者非也。蓋魯公筆法爲世楷模，而字書辨正僞謬，尤爲學者所資，故當時盛傳於世，所以摹多爾，豈止工人爲衣食業邪？

此論甚善，但云漢公摹本多失真則不然。今觀此書，精隱勁媚，殊得顏真，楊自以爲不差纖毫，信矣。然文忠又云"《干祿》之注，持重舒和而不局促"，余輒易之曰持重而不局促，舒和而含勁氣，乃盡魯公之筆意也。

崇寧壬午歲九月十二夜，試姑蘇仲璋筆。

余自得此碑幾三年，凡三題卷後，而字勢各不同。雖似稍進，然猶孩稚形骨，歲殊月異，不同〔一〕，未若老成風格成就也，更當力學，以追昔人。《東觀餘論》卷下。

〔一〕不同：似爲衍文。

一〇　跋逸少《破羌帖》後

《破羌帖》今在米淮陽家，崇寧癸未春，米在都下，以泉十五萬得之。後有開元印記及陶穀等題字。

余嘗跋之云：晉穆帝永和十二年秋，桓溫破姚襄於伊水，遂至洛。時將以謝尚鎮之，屬病不行。此帖所叙桓公摧破羌賊，及喜仁祖小差，正當時事也。是時逸少去會稽内史已歲餘，方遁跡山水間，宜不復以世務經懷。而此書乃歎宣武之威略，悲舊都之始平，憂國嗟時，志猶不息，蓋素心如此。惜其一憤遠引，使才猷約結，弗光於世，獨區區遺翰，見寶後人，覽之深爲興歎。《東觀餘論》卷下。

一一　跋《黃庭經》後

《黃庭》世有數本，皆闕不全，獨此本字畫具存，乃慶曆中摹者。然氣象猶在，不可以近而忽之也。《東觀餘論》卷下。

一二　跋陳孝義寺碑後

徐陵文非佳，而頗有内典故事，又徐嶠之書有法，故漫錄之。《東觀餘論》卷下。

一三　跋《蘭亭傳》後〔一〕

甲申歲八月十一日夜，因臨《蘭亭》，閱《法書要錄》，見此記文詞繁瑣，戲爲刪潤，但筆不能好書，當俟它日別寫。長睿題。《東觀餘論》卷下。

〔一〕傳：《會稽志》卷一六作"記"。

一四　跋白傅書後

樂天書不名世，然投筆皆契繩矩，時有佳趣。乃知唐士書學之盛如此〔一〕。乙酉歲閏月八日書。《東觀餘論》卷下。

〔一〕"士"字下原校："一作世。"

一五　跋《文會圖》後

《文會圖》，世傳閻令畫。然圖中有奚官捧笏囊者，予初疑之，以爲唐史載，張九齡體弱有醞藉，故事，公卿皆搢笏於帶，而後乘馬，張獨使人持之，因設笏囊，自九齡始。閻令之沒，距九齡作相凡六十年，不當此畫已作笏囊也。然予按梁《職儀》云，八坐尚書以紫裹手版。《通志》云：令、錄、僕射、尚書手版，皮紫裹之。梁中世以來，唯八坐執笏者以紫囊之。段成式《酉陽·貶誤》中嘗引此，以爲不始於陳希烈。則笏囊自蕭梁以來有之，不特從九齡始也。閻令之畫笏囊，蓋無足怪。崇寧乙酉歲三月十二日手摹此圖，因書卷末。黃某長孺父記。《東觀餘論》卷下。

一六　跋李邯鄲撰《御書閣記》後

崇寧丙戌歲元日，黃某在興仁府外氏任太師第，登閣敬觀美成龍章，因覽是碑，愛其文辭雄蔚，遂躬錄之。《東觀餘論》卷下。

一七　跋崇寧所書《真誥》冊後

《真誥》所載楊、許三君往反書牘，語存而跡逸，深可嗟慨，故聊書之，殊愧詞翰不倫也。然予書格本出魏晉，知者觀之，亦可求古人之筆意。丙戌歲三月二十日書。

陶貞白云："案三君手跡，楊君書最工，不今不古，能大能細，大較雖祖效郗法，筆力規矩並於二王。掾書乃是學楊，而字體勁利，偏善寫經畫符，與楊相似，鬱勃鋒勢，迨非人功所逮。長史章草乃能，而正書古拙，符又不巧，故不寫經也。隱居昔見張道恩善別法書，歎其神識，今覩三君跡，一字一畫，便望影懸了。自思非智藝所及，特天假此監，令有以顯悟爾。"《東觀餘論》卷下。

一八　跋《真誥》書秦漢間事後〔一〕

右，此前十條並楊君所寫錄潘安仁《關中記》語也。用白牋紙，行書，極好，當是聊爾鈔其中事。《東觀餘論》卷下。

〔一〕題下原校云："此跋三十五字乃《真誥》全文。"

一九　跋秘閣《續法帖》後

崇寧丙戌歲夏，調官上都，寓城南昭化坊李表伯舍。旅食無事，因假信安劉丈賜本自摹，凡十卷，用桐紙六十枚。凡再浹月，乃竟。晴窗潔几，寂無塵慮，從容填郭，纖微弗差。第此書當時緒次間有乖舛，及第十一卷文陋書惡，姑因其舊，弗刪除云。惟此卷逸少諸子書中，乃有"弘白"一帖，書既惡甚，語尤淺俗，謬廁諸王間，殊爲不倫，故十卷中止去此一帖耳。然第四卷中"得四月三日問"一帖尚可刪也。長睿父書。《東觀餘論》卷下。

二〇　跋杜正獻公草書後

高適五十始爲詩，而與李、杜抗行。正獻公暮年乃學草書，筆勢翩翩，遂逼魏晉，孰謂秉燭不迨晝遊哉！

於戲！公之用也，忠獻亮節，著於朝廷；其退也，直心勁氣，寓於翰墨。故觀此書者，可以得公之爲人。《東觀餘論》卷下。

二一　跋劉次莊《戲魚堂記》後　摹本〔一〕

劉御史書，最妙小楷，其原蓋出王大令、褚河南，而能兼採群書爲一家。雖體本媚弱，行草差劣，然求之今世，亦非多有。

此帙所錄，《魚記》最善，其後數刻，皆不迨也。石蒼舒書雖有骨氣，而失於麤俗，視劉遠矣。《東觀餘論》卷下。

〔一〕摹本：原作大字。按原書目錄無此二字，此當作小字。以下黃伯思文題末有"摹本"二字者皆做此，不另出校記。

二二　跋滑州崇壽寺杜師雄留題後

某緣漕檄東郡，事已還錐，舍此，觀壁，因知《宗將軍碑》在胙城，深慰懷，明過當觀之。大觀丁亥六月初十日，胙城攝宰李顏送《黃將軍碑》，乃黃景雲父《羅刹碑》，虞永興爲秦府學士時撰，非其書也。《東觀餘論》卷下。

二三　跋鍾虞二帖後　摹本

唐文皇論鍾元常書云："體則古而不今，字則長而逾制。"今觀世傳逸少臨鍾書《尚書宣示》及《破關羽帖》並此表，字皆匾闊，殊無長體，豈文皇誤以廣爲修乎？

竇泉《述書賦》云：小鍾帶名行書，一紙六行；虞松草書具姓名，一紙十一行。此卷鍾、虞二帖正與此同，當是竇所見者。虞松者，所謂名微格高，復見叔茂體裁簡約，肌骨豐嫥，如空凝斷雲，水泛連鷺者也。王小令一帖尤可愛，清麗婉雅，將逼子敬，駸駸欲度驊騮前，非虛語也。大觀元年十月五日，長睿書。《東觀餘論》卷下。

二四　跋《仁智圖》後

右《列女圖》，自密康公母至趙將括母凡十五圖，考於劉向《傳》，此乃畫《仁智》一卷像也，所題頌即《傳》所載。王回《傳》序云：人嘗見《母儀》《賢明》四卷於江南人家，其畫爲古佩服，而各題其頌像側。與此正同。

予按《列女》之目七，古皆有畫，世所傳特《母儀》《賢明》《仁智》三圖而已。今江南二圖亦復亡軼，獨此《仁智》一卷在焉，彌宜珍錄，故手摹之。大觀元年季冬望日。《東觀餘論》卷下。

二五　跋東府所書《急就章》後

紹聖彊圉赤奮若歲春三月，東府草書《急就章》。書此倏十二年，其中可興慨者多矣。大觀二年二月二十四日夜，長睿題。《東觀餘論》卷下。

二六　跋韋鷗《十馬圖》後

韋鷗《十馬》，後有元和李丞相吉父題字，真佳跡也。少陵有韋偃畫馬詩，"偃"當作"鷗"，蓋轉寫之誤。《閣中集名畫記》《唐志》皆作"鷗"云。大觀戊子歲三月初吉，黃某書。《東觀餘論》卷下。

二七　跋晉人帖後

此帖字雖可愛，而不類晉人語，恐僞，當是虞永興書。"自晚"以下四帖亦非逸少語，當是後人集其書爲之。戊子歲三月二十三夜觀。《東觀餘論》卷下。

二八　跋《破羌》跋尾後

此去年書，今觀如覺微進。何時一超，直入古人地乎，執筆增慨！
大觀戊子歲七月二十八夜，東齋書。《東觀餘論》卷下。

二九　跋所書《真誥》數紙後

數日夜旦攷校，殊無閒功。今日已竟，燈前觀陶華陽《真誥》，載書此數條。
吾於書字，比今人差知古意，非於漢、魏、晉諸人書中游心者不愛。大觀戊子八月十九日夜，論秀堂書。《東觀餘論》卷下。

三〇　跋摹本王逸少《尚書》中書帖後

右王逸少《尚書》十二帖，凡六十二行，五百十有三字，黷二滅一，注五，闕七字。大觀戊子歲八月二十六日癸卯，洛陽官廨裝，雲林子書。《東觀餘論》卷下。

三一　跋漢小黃門譙君碑後

此碑稱："敏之先譙贛，能精微天意，傳道與京君明。"即《漢書》稱京房治《易》，事梁人焦延壽字贛者也。而碑乃云"譙"，其氏姓不同如此，豈聲文相近，承傳之譌歟？抑作碑者妄引以爲譙君之先歟？然二漢相距非甚遠，爲金石刻不應舛午，是知冊牘所傳，其失多矣。

《左氏》僖公二十三年："秋，楚成得臣帥師伐陳，討其貳於宋也。遂取焦、夷，城頓而還。"杜預謂"焦，今譙縣也"，據此説，則焦、譙亦通音也。

近世有信安何籀者，以隸書知名。目是碑爲蔡中郎書，未知何據。自謂學此法，清勁有古意，與梁、孟、皇行筆正相反。予謂漢世隸法至魏大變，不必梁、蔡，勢自爾也。

此碑意象古雅，在樊常侍、蔡槀長二碑上，借非中郎，自可師法。大觀三年八月癸未，西都掾廨裝。長睿書。《東觀餘論》卷下。

三二　跋章草《急就》補亡後

自秦同書文，丞相斯作《倉頡篇》，中車府令高作《爰歷篇》，太史敬作《博學篇》，至文園令相如作《凡將篇》，黃門令游作《急就篇》，皆書文之林苑，欲識字者不可不知。

惜哉，《凡將》以上不可復見，特《急就》存焉者，以昔賢多喜書之故也。其文雖出小學家，而亦西京文氣未衰之際，詞致雅馴，故顏籀賞其清靡。籀注此書，嘗得皇象、鍾繇、衛夫人、王會稽等篇本，備加詳覈。

今世所傳惟張芝、索靖二家爲真，皆章草書。而伯英本祇有"鳳爵鴻鵠"等數行，至靖所書乃有三之二，其闕者自"母縛"而下纔七百五十字，此本是已，蓋唐人摹而弗填者。神韻筆勢，古風宛然，予遂手搨一通。陶隱居謂之填郭書，近世謂之雙鉤書，蓋欲知筆徑所自故爾。予既手搨，復補其遺字於終，因以備忘云。大觀己丑歲十月朔，黃某書。《東觀餘論》卷下。

三三　跋右軍《甘蔗帖》後　摹本

此帖中云"甘蔗十丈"，初不可曉，因思曹子建詩云"都蔗雖甘，杖之必折"，"十丈"云者，恐若木千章、竹萬箇之類。蔗似竹，於文從焉，此帖以之，俗從草，非是。《東觀餘論》卷下。

三四　跋右軍論諸葛昏書後　摹本

此卷有論諸葛昏書。

案晉謝石嘗求昏諸葛恢稚女，恢不許，及恢亡，乃成昏。於時王右軍往謝家看新婦，猶有恢之遺則，威儀端詳，容服光整。王歎曰："我在，遣女裁得爾耳！"始不知此何與逸少事，而嗟賞若此。及觀此帖，乃云："二族舊對，故欲結援諸葛。若以家窮，自當供助昏事。"又云："欲速知決。"始知右軍爲主茲事，故觀謝婦，發此歎也。己丑歲十一月十九夜，長睿書。《東觀餘論》卷下。

三五　跋《蜀道圖》後　摹本

顧長康愛嵇叔夜詩，因爲之圖，而"垂綸長川"、"目送歸鴻"等語，彌灼灼在人耳目，畫之不可已如此。

此畫雲勢岫色，林谷明藹，皆有逸趣，非嘗歷蜀道而知少陵詩意者，未易追此。

大觀四年二月日書。《東觀餘論》卷下。

三六　跋《輞川圖》後

世傳此圖本多物象靡密，而筆勢鈍弱。今所傳則賦象簡遠，而運筆勁峻，蓋摩詰遺跡之不失其真者，當自李衛公家定本所出云。大觀四年三月初吉，會稽黃某書。《東觀餘論》卷下。

三七　跋景福草書卷後

唐昭宗景福三年正月改元爲乾寧，此書乃是月作，而猶用舊號者，當是詔令未至燕地也。

此卷作草書，應規入繩，猶有遺法；然僧書多蔬茹氣，古今一也。大觀四年四月十一日，長睿觀。《東觀餘論》卷下。

三八　跋大滌翁論書帖後

章申公書暮年愈妙，一以魏晉諸賢爲則。比其正書，殊類逸少所臨鍾書《尚書宣示》，意象高古，非可以近世倫擬也。而論據端確，評裁曲盡，非深於書者不能識之。

然此卷論薄紹之氣質比羊欣以下，乃申公自論，前此皆《法書要錄》中語也，申公戲寫之耳。《東觀餘論》卷下。

三九　跋蘇顯道求章草卷後

蘇顯道以此紙求僕章草《急就篇》，既爲之書，並書《出師頌》等三篇，及於紙尾論書數條，以盡此卷。字勢筆跡雖媿昔人，然不知魏晉以先書法者願勿示之。大觀四年六月庚寅，黃某長睿書。《東觀餘論》卷下。

四〇　跋藏真書後

藏真此書殊合作，授、裳、像、爽等字雜章草法，彌足愛也。大觀四年季夏九日。《東觀餘論》卷下。

四一　跋《吉日圖》後

顧長康畫《列女圖》，中有蘧伯玉，車形筆勢與此田車了無小異。且三車之士方從禽馳騁，而神韻閒安，若中禮容，非顧、陸遺跡不能追此。博陵之筆縝細，而此圖簡古，裴公以爲無有異於閻令，何邪？大觀四年十月五日，閩人黃某觀。《東觀餘論》卷下。

四二　跋章草《儼真詩》後

章草法絕久矣，予師友鍾、索、王、蕭於千歲，或冀彷彿。徐君求予書《儼真詩》，予所欲書，詞指皆高妙玄邈，超然出陔絃之外，不應以世俗書書之，遂爲作章草，自"靈山造太霞"而下凡十有二篇云。大觀四年十月六日。《東觀餘論》卷下。

四三　跋蘇氏篆後

漢甄豐稽正古文字，其一古文，魯堂壁中書也；其二奇字，即古文而異者也。古文高質而難遽造，若三代鼎彝遺篆是已；奇字怪巧而差易，正若漢劉棻從揚雄所學，及近世夏鄭公集《四聲韻》所載是已。今人往往不能辨之，遂盡以奇字爲古文焉。武功君於篆法工矣，必能辨耳，予恨不獲一面，第觀遺跡，使人慨然。《東觀餘論》卷下。

四四　跋蘇氏書後

僕自弱齡喜篆法，初得岱宗秦刻及朝那石章學之，後得岐鼓、壇山字及三代彝器文識又學之，仰其高古，惟是之師，而漢魏碑首印章亦時寓目，下此者未嘗過而問焉。今觀蘇君書，規雖法李監，而端勁方隱，殊可珍傳，信哉未易重古而忽今也。《東觀餘論》卷下。

四五　跋《海陵志》後

《海陵志》在沈翰林括家，沈慶曆中在金陵，廚人以方石鎮肉，視之有字刻，乃此志也。後爲人借去不還，遂亡所在，此本今世殊難得。

然海陵乃齊世，而沈云宋海陵王，非也；又云謝朓撰並書〔一〕，而《志》但云朓立耳。然玄暉自以草隸名當時，後人目以飛華滿目，殘霞照人，此《志》結字高雅，必朓書也。沈載此文，於其書亦小異，如"溫文著性"，石本云"者性"；"嗣德方衰"，石本云"方褰"；"晚夜何長"，石本云"曉夜"，當以石本爲是。政和元年正月十一日，黃某長睿父書。《東觀餘論》卷下。

〔一〕朓：原作"眺"，據文淵閣四庫全書本改。

四六　跋《秘閣第三法帖》後

此卷僞帖過半，自庾翼後一帖首云"已向季春"。等十七家，皆一手書，而韻俗筆弱，濫廁諸名跡間。始予觀之，但知其僞，而未審其所從來。及備員秘館，因彙次秘閣圖籍，見一書函中盡此一手帖，每卷題云"倣書第若干"，此卷僞帖及他卷所有僞帖者皆在焉，其餘法帖中不載者尚多。並以澄心堂紙寫，蓋南唐人聊爾取古人詞語自書之爾，文真而字非，故斯人者自目爲"倣書"，蓋但錄其詞而已，非臨摹也。國初論次法帖時，如王著輩不悟其非，故但採其名雜載真帖間，可勝歎哉！今列此卷內一手僞帖於左：

庾翼後一帖　沈嘉　杜預後一帖親故　王循　劉超　司馬攸　劉瓌　劉穆之　王劭　紀瞻　王廙　張翼　陸雲　山濤　卞壺

右，十五家並庾翼、杜預後一帖，皆一手爲書。

庾亮　庾翼前一帖　杜預前一帖　謝璠伯　王徽之　凝之　操之　渙之　索靖　王坦之　謝莊　王邃　王恬　王曇首　孔琳之　王僧虔

右，十四家並庾翼、杜預前一帖，皆真帖，其餘盡一手僞書。《東觀餘論》卷下。

四七　跋《洛陽九詠·瞻上清》後

右《瞻上清》一首，乃僕《洛陽九詠》之一也。因此碑帙有五君栝柈文，故書於帙右，欲考栝柈所以者，觀此可知也。政和元年八月初吉，黃某書。《東觀餘論》卷下。

四八　跋《法帖》逸少書後

玉局翁云："希白作字自有江左風味，故長沙法帖比淳化待詔所摹爲勝。世俗不知，爭購秘閣本，誤矣。此逸少一卷尤妙。"僕謂此語故當，亦有不然。白摹書真似騎生馬，不暇施鞿勒，時有驟跌，不害其妙處，但搨字要當如陶華陽摹楊、許書法，乃佳耳。

此本，僕幼學者，戲書其後。政和元年九日夜書。《東觀餘論》卷下。

四九　跋唐人書《蘭亭》詩後

魏正始中，務談玄勝；及晉度江，尤宗佛理。故郭景純始合道家之言而韻之，孫興公、許玄度轉相祖尚，又加以三世之辭，而《詩》《騷》之體盡矣。

今山陰修禊諸賢詩體正爾，然皆寄尚蕭遠，軼跡塵外，使人懷想深。頃見晉人一帖云："三日臨水〔一〕，詩文既佳，興趣高〔二〕，覽之增諸懷，年少作各有心，正謂此詩也〔三〕。是時與集者四十有一人，今存者二十有六而已。"此卷雖唐人書，故自不凡，亦可珍録。

政和元年十一月戊寅，觀於右軍樾堂。《東觀餘論》卷下。

〔一〕臨水：原無，據《江村消夏録》卷二所録墨跡補。
〔二〕趣：原作"趨"，據同上改。
〔三〕詩：原作"時"，據同上改。

五〇　跋王大令《授衣帖》後

右摹本王大令獻之《授衣帖》一卷，七十二行，有徐僧權、陳惠辯押尾，蓋梁御府法書也。筆勢閎放，實子敬書之合作者。政和二年夏四月，洛陽官舍裝。《東觀餘論》卷下。

五一　跋《寶篋經》後　乃王晉玉所蓄書，凡五軸，求予跋尾。

此經結字殊類褚河南。河南書盛行貞觀、永徽間，故雖經生亦皆慕放〔一〕。閻令署家令銜，而不著太子，當是東宮經也。《東觀餘論》卷下。

〔一〕慕：原校："一作摹。"

五二　跋張長史帖後

"賀八清鑑，風流千載人也"，沈吟此語，恍若季真在目，長史此帖，不獨草聖可賞也。《東觀餘論》卷下。

五三　跋摹逸少帖後

世人摹書，多作己態。此卷搨右軍諸帖，及搨歐輩跋，字如人面目不同，而翩翩各有佳趣，深可珍愛。"冬初"一帖乃虞永興書，"西上口"等非晉人語也。《東觀餘論》卷下。

五四　跋藏真書後

"水從銀漢落，山繞畫屏新"，李太白詩也，藏真書之，可謂二寶，謝康樂不專美於前矣。《東觀餘論》卷下。

五五　跋錢氏書後

予家吳中，每聞故老言，錢氏有國時，賦厚役叢，民不堪生。今所營梵宮，脩楹穹極，綿亙林壑，它所興爲率稱是，宜若不能長守。然武肅以唐乾寧二年乙卯歲兼東西浙，至我朝太平興國二年戊寅歲獻地，傳四將、八十四年，自五代來偏據之雄久有國者，莫吳越若也，詎非久假伯術，畏義尊王，以克永世者乎？

今觀所下二書，每自抑損，良可嘉也。《東觀餘論》卷下。

五六　跋《十七帖》後

右王逸少《十七帖》，乃先唐石刻本。今世間有二，其一於尾有"敕"字及褚遂良、解如意校定者，人家或得之；其一即此本也。洛陽李邯鄲家所蓄舊本頗與此相近。其餘世傳別本，蓋南唐後主煜得唐賀知章臨寫本，勒石寘澄心堂者，而本朝侍書王著又將勒石，勢殊疏拙。又有一版本，亦似南唐刻者，第叙次顛舛，文爲《十七帖》，而誤目爲《十八帖》，摹刻亦瘦弱失真。獨"敕"字本及此卷本乃先唐所刻，右軍筆法具存，世殊難得，誠可喜也。

按張彥遠《法書要錄》與予所著《法帖刊誤》論此帖本末頗完，今並列於左方云。政和二年五月初吉，黃某書。

《十七帖》長丈有二尺，貞觀中內本也。凡百七行，九百四十三字，逸少草書中烜赫著名帖也。文皇帝購二王書，大王草有三千紙，率以一丈二尺爲，取其跡，以類相從，綴成，以"貞觀"兩字印印之，褚河南監裝。率多紫檀軸首白檀身，紫羅褾，織成帶。開元皇帝又以"開元"兩字印印之，跋尾列當時大臣名。此帖號《十七帖》者，以首有十七字，故以名。凡二王書，後人亦有取帖中一句語稍異者標爲帖名，大約多取卷首及帖首三兩字也。

右見張彥遠《法書要錄》。《東觀餘論》卷下。

五七　跋《輞川圖》後

輞川二十境，勝槩冠秦雍。摩詰既居之畫之，又與裴生詩之，其畫與詩後得讚皇父子書之，善並美具，無以復加，宜爲後人寶玩摹傳，永垂不刊。然此地，今遺址僅存，園湖坨汧，率爲疇畝，未有高士踵茲逸懷，使人慨想深。政和二年六月五日，常山宋烜、武陽黃某於河南官舍同觀〔一〕。《東觀餘論》卷下。

〔一〕"某"字原空，據文淵閣四庫全書本補。

五八　跋《漢太尉劉文饒碑》後

　　《漢太尉劉文饒碑》二，故吏李謙等立一，門生商苞等立一，在今西都上東門外官道之北、洛陽尉射圃中。近世好事者亭以覆之，目其亭爲"寶刻"，蓋以是碑爲蔡中郎書，故名焉。二碑陰各有題名，唐湖城公劉爽修碑記亦存焉。

　　予官洛五年，每過上東，必徘徊碑下，想文饒之高風，玩中郎之妙楷，與歐陽信本之觀索靖書碑，坐卧不能去，何以異云。因令工椎拓二碑及陰文，裝爲三帙，而時觀之。政和二年七月初吉，黃某長睿父書。《東觀餘論》卷下。

五九　跋《元和姓纂》後

　　政和二年九月初吉於河南致。首有"鎮海軍節度使"印，蓋富韓公家舊本也。會稽黃某書。《東觀餘論》卷下。

六〇　跋《三蕭碑》後

　　此楷法自鍾元常後，唯江左諸賢頗得之，故蕭殿中書是碑，古雅可喜。然下至隋唐，其法遂亡，虞、歐、褚、薛弗能逮也，此可與識者論云。政和癸巳歲四月二十七日，黃某長睿父書。《東觀餘論》卷下。

六一　跋顧誡奢書《吕肅公碑》後

　　少陵《送顧八分文學》詩云："中郎石經後，八分蓋顦顇。顧侯運鑪錘，筆力破餘地。昔在開元中，韓蔡同贔屓。玄宗妙其書，是以數子至。"此詩蓋謂誡奢也。觀其遺跡，乃知子美弗虛稱之。碑首倒亦自奇古，不獨八分可賞云。政和三年六月丁丑，黃某長睿。《東觀餘論》卷下。

六二　跋《黃庭經》後

　　《黃庭》世有數本，或響搨，或刊刻，皆正書，蓋六朝及唐人轉相摹放，所以不同。此卷臨學殊工，字勢源放歐率更，固自合作，殊可佳歟。

　　世傳《黃庭》真帖爲逸少書，僕嘗考之，非也。按陶隱居《真誥‧翼真檢》論上清真經始末云：晉哀帝興寧二年，南嶽魏夫人所授弟子司徒公府長史楊君〔一〕，使作隸字寫出，以傳護軍長史許君及子上計掾。掾以付子黃民，民以傳孔默。後爲王興先竊寫之，始濟浙江，遇風淪漂，惟有《黃庭》一篇得存。蓋此經也。僕按甲子歲〔二〕，逸少以晉穆帝升平五年卒，是年歲在辛酉。後二年，即哀帝興寧二年，始降《黃庭》於世，安得逸少預書之？又案梁虞龢《論書表》云：山陰曇村養鵝道士謂羲之曰："久欲寫河上公《老子》，縑素早辦，而無人能書。府君若能自屈，書《道德經》兩章，便合群以奉。"於是羲之便停半日，為寫畢，攜鵝去。《晉書》本傳亦著道士云："為寫《道德經》，當舉群相贈耳。"初未嘗言寫《黃庭》也。以二書考之，即《黃庭》非逸少書無疑。然陶隱居《與梁武帝啟》云："逸少有名之跡不過數首，《黃庭》《勸進》《告誓》等不審猶有存否？"蓋此啟在著《真誥》前，故未之考證耳。至唐張懷瓘作《書估》云："《樂毅》《黃庭》，但得幾篇，即為國寶。"遂誤以為逸少書。李太白承之，作詩"山陰道士如相見，應寫《黃庭》換白鵝"，苟欲隨之耳，初未嘗考之。而韓退之詩云"數紙尚可博白鵝"，而不云《黃庭》，豈非覺其謬歟？然今此帖始見於梁代，蓋晉興寧已後，或宋齊人書也。

僕頃在洛，見承直郎李鵬舉家畜此帖一，乃唐褚令摹，單郭未填，筆勢精善，乃錢思公家本，號"玉軸《黃庭》"，中有五行為周越摹換之，今歸御府矣，世所傳本，無出其右。今題此卷，聊爾論之。

政和三年九月望日，黃某題，傅墨卿同觀。《東觀餘論》卷下。

〔一〕"長史"下原校："《真誥》作'舍人'。"
〔二〕甲子歲：疑此三字有誤。

六三　跋《孔耽碑》後

是碑在亳州永城縣廨中，僕嚮見滕同合言其目，復於上官仲雍知其所在。政和癸巳歲十月十九日，余國器聖求自永城寄至。詞筆皆古雅，因以章草書其文一通，以便覽觀云。是夜鼓二，於清平坊第書，長睿父記。《東觀餘論》卷下。

六四　跋高彥休《闕史》後

政和三年秋，於東都清平坊傳此書。叙云甲辰歲編次，蓋唐僖宗中和四年也。而其間已有書僖號者〔一〕，或後人追改之。彥休叙事頗可觀，但過為緣飾，殊有銑谿蚪戶體，此其贅云。次年三月七日再閱一過，黃某書。《東觀餘論》卷下。

〔一〕已有：原作"有已"，據《御覽闕史》卷末乙。

六五　跋何璧書後

是書字字應二王橅矩。何璧者，不知何物人，草法之工如是。然所書《月儀》等帖，辭太淺俚，蓋唐中葉後人所爲。觀者取其書，略其語可也。

政和四年四月望，黃某長睿父題〔一〕。《東觀餘論》卷下。

〔一〕"某"字原空，據文淵閣四庫全書本補。

六六　題集逸少書《聖教叙》後

《書苑》云："唐文皇製《聖教叙》，時都城諸釋諉弘福寺懷仁集右軍行書勒石，纍年方就，逸少劇跡咸萃其中。"今觀碑中字與右軍遺帖所有者纖微克肖，《書苑》之説信然。

然近世翰林侍書輩多學此碑，學弗能至，了無高韻，因自目其書爲"院體"。由唐吳通微昆弟已有斯目，故今士大夫玩此者少。然學弗至者自俗耳，碑中字未嘗俗也，非深於書者不足以語此。政和四年四月二十四日，黃某長睿父書。《東觀餘論》卷下。

六七　跋滕子濟所藏《唐人出遊圖》宋之問　王維　李白　高適　史白　岑參

昔人深於畫者，得意忘象，其形模位置有不可以常法觀者，顧、陸、王、吳之跡時有若此。如雪與蕉同景，桃李與芙蓉並秀；或手大於面，或車闊於門。使俗工睨之，未免隨變，安於拙目。故九方皋之相馬，略其玄黃，取其駔儁，惟真賞者獨知之。

此卷寫唐人出遊狀，據其名題，或有弗同時者，而揚鑣並驅，睇眄相語，豈亦於世得意忘象者乎？求畫者主名弗可知，要非俗手作也。政和甲午歲四月二十四日，觀於道山東序。《東觀餘論》卷下。

六八　跋王大令帖後

張懷瓘云："子敬草書，幼師父，而後法張芝。"僕謂獻之行草亦然，模矩雖出於逸少，而筆氣飄飄，已面元常庭域矣。故自謂"與尊故當不同，人那得知"，非誇辭也。觀此帖縱軼若此，而唐文皇目以拘攣餓隸，無乃太貶乎！政和甲午歲八月三日夜，雲林子黃某觀。《東觀餘論》卷下。

六九　跋張閎道草書後

王簡穆以書名齊世，竇息謂其密緻豐富，神高氣全。今遺跡可見者有劉伯寵，謝憲、王琰三帖。尚傳其論書一篇，具載本傳意。當時必自書之，惜哉今亡矣。

張閎道遊心翰墨，追爲之書，殊可喜也。僕見前輩效鍾、王書，自羊薄以還，類多規規然，雖精而弗肆。至張融自謂"不恨己無二王法，乃恨二王無己法"，乃知一藝之至，亦當克自植立，融之言不爲過也。今觀閌道真草，亦矯然自作一家風範，宜諸賢歎賞之多云。政和四年十二月庚午，黃某觀。《東觀餘論》卷下。

七〇　跋細字《華嚴經》後

東漢師宜官善書，大則徑丈一字，細則能方寸千言。書是經者亦以尺紙作七萬字，殆得宜官法也。晉衛巨山論書云："其大徑尋，細不容髮。迫而察之，心亂目眩。奇姿譎詭，不可勝原。研桑所不能計，宰賜所不能言。"僕於此經亦云。政和五年二月甲寅，雲林子黃長睿父書。《東觀餘論》卷下。

七一　跋陶華陽書後

陶隱居書故自入流。其在華陽，得楊、許三真君真跡最多，而學之，故蕭遠澹雅，若其爲人。今金陵有《許長史舊館壇碑》，最先一行乃隱居書。又世有《畫版帖》四十三字，與碑字筆勢同。今觀其爲楊瓊瑤作奏章稿，與前二書雖真行不同，要非異手作也。

袁昂論書，以隱居"若吳興小兒，形狀未成長，而骨體甚峭快"。今審其疏，比之鍾、王，爲未成就，然神韻閒曠，那可以"峭快"目之？獨竇臮謂其"高爽自然，逸軌奮舉"，頗近實云。政和乙未歲二月二十二日，黃某長睿書。《東觀餘論》卷下。

七二　跋《盤綫圖》後

右《盤綫圖》，唐王叡叙而傳之，以爲唐諸王之遺跡。然予頃於吳中，見劉季孫景文家有此畫一弓，古題云：宋武帝東征，劉毅道廬山，隱士宗炳獻一筆畫一百事，帝賜以犀柄麈尾。與此本大同小異。所畫物象，存者亦五十餘種，匠意簡古，筆勢若出一手。然後知是畫非唐人能爲，王叡以爲唐諸王畫，誤矣。政和五年春，於東都清平坊手摹一通，黃某長睿父題。《東觀餘論》卷下。

七三　跋江南藏真書後　唐愨通叟所寶，求予題跋。

頃見江南後主錯金書題藏真書《千字》曰："戴叔倫詩云'詭形怪狀翻合宜'，誠哉是言。"今見藏真自叙，乃有叔倫全章。此卷真跡，豈亦江南集賢所畜書乎？《東觀餘論》卷下。

七四　跋龍眠《九歌圖》後

《楚詞·九歌》凡十一篇、九神，而梁昭明取六章載於《文選》。故是圖貝闕珠宮，乘黿逐魚，亦可施於繪素。後人或能補之，當盡靈均之清致也。《東觀餘論》卷下。

七五　跋索靖章草後

索將軍章草，下筆妙古。今《七月二十六日帖》《月儀》《急就篇》，此著名書也，春蘭秋菊各不同，而花花自有佳趣。《東觀餘論》卷下。

七六　跋王晉玉所藏韋鷗馬圖後

張彥遠謂鷗善畫川原小馬牛羊。今晉玉所藏本皆沛艾。二字見《子虛賦》。余謂杜子詠鷗"禿筆掃驊騮，騏驎出東壁"，即不特善小馴而已。蓋曹將軍畫馬神勝形，韓丞畫馬形勝神，鷗從容二人間，第筆格差不及耳。昔予見嘶囓二馬小圖於江左人家，筆勢駸駸亦若此，此本鷗畫不疑。四月八日。《東觀餘論》卷下。

七七　跋《步輦圖》後

右《晉明帝步輦圖》，南齊謝赫畫，雖經傳摹，意象高古。但所畫輦上設一几，旁施雙扛，殊無輦制。

余按輦，自漢以來始爲人君之乘，魏晉小出則御之，過江遂亡制度，太元中，謝安率意造焉。及破苻秦，獲京都舊輦形制無差，時人服其精記，則明帝時輦無制度宜矣。又東晉時，袍尚未盛行，而此圖侍臣服之，豈當時五胡據中原，江左已襲其風歟？卷首題云："廣順癸丑季夏狂生摹。"嘗見陶穀家逸少帖後有"顯德初酒狂題字"，與此正同。廣順、顯德相接，當是此人，第未能名之耳。《東觀餘論》卷下。

七八　跋絳帖子敬書後

《告姜》《秀還》二帖及《得奈》《如告至》《晚或成傷》，皆子敬書，廣袤肥瘦，後先不同乃爾，豈稚老結字固自異乎？抑具諸家法，別作體乎？長睿父觀。《東觀餘論》卷下。

七九　跋《法書》五帖後

《同□》《松來》《二妹》三帖，王氏書。《蚊幬》一帖，梁陳間人書。《損惠野禽一雙》一帖，近世僞作，殊惡。《東觀餘論》卷下。

八〇　跋周陽侯家瓻文後

此西漢時器，在文潞公家，字畫細淺難椎拓。今以搨書紙帖器銘上，就摹之，殊不失真也。《東觀餘論》卷下。

八一　跋紫陽先生李含光碑後

《紫陽碑》乃張從申書、李陽冰題。歐文忠不喜從申書，《集古錄》屢言之。殊不知從申乃效子敬書，頗有東晉風尚。唐人知書者多，故見重於世，今人反此。歐陽公初不閑法書，則從申之跡見棄宜矣。《東觀餘論》卷下。

八二　跋開弟所藏張從申書《慎律師碑》後

張從申書，其原出於王大令，筆意與李北海同科，故名重一時。《書苑》云："從申結字縝密，近古未有。弟從師、從義、從約並工書，皆得右軍風規，時人謂之四龍。"《書賦》云："張氏四龍，名揚海內。㮣有季弟，功夫少對。右軍風規，下筆斯在。"季謂從申也。又云："從申近古所無，恨於聞見不多，右軍之外，一步不窺。"

予觀從申雖學右軍，其原出於大令，筆意與李北海同科，名重一時，宜不虛得。但所短者，抑揚低昂太過，又真不及行耳。然唐人而有晉韻，殊可佳尚。

近世歐陽文忠爲《集古錄》，而雅不愛從申書，故此碑見棄，而特錄其篆首。至其書《王師乾碑》，以見稱於秦玠，故聊存焉。信乎真賞之難值也〔一〕。《東觀餘論》卷下。

〔一〕此下原校云："既云從申有弟三人，又云季謂從申，不可曉。"

八三　跋宗室爵竹畫軸後

張彦遠論畫，以爲上古意簡而跡澹，近代煥爛而求全，故以氣韻生動爲先，經營位置爲下。

予嘗攷其語，以謂丹青猶文也。謝康樂則如芙蓉出水，自然可愛；顔光祿則如鋪錦列繡，琱繢滿眼。自然之與琱繢，蓋不翅天壤。今觀唐人遺跡，薛稷以羽毛聞，然格遠而筆弱；蕭悦以竹聞，然筆勁而乏韻。二子之畫，但專萃精於一，猶不得其全，况梅竹集羽，並秀筆端，趣閒韻遠，若師純公之此畫，真可尚已！意其移是意於文，則謝客之吐言天拔，詎足多慕？政和六年五月二十一日，會稽黃某觀。《東觀餘論》卷下。

八四　跋慎漢公所藏《相鶴經》後

按《隋經籍志》《唐藝文志》，《相鶴經》皆一卷。今完書逸矣，特馬總《意林》及李善注鮑照《舞鶴賦》抄出大略，今真靖陳尊師所書即此也。而流俗誤錄著故相國舒王集中，且多舛午。

今此本既精善，又筆勢婉雅，有昔賢風槩，殊可珍也。政和六年秋於山陽，從慎漢公借覽，並觀漢公題後，行間茂密，勁古可喜。此經蓋真靖頃遺漢公者，是時漢公甫八歲爾，真靖已稱其喜學鍾、王遺法，以神童目之，因贈此以結忘年友，宜其書之工如此。漢公學行高士林間，又博貫槃經壺史，多與方外士遊，不特其書可賞云。九月十六日，雲林子黃某長睿父書。《東觀餘論》卷下。

八五　跋玉笥山《清虛館碑》後

清虛館者，梁天監中京兆杜曇永於廬陵玉笥山建之以栖遁，而蕭侍中子雲景喬裔孫律守虔州，重刻兹記，而書其後。引《玉笥山實錄》，以爲景喬自嶺南使還，登此山，師曇永而道成，上帝賜之玉冊，以爲元洲長史，治郁木福庭，舉族八十二人皆儹去。又於碑書景喬之官，乃曰"黃門侍郎、太子司徒左長史"。

按梁初，景喬自太子舍人移丹揚郡丞，出爲臨川内史，還除散騎常侍、侍中、國子祭酒，又出爲東陽太守。太清元年，復爲侍中及祭酒。三年，宮城失守，奔晉陵，餒卒於顯雲寺僧房，年六十有三。與《玉笥山錄》所載乖異。亦猶漢史書淮南王安自殺，而儹史謂其盡室上賓者同也。然方外之事，固不可以常理測。景喬儹去之事，道家書載之甚著，唐世亦有遇之於兹山者。第恐其餒卒晉陵，道家所謂解化，猶託劍驗火之類也。至於《山錄》稱其嘗使嶺南，及爲黃門侍郎、太子司徒長史則誤。蓋考之於傳，景喬第嘗爲太子舍人、爲侍中、爲臨川、爲東陽，未始位黃門及長史，並使嶺表也。然予嘗見子雲啟事梁武，稱"侍中、南徐州刺史臣子雲"，而傳亦不書其刺南徐，則史家容有舛漏。但太子官屬初無長史，乃見碑所題之謬也。

景喬文詞雖六朝騈儷體，故自清靡可喜，要不失爲佳文。至律所刻《玉笥上清宮碑》，題云"杜曇永撰"，則詞格淺俚，與景喬所製不侔，然亦非當時語，殆唐末五代人所爲，假託杜君耳。

《清虛碑》但云杜君爲豫章王左常侍耳，而《上清碑》末題云天監十五年立，至題杜君之官，則云"禮部侍郎、翰林學士"，其不稽古甚矣。若律者，其陋至此，得無媿厥祖乎！獨其能傳景喬之文於石，及立祠室爲可取。又所題碑後，詞致凡近弗倫，予頗爲刪易，並錄二碑及《南史》景喬傳，並寘右方，使觀者有考焉。第律重刻《清虛碑》，字甚惡，故但錄其文耳。古樓觀之觀乃謵之觀，而道家居皆目以舘，若宋崇虛舘、梁朱陽舘爲陶隱居置。之類甚眾。至近古乃以舘爲觀，蓋亦取僊人樓居之義。因辨此碑，聊識於後。

政和六年，歲在丙申，九月二十一日，雲林子黃某長睿父書。《東觀餘論》卷下。

八六　跋段柯古《靖居寺碑》後

段柯古博綜墳素，著書倬越可喜。嘗與張希復輩敚上都諸寺，麗事爲令，以段該悉內典，請其獨徵，皆事新對切。今觀《靖居碑》，亦書上人以其博涉三學，故諉錄寺讚也。文傷太擁釀，要爲不凡。雖奇澀不至若樊紹述《絳碑》之甚，然亦軋軋難句矣。

碑大中中作，而左金吾長史顏稷所書，殊有楷法。唐中葉以後，書道下衰之際，故弗多得云。政和六年十月十八日，黃某長睿父於楚樓鳳堂書。《東觀餘論》卷下。

八七　跋所書《十七帖》後

逸少《十七帖》，書中龍也，張彥遠以爲草中烜赫著名帖，信然。僕得善本，每喜臨學。此雖不足以追逸軌，故自有合作者。信筆偶書，不暇擇紙，尚不愧裴行儉云。黃長睿父題，政和六年歲在丙申，十月十八日，於山陽樓鳳堂書。《東觀餘論》卷下。

八八　跋《古文韻》後

政和六年冬，以夏鄭公《四聲集古韻》及宗室克繼所廣本二書參寫，並益以三代鍾鼎彝器款識及周鼓、秦碑、古文、古印章、碑首，並諸字書所有合古者益之，比舊本殊廣，以備遺忘。作隸字書者多有譌舛，亦姑藏之，以廣異聞，觀者其自辨之。十一月丙申於山陽栖鳳堂親寫，十二月丙戌於廣陵瓜步舟中記之。雲林子書。《東觀餘論》卷下。

八九　跋章草雞林紙後

政和丁酉歲五月二十一日，於丹楊城南第暴舊書，得此雞林小紙一卷，已爲人以鄭衛辭書盈軸矣。竊矜其遠物，而所書未稱，顧紙背尚可作字，亟以索靖體章草《急就》一卷藏於家。運筆結字頗合作，庶幾顏文忠牒背書稿舊事云。紙最十二枚，書最二千一百五十字。武陽黃某長孺父書。《東觀餘論》卷下。

九〇　跋草書《洛神賦》後

此賦草書，世傳王大令書，然結體殊不類獻之，而頗似智永，疑其遺跡也。至《洛神》小楷，則子敬書無疑矣。世以小王好書此賦，故凡有《洛神》書本，皆歸之子敬；猶東漢諸碑，流俗多以爲蔡邕書，豈盡中郎筆跡哉！要當鑑以心目而弗信耳傳爲佳。政和七年六月六日，黃某長孺父書。《東觀餘論》卷下。

九一　跋潯陽石本《頭眩方》後

《治頭眩方》，世傳王逸少書，今絳州石帖中有此帖，甚著於世。

政和丁酉歲六月七日，襄州教授丹陽陳君孝友見過，云：崇寧間，彭諫議君時守潯陽，役兵於山間斸石，得一大石，中空，內有小石若碑版然，視之有刻文，即此碑也。大石未破時，堅完無際，不解何緣中有此碑，殊可異也。陳之父時亦官潯陽，得此拓本，陳因以見遺。視之，比《絳帖》差縱逸，結字至有工拙。要之此本當在絳刻前，但不知何世所刻。

案逸少嘗在江州，豈晉以後好事者因移寫於斯石歟？意其薶沒既久，土或變石，故是刻藏於石間，理不足怪。世或以此帖爲虞永興書，恐未必然，或虞嘗臨此書，故微翻其體。今世所有魏晉諸帖中，往往唐人臨爾。洪纖拘放，結體不一，真賞其能自辯之。

是月九日，黃某長孺父於丹陽東齋書。《東觀餘論》卷下。

九二　跋王子敬帖後

袁昂論子敬書，以爲"河朔少年，充悅沓拖"，此書結體正爾。而《晉書》謂其瘦如隆冬枯樹，非篤論也。

此帖摹傳殊逼真，與官帖所錄有間矣。《東觀餘論》卷下。

九三　跋《北齊勘書圖》後

僕頃歲嘗見此圖別本，雖未見畫者主名，特觀其人物衣冠華虜相雜，意後魏、北齊間人作。及在洛，見王氏本題云《北齊勘書圖》，又見宋公次道書，始知爲楊子華畫。其所寫人，如邢子才、魏收輩，豈在其間乎？宜其模矩乃爾。

今觀此本，益知北土人物明甚，則知子華之跡爲無疑。唐閻令稱子華自象人以來，曲盡其妙，簡易標美，多不可減，少不可踰。今詳其跡，信然。第它本尚餘兩榻，有啟軸隱几而仰觀者，有執卷搘如意而沈思者數輩。蓋當時畫此，弗但一通也。

李匡乂《資暇》謂茶託始於唐崔寧〔一〕，今北齊畫圖已有之，則知未必始自唐世。亦猶蕭梁已有紫囊盛笏，而唐史謂始於張九齡者同也。觀者宜審定之。政和丁酉歲八月五日，武陽黃某長孺父於楚州衮華堂觀。《東觀餘論》卷下。

〔一〕乂：原作"文"，《資暇錄》作者爲唐人李匡乂，徑改。

九四　跋《按樂圖》後

周昉丹青始以道佛像及寫真知名，故畫章敬寺壁，圖趙縱像，《畫只》稱之。今洛陽南宮有《楊真人降真》及《瓊樓儛人》等畫，蓋妙絶一時。今世但傳其子女而已，是可歎也！

此圖尤有思致，而設色濃淡得顧、陸舊法，故可珍愛。《東觀餘論》卷下。

九五　跋陳碧虛所書《相鶴經》後

自秦易篆爲佐隸，至漢世，去古未遠，當時正隸體尚有篆籀意象。厥後，魏鍾元常、士季及晉王世將、逸少、子敬作小楷法，者出於遷就漢隸，運筆結體既圜勁淡雅，字率扁而弗橢。今傳世者若鍾書《力命表》《尚書宣示》、世將上晉元帝二表、逸少《曹娥帖》、大令《洛神帖》，雖經摹拓，而古隸典刑具存。至江左六朝，若謝宣城、蕭挹輩，雖不以書名世，至其小楷，若齊海陵王志開《善寺碑》，猶有鍾、王遺範。至陳、隋間，正書結字漸方。唐初猶爾，獨歐率更、虞永興易方爲長，以就姿媚，後人競效之，邈不及二人遠甚，而鍾、王楷法彌逺矣。隋世善書者多，其間丁道護者不今不古，遒媚有法。今觀碧虛子陳君小楷，殊得道護筆勢，亦可謂有意於古者也。

案《隋經籍志》《唐藝文志》，《相鶴經》皆一卷。今完書軼矣，特馬總《意林》及李善注鮑照《舞鶴賦》抄出大略，今此本是矣。而流俗誤録著王丞相集中，且多舛午。今本雖非全篇，然比世傳它本最精善，真可垂永云。

政和七年十月十一日，於山陽衮華堂觀。武陽黃長睿父書。《東觀餘論》卷下。

九六　跋吳道玄《地獄變相圖》後

吳道玄作此畫，視今寺刹所圖殊弗同，了無刀林沸鑊、牛頭阿旁之像；而變狀陰慘，使觀者掖汗毛聳，不寒而慄，因之遷善逺罪者衆矣，孰謂丹青爲末技歟？

政和七年歲丁酉十二月二日，武陽黃某長孺父書。同觀者外弟鄱陽張熹子昭、建安翁招士修。時寓楚之衮華堂。《東觀餘論》卷下。

九七　跋唐人所摹《十七帖》後

予嘗見畢丈將叔云："家有唐初人所摹此帖，來禽等四物外，又有密蒙華一種。故先相文簡公《答王黃門寄密蒙華詩》云：'多病眼昏書懶讀，煩君遠寄密蒙華。愁無內史詞兼筆，爲覺真方到海涯。'蓋謂此也。"

然余案：今諸本並無此一種，而《法書要錄》《十七帖》亦不載此，不知何緣畢氏本有之。但未嘗見此帖，無從知其真僞，姑記於此，以俟後觀云。《東觀餘論》卷下。

九八　跋滕子濟所藏《貘圖》後

案《山海經圖》，南方山谷中有獸曰貘，象鼻犀目，牛尾虎足。人寢其皮辟溫，圖其形辟邪。嗜銅鐵，弗食它物。昔白樂天嘗作小屏衛首，據此像圖而讚之，載於集中。今觀此畫，夷考其形，與《山海經》《樂天集》所載同，豈非白屏畫跡之遺範乎？政和丁酉歲十二月十日，武陽黃某長孺觀於子濟之書齋。《東觀餘論》卷下。

九九　跋米元章摹《平章帖》後

右米淮陽芾摹逸少《平章帖》，筆趣翩翩固自佳。但肆筆揭放，殊不郭填，非古也。昔人揭書，欲如水月鏡像者，故應郭填，乃造微耳。《東觀餘論》卷下。

一〇〇　跋李西臺書後

西臺本學王大令書，而拘攣若此，猶韓非之學黃老、李斯之師荀卿也。然徐觀筆勢，尚有先賢風氣，固自佳。《東觀餘論》卷下。

一〇一　跋所書詩軸後

張子昭弟雅喜法書，以此卷蘄僕諸體書，聊書頃所爲歌詩數詞，爲作正、行、草、章字四種。屬疾小佳，殊乏劣，深媿大令之合作也。然筆勢頗傳魏晉餘韻，庶幾真賞之擊節云。

子昭復欲漢碑字及鍾鼎古文二種，因附卷末，蓋曲終奏雅之義也。《東觀餘論》卷下。

一〇二　跋郭忠恕所摹《按樂圖》後

《開元按樂圖》，周昉畫。是本蓋國初郭忠恕所摹，中有髯首，乃恕先自寫真也。

黄某書。《東觀餘論》卷下。

一〇三　跋《孔穎達碑》後

《孔祭酒碑》，世傳虞永興書，非也。冲遠之沒，逈後伯施十年，豈非當時學永興法者書邪？然筆勢遒媚，亦自可珍。《東觀餘論》卷下。

一〇四　跋《瘞鶴銘》後（一）

朱方《鶴銘》，陶貞白書，在焦山下，石頑難刊，且爲水渀，故字無鋒穎，若掘筆書。昧者從而斆之，深可一笑。《東觀餘論》卷下。

一〇五　跋《瘞鶴銘》後（二）

右《瘞鶴銘》，資政邵公亢嘗就焦山下闕石考次其文如左，其不可知者闕之，故差可讀。然文首尾似粗可見，雖文全，亦止此百餘字爾。而歐陽文忠《集古録》謂好事者往往只得數字，唯余所得六百餘字，獨爲多矣。蓋印書者傳訛，誤以十爲百，當時所得蓋六十餘字，故云比數家本爲多。

此銘相傳爲王右軍書，故蘇舜欽子美詩云："山陰不見換鵝經，京口新傳《瘞鶴銘》。"文忠以爲不類王法，而類顔魯公；又疑是顧况，云道號同；又疑是王瓚。

僕今審定文格字法，殊類陶弘景。弘景自稱華陽隱居，今曰"真逸"者，豈其別號歟？又其著《真誥》，但云"己卯歲"，正不著年名，其他書亦爾。今此銘"壬辰歲"、"甲午歲"，亦不書年名，此又可證云。壬辰者，梁天監十一年也；甲午者，十三年也。案隱居天監七年東遊海嶽，權駐會稽永嘉，十一年始還茅山。十四年乙未歲，其弟子周子良僊去，爲之作傳。即十一、十三年正在華陽矣。此銘後又有題"丹陽尉"、"山陰宰"數字，及唐王瓚詩，字畫亦頗似《瘞鶴》，但筆勢差弱，當是效陶書，故題於石側也。或以銘即瓚書，誤矣。王逸少以晉惠帝大安二年癸亥歲生，年五十九，至穆帝升平五年辛酉歲卒。則成帝咸和九年甲午歲，逸少方年三十二，至永和七年辛亥歲，年四十九，始去會稽而閒居，則不應三十二年已自稱"真逸"也。又未官於朝，及閒居時不在華陽。以是考之，此銘決非右軍也審矣。《東觀餘論》卷下。

一〇六　跋逸少升平帖後

晉史稱王逸少書，暮年方妙。此帖升平二年書，距其終纔三載，正暮年跡也。故結字比《樂毅》《告誓》諸帖尤古質，殊類鍾元常，渾渾然有篆籀意。非遇真賞，未易遽識也。長睿父題。《東觀餘論》卷下。

胡安國藝話（一則）

胡安國（一〇七四～一一三八）字康侯，建寧崇安（今福建武夷山）人，胡寅父。入太學，以朱長文、靳裁之爲師，明經史大義。紹聖四年進士，爲太學博士。提舉湖南學事，有詔舉遺逸，胡安國以永州布衣王繪、鄧璋應詔，被誣爲受元祐黨人請託，除名，未幾復官。崇寧五年，通判成德軍。政和元年，提舉成都府路學事，移江南東路。靖康元年，除中書舍人，以忤執政，出知通州。高宗即位，除給事中。紹興元年，爲中書舍人兼侍講，進獻《時政論》二十一篇。五年，除徽猷閣待制、提舉江州太平觀。八年卒，年六十五，賜謚文定。安國爲程頤門人，又與游酢、謝良佐、楊時等遊，胡寅稱其"宏綱大用，奧義微辭，既於筆削之書發揮底蘊"，而"記誦訓詁、辨説詞華之習，一不與焉"（《進先公文集序》），故其詩文往往重義理而不措意於文辭。著有《春秋傳》，今存三十卷；又有文集十五卷、《資治通鑑舉要補遺》一百卷，已佚。

題崔子西喧晴圖

黑頭禽笑白頭禽，頭白多因計慮深。栖向柳條尤不穩，從風斜折更關心。文淵閣四庫全書本《式古堂書畫彙考》卷三十四。

李時雍藝話（二則）

李時雍（生卒年不詳）字致堯，號適齋，成都華陽（今四川華陽）人。駕子。官至孫議郎殿中丞。早以書、畫名於時。

一　巨然平湖舟泊圖

遙岑盡盡水潺潺，茆屋松風晝掩關。落日鐘聲來遠寺，行人初向石橋還。文淵閣四庫全書本《式古堂書畫彙考》卷三十三。

二　趙千里臥雪圖

疎林茅屋掩閒雲，瀑雪懸崖霽色新。好是杜陵詩興逸，蹇驢隨意樂行春。《式古堂書畫彙考》卷三十三。

彭俊民藝話（一則）

彭俊民（生卒年不詳）字廷傑，號固窮先生，眉州（治今四川眉山）人。崇寧二年進士，赴京兆幕，忤王襄失官。政和中復爲文州幕僚。著有《固窮集》，今已佚。

書東坡《韓文公廟碑》後

崇寧四年三月，俊民自成都來凌雲，寓居明月湖，方將訪先生遺跡。而新制：蓄蘇文者，以誹謗論，購賞千萬。吏移文所至，掃滅唯恐不及。"明月湖"字亦被拆去。俊民適至，密令以石刻沉之水中，因取其舊所藏《韓文公廟碑》稍完補之。後二十年再遊凌雲，當出而觀焉。宋慶元三年書隱齋刻本《國朝二百家名賢文粹》卷一九六。

王賞藝話（二則）

　　王賞（生卒年不詳）字望之，學者稱玉臺先生，眉州眉山（今四川眉山）人，當弟。崇寧二年進士。建炎四年，爲朝散郎、敘州通判。紹興十二年，以權禮部侍郎兼實錄院修撰。徙太常少卿，權禮部侍郎，兼侍講，直學士院。後出知利州，十九年卒。王賞與蘇軾有親，爲文師法蘇軾，洪邁稱其"爲眉山嫡派，而落筆成章，得於容易"，著有《玉台集》四十卷，詩文共一千餘篇，今已佚。

一　書東坡帖後

　　觀東坡二帖，皆遊戲仙釋語，乃知此翁胸中廓周無餘，爲佛爲老，隨用自在。若白樂天不作蓬萊仙，猶爲釋迦所縛也。宋慶元三年書隱齋刻本《國朝二百家名賢文粹》卷一九六。

二　書東坡黃門帖後

　　太丘道廣，廣則難周；仲舉性峻，峻則少通。東坡公伯仲一世龍門，士獲從之遊，幾半天下。及紹聖之變，始終一節以從公遊者，蓋亦無幾。其族子表仁崎嶇萬里，冒瘴癘之毒，見二公於嶺表。觀其所贈書帖，則不問可知其人。眉山王賞書。《國朝二百家名賢文粹》卷一九六。

鄧襄藝話（一則）

鄧襄（生卒年不詳），成都雙流（今四川雙流）人，洵仁子。其父秉政，遂列禁從。紹興八年四月以臣僚論劾追奪職名。

題唐摹本《蘭亭帖》

唐模本。太宗嗜右軍帖，殆忘寢食。此帖傳流本末，世說之甚詳。彥遠云："當時敕虞世南輩各臨十餘本，分賜近屬。"後來諸公亦各臨書，唐世爲多。今所傳者，悉此也。觀之大校，皆得之一二，而體終不變，各自成家，有足驗者。其遺法餘美，已足可驚，後世區區有所不及者，又況昭陵玉匣之跡哉！不然，以太宗之明，尚附耳求之耶？

昔年侍先子官江東，見吳瑛家褚遂良一本，近定武石上柳公權一本，憲守李球舊石一本。此書皇祐中張侍中耆宅得之，舊不著所書姓氏，云亦康定間賜帖。其運筆精審，圓潤老熟，略有虞法云。白馬馮惟寅評後，有"空同子紀"方篆印。余家舊藏唐賢墨跡甚多，自經兵火，散失殆盡，此誠予家之舊物也。紹聖改元十月晦日，鄧襄題。

文淵閣四庫全書本《蘭亭考》卷五。

李孝彥藝話（一則）

李孝彥（生卒年不詳），政和間濮陽（今河北濮陽）人。餘不詳。

跋范仲淹書《伯夷頌》

范文正高風表表，文采云爲天下後世之仰服，蓋不獨其書也。此卷皆元老真儒翰墨，使人竦然欽賞。政和四年正月六日，濮陽李孝彥跋。宣統二年重雕康熙歲寒堂本《范文正公集補編》卷三。

郭印藝話（二則）

郭印（生卒年不詳）字信可，自號亦樂居士，成都（今四川成都）人，繹子。入太學，政和間進士及第，歷知銅梁、仁壽二縣，爲學校教官。與秦檜在太學有舊，後絕不與通。晚年號亦樂居士。與曾慥、計有功等交遊甚密，善爲詩，《四庫全書總目》卷一五七謂其詩"才地稍弱，未能自出機杼，而清詞儁語"，實出於蘇軾一脈，"視宋末嘈雜之音，固爲猶有典型"。著有《雲溪集》三十卷，原集已佚，清四庫館臣自《永樂大典》中輯出詩文，分體編爲十二卷。

一 治平院三蘇像

三蘇皆天人，著作浩篇簡。少讀鬢成絲，苦恨生何晚。人言笓庫卑，我自得疎散。春風牽衣裾，興發無近遠。禪堂儼真容，光炯破昏眼。父子也而處，案：父子也，"而處"句疑有誤。天界岷峨産。揚馬爭軌躅，孔孟發關鍵。日月有盡時，斯文未埋鏟。邪說人人深，風俗頹莫返。招得戎馬來，中原恣蹂踐。緬思藥石言，禍患已先見。安得起其靈，一副蒼生願。文淵閣四庫全書本《雲溪集》卷五。

二 眉州太守劉公忽於池中獲東坡所作《遠景樓碑》，鄉人費洪雅有詩美之，因率同賦次其韻

東坡淪沒文委地，藝圃書林荒不治。遺編禁錮學無師，木不從繩金失礪。高樓遠景尚崔嵬，妙琢雄詞非骩骳。幾年困厄在污池，照夜寒光空水底。有如鐘磬傳不朽，壁間字字搖科斗。雷霆破蟄里耳驚，龍蜧蟠泥神物守。豐城劍氣異青黃，一遇雷公難秘藏。僵碑植立豈偶爾，文章政事兩熒煌。舊俗千年蒙教化，濯以江漢暴秋陽。《雲溪集》卷六。

謝邁藝話（一七則）

謝邁（一〇七四～一一一六）字幼槃，號竹友居士，臨川（今江西撫州）人，謝逸從弟，工詩文，時稱"二謝"。曾舉進士不中第，遂終生不仕。政和六年卒，年四十三。謝邁長於詩文，與饒節、洪芻、李彭、王直方、汪革等人酬唱。其詩內容多寫其隱居情趣，風格清逸流動，生新奇崛，呂本中列其入江西詩派，稱"無逸詩似康樂，幼槃詩似元暉"（《題竹友集》）。擅長作詞，所存詞作雖不多，但語意清麗，頗有鍛煉之工。著有《竹友集》十卷、《竹友詞》一卷。

一 十八學士寫真圖

虬髯少年龍鳳姿，手提一劍平九維。瀛洲學士十八輩，如雕虎嘯清風隨。到今丰姿傳粉繪，皎如琪木糅瓊枝。秦王功高蓋天下，脫略世故容小疵。數公不語意有在，敬宗流輩曾何知。倘收王魏文學舘，事如辰嬴當早諫。美哉貞觀猶有恨，洗蘇棠像一長嘆。文淵閣四庫全書本《竹友集》卷一。

二 靜寄齋觀文忠公墨跡

董何呼我顛倒裳，杖藜階西過王郎。郎君好事初舉觴，平頭奴子昇兩囊。開視文書浩搶攘，其間穅秕煩播颺。忽驚墨妙筵有光，問誰所書曰歐陽。而我盥水方取將，覽之三過神色揚。反嗟從來見未嘗，字體遒媚筆意剛。公為文章軋子長，立朝義氣凜秋霜。借如春蚓繁行行，亦當珍之十襲藏。況公字畫乃如此，銀鈎金繩粲繭紙。公嘗臨池墨池水，尚言如舩逆風使。後來誰評新麗體，出公一頭子蘇子。《竹友集》卷一。

三 題顧凱之《醉道士圖》

虎頭癡絕自不癡，丹青妙處手得之。石嵩戲畫幼輿子，酒狂更貌黃冠師。上人坐睡真被酒，二人杯杓不停手。一人回面愁不釃，二人直視開口笑。上有醉墨書者誰，翰林手題獨酌詩。題詩真識醉時味，畫圖如寫詩中意。珍藏不換一斛珠，李詩顧笔今世無。《竹友集》卷二。

四　題文與可畫

我昔居西園，手植竹數箇。凜然如德友，節行不敢破。朝吟玩霜枝，夜聞蕭瑟清。風吹一旦忽不見，似覺塵土污人衣。揭來翠雲麓，日唯見山不見竹。雖云山氣日夕佳，尚恐無竹令人俗。昨得與可畫，自歸塵壁掛。門開風動之，如枉故人駕。對山看畫信不惡，何人更覓揚州鶴。《竹友集》卷二。

五　王摩詰四時山水圖

欲知摩詰詩中畫，桃紅柳綠皆摹寫。更含宿雨帶春烟，一段風光生筆下。欲觀摩詰畫中詩，小幅短短作四時。山平水遠含變態，是中有句無人知。此公盤礴萬物表，胸中炯炯秋空曉。戲磨淡墨汙絹素，世上丹青擅塲少。何人乞與輞川圖，裝成小軸四時俱。壁間仍題六字句，人言雙絕古今無。《竹友集》卷二。

六　李成德作二筆几，以其一見遺云：得樣於郄子中家。并示長句，輒次其韻奉酬

琴不安絃製奇古，可憐不入文房譜。鼠鬚龍尾玉蟾蜍，與汝俱成會心侶。誰能好事爲品題，端劾廣微亡輒補。謫仙傳樣桂林家，以暗投人吾竊取。我書太俗如墨豬，下惡羅趙何足數。蒙公厚貺試臨池，一字不成如畫虎。欲報初無青玉案，哦詩況乏驚人語。淨鋪滑薄待君來，慎莫踟躕畏今雨。《竹友集》卷三。

七　李成德復用前韻見貽，亦次奉和

蔡家筆法擅今古，楷書尤誇荔支譜。後來誰筆最通神，要與渠伊爲伴侶。祇今書學貴瘦硬，弟子員闕誰可補。君持此几要投人，字畫不工那得取。山人俗書如俗馬，骨少肉多今不數。當君此贈恐不堪，大似無功饗塩虎。新詩繼作苦難和，祇賞君房妙言語。嗟予老矣亦懶書，留與兒曹寫時雨。《竹友集》卷三。

八　次韻郄子中所藏筆几

聞君文史三冬足，家居未奏三千牘。明窗棐几靜無塵，筆研清幽真不俗。小橐承臂筆縱橫，章草真行隨所欲。家藏敝帚將何用，時人尚作千金畜。此雖奇物君不惜，

似把隋珠當魚目。小童傳觀許見貽，與君杯酒初相屬。吾詩戲作異香山，唐衢雖見何由哭。見公真玩爲君賦，銅缽聲終字盈幅。《竹友集》卷三。

九　朱端甫以畫牛一紙遺李成德，成德以示予，爲賦長韻

畫牛蹄角四十八，楮生塵昏僅可閲。頭頭露地各逍遥，不愁牽車喘見月。舐筆和墨誰氏子，定自道人非畫史。把鼻牽囬得真牧，信手摹成妙如此。朱公自成老斲輪，不惜是牛持贈君。願君成誦石鼓語，更將此畫同糸取。《竹友集》卷三。

一〇　次韻李成德謝人惠墨牛

君不見八百里誇王氏駁，常敕家童瑩蹄角。綺襦紈袴競奢豪，卧席不安愁禍作。何如傳寳墨牛圖，不飾青黄如素樸。嚮來奇畫購千金，宜在蘭臺天禄閣。兩牛方鬭未雌雄，或奔而從或小却。其餘三四亦殊絶，或如虎卧鶴俛啄。滕王蛺蝶東丹馬，嘉陵山水青田鶴。如將優劣比人材，長文何必慚文若。人言愛畫亦一癖，袯野牛羊何用貌。是家持論果非耶，煩君試爲評其略。《竹友集》卷三。

一一　陶淵明寫真圖

淵明歸去潯陽曲，杖藜蒲鞋巾一幅。陰陰老樹囀黄鶯，艷艷東籬粲霜菊。世紛無盡過眼空，生事不豐隨意足。廟廊之姿老蓬蓽，環堵蕭條僅容膝。大兒頑鈍嬾詩書，小兒嬌痴愛梨栗。老妻日暮荷鋤歸，欣然一笑共蝸室。哦詩未遣愁肝腎，醉裏呼兒供紙筆。時時得句輒寫之，五言平淡用一律。田家酒熟夜打門，頭上自有漉酒巾。老農時問桑麻長，提壺挈榼來相親。一尊徑醉北窗卧，蕭然自謂羲皇人。此公聞道窮亦樂，容貌不枯似丹渥。儒林紛紛隨涇濁，山林高義久寂寞。假令九原今可作，舉公藍輿也不惡。《竹友集》卷四。

一二　題戴崧《石鼎聯句圖》

衡山道士熊豹姿，夜過劉生逢説詩。止於座隅初莫識，口不能言心自知。坐中清逸校書郎，新有詩聲誰過之。豈知老子殊不淺，可但逐鬼愁蛟螭。須臾指鼎出佳句，脱略凡韻生新奇。二生得句不敢吐，鳴聲曷作秋蟲悲。慴如窘兔避鷹隼，懍如敗將收旌旗。借問舐筆摹者誰，定是盤礴真畫師。退之斯文有妙處，丹青寫盡初無遺。彌明學道如不死，應在衡山深處栖。端能過我挑詩敵，與君周旋吾敢辭。《竹友集》卷四。

一三　集菴摩勒園觀李伯時畫《陽關圖》，以"不能捨餘習，偶被世人知"爲韻

摩詰句中有眼，龍眠筆下通神。佳篇與畫張本，短紙爲詩寫真。渭城偶落吾手，小圖傳觀衆賓。坐上宴如居士，暗中摸索離人。《竹友集》卷五。

一四　讀《嚴子陵祠堂記》

羊裘不見釣臺傾，山到臺邊分外青。天上故人新黼黻，身前萬事一答箏。章侯筆法逼秦相，范子文章原《易經》。圖畫名臣久磨滅，此碑千古粲繁星。《竹友集》卷五。

一五　題于逢辰畫

踏遍江南岸，歸來試解衣。誰言物外賞，不與筆端爲。石帶蒼苔瘦，風凋折葦稀。令人清興發，欲問釣魚磯。《竹友集》卷五。

一六　觀李伯時《陽關圖》二首

坐對丹青傷別離，泪和朝雨想頻揮。道邊垂柳年年在，看盡行人長不歸。

春草春波傷底事，青青柳色最消魂。龍眠自有離家恨，貌得陽關煙雨昏。《竹友集》卷七。

一七　聽曹道士彈琴二首

淡泊綵絃誰與聽，試開塵匣寫幽情。琴中自有無窮怨，彈出《離騷》意外聲。

小窗疏箔列仙家，彈盡遺音晚景斜。賀老當年定塲屋，虛將妙曲付琵琶。《竹友集》卷七。

朱淑真藝話（二則）

朱淑真（生卒年不詳）號幽棲居士，錢塘（今浙江杭州）人。其生卒年略早於李清照。幼聰慧，喜讀書，文章幽豔，擅長丹青，通曉音律。朱淑真是宋代爲數不多的女詩人，文學成就略遜於李清照，也是宋代唯一能追步李清照的女詩人。據説她一生創作的詩詞很多，死後被父母"一火焚之，今所傳者百不一存"（魏仲恭《斷腸詩集序》）。有《斷腸詩集》《斷腸詞集》傳世。本書所引《璿璣圖記》，僅見於《池北偶談》，真僞尚無定論，録以備考。

一　墨梅

若箇龍眠手，能傳處士詩。借他窗上影，寫作雪中枝。頃刻回春色，輕盈動玉卮。不能殷七七，橫笛月中吹。文淵閣四庫全書本《御選宋金元明四朝詩·御選宋詩》卷四十四。

二　賦小鬟舞五絶

管弦催上錦茵時，體態輕盈祇欲飛。若使羽皇當日見，阿蠻無計誑楊妃。
香茵穩襯半鉤月，往來凌波雲影滅。弦催拍緊促將徧，兩袖翩然作回雪。
柳腰不被春拘管，鳳轉鸞回霞袖緩。舞徹《伊州》力不禁，筵前撲簌花飛滿。
佔斷京華第一春，清歌妙舞實超羣。祇愁到曉人星散，化作巫山一段雲。
燭花影裏粉姿閒，一點愁侵兩點山。不怕帶他飛燕妒，無言逐拍省弓彎。文淵閣四庫全書本《宋詩紀事》卷八十七。

陳葆光藝話（六則）

陳葆光（生卒年不詳），南宋初人。受業天慶觀，後爲江陰靜應庵正一道士。晚歲隱居茅山。編撰《三洞群仙錄》二十卷傳世。

《三洞群仙錄》（選錄　六則）

少昊歌瑟，顓帝錫鐘

《拾遺記》：少昊以金德王天下，皇娥處漩官而夜織，或乘桴木而晝游，經歷窮桑滄茫之浦。時有神童，容貌絕俗，稱爲白帝之子，即太白精降乎水際，與皇娥議戲。又云：西海之濱有孤桑之木，直上千尋，葉紅檔紫，萬歲一實，食之後天而老。帝子與皇娥泛於海上，帝子與皇娥並坐，撫桐峰紫瑟，皇娥倚瑟而清歌曰："天清地曠浩茫茫，萬象回薄化無方，泊天蕩蕩望滄滄，乘檦輕漾著日傍，當期何所至窮桑，心知和樂悅未央。"白帝子答歌曰："四維八涎眇難極，羅光逐影窮水域，漩官夜靜當軒織，桐峰之梓千尋直，伐梓作器成琴瑟，清歌流暢樂難極，滄湄海浦來棲息。"及皇娥生少昊，號曰窮桑氏，亦曰桑丘氏。

又顓帝高陽氏，黃帝孫昌意子。昌意出河濱，遇黑龍負元玉圖。時有一老史謂昌意云：生子爻忖水德而王。至十年，顓帝生，手有文如龍，亦有玉圖之象。其夜昌意仰視天，北辰下化爲老史。及帝即位，奇祥眾祉莫不總集，不稟正朔者越山航海而皆至也。帝乃揖四方之靈，韋后執珪以禮百辟，各有班序。受文德者錫以鐘磬，受武德者錫以干戈。有浮金之鐘，況羽之磬，以羽毛拂之，聲振百里。

公孫撫琴，師延吹律

《晉逸史》：公孫鳳隱於九域山，冬則單衣，寢處土床，夏則並食於器，令臭然後食之。每撫琴吟詠，陶然自得，人皆異之。

《拾遺記》：師延者，商之樂人。師延精迷陰陽，曉明象緯，莫測其爲人。總修三皇五帝之樂，撫一弦琴則地祇皆升，吹玉律則天神俱降。黃帝時已數百歲，又能奏清商流滌角之音，迷魂淫魄之曲。

虞舜玉管

《廣記》：虞舜即位，西王母遣使授舜白玉環，又授以益地之圖，遂廣黃帝九州爲十二州。王母又遣使獻舜白玉管，吹之以和八風。

采和歌拍，段谷樞吟

《續仙傳》：藍采和，不知何許人，常著破藍衫，六銙腰帶，一腳著靴，行歌於市，持拍版乞索於人，老少隨之諧雛笑者皆倒，似狂非狂。其詞云："踏踏歌，藍采和，人生能幾何。紅顏一春樹，流年一擲梭。古人混混去不返，今人紛紛來更多。朝騎鸞鳳至碧落，暮見桑田生白波。長景明暉在空際，金銀官闕高嵯峨。"一日踏歌於濠梁間，酒樓上騰雲上升，遺下衫、靴、拍板。

《括異志》：段谷者，許州人，累舉進士，家豐於財。後忽如狂，日夕冠情衣布袍白銀帶，行遊崖市中，嘔吟云："一間茆屋，尚自修治，信任風吹，連簷破碎，斗拱斜教，看看倒也。"每至"倒也"二字，即連呼三五句方已。牆壁作散土一堆，主人翁永不來歸。遇其出入，則有閭巷小兄數十隨而和焉，人以狂待之，不以爲異。慶曆末病卒，權厝於野。後數年，營葬發視，但空棺耳。以上道藏要籍選刊本《三洞群仙錄》卷一。

永叔丹書

《青瑣》：歐陽永叔與梅聖俞遊嵩山，醉望西峰崖上有丹書四大字，云"神清之洞"，永叔指示，聖俞閴無所見。公乃不言，泊乞身告世，作詩曰："四字丹書萬仞崖，神清之洞錦樓臺。煙霞極目無人到，鸞鶴今應待我來。"後數日公薨。《三洞群仙錄》卷八。

太真霓裳

《逸史》：天寶初中秋夜，羅公遠曰："陛下能從臣月中遊乎？"取桂枝擲空爲大橋，色如白金。上行至月宮，女仙數百，素衣飄然，舞於廣庭。上問何曲，曰："霓裳羽衣也。"又天寶四載，冊太真官女真楊氏爲貴妃，后服進見之，日奏《霓裳羽衣曲》。劉禹錫詩云："開元天子萬事足，惟恨當時光景促。三鄉陌上望仙山，歸作《霓裳羽衣曲》。仙心從此在瑤池，三清八景相追隨。天上忽乘白雲去，世間空有秋風詞。"《三洞群仙錄》卷十四。

徐俯藝話（九則）

徐俯（一〇七五～一一四一）字師川，洪州分寧（今江西修水）人，禧子。以蔭授通直郎，累官至司門郎。靖康中致仕。建炎初奉祠，以薦授右諫議大夫。紹興二年賜進士出身，歷官翰林學士，簽書樞密院事，兼權參知政事，尋奉祠歸。九年，知信州。十一年卒，年六十七。工詩，有《東湖集》三卷，今存。

一　題顔魯公畫像

公生開元間，壯及天寶亂。捐軀范陽兵，竟死蔡州叛。其賢似魏徵，天下非貞觀。四帝數十，年一身逢百難。少時讀書史，此事心已斷。老來鬢髮衰，慨歎功名晚。嗟哉忠義徒，捷去不可緩。初無當年悲，祇令後世歎。一朝絶霖雨，南畝常亢旱。小人計雖得，斯民盖塗炭。長歌永君節，千載勇夫愯。敬書子張紳，庶幾古人半。文淵閣四庫全書本《兩宋名賢小集》卷一百十四《東湖居士集》。

二　明皇夜遊圖

歌吹開元曲，鉛華天寶粧。苑風翠袖冷，宮露赭袍光。閨闥連閽闥，驊騮從騊駼。千門還欲曉，九陌乍聞香。《東湖居士集》。

三　李賀晚歸圖

近代推名畫，諸君作薦書。皇都開藝學，博士是新除。高柳長安道，亂雲昌谷居。丹青聊至此，僕馬晚歸歟。《東湖居士集》。

四　成生山水畫歌

畫水不畫濕，畫山不畫堅。盈尺之紙數寸管，便有江湖萬里天。成生貌古心亦古，造化為工筆端取。玄冬起雷夏造冰，翻手作雲覆手雨。嶺外荒山與野水，自昔不聞傳畫史。祇畫瀟湘與洞庭，於今却在兵戈裹。翠峯碧嶂鬱然來，病眼愁心次第開。人家浦漵扁舟渡，何日真能到一迴。《東湖居士集》。

五　次韻可師題于逢辰畫山水二首

江漢踰千里，陰晴自一川。故山黃葉下，夢境白鷗前。巫峽常雲雨，香爐舊紫烟。布帆無恙在，速上釣魚船。

席上浮三楚，毫端會百川。名今大年亞，意古惠崇前。竟日對秋色，無時散暝烟。知君不浪語，一眼認歸船。《東湖居士集》。

六　單老畫樹石山水歌

老樹筆間生，奇石筆下出。濃淡高低遠近山，陰晴朝暮烟雲沒。漠漠江天杳杳空，不勞施力自然中。便於沙際尋歸路，却怪霜林葉不紅。《東湖居士集》。

七　畫虎行爲吉州假守蘇公作

昔日何人畫於菟，君家獨有他家無。宣城老包骨已朽，紛紛俗子尚謹呼。大虎蹲踞小虎戲，目光注射百步外。名畫多聞内府收，人間豈惜千金費。巉巉巖巖谷中石，老樹穹枝拂秋色。銳頭將軍射不得，却挂江南使君壁。林間一嘯四山風，麏驚狐號鳥墮空。不向南山隨李廣，祇愁東海笑黃公。憶昔余頑少小時，先生教誦荆公詩。祇今耆舊無新語，賴有廬山病可師。《東湖居士集》。

八　再次韻題于生畫豹二首

耽酒豐城客子，醉畫山崦人家。他日營丘伯仲，高名遠出長沙。

彭蠡何限秋鴈，此君胸次爲家。醉裹舉翠飛出，著行排立平沙。《東湖居士集》。

九　春日登眺遊寶勝諸寺且觀名畫

護法儼神龍，諸天擁梵宮。樓臺春日麗，海嶽畫圖雄。浦樹重重綠，園花灼灼紅。微風吹細雨，祇在夕陽中。《東湖居士集》。

王玠藝話（一則）

王玠（生卒年不詳）字晉玉，洛陽（今河南洛陽）人，在哲宗、徽宗世。

《法帖刊誤》跋

長睿頃官於洛，因得從之遊。嘗閱吾家所藏內府帖，且以米老跋尾辨之，惜其疏略，遂著此書。議論精確，悉有證據，使真贋了然，誠前人所未到也。

是書之作，實自余發之，嘗作詩題吾家《大令帖》，見於第七章云。

政和甲午正月十三日，周南王玠晉玉題於開封尹廳之東齋。古逸叢書三編影南宋嘉定三年刻本《東觀餘論》卷上《法帖刊誤》卷末。

釋祖秀藝話（一則）

釋祖秀（生卒年不詳）字紫芝，蜀僧。早以文鳴於士大夫間，嘗著《歐陽文忠公外傳》，蘇養直爲作序而冠其首。張浚判福州，迎祖秀住長樂光嚴寺，後歸老蜀中。有《華陽宮記》傳世。

東坡像讚

漢之司馬、揚、王，唐之太白、子昂，是五君子者，皆生乎蜀郡，未若夫子而有耿光。

夫子之詩，抗衡者其唯子美；夫子之文，並輊者其唯子長。賦亦賢於屈、賈，字乃健於鍾、王。此夫子之絕技，蓋至道之秕糠。

夫子之道，是爲后稷，伊尹，可以致其君於堯、湯。時議將加之於鈇鉞，而夫子尤諷於典章。海表之遷，如還故鄉。信蜀郡之五傑者，莫得窺夫子之垣牆。續藏經第二編乙二一套第一冊《雲臥紀談》卷上。

王安中藝話（一五則）

　　王安中（一〇七五～一一三四）字履道，號初寮，中山曲陽（今河北曲陽）人。元符三年進士，調瀛州司理參軍、大名縣主簿，歷秘書省著作佐郎。政和間，以獻表賀祥瑞得徽宗賞識，自秘書少監擢爲中書舍人，除御史中丞。以上疏彈劾蔡京，遷翰林學士，又遷翰林學士承旨。宣和元年，拜尚書右丞，徙左丞，以諂事宦官獲進。金人歸還宋燕地，授慶遠軍節度使、河北河東燕山府路宣撫使、知燕山府。遼國降將郭藥師同知府事，專擅行事，安中不能制。召還，除大名府尹兼北京留守司公事。言者劾其詒誤國事，貶爲單州團練副使，象州安置。高宗繼位，徙道州，任便居住。紹興初，復左中大夫。紹興四年卒，年五十九。安中以文詞擅名，少年時代嘗從蘇軾學，故其詩文有英特之氣，李邴稱他"天才英邁，筆力有餘，於文於詩，皆瑰奇高妙，無所不能"（《初寮集序略》）。其文豐潤華贍，尤長於詔誥、四六之體。前期詩多爲應制唱酬之作，後來遷謫嶺南，閱歷時勢變故，意隨境變，詩風亦近於蘇軾晚年之作。擅長作詞，王灼謂其"善作一種俊語，其失在輕浮"（《碧雞漫志》卷二）。著有《初寮集》四十卷、《後集》十卷，《內外制》二十六卷，明代以來原本已佚，清四庫館臣自《永樂大典》中輯爲《初寮集》八卷。其詞在宋代即有單刻本《初寮詞》一卷行世。

一　次秦夷行觀老杜畫像韻

　　寒拆天吳圖，饑糶太官粟。拾遺官在朝，何異老林麓。英風想廉藺，妙手傳顧陸。蒙茸頭傾冠，駁騾鐙脫足。熊兒與阿段，左右相扶逐。生平經綸具，悵望青蒲伏。窮塗付麴蘖，放意謝羈束。草堂幸無事，尹騎時見辱。清吟動霄垠，逸艷驚魚目。顧茲神明意，豈易丹青卜。當時腰長鑱，憔悴十指禿。聲名乾坤破，生事歲月促。但聞列仙癯，豈見肉食墨。企予攀逸駕，短步羞匍匐。不能師廣袖，乃爾好奇服。嗜詩得雋永，徐味自當肉。不知褒公貴，顧謂何郎俗。窮通等夢幻，思慮自根觸。苦吟祇効尤，呼醅進蟻綠。文淵閣四庫全書本《初寮集》卷二。

二　顔持約爲范師厚作《孔明坐嘯圖》《十大比丘象》，觀者以爲聲訛，不可不下一句

窮顔妙畫今虎頭，忽以武侯爲范侯。他日爯不寫十比丘，下筆不數僧貫休。作佛作相三昧游，在江在海兩浮漚。丈夫心機入法流，到處還渠第一籌。《初寮集》卷二。

三　題李成山水

五日十日一水石，此言雖工蓋其跡。請看天地開闢初，豈鑄日魂鎔月魄。忽然而成隨所遇，納護風雲元滿肚。吐爲千偈口瀾翻，遊戲法中同一趣。李侯落筆風煙氣，妙處欲回真宰意。扁舟不動水粘天，落日孤明山若倚。斷猿吟掛清楓林，澗松倒卧猶十尋。白鷗似作終老計，浮雲自在年何深。由來神品完天力，一抹江流吞萬磧。寸量尺度但形摹，畫史如山爾何得。貴人費盡千黄金，寶盦玉軸誰敢爭。一聲常賣落公手，世間得喪誰虧盈。我生懶率更踈放，只有幼輿巖石相。它時真作畫中人，儻辱書來問無恙。《初寮集》卷二。

四　次韻題李公休輞川圖

山林策足高復高，俗子捷宦爭秋毫。丹青邂逅著相袠，晚顧不欲傳兒曹。妙哉吾家右丞相，睥睨一世輕鴻毛。雲泉招隱去甚勇，粉墨狀景隨所遭。輞川莊圖最得趣，盡寫粲巘圍長皋。廢城荒煙颯衰柳，斷澗立石淙驚濤。篔簹插屋伴幽讀，蓮芰潑眼横輕舠。宫槐猶是鳴驪陌，漆園已作蒙莊逃。地因人好自奇勝，豈必海嶠騫鯨鼇。想見解衣盤礴時，六種震動山靈號。平生經行意境足，朽木不運筆已操。小詩氣象更清絶，遠跨陶謝追風騷。樂安老人吾莫及，摹揭髣髴收藏牢。隸書十詠有體法，鍼肆見此古赤刀。一時墨妙誰竊去，龍劍飛失餘環縧。只今跋題乃到我，千載吾祖安敢褎。家鷄詩畫愧弗學，但思卜築誅蓬蒿。輞川久無書契在，未免四海求田勞。《初寮集》卷二。

五　次韻李元量謝司門幹臣畫山水詩

江上家山晚翠濃，畫癡端復覓詩窮。李矦捲去亦亡賴，却對吳儂賦北風。《初寮集》卷二。

六　題新畫八賢閣像

此地何從列姓名，半因新國用輕刑。江湖萬里知聞斷，圖畫相看眼自青。《初寮集》卷二。

七　跋張僧繇畫卷

讀退之《畫記》，真若見畫。今觀此畫，得其意於形似之外。還如讀退之之《記》，或謂《畫記》非退之平生得意之文，余弗信也。宣和癸卯正月十二日，履道。《初寮集》卷七。

八　跋魏王書帖代韓師美

故光禄卿太原王公與先王有研席之舊，且同年登科，某不及見之。晚識公之孫大府丞於京師，出先王手筆兩帖。惟先王取友天下，所與傾倒，必世之君子長者。

此帖作於邊候兵革間，覼縷諄復，並及家事曲折，且託之以急難，以是知公之賢，自爲先王所厚，蓋不專以舊故也，因泣而書之。政和六年四月十五日，男具官某謹題。《初寮集》卷七。

九　再跋魏王書帖代韓師美〔一〕

某兒時頗見先王稱聰師戒行專慤，遇事不苟。先王出入中外，不得嘗在鄉間，高、曾而下墓墳，悉委師營守。師尤爲盡力，先王亦多之。

今師下世久矣，門人清占尚藏先王與師書帖。捧觀手澤，追惟曩昔，歎歲月之逎邁，望家林而北首，不覺流涕，輒附載於後。《初寮集》卷七。

〔一〕韓師美：原無，據清翰林院抄本補。

一〇　跋李長茂畫卷後

余頃與元量相從於魏，後二十年，余來居守，而元量適在鄉里。余罷府事，待命康樂坊，居益相近。元量持鄆人李長茂所畫松石與河間權朝美俱來，且言長茂之賢，不輕以畫與人，而畫亦高奇有思致。

吾三人之聚於此，此畫之不易得，皆宜作詩。余最老大，久不近筆硯；元量約窮無聊之餘，一意文字，所造益高妙；朝美筆力膽氣，不經世故挫抑，尤豪健壯偉。請兩公，遂賦之。余當鼓譟助其旁，此天下之至樂，平生卓絕傑特之觀也！靖康初元正月二十四日，定武王某題。《初寮集》卷七。

一一　跋李端叔帖

端叔從故侯蘇公來鄉間，倡酬題記，處處有焉。端叔亦自有蘇、李同時之語，觀此詩帖，撫事懷人，惘然久之。紹興癸丑八月朔，定武王安中履道題。《初寮集》卷七。

一二　跋東坡先生書

世學公書者眾矣。劍拔弩張，驥奔猊抉，具不能無。至於尺牘狎書，姿態橫生，不矜而妍，不束而莊，不軼而豪。蕭散容與，霏霏如零春之雨；森疏掩斂，熠熠如從月之星；紆徐婉轉，纚纚如抽繭之絲。恐學者所未到也。巴蜀書社影印明刊本《蜀藻幽勝錄》卷四。

一三　題東坡字後〔一〕

東坡居士極不惜書，然不可乞。每書者正色詰責之，或終不與一字。

元祐中鎖試禮部，每見過案上紙，不擇精粗，書遍乃已。性喜酒，然不能四五龠，已爛醉，不辭謝而就卧，鼻鼾如雷。少焉蘇醒，落筆如風雨，雖謔弄皆有義味，直神仙中人。此豈與今世翰墨之士争衡哉！文淵閣四庫全書本《全蜀藝文志》卷五九。

〔一〕此篇與王安中《跋東坡墨跡》，《全蜀藝文志》附於王安中（履道）之後，此姑從之。

一四　跋東坡墨跡〔一〕

東坡道人少日學《蘭亭》，故其書姿媚似徐季海；至酒酣放浪，意忘工拙，字特瘦勁，迺似柳誠懸。中歲喜學顔魯公、楊風子書，其合處不減李北海，於筆圓而韻勝，挾以文章妙天下，忠義憤日月之氣。本朝善書，自當推爲第一，數百年後，必有知余此論者。《全蜀藝文志》卷五九。

〔一〕此篇《全蜀藝文志》附於王安中（履道）之後，此姑從之。

一五　跋眉山三蘇帖

唐弼杜氏自其曾大父四世與眉山三蘇遊，書帖具存。

紹興癸丑中秋，安中過惠州，登白鶴嶺，拜東坡象，觀壁間所刻詩文，則皆後人追書，求公翰墨，已不可得。

後十二日邂逅唐弼於潮陽，出此卷相示。一翁兩孺，千載不没之氣，凜凜在目，猶恨獨無叔黨字畫。方求類於舊門，顧小坡之不在，龍駒已逝，駿骨萬金，亦可爲歎息也。中山王安中題。文淵閣四庫全書本《六藝之一録》卷三五二。

葉夢得藝話（三三則）

　　葉夢得（一〇七七～一一四八）字少蘊，其家有石林園，故又號石林居士，蘇州吳縣（今江蘇蘇州）人。紹聖四年進士，調丹徒尉。徽宗朝，自婺州教授召爲議禮武選編修官。蔡京舉薦，召對，特賜祠部郎官。大觀初，除起居郎。二年，遷翰林學士。三年，出知汝州，尋落職，提舉洞霄宮。政和五年，起知蔡州，移潁昌府。靖康元年，知杭州。建炎二年，遷翰林學士兼侍讀，除户部尚書，爲尚書左丞。與宰相朱勝非等不協，罷職歸湖州。紹興初，起爲江東安撫大使兼知建康府，兼壽州等六州宣撫使。八年，除江東安撫制置大使兼知建康府、行宫留守，措置防江事務。十二年，移知福州，兼福建安撫使。十六年，致仕。十八年卒，年七十二，贈檢校少保。葉夢得爲晁氏外甥，又嘗從晁補之、張耒諸人學，在詩文創作與評論方面均有較大成就。他論詩多主王安石，但顯然也受到蘇、黃影響。長於詩文，王士禛稱其筆力雄厚，猶有北宋詩人遺風；翁方綱謂其詩"深厚清雋，不失元祐諸賢矩矱"（《石洲詩話》卷四）。其現存詩歌主要爲知建康府時所作，有一些詩記載了當時宋金交戰的實事，表現出詩人憂心爲國的内容，風格不一，或奕奕老成，語氣悲壯，或疏快灑脱，吟詠蕭散，頗爲時人所重。也擅長作詞，早年詞風婉麗，有五代温、李之風，晚年風格變化，落其花而存其實，能於簡淡中時出雄傑，風格近於蘇軾詞。夢得勤力撰著，著述甚富，有《石林總集》一百卷，今已佚。又有《石林居士建康集》八卷，收録其紹興八年知建康府時所作詩文。又著有《石林奏議》十五卷。其詞在宋代時已有單刻本《石林詞》一卷流傳。又著有《石林詩話》一卷。又有筆記《石林燕語》十卷、《巖下放言》一卷、《避暑録話》二卷，均存多種版本。

一　題子因雙鳩百葉桃畫

　　百葉緗桃照眼明，繁枝似見雨新晴。故知睡足聊相並，不作林間逐婦聲。_{文淵閣四庫全書本《建康集》卷一。}

二　夜聽莫撫幹彈琴流水操

故山不在眼，遠想流水聲。佳人南風手，起我澗谷情。十載厭鼙鼓，囂塵亂鳴鉦。蕭然洗病耳，爲鼓一再行。度險微斷續，奔前忽琮琤。淒風拉遠響，薄月當微明。亂石拱高下，迴環亦崢嶸。吾歸正自爾，猛士方西征。年少勇過我，敵愾衛王城。請更落雁操，山水音正清。《建康集》卷二。

三　再賦

惠崇殘筆老尤奇，袖裏溪山每自隨。欲識滄波無限意，此間惟許當家知。《建康集》卷二。

四　東山圖讚

龍眠李伯時畫許玄度、王逸少、謝安石、支道林四人像，作《東山圖》。玄度超然萬物之表，見於眉睫。逸少藏手袖間，徐行若有所觀。安石膚腴秀澤，著屐反首，與道林語。道林贏然出其後，引手如相酬酢。皆得其意於俯仰步趨之間〔一〕，筆墨簡遠，妙絶一時。無住道人少規模伯時，爲余臨寫，真贋殆不可辨。更數十歲，安知天下不有兩伯時？因各爲之讚曰：

揚眉軒然，意軼萬里。亦將焉往，而竟斯止。曰遠遊者，以是爲遊。疾走息陰，彼將安休。右許玄度。

翰墨之娛，以寫萬變。不償一姥，笑戢山扇。袖手縱觀，我行故遲。豈以懷祖，樂此逶迤。右王逸少。

韞玉於山，燁然不枯。我觀此容，非山澤儒。却顧何爲，東山之阯。如何淮淝，乃折此屐。右謝安石。

一世所驅，顛倒衣裳〔二〕。是身何衣，獨委支郎。從容三人，亦躡其後。人誰無言，聊一舉手。右支道林。　宣統三年葉氏觀古堂刻本《石林居士建康集》卷二。

〔一〕步趨：原作"走趣"，據《清波雜志》卷一二改。
〔二〕衣：原作"軒"，據同上改。

五　書《明皇吹簫圖》後

此周昉畫，家舊有南唐摹本，筆跡如屈髮，今亡之矣。其傍有海棠一株，寧王坐其左，執板者黃幡綽也。此本出梁仲謨家，僅存其五六爾。明皇末年，暇時自適，但如畫中，亦安得有馬嵬事耶？紹興庚申二月十二日，久陰初晴，爲山亭，與何彥發同觀。《石林居士建康集》卷三。

六　書陸探微師子畫讚後

陸生板畫，天下惟此本。初留建康境中，唐太和間李文饒鎮浙西，徙置鎮江甘露寺，余猶及見焉〔一〕。元符初，甘露火，板亦隨燼，常恨絕跡，世不復見。忽有得東坡所摹以獻，會府治草堂成，因傳寫爲照壁屏之陰。筆墨之妙雖不可追，然尚可想其髣髴，亦以存建康故事之一云。《石林居士建康集》卷三。

〔一〕猶：原無，據道光二十四年吳中吳氏刻本補。

七　書吳皇象《急就章》後

右章草，漢黄門令史游《急就章》二千二十三字，相傳爲吳皇象書，摹張郡公家本。象書惟官本法帖所載《文武將墜》等四帖，其餘不復多見。而章草自唐以來無能工者，其法蓋僅存。世傳獨吳越錢氏所藏蕭子雲《出師頌》最爲近古，他如索靖《月儀》等未必盡真。

此書規模簡古，氣象沉遠，猶有蔡邕、鍾繇用筆意。雖不可定爲象書，決非近世所能偽爲者。自李斯作《倉頡》，其後《爰歷》《博學》《凡將》《元尚》與《急就》五家繼作，皆爲小學所宗，故字書略備。今《倉頡》而下皆亡，獨此書有顏師古注本尚在，乃相與參校，以正書並列。中間臨揚轉寫多，不無失實。好事者能因其遺法，以意自求於刻畫之外，庶幾絕學可復續也。宣和二年上巳日，知潁昌軍府事縉雲葉夢得題。文淵閣四庫全書本《佩文齋書畫譜》卷七〇。

八　書周穆王吉日癸巳刻石後

唐以前皆無所傳聞，而世定以爲穆王書，自宋景文祁發之，且以《穆天子傳》爲證耳。然字畫奇古，信非秦漢以後遺跡。

余始至汝南，同年生林虙爲河北提舉學事，亟往求之。虙見寄纔兩月，復以書報曰：「此字近詔取藏禁中，不可復得矣。」此書初在贊皇山中，後武人爲守，鑿山取之，好事者常爲歎惜。今乃因得輦置近巖，則前日未爲不幸。然余求之稍緩，幾遂失之，故今尤爲可珍也。叢書集成本《寶刻叢編》卷六。

九　書黃伯思摹索靖章草《急救章》後

右索靖章草《急就章》一千四百五十字，闕七百五十九字。

余聞世有此唐人硬黃臨本舊矣，不知藏誰氏，求之久不獲。紹興甲子，偶得故秘書郎黃長睿雙鉤所摹於福唐。凡西晉前鍾、張、衛、索書帖存於今者，大抵皆無復真跡流傳，謄揭既多，僅見其點畫爾。

　　長睿好古，善隸楷，能得古人用筆意，其氣韻精彩，尚可彷彿典刑。兵興以來，剽剝煨燼之餘，故家名流所藏殆盡，幸有遺者，不可無傳於世。閩無美石，乃使以版刻，置之燕堂，以示好事者。杜子美云："嶧山之碑野火焚，棗木篆刻肥失真。"古今所恨云。七夕日，石林葉夢得書。中華書局一九八八年影印宋刻本《東觀餘論》卷下。

《石林燕語》（選録　四則）

　　太宗留意字書。淳化中，曾出內府及士大夫家所藏漢、晉以下古帖，集為十卷，刻石於秘閣，世傳為"閣帖"是也。中間晉、宋帖多出王貽永家。貽永，祁公之子，國初藏名書畫最多，真跡今猶有為李駙馬公炤家所得者，實為奇跡。而當時摹勒出待詔手，筆多凝滯；間亦有偽本，如李斯書，乃李陽冰、王密德政碑，石本也。石後入禁中，被火焚，絳人潘師旦取閣本再摹，藏於家，為絳本。慶曆間，劉丞相沆知潭州，亦令僧希白摹刻於州廨，為潭本。絳本雜以五代近世人書，微出鋒。希白自善書，潭本差能得其行筆意。元祐間，徐王府又取閣本刻於木板，無甚精彩。建中、靖國初，曾丞相布當國，命劉燾為館職，取淳化所遺與近出者，別為續法帖十卷，字多作燾體，又每下矣。

　　攷異：淳化官帖，黃魯直、秦少游所記，皆云"刻板"，此乃云"刻石"，非也。魯直云："元祐中，親賢宅從禁中借板墨百本，分遺官僚"，此云"徐王府取閣本刻於木板"，豈各自一事耶？續法帖跋云："元祐五年四月十三日，秘書省請以秘閣所藏墨跡，未經太宗朝摹刻者，刊於石，有旨從之。至建中靖國元年四月二十三日，出內藏緡錢十五萬趣其工，以八月旦日畢，釐為十卷，上之。"此云：曾丞相當國，命劉燾別為續法帖十卷。非也。

　　燕樂教坊外，復有雲韶班、鈞容直二樂。太祖平嶺表，得劉氏閹官聰惠者八十人，使學於教坊，賜名"簫韶部"，後改今名。鈞容直，軍樂也。太平興國中，擇軍中善樂者，初曰"引龍直"，以備行幸騎導；淳化中改今名，皆與教坊參用。元豐後，又有化成殿親事官。以上文淵閣四庫全書本《石林燕語》卷三。

　　太宗當天下無事，留意藝文，而琴棋亦皆造極品。《石林燕語》卷八。

《避暑錄話》（選錄　二〇則）

盧鴻《草堂圖》舊藏中貴人劉有方家，余往有慶曆中摹本，亦名手精妙，猶記後載唐人題跋云："相國鄒平段公家藏圖書，並用所歷方鎮印記。咸通初余爲荆州從事，與柯古同在蘭陵公幕下閱此軸。今所歷歲祀倏逾二紀，薦罹多難，編軸尚存，物在時遷，所宜興歎。丁未年駕在岐山，涿郡子薑記。"又書"己酉歲重九日專謁大儀，遂載覽閱，累經多難，頓釋愁襟。子薑再題"。

世言歙州具文房四寶，謂筆、墨、紙、硯也，其實三耳。歙本不出筆，蓋出於宣州，自唐惟諸葛一姓世傳其業。治平、嘉祐前，有得諸葛筆者，率以爲珍玩云，一枝可敵它筆數枝。熙寧後，世始用無心散卓筆，其風一變，諸葛氏以三副力守家法不易，於是浸不見貴而家亦衰矣。歙州之三物，硯久無良材，所謂羅文、眉子者不復見，惟龍尾石捍堅拒墨，與凡石無異。歐文忠作《硯譜》，推歙石在端石上，世多不然之，蓋各因所見爾。方文忠時，二地舊石尚多，豈公所有適歙之良而端之不良者乎？紙則近歲取之者，多無復佳品。余素自不喜用，蓋不受墨，正與麻紙相反，雖用極濃墨，終不能作黑字。惟黃山松豐腴堅縝，與他州松不類，又多漆。古未有用漆煙者，三十年來人始爲之，以松漬漆並燒。余大觀間令墨工高慶和取煤於山，不復計其值。又嘗被命館三韓，使人得其貢墨，碎之，參以三之一，既成，潘、張二谷、陳瞻之徒皆不及。喪亂以來，雖素好事者，類不盡留意於諸物。余頃有端硯三四枚，奇甚，杭州兵亂，亡之。慶和所作墨亦無遺，每用退墨硯磨不黑滯筆墨，如以病目剩員御老鈍馬。

世不留意墨者多言未有不黑，何足多較，此正不然，黑者正難得，但未嘗細別之耳。不論古墨，惟近歲潘谷親造者黑，它如張谷、陳瞻與潘使其徒造以應人所求者，皆不黑也。寫字不黑，視之毳毳然，使人不快意。平生嗜好屏除略盡，惟此物未能忘，數年來乞墨於人，無復如意。近有授余油煙墨法者，用麻油燃密室中，以一瓦覆其上，即得煤，極簡易，膠用常法，不多以外料參之。試其所作良佳。大抵麻油則黑，桐油則不黑，世多以桐油賤不復用麻油，故油煙無佳者。

宣和初，有潘衡者賣墨江西，自言嘗爲子瞻造墨海上，得其秘法，故人爭趨之。余在許昌見子瞻諸子，因問其季子過，求其法，過大笑曰："先人安有法，在儋耳無聊，衡適來見，因使之別室爲煤，中夜遺火，幾焚廬。翌日煨爐中得煤數兩，而無膠和，取牛皮膠以意自和之，不能挺磊，塊僅如指者數十，公亦絕倒。"衡因是謝去。蓋後別自得法，借子瞻以行也。衡今在錢塘竟以子瞻故售墨價數倍於前，然衡墨自佳，亦由墨以得名，尤用功可與九華朱僅上下也。

前輩嘗記太宗命待詔蔡裔增琴阮弦各二，皆以爲然，獨朱文濟執不可，帝怒，屢折辱之。樂成，以示文濟，終不肯彈二樂，後亦竟廢不行。崇寧初，大樂缺徵調，有獻議請補者，並以命教坊燕樂同爲之。□使丁仙現云："音已久亡，非樂工所能爲，不可以意妄增，徒爲後人笑。"蔡魯公亦不喜。蹇授之嘗語予云："見元長屢使度曲，皆辭不能，遂使以次樂工爲之，逾旬獻數曲，即今《黃河清》之類，而聲終不諧，末音寄殺他調。"魯公本不通聲律，但果於必爲，大喜，亟召眾工按試《尚書》少庭，使仙現在傍聽之，樂闋有得色，問仙現何如，仙現徐前環顧坐中曰："曲甚好，只是落韻。"坐客不覺失笑。

子瞻在黃州病赤眼逾月，不出或疑有他疾，過客遂傳以爲死矣。有語范景仁□許昌者，景仁絕不置疑，即舉袂大慟，召子弟具金帛遣人賙其家子弟徐言此傳聞，未審當先書以問其安否，得實，吊之未晚，乃遣僕以往。子瞻發書大笑，故後量移汝州謝表有云："疾病連年，人或相傳爲已死。"未幾復與數客飲江上，夜歸，江面際天，風露浩然，有當其意，乃作歌辭，所謂"夜闌風靜後，縠紋嚴，小舟從此逝，江海寄餘生"者，與客大歌數過而散。翌日喧傳子瞻夜作此辭，掛冠服江邊，挐舟長嘯去矣。郡守徐君猷聞之驚且懼，以爲州失罪人，急命駕往謁，則子瞻鼻鼾如雷，猶未興也。然此語卒傳至京師，雖裕陵亦聞而疑之。

歐文忠在滁州通判，杜彬善彈琵琶。公每歡酒，必使彬爲之，往注酒行遂無算籌，故有詩云："坐中醉客誰最賢，杜彬琵琶皮作弦。"此詩既出，彬頗病之，祈公改去姓名，而人已傳，卒不得諱。政和間，郎官有朱維者亦善音律，而尤工吹笛，雖教坊亦推之，流傳入禁中。蔡魯公嘗同執政奏事，及燕樂將退，上皇曰："亦聞朱維吹笛乎？"皆曰不聞，乃喻旨召維試之，使教坊善工在傍按其聲。魯公與執政會尚書省大廳，遣人呼維甚急，維不知所以。既至，命坐於執政之末，尤皇恐不敢就立，乃喻上語，維再三辭。鄭樞密達夫在坐，正色曰："公不欣當違制。"維不得已，以朝服勉爲一曲，教坊樂工皆稱善，遂除維爲典樂。維爲京西提刑，爲予言之，琵琶以下撥重爲難，猶琴之用指深，故本色有櫟弦護索之稱。文忠嘗問琵琶之妙於彬，亦以此對，乃取使教他樂工試爲之，下撥弦皆斷，因笑曰："如公之弦，無乃皮爲之耶？"故有"皮作弦"之句，而好事者遂傳彬真以皮爲弦，其實非也。唐人記賀懷智以鵾雞筋作弦，人固疑之，筋比皮似有可作弦之理，然亦不應得許長，且所貴者聲爾，安在以弦爲奇耶？以上文淵閣四庫全書本《避暑錄話》卷上。

宋武帝與殷仲文論音樂云："正恐解則好之。"此言極有味也。世之好飲者必能飲，好弈者必能弈，未有不知酒味而強飲，未嘗學弈而自喜爲弈。凡事皆然，欲求簡靜安閒莫若初無所解，解而好，非有大勇不能絕也。吾少不幸溺於多聞，而喜窮理，每一事未曉，夜不能安枕，反覆推研，必欲極其至而後止，於是世間事多得曲折。中歲恐流於多事，始翻然大悔，一切掃除，願爲土木偶人。苟一念暫起，似有分別，起滅即力止之，若觸芒刃，若陷機阱，數十年來此境稍熟，覺心內心外真若無物，所未能遽去者，唯此數百卷書爾。更期以年歲，當盡棄之。以無知求有知易，以有知返無知難，使吾不早悟，蔽其所知而不返，雖欲求此須臾之適，其可得哉！

張友正，鄧公之季子。少喜學書，不出仕，有別業價三百萬，盡鬻以買紙。筆跡高簡，有晉宋人風味，尤工於草書。故廬在甜水巷，一日棄去，從水櫃街僦小屋，與染工爲鄰，或問其故，答曰："吾欲假其縑素學書耳。"於是與約："凡有欲染皂者，先假之一端，付二百金。"如是日書數端米元章書。自得於天資，然自少至老筆未嘗停。有以紙餉之者，不問多寡，入手即書，至盡乃已。元祐末，知雍丘縣，蘇子瞻自揚州召還，乃具飯邀之，既至，則對設長案，各以精筆、佳墨、紙三百列其上，而置饌其傍。子瞻見之大笑，就坐，每酒一行，即申紙共作字一二，小史磨墨，幾不能供。薄暮，酒行既終，紙亦盡，乃更相易攜去，俱自以爲平日書莫及也。友正既未嘗仕，其性介不多與人通，故其書知之者少，但不逮元章耳。

吾素不能琴，然心好之。少時，嘗從信州道士吳自然授指法，亦能爲一兩弄，怠而棄去。然自是每聞善琴者彈，雖不盡解，未嘗不喜也。大觀末，道泗州，遇廬山崔閑，相與遊南山十餘日。閑蓋善琴者，每坐玻璃泉上，使彈，終日不倦，泉聲不甚悍激，涓涓淙潺，與琴聲相亂。吾意此即天籟也。閑所彈更三十餘曲，曰："公能各爲我爲辭，使我它日持歸廬山時倚琴而歌，亦足爲千載盛事。"意欣然許之，閑乃略用平側四聲分均爲句以授余，琴有指法而無其譜，閑蓋強爲之，吾時了了略解，既懶不復作，今蓋忘之矣。去年，徐度忽得江外《招隱》一曲，以王琚舊辭增損而足成之，雖無彈者可歌成聲，遇吾意時當稍依此自爲一篇，以終閑志也。

唐中世以前，未盡以石爲硯，端溪石雖後出，未甚貴於世，蓋晉、宋間善書者初未留意於硯，往往但以器貯墨汁，故有以銅鐵爲之者，意不在磨墨也。長安李士衡觀察家藏一端硯，當時以爲寶，下有刻字云："天寶八年冬端州東溪石刺史李元書。"劉原有知長安，取視之，大笑曰："天寶安得有年！自改元即稱載矣。且是時州皆稱郡，刺史皆稱太守，至德後始易，今安得獨爾耶？"亟取《唐書》示之，無不驚歎。李氏硯遂不敢復出。非原甫精博，固無與辨，然李氏亦非善爲硯計者。硯但論美惡，誠可爲寶，何必問久近耶？近世有言許敬宗硯者，亦或以其人棄之，若論李氏硯，則許敬宗真贋亦未可知。然好惡之或如此，彼爲硯者美惡自若，初何預知，而或以有年而貴，或以人而廢，重可笑也。

本朝大樂循用王朴舊律，大抵失於太高，其聲噍殺而哀。太祖時和峴既下一律，景祐中李照校古制以爲高五格，又請下其三，樂或反低，人不以爲然，廢不用。皇祐初，阮逸、胡瑗再定，比和峴止下一律，議者亦不爲善也。燕樂例亦高歌者，每苦其難繼，而未有知之者。熙寧末，教坊副使苑日新始獻言謂方響尤甚，與絲竹不協，乃使更造方響，以準諸音，於是第降一律，訖後用之至崇寧云。

大樂舊無匏、土二音，笙、竽但如今世俗所用，笙以木刻其本，而不用匏，塤亦木爲之，是八音而爲木者三也。元豐末，范蜀公獻《樂書》以爲言，而未及行。至崇寧更定大樂，始具之。舊又無篪，至是亦備，雖燕樂皆行用。

李伯時初喜畫馬，曹、韓以來未有比也。曹輔爲太僕少卿，太僕視他卿寺有廨舍，國馬皆在其中，伯時每過之，必終日縱觀，有不暇與客語者。法雲圜道秀禪師爲言眾生流浪轉徙，皆自積劫習氣中來，今君胸中無非馬者，得無與之俱化乎？伯時懼，乃教之使爲佛像，以變其意，於是深得吳道子用筆意。晚作《華嚴經》八十卷變相，李冲元書其文，備極工妙，不及終而以末疾廢，重自太息。既不能復畫，乃反厚以金帛求其所畫在人者，藏之以示珍貴。宣和間，其畫幾與吳生等，有持其一二紙取美官者踵相繼。而伯時無恙時，但諸名士鑒賞得好詩數十篇爾。

張文孝公觀一生未嘗作草字，杜祁公一生未嘗作真字。文孝嘗自作詩云："觀心如止水，爲行見真書。"可見其志也。祁公多爲監司及帥在外，公家文移書判皆作草字，人初不能辨，不敢白，必求能草書者問焉，久之乃稍盡解。世言書札多如其爲人，二公皆號重德，而不同如此，或者疑之。余謂文孝謹於治身，秋毫不敢越繩墨，自應不解作草字；祁公雖剛方清簡，而洞曉世故，所至政事號神明，迎刃而解，則疏通變化，意之所嚮發於書者，宜亦似之也。

唐僧能書者三人：智永、懷素、高閑也。智永書全守逸少家法，一書不敢小出入，《千文》之外見於世者亦無他書，相傳有八百本，余所聞存於士大夫家者尚七八本，親見其一於章申公之子擇處。逸少書至獻之而小變，父子自不相襲，唐太宗貶之太過，所以惟藏逸少書，不及獻之。智永真跡深穩精遠，不如世間石本用筆太礙也。懷素但傳草書，雖自謂恨不識張長史，而未嘗秋毫不模長史，乃知萬事必得之於心，因人則不能並立矣。章申公家亦有懷素《千文》，在其子授處。今二家各藏其半，惜不得爲全物也。高閑書絕不多見，惟錢彥遠家有其"寫史書當慎其遺脫"八字，如掌大，神彩超逸，自爲一家。蓋得韓退之序，故名益重爾。

《明皇幸蜀圖》，李思訓畫，藏宗室汝南郡王仲忽家。余嘗見其摹本，方廣不滿二尺，而山川、雲物、車輦、人畜、草木、禽鳥無一不具，峰嶺重復，徑路隱顯，渺然有數百里之勢，想見爲天下名筆。宣和間，內府求畫甚急，以其名不佳，獨不敢進。明皇作騎馬像，前後宦官、宮女、導從略備，道傍瓜圃，宮女有即圃採瓜者，或諱之爲《摘瓜圖》。而議者疑元稹《望雲騅歌》有"騎騾幸蜀"之語，謂倉猝不應儀物猶若是盛，遂欲以爲非幸蜀時事者，終不能改也。山谷間民皆冠白巾，以爲蜀人爲諸葛孔明服，所居深遠者，後遂不除，然不見他書。

李育字仲蒙，吳人，馮當世榜第四人登第。能爲詩，性高簡，故官不甚顯，亦少知之者。與外大父晁公善，尤愛其詩，先君嘗得其親書《飛騎橋》一篇於晁公，字畫亦清麗，以爲珍玩。

《晉史》言王逸少性愛鵝，世皆然之。人之好尚，固各有所僻，未易以一概論，如崔鉉喜看水牛鬬之類，此有何好，然而亦必與性相近類者。逸少風度超然，何取於鵝。張素正嘗云："善書者貴指實掌虛，腕運而手不知。鵝頸有腕法，倘在是耶？今鵝千百爲群，其間必自有特異者，畜牧人皆能辨，人即貴售之以爲種。蓋物各有出其類者，逸少即意有所寓，因又賞其善者也。"正素能書，識古人行筆意，其言似有理。

顏魯公真跡，宣和間存者猶可數十本，其最著者《與郭英乂論坐位書》，在永興安師文家；《祭侄季明文》《病妻乞鹿脯帖》，在李觀察士衡家；《乞米帖》，在天章閣待制王質家；《寒食帖》，在錢穆甫家。其餘《蔡明遠帖》《盧八倉曹帖》《送劉太真序》等不知在誰氏，皆有石本。《坐位帖》，安氏初析居分爲二，人多見其前段，師文後乃並得之，相繼皆入內府，世間無復遺矣。以上《避暑錄話》卷下。

張擴藝話（二則）

張擴（？～一一四七）字彥實，一字子微，德興（今江西德興）人。崇寧五年進士，授國子監主簿，遷國子博士。高宗時，爲虔州工曹，知廣德軍。紹興八年，召爲著作佐郎，爲禮部員外郎。歷中書舍人，擢左史，掌外制。後因事罷，提舉江州太平觀。張擴與朱翌、曾慥、呂本中、徐俯等人交遊，相互切磋唱和，故其詩"詞采清麗，斐然可觀"，有江西詩派詩致（《艇齋詩話》，《四庫全書總目》卷一五六）。《四庫全書總目》謂其任中書舍人時所草制誥"大抵溫麗縝密，與汪藻可以聯驅"，祇是因秦檜而進身，故借草制以獻諛媚，往往爲後人所鄙薄。著有《東窗集》四十卷、詩十卷，原集已佚，清四庫館臣自《永樂大典》輯出詩文，重編爲十六卷。

一　題龔士楙廳壁畫遠山　並序

吾友彥承氣直而勇，真有用於世者。林公甫、呂居仁諸公相率賦畫壁之什，因以勉之。

古來終南山，引手得佳處。未負移文憨，已遭捷徑語。公真樂山者，爽氣落眉宇。平生手中板，不暇著頰拄。叩門無俗客，何礙入官府。人生一縷氣，所愧吞不吐。畫山猶畫餅，餘習近兒女。勿學好事人，吾言當有取。文淵閣四庫全書本《東窗集》卷一。

二　謝賜御書臨晉唐帖三軸

上帝圖書照東壁，宸毫作字同羲畫。晉書舊帖久氣索，數本僅收煨燼厄。硬黃小試毛穎功，手蛻千年垂露跡。巧偷豪奪幾蒼黃，晚御清都顏咫尺。鍾王行草日失真，神氣頓還三昧力。諸天護法宮殿深，九虎守關雷雨隔。那知分賜下人間，螻蟻微臣亦懷璧。恩均揭榜誇玉堂，事陋登床攫飛白。欽惟聖學自天縱，嗜好從來屏聲色。青規文字屢策勳，沾丐椒房猶翰墨。彤管摘筆佇珍貺，寶唾落牋留小刻。從今不愧蔀屋空，會有虹霓光四塞。《東窗集》卷二。

彭乘藝話（一一則）

《四庫全書·墨客揮犀提要》云："《墨客揮犀》十卷，宋彭乘撰。案：北宋時有兩彭乘：一爲華陽人，真宗時進士，官至翰林學士，《宋史》有傳。其作此書者，則筠州高安人，史不載其仕履，故始末無可考。見書中稱，嘗爲中書檢正；又稱至和中赴任邕州，而不書其爲何官；又自稱嘗至儋耳。其議論大抵推重蘇、黃，疑亦黨籍中人也。陳振孫《書錄解題》載此書十卷、《續》十卷，稱不知撰人名氏。"

《墨客揮犀》（選錄　四則）

世人畫韓退之小面而美髯，著紗帽，此乃江南韓熙載耳，尚有當時所畫，題誌甚明。熙載諡文靖，江南人謂之韓文公，因此遂謬以爲退之。退之肥而寡髯，元豐中以退之從享文宣王廟，郡縣所畫皆是熙載，後世不復可辨，退之遂爲熙載矣。

藏書畫者多取空名，偶傳爲鍾、王、顧、陸之筆，見者爭售，此所謂耳鑒。又有觀畫而以手摸之，相傳以爲色不印指者爲佳畫，此又在耳鑒之下，謂之揣骨聽聲。歐陽公嘗得一古畫《牡丹叢》，其下有一貓，永叔未知其精妙。丞相正肅吳公與歐公家相近，一見曰："此正午時牡丹也，何以明之？其花披哆而色燥，此日中時花也。貓眼黑，睛如線，此正午貓眼也。有帶露花，則房斂而色澤，貓眼早暮則睛圓，正午則如一線耳。"此亦善求古人之意也。以上文淵閣四庫全書本《墨客揮犀》卷一。

彭淵材初見范文正公畫像，驚喜再拜前，磬折，稱新昌布衣彭几幸獲拜謁。既罷，熟視曰："有奇德者必有奇形。"乃引鏡自照，又捋其鬚曰："大略似之矣，但衹無耳毫數莖耳，年大當十相具足也。"又至廬山太平觀，見狄梁公像眉目入鬢，又前再拜，讚曰："有宋進士彭几謹拜謁。"又熟視久之，呼刀鑷者使剃其眉尾，令作卓枝入鬢之狀，家人輩望見驚笑，淵材笑曰："何笑？吾前見范文正公，恨無耳毫；今見狄梁公，不敢不剃眉，何笑之乎！耳毫未至，天也；剃眉，人也。君子修人事以應天，奈何兒女子以爲笑乎！吾每欲行古道，而不見知於人，所謂傷古人之不見，嗟吾道之難行也。"《墨客揮犀》卷二。

鍾弱翁所至，好貶駁榜額，字畫必除去之，出新意，自立名，令具牌，當爲重書之，鏤刻工匠十數輩，然字畫不工，人皆苦之。嘗經過廬陵一山寺，有高閣壯麗，弱翁與僚屬部曲擁立，望其榜曰"定慧之閣"，字徑八寸，旁題姓名漫滅，弱翁放意稱謬，使僧呼梯取之，拭拂視之，乃魯國顏真卿書。弱翁顧謂客曰："似比字畫，何不刻石！"即令刻石，傳者以爲笑。《墨客揮犀》卷三。

子瞻嘗自言，平生有三不如人，謂著棋、吃酒、唱曲也。然三者亦何用如人，子瞻之詞雖工，而多不入腔，正以不能唱曲耳。《墨客揮犀》卷四。

《續墨客揮犀》（選錄　七則）

張丞相好草聖而不工，當日流輩皆譏笑之，丞相自若也。一日得句，索筆疾書，滿紙龍蛇飛動，使其姪錄之。當波險處，姪惘然而止，執所書問曰："此何字？"丞相熟視久之，亦自不識，詬其姪曰："胡不早來問，致吾忘之。"（按：此則出《冷齋夜話》卷九）

王仲至閱吾家畫，最愛王維畫《黃梅出山圖》，蓋其所圖黃梅、曹溪二人，氣韻神檢，皆如其人。讀二人事跡，還觀所畫，可以想見其人。（按：此則出《夢溪筆談》卷一七）

度支員外郎宋迪工畫，尤善爲平遠山水，其得意者，有《平沙雁落》《遠浦帆歸》《山市晴嵐》《江天暮雪》《洞庭秋月》《瀟湘夜雨》《煙寺晚鐘》《漁村落照》，謂之八景，好事者多傳之。往歲小窯村陳用之善畫，迪見其畫山水，謂之曰："汝畫信工，但少天趣。"用之深服其言，曰："常患其不及古人者，正在於此。"迪曰："此不難耳，汝當先求一敗牆，張絹素訖，倚之敗牆之上，朝夕觀之。觀之既久，隔素見敗牆之上高平曲折，皆成山水之象，心存目想，高者爲山，下者爲水，坎者爲谷，闕者爲澗，顯者爲近，晦者爲遠，神領意造，怳然見其有人、禽、草、木飛動往來之象，了然在目，則隨意命筆，默以神會，自然境界皆天就，不類人爲，是謂活筆。"用之自此畫格日進。（按：此則出《夢溪筆談》卷一七）　以上《歷代史料筆記叢刊·唐宋史料筆記》之《續墨客揮犀》（孔凡禮點校，略去點校者所擬小標題）卷一。

王羲之書，舊傳惟《樂毅論》乃羲之親書於石，其他皆紙素所傳。唐太宗衰聚二王墨跡，惟《樂毅論》石本在，其後隨太宗入昭陵。朱梁時，耀州節度使溫韜發昭陵得之，復傳人間。或曰："公主以僞本易之，元不曾入壙。"本朝人高紳學士家，皇祐中，紳之子高安世爲錢塘主簿，《樂毅論》在其家，予嘗見之。時石已破闕，末後獨有一"海"字者是也。後十餘年，安世在蘇州，石已破爲數片，以鐵束之。後安世死，石不知所在。或云蘇州一富家得之，亦不復見。今傳《樂毅論》皆摹本也，筆劃無復昔之清勁。羲之小楷字，於此殆絕。《遺教經》之類，皆非其比也。（按：此則出《夢溪筆談》卷一七）　《續墨客揮犀》卷二。

裴度形貌短小，而位至將相，嘗自讚其寫真曰："爾形不長，爾貌不揚，胡爲將，胡爲相。一片靈臺，丹青莫狀。"蓋謂由心吉而致富貴也。張學士綏貌甚美，嘗繪其容以寄兄環，環改裴贊寄之，曰："爾形甚長，爾貌甚揚，不爲將，不爲相，一片靈臺，丹青莫狀。"（按：此則出《倦游雜錄》，《宋朝事實類苑》卷六五引）

承務郎陳默字子真，妙於詞翰，然疎逸，自號懶散翁。父紘，爲閩漕，默亦隨至。建安有焦生者，以丹青爲業，一日，圖默之形以獻焉。默遍示家人，皆笑云："此正似廳前尚書（俗呼軍校爲尚書）。"默因戲題一讚於上以還之，曰："大道本無我，吾形安可圖。何須焦處士，畫作李尚書。"默乃薛子美之甥也。子美曾作自詠詩云："鐵臂蒼髯骨有稜，世間兒女見須驚。"默亦巖稜多髭，類其舅云。以上《續墨客揮犀》卷六。

世傳琴曲宮聲十小調皆隋賀若弼所製，最爲絕妙。一不博金，二不換玉，三泛峽吟，四越溪吟，五越江吟，六孤猿吟，七清夜吟，八葉下聞蟬，九三清，十亡其名，琴家但名賀若而已。（按：此則出《冷齋夜話》，見《苕溪漁隱叢話》前集卷一六）　《續墨客揮犀》卷十。

馬永卿藝話（八則）

馬永卿（生卒年不詳）字大年，其先合肥（今安徽合肥）人，遷揚州，流寓鉛山。大觀三年進士。劉安世謫亳州，寓永城，永卿爲永城主簿，因往求教。又嘗官於江都、淅川、夏縣及關中。永卿追錄劉安世語爲《元城語錄》三卷，附行錄一卷；又有《懶真子》五卷。

《懶真子》（選錄　八則）

廬州東林寺有畫須菩提像，如人許大，梵相奇古，筆法簡易，真奇畫也。題曰："戊辰歲樵人王翰作。"此乃本朝開寶四年畫也。南唐自顯德五年用中原正朔，然南唐士大夫以爲恥，故江南寺觀中碑多不題年號，後但書甲子而已。後戊辰七年，歲次乙亥，遂收江南。

張子訓嘗問僕曰："蒙恬造筆，然則古無筆乎？"僕曰："非也。古非無筆，但用兔毛，自恬始耳。《爾雅》曰：'不律謂之筆。'史載筆詩云'貽我彤管'，'夫子絕筆獲麟'。《莊子》云：'舐筆和墨。'是知其來遠矣。但古筆多以竹，如今木匠所用木斗竹筆，故其字從竹。又或以毛但能染墨成字，即謂之'筆'。至蒙恬乃以兔毛，故《毛穎傳》備載之。"以上文淵閣四庫全書本《懶真子》卷一。

唐人字畫見於經幢碑刻文字者，其楷法往往多造精妙，非今人所能及。蓋唐世以此取士，而吏部以此爲選官之法，故世競學之，遂至於妙。《唐·選舉志》云："凡擇人之法有四：一曰身，體貌豐偉；二曰言，言辭辯正；三曰書，楷法遒美；四曰判，文理優長。"或曰：此敝政也，豈可以字畫取人乎！難之者曰："今之士人於此狀貌奇偉，言辭辯博，判斷公事既極優長，而更加以字畫遒美，有歐、虞、褚、薛、顏、柳之法，士大夫能全此美者，亦自難得，況銓選之間乎？"聞之者皆服。《懶真子》卷三。

僕爲夏縣令，寄居司馬文季朴家。出藏先聖畫像示僕，傳云王摩詰筆也。僕因令善工摹之，眼中神彩殊不相類，使人意不滿。畫像上長下短，其背微僂，以傳考之，想當然爾。《莊子》載：老萊弟子出薪，遇仲尼，反以告曰："有人於此，修上而超下，末僂而後耳，視若營四海。"注云："長上而促下，耳却近後而上僂。末僂，謂背微曲也。"然此皆可畫。若夫"視若營四海"，乃聖人憂天下之容，非摩詰不能作。

老杜《贈李潮八分歌》云："秦有李斯漢蔡邕，中間作者寂不聞。嶧山之碑野火燒，棗木傳刻肥失真。苦縣光和尚骨立，書貴瘦硬方通神。""嶧山之碑"至於"苦縣光和"人多未詳，王內翰亦不解。謹按：老子，苦人也，今爲亳州衛真縣。縣有明道宮，宮中有漢光和年中所立碑，蔡邕所書。僕大觀中爲永城主簿日，緣檄到縣，得見之。字畫勁拔，真奇筆也。且杜工部時已非嶧山真筆，況於今乎？然今所傳摹本亦自奇絕，想見真刻奇偉哉。

"日臨公館靜，畫滿地圖雄。劍閣星橋北，松州雪嶺東。華夷山不斷，吳蜀水相通。興與煙霞會，清樽幸不空。"右杜工部《嚴公廳詠蜀道畫圖》。是時，武跋扈，微有割據之意，故公於詩諷之。云"山不斷"、"水相通"，以言蜀道不可割據也。幕下有益於東道者，如此。以上《懶真子》卷四。

紹興三年夏六月，明州阿育王山住持淨曇，以宸奎閣所藏仁宗御書詣行在。所獻書凡五十三軸，字體有三：一曰真書，二曰飛白，三曰梵書。其上二書世多見之，而梵書亦自奇古可駭愕也。又有團絹扇三柄，皆有御書。一長柄者三尺許，恐是打扇，用白藤縛柄。而三扇皆以青箋紙爲上下承蕚，制度極草草，今中產之民所恥也。大哉，仁宗之盛德也！

文房四物見於傳記者，若紙、筆、墨皆有據；至於硯，即不見之。獨前漢張彭祖少與上同研席書。又薛宣思省吏職，下至筆研，皆爲設方略。蓋古無"硯"字，古人諸事簡易，凡研墨不必硯，但可研處只爲之爾。矛盾、螭蚴載於前世，不若今世事事冗長，故只爲之研，不謂之硯。然任緝之《北征記》：孔子廟中有石硯一枚，乃夫子平生物。非經史，不足信。以上《懶真子》卷五。

高晦叟藝話（一則）

《四庫全書·珍席放談提要》云："《珍席放談》二卷，宋高晦叟撰。晦叟仕履無可考。所紀上自太祖，下及哲宗時事，則崇寧以後人也。是書《宋史·藝文》不著録，惟文淵閣書目載有一冊，世無傳本，今散見於永樂大典者，尚可裒輯成編。謹採集排綴，釐爲上下二卷。書中於朝廷典章制度沿革損益及士大夫言行可爲法鑑者，隨所聞見，分條録載。"

《珍席放談》（選録　一則）

江南李後主善詞章，能書畫，盡皆臻妙絶。是時紙筆之類亦極精緻，世傳尤好玉屑箋，於蜀主求箋匠造之，唯六合水最宜於用，即其地製作。今本土所出麻紙無異玉屑，蓋所造遺範也。文淵閣四庫全書本《珍席放談》卷下。

何薳藝話（三二則）

何薳（一〇七七～一一四五）字子楚，一字子遠，號韓青老農，浦城（今福建浦城）人，去非子。平居不仕，唯好學，所交遊多名士。紹興十五年卒，年六十九。著有《春渚紀聞》十卷、《韓奉議鸚歌傳》一卷，今存。

跋東坡《御書頌》

東坡先生翰墨精妙，自經崇寧、大觀焚燬之餘，人間所藏，蓋一二數也。至宣和間，內府復加搜訪，一紙定直萬錢。而梁師直以三百千取族人《英州石橋銘》，譚稹以五萬錢輟沈元弼"月林堂"榜名三字。至於幽人釋子所藏寸紙，皆爲利誘，盡歸諸貴近，及大卷軸，輸積天上。

丙午年，金人犯闕，輪運而往，疑海南無一字之留也。建炎初，余於中貴任源家見其所藏幾二百軸，佳者有徑寸字書《宸奎閣記》，行書《南遷乞乘舟表》與《酒子賦》而已。今見此卷《御書頌》，其合處不減顏平原，可謂無上神妙。故山谷有云："本朝善書，自當推爲第一。數百年後，必有知余此論者。"誠哉，此言也！

薳學公書，迄今二十載，不能有毫末肖似，更爲慚惶久之。

紹興四年，歲在甲寅相月八日，何薳謹識。文淵閣四庫全書本《石渠寶笈》卷二九。

《春渚紀聞》（選錄　三一則）

紫姑大書字

政和二年，襄邑民因上元請紫姑神爲戲，既書紙間，其字徑丈。或問之曰："汝更能大書否？"即書曰："請連粘襄表二百幅，當爲作一'福'字。"或曰："紙易耳，安得許大筆也？"曰："請用麻皮十斤縛作，令徑二尺許。墨漿以大器貯，備濡染也。"諸好事因集紙筆，就一富人麥場鋪展聚觀。神至，書云："請一人繫筆於項。"其人不覺身之騰踔，往來場間，須臾字成，端麗如顏書。復取小筆書於紙角云："持往宣德門，賣錢五百貫文。"既而縣以妖捕群集之人，大府聞之，取就鞫治，訖無他狀，即具奏知。有旨令就後苑再書驗之。上皇爲幸苑中臨視，乃書一"慶"字，與前書"福"字大小相稱，字體亦同。上皇大奇之，因令於襄邑擇地建祠，歲祀之。

謔魚

姑蘇李章，敏於調戲。偶赴鄰人小集，主人者雖富而素鄙，會次章適坐其旁。既進饌，章視主人之前一煎鮭特大於眾客者，章即請於主人曰："章與主人俱蘇人也，每見人書'蘇'字於同，其'魚'不知合在左邊者是，在右邊者是也？"主人曰："古人作字，不拘一體，移易從便也。"章即引手取主人之魚，示眾客曰："領主人指撝，今日左邊之魚，亦合從便，移過右邊如何？"一座輟飯而笑，終席乃已。以上文淵閣四庫全書本《春渚紀聞》卷四。

張有篆字

吳興張有，以小篆名世。其用筆簡古，得《石鼓》遺法，出文勛章友直之右。所作《復古編》以正篆隸之失，識者嘉之。嘗爲余言："'心'字於篆文只是一倒'火'字耳。蓋心火也，不欲炎上，非從包也。"畢少董，文簡之孫，妙於鼎篆，而亦多見周秦以前盤盂之銘。其論"水"字云："中間一豎，更不須曲，只是畫一坎卦耳。蓋坎爲水，見於鼎銘多如此者。"並記之。

畫字行棋

古人作字謂之"字畫"，所謂"畫"者，蓋有用筆深意。作字之法，要筆直而字圓，若作畫則無有不圓勁，如錐畫沙者是也。不知何時改作"寫字"。"寫"訓"傳"，則是傳模之謂，全失秉筆之意也。又弈棋，古亦謂之"行棋"。宋文帝使人齎藥賜王景文死，時景文與客棋，以函置局下，神色不變，且思行爭劫。蓋棋戰所以爲人困者，以其行道窮迫耳。"行"字於棋家亦有深意，不知何時改作"著棋"。"著"如著帽、著履，皆訓"容"也，不知於棋□有何干涉也。且寫字、著棋，天下至俗無理之語，而並賢愚皆承其說，何也？

定武《蘭亭叙》刻

定武《蘭亭叙》石刻，世稱善本。自石晉之亂，契丹自中原輦載寶貨圖書而北。至真定，德光死，漢兵起太原，遂棄此石於中山。慶曆中，土人李學究者得之，不以示人。韓忠獻之守定武也，李生始以墨本獻。公堅索之，生乃瘞之地中，別刻本呈公。李死，其子乃出石散模售人，每本須錢一千，好事者爭取之。其後李氏子負官緡，無從取償，宋景文公時爲定帥，乃以公帑金代輸，而取石匣藏庫中。非貴遊交舊不可得也。熙寧中，薛師正出牧，其子紹彭又刻副本易之，以歸長安。大觀間，詔取其石，龕置宣和殿，世人不得見也。丙午，金寇犯順，與岐陽石鼓覆載而北，今不知所在也。此語見於續仲永所藏定武《蘭亭》後，康伯所跋也。

李朱畫得坡仙賞識

李頎字粹老，不知何許人。少舉進士，當得官，棄去，烏巾布裘爲道人，遍歷湖湘間。晚樂吳中山水之勝，遂隱於臨安大滌洞天，往來苕溪之上，遇名人勝士，必與周旋。素善丹青，而間作小詩。東坡倅錢塘日，粹老以幅絹作春山橫軸，且書一詩其後，不通姓名，付樵者，令俟坡之出投之。坡展視詩畫，蓋已奇之矣。及問樵者："誰遣汝也？"曰："我負薪出市，始經公門，有一道人與我百錢，令我呈此，實不知何人也。"坡益驚異之，即散問西湖名僧輩，云是粹老。久之，偶會於湖上僧居，相得甚喜。坡因和其詩云"詩句對君難出手，雲泉勸我早抽身"是也。粹老畫山，筆力工妙，盡物之變，而秀潤簡遠，非若近世士人略得其形似便復輕訾前人，自謂超神入妙，出於法度之外者。然不能爲人特作，世所有者絕少。得其小扇幅紙，以爲寶玩也。蓮家所藏二橫軸，一雪山，一春晴。自兵火已來，餘物散盡，此二畫幸常在老眼耳。又松陵朱象先，東坡先生蓋嘗與之叙文云"能文而不求舉，善畫而不求售"者，其畫始規摹董北苑與巨然，而自出新意，筆力高簡，潤澤而有生理，出許道寧、李遠輩之上。但其爲人既經東坡先生題目之後，不肯爲人輕作，又不爲王公大人所屈，世所傳者，亦不甚多。其在嘉興日，毛澤民爲郡守，於郡城絕景處增廣樓居名月波者，日與賓客燕息其上。常延致朱象先，爲作一大屏，真近世絕筆！但日來賞鑒之家，未免征逐時好，未有深知其二人者。後遇真賞，有捐千金而求其一筆者不獲，始以余言爲不謬也。粹老二橫軸，續仲永後得之。其子承休，歸鄭公輔也。

精藝同一理

朱象先少時畫筆，常恨無前人深遠潤澤之趣。一日，於鵝溪絹上戲作小山，覺不如意，急湔去之，故墨再三揮染，即有悟見。自後作畫，多再滌去，或以細石磨絹，要令墨色著入絹縷者。沈珪道人作墨，亦嘗因搗和墨，蒸去故膠，再入新膠，及出灰池，而墨堅如石，遂悟李氏對膠法云。

酒謔

宗室趙子正監永靜軍，耽酒嗜書札，而喜人奉已。有過客執瓢而前，正遇趙於案間揮翰自得。客自旁視再三，而歎美其妙。趙舉首視之，曰："汝亦知書耶？"客曰："小人亦嘗留心字畫，切觀太保之書，雖王右軍復有不及者。"趙詰之曰："汝玩我耶？"曰："某嘗觀《法書》云：王書一字，入木八分。今太保之書，一落筆則入木十分，豈不爲過於右軍耶？"坐人皆賞其機中，爲之絕倒，趙亦笑而遣之。

木中有字

三衢毛氏，庭中一木忽中裂而紋成衍字，如以濃墨書染者，體作顏平原書。會其子始生，因以名之。後衍登進士第，官至龍圖閣而終。又晉江尤氏，其鄰朱氏圃中有柿木高出屋上，一夕雷震，中裂木身，亦若以濃墨書"尤家"二字，連屬而上，不知其數，至於木枝細者，破視亦隨枝之大小成字。尤氏乞得其木，作數百段，分遺好事。字體帶草，勁健如王會稽書。朱氏後以其圖歸尤氏云。以上《春渚紀聞》卷五。

墨木竹石

先生戲筆所作枯株竹石，雖出一時取適，而絕去古今畫格，自我作古。蕚家所藏"枯木"並"拳石叢篠"二紙，聯手帖一幅，乃是在黃州與章質夫莊敏公者。帖云："某近者百事廢懶，唯作墨木頗精，奉寄一紙，思我當一展觀也。"後又書云："本只作墨木，餘興未已，更作竹石一紙同往。前者未有此體也。"是公亦欲使後人知之耳。

樂語畫隸三絕

蕚於揚州得先生手畫一樂工，復作樂語云："桃園未必無杏，銀礦終須有鉛。荇帶豈能欄浪？藕花却解留蓮。"其後又作漢隸書"子瞻、禹功同觀"。真三絕也！

寫畫白團扇

先生臨錢塘日，有陳訴負綾絹錢二萬不償者。公呼至詢之，云："某家以製扇為業，適父死，而又自今春已來連雨天寒，所製不售，非故負之也。"公熟視久之，曰："姑取汝所製扇來，吾當為汝發市也。"須臾扇至，公取白團夾絹二十翁，就判筆作行書草聖及枯木竹石，頃刻而盡，即以付之，曰："出外速償所負也。"其人抱扇泣謝而出，始踰府門而好事者爭以千錢取一扇，所持立盡。後至而不得者，至懊恨不勝而去，遂盡償所逋，一郡稱嗟。

筆下變化

晁丈無咎言：蘇公少時，手抄經史皆一通。每一書成，輒變一體，卒之學成而已。乃知筆下變化，皆自端楷中來爾。不端其本而欺以求售，吾知書中孟嘉，自可默識也。

翰墨之富

先生翰墨之妙，既經崇寧、大觀焚毀之餘，人間所藏蓋一二數已。至宣和間，內府復加搜訪，一紙定直萬錢。而梁師成以三百千取吾族人《英州石橋銘》，譚稹以五萬錢輟沈元弼"月林堂"榜名三字。至於幽人釋子所藏寸紙，皆為利誘，盡歸諸貴近。及大卷軸，輸積天上。丙午年，金人犯闕，輸運而往，疑南州無一字之餘也。而紹興之初，余於中貴任源家見其所藏幾三百軸，最佳者有徑寸字書《宸奎閣記》，行書《南遷乞乘舟表》與《酒子賦》。又於先生諸孫處見海外五賦，字皆如《醉翁亭記》而加老放。畢少董處見《自虜中還得責呂惠卿詞子王信仲家人針簏中》，續仲永處見《海外祭妹德化縣君文》，與余世寶"東坡先生無一錢"詩、醉草十紙，龍蛇飛動，皆非前後石刻所見者。則德麟趙丈嘗跋公書後，有"翰墨稽天，發乎妙定"之語，為不虛也。以上《春渚紀聞》卷六。

趙德麟跋太白帖

"雖自九天分派，不與萬李同林。步處雷驚電繞，空餘翰墨窺尋。"此趙德麟跋邁所藏李太白醉草後，其實自謂也。

米元章遭遇

米元章爲書學博士，一日，上幸後苑，春物韶美，儀衛嚴整，遽召芾至，出烏絲欄一軸，宣語曰："知卿能大書，爲朕竟此軸。"芾拜舞訖，即縮袖，舐筆伸卷，神韻可觀，大書二十言以進，曰："目眩九光開，雲蒸步起雷。不知天近遠，親見玉皇來。"上大喜，錫賚甚渥。又一日，上與蔡京論書艮岳，復召芾至，令書一大屏。顧左右宣取筆硯，而上指御案間端硯，使就用之。芾書成，即捧硯跪請曰："此硯經賜臣芾濡染，不堪復以進御。取進止。"上大笑，因以賜之。芾蹈舞以謝，即抱負趨出，餘墨沾漬袍袖而喜見顏色。上顧蔡京曰："顛名不虛得也。"京奏曰："芾人品誠高，所謂'不可無一，不可有二'者也。"

蘇、黃、秦書名有僻

東坡先生、山谷道人、秦太虛七丈，每爲人乞書。酒酣筆倦，坡則多作枯木拳石以塞人意，山谷則書禪句，秦七丈則書鬼詩。余家收山谷所書禪句三十餘首，有云"牽驢飲江水，鼻吹波浪起。岸上蹄踏蹄，水中嘴對嘴"，與"自是釣魚船上客，偶除鬢鬢著袈裟。佛祖位中留不住，夜來依舊宿蘆花"。此二詩，人間計有數十百紙矣。"百花橋下木蘭舟，破月冲煙任意流。金玉滿堂何所戀？爭如年少去來休"，又"溘爾一氣散，去託萬鬼鄰。四大不自保，況復滿堂親？膏血汗厚土，化作丘中塵。空牀牀橫白骨，奄忽千歲人。"秦七丈屢書此二詩。余所藏大字、小字各有二本。以上《春渚紀聞》卷七。

辨《廣陵散》

《廣陵散》，傳稱嵇中散受之神人。至唐韓皋又從而爲之説云：康製此曲，緩其商弦，與宮同音，臣奪君之義，知司馬氏有篡魏之心。王陵、毋丘儉諸人繼爲揚州都督，成謀興復，俱爲晉宣父子所殺。揚州，故廣陵地。康避世禍，託之鬼神，以俟知音者云。皋誠賞音者，然初不詳考。漢魏時揚州刺史治壽春，廣陵自屬徐州，至隋唐乃爲揚州耳。又劉潛《琴議》稱杜夔妙於《廣陵散》，嵇中散就其子猛求得此聲。按夔在漢爲雅樂郎，魏武平荊州，得夔喜甚，因令論製樂事。在夔已妙此曲，則慢商之聲似不因廣陵興復之舉不成而製曲明矣。政和五年二月十五日，烏成小隱聽照曠道人彈此曲，音節殊妙，有以感動坐人者。或疑前後所傳之異，因以所聞並記坐人所舉琴事，參而書之。

六琴説

《爾雅》大琴謂之離，二十七弦。舜彈五弦之琴而天下治。堯加二弦，以合君臣之恩。蔡邕益之爲九。漢高祖入咸陽宮，得銅琴十三弦，銘之曰"瑤璵之樂"。馬明生仙遊，見神女於玉几上彈一弦琴，而五音具奏。此六琴雖損益各有意義，而世所共傳者七弦也。余於是知法出乎堯者，雖亙千古而無弊，非智巧之所能變易也。

古琴品飾

秦漢之間所製製品，多飾以犀玉金彩，故有"瑤琴"、"綠綺"之號。《西京雜記》：趙后有琴名"鳳凰"，皆用金隱起爲龍鳳、古賢、列女之像。嵇叔夜《琴賦》所謂"錯以犀象，藉以翠綠，爰有龍鳳之像，古人之形"是也。

古聲遺制

余謂古聲之存於器者，唯琴音中時有一二。不患其器之樸拙，但人援弦促軫，想見太古自然之妙，然後爲勝。近世百器惟新，惟琴器略無華飾，以最古蛇腹紋爲奇。至有縫張池圹而聲不散者，亦不加完。獨此有三代遺制云。

叔夜有道之士

孔子既祥五日，彈琴而不成聲，言其哀心未忘也。夫哀戚之小存於中，則弦手犛然而不諧，此理之必然者。余觀嵇中散被譖就刑，冤痛甚矣，而叔夜乃更神色夷曠，援琴終曲，重歎《廣陵》之不傳。此真所謂有道之士，不以死生嬰懷者。若彼中無所養，則赴市之時，神魄荒擾，呼天請命之不暇，豈能愉心和氣，雍容奏技，如在暇豫時耶？惜哉！史氏不能逆彼心寄，表示後人，謂其拳拳於一曲，失之多矣！

明皇好惡

唐明皇雅好羯鼓，嘗令待詔鼓琴，未終止而遣之，急令"呼寧王，取羯鼓來，爲我解穢"。噫！羯鼓，夷樂也；琴，治世之音也。以治世之音爲"穢"，而欲以荒夷窰淫之奏除之，何明皇耽惑錯亂如此之甚！正如棄張曲江忠鯁先見之言，而狎寵祿山側媚悅己之奉。天寶之禍，國祚再造者，實出幸矣。

蔡嵇琴賦

蔡中郎《琴賦》云："左手抑揚，右手徘徊。指掌反覆，抑按藏摧。"嵇叔夜亦云："徘徊顧慕，擁鬱抑按。盤桓毓養，從容秘玩。"人知"藏摧"、"毓養"四字之妙，雖試手調弦，已勝常人十年上用。

擊琴

宋柳惲嘗賦詩未就，以筆捶琴，客有以箸和之，惲驚其哀韻，乃製爲雅音。後傳擊琴，蓋自惲始。近世不復傳此，正恐失古人搏拊之意，流入箏築耳。

有道

褚彥回常聚袁粲舍，初秋涼夕，風月甚美，彥回援琴奏《別鵠》之曲，宮商既調，風神諧暢。王彧、謝莊並在粲坐，撫節而歎曰："以無累之神，合有道之器，宮商暫離，不可得已。"彥回風流和韻，施之燕閒，故是佳士。若當艱危之際，以一家物與一家，亦痛其鬢髯如棘，無丈夫意氣耳。

聞弦賞音

蕭思話領右衛軍，嘗從宋武登鍾山北嶺，中道有磐石清泉。宋武使於石上彈琴，因賜以銀鐘酒，謂之曰："賞卿有松石間高意。"余謂促軫動操，超然有高山遠水之思者，故不乏人，而聞弦賞音，最爲難遇。此伯牙所以絕弦於鍾期之死也。

琴趣

鳴弦轉軫，要先有鉤深致遠之懷，不規規於弦手之間期較工拙，便爲造微入妙。如孫登彈琴，頹然自得，風神超邁，若遊六合之外者。桓大司馬、謝祖仁於北牖下彈琵琶，自有天際意。此爲得之。

焦尾

《搜神記》載吳人有以枯桐爲爨者。蔡伯喈聞其爆聲，知其爲良桐。請於主人，削之爲琴，果有殊聲。而燒痕不盡，因名之"焦尾"。後人遂效之，如林宗折巾、飛燕唾花，皆以醜爲妍也。

雷琴四田八日

東坡先生《書琴事》云："家有雷琴，破之，中有'八日合'之語，不曉其何謂也。"先生非不解者，表出之，以令後人思之耳。蓋古"雷"字從四田。四田析之，是爲"八日"也。以上《春渚紀聞》卷八。

端溪紫蟾蜍研

紫蟾蜍，端溪石也。無眼，正紫色，腹有古篆"玉溪生山房"五字。藏於吳興陶定安世家，云是李義山遺研。其腹疵垢，真數百年物也。其蓋有東坡小楷書銘云："蟾蜍爬沙到月窟，隱避光明入巖骨。琢磨勤頳出尤物，雕龍淵懿傾瀣渤。"安世屢欲易余東坡醉草，未許，而以拱璧易向叔堅矣，即以進御，世人不復見也。以上《春渚紀聞》卷九。

錢伯言藝話（二則）

錢伯言（一〇六六～一一三八）字遜叔，會稽（今浙江紹興）人，勰子。宣和元年，以中散大夫、知襲慶府賜進士出身，直秘閣。累官徽猷閣待制。三年十二月落職，提舉南京鴻慶宮。後知海州。七年四月落職提舉亳州明道宮。建炎元年，任開封尹，試尚書吏部侍郎，晉龍圖閣直學士、知杭州，移知鎮江府。以失守棄城謫永州安置。紹興八年卒於嚴州。

一　題先祖武肅王翰墨

　　士之悖師之學久矣。近世蘇東坡爲歐陽文忠公持師弟之喪，其平生所爲文章，雖議論宏放，庇吾錢氏，而大抵未嘗悖於師學也。獨爲趙清獻公作《表忠觀記》，與文忠公私著《五代史》大相違戾。此其故何哉？豈以一己之私恨，而可掩百世之公議歟？

　　蓋唐室末年，藩鎮大熾，爭以符讖附會，欲盜竊稱號，孰得傳國璽而肯歸之於朝廷耶？文忠公以曾孫之盛而不書，反謂求玉冊於朝廷，欲僭天子之禮。使當時果有僭天子禮之心，豈不收璽自爲，而謂閉門天子則不可，奈何直至晚歲，方欲假區區之儀物，而示區區之功，豈不致笑於他人耶？矧諸侯之求冊，國之大事也，同光初，諸國來者矧已定，求冊之使，何得不書，乃獨於世家書之？況玉冊之賜在同光三年，不在元年。且是歲八月二十有七日，莊宗遣吏部侍郎李德休等持節備禮，真封吳越國王，又授其四子爲節度使，及太師、中書令、兼領江浙兩使。謂武肅王既受玉冊，因以鎮海軍節度使授其子元瓘，仍以太師、中書令兼領二浙，自稱吳越國王，豈不厚誣君子乎？

　　噫！自同光距今二百年矣，故家圖籍，散亡殆盡，獨先王是帖傳之明矣。叔父先世寶之，不敢以示人。宣和癸卯之四月，始獲盥手以觀於叔父揚州憲臺浮山堂。熟讀立思，爲之流涕。不知何年，當以是帖告諸賢良。

　　六世孫、中奉大夫、提舉南京鴻慶宮、會稽縣開國子錢伯言題。清刻本《錢氏家書》第五種。

二　跋閻立本《十三帝圖》

　　予家亦有右相所畫《八蠻鬬象圖》，得之無爲子家，今殘闕過半，非此可比。紹興改元二月既望，獲觀於闕儀仲覽古齋，愛玩久之，不能去手。淮海野人錢伯言。清刻本《平津館藏書畫記》卷一。

黃朝英藝話（二則）

黃朝英（生卒年不詳）字士俊，建安（今福建建甌）人。哲宗、徽宗時人，紹聖後舉子。稱述王安石學說。有《靖康緗素雜記》十卷傳世。

《靖康緗素雜記》（選錄 二則）

石鼓

《倦游雜錄》云：古之石刻，存於今者唯石鼓也。本露處於野，司馬池待制知鳳翔日，輦置於府學之門廡下，外以木欄護之。其石質堅頑，類今人爲碓臼者，古篆刻闕，可辨者幾希。歐陽論石鼓："元在岐陽，初不見稱於前世，至唐人始盛稱之。而韋應物以爲周文王之鼓，至宣王刻詩爾。韓退之直以爲宣王之鼓。在今鳳翔孔子廟中。鼓有十，先時散棄於野，鄭餘慶置於廟，而亡其一。皇祐四年，向傳師求於民間得之，十鼓乃足。其文可見者四百八十五，磨滅不可識者過半。余所集錄，文之古者，莫先於此，然其可疑者三四。今世所有漢桓靈時碑，往往尚見在，距今未及千歲，大書深刻而磨滅者，十猶八九。此鼓案太史公《年表》，自宣王共和元年至今嘉祐八年，實千有九百一十四年，鼓文細而刻淺，理豈得存，此其可疑者一也。其字古而有法，其言與《雅》《頌》同文，而《詩》《書》所傳之外，三代文章，真跡在者，唯此而已。然自漢以來，博古好奇之士，皆略而不道，此其可疑者二也。隋氏藏書最多，其志所錄，秦皇帝刻石，婆羅門外國書皆有，而獨無石鼓，遺近錄遠，不宜如此，此其可疑者三也。前世所傳，古遠奇怪之事，類多虛誕而難信。況傳記不載，不知韋、韓二君何據而知爲文、宣之鼓也。隋、唐古今書籍粗備，豈當時猶有所見，而今不見之耶？然退之好古不妄者，余姑取以爲信耳。至於字畫，亦非史籀不能作也。"文淵閣四庫全書本《靖康緗素雜記》卷六。

樂部

楊文公《談苑》載：伶人王感化，少聰敏，未嘗執卷，而多識故實，口諧捷急，滑稽無窮。會中主引李建勳、嚴續二相遊苑中，適見繫牛於株枿上，令感化賦詩，應聲曰："曾遭寧戚鞭敲角，幾被田單火燎身。獨向殘陽嚼枯草，近來問喘更何人。"因以讥二相也。又中主徙豫章，浔阳遇大风，中主不悦，命酒独酌。指北岸山问舟人，云皖公山，愈不怿。感化独前献诗曰："龙舟万里架长风，汉武浔阳事正同。珍重皖公山色好，影斜不落寿杯中。"中主大悦，赐束帛。余读《江南野録》，载李家明事：当嗣主时爲乐部头，能滑稽，善讽谏。亦载二诗，其词大同小异。《咏牛》诗曰："曾遭宁戚鞭敲角，又被田单火燎身。闲背斜阳嚼枯草，近来问喘更无人。"《龙舟》诗曰："龙舟轻飐锦帆风，正值宸游望远空。回首皖公山色翠，影斜不到寿杯中。"嗣主因恸，俛首而过。《谈苑》以感化爲建州人，《野録》以家明爲庐州人；《谈苑》谓中主，《野録》谓嗣主：未详孰是。《靖康缃素杂记》卷七。

宋京藝話（二則）

宋京（一〇七八～一一二四）字宏父，自號迂翁，雙流（今四川雙流）人，宋構子、蒲宗孟從女婿。初以父蔭入官，為彭州司法參軍。崇寧五年進士。宣和二年，為太府少卿，任戶部員外郎。三年，出知邠州，除陝西路轉運副使。六年，卒於長安任所，歸葬於成都。宋京自幼聰穎，文思敏捷，一生刻意書史，著有《讀春秋》歌詩、雜文數十萬言，已佚。

一　琴臺

君不見成都郭西有琴臺，長卿遺跡埋黃埃。千年乃為狐兔窟，化作佛廟空崔嵬。黃鬚老人猶記得，昔時荒破樵蘇入。鉏犁畏淺牛腳勻，古甕耕開數逾十。乃知昔人用意深，甕下取聲元為琴。人琴不見甕已掘，唯有鳥雀來悲吟。一朝風流隨手盡，況復千年何所訊。安得雄辭弔汝魂，寂寞秋蕉耿寒燐。文淵閣四庫全書本《成都文類》卷八。

二　墨池

君不見子雲草玄西郭門，一逕秋草閒朝昏。何須筆冢高百尺，池墨黯黯今猶存。童烏侯巴竟零落，玄學無人終寂寞。漢家執戟知幾年，垂老身沒天祿閣。俗兒紛紛重劉向，思苦言艱動嘲謗。漢已中天雄亦亡，不較空文從覆醬。如今却作給孤園，吐鳳亭前池水寒。安得斯人尚可作，會有奇字令君看。《成都文類》卷八。

莊綽藝話（九則）

莊綽（生卒年不詳）字季裕，清源（今山西清徐）人。其父元祐中與蘇軾、黃庭堅等遊。曾仕宦於襄陽、臨涇、潁昌、洪州、澧州、筠州、鄂州、南雄州等地。紹興初，官朝奉郎，通判建昌軍。見聞甚廣，學有淵源，著述甚富，有《杜集援證》《筮法新儀》《明堂灸經》《本草節要》《莊氏家傳》，均佚。今所存者唯《雞肋編》《膏肓腧穴灸法》兩種。其《雞肋編》多記軼聞舊事，頗有淵源，可與後來周密之《齊東野語》相垺。

《雞肋編》（選錄　九則）

米芾元章，或云其母本產媼，出入禁中，以勞補其子爲殿侍，後登進士第。善書，尤工臨模，人有古帖，假去，率多爲其模易真本。至於紙素破汙，皆能爲之，卒莫辨也。有好潔之癖，任太常博士，奉祠太廟，乃洗去祭服藻火，而坐是被黜。然亦半出不情。其知漣水軍日，先公爲漕使，每傳觀公牘，未嘗滌手。余昆弟訪之，方授刺，則已須盥矣。以是知其爲僞也。宗室華源郡王仲御家多聲妓，嘗欲驗之。大會賓客，獨設一榻待之，使數卒鮮衣袒臂，奉其酒饌，姬侍環於他客，杯盤狼藉，久之，亦自遷坐於衆賓之間。乃知潔疾非天性也。然人物標致可愛，故一時名士俱與之游。其作文亦狂怪。嘗作詩云："飯白雲留子，茶甘露有兄。"人不省"露兄"故實，叩之，乃曰："祇是甘露哥哥耳。"大觀中，至禮部員外郎知淮陽軍，卒。

寧州要冊湫廟殿壁山水，皆范寬所畫。土地堂壁，有包氏畫虎，趙評事馬，皆奇筆。廟東興教院人物，亦寬畫，張芸叟謂："面目大小銳，失王者之相。"蓋人物非所工者。後殿有甘草一枝，長二丈餘，其大如臂，亦異物也。

江浙無兔，縶筆多用羊毛，惟明、信州爲佳，毛柔和而不攣曲。亦用鹿毛，但脆易禿。湖南二廣又用雞毛，尤爲軟弱。高麗用猩猩毛，反太堅勁也。其用鼠須，只一兩莖置筆心中。如狸毛則見於唐史，疑亦太弱。南方春夏梅雨蒸濕，墨皆膠敗，滯筆而無光。徽州世出墨工，多佳墨，云以置灰中，則陰潤不能壞也。

杜預好後世名，刻石爲二碑，紀其勳績。一沈萬山之下，一立峴山之上，曰："焉知此後不爲陵谷乎？"余嘗守官襄陽，求峴山之碑，久已無見；而萬山之下，漢水故道去鄧城數十里，屢已遷徙，石沈土下，那有出期？二碑之設亦徒勞乎！今州城在峴、萬兩山之間，劉景升墓在城中，蓋非古所治也。峴山在東，上有羊叔子廟。萬山在西，元凱祠在焉。去三顧門四里，山下乃王粲井。石闌有古篆刻，今移在州宅後圃。過山十餘里，即隆中孔明故居之地，亦有祠。其前小山名作樂，相傳躬耕歌《梁甫吟》於此。萬山又名小峴，或曰西峴。故子美詩云："廳同王粲宅，留井峴山前。"

先公元祐中爲尚書郎，時黃魯直在館中，每月常以史院所得筆墨來易米。報謝積久，尺牘盈軸，目之爲"乞米帖"。後領漕淮南，諸公皆南遷，率假舟兵以送其行。故東坡到惠州有書來謝云："蒙假二卒，大濟旅途風水之虞，感戴高誼，無以云喻。方走海上益遠，言之恨焉永慨！"余池飭寶之。崇寧初，晁無咎嘗跋其後曰："明月之珠，夜光之璧，以暗投人，則莫不按劍而相眄，況嗜好吳越哉！季裕加於人數等矣！"又有昭陵於金花盤龍箋上飛白"清淨"二字，其六點作魚龍鳥獸之象，乃王著所獻三百點中所無者；又十幅紅羅上飛白二十字，本牛行王旦相家物；東坡書《白紵詞》與四學士各寫其詩詞，凡二十軸，懸之照耀堂宇。爲利誘勢脅，於大觀之後，幸能保守。靖康中，潁川遭金虜之禍，化爲煙塵。往來於心，迨今不能已已。珠玉可致，而此不可再得。是可恨也！以上文淵閣四庫全書本《雞肋編》卷上。

杜甫有《義鶻行》。張九齡有《鷹圖讚序》曰："鳥之鷙者，曰鷹曰鶻。鷹也，名揚於尚父，義見於詩；鶻也，跡隱於古人，史闕其載。豈昔之多識，物亦有遺；將今而嘉生，材無不出，爲所呼之變，與所記不同者耶？"按：古人稱鶻鵃，又"鷙鳥累百，不如一鶚"。而鶚，今不見於世，豈名之變耶？然鶻又不可居鷹鶚之右也！《雞肋編》卷中。

王摩詰畫其所居輞川，有輞水、華子岡、孟城坳、輞口莊、文杏館、斤竹嶺、木蘭柴、茱萸沜、宮槐陌、鹿柴、北垞、欹湖、臨湖亭、欒家瀨、金屑泉、南垞、白石灘、竹里館、辛夷隖、漆園、椒園，凡二十一所。與裴迪賦詩，以紀諸景。唐人記云："後表所居爲鹿莊寺。"而《長安志》乃云清源寺，未知志何所據。舊史載本宋之問別墅，而新史略之。杜子美詩"宋公舊池館，零落首陽阿"，則又非西都藍田之墅也。杜有和裴迪三詩。裴事業未見其他，想非碌碌俗士耳。

吳開正仲家蓄唐以來墨，諸李所製，皆有之。云無出廷珪之右者，其堅利可以削木。渠書《華嚴經》一部，半用廷珪，纔研一寸。其下四秩，用承宴墨，遂至二寸，则膠法可知矣。王彥若《墨説》云："趙韓王從太祖至洛，行故宮，見架間一篋，取視之，皆李氏父子所製墨也。因盡以賜王。後王之子婦蓐中血運危甚，醫求古墨爲藥，因取一枚，投烈火中，研末酒服即愈。諸子欲各備産乳之用，乃盡取墨煅而分之。自是李氏墨世益少得云。"余嘗和吴觀《墨詩》云："賴召陳玄典籍傳，肯教邊腹擅便便。竟誇削木真餘事，却笑磨人得永年。三友不居毛穎後，五車仍在楮生前。祇愁公子從醫説，火煅生分不直錢！"

"窟礧子亦云魁礧子，作偶人以嬉戲歌舞，本喪家樂也，漢末始用之於嘉會。齊後主高緯尤所好，高麗亦有之。"見《舊唐・音樂志》。今字作"傀儡子"。又："笛，漢武帝樂工丘仲所造，云其元出於羌中。篳篥，本名悲篥，出於胡中，其聲悲。亦云胡人吹之以驚中國馬云。琵琶，四絃，漢樂也。初，秦長城之役，有弦鞀而鼓之者。及漢武帝嫁宗女於烏孫，乃藏琴爲馬上樂，以慰其鄉國之思。推而遠之曰琵，引而近之曰琶，言其便於事也。"以上《雞肋編》卷下。

劉一止藝話（二則）

劉一止（一○七八～一一六○）字行簡，號苕溪，歸安（今浙江吳興）人。宣和三年進士及第，監秀州都酒務，爲越州教授。參知政事李邴舉薦，建炎中，爲詳定一司敕令所刪定官。紹興初，試館職，除秘書省校書郎。遷監察御史、起居郎，以言事罷，主管台州崇道觀。三年，召爲祠部員外郎、知袁州，改浙東路提點刑獄。復召爲秘書少監，擢中書舍人兼侍講，遷給事中。以秦檜所忌，復落職，提舉江州太平觀。久之，除秘閣修撰。十五年，復奪修撰之職。二十三年，以敷文閣學士致仕。三十年十二月卒，年八十三。博學能文，其文章"推本經術，出入韓、柳，不效世俗纖巧刻琢，雖演迤宏博而關鍵嚴備"（《行狀》）。擅長制誥，文句麗而不俳。詩歌"寓意高遠，自成一家"，吕本中、陳與義、葉夢得皆極稱賞之（《四庫全書總目》卷一五六）。又工於詞，嘗賦《喜遷鶯》詞，描繪破曉早行情景，字字真切，宛在目前，以至時人稱其爲"劉曉行"（《直齋書録解題》卷二一）。著有《非有齋類稿》五十卷，又有《苕溪集》五十五卷，今存。

一　小齋即事二首（節録）

憐琴爲絃直，愛棋因局方。未用較得失，那能記宮商。文淵閣四庫全書本《苕溪集》卷二。

二　跋司業許公墨帖後

司業許公在太學時，某爲諸生，實相先後，因獲從師德遊。公行義文學，一時宗師，非但鄉里後進如某者知敬慕而已。逮今逾五十年，前輩軌跡既不可追，師德又下世，而得此卷軸於師德之令子，展讀感歎。謹識。《苕溪集》卷二七。

陳淵藝話（四則）

陳淵（一〇六七～一一四五），原名陳漸，字知默，又字幾叟，世稱默堂先生，南劍州沙縣（今福建沙縣）人，陳瓘侄孫。早年從二程學，後師事楊時，楊時以女妻之。紹興五年，以廖剛等舉薦，充樞密院編修官。李綱爲江南西路制置大使，辟爲制置司機宜文字。七年，召對，賜進士出身。九年，除監察御史，尋遷右正言。以論秦檜親黨鄭億年從賊事，爲秦檜所惡，去位，主管台州崇道觀。十五年卒。陳淵立朝剛明果毅，發爲文章，楊萬里謂"其詞質而達，其意坦而遠，其氣暢而幽"（《默堂先生文集序》）。《上殿札子》論王氏新學、宗室添差、商稅諸事；《議宰執不和奏狀》《論時事十一》《雜説十三》往往涉及國事，多所建白，"明白剴切，足以見其氣節"（《四庫全書總目》卷一五八）。其詩歌"不甚雕琢，然時露真趣，異乎宋儒之以詩談理者"（同上書），如《曉登嚴陵釣臺和安止所留詩》，清賀裳以爲"意氣不凡，下語甚新警"（《載酒園詩話》）。其餘《鉛山》《寄内》《天姥寺》等篇，都清新淡遠，不類理學家之詩。著有《默堂集》二十二卷，今存明小草齋影宋抄本、《四庫全書》本。

一　書心畫詩

書法從中得，難將筆下尋。欲知神合處，始悟畫由心。篆隸秦非古，真行晉迄今。奇蹤存翰墨，妙意本胸襟。雄健猊齩石，鶱騰鳥出林。古人求筆正，八法響隨音。文淵閣四庫全書本《默堂集》卷十。

二　書楊補之所藏了齋及道鄉帖

了齋剛正而不容姦，道鄉清介而不受汙，觀其字，想見其爲人，凜然皆見於心畫之間矣。

方二蔡無恙時，士之欲謀其身而免於咎者，必先瑕疵此兩人，乃能得志。是時公論不行於朝廷之上，而此兩人者竄逐流落，皇皇無歸，以至於死。然兩人者，身可廢，家可破，而天下謂之鄒、陳，則自始迄今，無異辭也。此豈口舌之所能得哉？其必有感人心者矣。

此簡作於異鄉窮陋之中，語言翰墨，初不經意，而能久存者，豈非爲無求於世者得之，獨取其人，而不以時爲輕重耶？

建炎二年七月十一日，陳淵書。四部叢刊三編影宋抄本《默堂集》卷二二。

三 題了齋所書《解禪偈》後

了齋謂佛爲覺，謂禪爲定，人人皆可學而至。如使足目俱到，便登聖地，至於不歷階級，如吾儒所謂由之而行，非行之者蓋未之。嘗言：以待學者自得焉。故嘗愛司馬溫公《解禪偈》，其意猶此。其書以與人，不知凡幾本，而李興祖得之，字畫尤妙。愛其字而求其意，兩公之心可見矣。子思子之言曰："或生而知之，或學而知之，或困而知之，及其知之，一也；或安而行之，或利而行之，或勉強而行之，及其成功，一也。"粗妙兩融，心跡一致，雖聖人復起，不易其言矣。彼以捨跡而論心，棄粗而逐妙，然後爲得道，非正論也。紹聖二年正月二十五日，姪孫淵書。四部叢刊三編影宋抄本《默堂集》卷二二。

四 書了齋筆《供養發願文》

右筆《供養發願文》，乃了翁謫官合浦，過長沙時，爲興化平禪師作也。

翁嘗寫《華嚴經》，盡八十卷，不錯一字。或以問之，曰："方吾落筆時，一點一畫，心無不至焉，故能如此。"夫心與筆相應，而筆與經默會，則華嚴樓閣之內，種種所有，莫不呈露於目前矣。以是求佛，雖不出几硯之間，曷嘗不與善財同參乎？宜其語言之妙，如佛所説。使後之以毛錐子隨喜佛事者誦其文，可依之而入也。璨公方寫是經，謹書以爲贈。紹興八年三月二十三日，姪孫淵書。四部叢刊三編影宋抄本《默堂集》卷二二。

李光藝話（一〇則）

　　李光（一〇七八～一一五九）字泰發，一字泰定，號博物居士，越州上虞（今浙江上虞）人。登崇寧五年進士第。宣和中，累遷司封、司勳員外郎。欽宗立，擢右司諫，遷侍御史，反對割地乞和。建炎三年，知宣州，守備有方。移知臨安府。紹興初，知婺州，擢吏部尚書。尋充端明殿學士、江東安撫大使、知建康府。爲呂頤浩所擠，落職提舉宮觀。五年，復知湖州、平江府。除禮部尚書，去知台州、溫州。七年，爲江西安撫制置大使、兼知洪州。八年，自吏部尚書拜參知政事。以爲和不可恃、備不可撤，並於高宗前面斥秦檜"盜弄國權，懷姦誤國"，爲檜所惡，執政一年而罷。十一年，復謫於藤州安置。居三年，移瓊州。居六年，又移昌化軍。二十五年檜卒，始得內移郴州。二十八年，復官聽自便。二十九年卒，年八十二。孝宗立，追復資政殿學士，諡莊簡。李光爲南宋初名臣，忠義激發，英偉剛毅，不畏權幸，其奏疏論議往往剴切詳明，義正辭嚴，如其爲人。貶居海南，與同貶海南的趙鼎、胡銓等詩詞唱和，詩詞多描寫嶺南風光以及抒寫遭受貶斥的情緒，也表現得節概凜然。《四庫全書總目》卷一五六謂其詩"志諧音雅，婉麗多姿，大抵皆托興深長"。其詞步武蘇軾，"雖處厄窮患難，而浩然自得，無一怨尤不平之語，則非東坡所及焉"（李慈銘《南宋四名臣詞序》）。著有文集前、後集三十卷，已佚，清四庫館臣自《永樂大典》中輯出佚詩文，重編爲《莊簡集》十八卷。清人王鵬運刻《南宋四名臣詞》收有李光詞。

一　跋胡機宜畫卷

　　吳山越嶠對橫斜，清夢時時到外沙。行過小橋墟落靜，定知深處是吾家。文淵閣四庫全書本《莊簡集》卷六。

二　李子從家觀李成所畫《吳越山水圖》

　　朝來陡覺瘴塵空，遠浦平林杳靄中。異境掇移消底力，筆端聊舉一針鋒。《莊簡集》卷六。

三　與胡邦衡書（一三　節錄）

某少懇。近逢時託撰《軍學記》，雖已勉強譔得，已下手刻石矣。但"昌化軍學記"五字，欲得邦衡作漢隸，比已令停刀筆以俟，幸速得之……得孟堅書，頗能不廢學，抗論甚偉。某已寫書一幅，忽蜀僧行密至，袖出"寂照庵"三字，如獲至寶……"湧月閣"三字，森然如入武庫，見古劍戟，凜然如睹正人端士之容。《莊簡集》卷一五。

四　與胡邦衡書（一四　節錄）

某猥懇，中間在瓊管作《雙泉記》，君前攜去副本，意欲得左右作漢隸。文雖不工，然古之碑碣，賴字畫以傳遠者多矣。《莊簡集》卷一五。

五　與胡邦衡書（二一　節錄）

覽機宜公書，超然如見其人……機宜公數詩皆妙作，憂患中陶寫性靈，實賴詩酒。《莊簡集》卷一五。

六　跋李丞相所作《顏魯公真讚》

予因郡圃忠義堂，繪顏公像龕置其上，軍事判官東陽鄭剛中記其本末詳矣。江西安撫大使李丞相復寄示真讚。其詞宏偉簡嚴，英風大節，落落相望。蓋將友其人於千載，真無愧矣。

嗚呼！士固重其死，不幸生於危亂之間，遭時變故，將靡然而從之，不有特立獨行之士，爲世標率，則偸生苟免、媚賊稱臣者，何所憚乎？後之登斯堂，覽公遺像，誦江西之文，庶知予區區之意，因併書其後，以風吾黨云。《莊簡集》卷一七。

七　跋閻立本《列帝圖》

閻立本《列帝圖》，王贊家物，後歸吳珏儀仲。予守永嘉日，其子祖忠出以相示，偶建安僧靈機善畫人物，尤工傳神，因使摹得之。後有富公序跋，距今纔七十八年，而縑素斷爛，乃甚於前畫。或疑其非真，然富公親筆眷眷如此，斯人豈欺世者哉！紹興丁巳前十月，會稽李某謹題。《莊簡集》卷一七。

八　跋蔡君謨《茶録》

蔡公自本朝第一等人，非獨字畫也。然玩意草木，開貢獻之門，使遠民被患，議者不能無遺恨於斯。《莊簡集》卷一七。

九　跋《陳元達鎖諫圖》

予觀《陳元達鎖諫圖》，劉聰震怒於上，元達慷慨陳說，有不屈之狀，劉氏手疏倉皇，切諫庭下，二人雍容救解，其人物態度，各有生意。

予頃仕中朝，嘗見此本，今傳摹雖多，而不失真，是可貴也。劉聰盜據中原，愍、懷蒙塵之後，海內痛憤，忠義之士扼腕切齒，義不共戴天，況肯北面臣事之乎？或者以此責元達不知所託，昧逆順之理以爲邀時幸禍者，是大不然。

元達本後部人，方居貧隱約時爲元海所知，而聰尤顯用之，其忠於所事，未爲不順也。晉室之亂，士大夫世受國恩如王夷甫輩，平時祖尚浮虛，以竊寵祿，一旦翻然臣賊，以至勸進，固不罪也。聰之失德，元達職爲廷尉，捐軀盡節，鎖樹而諫，此與茅焦解衣以激秦帝，朱雲攀檻以悟漢成，殆無以異。其孤風勝韻，凜然有古烈士之風，固足以羞愧一時貪夫佞人之顏，尚何訾云！

溫陵康元壽暇日出此圖相示，遐想其人，相與歎息久之。《莊簡集》卷一七。

一〇　跋許覬所藏法帖

世之學禪者，雖雲門、洞山、黃蘗、臨濟諸家，各有所宗，其所傳心印一也。

書法亦然，顏、柳之瘦硬，歐、虞之端勁，徐、李之豪壯，各自名家，考其筆意，未始不同。此論聞之前輩，今世鮮有知者。本朝惟蔡君謨天資超勝，輔以力學，遂爲本朝第一。惟蘇子瞻善論書，可繼君謨，而氣超勝，不減二王。近世惟江袠仲嘉作字得楷法，不幸生宣和間書法弊壞之時，莫有知者，今三衢尚有仲嘉子姓及碑刻。而程俱致道亦善論書，今皆亡矣。

予來海外，昌化許覬善書，其大父珏雖商人，而喜與士大夫遊，東坡先生與之甚厚，作《酒子賦》贈之。其父某遂累取鄉舉，爲南遷官，好收古法帖，其淵源所來亦遠。予與之往來至熟。

覬作字不俗，然但知學東坡書，粗得其形似，而不知蘇公之書自二王諸人來，故予嘗勉覬力學，以古人爲師法，然後知東坡字畫有所宗也。後生作字，若知用筆意，便如王、謝家子弟，縱使不能端正，而氣韻自覺超勝也。

予久處荒裔，如逃空虛，聞人足音，跫然而喜矣。紹興乙亥九月下澣，許子偶携此卷來，爲跋其後。《莊簡集》卷一七。

唐恕藝話（一則）

唐恕（生卒年不詳）字端仲，淮海張邦基之表舅。餘不詳。

題宗室趙大年橫卷爲張邦基作

聞君新得小山川，畫手來從郙雍賢。不學農夫焉用稼，若爲王子豈知田？我真壠上躬耕客，親見人間小隱天。始識何年京樣熟，菊籬寧似景龍邊。_{文淵閣四庫全書本《宋詩紀事》卷五十。}

杜從古藝話（一則）

杜從古（生卒年不詳）字唐稽，宣和中歷尚書職方、主客員外郎，官至禮部郎。工書法，爲徽宗所賞，宣和六年詔置提舉措置書藝所，以從古、徐兢、米友仁並爲措置管勾；其後復置書學，又以三人爲博士。著有《集篆古文韻海》五卷，今存。

《集篆古文韻海》序

臣聞書契之作，以代結繩。自蒼頡垂範立制，紀綱萬事，歷堯舜三代，彌數千百歲，祖述規模，訓迪意義，融光散氣，炳異丹青，禮樂典章備存於損益，形名度數昭示於維持。去古既邈，波流失源，學士大夫趨便就俗，是非無正，人用其私，至有謂馬頭人爲長、人持十爲斗之說，莫可勝舉。

蒼頡之文不得而見矣，至周宣王時，又有史籀，其學最精，今所見者獨遺石鼓，秦相李斯輒損其繁而爲小篆，渾厚端莊，世亦鮮儷。在漢則崔子玉以是而名家，於唐則李陽冰因之而致譽。美則美矣，求於斯、籀之門，曾未造其藩籬。篆之爲學，而豈易哉！世之學者研精銳意，或至窮年皓首，不能得其彷彿者，何耶？良以見聞不博，奇奧莫臻，是使後進雖欲超然遠覽，比肩古人，蓋不可得。

恭惟皇帝陛下天縱睿知，觀象奎躔，六體之妙超軼前古，猶且屢下明詔，訪求散佚，於是深山大澤之藏，秘靈千百之守，鼎彝尊卣款識悉輸御府，古文奇字、繆篆蟲書靡不研覽，茲所以緝熙聖學，群臣莫望於清光歟！

爰自慶曆中，文莊夏竦搜求斷碑蠹簡、銘記文頌，所得之字殆及百家，上以備顧問之不通，下以便後學之討閱，功雖甚勤，殊多舛謬。臣嘗懼朝廷有大典冊，垂之萬世，而百氏濡毫，體法不備，豈不累太平之盛舉？

臣性識闇昧，固不足以商確其精粗，是正其異同，誠以博求三代之字僅四十年，雖未云衍，每閱於目，粲然炫耀，如在其世而親炙焉。今輒以所集鐘鼎之文，周秦之刻，下及崔瑗、李陽冰筆意近古之字，句中正、郭忠恕碑記集古之文，有可取者，撫之不遺。猶以爲未也，又爬羅《篇韻》所載古文，詳考其當，收之略盡。於今《韻略》字有不足，則又取許慎《說文》，參以鼎篆偏旁補之，庶足於用，而無闕焉。比

《集韻》則不足，校《韻略》則有餘，視竦所集則增廣數十倍矣。其所標出處之目，則不盡收其書，且以《汗簡》諸書爲證，復以四聲編之，分爲五卷，名之曰《集篆古文韻海》。雖未足以遠輩前昔，亦可爲聖朝文物□一事爾。

臣集篆以來，屢易寒暑，文字浩渺，是非混淆，以一己之力，纂百家之學，常慮終身不能成書，以負犬馬之志。今則陶染聖澤，得畢所學，實千載一時生死之至幸。若夫所載或訛，所集未博，更竢將來廣其源委。臣之涓勺，亦容有助於波瀾。

宣和元年九月二十八日，朝請郎、尚書職方員外郎臣杜從古謹序。宛委別藏本《集篆古文韻海》卷首。

程俱藝話（一一則）

程俱（一〇七八～一一四四）字致道，號北山，衢州開化（今浙江開化）人。紹聖四年，以外祖鄧潤甫恩蔭，補蘇州吴江縣主簿，監舒州太湖茶場，坐上書論事罷歸。大觀初，監常州市易務。政和元年，知泗州臨淮縣。七年，通判鎮江府，除編修國朝會要所檢閱文字。八年，兼道史檢討。宣和二年，除將作監丞，遷秘書省著作佐郎，賜上舍出身。三年，除禮部員外郎。丁母憂。七年，復禮部員外郎。建炎三年，爲著作佐郎，再遷禮部員外郎，除太常少卿，知秀州，金兵逼臨安，棄城退保華亭。紹興初，爲秘書少監，上《麟臺故事》五卷，除中書舍人兼侍講。二年，以棄秀州事論罷，提舉江州太平觀。四年，差知漳州，以病辭，改提舉台州崇道觀。五年，復集英殿修撰。十四年卒，年六十七。程俱志趣高遠，爲人剛介自信，寧失之隘，而不附於衆。葉夢得稱其文"精確深遠，議論皆本仁義，而經緯錯綜之際，則左丘明、班孟堅之用意"（《北山小集序》）。其奏疏往往抗論政事，糾正朝廷得失，頗著風節。又長於議論。也擅長作詩，詩歌取則韋應物、柳宗元，"蕭散古淡，有忘言自足之趣"（《宋詩抄・北山小集抄序》）。著有《北山小集》四十卷。又有《麟臺故事》五卷。

一　辨師鼓琴

上人芒屨麻爲衣，常脩如幻三摩提。但依三業作供養，坐見八德金沙池。是中寶網間行樹，微妙音出難思惟。師從定觀去。起奮迅，寫之三尺桐與絲。枯桐敬然若空谷，人倚繩床支槁木。枯桐枯木静相向，中有世間無盡曲。曲中有曲非宫商，及門但覺聲琅琅。罷琴一笑各揮手，庭樹微風清夜涼。文淵閣四庫全書本《北山集》卷一。

二　題葉翰林閲駿圖

葉公龍友天下才，當年麒麟天上來。儒童抱送太一貺，下遊閶闔觀瓊臺。高標故自賞神駿，肯使餘恨遺蒿萊。帝閑食粟幾千斗，盛氣勃鬱馳天街。穩銜金勒立仗下，俯視冀北皆駑駘。驪黄不來八龍遠，尚有寫照埋氛埃。短屏高障久零落，意象崒嵂求其儕。收羅絕足共一處，引素便覺風沙開。偉哉十馬盡殊相，神物變化須風雷。騰驤振迅各有態，豈顧短胭空徘徊。持韁頓轡者誰子，無復墮淚嗚聲哀。刷燕秣越安足道，會逐銜燭西山頹。其中一驪屹不動，尾垂青絲蹄卓錐。安知萬里志未已，但見寂寞如寒灰。龍眠老筆不再得，幻化百億紛驪騧。鄭生晚出擅圖貌，盛名欲與曹韓偕。肉身飛入九天去，清都樓觀金崔嵬。玉花照夜不論價，想見火齊珊瑚堆。只今此畫已難致，肯戲禿筆霑殘煤。千金市骨意不淺，對此慷慨傷曲肱。《北山集》卷四。

三　戲題畫卷

五載京塵白鬢鬚，丹青遲想寄衡巫。如今掃跡長林下，却對真山看畫圖。

胸中雲夢本無窮，合是人間老畫工。常恨無因繼三絕，倩人拈筆寫胸中。《北山集》卷十一。

四　題隆師山水短軸二首六言　用蔣仲遠尚書韻

抱甕終年五畞，結茅何日三間。正擬螢飛目照，真成鳥倦知還。

能畫所畫皆幻，是心是境無還。未暇法師蓮社，且從居士香山。《北山集》卷十一。

五　《復古編》序

程子曰，學之不可以不專也。涉其流者未有能極其原，游其藩者未有能覩其奥。不極其原，不覩其奥，求其是且精焉無有也。夫叉左詘右，夫人而射也稱養叔；鈎絃柱指，夫人而琴也稱子野。上下千百載間，學是者亦眾矣，而二子擅焉，豈不以其專以精乎？

吳興張有，弱冠以小篆名，自古文奇字與夫許氏之書，了然如燭照而數計也，它書餘藝一不入於胸中。蓋其專如此，故四十而學成，六十而其書成，《復古之編》是矣。

余嘗論其書曰：小篆之作，自嶧山真刻不傳，至唐，字學雖盛，而以篆法蓋一時、名後世者，惟李陽冰為稱首。徐鉉後出，筆力勁古，遂出陽冰上。近世名筆固多，其分間布白、規圜繩直不工〔一〕，而筆力勁古，少復鉉比。今有自振於數千載後，獨悟周秦石刻用筆意，落紙便覺岐陽嶧山去人不遠。二卷三千言，據古《說文》以為正，其點畫之微，轉側從衡、高下曲直，毫髮有差，則形聲頓異。自陽冰前後名人，格以古文，往往而失。其精且博又如此。然其寄妙技於言意之表，守古學於寂寞之濱，固非淺俗之所能識也。且漢之諸儒比肩立，而揚子雲以識字稱；韓文公言語妙天下，而猶自謂略須識字，字亦豈易識哉！觀《復古之編》，則其於識字幾矣。使人之於學也，皆能致其專而求其是，既得之，又能守其所學，而不與時上下，則學雖有小大，其有不至者哉？不得於今，必得於後世矣。

張翁求余文以信其傳，因敘次如此。政和三年九月朔，信安程俱叙。四部叢刊續編本

（據江安傅氏影宋抄本影印）《北山小集》卷一五。

〔一〕圖：原作"園"，據文淵閣四庫全書本改。

六　題《酈生長揖圖》

李伯時作《酈生長揖圖》，直作高皇踞牀，兩女子洗，而酈生長揖，此徒見漢高無禮、食其不屈之意，而無以見高皇聞善而服，改過下士，漢所以興之故。要當作輟洗起衣，躡履迎客之狀，乃勝耳。

方是時，天下草昧，糜爛土崩之時也。沛公踞見一里監門，其失亦微耳，非漢所以强弱興亡之所繫者也。而食其遽以謂將以助秦，而非所以攻秦，何也？豈辨士專以捭闔動聽爲務，而其言不得不誇耶？是不然。食其爲是無當之言可也，而沛公豁達聰明之君也，而可以虛言屈乎？

夫得士者昌，失士者亡，有國家者皆然，而危亂之時爲甚。故蕭何以韓信用不用卜漢高之霸王，晉人以謝安石起不起知江左之興亡，唐室以裴度進退爲天下安危，蓋士之不可失如此。使漢高失一食其可耳，然駿骨不收，絕足不至；巢卵不育，鳳鳥不下。士有深藏高舉，望望然去之而已，況聲音顏色拒之千里之外乎？則其不足以攻秦而足以自亡也明矣。是理也，非酈生之誇言也。

辛亥孟夏朔，信安程俱書。《北山小集》卷一五。

七　題杜范歐公帖

正獻公之全德元老，文正公之宏才偉望，文忠公之端亮文學，端委廟堂，不動聲氣，而可使夷夏乂安，風俗清美矣。時非不逢，而不既其用，仁人志士未嘗不歎息於斯焉。紹興六年十一月旦，信安程俱獲觀於西安長壽僧舍，謹題。《北山小集》卷一五。

八　題溫公帖石刻

文正溫公之清節直道，內相高平公之懿行碩學，蓋朝廷之蓍龜，搢紳之標表也。事在國史，譽在天下。然其造次之間，理言遺事，士夫莫不寶而傳之。

衢州學舍嘗得溫公貽高平公帖，摹而刻之石，置諸公堂之壁，使學者出入觀省，以想見醇儒碩德遺風餘烈之無窮，與夫著書立言之不苟如此。

且《資治通鑑》之書，文正實挈其維綱，而筆削裁成之功繫高平公之助。是時二公以道義相從於寂寞之濱，凡前古是非成敗之端，治亂安危之致，足以勸懲後世與啟沃吾君者，蓋未嘗一日而忘也。卒以備邇英之讀，布於學官而行於天下，是豈小補也哉。

初，書成而上之，帝爲親製美名，冠以序引，其所以尊德樂道之意，不唯彰信於一時而無愧，不刊之書又以爲百世之賴，可謂盛矣！

夢得，高平公少時字也。初，太夫人懷公彌月，夢古丈夫盛服入其門者，左右曰漢大司徒鄧禹也，故命名如此，而字夢得。後溫公更其字曰淳父，猶取《高密侯傳》讚語云。

高平孫仲熊與州學教授陸君俊民懼後生不知夢得之爲公也，要余述於其後。俱常以謂觀元祐之時而可知宰執近臣之選，觀宰執近臣之懿而可知元祐之時。無求之他，觀於此而已。俱生晚，不得登二公之門，以觀道德於後前，聽教誨於左右，茲獲挂名公書刻石之末，以寄宿昔欣慕之心焉，亦云幸矣。

紹興七年正月甲子，信安程俱謹識。《北山小集》卷一五。

九　蓮社圖十八賢讚（陶潛、謝靈運、陸修靜附）（選二）

柴桑陶潛淵明

淵明高蹈，性與道俱。世出世士，莫得親疏。

康樂公謝靈運

康樂遒上，豪氣不除。慧業則有，非寂滅徒。《北山小集》卷一六。

一〇　題《醉學究圖》

是諸衆生，或醉或醒，或老或稚。或喧或靜，或嗔或喜。或猴而冠，或鬼而睡。或奮拳而鬬，或戟手而罳。或笑而道之，或挽之使止。情炎內焚，風力更熾。不知其然，孰主張是。或偶而杖，或拜而跪。昏奴于前，胡卒以禮。如一機抽〔一〕，如群優戲。菩提海中，等一幻翳。《北山小集》卷一七。

〔一〕抽：疑當作"柚"。

《麟臺故事》（選録　一則）

至道元年六月，命內品、監秘閣三館書籍裴愈使江南、兩浙諸州，尋訪圖書。如願進納入官，優給價值；如不願進納者，就所在差能書吏借本抄寫，即時給還，仍齎御書石本所在分賜之。愈還，凡得古書六十餘卷，名畫四十五軸，古琴九，王羲之、貝靈該、懷素等墨跡共八本，藏於秘閣。先是，遣使於諸道，訪募古書、奇畫及先賢墨跡，小則償以金帛，大則授之以官，數年之間，獻圖書於闕下者不可勝計，諸道又募得者數倍。復詔史館盡取天文、占候、讖緯、方術等書五千一十二卷，並內出古畫、墨跡百一十四軸，悉令藏於秘閣，圖書之盛，近代無比。文淵閣四庫全書本《麟臺故事》卷一。

關注藝話（一則）

關注（生卒年不詳）字子東，號香嚴居士，越州會稽（今浙江紹興）人，一云錢塘（今浙江杭州）人。紹興五年進士，嘗爲湖州教授。與胡瑗之孫胡滌裒集胡瑗遺書，編爲《易解》《中庸義》。後官至太常博士，卒。善爲詩詞，有唐人詩風。何薳謂其"詩律精深妍妙，世守家法"，其《西湖夜歸》詩"鐘聲互起東西岸，漁火遙分遠近村"之句，"非身到西湖，不知此語形容之妙"（《春渚紀聞》）。著有《關博士集》二十卷，今已佚。

題米友仁瀟湘長卷

米元暉作遠山長雲〔一〕，出沒萬變，古未有輩，安得匹紙以盡其筆墨之妙乎！至於林麓近而雄深，岡巒遠而挺拔，木露榦而想高茂，水見涯而知渺瀰，皆發於筆墨之外，此常人所難，元暉之所易也。達功他日以此示之，儻以爲知言，則當得山川之勝，臥以遊之。紹興五年七月二十日，會稽關注書。文淵閣四庫全書本《續書畫題跋記》卷二。

〔一〕《米襄陽外紀》卷一〇所載此前尚有："襄陽漫士米公筆法一代，其餘波爲畫，亦復造微入妙，自謂非古今畫家者流，識者亦不以爲過。"

樊察藝話（一則）

樊察（生卒年不詳）字仲恕，一字廉卿，京兆府萬年（今陝西長安）人。大觀三年舉宏詞，爲保安軍司理參軍，政和、宣和間歷秘書省著作佐郎、著作郎。

《慈恩鴈塔唐賢題名》序（節錄）

夫晉賢真跡，流傳至唐，官楮私縢，幾數千卷，自歐、虞、褚、薛而下皆宗之，當時士人，咸以不能書爲恥。以今題名考視，其間縱復欹斜，至鋒藏筆勁，氣格高玄，皆有江左遺風。國朝士大夫必題識其側，欲俾來者護持，而皂隸庸人，輒以俗書圬墁其上，於是汲水滌之，新墨盡去，舊畫宛然，乃知唐人於字學，非特點曳盡工，至於筆墨，亦復精妙如此。叢書集成本《寶刻叢編》卷七。

王寀藝話（一則）

　　王寀（一〇七八～一一一八）字輔道，號南陔，江州德安（今江西德安）人，韶子。登第，官校書郎。好延道流談丹砂神仙之事。重和元年，奏稱天神降其家。徽宗詔約某日即內殿致天神，術不驗，爲林靈素所陷，下大理獄棄市，年四十一。王寀工詩詞，洪邁載其賦《浪花》詩"一江秋水浸寒空，漁笛無端弄晚風。萬里波心誰折得，夕陽影裏碎殘紅"，提筆一揮而成，極見才氣（《夷堅三志》己卷八）。王灼亦謂其詞"善作一種俊語，其失在輕浮，輔道誇捷敏，故或有不縝密"（《碧雞漫志》卷二）。其《玉樓春》詞有"繁紅洗盡胭脂雨，春被楊花勾引去。多情祇有舊時香，衣上經年留得住"，造意新穎，語俊而奇，堪稱警策。著有《南陔集》一卷，今已佚。

汝帖跋

　　寀來汝踰年，吏民習其疏拙，不甚誶以事。閉閤蕭散，奉親之外，獨念棄日偶得三代而下訖於五季字書百家，冠以倉頡奇古，篆、籀、隸、草、真、行之法略具。用十二石，刻置坐嘯堂壁。其論世正名於治亂之際，君子小人之分，每致意焉。識者謂之筆史，蓋使小學家流因以博古知義，不特區區近筆硯而已。大觀三年八月上丁，敷陽王寀記。叢書集成本《寶刻叢編》卷五。

宇文虛中藝話（一則）

　　宇文虛中（一〇七九～一一四六），原名宇文黃中，後改今名，字叔通，別號龍溪老人，華陽（今四川成都）人。大觀三年進士，歷官州縣。政和五年，除起居舍人、國史院編修官。六年，爲中書舍人。宣和間，出爲河北河東陝西宣撫使司參謀事。宋朝廷欲連金攻遼，虛中上疏極諫，降集英殿修撰，後又建十一策，上二十議，皆不用。靖康初，金軍圍汴京，爲資政殿大學士、軍前宣諭使，檄各路將帥率兵勤王，又多次出使金營，除簽書樞密院事。金軍北撤，言者劾其議和之罪，罷知青州，落職奉祠。建炎元年，韶州安置。二年，應募使金，復職。被留於金國，累官翰林學士、知制誥兼太常少卿，進禮部尚書。紹興十五年，因以蠟書與宋通消息，並謀奪兵仗挾金主南歸，事覺察被捕，全家近一百人遇害，年六十七。淳熙時追贈開府儀同三司，諡肅湣。虛中有文才，擅長詩文，現存詩多爲出使或留金時所作，抒發羈囚於異域的感憤之情。亦能詞，風格近於蘇軾。著有《綸言集》三十一卷、《春秋紀詠》三十卷，又有《宇文肅湣公文集》，均已佚。元好問編《中州集》，輯錄其詩一卷。

從人借琴

　　嶧陽慣聽鳳雛鳴，瀉出泠然萬籟聲。已厭笙簧非雅曲，幸從炊爨脫餘生。昭文不鼓緣何意，靖節無絃且寄情。乞與南冠囚縶客，爲君一奏變春榮。文淵閣四庫全書本《中州集》卷一。

汪藻藝話（一二則）

汪藻（一○七九～一一五四）字彥章，號浮溪，又號龍溪，饒州德興（今江西德興）人。崇寧二年進士，調婺州觀察推官，改宣州州學教授。大觀三年，提舉江南西路學事司幹當公事。除九域圖志所編修官，改宣教郎，遷著作佐郎、符寶郎。宣和初，受時相王黼忌害，出通判宣州，提舉江州太平觀，寓家晉陵近八年。欽宗即位，召爲屯田員外郎，進太常少卿、起居舍人。建炎元年，試中書舍人，擢給事中，遷兵部侍郎兼侍講，直學士院。四年，拜翰林學士，轉朝議大夫，於時詔令多出其手。紹興元年，出知湖州，移撫州，罷爲提舉江州太平觀，復命修日曆。八年，上所修日曆八百冊，除顯謨閣學士，知徽州。十二年，知泉州，徙宣州、鎮江府。十三年，坐嘗爲蔡京客而奪職，謫居永州，屢經赦書不宥。二十四年，卒於貶所，年七十六。汪藻博覽群書，以鴻文碩學聞名於世。在南宋初，執掌制誥，工四六體文。他曾向徐俯請教作詩法門，並從韓駒學詩，但詩風更接近蘇軾，而沒有江西詩派那種峭硬生瘦之習。其詩歌具有現實感與時代感，清新疏朗，意氣高曠。也長於作詞。著有《浮溪集》六十卷、《後集》若干卷、《裔夷謀夏錄》二卷、《青唐錄》三卷、《古今雅俗字》四十四篇，又有《猥稿外集》一卷。文集於明初已佚，清四庫館臣自《永樂大典》輯出詩文，重編爲《浮溪集》三十六卷。明洪武間趙子常又輯有《浮溪文粹》十五卷，由胡堯臣刊刻流傳。

一　吳傅朋以王逸少遺意作遊絲之書，古今所無，恨未之見也，爲賦此詩

吳侯能書聲，不減銘瘞鶴。臺郎今獨步，誰數衛與索。官黃臨小楷，老筆更沈著。年來雞鶩間，兒輩妄穿鑿。超然出新意，非用元和腳。遊絲隨春風，忽向窗几落。傳觀懍飛動，安得此健藥。自言臨池時，屢閱更歲籥。毫端幾百鍊，始到蟲網絡。誰云右軍後，茲事秘冥漠。一朝神明還，千載宛如昨。乃知鑪錘妙，信手皆合作。於皇雲漢章，神授等河洛。光芒下照燭，萬帖悉糟粕。君命幸逢時，當草鳳尾諾。胡爲尚留滯，未便持漢橐。行看誠懸歸，佳句題殿閣。文淵閣四庫全書本《浮溪集》卷二十九。

二　從吳禹功借徐鉉小篆帖，以詩還之

六書散浮雲，篆籀世不數。陵夷到草隸，差別幾四五。人皆逐曾玄，不復知父祖。中間尤可笑，雞鶩紛去取。孰爲魯漆書，況説周石鼓。陽冰雖晚出，妙意得千古。後來繼者誰，騎省人最許。明窗出小軸，驚嘆手爲拊。平生箏笛耳，憤見沐猴舞。一登韶濩堂，方信有干羽。援毫極摹倣，洮壁類兒女。秋蛇已成癖，老腕徒自苦。捲書還歸公，祇自愧韓愈。文淵閣四庫全書本《浮溪集》卷二十九。

三　觀《秋江捕魚圖》

霜飈落木瀟湘秋，黃蘆颯颯秋江頭。漁翁短棹搖輕舟，夕陽斜照寒波流。篷簑箬笠興夷猶，得魚沽酒更勸酬。生涯一葉水上浮，市朝利病不相謀。青山綠水得魚游，此樂未必饒公侯。畫圖忽見清兩眸，怳疑身在滄浪洲。年來萍梗歎滯留，擬欲與子爲朋儔。文淵閣四庫全書本《浮溪集》卷三十。

四　贈丹青僧了本

虎頭不復傅金粟，魏武之孫聊可續。如何三昧畫中王，解使天機照人目。含毫不動先有情，萬態了了隨經營。偶然得意灑春色，日輔月角須臾成。精神還仗精神覓，筆下區區徒刻畫。故知巧匠盤礴時，萬里丹青減容色。君不見齊梁大士天所開，幼僧不許僧繇猜。師今幸有印泥手，貌取當年黃面來。文淵閣四庫全書本《浮溪集》卷三十。

五　還吳禹功徐帖

誰專小學國朝初，籍籍甘泉數二徐。輩行雖居騎曹後，典刑全是嶧山餘。柳家莫笑薑芽手，鄭老方耽柿葉書。待得門前溪水黑，憑看合作定何如。文淵閣四庫全書本《浮溪集》卷三十一。

六　題《松竹圖》

清霜搖落後，賴此慰詩翁。借有茱萸沜，風流可得同。文淵閣四庫全書本《浮溪集》卷三十二。

七　題《江南春曉圖》

忽從林杪見朝暉，濕嶠輕雲半欲飛。何惜扁舟並畫我，要從沙際望春歸。文淵閣四庫全書本《浮溪集》卷三十二。

八　題《竹林七賢圖》

竹林七賢，西晉之士也。獨山濤、王戎仕顯，餘悉以其志終。七賢之在晉，猶管寧、華歆、邴原之在魏也。士賤華歆、邴原而貴管寧者，以遁跡遼東，不立魏朝。七賢高蹈竹林，無愧於寧矣。顏延年《五君詠》不數山、王者，豈無意哉？

此畫奇甚，決非近世所能爲，恨不得其人，必有能辨之者。武英殿聚珍版叢書本《浮溪集》卷一七。

九　跋折樞密《錦屏山堂圖》

葆真居士小築於壽安錦屏山中，趙祖文因畫居士泉石間，以示其人物風流濟勝之具。傳之江南，人人把玩，悠然想見其並想見其人，便覺斜川、輞川去人不遠也。武英殿聚珍版叢書本《浮溪集》卷一七。

一〇　跋鄭天和臨右丞《樵舍秋晴圖》

空如非能畫也，胸中丘壑，微見筆端，而瑰偉絕人如此。世間畫史，取青媲白，求象似於毫髮，豈復有林巒湖海真趣耶？武英殿聚珍版叢書本《浮溪集》卷一七。

一一　跋葉擇甫李伯時畫

若人云亡，畫筆中絕，使杜少陵見之，當復有鄭公長夜之歎耶！宣和元年六月，鄱陽汪藻借觀於寧國傳舍。

宣和初余通守宣城，時擇甫官寧國，出此畫，書其後。比自泉南移宣城，過福唐，擇甫復以示余，則二十五年矣。一見如隔生事，爲感歎久之。紹興癸亥季春朔，新安汪藻書。武英殿聚珍版叢書本《浮溪集》卷一七。

一二　跋君謨《有美堂記》後

世之論法書、古文者，必曰王內史、韓文公。二子之學固美矣，然沿襲至此，豈一人之力、一日之積哉？特法出乎二子爾。

　　本朝文章字畫之美，在祖宗時歐、蔡擅其宗。以淵源考之，逸少、退之固可一日南面。至於潤澤前人之法，加以嫵媚，則今二子焉過之。然逸少去退之數百年，而二公並駕於嘉祐、治平間，辭翰兼美，爲一時太平之瑞。以今驗古，豈但不愧之而已哉！

　　此書及今尚爲完好，它日好事追求，彷彿於刻闕之餘，然後知爲可貴也。宋慶元三年書隱齋刻本《國朝二百家名賢文粹》卷一九三。

許亢宗藝話（一則）

許亢宗，北宋饒州樂平（今江西樂平）人，政和進士。《宣和乙巳奉使金國行程錄》，又稱《許奉使行程錄》《奉使金國行程錄》《宣和乙巳奉使行程錄》等。宣和五年，金太祖完顏阿骨打病逝。九月，金太宗吳乞買即位。宣和七年，奉議郎、尚書司封員外郎許亢宗充賀大金皇帝登寶位國信使，與童緒、鍾邦直等出使金國，祝賀金太宗即位，回宋後上此《行程錄》。傳統觀點認為此作者是許亢宗，後來陳樂素、崔文印等先生考證，認為此錄作者為鍾邦直。此《行程錄》很可能出自管押禮物官鍾邦直之手，但宋制，使者出使回國後，均由大使向朝廷上出使語錄，故現仍認為作者是許亢宗。

《許奉使行程錄》（一則）

第二十八程：自興州九十里至咸州。未至咸州一里許，有幕屋數間，供帳略備，州守出迎，禮儀如制。就坐，樂作，有腰鼓、蘆管、笛、琵琶、方響、箏、笙、箜篌、大鼓、拍板，曲調與中朝一同，但腰鼓下手太闊，聲遂下，而管、笛聲高。韻多不合，每拍聲後繼一小聲。舞者六七十人，但如常服，出手袖外，迴旋曲折，莫知起止，殊不可觀也。酒五行，樂作，迎歸館。老幼夾觀，填溢道路。次日早，有中使撫問，別一使賜酒果，又一使賜宴。赴州宅，就坐，樂作，酒九行。果子惟松子數顆。胡法，飯酒食肉不隨盞下，俟酒畢，隨粥飯一發致前，鋪滿几案。地少羊，惟豬、鹿、雁。饅頭、炊餅、白熱、胡餅之類最重油煮。麥食以蜜塗拌，名曰"茶食"，非厚意不設。以極肥豬肉或脂潤切大片一小盤子，虛裝架起，間插青蔥三數莖，名曰"肉盤子"，非大宴不設，人各擡以歸舍。虜人每賜行人宴，必以貴臣押伴。是日，押伴貴臣被酒，輒大言詫金人之強，控弦百萬，無敵於天下。使長掎之曰："宋有天下二百年，幅員三萬里，勁兵數百萬，豈為弱耶？某銜命遠來，賀大金皇帝登寶位，而大金皇帝止令太尉來伴行人酒食，何嘗令大臣以相罔也？"辭色俱厲，虜人氣懾，不復措一辭。及賜宴畢，例有表謝，有曰"祗造鄰邦"，中使讀之曰："使人輕我大金國。《論語》云'蠻貊之邦'，表辭不當用'邦'字。"請重換方肯持去。使長正色而言曰："《書》謂'協和萬邦'、'克勤於邦',《詩》謂'周雖舊邦',《論語》謂'至於他邦'、'問人於他邦'、'善人爲邦'、'一言興邦',此皆'邦'字,而中使何獨祗誦此一句以相問也?表不可換!須到闕下,當與曾讀書人理會,中使無多言!"虜人無以答。使長許亢宗,饒之樂平人,以才被選。爲人醞藉似不能言者,臨事敢發如此,虜人頗先之。

次日,詣虜庭赴花宴,並如儀。酒三行則樂作,鳴鉦擊鼓,百戲占場,有大旗、獅豹、刀牌、砑鼓、踏索、上竿、鬭跳、弄丸、搞簸旗、築毬、角觝、鬭雞、雜劇等,服色鮮明,頗類中朝;又有五六婦人塗丹粉,豔衣,立於百戲後,各持兩鏡,高下其手,鏡光閃爍,如祠廟所畫電母,此爲異爾。酒五行,各起就帳,戴色絹花,各二十餘枝。謝罷,復坐。酒三行,歸館。文淵閣四庫全書本《欽定重訂大金國志》卷四十《許奉使行程錄》。

張標藝話（一則）

張標（生卒年不詳），宣和二年官宣教郎、知平遙縣丞、管勾學事。

太守周煒《超山應潤廟祝文》跋

太守周公治郡之首年，朝廷以本部超山神靈應頗著，乃賜廟額。然廟額既頒，又太守周公親出祭文，俾邑長余公往告焉〔一〕。標忝周公門下之屬僚也，懼斯文泯闕，無以流播盛美，爰刻堅珉，用傳永久。宣和二年三月日立石。忠翊郎、權縣尉趙安平，迪功郎、權主簿、管勾學事張公厚，宣教郎、知縣丞、管勾學事張標，宣教郎、知縣事、管勾學事余彥和。臺灣新文豐出版公司石刻史料新編本《山右石刻叢編》卷一七。

〔一〕焉：原作"馬"，據光緒《平遙縣志》卷一一改。

王庭珪藝話（二六則）

王庭珪（一〇八〇～一一四二）字民瞻，吉州安福（今江西吉安吉州）人。自少刻志於學，通經史百家。崇寧二年，三舍法行，一試爲選首。政和八年進士，調衡州茶陵縣丞。宣和末，棄官家居，教授生徒，葺茅堂於盧溪之上，號盧溪。紹興十二年，胡銓上疏乞斬秦檜，貶新州，王庭珪以詩送行，有"癡兒不了公家事，男子要爲天下奇"之句，坐流放夜郎。秦檜死，許自便。孝宗召對便殿，除國子監主簿、直敷文閣。乾道八年卒，年九十三。庭珪以詩文馳名，楊萬里稱其"言直而工，詩源於杜甫，文自韓愈出，大要主於雄剛渾大"（《盧溪先生文集序》）。其政論文章"詞致雄渾雅健，多該物理，悉事會，不爲空言"。詩歌創作多於文，如盛爲人所傳誦的《送胡邦衡之新州貶所二首》詩，言辭激切，自有一種矯然亢厲之氣，足以流傳千古（《歷代詩發》卷二八）。著有《瀘溪集》五十卷、《易解》二十卷、《六經講義》十卷、《論語講義》五卷、《語錄》五卷、《雜誌》五卷、《滄海遺珠》二卷、《方外書》十卷、《校字》一卷、《鳳停山叢錄》一卷，今大多已佚。文集五十卷，爲其孫輩及門人於南宋淳熙間編輯刊行，楊萬里爲作序。其詞在宋代時已有單刻本《盧溪詞》一卷行世，原本不傳，今有趙萬里輯本。

一　題宣和御畫

王鎖宮扉三十六，誰識連昌滿宮竹。囚苑寒梅欲放春，龍池水暖鴛鴦浴。宣和殿後新雨晴，兩鵲飛來向東鳴。當時妙手貌不成，君王筆下春風生。長安老人眼曾見，萬歲山頭翠華轉。恨臣不及宣政初，痛哭天涯觀畫圖。

徽宗皇帝臨御日久，海內無事，唯不忘翰墨之娛，見者知其爲御畫也。臣既獲仰觀，撫卷太息，思宣政間當國家太平極治之，時景物宛然，不覺流涕，乃再拜稽首而賦是詩。紹興丙寅三月望日小臣王庭珪謹題。文淵閣四庫全書本《盧溪文集》卷一。

二　和劉美中尚書聽寶月彈桃源春曉

何年鑿源開混茫，桃花兩片吹紅香。烟消遠浦生微陽，漁舟誤行溪水長。溪回岸轉山隙光，疑有絳闕仙人房。居民爭出羅酒漿，花間笑語音琅琅。抱琴釋子眉髮蒼，響泉韻磬鳴長廊。能談往事悲孟嘗，昔時臺沼今耕桑。又如勇士赴敵塲，坐令遊子思故鄉。清猿抱木號鴻荒，孤吟劃見丹鳳翔。曲終待月西南廂，重調十指初不忙。如見古畫秦衣裳，春天百鳥爭頡頏。桃源歸來今已忘，彈到落花空斷腸。文淵閣四庫全書本《盧溪文集》卷二。

三　題羅疇老家《明妃辭漢圖》，李伯時作。明妃豐容靚飾，欲去不忍之狀

明妃辭漢出宮門，豐容靚飾朝至尊。至尊左右皆動色，明妃欲語咽復吞。三千蛾眉塞天閽，帝獨不識王昭君。顧影徘徊復良久，尚冀君王一回首。當時自倚絕世姿，不將賂結毛延壽。可憐朱網畫香車，却來遠嫁呼韓邪。不如歸州舊村女，三幅羅裙兩髻了。陌上花開大隄暖，細雨春風歸緩緩。寧從禁籞落胡沙，長路漫漫碧雲斷。忽看漢月照氈裘，淚濕彈絲錦臂韝。龍眠會作無聲句，寫得當時一段愁。文淵閣四庫全書本《盧溪文集》卷二。

四　觀李氏畫

壁間冥冥雲塞川，細看幻出江湖天。寒鴉雪壓凍不喧，沙尾忽有瀟湘煙。黃蘆碧草鴈初下，畫此千金不當價。爲君覓紙一題詩，詩不能工且觀畫。文淵閣四庫全書本《盧溪文集》卷四。

五　題周忘機畫軸。舊聞周忘機隱於浮屠，如洪覺範之流，然未見其盡也。紹興乙丑清明日，觀於任子嚴書室。王某題

羅浮飛瀑落九天，尺素倒流三峽泉。怪底晴窗起風雨，洞庭野色瀟湘煙。平生江山入吾手，況有對坐南昌仙。不須作此無聲畫，妙畫自以無聲傳。文淵閣四庫全書本《盧溪文集》卷四。

六　觀徐明叔畫《湘西磨崖圖》。崖在湘西白鶴峯。紀官軍破賊

衡山高出北斗邊，九疑蒼梧相屬聯。羣峯環走如却立，山脚插入瀟湘川。朱陵渺邈迷處所，白鶴噴薄飛流泉。坐看徐郎拂絹素，盡驅山嶽置眼前。徐郎豈是真畫手，酒酣游戲乃其天。巴陵洞庭連浦潊，鯨鯢蟠穴爲賊淵。詔謂將軍出旗鼓，樓船蹴踏驚浪喧。欃槍夜落照湖水，雕弓十萬猶控弦。湘西古寺最奇絕，丹崖翠壁開何年。況公文章善叙事，大字怪偉宜鐫鐫。中書異時觀落筆，因煩吮墨圖凌煙。孟公韓公毛髮動，

腰鞁大羽冠進賢。他年中興事可考，公名亦與玆山傳。文淵閣四庫全書本《盧溪文集》卷四。

七　題惠崇畫《秋江鳬鴈》

老崇學畫如學禪，中年悟入理或然。長江未落鳬鴈下，舒捲忽若無丹鉛。定自維摩三昧裏，半幅生絹開萬里。不用幷州快剪刀，斷取鐵圍山下水。

往年見趙德麟說惠崇嘗自言我畫中年後有悟入處，豈非慧力中所得圓熟故耶？今觀此短軸，定非少年時筆也，故詩中云爾。文淵閣四庫全書本《盧溪文集》卷四。

八　題李伯時畫馬

禿筆戲掃凡馬空，人間始識天廄龍。山城逼窄那得有，注目萬里生長風。奚官緩牽紫絲鞚，好頭不著黃金籠。時平諸番盡入貢，此是玉花于闐驄。

劉偉明家藏名畫數軸，其姪時發得之以示余，且求余跋，而以李伯時畫于闐驄馬爲惠。余愛其善寫神駿之姿，非伯時不能已，復跋其後而藏之。文淵閣四庫全書本《盧溪文集》卷五。

九　贈寫真徐濤　並引

世言畫工喜作鬼魅，謂荒誕易圖也，故傳神寫照爲難。聞徐濤畫盧溪老子，作幅巾芒鞋蕭散之狀，見者以爲甚似。作詩求之。

徐生畫人不畫鬼，點目加毛必佳士。邇來下筆更逼真，勿論山曾及童子。會貌詩人孟浩然，便覺灞橋風雪起。如今儻欲畫盧溪，一菴宜著深巖裏。文淵閣四庫全書本《盧溪文集》卷五。

一〇　次韻羅伯固聽琴

焦桐初不受文理，弦以朱絲奇乃爾。坐中忽聞太古音，寵辱頓忘那有恥。官廳曾有一日閒，奏刀未覺肯綮難。抱牘兩衙鳬鴈退，目送飛鴻聊一彈。爽氣朝來如有約，幽林鳥語山間樂。琴罷揮毫各賦詩，滿袖珠璣何璀錯。晚風歸袂失炎蒸，却憶冰壺此段清。酒醒月白重開匣，更作松風夜雨聲。文淵閣四庫全書本《盧溪文集》卷六。

一一　贈寫真劉琮廬　並引

陵劉琮與其父俱以寫真名一時。玉局老人自海上歸，嘗贈以言，由是士大夫益稱之。紹興己未，過廬溪草堂，爲余作《隱居圖》，頗有勝處。作三絕句。

曾寫峨眉玉局真，遠看前輩畫麒麟。此翁此畫不常有，宜並銀鉤絕世珍。
布襪青鞋倚瘦松，我生骨相真生窮。煩君畫著漁船上，刺入廬江烟雨中。
畫作蕭然物外身，筆端如此有風神。蹇驢破帽江南岸，不是尋常行路人。文淵閣四庫全書本《廬溪文集》卷二十一。

一二　題畫鯉魚

誰把吳松江剪斷，得此鯉魚長尺半。會逢李白過江來，騎上青天遊汗漫。文淵閣四庫全書本《廬溪文集》卷二十一。

一三　劉天錫之子八歲能作大字，今年十三矣，筆畫愈進，有雄健之氣，作二絕句贈之

羣兒墨汁翻老鴉，爾獨落紙生龍蛇。郎罷不須頻掣筆，渠今自會畫江沙。
作戈如挽百鈞弩，腕力想能回萬牛。江夏當年有童子，未聞落筆寫銀鉤。文淵閣四庫全書本《廬溪文集》卷二十二。

一四　夜郎東歸，黃去非自雙井來，惠以新詩妙畫，次韻三絕句贈別（選一）

細看君詩如看畫，無聲詩裏畫何如。蟠胸秀句吐不盡，落筆因成赤鯉魚。文淵閣四庫全書本《廬溪文集》卷二十四。

一五　贈尤生相字序

尤子以一字言人平生，此何術也？其説以爲書心畫也，心正則筆正。昔人見顏魯公字，知其爲忠臣烈士、道德君子，其剛毅不屈之氣，凛凛見於字畫。至於庸人腐生，胸中無奇，面目可憎，其衰陋之氣亦不能脱筆端。此其大略也。

後世占驗之書雜出米鹽，尤子得之毫楮之間，加占驗之術，考災福遂至於微妙。自吾觀之，必有能辯之者矣。明嘉靖五年梁英刻本《廬溪文集》卷三七。

一六　跋蕭岳英家黃魯直書

山谷至黔，字書一變，嘗自言元祐以前字後字中無筆。東坡亦云，山谷老人亦夔

道舟中觀長年撥棹，乃覺稍進。蓋是時經巫峽，上瞿塘，驚湍急流，岸上群峰壁立，銀濤雪浪，出高灘數百仞，從空而下〔一〕，奇險萬變，故此老暮年筆力有三峽倒流之勢。

隆興元年九月五日，盧溪王某書。明嘉靖五年梁英刻本《盧溪文集》卷四八。

〔一〕空：原作"公"，據乾隆五十一年愛敬堂重刊本改。

一七　跋錢勝夫《蘭亭序》後

世所傳《蘭亭脩禊序》本多不同，其真本世既莫見，而士大夫所有皆唐供奉官數人所模，雖字畫肥瘦各異，而皆有奇處。或作斷石文，以爲厲地得之，然未易以此論優劣也。

錢勝夫此本刻畫未甚訛，蓋其先文僖公時所藏，數十百年前物也。序尾有題"唐貞觀中石本"字者，實文僖之筆，猶可想其風采。明珠大貝不蓄於蓬蓽之家，考其所藏，其來甚遠，非近世轉相模者。盧溪王某書。明嘉靖五年梁英刻本《盧溪文集》卷四八。

一八　跋向文剛《蘭亭序》後

《蘭亭》真本一入昭陵，世不復見。太宗嘗賜諸王近臣，已非其真，皆當時供奉韓道政數人所臨，故其模傳於世者本多不同。山谷老人獨取定武本，謂髣髴古人筆意，山谷書法妙一世，其論必精。

前一本向文剛得之故相呂申公家，未經大盜兵火，時尚有前賢題跋，則知其爲定武本不謬。今數刻並存，而此本偉然絕出，覽者可以自得之。明嘉靖五年梁英刻本《盧溪文集》卷四八。

一九　跋大年畫

大年貴公子也，而喜作江湖山林人物窠窟。畫平林遠水、鳧雁晚景，使人一見如行江南斷岸，水落石出，沙鳥容與波上，若欲驚起。此豈規規積水墨所能至邪？

世言大年得王摩詰、李思訓、江都王之典刑，故無畫工氣，信哉！明嘉靖五年梁英刻本《盧溪文集》卷四八。

二〇　跋二蘇帖

兩蘇公醉墨斷稿，不自愛惜，求者輒與，往時士大夫家多有之。近歲有力者喜奪人所好，藏書者至不敢示人。

趙從季所藏甚富，何以能然？蓋所謂廉者不求，貪者不與，能如是，所以存久也。年月日，王某書。明嘉靖五年梁英刻本《盧溪文集》卷四九。

二一　跋黃魯直帖

東坡先生嘗言，山谷老人來僰道，觀長年撥棹，乃覺稍進。山谷自論亦然。此帖真山谷書，非不秀偉，要是元祐以前作。明嘉靖五年梁英刻本《盧溪文集》卷四九。

二二　跋趙從季所藏吳傳朋《千字文》

世稱吳傳朋書一筆盡一行不斷，目曰遊絲書。今觀此《千文》殊不然，始知得名之誤也。

東坡云，唐太宗評蕭子雲書行行若縈春蚓，字字如綰秋蛇，信虛得名耳。東坡取其鄙象之不類，特表而出之〔一〕，人莫悟爾。余於遊絲亦然。蓋善書者隨手萬變，安可指一物而求盡其妙。

趙從季親得此本於傳朋，亦其晚年筆力縱橫得意時書者已。明嘉靖五年梁英刻本《盧溪文集》卷四九。

〔一〕出：原無，據乾隆五十一年愛敬堂重刊本補。

二三　書贈墨工戴國和

古之以墨擅名於世者，皆止於其身，雖其子孫不能究其藝。豈其斲輪之妙，固有不傳耶？潘衡去世未久，士大夫家所蓄衡手造者尚多，余復何言？戴國和法墨實出於潘氏，其墨固自可貴，特不必以差殊校爾。明嘉靖五年梁英刻本《盧溪文集》卷五〇。

二四　跋胡侍郎撰《比真觀記》

安福圖經舊無此觀，獨有遺址在深林窮僻之野，亦以碑刻可攷。

里中王氏諸豪力請建屋於其上，始得今名而榜之，復得侍讀胡公之文以爲記。碑成，龜趺璀然，氣象雄偉，如天球琬琰金鐘大鏞，列在東序，拭目者改觀。榱桷之華，豈止百年，無慮其隳墮也。萬一千載之下，陵谷變而壑澤，不能守此碑，或淪棄於頹垣斷塹之間，好事者得之，決不沈泯，跡其姓氏猶足以誇世耀眾，而復興於寂寞不詔之後。然則此碑實爲比真不朽之託也歟！明嘉靖五年梁英刻本《盧溪文集》卷五〇。

二五　書汪聖錫簡後

汪公聖錫自幼名聞於世，未弱冠當廷試，陳治安之策，以奇材動悟明主，擢居第一，震耀天下，賜名褒稱甚寵。既貴顯，與故人書札皆纖鋒細管，字小楷而清勁，不以勢貌士，真一代偉人也。乾道己丑清明日書。明嘉靖五年梁英刻本《盧溪文集》卷五〇。

二六　跋趙德全家大年畫

大年作寒江雪鴈，不在筆墨畦畛間。德全學大年筆法，如後騎駸駸，欲度驊騮前，他日定逼真矣。紹興丙寅初伏日，觀此畫於德全家，故併論德全畫云。明嘉靖五年梁英刻本《盧溪文集》卷五〇。

陳克藝話（一五則）

陳克（一〇八一～一一三七）字子高，自號赤城居士，台州臨海（今浙江臨海）人。少時隨父爲宦四方，後僑寓金陵。爲敕令所刪定官。紹興中，尚書呂祉帥建康，辟爲參謀，欣然就職，單騎成行。是年酈瓊叛宋降劉豫，幾於不免。後以光祿寺丞致仕。陳克詩清麗俊逸，頗多佳句，其詞尤爲世所重。著有《天台集》十卷、《外集》四卷、長短句三卷，久已佚。其詞在宋代即有單刻本《赤城詞》一卷流行，亦佚。近人朱孝臧刊《彊村叢書》，據林無垢抄本收錄《赤城詞》一卷。後來趙萬里又輯補詞作四十首，收入《校輯宋金元人詞》。《兩宋名賢小集》收其詩集《陳子高遺稿》一卷。

一　寧王進史圖

上林風暖脊令飛，玉帶花驄侍讌歸。汗簡不知天上事，至尊新納壽王妃。文淵閣四庫全書本《兩宋名賢小集》卷一百三十六《陳子高遺稿》。

二　畫梅花

谿路模糊半山雪，暗淡寒梅一枝月。醉眸無處認冰姿，兩袖香風更愁絶。長恨飄零如楚雲，夢中猶記好精神。忽逢冷艷冰綃上，歎息侯家占好春。誤人吹裂柯亭笛，豈有殘英落綺席？始信壽陽人寫真，不知江南近消息。《陳子高遺稿》。

三　跋趙朝議《江行初雪圖》

我本孤舟蓑笠翁，雪厓烟樹一生中。如今不向江湖去，鬭艦旌旗照水紅。《陳子高遺稿》。

四　雪岸圖

大年貌得寒江雪，鳧雁沙頭野彴微。簡裏有詩誰會得，情知不道一蓑歸。《陳子高遺稿》。

五　謝曹中甫惠著色山水抹胸

曹郎富天巧，發思綺紈間。規模寶月團，淺淡分眉山。丹青綴錦樹，金碧羅烟鬟。爐峰香自湧，楚雲杳難攀。政宜林下風，妙想非人寰。飄蕭河官步，羅抹陵九關。我家老孟光，刻畫非妖嫺。綉鳳褐顛倒，錦鯨棄榛菅。忍將漫汗澤，敗此脩連娟。緘藏寄書篆，曉夢生爛斑。《陳子高遺稿》。

六　題趙宜興《萬里江山圖》

慘淡何人畫，飄颻萬里心。雲輕春樹暗，日落暮江深。細酌淵明酒，仍彈子賤琴。知公湖海氣，對此益駸駸。《陳子高遺稿》。

七　與叔易過石佛看宋大夫畫山水

霜落石林江氣清，隔江猶見暮山橫。簡宁只欠崔夫子，滿帽秋風信馬行。《陳子高遺稿》。

八　大年《流水繞孤村圖》

少遊一覺揚州夢，自作清歌自寫成。流水寒鴉總堪畫，細看疑有斷腸聲。《陳子高遺稿》。

九　唐人畫《牡丹圖》二首

重樓傑閣上煙霞，戟帶飄飄護翠華。侍女番休春醉著，不知野鹿犯宮花。
殘紅通白及時開，不費君王羯鼓催。玉笛重拈天一笑，外邊蜂蝶等閒來。《陳子高遺稿》。

一○　伯時四騎

弱毫寸紙有餘地，如見天閑八尺龍。坐想時危真致此，兩軍旗鼓噪西風。《陳子高遺稿》。

一一　曹夫人牧羊圖

日長永巷車音細，插竹灑鹽紛妭恃。美人零落涇水寒，兩鬟風鬘一揮涕。柔毛觟觟與人羣，兒女恩怨徒紛紛。洞房那復知許事，但畫遠牧連空雲。槲葉飄蕭晚風勁，羖䍽相追寒鵲並。短童何處沙艸深，族走羣飛各天性。向來鞍馬曹將軍，文采班班今尚存。林下夫人更超絶，新圖不作五花文。《陳子高遺稿》。

一二　觀錢德嘗書畫

臨池競賞無心筆，破產新酬沒骨花。老子眼寒俱不識，勞君煎點入香茶。《陳子高遺稿》。

一三　題葉碩父畫卷二首

扁舟欲向山陰去，端為林泉作此行。不獨卷中攜栗里，還於句裏得淵明。

風煙幻出元暉畫，林壑天然碩父詩。祇似無心雲出岫，輪囷蕭索更多姿。《陳子高遺稿》。

一四　題張文潛畫帖

此老從來馬如狗，却笑蹇驢難朝天。聊爾據鞍猶覓句，想知行處似乘船。

官曹文書堆滿牀，憒憒度日孤晝長。安得如彼二三子，抱琴挾策置我旁。《陳子高遺稿》。

一五　何伯言畫

何子畫山心極苦，不畫山林畫其趣。不知此絹厚幾許，隱隱深入疑有路。去年持此干貴權，數幅得官仍得錢。平民常產賣有盡，筆端有產無窮年。而今束絹知何數，不爲水墨爲襦袴。我憐何子老更癡，平民皆飽汝獨饑。《陳子高遺稿》。

趙明誠藝話（三則）

趙明誠（一〇八一～一一二九）字德父，密州諸城（今山東諸城）人，宰相挺之仲子。崇寧中官鴻臚少卿，以父陷元祐黨罷，屏居鄉里十餘年。起知萊州。靖康二年移知淄州。建炎二年知建康府，次年罷，又詔知湖州。此年八月卒於建康，年四十九。明誠嘗蒐求三代彝器及漢唐以來石刻，仿歐陽修《集古錄》例，集爲《金石錄》三十卷，今存。

一　《金石錄》序

余自少小喜從當世學士大夫訪問前代金石刻詞，以廣異聞。後得歐陽文忠公《集古錄》，讀而賢之，以爲是正譌謬，有功於後學甚大。惜其尚有漏落，又無歲月先後之次，思欲廣而成書，以傳學者。於是益訪求藏畜，凡二十年而後粗備。上自三代，下訖隋、唐、五季，內自京師，達於四方遐邦、絕域夷狄。所傳倉、史以來古文奇字、大小二篆、分隸行草之書，鐘鼎簠簋尊敦甗鬲盤杅之銘〔一〕，詞人墨客詩歌賦頌、碑誌叙記之文章，名卿賢士之功烈行治，至於浮屠老子之説，凡古物奇器、豐碑巨刻所載，與夫殘章斷畫磨滅而僅存者，略無遺矣。因次其先後爲二千卷。

余之致力於斯，可謂勤且久矣，非特區區爲玩好之具而已也。蓋竊嘗以謂《詩》《書》以後，君臣行事之跡悉載於史，雖是非褒貶出於秉筆者私意，或失其實，然至其善惡大節，有不可誣，而又傳之既久，理當依據。若夫歲月、地理、官爵、世次，以金石刻考之，其抵牾十常三四。蓋史諜出於後人之手，不能無失，而刻詞當時所立，可信不疑。則又攷其異同，參以他書，爲《金石錄》三十卷。至於文辭之媺惡，字畫之工拙，覽者當自得之，皆不復論。

嗚呼，自三代以來聖賢遺跡著於金石者多矣。蓋其風雨侵蝕，與夫樵夫牧童毀傷淪棄之餘，幸而存者止此爾，是金石之固，猶不足恃。然則所謂二千卷者，終歸於摩滅，而余之是書有時而或傳也。

孔子曰："飽食終日，無所用心，難矣哉！不有博弈者乎，爲之，猶賢乎已。"是書之成，其賢於無所用心，豈特博弈之比乎？輒錄而傳諸後世，好古博雅之士，其必有補焉。

東武趙明誠序。中華書局影印宋龍舒郡齋本《金石録》卷首。

〔一〕"篕篕"以下原漫滅，據雅雨堂本補。

二　題易安居士三十一歲之照

清麗其詞，端莊其品。歸去來兮，真堪偕隱。政和甲午新秋，德父題於歸來堂。四印齋所刻詞本《漱玉詞》。

三　蔡君謨趙氏神妙帖跋

此帖章氏子售之京師，予以二百千得之。去年秋，西兵之變，予家所資，蕩無遺餘，老妻獨携此而逃。未幾，江外之盜再掠鎮江，此帖獨存，信其神工妙翰，有物護持也。建炎二年三月十日。叢書集成初編本《寶真齋法書讚》卷九。

孫覿藝話（一九則）

孫覿（一○八一～一一六九）字仲益，號鴻慶居士，晉陵（今江蘇常州）人。大觀三年進士，政和四年，又中詞科，爲秘書省校書郎。宣和末，蔡攸薦爲侍御史。金人圍汴梁，李綱罷御營使，太學生伏闕上書請召李綱，孫覿劾綱要君，以言不實責知和州。李綱去國，復召爲御史，試中書舍人，權直學士院，專附和議。汴京攻破，爲欽宗草降表，曲意諂媚金軍。建炎初，以草降表事貶峽州，再謫嶺外。二年，起知平江府。黄潛善等舉薦之，復掌誥命，試給事中、吏部侍郎，權直學士院。紹興元年，知臨安府。二年，以盜取官錢除名，編管象州。四年，放還，居太湖二十餘年，致仕。孝宗時，受命編蔡京、王黼事實，奏上史館。乾道五年卒，年八十九。孫覿爲人依違無操守，但博學工文辭，尤長於四六文，與汪藻、洪邁、周必大聲名相垺。周必大稱其"筆勢翩翩，高出流輩"，制誥章表"明辨駿發，每一篇出，世爭傳誦"（《鴻慶居士集序》）；《四庫全書總目》卷一五七亦謂其"名章雋句，晚而愈精"。其詩歌清峻秀麗，但境界不能開拓。孫覿文集歷來有多種版本傳世：一爲《鴻慶居士集》四十二卷，於南宋慶元間由其子孫介宗刊刻流行，有周必大序；一爲《南蘭陵孫尚書大全集》七十卷。南宋慶元間孫覿門人李祖堯嘗輯其書簡，編爲《孫尚書內簡尺牘》十卷。

一　鄒次魏、黃善長携文見招，小詩爲謝（節錄）

鄒郎英妙知名久，筆端自有談天口……佗年要作中興碑，大字磨崖繼聲叟。文淵閣四庫全書本《鴻慶居士集》卷一。

二　鄭惇老、兼老寄示畫賦，小詩爲謝

三椽容膝地，一枕曲肱眠。手把故人畫，起行夢相牽。明河天二落，一派墮我前。溶溶注銀海，浩浩寫玉川。老眼眩欲迷，今在第幾天。堂堂通德門，種德今百年。齋房九莖芝，嶽井十丈蓮。連枝挺奇秀，見此兩謫仙。詩成粲珠玉，紙落生雲煙。一飛看昂霄，雲中雁行連。《鴻慶居士集》卷四。

三　題李營邱畫

酒膽乘酣思如湧，戲括枯筆爲此弄。誰令堂上生楓樹，自是胸中有雲夢。前山歷歷粲可數，淺瀨鱗鱗森欲動。一嘯參差是故林，歸心已逐孤雲縱。《鴻慶居士集》卷四。

四　題莫壽朋內翰所藏東坡畫枯木

龍筋鶴骨老催頹，百尺脩圍折巨雷。倦鵲飛來空百繞，踏枝不着又驚回。《鴻慶居士集》卷五。

五　題刪定侄畫卷，次其韻

青尖簇簇兩春山，翠叠峩峩十二鬟。彷彿陽臺夢中見，試凴畫手駐君顏。《鴻慶居士集》卷五。

六　題隆上人墨梅花

一枝插向釵頭見，千樹開時雪裏看。愧殺道人三昧手，盡將春色寄豪端。《鴻慶居士集》卷五。

七　題刪定侄畫卷

筆下鑿開混沌，眼中見此崔嵬。海上神鼇負出，天邊靈鷲飛來。
水邊兩鵠語時，山下一牛鳴地。蒼梧翠竹森然，長與閒雲卧起。《鴻慶居士集》卷五。

八　跋朱德固所藏先世往來帖

右中奉大夫、直秘閣朱公師實，贈右大中大夫。宣、政時，以政事之材稱天下。漕京西，最諸路，尤有能名。徽宗皇帝召見，進內閣，賜三品服，眷顧甚寵。享壽八十，以紹興癸亥終於華亭私第。

其子右承議郎窠，繙閱故書，得諸公往來帖，自唐丞相以下數十人，皆一時貴達。聯爲二大卷，出以示余，曰："先公爲部刺史時，某方在襁褓，所交名公巨卿、高人勝士，皆不及見也。先公捐棄諸孤，冢土未乾，二兄亦相次下世。距今二十五年，圖書散落，僅存十之一二，而筆墨之精，言語之妙，猶足以想見風采。故命工裝潢櫝藏之，以遺子孫，何如？"余曰："昔柳子厚記先友，凡天下之善士翠集焉。謂今世之言交者以爲端，故悉書所尤厚者於石表之背。今承議公錄藏先交片紙尺牘無遺，在其意豈異也？古人師慕賢達，聽想風聲，故有存昌歇以追嗜好，憩甘棠以誦遺愛，而況先朝宰執侍從手澤之在竹素者，墨色粲然，如出其時，如見其人者乎！"

乾道歲次戊子，重午日，具位孫某記。常州先哲遺書本《鴻慶居士文集》卷三二。

九　跋朱藏一丞相帖

丞相朱公登庸財數日，遭明受伏闕之亂，不持寸鐵調御，群凶弭耳帖然，有取日虞淵之烈。久之，讒忌交懟，上獨明其功，而後群邪氣塞，不敢出一詞。

公薨後十餘年，族甥司理出公手跡，開讀三過，生氣凜然，而一時讒邪之徒，與草木俱腐久矣。《鴻慶居士文集》卷三二。

一〇　書張邦基藏東坡畫枯木

東坡在黃州時，以書遺王鞏，自言："畫得寒林竹石，已入神品。草書益奇，詩筆殊減退。"士大夫聞而疑之。

余曰：公詩舉天下推之，而書畫則世人不盡識也，故有此語。杜子美詩亦云："已知儻客意相親，更覺良工心獨苦。"古人用意深處，而世人莫識，所以爲獨苦邪？晉陵孫某書。《鴻慶居士文集》卷三二。

一一　宋故樂安先生墓表（節錄）

樂安先生諱時，字季中，姓孫氏，常州晉陵縣人……尤深於《詩》，貫穿通洽，反復上下，解名釋象，論美刺非，章通句達，自名一家，以故學者皆受《詩》。文章氣質渾厚，議論深博，推原道德之旨，通達世務之要，不爲空言。三代邈矣，唯西漢文詞最爲近古，手抄數徧，往往通念，上自高帝訖於孝平、王莽之誅，十有二世、二百餘年君臣行事之始終與夫興壞之端，得失之跡，紬繹論著，追探千載，推見善惡之實，蓋數萬言，讀者可以知其志之所存……平生無嗜好，耳目所接，犁然有當於心，則賦詩以自見，詞嚴義密，句法刻深，類李商隱；字畫遒麗，有楷法，得歐、虞用筆意，雖片紙尺牘，屬稿記遺，未嘗草書一字。《鴻慶居士文集》卷四一。

一二　跋薑待制畫

王公貴人以山林之樂不可得而兼，始屬畫工作蒼崖翠竹、古松流水於高堂素壁、曲屏團扇之上，以寄耳目之觀。

令升卜築荆谿，盡得山林之勝。風花之晨，雪月之夕，俛仰百態。李營丘之神逸，范寬之雄奇，皆在吾目中矣，安用此紙上影耶？《鴻慶居士集補遺》卷二〇。

一三　跋張正素帖後

正素先生少年策高第，而養親不仕，閉户治書四十年，以清節高行稱天下。手校書萬餘卷藏之，又集古刻爲《金石録》千卷；尤工字畫，蕭散簡遠，正稱其貌。殘章斷簡，人藏去以爲榮。既没，謚正素。建炎南渡，圖書燔滅，今一二尚存者。韓公所謂流落人間者，泰山一毫芒也。《鴻慶居士集補遺》卷二〇。

一四　跋漢逸楊公帖

米元章書爲今世第一，而漢逸所藏楊公帖，人疑是元章所書。余謂孔子既没，群弟子尊有若事之，貴其似也。不爲之辨。《鴻慶居士集補遺》卷二〇。

一五　跋曾魯公帖後

魯國宣靖曾公，嘉祐、治平中偕魏國忠獻韓公爲左、右丞相。奉詔立皇子、立皇太子，被顧命，立英宗、神宗爲皇帝，翊戴三朝，貴極公師，功蓋天下，與日月争光矣。

某政和間始識公畫像於景靈東、西兩宫，又觀國史讀公傳，今又獲睹公筆跡於簡牘中。正衣拱手瞻望，悉如《詩》所載伊尹、周公者。

韓文公有云：“富貴無能磨滅誰歟？”凡侯王將相蓋棺之後，與草木俱腐者多矣，惟宣靖公薨謝於今九十二年，士大夫聞其名，讀其書，如泰山喬嶽，仰視竦然。魯穆叔所謂太上有立德，其次有立功，雖久不廢，此之謂不朽者也。《鴻慶居士集補遺》卷二〇。

一六　跋邵仲恭帖後

龍圖公前輩盛德，余不及見也。以書法稱天下，一時道宫佛寺、隆樓傑閣多其書榜，而不知其能詩也。

公叔孫曾裕中出公詩，讀之清新雅奥，自成一家。開卷數過，因誦《白公詩》曰：“破柏作書櫃，自題白樂天。前後七十卷，大小三千篇。身是鄧伯道，世非王仲宣。只應無分付，留與叔孫傳。”故余於公亦云。《鴻慶居士集補遺》卷二〇。

一七　跋丘道源與曹輔之帖後

丘公寺丞前輩盛德，墓木拱矣，而典刑猶存於翰墨之餘。開讀三過，觀其所予，又以知著作公之賢也。隆興初元二月日，晉陵孫某書。《鴻慶居士集補遺》卷二〇。

一八　跋志新三帖

東坡先生無恙時，群訾交攻，毀書滅跡，殆不容於世。蓋棺之後，文章翰墨散落夷夏，重如珠玉寶貝，而錦囊象軸之藏，贋本常居八九，獨志新所示，乃真跡也。公嘗哀陶淵明云："貧賤常在身前，功名常在身後，二者不相待也。"悲夫！

大丞相荆國公率意而作，本不求工，而蕭散簡遠，如高人勝士弊衣破履，行乎大車駟馬之間，而目光已在牛背矣〔一〕。法書不可無法，而高風遠韻，當絕出筆墨畦逕之外，惟魯直之書爲然。建炎以來，名章俊語盡集於上方，而魯直骨已朽矣，哀哉！《鴻慶居士集補遺》卷二〇。

〔一〕目：原作"日"，據葉萬校補明抄本《孫尚書大全文集》卷五四改。

一九　題米芾書法

米南宮跅弛不羈之士，喜爲崖異卓鷙、驚世駭俗之行，故其書亦類其人。超軼絕塵，不踐陳跡，每出新意於法度之中，而絕出筆墨畦徑之外，真一代之奇跡也。紹興天子訪求其書，始貴重於天下，而元章骨已朽矣。壬午歲十月朔，孫覿書。文淵閣四庫全書本《清河書畫舫》卷九下。

朱敦儒藝話（四則）

朱敦儒（一〇八一～一一五九）字希真，號巖壑老人，時稱洛川先生，河南府洛陽（今河南洛陽）人。少有詞名，與陳與義、富直柔等並稱爲"洛中八俊"，朝廷屢徵不起。靖康之亂後，南奔嶺外避難，居南雄州、康州、瀧州累年。紹興五年，以同鄉席益、陳與義等力薦，始北返，召對，賜同進士出身，爲秘書省正字。六年，權兵部郎中。七年，通判臨安府。九年，爲都官員外郎。十四年，由江南東路制置大使司參議官改兩浙東路提點刑獄公事。十六年，言官彈劾其與李光交通，落職。十九年，致仕居嘉禾。時秦檜當國，喜獎用文人墨客，起用爲鴻臚少卿。檜死，被黜，依舊致仕。二十九年卒，年七十九。朱敦儒天資曠逸，工書畫，以詩詞擅名。詩清暢婉麗，更以詞著稱，其成就在南渡作家中佔有獨特地位，其詞風對南宋其他詞人如辛棄疾、蔣捷等都產生了較大影響。著有《巖壑老人詩文》一卷，又有《樵歌》一卷、《獵較集》《陳淵集》二十六卷，多已佚，今存《樵歌》三卷。

一 跋《蘭亭》帖

紹興十六年十一月七日乙夜展閱，時借得石本六，並予家摹二石參較，各有所長，要之失真遠矣。昭陵埋沒，可勝歎耶！時雨雪寒甚，書於會稽官舍和樂堂。希真六十六，已爲請宮祠計，欲歸老浙西。文淵閣四庫全書本《蘭亭考》卷五。

二 跋定武舊本《蘭亭》帖

傅朋赴鎮上饒，相遇嘉興，觀定武舊本《蘭亭》，真氣凜然。紹興中甲子九月十四日，雒陽朱敦儒題。文淵閣四庫全書本《蘭亭續考》卷一。

三 題吳道子《天龍八部圖》

僕生於西都，遊於秦、魏，見吳生真跡以百數。古顧、陸、楊、鄭不復見，斷自開元,吳生之筆無出其右者。渡江來,眼中寂寂,今觀遺墨,真所謂忽若神明,頓還舊觀。紹興丁丑重陽前一日,朱敦儒題於嘉禾廉壑。文淵閣四庫全書本《式古堂書畫彙考》卷三八。

四　題米友仁《瀟湘》長卷

僕昔歲南遊,繫舟黃陵廟下,適江山風雨,歎古詩人不能賦。今觀米公山水,瀟湘舊遊,隱然似夢。紹興乙丑清明後兩日,洛陽朱敦儒題。適園叢書本《珊瑚網》卷二八。

張懷藝話（一則）

張懷（生卒年不詳）字邦美，宣和時開封（今河南開封）人。

《山水純全集》後序

嘗謂世之論畫者多矣。稽古逮今，瑣瑣碌碌，亦其偏見，持以僻說，蔽其天地之純全，不識古今之妙用幾何哉，不可數而名計也。

然畫之祖述於古，有自來矣。顯於唐虞，備於商周。尊於夫子，周於宇宙。明於日月山林之形，別於鳥獸魚蟲之跡。製之冠蓋衮冕，設之罇罍鼎器。六經具載，百代祖繼。追此而下，雖世不乏，然未備其體，或工於一物，長於片善，無復有能超越而能盡其純全妙用之理者也。

且畫者闢天地玄黃之色，泄陰陽造化之機，掃風雲之出沒，別魚龍之變化，窮鬼神之情狀，分江海之波濤，以至山水之秀麗，草木之茂榮，翻然而異，蹷然而超，挺然而奇，妙然而怪。凡識於象數，圖於形體，一扶疏之細，一絣幪之微，覆於穹窿，載於磅礴，無逃乎象數，而人爲萬物之最靈者也，故合於畫。

造乎理者能畫物之妙，昧乎理則失物之真。何哉？蓋天性之機也。性者天所賦之體，機者人神之用，機之發，萬變生焉。惟畫造其理者，能因性之自然，究物之微妙，心會神融，默契動靜於一毫，投乎萬象，則形質動盪、氣韻飄然矣。故昧於理者，心爲緒使，性爲物遷，汨於塵坌，擾於利役，徒爲筆墨之所使耳，安足以語天地之真哉！

是以山水之妙，多專於才逸隱遯之流，名卿高蹈之士，悟空識性，明瞭燭物，得其趣者之所作也。況山水樂林泉之奧，豈庸魯賤隸、貪懦鄙夫至於粗俗者之所爲也！豈其畫於山水，誠未可以易言也。

今古之跡顯然而著見於域中者，不爲不多矣，略究形容而推之。遙岑疊翠，遠水沉明，片帆歸浦，秋鴈下空，指掌之間，若睨千里，有得其平遠者也；雲輕峰秀，樹老陰疏，谿橋隱逸，樵釣江村，棧路曲迤，岬嶁層閣，漱石飛泉，去騎歸舟，人少有得其全景也。若松柏老而亂怪，群木茂而蓊鬱，臨流碧潤，崖古林高，此乃其樹石者也；木葉披巖，千山聳翠，煙重暝斜之勢，林繁如葉葉有聲，此得其風雨者也。畫至於通乎源流，貫於神明，使人觀之若覩青天白日，窮究其奧，釋然清爽，非造理師古學之深遠者，罔克及此。

今有琴堂韓公純全，以名宦簪履之後，家世儒業。自垂髫誦習之間，每臨筆硯，多戲以棄石。既冠，從南北宦遊，常於江山勝槩爲所樂者，圖其所至之景，宛然而旋踵於前。繼而工畫，於山水則落筆驚世，不苟名於時，但遊藝於心術精神之間。至於爛額焦頭，窮年皓首，過於書籍傳癖，未嘗一日捨乎筆墨，猶恐學之不及也。蘊古今之妙，而宇宙在乎手；順造化之源，而萬化生乎心。故研精思極，深得其純全妙用之理者，其南陽純全公之畫歟！

公自紹聖間擔簦之都下進藝，爲都尉王晉卿所愜，薦於今聖藩邸。繼而上登寶位，授翰林書藝局祇候，累遷爲直長、秘書、待詔，今已授忠訓郎。

公未嘗苟進，迄今祇以畫爲性之所樂。頃者出示以平昔編稿，腴臆蘊奧，俾僕以補文釋意。然所集山水之論，莫不纖悉備載，且指物而各叙其說。言筆墨華藻，可居典實，博古續今，增加證識。分雲煙、嵐霧、山水、林木、關城、橋彴，傳其筆墨之妙，講其氣量之病，通四時景物，識三古精華，一句一事，粲粲然使後學者覽而爲樞筦筆要，顧不偉歟！

當南陽接朋友則講論古今，爲文章至於理邃，如藏珠之蚌，蘊玉之石，學者不可輕易其文，當求其理。信乎公之論畫，如珠玉之秘於此焉。如公之畫，純於古不雜於後代，故其立論集曰《純全》，庶幾博雅君子爲之傳於無窮也。

宣和辛丑歲冬十月二十有四日，夷門張懷邦美後序。文淵閣四庫全書本《山水純全集》末附。

王珉藝話（一則）

　　王珉（生卒年不詳）字中玉，原籍大名（今河北大名），後徙信州玉山（今江西玉山），王素後裔。政和五年上舍出身。紹興十九年爲吉州守。二十四年以監察御史行右正言。次年兼侍講，試禮部侍郎。爲賀大金正旦使，御史湯鵬舉劾其諂事秦檜，放罷。珉善楷書，作夢山堂，呂祖謙等有題詠。

題米元暉畫司馬端衡詩意卷

　　端叔集少陵詩句，已自可喜，又摘其可畫者爲圖。得元暉、端衡墨妙，朝夕展玩，其胸中丘壑，定自不凡。夢山王珉中玉書。文淵閣四庫全書本《續書畫題跋記》卷二。

韓駒藝話（一三則）

韓駒（一〇八一～一一三五）字子蒼，學者稱陵陽先生，陵陽仙井監（今四川仁壽）人。早年從蘇軾學，政和中，以獻賦召試舍人院，賜進士出身，除秘書省正字。旋坐元祐蜀黨之累，貶監華州蒲城縣市易務，徙知洪州分寧縣。召爲著作郎，校正御前文籍，郊祀樂曲多由其所作。宣和五年，爲秘書少監。六年，昇中書舍人兼修國史，權直學士院，未幾罷職奉祠。紹興元年，知江州。五年，卒於撫州，年五十六。韓駒工詩文，吕本中將其列入江西詩派，蘇轍評其詩類唐代詩人儲光羲，黄庭堅稱其"超軼絕塵"（《直齋書録解題》卷一八）。劉克莊謂其詩"有磨淬剪截之功，終身改竄不已"。他的詩磨礪精細，自成一家法，在唐宋人詩中亦爲"明珠美玉"（《養一齋詩話》卷五）。現存詞作不多，《念奴嬌》詞以詠月寄興，暗寓憂國思君之念，情景交融，比興深切，含而不露，頗有佳致。韓駒的詩文在宋代即有多種版本流傳，卷帙各異：《郡齋讀書志》卷一九著録有《韓子蒼集》三卷；《直齋書録解題》卷一八著録有《陵陽集》五十卷，又卷二〇詩集類有《陵陽集》四卷、《別集》二卷。今僅存四卷本《陵陽集》。

一　題李伯時畫《昭君圖》　並叙

《漢書》：竟寧元年，呼韓邪來朝，言願壻漢氏。元帝以後宫良家子王昭君字嬙配之，生一子株累立，復妻之生二女。至范曄書始言入宫久不見御，積怨掖庭，因請行單于，臨辭大會，昭君豐容靚飾，顧影徘徊，竦動左右。帝驚悔，欲復留而重失信夷狄。然曄不言呼韓邪願壻，而言賜五宫女。又言字昭君，生二子，與前書皆不合。其言不願妻其子而詔使從其俗，此自烏孫公主，非昭君也。《西京雜記》又言元帝使畫工圖宫人，宫人皆賂畫工，而昭君獨不賂，乃惡圖之。既行，遂按誅毛延壽。《琴操》又言本齊國王穰女，端正閑麗，未嘗窺看門户。穰以其有異人求之，不與，年十七進之。帝以地遠不幸，欲賜單于，美人嬙對使者越席請往，後不願妻其子，吞藥而卒。蓋其事雜出，無所考正，自信史尚不同，況傳記乎？要之《琴操》最牴牾矣。按：昭君，南郡人，今秭歸縣有昭君村。村人生女必灼艾炙其面，慮以色選故也。昭君卒葬匈奴，謂之青冢。晉以文王諱昭，號明妃云。

昭君十七進御時，舉步弄影颭蛾眉。自憐窈窕出絶域，八年未許承丹墀。在家不省闌門戶，豈知萬里從胡虜。豐容靚飾亦何心，尚欲君王一囘—作留。顧。君不見班姬奉養長信宮，又不見昭儀舉袂前當熊。盛時寵幸只如此，分甘委棄匈奴中。春風漢殿彈絲手，持鞭却趁奚鞍走。莫道單于無復情，一見纖腰爲回首。含悲遠嫁來天涯，不知夔州處女鬟。寄語雙鬟負薪女，炙面慎勿輕離家。文淵閣四庫全書本《陵陽集》卷一。

二　題王内翰家李伯時畫《太一姑射圖》二首

太一真人蓮葉舟，脫巾露髮寒颼颼。輕風爲帆浪爲檝，臥看玉宇浮中流。中流蕩漾翠綃舞，穩如龍驤萬斛舉。不是峯頭十丈花，世間那得蓮如許。龍眠畫手老入神，尺素幻出真天人。恍然坐我水仙府，蒼煙萬頃波粼粼。玉堂學士今劉向，禁直巖嶤九天上。不須對此融心神，會植青藜夜相訪。

海上仙山邈雲水，神居縹緲凌虛起。風餐露宿不知年，八極浮遊一彈指。何人紙筆作此圖，細看尚恐冰爲膚。便欲憑軒問連叔，却愁掛壁驚肩吾。雖有此圖傳自古，矯矯真容那得覩。萬里中州不少留，曉發咸池暮玄圃。而今玉殿開珠宮，鸞旗鶴馭紛長空。神兮早御飛龍下，願賜千秋年穀豐。《陵陽集》卷一。

三　題《湖南清絶圖》

故人來從天柱峯，手提石廩與祝融。兩山坡陀幾百里，安得置之行李中？下有瀟湘水清瀉，平沙側岸搖丹楓。漁舟已入浦漵宿，客帆日暮猶爭風。我方騎馬大梁下，怪此物象不與常時同。故人謂我乃絹素，粉墨妙手煩良工。都將湖南萬古愁，與我頃刻開心胸。詩成畫往默惆悵，老眼復厭京塵紅。《陵陽集》卷二。

四　題《採菊圖》

芸往在京口，爲曾公卷題《採菊圖》："九日東籬採落英，白衣遥見眼能明。嚮令自有杯中物，一段風流可得成。"蔡天啟屢哦此詩，以爲善。然余嘗謂古人寄懷於物而無所好，然後爲達。況淵明之真，其於黃花直寓意耳。至言飲酒適意，亦非淵明極致。嚮使無酒，但悠然見南山，其樂多矣！遇酒輒醉，醉醒之後，豈知有江州太守哉？當以此論淵明，復作二首。

黃菊有何好，且寄平生懷。遇酒興不淺，無酒意亦佳。此理誰復明，自昔寡所諧。

空餘《採菊圖》，寂寞懸高齋。

今日菊始華，叢雁鳴相和。若無一觴酒，如此重九何。悠然數酌盡，會心豈在多。醒來不復記，散髮東山阿。《陵陽集》卷二。

五　題韓晃畫《瀛洲學士圖》

咸陽中天開帝居，羣公下直承明廬。長鞭短轡褰衣裾，蒼頭廬兒爭走趨。韓侯畫此時無虞，瀛洲仙人樂有餘。我生不及貞觀初，忽思十年身校書。吟詩天街騎蹇驢，爾來戎馬方馳驅。眼厭繡褪蒙諸于，把卷未展先歔欷。《陵陽集》卷二。

六　題畫雪雀

寂寂黃山處士居，空林急雪鳥相呼。不知此子何由見，歸與先生作畫圖。

只畫山禽依雪竹，斯人用意復誰知。肯來禁籞圖神爵，應已傳呼作畫師。《陵陽集》卷三。

七　題趙君發《牧牛圖》

王孫豈識田家趣，妙畫聊因好古收。惟有野人開卷笑，憶騎牛背下西疇。《陵陽集》卷三。

八　題花光長老畫

曉出花光寺，雲沙照眼新。歸來看圖畫，借問若為真？昨欲浮湘去，褰裳望九疑。清湘今入手，一棹更何之。《陵陽集》卷三。

九　題韓幹畫馬

古畫仍藏古錦囊，故人攜得自瞿塘。奚僮荏馬應羞見，羌戶方調兩驌驦。《陵陽集》卷四。

一○　題伯時所畫宮女

只道春風閉掖廷，朝來綰結髻鬟新。蛾眉不是專君寵，試觸君衣鸚鵡嗔。

睡起昭陽暗淡粧，一作墮馬。不知緣底背斜陽。若教轉盼一回首，三十六宮無粉光。轉盼，一作靚飾。《陵陽集》卷四。

一一　跋王盧溪題宣和御畫詩

自古正人端士，一飯未嘗忘君，又況形於歌詠、讚美聖德之大者！今觀王某所作《宣和殿御筆鵲圖詩》，甚於痛哭，觀圖足見憂國愛君之切深至於此爾。陵陽韓駒書。文淵閣四庫全書本《盧溪文集》附錄。

一二　請掃蕩陋器以習古樂疏

樂壞久矣，昔漢有制氏者獨能紀其鏗鏘而已。是時去周未幾，而士大夫已制氏之不如，然尚有一宿工以傳先王器，自是先王之器匿不復見，士不得聞鏗鏘，況能識其義乎！既不能識其義，又何知其成也！

且自先王之時，民已不勝其自欲媮放之心，然自淫其聲者矣，未有亂其器者也。其爲淫聲，蓋亦由乎筦磬琴瑟之中出焉，尚且有禁。後世乃始增爲彈箏、擊缶、吹竽、摘鼓之戲，始亂樂之器矣。其萌芽時，或自閭里，或自夷狄，至其寖弊，則邦國亦用焉。又其爲器愈陋而愈工，愈工而愈濫，斯民之不復古，意在斯乎！

永言前載，每用憤歎，豈圖今日親逢韶濩之作！夫其目厭乎陋器，耳熟乎哇聲，驟而示之正樂，廣大怡愉，高明博備，固已茫乎若一遊虞庭而入闕里也。昔之記者，以爲牙、曠之屬，能使鳥魚下上。始徒以爲虛語，乃今驗其然耳。矧今之樂本明天子自興神物以爲之制，豈但牙、曠之所爲哉！士雖耳剽目淺，比之鳥魚亦靈甚矣，玩而習之，將必有成於樂者，顧非愚之所能也。

雖然，攝衣勾指，受業君子之塗，亦得議其略矣。夫子有言："知之不如好之，好之不如樂之。"孟子亦言："樂則生，生則烏可已。"古之樂，其器樸，其聲簡，文侯以之而坐寐，而仲尼以之輟肉者，意必有樸而文，簡而微者焉。士與乎此，則其精微獨得於心，見於外者不過手舞足蹈而已，其妙萬物之學，豈可紙上語哉！此明天子之所造也，幾於成矣，然猶未也。

夫以顏子之賢，必不惑於鄭聲，而夫子使之放，懼其易以惑也。士安得人人如顏子？然而入宮則聞正樂，出宮則聞哇聲，其能成也希矣，其能成而久，又愈希矣。要使丘井、田野、賓婚、禱祀，率用是樂，嚮之陋器一掃蕩之，則士無所易惑，得以養心盡性，而極於道，徐出其學爲聖時之用，無不可者，愚終不足以與此。文淵閣四庫全書本《歷代名臣奏議》卷一二八。

一三　題李伯時畫《昭君圖》

《漢書》竟寧元年，呼韓邪來朝，言願婿漢氏。元帝以後宮良家子王昭君字嬙配之，生一子。株累立〔一〕，復妻之，生二女。范曄書又言字昭君，生二子，與前書皆不合；其言不願妻其子，而詔使從胡俗，此是烏孫公主，非昭君也。《西京雜記》又言，元帝使畫工圖宮人，宮人皆賂畫工，而昭君獨不賂，乃惡圖之。既行，遂按誅毛延壽。《琴操》又言，本齊國王攘女，端正閑麗，未嘗窺看門户。攘以其有異，人求之不與，年十七進之帝，以地遠不幸；欲賜單于美人，嬙對使者越席請往。後不願妻其子，吞藥而死。蓋其事雜出，無所考正，信史尚不同，況傳記乎！要之《琴操》最牴牾矣。

按昭君南郡人，今秭歸縣有昭君邨，邨人生女，必灼艾灸其面，慮以色選故也。昭君卒，葬匈奴，謂之青冢，以晉文王諱昭，號明妃云。香豔叢書本《青冢志》卷三。

〔一〕秭累：《漢書·匈奴傳》下作"復株絫"，此處似有脱誤。

周紫芝藝話（四五則）

周紫芝（一〇八二～一一五五）字少隱，號竹坡居士，宣城（今安徽宣城）人。兩赴禮部試，不第。紹興十二年，年已六十一，始以廷對第三賜同學究出身，監禮兵部架閣。歷樞密院編修官、右司員外郎。十七年，爲詳定一司敕令所刪定官兼實錄院檢討。二十一年，出知興國軍。秩滿，奉祠居廬山。紹興二十五年卒，年七十四。曾獻詩爲秦檜祝壽，頗爲後人所譏。周紫芝嘗與張耒、李之儀、吕本中等人遊，受蘇門作家影響，在詩文評論及創作上均有較大成就。他論詩推崇梅堯臣、蘇軾，主張作詩講究法度，先嚴格律然後及句法。在其《竹坡詩話》中，他稱賞陶潛之詩平淡，而製作之妙即寓於平淡之中，反對詩文過爲追求奇險，主張造語藴藉，意境幽深清遠。他稱讚黄庭堅妙於點化前人語，主張要令事在語中而人不知。但其論詩也有草率之處，往往爲後人批評。其詩在南宋初詩歌中較爲獨特，他早年生活於社會下層，又親眼目睹靖康戰亂，因此有一部分詩篇反映了民間的疾苦以及對國家興亡的關切之情。其詞早年學習晏幾道，清麗婉曲，直至晚年纔刊除穠麗，於字句間凝煉求工，自爲一格。他的散文也較同時代人更富文彩，如雜記文大都情景交融，婉轉多姿；其序跋往往以三言兩語，即精煉地概括出其詩文特徵。著有《太倉稊米集》七十卷，取黄庭堅"文章直是太倉一稊米耳"之語名集。其子周蘧又於乾道間單獨刊行《竹坡詞》三卷傳世。又著有《竹坡詩話》一卷。

一　題龍眠畫《四馬圖》

裕陵神謨與天通，崐崙以西俱鑿空。渥洼初來九夷服，盡得大宛三象龍。于闐鳳腦世未識，但見蹴踏長秋風。鬼章錦髆驚絕代，更看吐蕃獅子驄。奚奴骯髒雙眼碧，錦韉錯落青絲籠。最後一匹號雄健，見自往來天伏中。羽林騎士鐵撾肅，鳴珂蹀躞纓垂紅。諸番入貢御閑溢，君王晝坐蓬萊宮。爲臨玉陛閱神駿，詔寫真形誰最工。龍眠妙伎非俗畫，不數當年老曹霸。三驄豈是拳毛䯄，儗儗權奇頗閒暇。箭雲之姿迆萬里，太一來覘天馬下。內人傳看十二蹄，一笑微生咫尺威。自從鼎湖号劍墜，龍媒上天久不歸。只今空對畫圖泣，忍聽烏呼金粟堆。文淵閣四庫全書本《太倉稊米集》卷三。

二　題王摩詰畫《袁邵公臥雪圖》

東京數人物，矯矯稱袁公。經綸有能事，早歲初未逢。何許結蓬茅，草樹風淅瀝。幽夢寄一椽，暮雪深幾尺。平田已無路，況復知公門。人言公苦寒，謂死寧當存。鳴騶入空谷，暖律破寒沍。豈伊逢異人，天實起僵仆。漢明號賢主，杖擊無名郎。冤囚我自理，微緒渠當昌。摩詰亦可人，六幅寫奇事。浩蕩懷遠圖，徘徊有佳思。炎天掛空壁，一洗毛骨寒。意豈在冰雪，高風薄雲端。《太倉稊米集》卷四。

三　題趙侯畫《滄江遠岫圖》

公子風流絶代無，名高當與大年俱。自從剪得吳江水，不愛滕王蛺蝶圖。《太倉稊米集》卷四。

四　次韻次卿鳴琴終日二絶

大音固自元無曲，緑綺何勞更著絃。此調最高人不會，未知今復爲誰傳。

平生有味在朱絃，想得清風入指寒。小閣香消簾不捲，知君不爲俗人彈。《太倉稊米集》卷五。

五　題趙周賓家《夜獵圖》

翰林作醉石，偶似蒼於菟。龍眠見之笑，爲作匹馬彎彫弧。云是將軍出夜獵，上有仇池行草書。雲沙蒼茫日欲下，道逢伏虎罔山隅。心知是虎不是石，雙弦急控皆盧兵。明朝白羽飲頑石，摩挲欲盡金僕姑。君不見賜累千金新垣平，連佩六印欒將軍。致君大畧豈在爾，封侯細事不到君。先生言語妙天下，瘴海七年皮肉皴。邂逅英物數蘇李，曹蜍如生亦如死。龍眠有眼識天人，異世同成一奇事。君當什襲勿漫摹，此人此畫人間無。《太倉稊米集》卷九。

六　題趙鈐家《墨牛圖》

昔我築室花姑川，短蓑青帽耕春田。一犁落盡菖葉雨，雙犢自分春草眠。嚮晚歸來臥牛背，小巷疏林日猶在。繫牛柳下門未關，隣翁攜酒牛邊醉。回頭往事無十年，田入富家牛賣錢。草荒春隴賊燒屋，十口有家無一椽。眼昏頭禿不如意，此畫一見心惘然。河間豈是田家子，書多自可天祿比。平生眼厭玉驊騮，水牡作圖聊復爾。北陌東阡喚未歸，空遣農人告春事。田間望月看吳牛，老子從來乃如此。便當火急解龍泉，換取四蹄耕雨水。《太倉稊米集》卷十。

七 題裴晉公畫像二絕

朝論當年洶洶時，此翁奇事少人知。夢中縛得吳元濟，猶說緋衣是小兒。

瘦着輕裝似不勝，書生事業復誰能。莫嗔小鴨可禽兔，真有禪師解放鷹。《太倉稊米集》卷十一。

八 和趙鵬翔贈李生　趙翼之字鵬翔，宣城主簿。李生善畫，京師人。

人間作畫如作詩，妙由心得非人爲。五日一石十日水，此事無乃亦可期。向來鄙恕先，妙手真復奇。經年不肯下一筆，胸中邱壑誰當知。忽然有興不可遏，寫作槎枒風雨枝。回頭却笑閻立本，緩急與人爲畫師。李生聞是成遠後，一生落魄唯飲酒。貴人金多不可呼，閒日爲多畫日偶。心知公子非俗人，平生筆底波瀾翻。故作滄江與巨石，要看萬里風濤相吐吞。誰知此老不足數，自笑一生常苦辛。桃花水暖小艇窄，十年辜負江邊春。時危力小去未得，畫圖入眼空傷神。《太倉稊米集》卷十二。

九 王將軍與李伯時二馬遺張天民

龍眠筆意天與妙，尺素幻出雙驊騮。一馬不動尾，四蹄踏鐵邊風秋。一馬爭前趨，平坡欲下方回頭。兩馬交頸萬里愁，龍媒未免羈長秋。風鬐霧鬣不受囚，錦韉坐遣駑駘羞。將軍六郡良家子，卷送歸君深有意。蹴如歷塊一過都，肯以鞭轚煩圉奴。人間豈有渥洼足，不與天驥爭長途。草黃沙晚天欲黑，縱有權奇少人識。眼中千里不易得，時危願爾一努力。《太倉稊米集》卷十五。

一〇 題李彥恢家龍眠《七馬圖》

古來畫馬知幾人，當時只數曹將軍。龍媒貌得照夜白，七十萬匹空雲屯。但令韓幹作弟子，未許韋偃窺藩垣。風流掃地五百載，始得龍眠空馬羣。龍眠自是天下士，胸中元有真騏驎。寧王玉面久不見，風駿霧鬣驁猶存。四蹄翻風不受縶，意在萬里絕馳奔。安能局促鹽車下，更與蹇驢分短轅。先生既老誰入室，後來只數城南孫。孫郎繼死骨又朽，人間此馬如浮雲。勸君掩卷勿浪出，世無九方誰與論。《太倉稊米集》卷十六。

一一 張元明爲道卿畫竹間梅

我作東窗竹外開，斷魂香自雪邊來。細尋水墨圖中意，似對檀欒塢裏梅。筆下懸知有冰玉，胸中元自少風埃。可憐能事王摩詰，解令春從一笑回。《太倉稊米集》卷十八。

一二　題趙安定像

烏巾白角雲錦裘，長脛骯髒高結喉。王孫自是真龍種，世上懸知無此儔。醉裏哦詩詩欲就，風月平欺兩肩瘦。秋風爲神玉爲骨，畫手何從寫奇秀。仇池客多誰在亡，高準虬髯唯汝陽。紫皇苦欲奏璵語，此曲至今空斷腸。腸斷公歌侍兒拍，甕裏黃柑自春色。老坡不見空凄然，此詩此意無人傳。《太倉稊米集》卷十九。

一三　題包鼎大虎圖

人間妙伎古亦有，畫虎從來易成狗。何人爲作老於菟，鼎死百年無此手。想當運筆亦有神，睥睨知誰看回肘。便恐陰崖風雨來，何止草中狐兔走。易生驚猿羞掛枝，周昉獜犬空復肥。畫中生意似可喜，此虎一出無餘姿。邇來喪亂書厄苦，唯有君家此畫古。妖狐一丘渠自安，狡兔三窟無人取。建章宮殿空咸陽，猛士知誰守疆土。藜藿不採虎在山，安得有臣如此虎。《太倉稊米集》卷十九。

一四　題黃縣丞墨牛

一牛飽臥春草綠，一牛下坡引黃犢。長安可笑人海中，眼前見此三穀轂。詩翁老去飢滿腹，歸把春犁豈非欲。人生所願能幾何，百畝良田一牛足。《太倉稊米集》卷二十一。

一五　題齊安新刻《雪堂圖》

名駒汗血久不聞，天遣兩蘇空馬羣。當時二十出西蜀，已説賈生能過秦。玉堂詞翰不起草，建隆以來能幾人。功名後世只忠讜，流落一生常苦辛。心知才大難爲用，小折波濤入嘲弄。偶結江邊一把茅，來作黃州十年夢。勸君慎勿剪柔柯，雪堂楊柳公親種。扁舟夜入赤壁江，手持杯酒酹周郎。酒醒月落賦已就，東方欲白天相將。邇來不知誰好事，盡寫公詩畫圖裏。短軸雖在人已亡，空著江波接天起。浮雲滅盡名不磨，千古長流似江水。《太倉稊米集》卷二十八。

一六　題徐季功畫墨梅木犀二首

夜色無人能畫，徐郎挽上寒枝。仿佛孤山盡處，黃昏月到花時。

細雨欲催秋晚，幽花已著寒枝。似我江南九月，西風馬上歸時。《太倉稊米集》卷二十九。

一七　題徐季功畫二古木二首

千尺龍蛇夭矯，半山風雨憑陵。誰爲梅花賦手，能回古木寒藤。

何處千年雙榦，未嫌雪虐風饕。楚士兩龔介潔，孤竹二子清高。《太倉稊米集》卷二十九。

一八　次韻徐伯遠題錢少愚畫《孤山月梅圖》

錢郎名與大年齊，貌得孤山一段奇。月色昏昏人寂寂，梅花淡淡水漪漪。戲將三昧傳神手，東坡有"趙昌花傳神"之語。催動千林破臘枝。不用摩挲窺妙墨，暗香疎影在新詩。《太倉稊米集》卷三十一。

一九　米元暉待制歲以賜冰及荔子分遺季共，而今年荔枝不至，有詩次韻（三首選一）

醉墨猶多御府珍，訪求公後出華勛。知君家有荔枝帖，不減當年王右軍。《太倉稊米集》卷三十三。

二〇　李太白畫像二首

欲與天仙論等差，短長何止但詞華。誰人解屈將軍手，爲脱烏皮六縫韡。

少陵詩瘦平生苦，太白才高一醉間。投得江心波底月，却歸天上玉歸仙。《太倉稊米集》卷三十三。

二一　韓榦畫《郭家師子花》。此畫本江南故物，自腕而下，絹素爛脱。李伯時得之馬忠肅家，補足之。蔡天啟貌本，以傳其甥王季共

神駒墮地無渥洼，象龍不復來流沙。開元畫手老韓榦，爲作郭家師子花。當年故物不堪看，蹄鐵四蹄俱脱腕。英姿逸態猶精神，仿佛風鬃血流汗。龍眠畫足不畫蛇，意象異世同一家。由來四大各假合，得此三昧無等差。中郎名高自年少，畫工如山不同調。人間意氣驚蒿雲，筆下風流爾得妙。王家人物小安豐，作詩論畫公所同。一洗萬古凡馬空，九原誰喚杜陵翁。《太倉稊米集》卷三十三。

二二　季共以《師子花》見借，作詩歸之，而報甚寵。且言隆近爲余作數馬，奇甚，乃作此詩，以見願借之意

畫史俗士非畫者，支郎好馬能畫馬。爲君肯作數驊騮，班郎應歌天馬下。前人妙筆俱絶倫，後人骨冷喚不聞。試借雲衢千里足，洗我眼中凡馬羣。隆，畫僧。《太倉稊米集》卷三十三。

二三　季共以隆師四馬見示，後三日作長句以歸之

少陵説馬誰擅塲，老韓曹霸江都王。只今傳法誰得妙，支郎爲爇龍眠香。沙平草細春日長，何人識此真乘黃。歸君蓬齋君卷藏，似君千里方騰驤。《太倉稊米集》卷三十三。

二四　無住菴主爲余寫真，報之以詩

驊騮田絶足，韓幹真畫者。儻欲萬口傳，當畫千里馬。吾才如跛鱉，子不鮮騰跨。初無爾雲姿，何勞人摹寫。支郎妙人物，名聲遍日下。事苟不當急，操筆有用捨。一逢菘韭翁，終安陋樸野。無鹽元自醜，强欲相紛赭。至技不可名，厚意徒久假。我欲報之詩，有作非《大雅》。《太倉稊米集》卷三十三。

二五　題錢少愚四畫

一點傷春恨，看成兩鬢霜。如今無此夢，莫畫兩鴛鴦。鴛浦
一作東吳去，回頭又十年。可憐江上雪，空落釣魚船。釣雪
事去空千載，何曾有若人。只應煙樹裏，便是永和春。蘭亭
雨足三湘岸，烟含七澤秋。可能無尺地，分得庾郎愁。秋觀　《太倉稊米集》卷三十四。

二六　隆茂宗鄙余所得蘇後湖像，別爲作短軸，超然有物外意

高人本難名，畫手不可俗。世無癡虎頭，丹青泯冰玉。支郎唾俗畫，爲我作短軸。遂出三昧手，觀此真面目。衣冠有山林，風味到僮僕。悠悠跨蹇驢，眇眇出寒谷。薄暮殊未歸，落日下古木。未知適何門，敲門看修竹。無酒意闕然，鴟夷尚空腹。長鬚頗解事，歸騎不敢趣。更復問前山，誰家酒堪漉。《太倉稊米集》卷三十四。

二七　題東林香山像

大唐受歷三百年，文士輩出俱可傳。情雖嫵媚中骨鯁，當時只有香山賢。香山年少謫湓浦，臥聽琵琶心獨苦。想得回舟夜半時，半濕青衫淚如雨。別來江月幾番圓，黃蘆苦竹空淒然。風流掃地邦復有，但見東風吹白髯。可憐畫手無前輩，欲倩虎頭呼不起。瓊枝玉樹了無蹤，鐵撥鷗絃何用爾。明朝一舸下潯陽，月明依舊空江水。《太倉稊米集》卷三十五。

二八　題李伯時畫《歸去來圖》

淵明詩成無色畫，龍眠畫出無聲詩。兩公恐是前後身，二妙署殊今昔時。我頃誦詩不知處，今乃按圖俱得之。當時想見歸意好，扁舟颺水風吹衣。壺觴未飲入室酒，玉色先見迎門兒。豈無故老說情話，尚有殘菊依東籬。雲歸鳥倦自有意，欲辯已忘誰復知。龍眠得之心應手，筆所到處心相隨。僮奴似有傲世色，草木亦帶烟霞姿。癡兒方辦公家事，此老自挾南畝犁。人生異趣豈不遠，心如鐵石終難移。我今此意不自事，老去見畫空慚非。《太倉稊米集》卷三十六。

二九　題趙倅家《獐猿圖》

易生畫手妙，幻出猿與獐。雙猿掛樹枝，二獐回目光。烏衣白面兩臂長，雌雄相逐爭跳梁。秋山果熟腹自飽，雲蹬路絕人誰傷。下臨長嘯頗自得，那愁解舞緋衣郎。二獐驚怪久眈眈，深羨兩猿高據煙林藏。猿狙喜怒不足說，獐鹿町畦寧無場。枝高地卑能有幾，蚿蛇自可俱相忘。富貴貧賤各有適，也恐萬事誰能量。《太倉稊米集》卷三十七。

三〇　傅朋爲作遊絲小軸，報以長句

竟陵老守尚書郎，平生墨妙窺鍾王。會令夜鬼助奇崛，更與遊絲爭短長。遊絲忽從天際落，洗眼熟視無毫芒。癡兒著意吹不起，春風無力難飛揚。草雖號聖亦可到，此品入神誰復強。使君憐我頗知好，五十六珠投夜光。溪藤搗紙滑勝玉，古錦縫囊牢秘藏。要遣張顛與醉素，不敢與公分雁行。《太倉稊米集》卷三十八。

三一　李伯時畫《東坡乘槎圖》讚

博望侯乘槎而游，吾夫子乘桴而浮。仲尼固陋窮於四海，而張騫又功名之流也。韙哉！東坡高目九州，視死生猶大夢，均溟渤於一漚。故能以巨海爲家，以枯木爲舟。

風濤如山，而神色甚休。蓋入火不熱，入水不濡，其古至人之儔歟！《太倉稊米集》卷四三。

三二　東坡先生過海畫像讚

儋耳炎荒，海嶠孤絕。蠻蜑往來，蛙蛇咀齧。瘴霧薰毒，肌理皺裂。誰堪一朝，歲星七閱？萬里南歸，鼇面如鐵。蓬首斷髭，叢霜點雪。高文偉度，冠世之傑。雖駕傾河，疇能贊說。天不憖遺，梁木其折。罔惠斯民，俾究施設。矧後學者，於誰卒業？小生何知，學止頰舌。下拜公堂，亦復嗚咽。《太倉稊米集》卷四三。

三三　王季共畫像讚

秀而傑，是謂其人，而孰培其根？婉而深，是謂其文，而孰養其源？彼其浩浩乎胸中者，蓋可想而不可言。雖然，外曲者與人為徒，是真法門。若人者，固當三折肱於斯矣。豈無他人，而唯子之告焉。《太倉稊米集》卷四三。

三四　後湖居士畫像讚

秦漢以來，結廬毀轍，一二數之，不可勝說。摛章繪句，孰若先生之文？抱道懷德，孰若先生之節？彼若人者，隱南山之霧，而採西山之蕨。比之前人，為兩超絕。《太倉稊米集》卷四三。

三五　岢禪師真讚

有感而應，去亦隨緣。有觸而鳴，自然成文。風神秀骨，畫史可傳。所不可傳，竹坡難言。《太倉稊米集》卷四三。

三六　李伯時畫像讚

偉度超絕，高文古雅。極博物之辨，則張茂先之學；作無聲之詩，則王摩詰之畫。不敢擬公，老韓曹霸。此其在公，猶為土苴。晚瞻遺像，我心則寫。恨不識公，拜於庵下。《太倉稊米集》卷四三。

三七　雜書（四）

蔡君謨《石橋記》規摹魯公《中興頌》，東坡《醉翁亭記》規摹魯公《離堆記》，凡有眼睛者知其如此。大抵君謨文字及行書小楷蠶頭燕尾，外方內圓，無一點一畫不似處，而東坡出沒變化，風流韻度自成一家，優劣似是分矣。余不解書而論書，譬如不解飲人說酒，雖說得近似，而飲流未必以爲是。然口之於味有同嗜焉，豈可欺哉！甲戌秋七月，客有謂蘇氏書無法者，乃爲書此以解嘲也。《太倉稊米集》卷五〇。

三八　爲人上米侍郎書

　　某嘗觀自古公卿大夫之家，居高位、享厚祿以世胄寵榮者，至於父子相繼，或同朝而共貴，或襲爵以承家，圭組相傳，衮繡相望，使一世歆艷以爲不可跂及，而事業不足以昭於當時，名聲不足以流於後世，方且惛惛憒憒以醉富貴，雖生居華屋，死結高冢，民無得而稱焉。獨父子兄弟以功名學問翰墨文章著在簡册而昭映今古者，雖死嚮千載，猶凜凜尚有生氣，如石奮、疏廣、韋賢、馬遷、薛收之徒，百世之下，使人慕尚風流，想像顔采，恨不與之同時而生，並席而處也。

　　某少時聞先生侍講之名，其高名不可仰望如太山北斗。雖當世大賢君子一言而可以取信於萬世者，方且稱其邁往不群之氣，清雄絕俗之文，高妙入神之字，以爲平生之所願見者。今直見之矣，則其爲人果如何哉？

　　某生最晚，又且賤，不得拜公於堂下，常悒悒不自滿，獨時時相過於故舊交遊之家，飽飯煮茗，凈几明窗，錦囊三軸，猶得竊誦公之篇章，玩公之翰墨，時以自慰。是時已聞閣下之名相繼而出，才行之懿美，聲聞之流傳，皆足以世其家，以其餘波溢流戲於丹青，猶不減摩詰、鄭虔之流，而畫沙印泥之法，銀鈎蠆尾之妙，則飄然有王右軍父子之風，俾《蘭亭》之記，《瘞鶴》之銘，不得擅美於晉。主上聖學高明，宸翰超絕如唐之太宗，觀其圭璧之文，雲漢之章，煥如日月，爛然昭著，非臣下所能及。

　　曩公之以先書鏤之御府，將以傳萬世，而又起閣下於江湖，登閣下於禁從，以風動四方，此寒生勝士有意於人物者，平日於古人中目想心維，恨不同時而生，並席而處，今乃得奉周旋於咫尺之間，豈得不一造閣下之席以求望見君子之容耶？

　　某羈孤遠客，飄泊東南，方求一官於選部，會閣下入侍清禁，而某之去國亦在朝夕，不得不亟走於門下，以幸閣下之進焉。骫骳之詞不足以塵高明，姑以爲贄焉爾。《太倉稊米集》卷五九。

三九　書李夫人枯木墨竹後

　　徐伯遠出其家所藏李夫人枯木墨竹，霜枝勁節凜凜在人目中，自非作《白山茶賦》手，安能出此奇崛態度？相其婆娑筆硯間，定不減當年女博士耳。紹興己卯中春二十有五日書。《太倉稊米集》卷六六。

四〇　書梅師讚家梅聖俞書後

僕少年時嘗閱家所藏前輩書尺，得聖俞先生數帖及《姑蘇園亭記》，愛其楷法甚謹。已而失之，自是不復見先生之書，今三十年矣。

此篇乃聖俞遺其弟宣義公師讚者，公之孫和仲出以示僕，覽之如復見吾家所藏也。觀先生之詩，樂其字畫，它人猶在所愛，況公家物，護之其可不力乎！紹興辛未臘月十日，同郡周某書。《太倉稊米集》卷六六。

四一　書郭元壽家叔黨書後

頃歲故人章刑部決獄五羊，道過鬱孤臺，得東坡兩詩大字石刻，歸以遺余，妙不可言。今郭元壽乃以叔黨所書《鬱孤詩》相示，字畫詞采幾不可辨，覽之使人恍然如逸少復生，子敬猶在世也。後人當謂"前有二王，後有兩蘇"為不疑矣。紹興壬申三月甲子，宛陵周某書。《太倉稊米集》卷六六。

四二　書山谷帖後

僕平生閱山谷書甚多，所謂"摩挲石刻鬢成絲"者，猶未嘗見其起草。此一紙塗竄至數十字，大似顏平原《坐位帖》，字差少耳。後人觀之，當不減今人之視魯公也。紹興壬申三月甲子，宛陵周某書。《太倉稊米集》卷六六。

四三　書晁無咎帖後

讀晁無咎之文與詩，浩浩然猶河漢之無極也，想其胸中何止有八九雲夢而已。今觀此數帖，如散聖出塵，不縛禪律，自然近道，豈可付俗人論工拙哉！紹興壬申四月之吉，妙香寮老人書。《太倉稊米集》卷六六。

四四　書後湖帖後

余平生慕蘇後湖之為人，恨不一拜牀下。晚與陳彥育遊，見其道後湖酒間風味，筆底波瀾，尤使人想見風采。彥育與之周旋莫逆得此數牛腰，非但惟德，其物其字畫咄咄遂逼老坡，自當寶也。《太倉稊米集》卷六七。

四五　題定武舊刻《蘭亭》

歐究公集古今石刻，可謂博而精矣。而定武《蘭亭》不見其可貴，豈其時善本尚多，更有出定武之右耶？此石肥瘦纖穠皆得其所，而法度森嚴，典刑具存，真定武舊刻也。周紫芝題。紹興甲寅五月一日〔一〕。文淵閣四庫全書本《蘭亭考》卷七。

〔一〕紹興：原作"紹熙"，按周紫芝卒於紹興二十五年，"熙"當爲"興"之誤，徑改。

吳激藝話（一則）

吳激（一〇九〇～一一四二）字彥高，號東山，甌寧（今福建建甌）人，吳栻子、米芾之婿。宣和末出使金，以知名被留不遣，後仕金爲翰林待制。金皇統二年，出知深州，到官三日卒。吳激工詩能文，書畫雋逸有米芾筆意，尤長於作詞。著有《東山集》十卷，又有《吳彥高詞》一卷，均已佚。

題宗之家初序瀟湘圖

江南春水碧於酒，客子往來船是家。忽見畫圖疑是夢，而今鞍馬老風沙。文淵閣四庫全書本《中州集》卷一。

宋徽宗藝話（四則）

宋徽宗趙佶（一〇八二~一一三五），神宗第十一子。紹聖三年，封端王。元符三年，即皇帝位，以紹述爲名，信用蔡京等，變亂法度，籍元祐黨人姓名，鐫爲石碑，又禁毀蘇軾、秦觀、黃庭堅等文集。崇奉道教，自稱教主道君皇帝。窮奢極侈，困竭民力，興花石綱，建艮嶽，君臣逸豫，國政不理。宣和七年，金軍南侵，禪位太子趙桓，自稱太上皇。靖康二年，爲金軍拘脅北去，囚禁於五國城。紹興五年卒，年五十四。在位二十六年，先後改元建中靖國、崇寧、大觀、政和、重和、宣和。趙佶多才藝，擅書法，精通音律，其"瘦金體"書自成一家，又工花鳥畫，傳世畫圖有《芙蓉錦雞》《池塘秋晚》等。詩詞創作以北宋滅亡爲界，無論是內容或風格都表現出極大差異。在帝位時所作詩詞，多以宮廷生活爲題材，華麗富豔；被俘後風格一變，往往抒發國家淪亡、故宮難歸之痛，悲愴沉鬱。趙佶的詩文在南宋紹興時由朝廷編輯爲集一百卷，宋高宗爲作序，又有《宣和御製詩》一卷、《徽宗御製崇觀宸奎集》一卷、《宮詞》一卷，大多已佚。今存《宣和御製宮詞》三卷，有宋刻《四家宮詞》本。

一　題畫八首

海棠通花

鳳錦棠天與，麗映日特妖嬈。五色絢儀鳳，真堪上翠翹。

杏花鸚鵡

並亞隴雲飛，穩巢文杏枝。高棲良自得，蜂蝶莫相疑芙。

芙蓉錦雞

秋勁拒霜盛，峩冠錦羽雞。已知全五德，安逸勝鳧鷖。

千葉碧桃蘋茄

太平蜀雀異，仍映碧桃間。一秀三千歲，高枝永共攀。

聚八仙倒挂兒

垂身如逮下，名冠八仙中。最是天真處，櫻脣一點紅。

桃竹黃鶯

出谷傳聲美，遷喬立志高。故教桃竹影，不使近蓬蒿。

金林檎遊春鶯

佳名何拔萃，美譽占遊春。三月來禽媚，嬉娛異衆倫。

香梅山白頭

山禽矜逸態，梅粉弄輕柔。已有丹青約，千秋猜白頭。文淵閣四庫全書本《御選宋金元明四朝詩·御選宋詩》卷一。

二 題趙昌江梅山茶

趙昌下筆摘韶光，一軸黃金滿斗量。借我圭田二百畝，直須買取作花王。《御選宋金元明四朝詩·御選宋詩》卷一。

三 宋院畫冊　凡五幅

第一幅

瑤臺無信託青鸞，一寸芳心思萬端，莫向東風倚脩竹，翠衫經得幾多寒。
右：脩竹士女圖。

第二幅

消受南薰一味涼，藕絲新織舞裙長。臨池試展凌波步，只恐紅蕖妬艷粧。
右：荷花士女圖。

第三幅

羅襪生香踏軟紗，釵橫玉燕髻鬆鴉。春心正是芭蕉葉，羞見宜男並蒂花。
右：芭蕉士女圖。

第四幅

軟繡屏風小象床，細風亭館玉肌涼。含情學寫鴛鴦字，墨洗蕉花露水香。

右:滌硯士女圖。

第五幅

濃黛消香澹兩蛾,花陰試步學凌波。專房自得傾城色,不怕涼風到扇羅。

右:團扇士女圖。　文淵閣四庫全書本《式古堂書畫彙考》卷三十五。

四　唐十八學士圖

有唐至治詠康哉,闢舘登筵經濟才。廱泮育賢今日盛,彙徵無復隱蒿萊。

儒林華國古今同,吟咏飛毫醒醉中。多士作新知入縠,畫圖猶喜見文雄。《式古堂書畫彙考》卷四十一。

劉沔藝話（一則）

劉沔（生卒年不詳）字松年，宣和時人。

跋東坡書《楚辭》

　　東坡先生書《楚辭》，乃黃州時書。人多購晚年書，先生晚年字畫老勁雄放，元豐中作字華麗工妙，後生不見前作，往往便謂贋本。先生昔與猶子書論作文，教其師法應制時文章，且曰至於書字亦然也。

　　松年自蚤歲尊慕先生，家藏先生之文甚富，近年購先生之文尤多，獨此乃先生舊所書耳，信可寶也。宣和四年二月八日劉沔書。文淵閣四庫全書本《石渠寶笈》卷一〇。

綦崇禮藝話（一則）

綦崇禮（一〇八二～一一四二）字叔厚，一字處厚，世稱北海先生，高密（今屬山東）人，徙濰州北海（今山東濰坊）。入太學，登重和元年進士第，調淄縣主簿。高宗時，爲太學正，遷太學博士、秘書省正字、起居郎，攝給事中。召試政事堂，拜中書舍人。除試尚書吏部侍郎，尋兼直學士院。出知漳、明二州，復召爲吏部侍郎兼權直學士院，移兵部侍郎，仍進直學士院。爲翰林學士，進兼侍讀、史館修撰，被命重修神宗、哲宗兩朝史。再入翰林凡五年，出知紹興府。期年，致仕居台州。紹興十二年卒，年六十。崇禮自幼博覽強記，才高氣剛，覃心詞章，洞曉音律，辭藻華美，爲文不爲詭異之言，而格律高妙，渾然天成（樓鑰《北海先生文集序》）。楊萬里稱其詩"興寄事外，閒雅淡泊，弗雕而工"（《北海先生文集序》）。作詩不多，古文亦較少，而以駢體文擅長，現存文章多爲制誥、表啟，大多明白洞達，切中事機，文辭簡煉，對仗工穩，用事貼切，頗得代言之體，與汪藻文章風格相近。著有《北海集》六十卷，原集久已佚，清四庫館臣自《永樂大典》中輯出遺文，重編爲四十六卷、附錄三卷。

吳道子《天龍八部圖卷》跋

紹興壬子秋，趙淑問出此畫相示，因得留觀於家，過時未還。冬十二月甲午夜，大火，所居被焚，書室中物，皆不及收。一老兵獨攜數卷軸來，此畫在焉，信神物所護持者耶？綦崇禮叔厚。文淵閣四庫全書本《清河書畫舫》卷四上。

張綱藝話（九則）

　　張綱（一○八三～一一六六）字彥正，晚號華陽老人，潤州丹陽（今屬江蘇）人。大觀四年入太學，政和三年試內舍第一，次年賜上舍及第，徽宗以其三中首選，特除太學正。五年，遷太學博士，除校書郎。以論事忤蔡京，主管玉局觀。宣和三年，復爲秘書省校書郎，兼修《國朝會要》，校正御前文字，遷著作佐郎。五年，爲尚書屯田員外郎。建炎元年，出爲兩浙路提刑。紹興二年，改江東提刑。三年，以左司郎中召還，權監察御史，進起居舍人，改中書舍人。四年，兼詳定一司敕令，除給事中，提舉宮觀。時秦檜當政，張綱奉祠近二十年。二十三年，以徽猷閣待制致仕。秦檜死，召爲給事中。次年，爲吏部侍郎兼侍讀，權吏部尚書。二十七年，擢參知政事，以年老辭政事，除資政殿學士、知婺州，尋致仕。乾道二年卒，年八十四，諡章簡。張綱立朝有守，嘗書"以直行己，以正立朝，以靜退高天下"爲座右銘。文思敏贍，周必大稱其文"實而不野，華而不浮"，"論思獻納，皆達於理而切於事"，詩歌格律有唐人風（《張彥正文集後序》）。著有《尚書解》三十卷、《六經辨疑》五卷、《礭論》十卷、《聞見錄》五卷、《瀛州唱和集》八卷，已佚。今存《華陽集》四十卷、《華陽長短句》一卷。

一　跋《洛神賦》摹本

　　曹子建賦洛神，正如說夢；虎頭癡絶，遂以爲畫本；僧步隆又從而摹之。人物態度，恍如目擊，是邪非邪？著想顛倒，以見世間種種虛幻仗法，莊嚴便爲實相。有能悟解諸法海，一切應作如是觀。四部叢刊三編影印萬曆本《華陽集》卷三三。

二　跋《醉道士圖》

　　被褐祿蔌不受戒，杯盤狼藉無籍在。浪説蓬萊三萬里，醉鄉便是仙世界。《華陽集》卷三三。

三　跋江貫道畫山水（一）

老江畫山水造微入妙，一時好事者訪求遺墨，幾與隋珠趙璧爭價，不知明仲安所得此？宜善藏之，無使通靈之物變化而去。《華陽集》卷三三。

四　跋江貫道畫山水（二）

胸中丘壑，發之毫素，居然有萬里勢。閒窗永日，鳴琴對之，便覺眾山皆響。《華陽集》卷三三。

五　跋洪慶善先夫人丁氏詩文手墨

夫人賢而有文，蓋得於慶善所作誌銘舊矣。今又見此遺篇，字畫勁麗，詞致清婉，使人三復悚然。余雖姻家，不及一拜堂上。然風味不凡，自可想見，抑知誌銘為實錄也。《華陽集》卷三三。

六　跋丁氏手簡並剛巽詩卷

剛巽頃任國子監丞，余官太學，相從甚久。為人純篤雅重，有前輩典刑。今即世不知幾年，一見遺墨，恍如對面，愴然久之。

又得其女慶善先夫人所寄女弟手帖，真草累幅，皆閨房箴訓，情致繾綣，若不能自已者。以是知夫人篤於恩義，蓋有似其先人云。《華陽集》卷三三。

七　跋張叔元所藏山谷、覺民帖

山谷勸其弟姪讀書，一帖中三致意焉，丁寧懇切，唯恐其或怠。蓋非獨私其弟姪而已，凡厥後學，皆當敬佩斯言，永以為訓。《華陽集》卷三三。

八　跋山谷大字

能鼓琴者識琴，能擊劍者識劍。故必能書，然後知古人筆法。

叔元出示豫章公墨跡一卷，余手拙不能書，何足以識之。但見其行草變態縱橫，勢若飛動，而風韻尤勝。非得夫翰墨三昧，其孰能臻此？公嘗謂蓄書者以韻觀之，當得其髣髴。今反復此帖，知公言為確論。《華陽集》卷三三。

九　跋寶晉帖

　　余家舊有米帖數卷,兵火中失之。其間一紙叙京口江山形勝,最爲奇特,或謂有《瘞鶴銘》苗裔。今觀此書,筆勢雄彊,大似京口帖,使人對之,怳然念青氈不忘也。
《華陽集》卷三三。

李綱藝話（四一則）

　　李綱（一○八三～一一四○）字伯紀，號梁谿病叟，邵武（今福建邵武）人，自其祖徙居無錫。政和二年進士，授鎮江教授。四年，召赴闕，除國子正，遷考功員外郎。五年，除監察御史，兼權殿中侍御史，以言事罷職。宣和初，降監南劍州沙縣稅。七年，爲太常少卿。欽宗即位，召對，除通直郎、兵部侍郎。靖康元年，爲行營參謀官，除尚書右丞，力主抗金，反對遷都避敵，除親征行營使。以姚平仲兵敗罷職，太學生伏闕上書，復尚書右丞、提舉京城四壁守禦，除知樞密院事，出爲河北東路宣撫使。徙知揚州。言者劾其專主戰議，喪師廢財，責授保靜軍節度副使，建昌軍安置，再謫寧江。建炎元年，復元官，除資政殿大學士，領開封府事，率兵勤王。高宗即位，拜尚書右僕射，兼中書侍郎。爲相七十五日，因反對避地東南，復落職居鄂州，移澧州。紹興二年，起爲觀文殿學士、荆湖廣南路宣撫使，兼知潭州。五年，除江南西路安撫制置大使，知洪州，再奉祠。九年，復除荆湖南路安撫大使，兼知潭州，上章力辭。十年卒，年五十八，贈少師，謚忠定。李綱於國家危難之際，能以社稷生民爲意，人品經濟，彪炳史冊。其奏疏表章與政治軍事論著皆天下大計，往往深中事機，氣概凜然。朱熹《丞相李公奏議後序》稱李綱奏議"其言正大明白而纖微曲折，究極事情，絕去雕飾而變化開闔，卓犖奇偉"。其賦往往次前人韻，而又借題發揮，膾炙人口。其詩多按其行旅蹤跡分卷，集中表現了他的仕宦生涯與情感世界，衝淡高遠，感時託興，使人有慷慨涕滂之意。擅長作詞，風格慷慨豪放，王鵬運《南宋四名臣詞跋》稱"其詞深微渾雄而情獨多"。李綱著述宏富，有《易傳》內、外篇二十二卷、《論語詳說》十卷等，久佚。今存《梁谿先生文集》一百八十卷、《忠定公奏議》八十卷。

一　畫鶴

　　誰畫千年老令威，丹青今古照清輝。玄裳朱頂蒼崖畔，豈憶冲天萬里飛。文淵閣四庫全書本《梁谿集》卷六。

二　以墨戲歸，志宏復有詩來，次韻答之

玉局老仙人共許，秀骨於今已黃土。人間無復見文章，空餘戲墨歸囊楮。子能藏蓄真好事，便可秘惜傳千古。試將短句讚幽姿　却對此君難下語。年來懶惰百事廢，欲把鋤犁逐農圃。會栽脩竹滿園池，爲引清風到庭戶。子詩往復句益奇，發我狂吟那可禦。超然對竹更吟詩，此病未知誰得愈。《梁谿集》卷七。

三　再次韻

落筆蕭森遽如許，墨爲根莖紙爲土。眉山作此共言好，譬猶字法稱虞褚。世人畫竹不畫意，謾捨丹青欲侔古。胸中幹葉本天成，心手應時那可語。此君於我定有緣，每念移根栽小圃。開圖忽見數株新，却怪龍孫入吾戶。年來幾欲斷吟哦，照眼還成自難禦。發緘又復讀佳篇，詩癖遙知猶未愈。《梁谿集》卷七。

四　志宏復有詩來，再賦兩篇，爲報念其往復之無已也，故寓意卒章以止之（二首選一）

平生愛竹端自許，欲種千竿滿吾土。豈知好物不須多，只費東坡數番楮。酒酣弄筆寫寒姿，一洗丹青空萬古。我今觀畫已蕭然，劃對吟風如共語。淵明荒徑便拋官，仲子辭官歸灌圃。終年端坐飽太倉，更欲此君長傍戶。亦知兩者固難兼，無那幽懷終不禦。縱教富貴欲何爲不，若歸來栽竹愈。《梁谿集》卷七。

五　學草書

平生行事見真書，草聖空慙點畫疎。今日試臨寒食帖，却疑義獻不難如。《梁谿集》卷八。

六　羅疇老所藏李伯時畫馬圖二首

邊人牧馬如牧羊，羣族散置初無傷。妙哉龍眠筆有眼，作此冀北才而臧。素紈盈尺十二匹，骨相毛物皆非常。青驄紫燕五色滿，駅騏騮駱駬驪黃。旁行側睨復迴顧，矯首奮鬣嘶風霜。背馳正立盡變態，意氣磊落如騰驤。想當盤礴初運思，工與造物爭毫芒。此中念慮詎可熟，至言發藥誠難忘。從此絕筆不畫馬，但寫妙相依圓圓光。斯人於今又黃土，斯畫可寶宜珍藏。伯時留意畫馬，每欲畫，必觀羣馬以盡變態。有僧勸其不如畫佛，後遂絕筆。右蕃馬。

房星之精下天駟，產此騏驎奉天子。龍媒徠自大宛城，汗血生從渥洼水。那知妙手居合淝，筆端能出神俊姿。顧視清高氣深穩，志意俶儻精權。蘭筋秀骨連錢直厅，細毛蕭捎豐頰臆。金鞿絡首牽奚官，自中伏波銅馬式。一疋駐立一疋行，坐看千載風雲生。鸞旗在前屬車後，雖有絕足何由呈。右御馬。《梁谿集》卷九。

七　次韻虢國夫人夜遊圖

金鞍玉勒連錢驄，車如流水馬如龍。遺簪墮珥碎珠翠，蜜炬夜入蓬萊宮。曲江宮殿春蒲柳，玉盤犀筯傳纖手。坐中綽約盡天人，錦茵雲幕清無塵。賜名大國動光彩，馬嵬回首空啼痕。我欲題詩弔千古，喪國亡家皆此路。嫣然一笑傾人城，皓齒明眸真女虎。《梁谿集》卷十一。

八　傳畫美人戲成

美人顏色嬌如花，鬢髮光翳朝陽鴉。玉釵斜插翠眉蹙，豈亦有恨來天涯。畫工善畫無窮意，故把雙眸剪秋水。丹青幻出亦動人，況復嫣然能啓齒。年來居士心如灰，草戶金鎚擊不開。縱教天女來相試，虛煩雲雨下陽臺。《梁谿集》卷十二。

九　傳畫忠義圖

君臣以道合，言出心莫逆。膏澤下於民，美化施無極。中世此道衰，言如水投石。義士以死爭，直諫或有益。折檻制留今，斷鞅事存昔。當車血污輪，伏蒲涕霑席。昭然貫日誠，屹爾迴天力。誰將丹青手，圖此忠義跡。傳之置坐隅，能使懦夫激。斯人不復見，壯哉古遺直。《梁谿集》卷十二。

一〇　題李伯時畫《老子出關圖》

請說常無眾妙門，當時關尹意何勤。青牛西去連沙漠，紫氣東來見瑞氛。妙法不離三十輻，至言都在五千文。世人不解宗慈儉，只欲長生躡白雲。《梁谿集》卷十二。

一一　次韻和虞公明察院賦所藏李成山水

畫史古多有，李生獨寶傳。譬猶古人書，墨妙稱誠懸。尤物世難蓄，變化登雲天。流落人間者，遺跡猶緜緜。此本更奇絕，高深自山淵。想當槃礴時，舐筆應如椽。樓觀抱空曲，林薄靄層巔。屹然巖石姿，潤比金玉堅。倏忽變寒暑，霏微起雲煙。高堂寓遠目，如墮嵩華前。迴觀舊所藏，一一可棄捐。乃知蓋代手，筆力能旋乾。衆工畫山水，意匠勞雕鐫。惟茲得簡易，大巧初天全。鑑裁有精識，丹青孰爭先。何須嬤姆醜，始辨西施妍。嗟我性迂拙，漂流方隱圝。幸從長者遊，坐使伊鬱宣。嘯詠圖史間，高臺謝牽攣。新詩與妙畫，更使窮鑽研。愧乏色絲句，爲續金聲篇。端思畫中趣，秖欲休林泉。《梁谿集》卷十五。

一二 再次前韻

妙手不可遇，心匠良難傳。於中營丘生，名若日月懸。胸次有衡霍，筆端合其天。坐令衆畫史，縮手嗟材孱。公於何處得，藏此圖書淵。畫賞不知厭，夜觀燭如椽。我昔遊七閩，足踏羣山巔。冣愛演仙峯，石色潤且堅。樓臺與粧綴，輕素拖晴煙。揭來見茲畫，恍若復造前。爲技一至此，丹青誠可捐。譬猶繪神駿，不必錦連錢。陽嶺鬱蔥蒨，陰崖極鎔鐫。人禽與屋木，種種法象全。往者邈難追，後來誰復亢。新詩爲發揮，與畫爭清妍。寶劍藏古嶽，賢士隱里圝。一朝遇鑑賞，曄若五采宣。顧我涉道淺，遊世困縈攣。惟有古人心，刻意思精研。茲畫不可取，但誦瑤瓊篇。何須畫中看，吾方老雲泉。《梁谿集》卷十五。

一三 題伯時《明皇蜀道圖》

君不見開元天寶同一主，治亂相翻如手舉。擎盈欲惡雖一人，變易安危原近輔。姚宋已死九齡黜，誰使楊釗繼林甫。宮中太眞專寵私，塞外番酋成跋扈。禍胎養就不自知，漫向華清遺匕箸。漁陽突騎破潼關，百二山河震金鼓。翠華杳杳幸西南，赤縣紛紛集夷虜。傷心坡下失紅顏，墮淚鈴中聞夜雨。山青江碧蜀道難，棧閣連空儳相拄。旌旗慘淡雲物愁，林木陰森猿鳥侶。戎裝宮女亦善騎，皓齒明眸如笑語。老髯奚官驅蹇驢，負橐齎糧豈供御。九重徼衞復誰勤，萬里艱危眞自取。至尊狼狽尚如此，歎息蒼生困豺虎。千秋萬歲不勝悲，玉輦金輿盡黃土。空令畫手思入神，一寫丹青戒今古。《梁谿集》卷十六。

一四 題邵平《種瓜圖》（節錄）

龍眠也是可憐人，畫此端令事如昨。世間如畫畫如夢，聊爲作歌資一噱。《梁谿集》卷十六。

一五 題成士毅所藏輞川雪圖

朔風飛雪何漫漫，羣山大半埋雲端。藍田丘壑不易得，更把雲雪粧林巒。茅齋竹屋架巖巚，軒楹面勢隨所安。素華淅瀝灑空翠，逼耳似聞聲正乾。層崖凍沍石欲裂，飛瀑不礙雙流湍。長松落落有生意，連臂下飲惟玄猿。椒園柳浪眇安在，髣髴猶認芙蓉沂。乘危跨蹇者誰子，竦肩縮袖何其寒。祇應詩句獨有得，不減灞橋風雪間。幽人一去久寂寞，寒藤滋蔓誰能刪。生綃數幅寫絕景，空有圖畫今人看。《梁谿集》卷十七。

一六　戲賦墨畫梅花

道人畫手真三昧，力挽春風與遊戲。露枝煙蘂忽嫣然，自得工脫畧丹青。尤拔俗妙質，聊資陳氏煤。幽姿好伴文生竹，世呼墨竹爲墨君。此花宜稱墨夫人，鉛華不御有餘態。世間顏色皆非真，年來妙觀齊空色。天花時露真消息，試煩幻出數千枝。不費梁谿一丸墨，夫畦徑外由來黑白無定姿。濃淡間錯相參差，炯如落月耿寒影，翳若宿霧含疎枝，羣芳種種徒繁縟。《梁谿集》卷十八。

一七　趙叔凔運判見示宣和御畫二軸，其一馬舉足奮迅將起，其一兔正面踞地齧草，皆絕去筆墨畦徑間，意態如生，精妙入神。伏觀歎息感慨，因賦詩二篇以贊揚宸翰，且叙小臣悽憤之情云

宣和天廏多清新，肉鬃汗血皆翔麟。圉人牽來赤墀下，宸筆落紙親傳神。非行非立非馳逐，獨寫騰身前舉足。展沙奮迅欲嘶風，驤首驂驔初噴玉。流雲飛電五花驄，庭前榻上雙真龍。始知韓幹畫多肉，坐使冀北羣皆空。鑾輿遠狩龍荒外，八駿瑤池杳何詣。空留此馬落人間，感憤暗灑羣臣涕。右馬。

草枯霜落秋風高，中山之兔初長毫。天姿狡健雅善走，韓盧宋鵲紛騰逃。帝居深沉九重裏，何自得此山林意。枯荄咀嚼如有聲，缺口長須聳雙耳。宣和天子儲聰明，天縱將聖尤多能。萬機閒暇戲染翰，作此東郭髦鬝鬝。黃塵漠漠暗沙磧，屬車一去無消息。安得壯士東擒胡，雞鳴問寢還龍德。右兔。　《梁谿集》卷二十二。

一八　潯守李侯以所蓄法書十軸相示，題卷末

承平文物何富哉，寶章萬笈藏蓬萊。餘篇散落士夫手，名筆往往牙籤排。連年戎馬擾河洛，錦標玉軸隨飛埃。李侯好事不忍棄，萬里艱棘攜南來。炎荒相遇一笑粲，出以示我踰瓊瑰。歐虞顏柳邈已遠，《蘭亭》況復昭陵埋。空遺妙跡刻琬琰，不若古楮存煙煤。君謨近世稱第一，筆力與古肩相挨。醉翁工夫不在字，名望自足尊輿臺。芙蓉僊人有典則，滄浪逐客氣不衰。胸中磊落難屈折，故使心畫奇而巍。東坡行書騁姿媚，山谷草聖窮縈迴。二公文翰照千古，俯視凡馬皆駑駘。米顛磊磊不足數，運筆尚

有從橫才。邇来非是無點畫，追時取好如俳諧。陸書楷法雖小學，古人用意何其能。君看篆籀寫韻語，精巧豈易容追陪。今人萬事不如古，矧以毫墨爭雄魁。嗟余病廢臥都嶠，何止我馬云虺隤。感時撫事百憂集，對案不復能持杯。明窗展卷慰岑寂，坐遷舊觀雙眸開。梁谿書室插架處，念遠更覺增馳懷。世間雅好無出此，絕勝寶玩琴藏雷。於今此物未易得，願言什襲傳雲来。《梁谿集》卷二十五。

一九　題唐氏所藏崔白畫《雪中山水》

我昔曾爲陽羨遊，正值雪花大如掌。開門怳訝天地白，雲湧羣山入書幌。銅官遠並玉峯寒，罨畫暗流冰片響。千巖萬壑爭出奇，應接高低迷俯仰。十年不到浙江西，寤寐勝遊勞夢想。大梁崔白豈善幻，斷取山川移異壤。當時眼界無盡觀，都在一幅生綃上。南方炎熱瘴癘地，使我翛然毛骨爽。天光慘淡陰氣凝，片片飛花來蒼莽。毫端造化成六出，不比餘工得其髣。連峯合沓波濤翔，負雪崔嵬幾千丈。谷幽草木枝幹老，巖曲樓臺簷角敞。谿頭水落正石出，暮靄沉舟暗魚網。山牆野壁茅屋深，風颭青帘如五兩。買魚酌酒者誰子，應有幽人坐同饗。平生愛雪喜山水，對此乍覺神情怳。明牕靜看久愈妍，似倩麻姑爲爬痒。一時名手真絕藝，妙處工夫誰與賞。生前裘馬頗蕭條，身後丹青空倜儻。惠崇聲價亦相先，滕薛未知當孰長。我家梁谿富溪山，雪裏寒光含萬象。每同子猷乘小艇，不數王恭披素氅。故山猿鶴會相思，感物興懷增勇往。時平事定歸去來，安得飛翰出塵鞅。《梁谿集》卷三十。

二〇　題崔白畫《江天雪景》

朔風飛花落暮灘，瀟然幽致滿江干。天邊白鷺輕輕下，風裏黃蘆索索乾。水淡沙平鸂鶒侶，雲深煙暝鶻鴿寒。江南歲晚多風景，崔氏齊驅入筆端。《梁谿集》卷三十。

二一　題劉仲高提刑所藏文與可墨竹

蕭郎畫竹稱逼真，與可所作尤絕倫。不將丹青借粉飾，直把寶墨傳精神。渭川萬箇在胸次，援毫戲掃如煙雲。眼前先見欲畫者，兔起鶻落氣益振。稚枯偃仰盡變態，筆力幹轉風霆春。平生知作幾千幅，得心應手老斲輪。當時誰是識畫者，謫仙東坡蓋其人。老坡亦善作此畫，意雖已到法未親。是中妙處不傳授，但得木石枯鱗皴。自從兵火喪亂後，錦囊玉軸隨埃塵。公於何處得此本，四枝墨色猶鮮新。風梢雨葉間濃淡，紛披屈折節脉勻。置之座右滌炎暑，颯颯更覺秋聲聞。子猷會見定絕倒，安用日事栽培勤。只今與可骨已朽，妙蹟散落此幸存。願公秘惜勿輕示，更築小堂名墨君。

與可每畫竹，不令東坡見，恐得其法也。坡嘗問以己畫何如，與可曰："公所畫棘針法耳。"坡聞之輒大進。《梁谿集》卷三十一。

二二　淵聖皇帝東宮賜詹事李詩御書跋尾

淵聖皇帝毓德東宮，十有一年，仁孝恭儉，敷聞四方。平居無所嗜好，惟以文翰自娱，未嘗暇逸。觀所書《道德經》、少陵詩、與太子詹事李詩帖，其玩意篇籍，尊禮師傅，謙光日新之德，可謂盛矣。使當承平爲繼體守文之主，周之成、康，漢之文、景，何以遠過？惜乎炎運中微，金寇孔熾，嗣大寶於國步艱難之中，謀夫不臧，卒蒙大難，此忠臣義士所以夙夜痛心而泣血也。

歲在丙辰，臣蒙恩來帥豫章，僚屬許忻出前數書相示，睹翰墨之如新，想威顏之在望，悵日月之易逝，悼鑾輿之未還，感憤激切，不知所云。紹興六年七月二十二日，具位臣李綱謹跋。《梁谿集》卷一六一。

二三　秦少游所書詩詞跋尾

少游詩字婉美蕭散，如晉、宋間人，自有一種風氣，所乏者骨骼耳，然要是一時才者。沙陽俞跌出以示予，爲跋其後。宣和庚子仲夏，梁谿居士書。《梁谿集》卷一六二。

二四　了翁《祭陳奉議文》跋尾

予昔邂逅見了翁於姑蘇，觀其容貌，渥然而不枯；察其志氣，浩然而不挫；聽其辨論，毅然而不屈。竊謂近世以來，善處患難，未有如了翁者。

今於沙陽見了翁祭其兄奉議公文，辭意之高潔，筆力之遒健，與昔見其容貌、志氣、辨論無少異焉。信乎養之完，守之固，而文章字畫似其爲人也。宣和庚子秋，梁谿居士跋。《梁谿集》卷一六二。

二五　跋《王府君文編》

王以寧周士出其先府君手澤一編示余，詩章雅麗，筆跡清勁，真傳家之寶也。靖康二年歲次丁未四月三日，觀於潭府漕衙之翠藹堂，武陽李綱伯紀氏跋。《梁谿集》卷一六二。

二六　跋了翁書杜子美《哀江頭》詩

了翁得邵康節《易》數、皇極、先天之學，心解神悟，世故多能前知。如丙午歲事，嘗爲所親者預道之。

壬寅春，公未沒前數日，其孫婿蕭君建功以紙求字，公爲書老杜《哀江頭》一篇，乃絕筆也。非惟筆力遒勁，略無衰病之氣，蓋寓意靖康之變於其間。以公之學精微，知數之必爾。而平生議論慨然不少屈折，雖流離顛沛，妻子至於凍餓而不顧，可謂不以天廢人矣。

蕭君訪余於武昌，出公書以相示，爲歎息者久之。余嘗著論古人處天人之際者，正與公合，因並書以遺之，使讀者知公於古人無間云。《梁谿集》卷一六二。

二七 跋了翁墨跡

了翁書法不循古人格轍，自有一種風味，觀其書可以見氣節之勁也。

臨江蕭君從翁遊，得其片紙數字，皆緝錄成篇，可謂好學也已。使爲善積累如此，何所不至，在勉之耳。《梁谿集》卷一六二。

二八 跋道鄉墨跡

侍郎鄒公碩學勁節爲天下之所宗仰，詩銘精深，有古作者之風；字畫似其人，自可寶也。《梁谿集》卷一六三。

二九 跋東坡書

東坡書初類李邕，中類徐浩，晚乃自成一家。其用筆側以取勢，與柳公權之論殊不同，必有能辨之者。《梁谿集》卷一六三。

三〇 跋山谷書

山谷行書多區側，此卷獨不然，殊可愛也。梁谿病叟觀於都嶠山陰。《梁谿集》卷一六三。

三一 跋山谷草書

山谷晚年草書之妙，追步古人，張顛、懷素，正應此爾。《梁谿集》卷一六三。

三二 跋米元章書

米老書深得古人運筆意，但不可求於規矩法度間耳。書體止於《瘞鶴銘》，多行草，少見其真書，護所短故耶？《梁谿集》卷一六三。

三三　跋曹馬摹本

龍眠摹寫曹將軍馬、山谷草書少陵《丹青引》，筆跡妙甚，可爲十軸之冠。《梁谿集》卷一六三。

三四　跋歐公書

歐陽文忠公書清勁，自成一家。公嘗言："學書如逆風行舟，用盡氣力，不離本處。"蓋不以書自許。士夫寶藏其跡，非以名節可貴故邪？意外得謗，無如公者，賴韓、富諸公辨明之，乃得自白于世。故陳瑩中嘗跋其書云："使嘉祐前見此書者，皆如今日，則朋黨之論，何由而興？"東坡亦以夢奠之後，履傳千祀。證之艱危多在於生前，而是非常定於身後，可勝慨哉！《梁谿集》卷一六三。

三五　跋石曼卿書

石曼卿與范文正、歐陽文忠、蔡君謨、蘇子美遊，皆以豪傑許之，好事者至稱其仙去。觀詩篇筆跡，真一代偉人也。《梁谿集》卷一六三。

三六　跋東坡小草

東坡居儋耳三年，與士子遊，墨跡甚多。余至海南尋訪，已皆爲好事者取去，靡有存者。甚哉，好惡之移人也！

方紹聖、元符間，擯斥元祐學術，以坡爲魁，惡之者必欲置死地而後已。及崇、觀以來，雖陽斥而陰予之，殘章遺墨，流落人間，好事者至龕屋壁、徹板屛，力致而寶藏之，惟恐居後。故雖鯨海萬里，搜裒殆盡。此與跡削於生前而履傳於身後者，亦何以異？

北歸次端溪，郡守陳侯出示小草一幅，云得於錢塘僧舍，蓋坡倅杭時所書也。士夫所藏真行多而草少，此幅尤可寶愛云。《梁谿集》卷一六三。

三七　跋顏魯公與柳冕帖

魯公草書摹傳於世者多矣，此帖尤奇。雖筆勢屈折如盤鋼刻玉，勁峭之氣不少變，蓋類其爲人。

柳冕，唐名士也，魯公名呼之而自稱老夫，亦可以見當時士契之梗概云。《梁谿集》

卷一六三。

三八　跋趙正之所藏東坡《春宴教坊詞》

東坡樂語信筆而成，初不停綴，改不過數處，屬對精切，皆經史全語，不假雕琢，自然成章。吁，可畏而仰哉！

卷尾章草書淵明詩，紙背乃經筵當讀《寶訓》，藝祖遣潘美、曹彬下江南方略。此軸所謂三絕，真可寶也。《梁谿集》卷一六三。

三九　草聖

東坡晚年草聖之妙如此，蓋積學所致，非持天資軼群絕倫也。《梁谿集》卷一六三。

四〇　行書

東坡行書萃於此軸，真無愧於古人。《梁谿集》卷一六三。

四一　跋溫公帖

紹興七年歲次丁巳，初夏中澣，彭城鄭顧道經從豫章，出示溫公帖，觀於精忠堂，凜然如對盛德君子，瞻其儀形而聆其語論也〔一〕，使人欽慕不能自已。

武陽李伯紀書。《梁谿集》卷一六三。

〔一〕而聆：原作"面"，據國家圖書館藏傅增湘據朱翼庵舊寫本校道光本改。

張澂藝話（三則）

張澂（？～一一四三）字如瑩，號澹巖，廬州舒城（今安徽舒城）人。大觀元年知臨川縣。靖康時爲監察御史，建炎初擢中書舍人。建炎二年試御史中丞，次年守尚書右丞、兼權中書侍郎。執政纔四十六日，罷爲資政殿學士知江州、兼江東湖北制置使。坐朋附朱勝非等，責授秘書少監、分司西京、衡州居住，後許便居，寓撫州。紹興十三年，以資政殿學士、提舉臨安府洞霄洞卒。有《澹巖集》四十卷。

一　《畫録廣遺》叙

予頃自右轄，得請溢江，在官八十日，即有回雁之貶。期年解網，以江湖盜賊充斥，輾轉嶺嶠，久乃僅還江南，寓於臨川。禄厚身閑，杜門無事，因搜閱舊所藏圖畫，追憶異時接賢士大夫議論之餘，採摭商榷，著爲《畫録廣遺》一卷。

昔戴安道就范宣子學，范見其畫，以爲無用之事，不必虛勞心思。安道乃畫《南都賦》，范觀之嗟歎，以爲有益，乃亦學畫。故張彦遠謂畫與六籍同功，四時並運，誠不可誣也。然予所著録，位置品覈或有未當，尚幾博雅君子爲予是正，庶有傳焉。

紹興己未十二月甲子，澹嵒居士張澂叙。文淵閣四庫全書本《式古堂書畫彙考》卷三一。

二　跋《蘭亭》帖

《蘭亭叙》古今共寶之，而入石者非一，當以定武古本最勝。徽猷閣直學士胡世將守豫章，刊二本，一出於錢氏貞觀石本，一不言所出，然俱不逮定武本也。此本予得之江南，真定武古本。方兵火蹂躪之餘，世益難得，尤爲可貴也。澹巖老人書。紹興己未十一月三十日。文淵閣四庫全書本《蘭亭考》卷六。

三　題周文矩《唐宫春曉圖》

周文矩《宫中圖》，婦人、小兒，其數八十一，男子寫神，而裝具、樂器、盆盂、扇、椅、席、鸚鵡、犬、蜨不與。

文矩，句容人，爲江南翰林待詔，作士女近周昉，而加纖麗。嘗爲後主畫《南莊圖》，號一時絕筆。他日上之朝廷，詔籍之閟閣。

《宮中圖》云是真跡，藏前太府卿朱載家，或摹以見餽。婦人高髻，自唐以來如此；此卷豐肌，長襦裙，周昉法也。予在嶠南，於端谿陳高之裔見其世藏諸帝像，左右宮人梳髻，與此略同，而丫鬟乃作兩大鬟，垂肩項間，雖醜而有真態。李氏自謂南唐，故衣冠多用唐制，然風流實承六朝之餘。畫家者言，辨古畫當先問衣冠車服，蓋謂是也。紹興庚申五月乙酉，澹嵒居士張澂題。適園叢書本《珊瑚網·畫錄》卷一。

張守藝話（一四則）

張守（一〇八四～一一四五）字全真，一字子固，自號東山居士，常州晉陵（今江蘇常州）人。崇寧元年進士，又中詞學兼茂科。除詳定九域圖志所編修官，改宣德郎，擢監察御史。建炎初，反對渡江南遷，爲宰臣不悅，被命撫諭京城。三年正月，還朝，除起居郎兼直學士院，遷御史中丞改禮部侍郎，遷翰林學士、知制誥。是年九月，同簽書樞密院事。次年五月，除參知政事。御史沈與求劾其舉薦失當，奉宮祠。紹興二年，起知紹興府，改知福州、平江府。六年十二月，再除參知政事，兼權樞密院事。八年，以與趙鼎不合，出知婺州，改洪州，兼江南西路安撫使。十年，徙知紹興府。以忤秦檜，乞致仕歸。十四年，起知建康，至鎮數月，卒於任，年六十二，諡文靖。張守家貧好學，博聞強記，爲文有體，《四庫全書總目》卷一五六謂其文"具有體幹，而論列國家大事，是非利害，如指諸掌，卓有經世之才"。存詩不多，風格蒼老，使事精切。著有《毗陵集》五十卷、奏議二十五卷，原集已佚，清四庫館臣自《永樂大典》輯出詩文，重編爲《毗陵集》十五卷、附錄一卷。

一　跋唐誥

唐太宗收右軍跡至三千六百紙，當時士庶家藏固亦不少。故唐人多能書，雖小夫賤隸，下筆皆有可觀，豈非去魏晉不遠，鍾、王遺跡流傳尚多，人人得所師承，抑風俗慕尚、莫敢苟作也耶？

武德告身，殆非近世士大夫所能跂及，況刀筆吏乎！爲之一歎。文淵閣四庫全書本《毗陵集》卷一〇。

二　跋唐《千文》帖

景晉所藏《千文》，或以爲褚河南，非也。當時薛少保書凡闕五字：曰"世"，曰"民"，曰"秉"，曰"治"，皆避唐諱，則唐賢真跡可以無疑；而"衡"亦諱，則少保避其曾祖道衡諱耳。

少保師褚河南，又得外祖魏鄭公、虞、褚舊跡，刻意摹寫，頗有典型。此書有膚肉，差不類正書。然艱難以來，古跡殆絶，此書無一字闕，當與夏璜趙璧什襲珍藏。景晉乃摹刻諸石以永其傳，且欲與好事者共之，其賢可知。《毘陵集》卷一○。

三　跋懷素帖

古人專一藝而無他好，乃能名世傳後。懷素正書、行書非一，所傳聞自謂得草書三昧，殆由用志不分耳。使草聖不傳，天下後世豈復知有懷素也？六一先生反以此譏之，豈浮屠氏之學在所貶耶？《毘陵集》卷一○。

四　跋顔魯公帖

魯公剛正之氣，凛然見於心畫之妙，余平生所最嗜也。晚見此帖，尤天然遒勁，初若無意於書，而落筆自中繩尺，殆非學者所能到也。晉陵張子固題。《毘陵集》卷一○。

五　跋周君舉所藏山谷帖

山谷老人謫居戎夔，而家書周諄，無一點悲憂憤嫉之氣，視禍福寵辱如浮雲去來，何繫欣戚！

世之淺丈夫，臨小得失，意色俱變，一罹禍辱，不怨天尤人，則哀呼求免矣，使見此書，亦可少愧也。紹興十年二月八日，毘陵張某子固觀於會稽郡齋。《毘陵集》卷一○。

六　跋歐陽文忠公帖

六一先生學識文章、節槩事業，皆與日月争光。使尺牘不工，人固藏之以爲榮，而顔筋柳骨自不在古人後；獨不以名世者，蓋不足爲公道也。世之澡觚弄翰、誇墨池筆塚以取名一時者，其可同年而語耶！《毘陵集》卷一○。

七　跋劉孝述司馬溫公帖

熙寧己酉春二月，王荆公始參大政，首定謀殺聽首之律。吴興劉公孝述以御史知雜判刑部，率同僚丁諷等封勅還中書，至于再，時論浩然歸重。

先司馬溫公嘗辨論幾數萬言，廷臣以爲非者亦十七八。於是御史中丞吕獻可並其屬請如刑部議，卒莫能奪，其故謀殺人而聽首，天下至今疑之。秋八月，公又率侍御史劉錡、錢顗極論安石專肆胸臆，輕易憲度，驚駭物聽，動搖人心，以至曾公亮畏避固寵，趙槩括依違，反覆數千言。又獨論□執法舉屬不拘秩任，非祖宗法，兼與治平手詔之意異。故貶錡、顓監當，而劾公與諷等不奉詔之罪。士大夫冤之，上章救公，如孫昌齡罷御史，范堯夫罷修注。溫公疏入不報，諷等於是誣伏。而公獨謂朝廷不當劾言事官，卒不承，乃貶知江州。自獻可首以論安石得罪，氣燄熏灼，不變則懼矣，公復毅然，曾不爲身謀，賢矣夫！溫公時在翰林，申理不獲，既造公叙別，又以手帖勞之，實其年九月五日也。語法而意篤，其端方剛毅之氣，親仁樂善之誠，可以槩見於詞翰。

後六十四年，公之孫嶠仲高提點福建刑獄，出示此帖，求志其後。某念比年多故，典籍殘闕，國史所載，世或不知，幸此帖之存，故樂爲天下道也。溫公善隸，故楷法有隸體云。

紹興壬子除日，資政殿學士、左中大夫、知福州兼福建路安撫使張某子固題。《毘陵集》卷一〇。

八　跋了翁乞銘帖

竊觀夫請銘之書，詞情曲折詳密，懇到如此，其誰敢辭？銘字畫精勁蕭散，有《蘭亭》典刑，自應寶藏，以傳不朽，當不獨以名節之重、文詞之工也。《毘陵集》卷一〇。

九　跋王摩詰畫

山水一變於吳道玄、李將軍父子，遂度越前輩，至摩詰尤爲擅場。張彥遠以謂人家所蓄，多是右丞指揮工人布色，在當時已如此，則今人所藏可知矣。

《疾風送雨圖》精深秀潤，未嘗設色，非有胸中丘壑不能辦也。所謂雲峰石色，絕迹天機，顧豈工人能措筆耶？知音者希，真奇殆絕，臨本之獲厚幣，宜哉！使出真跡，未必售也，爲之一歎。《毘陵集》卷一〇。

一〇　跋龍眠《渡水羅漢》

余昔於孫叔靜家見王摩詰《渡水羅漢圖》，與此纔小異耳，龍眠所作蓋有自也。大士遊行世間，方便接物，初無以異於人，奚必隻履騰空，一杯渡水，常作如此狡獪變化以驚世駭俗哉！山谷以阿羅漢具神通，何至拖泥帶水如此，便謂非王右丞筆，然則龍眠豈效尤者耶？《毘陵集》卷一〇。

一一　題《耆英圖》後

某早衰多病，年過半百而齒髮凋零，意氣頹謝，固將結廬荊溪之上而老焉。上恩不貸，復寘政地，蚤夜黽勉，圖報萬一，而後乞身，以卒區區之志，而未遂也。

比得《洛陽耆英圖》，想見方外蕭散之趣，披翫不能去手。況文、富、司馬公以元勳碩德，領袖諸老，一時勝集，遂度越樂天之會。嗚呼盛哉！竊窺典刑，歎慕之不足，既命工模榻，復手筆諸公詩於卷後以見志。紹興丁巳六月上澣，毗陵張某子固題。《毗陵集》卷一〇。

一二 題畫

二松偃蓋勢曲拳，二松疎幹凌風烟。霜姿紓捲全於天，笑看草木爭春妍。杖藜誰子行蹢躅，欲渡略彴廻溪船。令我清夢歸林泉，漳江流駛行可沿。《毗陵集》卷一四。

一三 題《明皇聯鑣圖》

風流誰復似三郎，並轡春風輦路香。漫說宮中行樂秘，畫圖千古記興亡。《毗陵集》卷一五。

一四 題崔愨畫

風折枯荷蘆葦秋，蕭蕭鷺鴻上沙洲。關心滿眼江湖趣，何日扁舟得自由。《毗陵集》卷一五。

吕本中藝話（一七則）

　　吕本中（一〇八四～一一四五）初名大中，字居仁，號紫微，學者又稱東萊先生，壽州（今安徽壽縣）人，公著曾孫，希哲孫，好問子。以恩蔭補承務郎。元符中，爲濟陰主簿、秦州士曹掾，辟大名府帥司幹官。宣和六年，除樞密院編修官。靖康初，遷職方員外郎，直秘閣，主管崇道觀。紹興六年，特賜進士出身，擢起居舍人兼權中書舍人。七年，主管太平觀，召爲太常少卿。八年，遷中書舍人，兼侍講，兼權直學士院。屢上疏論恢復大計，後因事忤秦檜，又與趙鼎相知，秦檜諷御史蕭振劾罷之，提舉太平觀，卒，賜謚文清。吕本中是江西詩派重要作家，所作《江西詩社宗派圖》列陳師道以下二十五人，以黃庭堅爲詩派之祖，形成一種自覺的詩歌創作宗派意識，對北宋詩歌作出了總結與概括。在詩歌創作理論上，吕本中提出了"活法"之説，即"所謂活法者，規矩備具，而能出於規矩之外，變化不測，而亦不背於規矩"，并具體指出"好詩流轉圓美如彈丸，此真活法也"（吕本中《夏均父集序》）。對於前人的詩歌，他强調繼承與發展，認爲"作詩須熟看老杜、蘇、黃，亦先見體式，然後徧考他詩，自然功夫度越過人"（《童蒙訓》）。他在自己的創作實踐中常常鍛字煉句，刻意苦吟，甚至"嘗嘔血，自此得羸疾終其身"（《艇齋詩話》）。陸游稱吕本中詩文"汪洋閎肆，兼備衆體，間出新意，愈奇而愈渾厚，震耀耳目，而不失高古，一時學士宗焉"（《東萊詩集序》）。擅長作詞，曾季貍《艇齋詩話》謂其晚年詞"尤渾然天成，不減唐花間之作"。著有《春秋集解》《師友雜誌》《官箴》《童蒙訓》《紫微雜説》及《東萊先生詩集》等傳世。

一　題張君墨竹

　　張卿畫竹今成癖，笑語揮毫不作難。欲見高標起蕭瑟，坐令炎暑變荒寒。筆頭似有千年韻，胸次猶須萬斛寬。歲晚雪霜君記取，此君懷抱要重看。文淵閣四庫全書本《東萊詩集》卷一。

二　楊道孚墨竹歌

君不見渭川之陰卧龍橫千秋，貌取者誰文湖州。十年筆意閉黄壤，只今妙手唯楊侯。楊侯畫竹盡真跡，功奪造化令人愁。滿堂廻頭看下筆，擾擾雲烟亂晴日。大叢縱横高入雲，斜風落葉秋紛紛。小叢欹傾病無力，傍水長根走蒼石。門前車馬汗成川，何得原闕二字。動高壁。楊侯嘻笑辭未工，此意不與丹青同。數原闕二字。無一錢費，酒炙能使千家空。轍材遠寄動盈屋，我闕。子畫無由窮。剡溪寒藤不難致。須君放手爲雙叢。須君放手爲雙叢，與我俱隱南山中。《東萊詩集》卷一。

三　寄前鎮西楊法曹

楊子文章老更新，狂吟寡和過陽春。雙聲疊韻俱難敵，指物程形似有神。畫馬已無韓幹肉，草書真得伯英筋。可憐一首《閒居賦》，解道連蜷能幾人。《東萊詩集》卷一。

四　奉懷張公潛合人二首

腕中有萬斛力，胸次乃千頃陂。字畫顔行楊草，文章韓筆杜詩。《東萊詩集》卷二。

五　觀寧子儀所蓄維摩寒山拾得唐畫歌

君不見寒山子垢面蓬頭何所似，戲拈拄杖咲拾公，似是同遊國清寺。又不見維摩老結習已空，無可道牀頭誰是。散花人墮地，紛紛不須掃。嗚呼妙處雖在不得言，尚有丹青傳百年，請公着眼落筆前，令我琢句逃幽禪。異時净社看白蓮，莫忘只今香火緣。《東萊詩集》卷三。

六　山水圖歌

君不見南江老龍夜不眠，令我破屋開青天。千巖倒壁卷角上，一榻却在洪濤前。又不見江頭古木一尺圍，猿猱接手懸高枝。雨中寒蘆披靡去，天際風帆先後歸。陳生故是可憐人，筆雖未到心已親。南村北村渴欲死，怪此一室無纖塵。鄭虔祁嶽不解奇，韓幹畫馬空多肥。萬里咫尺君得之，更看湘江霁雨垂。陳生欲畫湖湘圖。《東萊詩集》卷四。

七　題李伯時《維摩畫像圖》

老松攪天四無壁，小菴不勞容一室。野竹入户芭蕉肥，下有無言病摩詰。文殊妙對亦未真，身如浮雲那得親。驚倒同行問話人，彼上人者何所云。龍眠好事筆有神，不避世間狐兔羣。埽渠胸中千斛塵，多口阿師聞不聞。埽渠，一作洗盡。《東萊詩集》卷四。

八　聽琴

君不見龍門之下百尺桐，漂霰飛雪愁寒空。何年班爾落君手，小窗伴坐歌南風。恍然如著山巖裏，不知身在塵埃中。初聞平野飛鴻鵠，欻聽金盤起珠玉。遶壇古樹鬱嵯峨，六月吹霜作寒綠。折楊黃華不須道，別鶴離鸞尚堪續。君不見開元天子醉西都，音聲十院留歡娛。當時臨軒奏此曲，徑須解穢煩花奴。乃知恬淡世莫識，無絃之趣何時無。歸家愁厭箏笛耳，此聲一聽還已矣。會須流水訪鍾期，試向爐中覓焦尾。《東萊詩集》卷四。

九　讀秦碑

秦人跨九州，欲以傳萬世。立石名山傍，往往章一作示。得意。至今見遺刻，字體甚雄異。壯哉蒼蘚文，未改回屈勢。風雨所侵蝕，中有千丈氣。嚴如虬龍蟠，深若鐵石利。餘威到山鬼，謹守敢失墜。漢魏能書人，亦豈可睥睨？未能識藩籬，何止趁姿媚。初無一日雅，但有三舍避。文章又奇古，遷雄盖苗裔。觀其所稱一作著。述，肯爲尊者諱。巧言未大失，末乃爲俗累。嗚呼結繩前，此又誰與記？君臣共無爲，垂拱天下治。《春秋》紀日月，大《易》垂象繫。嬴氏厭休息，動以衡石計。斯翁變古文，程邈分篆隸。自此更滋蔓，日以趨簡易。馳驅千百年，漫有紙筆費。誰能罷煩文，盡掃諸天外。此書雖見存，或以少爲貴。持此槁木枝，我亦無甚愧。《東萊詩集》卷八。

一○　畫馬圖

平沙遠草春未生，萬木夜起争悲鳴。秋雲欲墜一作墮。都護壘，急雪暗下屯田營。邊人却走畏深入，漢家飛將已雲集。此時一馬直一作費。萬錢，隴右河湟更供給。邊塵净盡今百年，萬馬潦倒西風前。天生駿骨例艱阻，是處雕鞍蒙受憐。君家九幅開新帳，欻見腰裹華堂上。長鞭不用羈絡遠，霧縠雲羅倚惆悵。高旄嫋嫋霜露微，首苜得雨連山肥。同時戰士今不歸，曹霸弟子能神奇。毫端妙處君得之，駑駘往来空爾爲。《東萊詩集》卷八。

一一　題趙丞瑞《薏苡圖》

甘泉殿中芝九莖，不與百草同條生。當時祥瑞已稠疊，薏苡亦未來争衡。漢星不容矍鑠翁，此物不與明珠同。爾来萬物更變化，薏苡寧甘死荒野。放遣根苗霜雪白，焗若微月来清夜。趙郎好事古亦無，俯拾傍觀盡圖畫。畫師不辭粉繪費，遇時亦得千金價。君不見古来異瑞與奇祥，何曾不致南宮下。《東萊詩集》卷九。

一二　次韻錢遜叔《獨鶴圖》三首

長頸辣身嬾不前，此寧有望更騰騫。懿公愛爾非無意，要壓曹人三百軒。
粉墨半銷翎翅短，正如衰髮不勝簪。可憐少保功名悞，寫此凌雲意不堪。
眼明見此出籠鶴，似我北歸辭瘴嵐。慎勿一作莫。低頭待收養，人間欣戚盡朝三。
《東萊詩集》卷十三。

一三　次韻錢遜叔畫圖

西風著人塵滿襟，江山縱近難追尋。當年寫此數幅妙，坐使几案頻登臨。斷雲黤慘出古寺，遠岸杳靄連荒岑。漁舟盪漾江路晚，烟雨濛籠山店陰。已知落筆一作筆下。氣象古，一任世間消息沈。最憐霜榦倚長石，不待歲久成枯林。知公比中興不淺，此畫故能留意深。只今燕坐一室裏，尚費從來長短吟。詩成掩卷坐秋晚，一唱三嘆求遺音。《東萊詩集》卷十三。

一四　錢遜叔諸公賦石鼓文，請同作

江頭羽書相續來，城中草木凍不開。腐儒坐視了無策，但守寒爐吹死灰。我公送我石鼓文，令我琢句要春回。簸蕩風雲走一作寫。蛟蜃，百蟲久蟄聞驚雷。錢公自是力扛鼎，持此浮遊轉湖嶺。漢碑秦篆已么麼，況復鍾王敢馳騁。後來頗供兒女弄，神物有知當遠屏。石鼓之文公所知，正是周室中興時。庶幾我皇亦如此，一掃攙搶隨風一作灰。飛。石鼓之文尚可讀，小臣願繼《車攻》詩。《東萊詩集》卷十三。

一五　題孫子紹所藏王摩詰《渡水羅漢》

問渠褰裳欲何往，彷徨徙倚滄波上。至人入水固不濡，何以有此恐怖狀。我知摩詰意未真，欲以筆端調世人。此水此渡俱非實，摩詰亦未嘗下筆。孫郎寶藏今幾年，往來周旋兵火間。世人險阻更百難，彼渡水者安如山。請君但作如此觀，莫更思維尋筆端。《東萊詩集》卷十四。

一六　題趙祖文《盤谷圖》

趙郎落筆寫盤谷，正是太平無事時。今日太行那有此，滿山樵採盡癡兒。《東萊詩集》

卷十四。

一七　題范才元畫軸後

昔年曾過嶺南州，爭看湘江萬里流。妙手可傳詩外意，亂雲寒木更孤舟。《東萊詩集》卷十九。

釋可觀藝話（一則）

　　釋可觀（一〇八四~一一八二）字宜翁，號竹菴，俗姓戚，華亭（今上海松江）人。學佛法於車溪卿禪師。建炎初，主持嘉禾聖壽寺。紹興間，遷嘗湖德藏寺。乾道七年，主吳中北禪寺。淳熙九年卒，年九十一。著有《竹庵集》，已佚。

題法智大師帖

　　言心聲也，字心畫也。此來延慶，因得拜觀法智尊者真跡，如水無風，自成波紋。偶有晉人古帖老手風韻，可佳。雲間異世嗣學可觀敬題卷末。淳熙庚子仲夏改旦。日本大正新修大藏経卷四六《四明尊者教行錄》卷五。

吳喆藝話（二則）

吳喆（生卒年不詳），號竹西，徽宗時人。

一 題懷素食魚帖

素公草書超妙自得，筆老而意新，在當時已爲獨步。雖散流人間甚盛，然自唐迄今二百餘年，士大夫家所藏罕有完者。而此帖首尾皆具，尤可珍也。

宣和甲辰七月中澣，竹西吳喆書。文淵閣四庫全書本《式古堂書畫彙考》卷八。

二 再題懷素食魚帖

東坡先生評藏真書云："此公能自譽，觀者不以爲過，信乎其書之工也。然其爲人儻蕩，本不求工，所以能工如此。如沒人操舟，無意於濟否。是以覆却萬變，而舉止自若，近於有道者耶！"今觀此帖有食魚、食肉之語，蓋儻蕩者也。至於行筆遒勁，如屋漏，如屈鐵，非工其能如是乎？竹西又題。《式古堂書畫彙考》卷八。

李清照藝話（一則）

李清照（一〇八四～一一五五），號易安居士，濟南章丘（今山東濟南章丘）人。李格非之女。自幼有文才。工詩能文，更擅長作詞。《萍洲可談》卷中云："本朝婦女之有文者，李易安爲首稱……詩之典贍，無愧於古之作者。詞尤婉麗，往往出人意表，近未見其比。"現存詩不多，却幾乎篇篇均爲佳作。文章筆力勁健。其文學成就主要在詞論及創作上。她所作的《詞論》，歷評北宋詞人，多中肯綮，力主詞"別是一家"，要求詞須保持其音樂特性，表達了她對詞創作的真知灼見，在詞學批評史上頗具影響。她的詞隨時代、命運的變化，而呈現出前、後期兩種不同的風格。南渡前所作詞，多寫自然風光和離愁別恨，真實地反映了她少女時代的生活與思想情感。北宋滅亡後，她身經家國破亡之痛，其詞主要抒發傷時懷舊的悼亡之情，風格也變得低沉淒凉。其詞語言清新平易而內蘊豐富，形成了獨特的"易安體"，在詞史上別樹一幟，對後世產生了巨大影響。著有《易安居士集》七卷、《易安詞》六卷，均已失傳。現存詩文詞集皆爲後人所輯。趙萬里《輯校宋金元詞》收其詞六十首。今人整理本有人民文學出版社一九七九年出版的王仲聞《李清照集校注》。

《金石録》後序

右《金石録》三十卷者何？趙侯德父所著書也。取上自三代，下迄五季，鐘、鼎、甗、鬲、盤、匜、尊、敦之款識，豐碑大碣、顯人晦士之事跡，凡見於金石刻者二千卷，皆是正譌謬，去取褒貶，上足以合聖人之道，下足以訂史氏之失者皆載之，可謂多矣。

嗚呼！自王播、元載之禍，書畫與胡椒無異；長輿、元凱之病，錢癖與《傳》癖何殊。名雖不同，其惑一也。

余建中辛巳始歸趙氏。時先君作禮部員外郎，丞相時作吏部侍郎，侯年二十一，在太學作學生。趙、李族寒，素貧儉。每朔望謁告出，質衣取半千錢，步入相國寺，市碑文果實歸，相對展玩咀嚼，自謂葛天氏之民也。

後二年，出仕宦，便有飯蔬衣練，窮遐方絶域，盡天下古文奇字之志。日就月將，漸益堆積。丞相居政府，親舊或在館閣，多有亡詩逸史，魯壁汲冢所未見之書，遂盡力傳寫，浸覺有味，不能自已。後或見古今名人書畫、三代奇器，亦復脫衣市易。

嘗記崇寧間，有人持徐熙《牡丹圖》，求錢二十萬。當時雖貴家子弟，求二十萬錢，豈易得耶？留信宿，計無所出而還之，夫婦相嚮惋悵者數日。後屏居鄉里十年，仰取俯拾，衣食有餘。連守兩郡，竭其俸入，以事鉛槧。每獲一書，即同共校勘，整集籤題；得書畫彝鼎，亦摩玩舒卷，指摘疵病，夜盡一燭爲率。故能紙札精緻，字畫完整，冠諸收書家。

余性偶強記，每飯罷，坐歸來堂烹茶，指堆積書史，言某事在某書、某卷、第幾葉、第幾行，以中否角勝負，爲飲茶先後。中即舉杯大笑，至茶傾覆懷中，反不得飲而起。甘心老是鄉矣，故雖處憂患困窮，而志不屈。

收書既成，歸來堂起書庫大櫥，簿甲乙，置書冊。如要講讀，即請鑰上簿，關出卷帙；或少損污，必懲責揩完塗改，不復嚮時之坦夷也。是欲求適意，而反取憭慄。余性不耐，始謀食去重肉，衣去重采，首無明珠翠羽之飾，室無塗金刺繡之具。遇書史百家字不闕，本不訛謬者，輒市之，儲作副本。

自來家傳《周易》《左氏傳》，故兩家者流，文字最備。於是几案羅列，枕席枕藉，意會心謀，目往神授，樂在聲色狗馬之上。

至靖康丙午歲，侯守淄川，聞金寇犯京師〔一〕，四顧茫然，盈箱溢篋，且戀戀，且悵悵，知其必不爲己物矣。

建炎丁未春三月，奔太夫人喪南來。既長物不能盡載，乃先去書之重大印本者，又去畫之多幅者，又去古器之無款識者，後又去書之監本者，畫之平常者，器之重大者。凡屢減去，尚載書十五車。至東海，連艫渡淮，又渡江，至建康。青州故第尚鎖書冊什物，用屋十餘間，期明年春再具舟載之。十二月，金人陷青州，凡所謂十餘屋者，已皆爲煨燼矣。

建炎戊申秋九月，侯起復知建康府。己酉春三月罷，具舟上蕪湖，入姑孰，將卜居贛水上。夏五月，至池陽。被旨知湖州，過闕上殿，遂駐家池陽，獨赴召。

六月十三日，始負擔，捨舟坐岸上，葛衣岸巾，精神如虎，目光爛爛射人，望舟中告別。余意甚惡，呼曰："如傳聞城中緩急，奈何？"戟手遙應曰："從衆。必不得已，先去輜重，次衣被，次書冊卷軸，次古器，獨所謂宗器者，可自負抱，與身俱存亡，勿忘也。"遂馳馬去。塗中奔馳，冒大暑，感疾。至行在，病痁。

七月末，書報臥病。余驚怛，念侯性素急，奈何！病痁或熱，必服寒藥，疾可憂。遂解舟下，一日夜行三百里。比至，果大服茈胡、黃芩藥，瘧且痢，病危在膏肓。余悲泣，倉皇不忍問後事。

八月十八日，遂不起。取筆作詩，絕筆而終，殊無分香賣屨之意。葬畢，余無所之。朝廷已分遣六宮，又傳江當禁渡。時猶有書二萬卷，金石刻二千卷，器皿、茵褥，可待百客，他長物稱是。余又大病，僅存喘息。事勢日迫，念侯有妹婿任兵部侍郎，從衞在洪州，遂遣二故吏先部送行李往投之。

冬十二月，金寇陷洪州，遂盡委棄，所謂連艫渡江之書，又散爲雲煙矣。獨余少輕小卷軸書帖，寫本李、杜、韓、柳集，《世說》《鹽鐵論》，漢唐石刻副本數十軸，三代鼎鼐十數事，南唐寫本書數篋，偶病中把玩，搬在卧內者，巋然獨存。上江既不可往，又虞勢叵測，有弟迒任勅局刪定官，遂往依之。到台，台守已遁。之剡出陸，又棄衣被，走黃巖，雇舟入海，奔行朝。時駐蹕章安，從御舟海道之溫，又之越。庚戌十二月，放散百官，遂之衢。

紹興辛亥春三月，復赴越。壬子，又赴杭。先侯疾亟時，有張飛卿學士携玉壺過，視侯，便携去，其實珉也。不知何人傳道，遂妄言有頒金之語，或傳亦有密論列者。余大惶怖，不敢言，亦不敢遂已，盡將家中所有銅器等物，欲赴外庭投進。到越，已移幸四明，不敢留家中，並寫本書寄剡。後官軍收叛卒，取去，聞盡入故李將軍家。所謂巋然獨存者，無慮十去五六矣。惟有書畫硯墨可五七簏，更不忍置他所。常在卧榻下，手自開闔。在會稽，卜居土民鍾氏舍。忽一夕，穴壁負五簏去。余悲慟不得活，重立賞收贖。後二日，鄰人鍾復皓出十八軸求賞，故知其盜不遠矣。萬計求之，其餘遂牢不可出，今知盡爲吳說運使賤價得之。所謂巋然獨存者，乃十去其七八。所有一二殘零不成部帙書冊三數種，平平書帙，猶復愛惜如護頭目，何愚也耶！

今日忽閱此書，如見故人。因憶侯在東萊靜治堂，裝卷初就，芸籤縹帶，束十卷作一帙。每日晚，吏散，輒校勘二卷，跋題一卷。此二千卷，有題跋者五百二卷耳。今手澤如新，而墓木已拱，悲夫！

昔蕭繹江陵陷沒，不惜國亡而毀裂書畫；楊廣江都傾覆，不悲身死而復取圖書。豈人性之所著，生死不能忘歟？或者天意以余菲薄，不足以享此尤物耶？抑亦死者有知，猶斤斤愛惜，不肯留在人間耶？何得之艱而失之易也！

嗚呼，余自少陸機作賦之二年，至過蘧瑗知非之兩歲，三十四年之間，憂患得失，何其多也。然有有必有無，有聚必有散，乃理之常。人亡弓，人得之，又胡足道。所以區區記其終始者，亦欲爲後世好古博雅者之戒云。

紹興二年玄黓歲壯月朔甲寅，易安室題。雅雨堂叢書本《金石錄》卷末。

〔一〕寇：原作"人"，據《瑞桂堂暇錄》（說郛宛委山堂本二七）改。下文"金寇陷洪州"同。

曾幾藝話（八則）

　　曾幾（一〇八四～一一六六）字吉甫，號茶山居士，其先贛州（今江西贛縣）人，後徙河南（今河南洛陽）。孔武仲、孔平仲外甥。未冠，隨兄宦於鄆州，補試州學爲第一。入太學，屢試爲高等。試吏部銓中優等，賜上舍出身，擢國子正，遷辟雍博士，兼編修道史檢閱官。爲秘書省校書郎，出爲應天府少尹。靖康初，提舉淮南東路鹽茶公事，改荆湖北路，以疾奉祠，主管臨安府洞霄宫。起爲廣南西路轉運判官，徙江南西路提點刑獄，改兩浙西路。紹興八年，其兄曾開與秦檜力爭和議，兄弟俱罷，逾月，除廣南西路轉運副使，得請主管台州崇道觀。以與秦檜意見不合，閒居上饒七年。紹興二十五年，起爲提點兩浙東路刑獄。次年，知台州。逾年，召對，除秘書少監，擢禮部侍郎。隆興二年，以左通議大夫致仕。乾道二年卒，年八十三，諡文清。曾幾爲人正直，勤於政事，學識淵博，通貫六經，尤長於《易》《論語》。曾向韓駒學作詩，又與吕本中、徐俯等交遊，對杜甫、黄庭堅、陳師道備極推崇。其詩歌風格總體上近於蘇軾、黄庭堅，後人也將他列入江西詩派。曾幾著有《易釋象》五卷、文集三十卷。其詩集後經刪削，編爲《曾文清集》十五卷。原集已佚，清四庫館臣自《永樂大典》中輯出遺詩，重編爲八卷，共收古今體詩五百五十八首。

一　題黄嗣深家所蓄惠崇《秋晚畫》

　　叢蘆受風低，積潦得霜淺。沙勻洲渚淨，水澹鳧鴨遠。禪扉掩晝夜，短紙開秋晚。欲問此間詩，半山呼不返。文淵閣四庫全書本《茶山集》卷一。

二　《相馬圖》呈杜勉齋左司

　　造物出萬類，貴賤伊誰分。圭璋雜瓦礫，世道同疎親。既收大宛種，一掃駑駘羣。乃觀《相馬圖》，低首先吟呻。千金購死骨，舉國無其真。生死何太晚，鹽車負艱辛。悠悠虞阪道，赤日煎紅塵。行人亦何多，具眼惟孫君。一顧不旋踵，價越連城珍。誰爲繪此像，庸示將來人？相馬失之瘦，相士失之貧。於兹有鉅公，數載居沉淪。涵養浩然氣，輪蹄任紛紜。素識太平相，鶚表飛青雲。紫泥日邊下，八座生陽春。攄心握文柄，引年啟賢門。凝睇辨臧否，立志安斯民。他時了經濟，丹青畫麒麟。回顧相馬者，細務何足云！寥寥載千古，二道非同倫。相士今何人，少陵身後身。《茶山集》卷一。

三　黃嗣深尚書自臨川省其兄嗣文户部于宜春，用元明、魯直唱題李生墨竹梅

紛紛畫手調紅綠，好以桃花配叢竹。豈無短紙作江梅，雪裏溪邊太幽獨。李侯胸中有佳處，研滴松煤聊寓目。與梅擇對無可人，分付此君真不俗。淡煙小雨空濛地，何得月明疏影足。始知璀璨出斜枝，詩畫古來真一族。東坡梅詩：竹間璀璨出斜枝。《茶山集》卷三。

四　曾表勳畫屏

筆端水遠又山長，瀟灑吾宗白面郎。薺樹煙中分瑣細，葉舟沙外見微茫。不宜朝士聽雞枕，政愜幽人夢蝶牀。却恐非關毫素事，此身元住玉溪旁。《茶山集》卷六。

五　書陸務觀所藏阿羅漢像一軸

大阿羅漢十有六，一一騰空見人足。手持貝葉坐禪林，稱不動尊惟我獨。《茶山集》卷八。

六　求李生畫山水屏

乞君山石洪濤句，來作圍牀六幅屏。持向嶺南煙雨裏，夢成江上數峰青。《茶山集》卷八。

七　書左舉善秀才乞米圖

乞米魯公書作帖，睎顏處士畫成圖。若教渾似侏儒飽，還有流傳翰墨無。《茶山集》卷八。

八　書徐明叔訪戴圖

小艇相從本不期，剡中雪月並明時。不因興盡回船去，那得山陰一段奇。《茶山集》卷八。

李處權藝話（五則）

　　李處權（？～一一五五）字巽伯，號崧菴，本豐縣人，徙溧陽（今江蘇溧陽），淑曾孫。宣和間，與陳恬、朱敦儒同以詩名，南渡後，曾領三衢。紹興二十五年卒，年七十餘。處權少年學詩，後雖羈旅鞍馬間，仍然不輟吟詠，平生精力，盡於詩文之中。《四庫全書總目》卷一五七謂其"標新領異，別出以清雋之思，於詩道頗爲深造"，詩歌老而彌工，"五言清脫瀏亮，略似張耒；七言爽健伉浪，可擬陳與義"。著有《崧菴集》，包括古賦五、古詩三百、律詩一千二百、雜文二百、詞一百，歿後稿本散佚，其弟李處全裒輯得四百餘篇，於淳熙六年刊刻行世。原集已佚，清四庫館臣自《永樂大典》中輯爲六卷。

一　贈劉至道（節錄）

　　性靜乃可琴，德常乃可醫。二事人所難，而子能兼之。文淵閣四庫全書本《崧菴集》卷一。

二　題東坡枯木

　　先生萬卷讀，命世文之豪。矯矯鸑鳳姿，仰止人物高。坐石翳白拂，古繭磨衲袍。玉堂揮翰手，不數乘與褒。前身老畫師，寓興時抽毫。要在胸中奇，醉筆隨秉操。柘原沙錯錯，獨樹風騷騷。天荒鳥不入，路絶人告勞。一旦辭世紛，御風歸沉寥。遙知紫玉府，冠佩方游遨。不然跨汗漫，騎鯨弄雲濤。夜中夢見之，酌公以蒲萄。覺來空把卷，我心增鬱陶。《崧菴集》卷一。

二　謝王敦玉惠雙兔

　　惟兹衣褐徒，功用莫與大。馳騁文字間，下上無不載。卓哉昌黎公，毫端跨百代。傳紀何新奇，不泯良有賴。《崧菴集》卷一。

三　簡申甫求畫

平生金石友，參商幾暌阻。二年更喪亂，流落隨處所。夫君丘壑姿，鴻鵠杳鶱舉。超然有能事，妙絕見心苦。蒼茫尺餘松，黛色起煙雨。興來灑風竹，六月無祥暑。又嘗作平遠，近代未可數。奈何於吾儕，一筆獨不與。我有敲冰練，度越世俗楮。煩君作橫卷，放意寫湘楚。《崧菴集》卷二。

四　次韻叔羽聽琴詩

嶧桐斲孫枝，所取非老大。比其爨之焦，孰謂邕也過。拂拭見太古，斷腹宛蛇臥。持來長安市，萬口莫能破。愛公胸次廣，雲夢吞幾個。夜堂發孤彈，風月清入座。高山不易賞，白雪久無和。且樂舜絃薰，毋事楚臣些。《崧菴集》卷二。

五　聽彈廣陵

時風正薰彈《廣陵》，亂世掩抑呷嚶聲。孰謂嵇康敢不臣，此心炯炯難自明。荒楸古墓鬼神嘯，大澤深山龍鳳驚。我來聽此可無語，天乎孰謂得其平。《崧菴集》卷三。

朱弁藝話（一二則）

朱弁（一〇八五～一一四四）字少章，自號觀如居士，婺源（今江西婺源）人。少時穎悟，既冠，入太學，晁説之奇其詩，妻以兄女。進士及第。靖康戰亂，家破南歸。建炎初，議遣使問安兩宮，奮身自效，補修武郎，借吉州團練使，爲通問副使。被拘於金十九年，拒受金國官爵，守節不屈。紹興十三年，和議成，方得歸，補爲宣教郎、直秘閣，轉奉議郎。十四年卒，年六十。朱弁爲文仰慕陸贄，援據精博，曲盡事理；詩歌學李商隱，詞氣雍容，不蹈險怪奇澀之弊。朱弁在詩歌評論上也有建樹，撰《風月堂詩話》，推崇蘇軾、黃庭堅，反對那種"句無虛辭，必假故實，語無空字，必究所從"的詩風，提倡"用昆體功夫而造老杜渾成之地"。著有《聘遊集》四十二卷、《書解》十卷、《曲洧舊聞》三卷、《續骫骳説》一卷、《雜書》一卷、《風月堂詩話》三卷、《新鄭舊詩》一卷、《南歸詩文》一卷。其《曲洧舊聞》爲拘囚於北方時所作，多記述北宋遺事，寄寓了懷念故君與家國之思。

劉善長出示李伯時畫馬圖

俯首舉尾拳一蹄，掣韁欲嗅驕不嘶。奚官聳肩兩足垂，意貌自與造父齊。雞目麟鬐鳳皇臆，玉山禾遠未容食。爾雲追電有餘地，置之畫圖人豈識？精神權奇孰可班，當在白兔青龍間。君知此馬從何來，龍眠胸中十二閑。文淵閣四庫全書本《中州集》卷十。

《曲洧舊聞》（選錄 一〇則）

蔡君謨得字法於宋宣獻。宣獻爲西京留守時，君謨其幕官也。嵩山令善寺有君謨從宣獻留題尚存。東坡評今朝書以君謨爲第一。仁宗尤愛之，御製《元舅隴西王碑文》詔君謨書之。其後命學士撰《溫成皇后碑文》，又欲詔君謨書。君謨曰："此待詔之所職也，吾其可爲？"哉遂力辭之。文淵閣四庫全書本《曲洧舊聞》卷一。

范忠文公與司馬文正公，平生智識談論趣向，除議樂一事不同外，其餘靡所不同。元祐初，溫公起爲相，忠文獨高卧許下，凡累詔皆力辭不已，其最後表云："六十三而求去，蓋不待年；七十五而復來；誰云中理？"朝廷從之。當是時，中外士大夫莫不高公此舉，而人至今以爲美談也。

頃年，近畿江梅甚盛，而許洛尤多，有江梅、椒萼梅、綠萼梅、千葉黃香梅，凡四種。許下韓璠景文知予酷好梅也，爲予致椒萼、綠萼兩種，各四根。予植之後圃，作亭，遂以"綠萼"名之，書曰："他日訪公於秦洧之間，杖屨到門，更不通名。岸巾亭上梅，乃吾紹介也。"景文，三韓家少師子華孫也，風采環潤，字畫遒媚，亦好作詩，嘗爲都廂，人頗才之。以上《曲洧舊聞》卷三。

東坡云："遇天色明暖，筆硯和暢，便宜作草書數紙，非獨以適吾意，亦使百年之後與我同病者有以發之也。"張長史、懷素得草書三昧，聖宋文物之盛，未有以嗣之，惟君謨頗有法度，然而未放，止與東坡相上下耳。

東坡言："唐僧段和尚善彈琵琶，製道調《涼州》。國工康崑崙求之不得，後於元載子伯和處得女樂八人，以其半遺段，乃得之。予家舊有婢，亦善作此曲，音節皆妙，但不知'道調'所謂。今日讀《唐史·樂志》云：高宗以爲李氏老子之後，故命樂工製道調。皆在海外語過者。"

東坡云：今琵琶有獨彈，不合胡部諸調，曰：某宮多不可曉。《樂志》又云：《涼州》者，本西涼所獻也，其聲本宮調，有大遍、小遍。貞元初，樂工康崑崙寫其聲於琵琶，奏於玉宸殿，因號《玉宸宮調》。予嘗聞琵琶中作轢弦薄媚者，乃云是《玉宸宮調》也。

東坡言：唐初即用隋樂，武德九年始詔祖孝孫、竇璉等定樂。初，隋用黃鐘一宮，惟擊七鐘，五懸而不擊，謂之啞鐘。張文收乃依古斷竹數十二律，與孝孫等次調五鐘，叩之而應，由是十二鐘皆用。至肅宗時，山東人魏延陵得律，一因李輔國奏云云。太常樂調皆下，不合黃鐘，請悉別製諸鐘磬。帝以爲然，乃悉取諸樂器磨剗之，二十五日而成。然以漢律考之，黃鐘乃太蔟也，當時議者以爲非是。唐自肅、代以後，政日急，民日困，俗日媮，以至於亡。以理推之，其所謂下者，乃中聲也，悲夫！

東坡在儋耳，謂子過曰："吾嘗語汝，我決不爲海外人，近日頗覺有還中州氣象。"乃滌硯索紙筆，焚香，曰："果如吾言，寫吾平生所作八賦，當不脫誤一字。"既寫畢，讀之大喜曰："吾歸無疑矣！"後數日，而廉州之命至。八賦墨跡始在梁師成家，或云入禁中矣。以上《曲洧舊聞》卷五。

唐以身言書判設科，故一時之士無不習書，猶有晉宋餘風。今間有唐人遺跡，雖非知名之人，亦往往有可觀。本朝此科廢，書遂無用於世，非性自好之者不習，故工者益少，亦勢使之然也。

《歐陽文忠公外集》載《與石公操推官》二書，言嘗見其二石刻字之怪，譏其欲爲異以自高。公操即守道也。今《徂徠集》中猶見其答書，大畧皆譎辭自解，至謂書乃六藝之一，雖善，於鍾、王、虞、柳不過一藝而已。之所學，乃堯、舜、周、孔之道，不必善書也。文忠復之曰："《周禮》六藝有六書之學，其點畫曲直皆有其説。今以其直者爲斜，方者爲圓，而曰我第行堯、舜、周、孔之道，此甚不可也。譬如設饌於案，加帽於首，正襟而坐，然後食者，此世人常爾。若其納足于帽，反衣而衣，坐於案上以飯，實酒巵而食，曰：我行堯、舜、周、孔之道。可乎？不可也。"此言誠中其病。守道字畫，世不復見，既嘗被之金石，必非率爾而爲者。即其答書之詞而觀之，其強項不服義，設爲高論以文過，拒人之態猶可想見。稱推官者，蓋在南京時也，計其齒方甚少，不知後竟少悛否？然文忠公誌其墓與《讀徂徠集》二詩，盛道其所長，亦足以見公與人不求備也。近歲有一二少年，雖開言猶可喜者，而不肯循蹈規矩，好奇尚怪，遇事輒發，其書字尤甚意，本欲以爲高，而不知自陷於浮薄。文忠公之言，真此流之藥石也。以上《曲洧舊聞》卷九。

《續骫骳説》（選録　一則）

參寥子者，妙總大師曇潛也，俗姓王氏，杭州錢塘縣人。幼不茹葷，父母聽其出家。以童子誦《法華經》，度爲比丘，受具戒。於内外典無所不窺，能文章，尤喜爲詩，秦少游與之有交許之契。嘗在臨平道中，作詩云："風蒲獵獵弄輕柔，欲立蜻蜓不自由。五月臨平山下路，藕花無數亂汀洲。"東坡一見爲寫而刻諸石。宗婦曹夫人善丹青，作《臨平藕花圖》，人爭影寫，蓋不獨寶其畫也。文淵閣四庫全書本《説郛》卷二十九下《續骫骳説》。

蔣璨藝話（四則）

　　蔣璨（一〇八五～一一五九）字宣卿，號景坡，宜興（今江蘇宜興）人，之奇從子。生而少孤，以世父恩奏補假承務郎。崇寧五年，調蘭溪縣主簿，改監泰州海安倉，爲開封府酸棗縣主簿。轉宣教郎、編修道史局檢閱官。除都水監丞，提舉江南西路常平。歷知撫、通二州。紹興五年，提舉淮南東西路茶鹽公事，除淮南東路轉運判官，升副使。徙知揚州，轉中奉大夫、直龍圖閣、知臨安府，遷兩浙轉運副使，徙江西。二十七年，移淮南路轉運副使，知鎮江府。請祠，得台州崇道觀。二十九年卒，年七十五。蔣璨善書法，無論楷體行書俱佳，獨步一時。工詩詞。著有詩文集三十卷，今已佚。

一　題懷素自序帖

　　辨老方艱難時，流離轉徙江湖間，猶能致意於此，可見志尚。又獲觀伯考少師品題，併以嘉歎。紹興二年仲春廿日，陽羨蔣璨。文淵閣四庫全書本《趙氏鐵網珊瑚》卷一。

二　跋《五老圖》

　　大夫七十而致仕，見於禮經。修己安人，既得謝矣，徜徉州里，以逸吾老，使後來者有所矜式，近世那復見邪？攬觀以還，重有慨歎，閭閻之光，畢氏有之。紹興乙卯十月望，蔣璨題。《趙氏鐵網珊瑚》卷一三。

三　閻立本畫《蕭翼取〈蘭亭〉書》跋

　　右，閻右相畫人物五輩。其一書生狀者，乃唐時西臺御史蕭翼也；其一老僧者，乃智永嫡孫辨才也。
　　太宗雅好法書，聞辨才秘藏王右軍《蘭亭》真跡，令翼取之。翼乃易姓名，改衣服，徑詣辨才。朝夕習洽，因出御府諸書，相與論難，以激發之。辨才曰："老僧有智永禪師所寶《蘭亭》,非此倫比,與公相好,故出示之。"翼既得《蘭亭》在手,徑納袖中,遂出太宗御札。老僧張頤失色,有遺玄珠之狀;書生意氣揚揚,有歸全璧之喜。其一吹淋者,寫貌尤工,非馳譽丹青之手,不能爾也。紹興十三年二月中澣日,書於豫章。上海古籍出版社一九七九年校點本《能改齋漫錄》卷五。

四　題蔡襄自書詩帖

君謨字畫名世,每自書所作詩,不惟意在揮染,亦使後人得之便可傳寶。向來過目,不啻十許卷也。蔣璨。清抄本《石渠寶笈三編》。

張邦基藝話（四八則）

張邦基，約一一三一年前後在世，字子賢，高郵（今江蘇高郵）人。《四庫全書·墨莊漫録提要》："《墨莊漫録》十卷，宋張邦基撰。邦基字子賢，高郵人，仕履未詳，自稱宣和癸卯在吴中見朱勔所採太湖黿山石，又稱紹興十八年見趙不棄除侍郎，則南北宋間人也。"《墨莊漫録》多記唐、宋以來文人逸聞趣事，亦有詩文品評，保存佚詩佚文，頗具史料價值。

《墨莊漫録》（選録　四八則）

王荆公書清勁峭拔，飄飄不凡，世謂之横風疾雨。黄魯直謂學王濛，米元章謂學楊凝式。以余觀之，乃天然如此。

潤州蘇氏家書畫甚多。書之絶異者有太宗《賜易簡御書》、宋玉《大言賦》《并名真戒酒批答》、鍾繇《賀吴滅關公上文帝表》、王右軍《答會稽内史王述書》《雪晴寄山陰張侯帖》、獻之《秋風詞》、梁蕭子雲《飼班固漢史》、唐褚遂良模本《蘭亭》、李太白《天馬歌》、賀知章《醉中吟》、張長史《書逸人壁》、顔魯公《進文殊碑讀》、李陽冰篆《新泉銘》、永禪師《真草千文》、齊己題贈，並皆真跡。名畫則顧凱之《雪霽圖》《望五老峰圖》、北齊《舞鶴圖》、閻立本《醉道士圖》、吴道子《六甲神》、薛稷《戲鶴》、陳閎《蕃馬》、韓幹《御馬》、戴嵩《牛圖》、王維《卧披圖》、邊鸞雀竹、李將軍曉景屏風、李成山水、徐熙草蟲、黄筌墨竹、居寧翎毛、萱习龍水、劉道士鬼神、刁處士竹石、鍾隱乳兔。物之尤異者有明皇賜蘇小許公四代相玉印、贊皇父子石研、石兔、竹拂、連理拄杖、陳後主宫娃七寶束帶、雷公斧、珊瑚筆架、玉連環，皆希世之寶。後皆散逸，或有歸御府者，今不知流落何處。以上文淵閣四庫全書本《墨莊漫録》卷一。

題跋最爲難事，惟東坡、山谷題徐熙畫菓云："士大夫不可不知此味，不可使斯民有此色。"

崇寧中，初興書畫學，米芾元章方爲太常博士，奉詔以黃庭小楷作《千文》以獻，繼以所藏法書名畫來，上賜白金十八笏。是時禁中萃前代筆跡，號《宣和御覽》，宸翰序之，詔丞相蔡京跋尾，芾亦被旨預觀。已而出知無爲軍，復召爲書學博士，便殿賜對，詢逮移晷。因上其子友仁《楚山清曉圖》。既退，賜御書畫扇各二，遂除春官外郎，人以爲榮。十八笏蓋戲之耳。

都尉王詵爲王定國畫《煙江疊嶂圖》，東坡作詩所謂"江上愁心千疊山"者。定國死，其子由以畫貨與高郵富人茅生，以獻章獻，或云禁中。

喻陟明仲，睦州人，持節數部，政績藹著。雅善散隸，尤妙長笛，每行按至山水佳處，馬上臨風，快作數弄，殊風流蕭散也。常有馬上吹笛詩云云寄張芸叟，和寄云："越客思歸黯不平，閒持長笛寫秦聲。羨君氣海如斯壯，博我詞鋒孰敢爭。江上梅花開又落，隴頭流水咽還驚。豈知不寐鰥魚眼，獨坐山堂對月明。"又手帖云："舜民已三請外，若得西道一局，再記舊德，便冀掃榻，更需洗水晶杯也。"水晶杯，明仲珍惜物，非佳客不出，故芸叟戲云。以上《墨莊漫錄》卷二。

嘉州《淩雲寺大像記》，韋皋文，張綽書，其碑甚豐，字畫雄偉。頃於潘義榮處見之。

徐州有營妓馬盼者，甚慧麗。東坡守徐日，甚喜之。盼能學公書，得其彷彿。公嘗書《黃樓賦》未畢，盼竊效公書"山川開合"四字。公見之大笑，略爲潤色，不復易之。今碑中四字，盼之書也。

許道寧，京兆人。少亦業儒，性頗跌宕不羈。畫山水，法李成，獨造其妙，可與營丘抗衡。亦工傳神，每見人寢陋者，必戲寫貌於酒肆，識者皆笑之……予舅吳順圖有道寧畫《終南積雪圖》八幅，真絕品也。亡於兵火，惜哉！長安涼榭大屏面亦道寧所作，殊奇偉也。

蔡肇天啟久官京師，日有藪澤之思，常於尺素作平岡老木，極有清思。因授李伯時，令於餘地加遠水歸雁，作扁舟以載天啟，及題小詩曰："鴻雁歸時水拍天，平岡老木尚寒煙。付君餘地安漁艇，乞我寒江聽雨眠。"伯時懶不能竟。他日王漁之彥舟取去，以示宗子令戩，即取筆點染如詩中意。天啟見之，愛其佳。後天啟泛舟宿橫塘遇雨，閉篷而臥，夜分不寐，聞歸雁聲，因復爲詩云："平野風煙入夢思，慇勤作畫更題詩。扁舟臥聽橫塘雨，恰遇江南歸雁時。"此畫後入貴家，予嘗見之，渺然有江湖之思。

裴鉶《傳奇》載，成都古仙人吳綵鸞善書小字，嘗書《唐韻》鬻之。今蜀中導江迎祥院經藏，世稱藏中《佛本行經》六十卷，乃綵鸞所書，亦異物也。今世間所傳《唐韻》猶有闖旋風葉，字畫清勁，人家往往有之。以上《墨莊漫錄》卷三。

東坡自儋耳北歸，臨行以詩留別黎子雲秀才云："我本儋州人，寄生西蜀州。忽然跨海上，譬如事遠遊。平生生死夢，三者無劣優。知見不再見，欲去且少留。"後批云："新釀甚佳，求一具理，臨行寫此，以折菜錢。"宣和中，予在京相藍，見南州一士人攜此帖來，粗厚楮紙，行書，塗抹一二字，類顏魯公祭侄文，甚奇偉也。具理，南荒人瓶罌。

宣和二年，睦寇方臘起幫源，浙西震恐，士大夫相與奔竄。關注子東在錢塘，避地攜家於無錫之梁溪。明年臘就擒，離散之家，悉還桑梓。子東以貧甚未能歸，乃僑寓於毗陵郡崇安寺古柏院中。一日，忽夢臨水有軒，主人延客，可年五十，儀觀甚偉，玄衣而美鬚髯。揖坐，使兩女子以銅杯酌酒，謂子東曰："自來歌曲新聲，先奏天曹，然後散落人間。他日東南休兵，有樂府曰《太平樂》，汝先聽其聲。"遂使兩女子舞，主人抵掌而爲之節。已而恍然而覺，猶能記其五拍。子東因詩記云："玄衣仙子從雙鬟，緩節長歌一解顏。滿引銅杯效鯨吸，低回紅袖作弓彎。舞留月殿春風冷，樂奏鈞天曉夢還。行聽新聲太平樂，先傳五拍到人間。"後四年，子東始歸杭州，而先廬已焚於兵火，因寄家菩提寺。復夢前美髯者，腰一長笛，手披書冊，舉以示子東。紙白如玉，小朱欄界間行，似譜有其聲而無其詞。笑謂子東曰："將有待也。往時在梁溪，曾按《太平樂》，尚能記其聲否乎？"子東因爲之歌，美髯者援腰間笛，復作一弄。亦能記其聲，蓋是重頭小令。已而遂覺。其後，又夢至一處，榜曰"廣寒宮"，宮門夾兩池，水瑩淨無波，地無纖草，仰視嵬峨，若洞府然。門鑰不啟，或有告之者曰："但曳鈴索，呼月姊，則門開矣。"子東從其言，試曳鈴索，果有應者。乃引入至堂宇，見二仙子，皆眉目疏秀，端莊靚麗，冠青瑤冠，衣彩霞衣，似錦非錦，似繡非繡。因問引者曰："此謂誰？"曰："月姊也。"乃引子東昇堂，皆再拜。月姊亦問往時梁溪曾令雙鬟歌舞，傳《太平樂》，尚能記否？又遣紫髯翁吹新聲，亦能記否？子東曰："悉記之。"因爲歌之。月姊喜見顏面，復出一紙，書以示子東曰："亦新詞也。"姊歌之，其聲宛轉似樂府《昆明池》。子東因欲強記之。姊有難色，顧視手中紙，化爲碧字，皆滅跡矣。因揖而退，乃覺，時已夜闌矣。獨記其一句云："深誠杳隔無疑。"亦不知爲何等語也。前後三夢，後多忘其聲，惟紫髯翁笛聲尚在。乃倚其聲而爲之詞，名曰《桂華明》云："縹緲神清開洞府，遇廣寒宮女。問我雙鬟梁溪舞，還記得當時否。碧玉詞章，教仙女爲按歌宮羽。皓月滿窗人何處，聲永斷，瑤臺路。"子東嘗自爲予言之。

錢塘僧淨暉子照曠，學琴於僧則完全中，遂造精妙，得古人之意。宣和間，久居中都，出入貴人之門，嘗得一舊琴修治之。磨去舊漆三數重，隱隱若有字痕，重加磨甃，得古篆"霜鏞"二字，黃金填之，字畫勁妙有法。中官陳彥和以七百千得之，別以馬價珠爲徽，白玉爲軫。修成彈之，清越聲壓數琴，非雷氏未易臻此也。靖康丁未，辛道宗將趙萬叛。九月二十八日，陷鎮江府。時彥和在京口，挺身而走，琴遂不攜。又宗室士立之，時知南外大宗正，亦在郡，所服犀帶，乃道君解賜淵聖，淵聖解賜士者，正透盤龍，亦亡焉。龍屈若飛翔之狀，予嘗見之。

郭熙，河陽溫縣人，以畫得名。其子思後登科，熙喜甚，乃於縣庠宣聖殿內圖山水窠石四壁，雄偉清潤，妙絕一時。自云平生所得，極意於此筆矣。熙能爲遠景，意趣益新，略不相雜，亦名手也。貴人家收熙一景山水二十四幅，掛高堂上，森然若在林壑間，未易得也。思後爲待制，乃重資以收父畫，欲晦其跡也。

張芸叟作《鳳翔吳生畫記》，秦少游作《五百羅漢圖記》，皆法韓退之《畫記》，俱無愧也。以上《墨莊漫錄》卷四。

翟三丈公巽，少年侍龍圖，出守會稽時，嘗賦《猩猩毛筆詩》，甚奇妙。何去非次韻和之云："狡妍足巧語，嫗惡招歐歙。賦形具人獸，寧脫荊榛居。肉嘗登俎鼎，飼饋傳甘腴。失計墮醉鄉，顛躓無與扶。柔毫傳束縛，航海歸仙癯。浴質逸少池，摘藻知章湖。殺身固有用，賦芋從眾狙。坐令宣城工，無復誇栗鬚，宣城出栗鼠鬚也。文房甲四寶，萬兔慚蒙膚。數管友十年，閉門賦《三都》。之子信豪邁，嗜學每致劬。未冠游膠庠，已推經行儒。蓬山天祿閣，崢嶸凌碧虛。期予早登躡，同舍校魯魚。"公巽之詩恨未見，有《綠毛龜詩》，皆少年所作也。《墨莊漫錄》卷五。

本朝能書，世推蔡君謨，然得古人玄妙者，當遜米元章，米亦自負如此。嘗有《論書》一篇及《雜書》十篇，皆中翰墨之病。用雞林紙書贈張太亨嘉甫，蓋米老得意書也。今附於此。

《論書》云：歷觀前賢論書，徵引迂遠，比況奇巧，如龍跳天門，虎臥鳳闕，是何等語？或遣辭求工，去法愈遠，無益學者。故吾所論，要在人人，不爲溢辭。吾書小字行書，有如大字，惟家藏真跡跋尾，間或爲之，不以與求書者。心既注之，隨意落筆，皆得自然，備其古雅。壯歲未能立家，人謂吾書爲集古字，蓋取諸家長處，總而成之。既老始自成家，人見之不知以何爲祖也。江南吳、登州王子韶，大隸題榜有古意，吾小兒尹仁大隸題榜與之等。又幼兒尹知代吾名書碑，及手書大字，更無辨。門下許侍郎尤愛其小楷，云每小簡可使令嗣書之，謂尹知也。老杜作《薛稷惠普寺詩》云："鬱鬱三大字，蛟龍岌相纏。"今有石本，得而視之，乃是勾勒倒收，筆鋒畫畫如蒸餅，普字如人握兩拳，伸臂而立，醜怪難狀。以是論之，古無真大字明矣。葛洪天台之觀飛白爲大字之冠，古今第一。歐陽詢道林之寺，寒儉無精神。柳公權國清寺大小不相稱，費盡筋骨。裴休率意寫碑，乃有真趣，不陷醜怪。真字甚易，惟有體勢難爲，不如畫算勻而勢活也。字之八面，惟尚真楷見之，大小各自有分。智永有八面，已少鍾法，丁道護、歐、虞始勻，古法亡矣。柳公權師歐，不及遠甚，而爲醜怪惡札之祖。自柳世始有俗書。唐官告在世，爲褚、陸、徐嶠之體，殊有不俗者。開元以來，緣明皇字體肥俗，始有徐浩以合時君所好。經生字亦自此肥。開元以前古氣，無復有矣。唐人以徐浩比王僧虔，甚失當。徐浩大小一倫，是猶吏楷也。僧虔、蕭子雲傳鍾法，與子敬無異，大小各有分，不一倫。徐浩爲真卿辟客，書韻自張顛血脈來，教顏大字促令小，小字展令大，非古也。石刻不可學，但自書使人刻之，已非己書也，故必須真跡觀之乃得趣。如顏真卿每使家僮刻字，故會主人意，修改汝撇，致大失真。惟吉州廬山題名，題訖而去，後人刻之，故皆得其真，無做作凡俗差佳，乃知顏出於褚也。又真跡皆無蠶頭燕尾之筆，與郭知運《爭坐位帖》，有篆籀氣，顏傑思也。柳出歐陽，爲醜怪惡札之祖，自此世人始有爲俗書，蓋緣時君所好。其弟公綽乃不俗於其兄。筋骨之說出於柳。世人但以怒張爲筋骨，不知不怒張自有筋骨。凡大字要如小字，小字要如大字，唯褚遂良小字如大字，其後經生祖述，間有造妙者。大字如小字，未之見也。世人多寫大字時用力捉筆，字愈無筋骨神氣，作圓筆頭如蒸餅，大可鄙笑。要須如小字，鋒勢備全，都無刻意做作乃佳。自古及今，余不敏實得之。榜字固已滿世，自有識者知之。石曼卿作佛號，都無回互轉摺之勢，小字展令大，大字促令小，是張顛教顏真卿謬論。蓋字自有大小相稱。且如寫太一之殿，作四窠分，豈可將一字肥滿一窠，以對殿字乎？蓋自有相稱大小，不當展促也。予嘗書天慶之觀，天、之二字皆四筆，慶觀多畫在下，各隨其相稱寫之。掛起氣勢自帶過，皆如大小一般，雖真有飛動之勢也。書至隸與大篆，古法大壞矣。篆籀各隨字形大小，牧百物之狀，活動圓健，各各自足。隸乃始有展促之勢，而三代法亡矣。

其《雜書》十篇云：歐、虞、褚、柳、顏，皆一筆書也，安排費工，豈能垂世？李邕脫子敬體，乏纖濃。徐浩晚年用力過，更無氣骨，不如作郎官時婺州碑也。董孝子不空，皆晚年惡札，全無妍媚。此自有識者知之。沈傳師變格，自有超世真軌，徐不及也。御史蕭誠書太原題名，唐人無出其右，爲司馬係南嶽真君觀碑，極有鍾、王軌轍，餘皆不及矣。智永臨集書《千文》，秀潤圓勁，八面具備。有真跡自顛沛字起，在唐林夫處，他人收不及也。

半山莊臺上故多文公書，今不知存否。文公學楊凝式書，人鮮知之。予語其故，公大賞其見鑒。

金陵幕山樓臺榜乃關蔚宗二十年前書，想六朝宮殿榜皆如是。智永硯心成臼，乃能到右軍；若穿透，始到鍾繇也，可不勉之！

一日不書便覺思澀，想古人未嘗片時廢書也。因思蘇之才《桓公至洛帖》，字字用意相鈎連，非復便一筆至到底也。若旋安排，即虧活勢耳。

字要骨格，肉須裹筋，筋須藏肉帖，乃秀潤。在布置穩不俗，險不怪，老不枯，潤不肥，變態貴形不貴苦，苦生怒，怒生怪，貴形不貴作，作入畫，畫入俗，皆字病也。

顏魯公行字可教，真便入俗品萬等。古人書不如此學。吾家多小兒，作草字，大段有意思。

"少存若天性，習慣如自然"，茲古語也。吾夢古衣冠人授以摺紙，書法自此差進，寫與他人却不曉。蔡元度見而驚曰："法何太遽異耶？"此公亦具眼人。章子厚以真自名，獨稱吾行草，欲吾書如排算子，然真草須有體制，乃佳耳。

薛稷書慧普寺，老杜以謂"蛟龍岌相纏"。今見其本，乃如奈重兒抬蒸餅勢，信老杜不能書也。學書須得趣，他好俱忘乃入妙；別為一好縈之，便不工也。

海嶽以書學士召對，上問本朝以書名世者凡數人，海嶽各以其人對曰："蔡京不得筆，蔡卞得筆而少逸韻，蔡襄勒字，沈遼排字，黃庭堅描字，蘇軾畫字。"上復問："卿書如何？"對曰："臣書刷字。"

予嘗謂米公人物英邁，鑒裁精高，翰墨場中，當推獨步。平生所書，徧於天下，石刻中如《青州南陽石橋記》《鄭縣京觀記》《無為軍天王記》《漣水軍》數碑，皆遠追鍾、王，寧獨今人所難，唐人亦鮮及也。蔡天啟為公墓誌云：舉止頡頏，不能與世俯仰，故仕數困躓。冠服用唐人規制，所至人聚觀之。性好潔，置水其旁，數頮而不説，未嘗與人同器。視其眉宇軒然，進趨襜如，音吐鴻暢，雖不識者亦謂其米元章也云云。此迨實錄云。

蔡丞相確持正，常有治命遺訓云："吾沒之後，斂以平日閒居之服，棺但足以周衣衾，作壙不得過楚公葬時制。棺前設一坐，陳瓦器，以衣衾巾履數事及筆硯置左右。自初斂至於祖載襄葬，悉從簡質，稱吾平生。毋煩公家，毋干恩典，毋受賻遺，毋求人作埋銘神道碑二處，但刻石云'宋清源蔡某墓'，而紀葬之歲月於其旁可矣。夫達人君子，安於性命之際而不憂，窮乎死生之變而不惑，超然自得，與道消息，生以形骸為寓，死奚丘壟之念哉！吾雖鄙薄，亦粗聞大道之方矣，欲效楊王孫與沐德信，則必傷汝曹之意，又干矯俗之稱，故命送終聊為中制，將使子孫近者視吾藏足以無憾；遠尚及見吾墓道之石，足以伸敬，如是而已。汝曹其遵吾言，慎勿易也。"其字畫清勁，高如六朝人書，其言可法也。

近世墨工多名手，自潘谷、陳贍、張谷名振一時之後，又有常山張順、九華朱覲、嘉禾沈珪、金華潘衡之徒，皆不愧舊人。宣政間，如關珪、關瑱、梅鼎、張滋、田守元、曾知唯，亦有佳者。唐州桐柏山張浩，製作精緻，妙法甚奇。舅氏吳順圖，每歲造至百斤，遂壓京都之作矣。前日數工所製，好墨者往往韜藏，至今存者尚多。予舊有此癖，收古今數百笏，種種有之。渡江時爲人疑篋之重，以爲金玉，竊取之，殊可惜也。今尚餘一巨挺，極厚重，印曰"河東觲子誠"；又一圭印曰"韓偉升"，膠力皆不乏精采，與新製敵，可與李氏父子甲乙也。士大夫留意詞翰者，往往多喜收蓄，唯李格非文叔獨不喜之。嘗著《破墨癖說》云："客有出墨一函，其製爲璧爲丸爲手握，凡十餘種，一一以錦囊之。詫曰：昔李廷珪爲江南李國主父子作墨。絕世後二十年，乃有李承晏，又二十年有張遇，自是墨無繼者矣。自吾大父始得兩丸於徐常侍鉉，其後吾父爲天子作文章書碑銘，法當賜黃金，或天子寵異，則以此易之。余於是以兩手當心，捧硯惟謹，不敢議真贋。然余怪用薛安、潘谷墨三十餘年，皆如吾意，不覺少有不足，不知所謂廷珪墨者，用之當何如也。他日客又出墨，余又請其說甚辯，余曰：噓，余可以不愛墨矣。且子之言曰：吾墨堅可以割。然余割當以刀，不以墨也。曰：吾墨可以置水中，再宿不腐。然吾貯水當以盆甖，不用墨也。客復曰：余說未盡，凡世之墨不過二十年，膠敗輒不可用，今吾墨皆百餘年不敗。余曰：此尤不足貴，余墨當用二三年者，何苦用百年墨哉？客辭窮，曰：吾墨得多色，凡用墨一圭，他墨兩圭不逮。余曰：余用墨每一二歲不能盡一圭，往往失去乃易墨，何嘗苦少墨也！唯是說刷碑印文書人，乃常常少墨耳。客心欲取勝，曰：吾墨黑。余曰：天下固未有白墨。雖然，使其誠異他墨，猶足尚；乃使取研屏人雜錯以他墨書之，使客自辨，客亦不能辨也。因恚曰：天下奇物，要當自有識者。余曰：此正吾之所以難也。夫碱砆之所以不可以爲玉，魚目之所以不可以爲珠者，以其用之才異也。今墨之用在書，苟有用於書，與凡墨無異，則亦凡墨而已焉，烏在所寶者？嗟乎，非徒墨也，世之人不考其實用，而眩於虛名者多矣，此天下寒弱禍敗之所由兆也，吾安可以不辨於墨。"文叔詞翰之好，乃不喜於墨，此不可曉，故並載之。

李端叔云：《樂毅論》，高紳爲湖北轉運使，道中聞砧聲清遠，因視之，乃《樂毅論》石刻覆於下也，而已斷裂矣。遂載歸，完理緝綴，櫝以木箱，所可辨者如此。故世之傳布，皆止於"海"字，則其碎而不可緝者，良可惜也。端叔之說如是。予又嘗見一本，在章申公家，聞今尚存，是唐人臨本，不知即高紳所得者否，或別本也。

《瘞鶴銘》，潤州揚子江焦山之足石巖下，惟冬序水退，始可摹打。世傳以爲王逸少書，然其語不類晉人，是可疑也。歐陽永叔以爲華陽真逸乃顧況之道號，或是況所作，然亦未敢以爲然也。予嘗以窮冬至山中，觀銘之側，近復有唐王瓚刻詩一篇，字畫差小於《鶴銘》，而筆勢八法，乃與《瘞鶴》極相類，意其是瓚所書也。因摸一本以歸，以示知書者，亦以爲然。其題云《冬日與群公泛舟此山》："江水初不凍，今年寒復遲。衆芳且未歇，近臘仍袷衣。載酒適我情，興來趣漸微。方舟大川上，環酌對落暉。兩片青石稜，波際無因依。三山安可到，欲到風引歸。滄溟壯觀多，心目豁暫時。況得窮日夕，乘槎何所之。謫丹陽功曹掾王瓚。"今此刻亦漸漫漶，尚可讀也。有好事者，當試求之，以驗予言之或是也。以上《墨莊漫錄》卷六。

宣和間，蔡寶臣致君收南唐後主書數軸來京師，以獻蔡絛約之。其一乃王師攻金陵城垂破時，倉皇中作一疏禱於釋氏，願兵退之後，許造佛像若干身，菩薩若干身，齋僧若干萬員，建殿宇若干所。其數皆甚多，字畫潦草，然皆遒勁可愛，蓋危窘急中所書也。又有看經發願文，自稱蓮峰居士李煜。又有長短句《臨江仙》云："櫻桃結子春光歸，蠹蝶翻金粉雙飛。子規啼月小樓西，鉤羅幕，惆悵卷金泥。門巷寂寥人去後，望殘煙草低迷。"而無尾句。劉延仲爲補之云："何時重聽玉驄嘶，撲簾飛絮，依約夢迴時。"

天下之事，每患於無公論，徇於一己之好惡，則說必偏；雖以曲詞誇語以勝於人，然則不若公論之使人必信也。硯之美者，無出於端溪之石，而唐詢彥猷作《硯錄》，乃以青州黑山紅絲石爲冠；米芾元章則以唐州方城山葛仙公巖石爲冠。彥猷則爲紅絲石，理黃者其絲紅，理紅者其絲黃。文之美者，則有旋轉其絲凡十餘重，次第不亂。資質潤美發墨，久爲水所浸漬，即有膏液出焉。此石之至靈者，非他石可與較議，故列之於首。元章則謂方城巖石，石理白者，視之如玉，瑩如鑒光，而著墨如澄泥，不滑，稍磨之則已下，而不熱生泡。發墨生光，如漆如油，歲久不退，常如新成，有君子一德之操，色紫可愛，聲平而有韻。此石近出，始見十餘枚矣。二公皆於翰墨留意者。然此說恐未爲公也。予伯父毅老提學嘗官青社，得紅絲石硯，雖文彩誠如彥猷之說，但石理粗慢，殊不發墨，特堪爲几案之奇玩耳。予外氏居唐州，而方城下邑也。予往來必過仙公山下，地名"新寨"。居民多以石爲工，所貨之硯，紫、青、白三種石也。亦作鼎斛盂之類。其硯如吳郡村石之易得，一枚不過百錢。惟有一種曰"太陽坑石"，乃元章所謂近出者。坑在山頂，其石色如端溪，堅重縝密，作硯極剉墨，不數磨而已盈硯，殊可愛也。蓋元章性急，每用磨墨，發艷甚易，故以適意爲快也。然多損筆墨，故士人謂之筆墨劊子，可與端州後歷石相抗焉，得居上巖下巖二石之上也。予在京西時，擇求數年，得一巨璞，琢爲玉斗樣，不知者以爲端溪也。予舅吳兗顯圖爲予銘其背云："琢雲根，陪玄穎，贊斯文，貽久永。無磷緇，堅以璟，之子操，同其炳。"渡江以來之後亡之矣。二公之論當否，究心於文房者必能訂評之。以上《墨莊漫錄》卷七。

宗室令穰大年善丹青，清潤有奇趣。少年讀書，以唐王維、李思訓、畢宏、韋偃，皆以畫得名，乃刻意學之，下筆便有自得。一時賢士大夫喜與之遊，皆求其筆，亦頗厭其誅求，慨然歎曰："懷素有云：無學書，終爲人所使。"欲絕筆不爲，但名已著，終不得已。又善作小草書，小字如蠅蚊，筆遒而法具，諦觀之，目大茫然，皆合義、獻之體，是又所難也。米元章謂大年作畫清麗，雪景類王維，汀渚水鳥有江湖意。予在京師時，嘗偶得大年所作橫捲《歸田園》，竹籬茅舍，煙林蔽虧，遙岑遠水，咫尺千里，葭葦鷗鷺，宛若江鄉。蓋大年得意畫也。表舅唐端仲題詩云："聞君新得小山川，畫手從來鄫雍賢。不學農夫焉用稼，若爲王子豈知田。我真壟上躬耕客，親見人間小隱天。始識何年京樣熟，菊籬寧似景龍邊。"菊籬景，門下景也。後爲吳舅順圖取此軸去，今亡於兵火。又有士雷亦妙繪事，嘗於錢德輿次權少卿家見所作《寒溪小雪》橫卷，翎毛竹木，種種皆奇，可亞大年云。

章友直伯益，以篆得名，召至京師。翰林院篆字待詔數人聞其名，然心未之服，俟其至，俱來見之云："聞先生之藝久矣，願見筆法，以爲模式。"伯益命粘紙各數張，作二圖，即令洗墨濡毫。其一縱橫各作十九畫，成一棋局；其一作十圓圈，成一射帖。其筆之粗細間架疏密，無毫髮之失。諸人見之，大驚歎服，再拜而去。

紹聖初元，東坡帥中山，得黑石白脈，如孫知微所畫石間奔流，盡水之變；又作白石大盆以盛之，激水其上，名其室曰"雪浪齋"。公自銘有云："玉井芙蓉丈八盆，伏流飛空漱其根。"時四月二十日也。閏四月三日，乃有英州之命。其後謫惠州，又徙海外，故中山後政以公遷謫，雪浪之名廢而不問。元符庚辰五月，公始被北歸之命，明年夏，方至吳中。時張芸叟守中山，方葺治雪浪齋，重安盆石，方欲作詩寄公，九月，聞公之薨，乃作哀詞，有云："我守中山，乃公舊國。雪浪蕭齋，於焉食宿。俯察履綦，仰看梁木。思賢閱古，皆經貶逐。玉井芙蓉，一切牽復云云。"其詞曰："石與人俱貶，人亡石尚存。却憐堅重質，不減浪花痕。滿酌山中酒，重添丈八盆。公兮不歸北，萬里一招魂。""思賢"、"閱古"，皆中山後圃堂名也。

飲席刻木爲人，而銳其下，置之盤中，左右欹側，僛僛然如舞狀；久之力盡乃倒，視其傳籌所至，酬之以杯，謂之勸酒。胡程俱致道嘗作詩云："簿領青州掾，風流曲秀才。長煩拍浮手，持贈合歡杯。屢舞回風急，傳籌向羽催。深慚偃師氏，端爲破愁來。"或有不作傳籌，但倒而指者當飲。

文忠公又有《雜書》一卷，不載於集中，凡九事，今亦附於此。云：秋霖不止，文書頗稀，叢竹蕭蕭，似聽愁滴。顧見案上故紙數幅，信手學書樞密院東廳……四云：作字要熟，熟則神氣完實而有餘，於靜坐中自是一樂事，然患少暇，豈若以樂處當不足耶？書十年不倦當得名，虛名已得而真氣耗矣，萬事莫不皆然。有以寓其意，不知身之爲勞也；有以樂其心，不知物之爲累也。然則自古無不累心之物，而有爲物所樂之心。五云：自蘇子美死後，遂覺筆法中絕。近年君謨獨步當世，然謙讓不肯主盟。往年余嘗戲謂君謨學書如溯急流，用盡氣力，不離故處。君謨頗笑，以謂能取譬。今思此語已十餘年，竟何如哉？六云：學書費紙，猶勝飲酒費錢。曩時王文康公戒其子弟云："吾平生不以全幅紙作封皮。"文康太原人，世以晉人喜嗇而資談笑，信有是哉！吾年嚮老，亦不欲多耗用物，誠未足以有益於人。然衰年志思不壯，於事少能快然，亦其理耳。七云：蕭條澹泊，此難畫之意，畫者得之，覽者未必識也。故飛走遲速，意近之物易見而；閒和嚴靜，趣遠之心難形。若乃高下嚮背，遠近往復，此畫工之藝爾，非精鑒之事也。不知此論爲是否。余非知畫者，強爲之說，但恐未必然也。然自謂好畫者，必不能知此也……右永叔所書九事，頃在京師貴人家見之。書之字畫清勁，多柳誠懸筆法，愛而錄之。然其間稱"馬放降來地"及"春生桂嶺外"之句，並論嚴維"柳塘春水漫"、溫庭筠"雞聲茅店月"之工，與夫賈島哭僧之誚，皆已載於《詩話》中。及晏元獻評富貴之句，亦見於《歸田錄》，但其言或不同，故不敢刪削，並錄之云。以上《墨莊漫錄》卷八。

琴、阮，皆樂之雅者也。琴則人多能之，而藝精者亦眾，至阮則人罕有造其妙者。中都盛時，有醴泉觀道士王慶之頗有此樂，同時有安敏修者，以此藝供奉上前，徽廟顧遇，厚於倫輩。二人者其能相抗，予在京師皆嘗聽之。慶之則閒雅多則古曲，優逸不迫；敏修則變移宮徵，抑怨取興，雜以新聲，然皆妙手絕藝也。後慶之不知存亡，敏修被虜北去，未幾竄而南歸。今習阮者，未有能及此二人也。

沈遼睿達以書得名，楷隸皆妙。嘗自湖南泛江北歸，舟過富池，值大風，波濤駭怒，舟師失措，幾溺者屢矣。富池有吳將甘寧廟，往來者必祭焉。睿達遙望其祠，以誠禱之，風果小息，乃得維岸。乃述寧仕吳之奇謀忠節，作贊以揚靈威而答神之休，自作楷法大軸，以留廟中而去。其後乃爲過客好事者取之。是夜神夢於郡守使還之，明日守使人訊其事，果得之，復畀廟令掌之。近聞今亦不存矣。以上《墨莊漫錄》卷九。

襄陽天仙寺，在漢江之東津，去城十里許，正殿大壁畫大悲千手眼菩薩像。世傳唐武德初，寺尼作殿，求良工圖繪。有夫婦攜一女子應命，期尼以扃殿門，七日乃開。至第六日，尼頗疑之，乃辟戶，闃其無人。有二白鴿翻然飛去，視壁間聖像已成，相好奇者，非世工所能。獨其下有二長臂結印手未足，乃二鴿飛去之應也。郡有畫工武生者，獨能摹傳其本。大觀初，有梁寬大夫寓居寺中，心無信向，頗輕慢之。武生云："菩薩之面正長一尺。"寬以爲誕，必欲自度之。乃升梯，欲以足加菩薩面，忽梁間有聲如雷，寬震悸而墜，損其左手。僧教寬悔過自懺，後歲餘方如舊。兹禦侮於像法事者，怒其慢瀆耳。

章丞相申公子厚以能書自負，性喜揮翰，雖在政府，暇時日書數幅。予嘗見雜書一卷,凡九事,乃抄之,今因載於此:一云:東漢魏晉皆以八分題宮殿榜,蔡邕作飛白,是八分字耳。是以古云飛白,是八分之輕者。衛恆作散隸,是用飛白筆作隸字也,故又云散隸終飛白。金石刻東漢魏晉皆用八分,唯小小鉛刻之陰,或刻隸字也。許昌群臣勸進與受禪壇碑,皆八分之妙者。近世有荒唐士人妄謂爲隸書,而不知隸書乃今正書耳。世俗亦往往從而謂之隸書,且相尚學焉,不知彼將以何等爲古八分,又將以今正書爲何等耶?嗚呼!目前淺近之事,略涉古者,便自可知,何至昏蒙妄惑不可指示之如此耶!顧欲與其論書學之本,與用筆作字之微妙,旨遠而意深者,安可得哉?蓋不趐於鐘鼓樂鷃,周公之服被猿狙也,事之類此者多矣。二云:書云六藝之一,古人列之於學,以相傳授,則學者始習之已久,詳知其規矩法度,與所以爲書之意矣,精而熟之,不妙且神何待耶?戰國秦漢以來,其學猶未絕也,故學者尚有前世之風烈。至於名家,乃多父子祖孫,豈不由師授傳習之有素乎?崔、張、鍾、杜、衛、索、王、庾諸人是也。會之於繇,真父子也;逸少、子敬,殆將雁行矣。三云:吾頃見蘇浩然兄弟,言其曾祖參政所收古書畫,盡付幼子掌之。既薨,諸兄弟以其素所愛不復取,悉以畀之,所與共者十一二而已。其後參政之幼子官洪州,卒於官,因不歸,其子幼弱,已而遂絕,書畫皆散失不復存。今諸房所共有者,是十一二之粗者爾,然足以多甲士族也,使其在者不知其當如何也!必有魏晉名跡矣,惜哉!四云:宣州筆有名耳,未必佳也。凡筆擇毫淨,捲心圓,便是工夫。鋒之長短尖齊,在臨時耳。處處皆能,要自指教,令精意而已,無他奇也。五云:張侍禁筆甚佳,一管小字筆,寫二十萬字,尚寫得如此,是少比也。盧管使十倍不及,是其手生也。凡習熟之與生疏,豈不相遠哉!學者須先曉規矩法度,然後加以精勤,自入能品。能之至極,心悟妙理,心手相應,出乎規矩法度之外,無所適而非妙者,妙之極也。由妙入神,無復蹤跡,直如造化之生成,神之至也。然先曉規矩法度,加以精勤,乃至於能,能之不已,至於心悟而自得,乃造於妙;由妙之極,遂至於神,要之不可無師授與精勤耳。凡用筆日益習熟,日有所悟,悟之益深,心手日益神妙矣。力在手中而不在手中,必須用力而不得用力,應須在意而不得在意,此可以神遇而不可以言傳也。學佛者悟吾此語,可以撒手到家矣。妙哉妙哉,真至理也。六云:吾每論學書當作意,使前無古人,凌厲鍾、王,直出其上始可,即自立少分;若直爾低頭,就其規矩之內,不免爲之奴矣。縱復脫灑至妙,猶當在子孫之列耳,不能雁行也,況於抗衡乎?此非苟作大言,乃至妙之理也。禪家有云:見過於師,方堪傳授;見與師齊,減師半德。悟此語者,乃能曉吾言矣。夫於師法不傳,字學廢絕數百年之後,欲興起之,以繼古人之跡,非至強神悟,不能至也。七云:學書須先極取骨力,骨力充盈有羨,乃漸變化收藏;至於潛伏不露,始爲精妙。若直爾暴露,便是柳公權之比張筋努骨,如用紙武夫,不足道也。八云:楊小漕言其兄官江夏,有道人自稱呂允圭,時時延之學院中。二侄幼小,頗勤待之。或言事,往往有驗。一日,忽再三言云:"惡人將至矣,須急避之。"時眾人亦不甚留之。暫爾,迳渡江表,人但訝其所謂惡人者何也?是夜,忽提刑喻君涉至州,州郡都不知之，乃是乘便風，一日行六七程，逕至岸下耳。喻到，則遣人訪求呂，不見蹤跡，喻乃親自密問。得與一人往還至熟，呼之至，即岑文秀也。詰其所得，云無有。喻作聲色，且將笞之。岑終言無。喻不信，遣熟事吏往搜其家，乃於神堂壁中得所與岑長歌一首，是言內事。岑乃云："呂實付此詩，云：汝今未曉，異日當爲子詳說之。"喻乃云："呂即呂先生也，其名亢圭，是解拆先生二字耳，亦不知其定如何也。"眾乃悟所謂"惡人"者，指喻耳，是恐其迫逼求之也。九云：吾今日取君謨墨跡觀之，益見其學之精勤，但未得微意爾；亦少骨力，所以格弱而筆嫩也。使其心自得者，何謝唐人？李建中學書宗王法，亦非不精熟，然其俗氣特甚，蓋其初出於學張從申而已。君謨少年時乃師周越，中始知其非而變之，所以恨弱，然已不謂其能變之至此也。吾若少年時便學書，至今必有所至，所以不學者，常立意若未見鍾、王妙跡，終不妄學，故不學耳。比見之，則已遲晚，故悟學皆遲，今但恐手中少力耳。若手中不乏力，不甚衰疲，更二十年，決至熟妙處。此須常精勤乃可，若不極精勤，亦不能至也。凡學者可以不自勉乎？元祐六年十一月五日，西齋東窗大滌翁書，時卜至後一日也。

重和戊戌歲，平江有盤門外大和宮相近耕夫數人穴一墥，初入隧道甚深，其中極寬，如廈屋然，復有數門，肩鑱不可開。耕者得古器物及雁足鐙之類，以爲銅也，欲貸之，熟視之乃金，因分爭至官。時應安道逢原爲都守，盡令追索元物到官，乃遣郡官數人往閉其穴，觀者如堵。其中四壁皆繪畫嬪御之屬，丹青如新。畫手殊奇妙，有一秘色香爐，其中灰炭尚存焉。諸卒爭取破之。墥之頂皆畫天文玄象，此特初入之室，未見棺柩，意其在重室內也。又得數器而出，乃掩之。後考《圖經》云：吳孫破虜堅之墓也。然考之吳志，堅薨葬曲阿，未詳此果何人也。

宋次道《春明錄退朝錄》云：王侍郎子融言，天聖中歸其鄉里青州。時滕給事涉爲守，盛冬濃霜，屋瓦皆成百花之狀，以紙摹之，其家尚餘數幅。政和丙申歲，先君爲真州教官，時朝廷頒雅樂，下方州，儀真學中建大學庫屋，積新瓦於地。一夕霜後皆成花紋，極有奇巧者，折枝桃梨，牡丹海棠，寒蘆水藻，種種可玩，如善畫者所作。詹度安世爲太守，諷學中圖繪，以瑞爲言，欲諛於朝。先君不從，乃已。

世畫骨觀作美人而頭顱白骨者，僧德操題其上云："白骨纖纖巧畫眉，髑髏楚楚被羅衣。手持紈扇空相對，笑殺傍觀自不知。"

龍眠李亮工家藏周昉畫美人琴阮圖，殊有宮禁富貴氣，旁有竹馬小兒欲折檻前柳者。亮工官長沙時，黃魯直謫宜州，過而見之，歎愛彌日，大書一詩於黃素上云："周昉富貴女，衣飾新舊兼。髻重髮根急，薄妝無意添。琴阮栥與娛，聽弦不停手。敷腴竹馬郎，跨馬要折柳。"其畫後歸禁中，而詩不見於集也。以上《墨莊漫錄》卷十。

李邴藝話（三則）

李邴（一〇八五～一一四六）字漢老，號雲龕，濟州任城（今山東濟寧）人。崇寧五年進士，爲德州平原縣尉，擢編修國朝會要所檢閱文字。宣和初，除秘書省校書郎，改宣教郎。二年，擢尚書禮部員外郎。三年，進起居舍人，試中書舍人。五年，遷給事中，權直學士院，遷翰林學士。欽宗即位，出知越州，落職，提舉西京嵩山崇福宮。高宗即位，復右文殿修撰，召爲兵部侍郎，兼直學士院。建炎三年，苗傅、劉正彥起兵迫宋高宗遜位，皇太后垂簾，除爲翰林學士。事平，除端明殿學士、同簽書樞密院事，擢尚書右丞、參知政事，尋命爲資政殿學士。以與呂頤浩不合，乞罷職，提舉洞霄宮。未幾起知平江府，又因其兄弼失守越州坐累落職。紹興五年應詔條上戰陣、守備、措畫、綏懷各五事，不報。閒居十五年，於紹興十六年，卒於泉州，年六十二，諡文敏。李邴積學深至，大節凛然，當國家變亂之際，政令浩繁，皆一揮而就，事無留難，朱熹評其制誥文章云："發大詔令，草大箋奏，富贍雄特，精能華妙，愈出而愈無窮。"（《雲龕李公文集序》）其文集已不存，故不能見其風貌。能詞，王灼謂其詞"富麗而韻平平"（《碧雞漫志》），現存詞頗多佳作。著有《草堂》前、後集一百卷，至南宋時僅有《後集》二十六卷流傳於世，今並《後集》亦佚。近人周泳先輯有《雲龕草堂詞》一卷。

一　琴泉軒次韻

但怪朱絲韻枯木，那知古澗墜寒泉。鳥啼靜夜應傳譜，風入寒松擬續弦。妙體難尋斤斲處，高吟寧墮膝橫邊。飲光到此如欣舞，笑倒雲門逸格禪。文淵閣四庫全書本《宋詩紀事》卷三十六。

二　《嘯堂集古錄》序

秦李斯以新意變古科斗書，後世相沿，益復精好，自漢、唐以來，能者不可概舉。唯鐘鼎文間見於士大夫家，謂如《洗玉池銘》《讀書堂帖》，字既不多，往往後人依倣爲之，殆無古意。青社趙公、東平劉公、廬陵歐陽公，三家收金石遺文最號詳備。獨鼎器款識絕少，字畫復多漫滅，不可考證。及得吕大臨、趙九成二家《考古圖》，雖略有典刑，辯釋不容無舛。晚見《宣和博古圖》，然後愛玩不能釋手。蓋其款識，悉自鼎器移爲墨本，無毫髮差，然流傳人間者，纔一二見而已。近年好事者亦刊鼎文於石，從而辨識，字既失真，而立説疏略，殊可怪笑。

予方恨近時字學不修，秦、漢書法尤爲壞散，人皆出意增損，取美一時，略無古人渾厚之氣。一日，予故人開國長孺之子王俅子弁見過，出書二巨編，皆類鐘鼎，字甚富，名《嘯堂集古録》，且謂予曰："俅不揆，留意於此久矣。自幼至今，每得一器款識，必摸本而投之篋。積三十餘年，凡得數篋，則又芟夷剪截，獨留善者編次之。其志猶以謂未足也，他日再獲古文奇字，即續於卷末，將示子孫，永爲家寶。"

予與長孺同師、同舍、同鄉開，又爲同年進士，兩家契故甚密。子弁幼警悟，不類常兒，長年好學工文，鄉先生皆稱異之。又精於古字，四方人士以絹素相求者，門無虛日。予既喜故人之有子，復熟觀此二編，大慰平昔所願欲而不得者。子弁欲予文傳信將來，予欣然爲叙卷首，而歸其書云。雲龕小隱李邴漢老序。四部叢刊續編本《嘯堂集古録》卷首。

三　跋于氏藏《蘭亭》（一）

頃在彭門，見醫者田務本家《蕭生取〈蘭亭〉圖》，風神蕭灑，不類塵俗中物，爲題其後云。見讚詠云。田生以余賞之，輒秘其畫，然畫實奇手也。適道姓于出《蘭亭》古帖，見伯父舍人公，跋其尾。謂所見三本，此本最真。伯父蓄此帖，當增九鼎之重矣。適道其寶之，勿輕以示人，他日隨銀盃羽化，當思僕言。政和丁酉五月朔，雲龕小隱書。文淵閣四庫全書本《蘭亭考》卷六。

溫革藝話（三則）

溫革（生卒年不詳）字叔皮，泉州惠安（今福建惠安）人。初名豫，恥與劉豫同名，故改。登政和五年進士第。紹興初，以秘書郎爲修陵副使，歷知延平府、漳州，官終福建轉運使。著有《續補侍兒小名錄》《隱窟雜誌》（存）及《十友瑣說》（存）等。

一　題鍾繇賀捷表

三帖皆奇，而鍾元常表尤爲精絕。晉陽溫革。明拓本《鬱岡齋墨妙》卷一。

二　題米友仁《瀟湘長卷》

米元章品題諸家山水，得其妙處，意謂未離筆墨畦逕。晚乃出新意，寫林巒閒煙雲霧雨陰晴之變，以爲橫披。元暉蓋傳家法也。溫革叔皮甫。適園叢書本《珊瑚網·畫錄》卷四。

三　跋山谷與趙景道書帖

革頃與德麟遊，頗聞元祐諸公言行之緒餘。及茲竭來，臨漳路鈐趙昌叔相與款厚，因出示山谷道人與其先丹陽君往來書帖及詩詞，想見前修風流餘韻，而貴公子樂善喜文之高致也。

丹陽君，德麟之兄，而昌叔，德麟猶子也。然則好事喜賓客，蓋有家範云。溫革叔皮父。清刊本《宋四家真跡》第一一頁。

葉廷珪藝話（一則）

葉廷珪（一作庭珪，生卒年不詳）字嗣忠，號翠巖，建寧府建安（今福建建甌）人。政和五年進士，除武邑縣丞。歷知德興、福清縣。紹興中，召爲太常寺丞，遷兵部郎中。十五年轉對，議論與秦檜忤。十八年，知泉州，移漳州。廷珪嗜讀書，宦遊四十餘年，未嘗一日釋卷，擇其可用者手抄之，讀書瑣記，達數十大册，名曰《海録碎事》。喜作詩，詩老而益工。著有《海録碎事》三十三卷。

重模泰山"壽"字跋

泰山之巔有石刻，秦斯小篆及明皇磨崖碑，世人多傳之，獨未有識此"壽"字者。政和甲午歲，予遊嶽，見於五華洞蒼壁上，以千錢募工人，得紙本以歸，藏之二十年矣。去秋持以爲同郡兄丘斯行壽。斯行嗜古，工篆隸，擊節愛歎，欲刻石以傳世，書來求予著其所由得，於是乎書。紹興元年十月日，建安葉庭珪跋。菽莊叢書本《閩中金石略》卷九。

向子諲藝話（二則）

向子諲（一〇八五～一一五二）字伯恭，號薌林居士，開封（今河南開封）人。元符三年，以外戚恩蔭補假承奉郎，遷雄州防禦推官，徙鎮南軍節度推官。宣和初，權知咸平縣，除淮南轉運判官。欽宗即位，召見，除京畿轉運判官，爲轉運副使。建炎元年，除兼淮南荆湖制置發運副使，知襄慶府。金人立張邦昌爲楚帝，向子諲拘囚張邦昌家屬，並傳布檄文於四方。四年，知潭州，金兵圍州城，率軍民固守，奮力作戰，堅持八日始陷。紹興元年，知鄂州，移廣州，改江東轉運使。八年，除户部侍郎。出知平江府，以反對和議忤秦檜意，遂致仕。卜居臨江五柳坊，名所居曰薌林，自號薌林居士。紹興二十二卒，年六十八。向子諲立朝忠節，識慮深遠，工文辭，尤長於作詞。其詞以南渡爲界，前、後期詞風有較大變化。前期詞以寫男女戀情、離別思緒、友人贈酬爲主，詞風清麗柔婉，有五代花間之習；南渡後，其詞轉而學習蘇軾，大凡故國之思、離亂之痛，一寓於詞，詞風感慨深沉。向子諲自稱有詩數百篇，後聞徐俯論說詩病，不滿意舊作，盡焚其稿又有章表奏議，"明白直亮，可舉而行，兼備體制"（樓鑰《薌林居士文集序》），今大多不存。著有《酒邊集》一卷。

一　題米元暉橫軸

早爲山谷印可，晚陪帝所清閒。筆力休論扛鼎，神功更解移山。

嚮日家居道士，今朝碧落仙鄉。胸次山高水遠，筆端雲起風狂。_{文淵閣四庫全書本《宋詩紀事》卷三十五。}

二　題高宗臨《蘭亭》賜本

臣子諲伏蒙聖恩以臨晉王羲之《蘭亭叙》爲賜，臣拜手稽首。

恭惟皇帝陛下聖學高妙，出於天縱，不獨有龍跳虎卧之勢。蓋書爲心畫，心正則筆正，其發爲訓誥誓命之文，回造化於掌握，豈微臣形容之所能盡！

昔唐文皇留意此書，嘗命韓道政等臨摹，分賜貴近。陛下方撥亂反正，有周宣、漢光中興之略。萬機之暇，手不釋卷，或游戲於翰墨，將見神武聖功，過文皇遠甚。

如臣愚陋，乃獲拜宸章之寵，事越前古，曷稱所蒙！聯珠合璧，光輝蔀屋，有榮耀者焉。刻諸堅石，俾子孫世守之。

紹興七年三月己巳，右朝請大夫、充秘閣修撰、發遣兩浙路計度轉運使公事臣向子諲謹題。文淵閣四庫全書本《六藝之一錄》卷一六〇。

陳東藝話（一則）

　　陳東（一〇八六～一一二七）字少陽，潤州丹陽（今江蘇丹陽）人。年十七入學，後以上等貢入太學。欽宗即位，上書乞斬蔡京、王黼等六賊。金軍圍汴京，李綱以戰事失利罷相，李邦彥力主與金議和，陳東率太學生伏闕上書，乞留李綱，斥逐李邦彥，從者達數萬人，李綱復相。除太學錄，連上五書，力辭不就。建炎元年，復上書乞留李綱，罷黃潛善、汪伯彥。布衣歐陽澈亦上書言事，黃潛善以語激怒高宗，謂不亟誅，將復鼓眾伏闕，遂與歐陽澈同時被戮，時年四十二。紹興時追贈承事郎、秘閣修撰。陳東慷慨論議，忠義憤激，其氣節爲後世所景仰，南宋魏了翁稱其"平居不與榮禄，緩急不當事任，而數陳大計，連忤巨奸，之死弗移，如陳、歐二賢，則又人所難能者"（《陳少陽文集序》）。憂國憂民之思往往貫穿於其詩文中。現存文章以奏疏爲多，如《上欽宗皇帝》四疏論蔡京之罪，《伏闕上欽宗皇帝書》論李綱可任用，《上高宗皇帝書》論國家形勢，劉宰謂其"辭旨鯁亮，字畫遒勁，使見者駭歎"（《跋建炎第三書》）。陳東遺著在南宋嘉定時由李綱之孫李大有編爲《盡忠錄》，元大德中有重刻本，今不存，明正德十年復有重刊《盡忠錄》。其文集在南宋時又刻爲《陳少陽文集》十卷，魏了翁爲作序。

次韻邵予可彈琴二首

　　雷公徽玉粲明星，照出師襄指下聲。可憐此地無人識，喚作新來黑瘦筝。
　　漫説朱絃大古清，政無矇瞽在周庭。高山流水本無事，安用區區里耳聽。文淵閣四庫全書本《少陽集》卷五。

吳正平藝話（一則）

吳正平，靖康初在世。餘不詳。

題延慶寺羅漢畫像

蜀人善畫，思巧筆工。余昔備員京東，過鄆州天寧寺，得石刻住世羅漢十六尊，於片雲中現種種神變。持其本歸四明，時有壽聖住持憲公講師愛其本，命工刊諸石，以傳無窮，植四眾之福。靖康改元供盂蘭盆日，吳正平書。光緒刻本《兩浙金石志》卷七。

劉才邵藝話（四則）

劉才邵（一〇八六～一一五八）字美中，號檆溪居士，吉州廬陵（今江西吉安）人。大觀二年上舍釋褐，爲贛、汝二州教授，提舉湖北學事管幹文字。宣和二年，中宏詞科，遷司農寺丞。靖康元年，任校書郎。高宗即位，以親老居閒十年。廖剛舉薦，召對，遷秘書丞，歷駕部員外郎、徙吏部，典侍右選事。紹興十一年，遷軍器監丞。十四年，遷起居舍人，擢中書舍人兼權直學士院。出知漳州。二十五年，召拜工部侍郎兼直學士院，權吏部尚書。二十八年卒，年七十三。才邵氣和貌恭，雍容遜避，於秦檜當國之際，能保持名節。擅長詩文，《四庫全書總目》卷一五六稱謂其詩"源出蘇氏，故才氣頗爲縱橫"。現存文章以制誥、奏疏、書啓爲多，周必大稱其"制誥有體，議論有源，銘志能敘事，偈頌多達理"（《檆溪集序》）；《四庫全書總目》亦謂其"雜文亦多馴雅，而制誥諸作，尤有體裁。其他所紀朝廷典故，與《宋史》往往異同"，足資訂訛。著有《檆溪集》二十二卷，已佚。清四庫館臣自《永樂大典》輯出詩文，重編爲十二卷。

一　題仲兄和仲畫虎圖

寒雲韜日風搖山，鶻鵃鳴噪飛復還。黃茅枯木轉蕭瑟，有虎引子來其間。一兒儘有食牛氣，跑空人立肩侵耳。一兒就乳方低身，只欲攫前不知跪。大虎垂頭蹲更促，吐舌宛如牛舐犢。豈知愛子物皆然，但教生寧貪獸肉。從來倚伏理雖齊，一朝力盡還悲啼。攫頭銜尾遭熊豹，有眼誰云百步威。君家畫軸雖填委，難似此圖有深旨。欲令觀者知觀身，不在丹青畦徑裏。君不見漢家豪奪聚斂臣，乘時擊斷屠齊民。磨牙利吻事膏血，千載想見猶酸辛。深文厚斂雖同苦，以酷視貪不猶愈。可憐當路盡豺狼，獨使寧成名乳虎。文淵閣四庫全書本《檆溪居士集》卷二。

二　次韻德源道人水墨畫二絕句

脩竹寒禽伴寫真，細看更覺妙通神。早匀終有飄搖患，應選深林寄此身。

霜枯荷葉半欹斜，水落寒溪蹙浪花。雁足更須添繫帛，似傳遠信度龍沙。《樵溪居士集》卷三。

三　跋李龍眠《淵明歸去來圖》

嵇叔夜、阮嗣宗號稱曠達，至其文辭，頗務揚己衒異，以貶剝當世，有"臭腐"、"襌蟲"之語。夫志在於脫世紛，反激而速之，則其被禍害、取讎疾，非不幸也。

淵明蕭然自寄於埃之外，初無忤物之累，故其辭平淡，有太古之遺音。而龍眠翁能於筆端寫出情狀，使人觀之，想見傲逸之姿與林泉棲遯之趣，歷歷在眼中，豈與踞鍛問客、白眼視人者校遠近耶？《樵溪居士集》卷一〇。

四　跋王伯陽《端溪石硯圖》後

近世硯璞，兼取鳳咮龍尾，其間不無佳者，然終不得與端溪巖石抗衡，蓋其材品超詣，所從來久矣。

溪石最佳者下巖，質性堅潤，而石眼暈數獨多，工人復巧於礱治，形範奇古。此其所以取重於世，與人之所以能爲世用者蓋無以異。夫全其所受於天而得所處，如石之出於下巖；真粹內充而英華發於外，如石之堅潤而多暈；得良師友琢磨而成之，如石之遇良工。以是而見用於世，則績效著於當年，聲聞傳於無窮，尚何疑哉！

東坡有言曰："物有畛而理無方，窮天下之辨，不能以盡一物之理。達者寓物以發其辨，則一物之變，可以盡南山之竹。"伯陽其得於此乎！寓其辨於硯石，俾觀者由小見大，因物悟己，其用意豈小補哉！《樵溪居士集》卷一〇。

孟元老藝話（一則）

孟元老（生卒年不詳），號幽蘭居士，北宋末南宋初人。少從其先人宦遊南北。崇寧間，寓居開封。靖康之亂，避地江左。晚年，追憶汴京盛事，著《東京夢華錄》二卷，自序題紹興十七年。《東京夢華錄》所記大多是宋徽宗崇寧到宣和年間北宋都城東京開封的情況，內容包括京城的外城、內城及河道橋梁，皇宮內外官署衙門的分布及位置，城內的街巷坊市、店鋪酒樓，朝廷朝會、郊祭大典，民風習俗、時令節日，當時的飲食起居、歌舞百戲等等，與同時代的畫家張擇端所作的《清明上河圖》一樣，描繪了這一歷史時期居住在東京的上至王公貴族、下及庶民百姓的日常生活情景，是研究北宋都市社會生活、經濟文化的一部極其重要的歷史文獻。

《東京夢華錄》（選錄　一則）

駕登寶津樓，諸軍百戲呈於樓下。先列鼓子十數輩，一人搖雙鼓子，近前進致語，多唱"青春三月驀山溪"也。唱訖，鼓笛舉。一紅巾者弄大旗，次獅豹入場。坐作進退，奮迅舉止畢。次一紅巾者，手執兩白旗子，跳躍旋風而舞，謂之撲旗子。及上竿打筋斗之類訖，樂部舉動琴家弄令。有花粧輕健軍士百餘，前列旗幟，各執雉尾蠻牌木刀，初成行列拜舞，互變開門奪橋等陣。然後列成偃月陣，樂部復動蠻牌令，數內兩人，出陣對舞，如擊刺之狀。一人作奮擊之勢，一人作僵仆出場，凡五七對，或以鎗對牌劍對牌之類，忽作一聲如霹靂，謂之爆仗，則蠻牌者引退。烟火大起，有假面披髮，口吐狼牙烟火，如鬼神狀者上場，着青帖金花短後之衣，帖金皂袴，跣足攜大銅鑼，隨身步舞而進退，謂之抱鑼。繞場數遭，或就地放烟火之類。又一聲爆仗，樂部動拜新月慢曲，有面塗青碌，戴面具金睛，飾以豹皮錦繡看帶之類，謂之硬鬼。或執刀斧，或執杵棒之類，作腳步蘸立，為驅捉視聽之狀。又爆仗一聲，有假面長髯展裹綠袍靴簡如鍾馗像者，傍一人以小鑼相招和舞步，謂之舞判。繼有二三瘦瘠，以粉塗身，金睛白面如髑髏狀，繫錦繡圍肚看帶，手執軟仗，各作魁諧，趨蹌舉止若排戲，謂之啞雜劇。又爆仗響，有烟火就湧出，人面不相睹。煙中有七人，皆披髮文身，着青紗短後之衣，錦繡圍肚看帶。內一人金花小帽，執白旗，餘皆頭巾，執真刀，互相格鬬擊刺，作破面剖心之勢，謂之七聖刀。忽有爆仗響，又後煙火出，散處以青幕圍繞，列數十輩，皆假面異服，如祠廟中神鬼塑像，謂之歇帳。又爆仗響卷退次，有一擊小銅鑼，引百餘人，或巾裹，或雙髻，各着雜色半臂，圍肚看帶，以黄白粉塗其面，謂之抹蹌。各執木棹刀一口，成行列。擊鑼者指呼各拜舞起居畢，喝喊變陣子數次，成一字陣，兩兩出陣格鬬，作奪刀擊刺之態百端訖。一人棄刀在地，就地擲身，背著地有聲，謂之扳落。如是數十對訖。復有一裝田舍兒者入場，念誦言語訖，有一裝村婦者入場，與村夫相值，各持棒杖，互相擊觸，如相毆態。其村夫者以杖背村婦出場畢，後部樂作，諸軍繳隊雜劇一段。繼而露臺弟子雜劇一段。是時弟子蕭住兒、丁都賽、薛子大、薛子小、楊總惜、崔上壽之輩，後來者不足數，合曲舞旋訖，諸班直常入祗候子弟所呈馬騎。先一人空手出馬，謂之引馬；次一人磨旗出馬，謂之開道。旗次有馬上抱紅繡之毬，擊以紅錦索擲下於地上，數騎追逐射之，左曰仰手射，右曰合手射，謂之拖繡毬。又以柳枝插於地，數騎以剗子箭，或弓或弩射之，謂之蜡柳枝。又有以十餘小旗，徧裝輪上而背之出馬，謂之旋風旗。又有執旗挺立鞍上，謂之立馬；或以身下馬，以手攀鞍而復上，謂之騗馬；或用手握定鐙袴，以身從後鞦來往，謂之跳馬；忽以身離鞍，屈右脚掛馬鬃，左脚在鐙，左手把鬃，謂之獻鞍，又曰棄鬃。背坐或以兩手握鐙袴，以肩著鞍橋，雙脚直上，謂之倒立。忽擲脚著地，倒拖順馬而走，復跳上馬，謂之拖馬。或留左脚著鐙，右脚出鐙離鞍，横身在鞍一邊，左手捉鞍，右手把鬃，存身直一脚順馬而走，謂之飛仙膊馬。又存身拳曲在鞍一邊，謂之鐙裏藏身。或右臂挾鞍，足著地順馬而走，謂之赶馬。或出一鐙墜身著鞦，以手向下綽地，謂之綽塵。或放令馬先走，以身追及握馬尾而上，謂之豹子馬。或横身鞍上，或輪弄利刃，或重物大刀雙刀百端訖。有黄衣老兵，謂之黄院子。數輩執小繡龍旗前導宫監馬騎百餘，謂之妙法院女童，皆妙齡翹楚，結束如男子，短頂頭巾，各着雜色錦繡，撚金絲番段窄袍，紅緑吊敦束帶，莫非玉羈金勒，寶鞓花韉，艶色耀日。香風襲人，馳驟至樓前，團轉數遭，輕簾鼓聲，馬上亦有呈驍藝者。中貴人許畋押隊招呼成列，鼓聲，一齊擲身下馬。一手執弓箭，攬韁子就地，如男子儀，拜舞山呼訖。復聽鼓聲，騗馬而上，大抵禁庭如男子裝者，便隨男子禮起居，復馳驟團旋。分合陣子訖，分兩陣，兩兩出陣，左右使馬，直背射弓，使番鎗或草棒交馬野戰。呈驍騎訖，引退。又作樂，先設綵結小毬門於殿前，有花裝男子百餘人，皆裹角子向後拳曲花幞頭，半着紅，半着青錦襖子，義欄束帶絲鞋，各跨雕鞍花䩮驢子，分爲兩隊，各有朋頭一名，各執綵畫毬杖，謂之小打。一朋頭用杖擊弄毬子，如綴毬子方墜地。兩朋爭占，供與朋頭。左朋擊毬子過門入孟爲勝，右朋向前爭占，不令入孟，互相追逐，得籌謝恩而退。續有黄院子引出宫監百餘，亦如小打者，但加之珠翠裝飾，玉帶紅靴，各跨小馬，謂之大打，人人乘騎精熟，馳驟如神，雅態輕盈，妖姿綽約，人間但見其圖畫矣。呈訖。文淵閣四庫全書本《東京夢華録》卷七。

無名氏藝話（一則）

　　《四庫全書·南窗記談》提要云："《南窗記談》一卷，不著撰人名氏，多紀北宋盛時事。淳熙中，袁甫作《甕牖閒評》已引其書，則作於孝宗以前。而中有葉夢得問章惇濟一條，又有近傅崧卿給事餽冰云云。夢得爲紹聖四年進士，高宗時終於知福州。崧卿爲政和五年進士，高宗時終於中書舍人給事中。則是書當在南北宋間也。中載葉景修述延祐戊午開元宮立虞集碑一條，乃元仁宗五年事，殊不可解。檢核別本，此條獨低二格書之，乃知上一條記蔡寬夫在金陵，鑿地丈餘，得竈灰及朱漆匕箸事，元人讀是書者，因記王眉叟掘地丈餘，得花臺魚池事，批於其旁，故稱與此事相同云云。此事即指蔡寬夫事也。曹溶所藏之本，因傳寫者不究文義，一槩錄作正文，故致是詭異耳。其書凡二十三條，袁甫所引衞大夫一條，此本不載，蓋已非完書。然所記多名臣言行，及訂正典故，頗足以資考證。惟袁州女子登仙一條，麗籍見天書一條，頗涉語怪。然籍見天書一事，《曲洧舊聞》已載之。蓋宋人說部之通例，固無庸深詰者矣。"

《南窗記談》（選錄　一則）

　　唐以身言書判設科，故士皆習書，有晉宋餘風。今有得唐人遺跡，雖不知名，亦往往可觀。宋朝此科廢，書遂無用於世，非自好之者不習，故工者亦少，亦勢使之然也。歐陽文集載《與石公操推官書》言："嘗見其二石刻書字之怪，譏其欲爲異以自高。"公操即守道，今《徂徠集》中猶見其答書，大略皆讕辭自解，至謂書乃六藝之一，雖善如鍾、王、虞、柳不過一藝而已，吾之所學堯、舜、周、孔之道，不必善書也。歐公復之曰："《周禮·六藝》有六書之學，其點畫曲直皆有其說，今以其直者爲斜，方者爲圓，而曰我第行堯、舜、周、孔之道，此甚不可也。譬如設饌於案，加帽於首，正襟而坐然後食者，此世人之常爾。若其納足於帽，反衣而衣，坐於案上，以飯實酒卮而食，曰我行堯、舜、周、孔之道，可乎？不可乎？"此言誠中其病。守道字畫世不復見，既嘗被之金石，必非率爾而爲者，即答書之辭觀之，其強項不服下，又設爲高論以文過，拒人之態猶可想見也。文淵閣四庫全書本《南窗記談》。

王洋藝話（九則）

　　王洋（一〇八七～一一五三）字元渤，原籍東牟（今山東蓬萊），後徙居山陽（今江蘇淮安）。宣和六年進士。紹興元年，以修職郎召試館職。二年，除校書郎，爲吏部員外郎，守起居舍人。是年十月，以言事被斥，復坐撰方閎、張綱改官制詞溢美，罷爲直徽猷閣，主管台州崇道觀。十一年，起知邵武軍，移知吉、饒二州。時洪皓自金國歸，爲秦檜所忌，人無敢過其居者，王洋獨與之遊，爲人告訐，罷爲直徽猷閣、主管台州崇道觀。寓居信州，居所有荷花水木之勝，因號王南池，闢室曰半僧寮，與呂本中、曾幾相唱和。二十三年卒，年六十七。洋善詩文，周必大《東牟集序》云："東牟王公之文吾能言之，以六經爲美材，以子史爲英華，旁取騷人墨客之辭潤澤之，猶以爲未也，挾之以剛大之氣，行之乎忠信之塗，仕可屈身不可屈，食可餒道不可餒。如是者積有年，浩浩乎胸中，滔滔乎筆端矣。賦大禮則麗而法，傳死節則贍而勁，銘記則高古粹美，奏議則切直忠厚。至於感今懷昔，登高望遠，憂思愉佚，摹寫戲笑，一皆寓之於詩。大篇短章，充溢箱篋。"著有《東牟集》三十卷，原集已佚，清四庫館臣自《永樂大典》採掇遺文，重編爲十四卷。

一　絃歌堂

　　曹務日以渾，令君心自清。散彼愁欺氣，化作懽愉聲。懽愉何所寄，寄此絃歌鳴。歌如珠纍纍，絃以桐鏗鏗。顧此三尺匣，中有萬古情。大絃含春温，赤甲隨勾萌。小絃羽雖細，一奏壯士驚。次第徵角招，向日葵心傾。商以表節義，皎皎秋霜明。歛之五音全，昭氏無虧成。鼓之播萬物，草木同敷榮。令君保此器，常得心和平。知君本抱道，嚴壑依雲耕。餅粟朝不飽，强起從簪纓。素琴常在御，朝陽鳴簫笙。蕭然古槐下，時乎一再行。亭午百吏散，永日垂簾旌。舟車自衝會，我道無將迎。筆役眩朱墨，愷悌消紛爭。誅求絶敲榜，升合均餅盤。和風動千室，暖律鳴嚶嚶。坐令今上饒，乃類古武城。問君何能爾，但守一字誠。吾聞古良吏，惠養先孤惸。不聞棠陰中，高燈照長檠。大雅有夷路，小鮮無急烹。令君實儒素，不肯尊錢兄。吾心如平田，衍樂物自生。勿言桐鄉陋，子孫傳令名。勿言百里狹，列宿符郎星。願君守此志，終始不變更。豈惟人道順，可與神理並。辱君示琬琰，致德匪瑤瓊。他年挾薰風，期君拂天棖。文淵閣四庫全書本《東牟集》卷一。

二　謝葉秀才惠書，自言能書大字，來書作小字甚工

大字韋將軍，小字徐開府。惠我數百言，字字了今古。江山得何助，文采乃如許。莫羞無稻粱，鴻飛自启舉。《東牟集》卷一。

三　寶覺師畫少陵像，用筆甚簡，伯氏稱賞之，因戯爲長言寫之

破帽麻鞋肩傴僂，回頭意若呼宗武。行歌又似出關時，飯顆山前日當午。公如冰玉天賦成，玉爲温潤冰爲清。廟中朱絃堂上曲，一唱三嘆知遺聲。平生但飽主人飯，身後空傳世上名。蕭條冷炙殘杯氣，寂寞千秋萬古情。吳僧筆端龍幻化，幻出前賢世無價。可憐見畫未見詩，更合愛詩方愛畫。《東牟集》卷二。

四　題徐明叔《海舟横笛圖》

莫愛一掬水，海闊觀狂瀾。莫愛手中月，空明海上山。人生適意貴如此，前度徐郎在千里。噴雲裂石天宇高，夜寒水冷魚龍走。世間俗客貪昏睡，泿濤不識神靈意。更令疊奏數曲終，鯨山會作玻璃翠。畫工妙手今無幾，可惜徐卿今老矣。醉中睡起百憂寬，與君一笑西風裏。《東牟集》卷三。

五　聽琴贈遠師

世人傾耳聽繁音，太音古淡難爲聽。有如廣庭題旌夏，或者驚遁疑有神。當時舜牀調五絃，薰風煽物無窮人。若言造化不愛斵，安得感君回陽春？遺音相繼嗣者誰，窮山緇侶黃冠師。非干此意樂窮靜，世路自與相参差。我今試聽《清風操》，野鶴孤猿對殘照。琅琊山下《醉翁吟》，分明撥向琴中調。時聽二曲。人言大絃如玉溫，小絃廉折亮以清。春秋自是隔寒暑，天地不得令偕行。豈如七絃轉十指，勁節諧音同到耳。乃知造化在指端，豈但高山與流水。道人不肯長懷珍，亦曾挾藝遊車塵。高門八字驚未見，脫贈往往捐千純。如今飄泊困長路，更覺世味難將迎。應將感愴赴琴曲，一聽萬慮羅心兵。道人勿苦生冰炭，古道須信非人情。哀音果要洗俗耳，叀去嬌絃三兩聲。《東牟集》卷三。

六　省題泰帝鼓瑟

雅樂聞琴瑟，相因泰昊前。朱絲疑雜奏，素女減哀絃。破竹符終合，分魚目不全。所餘裁五五，再續未綿綿。損益時皆有，虧成理或然。茫茫千古意，漢帝自誰傳。《東牟集》卷三。

七　琴枕

琢石髹池省練絃，寂塵不動五音全。應嫌雜奏妨人樂，正可常攜對客眠。投倦乍如傾耳聽，起醒惟欠籟聲傳。舞雲家範升堂席，寂寞依稀萬古賢。《東牟集》卷四。

八　跋馮子容家藏章聖御書

章聖皇帝《大禮慶成詩》一章，有"忠賢翼贊"之言，乃知賜近臣之與祀事者。文懿公當國，故受其目焉。詩無符璽，意者廣歌之臣皆有別本，篆雲蘂簡，其復歸西清與，非小臣所得知也。

公之五世孫預襲而藏之百有餘年，罔敢失墜，使後世得以想望當時文物之盛，所貴於故家遺俗者，其在斯乎！至於《雲漢》之章，盈成之象，臣不得而名言也。《東牟集》卷一三。

九　跋杜仲微隸書《出師表》

諸葛孔明與杜微終不盡其用，吾意二人各有遺恨。今杜仲微以所精隸法為諸葛公書《出師表》一通。二杜相去千載，姓名符合，豈精神往來，思報知遇固未泯乎？雖事理冥符，吾不得而知，吾所知者，姜維、黃皓輩縱使子孫尚在，不知出此矣。《東牟集》卷一三。

江少虞藝話（六則）

　　江少虞（生卒年不詳）字虞仲，常山（今浙江常山）人。約高宗紹興初前後在世。政和進士。調天台學官，爲建州、饒州、吉州太守，俱有治績。著有《宋朝事實類苑》六十三卷，《四庫全書總目提要》稱該書"徵採極爲浩博"，"有裨於史者，良非虛語"。《宋朝事實類苑》成書於紹興十五年（1145），記録了北宋太祖至神宗朝一百二十多年間的史實，分"祖宗聖訓"、"君臣知遇"等二十四門。其中以詩文爲内容的，有"詩歌賦詠"、"文章四六"二門。其他各門，涉及詩文的地方也不少。引用諸家記録約五十種，其中半數以上已失傳或殘闕。失傳的書中屬於詩話的，即有《名賢詩話》和《三山居士詩話》兩種。殘闕的書中，有的與詩文關係密切，如記載楊億平生見聞的《楊文公談苑》和張師正的《倦遊雜録》二書，《説郛》和《類説》都曾選輯。此書引用《楊文公談苑》達一百幾十條，引用《倦遊雜録》亦近百條，比《説郛》和《類説》所輯爲多。所引之書，現雖有傳本，但江氏所據者或爲原本，或爲接近原本的版本，而又全録原文，不加增損，往往可以訂補今傳本的訛脱。

一　凱歌

　　邊兵每得勝回，則連隊抗聲凱歌，乃古之遺音也。凱歌詞甚多，皆市井鄙俚之語。予在鄜延時，製數十曲，令士卒歌之，今粗記得數篇。其一："先取山西十二州，别分子將打衙頭。回看秦塞低如馬，漸見黄河直北流。"其二："天威卷地過黄河，萬里羌人盡漢歌。莫堰橫山倒流水，從交西去作恩波。"其三："馬尾胡琴隨漢車，曲聲猶自怨單于。彎弓莫射雲中雁，歸雁如今不寄書。"其四："旗隊渾如錦繡堆，銀裝背嵬打回回。先教净掃安西路，待向河源飲馬來。"其五："靈武西涼不用圍，蕃家總待納王師。城中半是關西種，猶有當時軋吃兒。"上海古籍出版社一九八一年排印本《宋朝事實類苑》卷十九。

二　霓裳羽衣曲

　　《霓裳羽衣曲》。劉禹錫詩云："三鄉陌上望仙山，歸作《霓裳羽衣曲》。"又王建詩云："聽風聽水作《霓裳》。"白樂天詩注云："開元中，西凉府節度使楊敬述造。"鄭嵎《津陽門詩注》云："葉法善嘗引上入月宫，聞仙樂。及上歸，但記其半，遂於笛中寫之。會西凉府都督楊敬述進《婆羅門曲》，與其聲調相符，遂以月中所聞爲散序，用敬述所進爲其腔，而名《霓裳羽衣曲》。"諸説各不同。今蒲中逍遥樓楣上，有唐人横書，類梵字，相傳是《霓裳譜》，字訓不通，莫知是非。或謂今燕部有《獻仙音曲》，乃其遺聲。然《霓裳》本謂之道調法曲，今《獻仙音》乃小石調耳，未知孰是。並《筆談》。

歐陽公《歸田録》論王建《霓裳詞》："弟子部中留一色，聽風聽水作《霓裳》。"以不曉聽風聽水爲恨。余嘗觀唐人《西域記》云："龜兹國王與臣庶知樂者，於大山間聽風水之聲，均節成音，後番入中國，如伊州、凉州、甘州，皆自龜兹至也。"此説近之，但不及《霓裳》耳。鄭嵎《津陽門詩注》："葉法善引明皇入月宫，聞樂歸，以笛寫其半。會西凉府楊敬遠進《婆羅門曲》，聲調胳同。按之便韻，乃合二者製《霓裳羽衣》。"則知《霓裳》亦來自西域云。出《西清詩話》。《宋朝事實類苑》卷十九

三 抛毬曲

海州士人李慎言，嘗夢至一處水殿中，觀宫女戲毬，山陽蔡繩爲之傳，叙其事甚詳。有《抛毬曲》十餘闋，詞皆清麗，今獨記兩闋："侍燕黄昏曉未休，玉堦夜色月如流。朝來自覺承恩最，笑倩旁人認繡毬。""堪恨誰家幾帝王，舞茵操盡繡鴛鴦。如今重到抛毬處，不是金爐舊日香。"《宋朝事實類苑》卷十九

四 歌舞

古人飲酒，皆以舞相屬，獻壽尊者，亦往往歌舞，長沙王小舉袖云："國小不足回旋。"至唐太宗，亦自起舞属羣臣。古人淳質，舞以達歡欣，不必合度臻好，故人人可爲之，不羞不及也。張燕公詩云："醉後歡更好，全勝未醉時。動容皆是舞，出語總成詩。"又云："要須回舞袖，拂盡五松山。醉後凉風起，吹人舞袖回。"今時舞者，曲折益盡奇妙，非有師授，皆不可觀，故士大夫不復起舞矣。或有善舞者，又以其似樂工，輒恥爲之。古人之歌，亦復如此，節奏簡淡，故《三百篇》可以吟咏，緣時未有新繁聲，自是可喜。自新變聲作，日益繁靡，欲今人强置繁聲，以《三百篇》爲歎，何可得也？隋以前南北朝舊曲猶頗似古，如《公莫舞》《丁督護》之類，豈不簡淡？自唐以來，此等曲解，又復不入聽矣。人但知思聞古韶、夏之類，直恐見之，未能忘味也。胡瑗善琴，教人作《採蘋》《鹿鳴》等曲，稍蔓延其聲，傍近鄭、衛，雖可聽，非古法也。近世樂府，爲繁聲不已，又加重叠，謂之纏聲，促數尤甚，固不從容一唱三歎矣。太學諸生承胡先生之教，許鼓琴吹簫，及以方響代編磬，然所奏唯《鹿鳴》《採蘋》數章而已。諸生因緣爲鄭、衛聲，聞者疑之，或以相問，有戲之者曰："此無他，

直纏聲《鹿鳴》《採蘋》。"《劉貢父詩話》。　《宋朝事實類苑》卷十九。

五　審聲

五音：宮、商、角爲從聲，徵、羽爲變聲。從謂律從律，呂從呂。變謂以律從呂，以呂從律。故從聲以配君臣民，尊卑有定，不可相踰。變聲以爲事物，則或遇於君聲無嫌。六律爲君聲，則商、角皆以律應，徵、羽以呂應。六呂爲君聲，則商、角皆以呂應，徵、羽以律應。加變徵，則從變之聲已瀆矣。隋柱國鄭譯始條具之均，展轉相生，爲八十四調，清濁混淆，紛亂無統，競爲新聲。自後，又有犯聲、側聲、正殺、寄殺、偏字、傍字、雙字、半字之法，從變之聲，無復調理矣。外國之聲，前世自別爲四夷樂，自唐天寶十三載，始詔法曲與北部合奏，自此樂奏全失古法。以先王之樂爲雅樂，前世新聲爲清樂，合胡部者爲宴樂。古詩皆詠之，然後以聲依詠之成曲，謂之協律。其志安和，則以安和之聲詠之；其志怨思，則以怨思之聲詠之。故治世之音安以樂，則詩與志，聲與曲，莫不安且樂。亂世之音怨以怒，則詩與志，聲與曲，莫不怨且怒。此所以審音而知政也。詩之外，又有和聲，則所謂曲也。古樂府皆有聲有詞，連屬書之，如曰"賀賀賀"、"何何何"之類，皆和聲也。今管絃之中纏聲亦其遺法也。唐人乃以詞填入曲中，不復用和聲，此格雖云自王涯始，然貞元、元和之間，爲者已多，亦有在涯之前者。又小曲有"咸陽沽酒寶釵空"之句，云是李白所製，然《李白集》中有《清平樂》詞三首，獨無是詩，而《花間集》所載"咸陽沽酒寶釵空"，乃云是張泌所爲，莫知孰是也。今聲詞相從，惟里巷間歌謠及《陽關》《搗練》之類，稍類舊俗。然唐人填曲，多詠其曲名，所以哀樂與聲尚相諧會。今人則不復知有聲矣，哀聲而歌樂詞，樂聲而歌怨詞，故語雖切而不能感動人情，由聲與意不相諧故也。《宋朝事實類苑》卷二十。

六　音韻

切韻之學，本出於西域。漢人訓字，止曰"讀如某字"，末用反切。然古語已有二聲合爲一字者，如不可爲叵、何不爲盍、如是爲爾、而已爲耳、之乎爲諸之類，以西域二合之音，蓋切字之源也。如頓字，文從而大，亦切音也，殆與聲俱生，莫知從來。今切韻之法，先類其字，各歸其母，脣音、舌音各八，牙音、喉音各四，舌音十，半齒半舌音二，凡三十六，分爲五音，天下之聲，總於是矣。每聲復有四等，謂清、次清、濁、平也，如顛天田年、邦胮龐厖之類是也。皆得之自然，非人爲之，如幫字橫調之爲五音，幫當剛臧央是也。縱調之爲四等，幫滂傍茫是也。就本音本等調之爲四聲，幫牓髈博是也。四等之聲，多有聲無字者，如封峰逢止有三字，邕胸止有兩字，竦火欲以皆止有一字。五音亦然，滂湯康蒼止有四字。四聲則有無聲，亦有無字者，如蕭字肴字，全韻皆無入聲，此皆聲之類也。所謂切韻者，上字爲切，下字爲韻。切須歸本母，韻須歸本等。切歸本母謂之音和，如德紅爲東之類，德與東同一母也。字有重、中重、輕、中輕、本等聲，盡汎入別等，謂之類隔。雖隔等須以其類，謂脣與脣類，齒與齒類，如武延爲綿、符兵爲平之類是也。韻歸本等，如冬與東，字母皆屬端字，冬乃端字中第一等聲，故都宗切，宗字第一等韻也。以其歸精字，故精徵音第一等聲。東字乃端字中第三等聲，故德紅切，紅字第三等韻也。以其歸匣字，故匣羽音第三等聲。又有於用借聲，類例頗多，大都自沈約爲四聲，音韻愈密。然梵學則有華竺之異。南渡之後，又雜以吳音，故音韻厖駁，師法多門。至於所分五音，法亦不一，如樂家所用，則隨律命之，本無定音，常以濁者爲宮，稍清爲商，最清爲角，清濁不常爲徵羽。切韻家則定以脣齒牙舌喉爲宮商角徵羽，其間又有半徵半商者，如來日二字是也，皆不論清濁。五行家則以韻類清濁參配，今五姓是也。梵學則喉牙齒舌脣之外，又有折攝二聲，折聲自臍輪起，至脣上發，如鈴字浮金反之類是也。攝聲鼻音，如歆字，鼻中發之是也。字母則有四十二，曰阿多波者那囉拖婆茶沙嚩哆也瑟吒二合迦娑麼伽他杜鑽呼拖前一拖輕呼，此一拖重呼，奢佉叉二合娑多二合壤曷攞多三合婆上聲車娑麼三合縒伽上聲吒拏娑頗二合娑伽二合也娑二合室者二合佗陀，爲法不同，各有理致，雖先王所不言，然不害有此理。歷世浸久，學者日深，自當造微耳。《宋朝事實類苑》卷四十。

程瑀藝話（一則）

程瑀（一〇八七～一一五二）字伯寓，號愚翁，饒州浮梁（今江西景德鎮）人。少有聲太學，政和六年上舍試第一，授承事郎、太學博士。宣和元年，轉宣教郎。二年，提舉京兆府等路學事，爲秘書省校書郎。四年，轉承議郎。七年，充伴送高麗使，借給事中，奉使河東。欽宗即位，假户部侍郎、河東路幹當公事。除右正言，言事忤旨，貶監漳州鹽稅。高宗即位，召爲司封員外郎，遷國子司業。紹興元年，提點江東刑獄。二年，召爲太常少卿，遷給事中兼侍講。四年，出知撫州，歷嚴、宣二州。十二年，召赴行在，除兵部侍郎兼侍讀。與秦檜意見不合，出知信州。以疾請祠，提舉江州太平宫。坐與李光通書問，降朝議大夫。二十二年卒，年六十六。程瑀博極群書，自少至長，未嘗一日釋卷，故其文"閎深雅健，識趣超詣，下筆析理，粹然自成一家"（胡銓《程公墓誌銘》）。著有《論語説》四卷、《論語集解》十卷、《周禮儀》十卷、《尚書説》一卷，《諫垣論疏》《奏議》各四卷，《黄門忠嘉》《經筵講讀》《三朝對語》各五卷，《資善堂口義》二卷、《飽山集》六十卷，《野叟談古》《兩漢索隱》《唐傳摘奇》《詩話》《雜志》各一編，均已佚。

題吴道子《天龍八部圖》

道子鬼神，精侔造物。兩蘇行草，顔筋柳骨。寶重璠璵，光照縑帙。燕懿有孫，世藏十襲。紹興己巳秋社，鄱陽程瑀伯。文淵閣四庫全書本《清河書畫舫》卷四上。

喻汝礪藝話（二則）

喻汝礪（？～一一四三）字迪儒，仁壽（今四川仁壽）人。崇寧五年，賜學究出身，知閬中縣。靖康初，遷祠部員外郎。金人扶持張邦昌爲楚帝，趣百官入賀，喻汝礪捫其膝曰："此豈易曲者耶！"掛冠歸隱邛山之陽，遂自號"捫膝先生"。建炎元年，爲四川撫諭官。紹興元年，知果州。五年，知普州。九年，提點夔州路刑獄公事，除駕部員外郎。十年，知遂寧府，遷潼川路轉運副使。十一年，罷爲宮觀。十三年卒。喻汝礪有氣節，工詩文，劉光祖爲其集作序，稱其文"一字不肯苟於下筆，每篇率能馳騁上下，濤起阜湧，力有餘而氣不竭。辭既工，於理與事，明白而深切"（《文獻通考》卷二三八引）。其現存詩如《草堂詩》十二首，有"閒看西嶺題詩罷，醉散西郊信馬歸"，"自昔風人裁一骨，於今捫膝亦么弦"之句，寫景抒懷，均有雍容不迫之態。著有《捫膝稿》十四卷，今已佚。

一　題周昉《美人拜月圖》

東風原自無消息，獨捲珠簾望春色。風驚紅葉墮珊珊，夢斷行雲泣殘月。挹挹柔情不自持，此心端被月先知。窺窗入戶如相伴，應是嬌娥慣別離。文淵閣四庫全書本《兩宋名賢小集》之《捫膝稿》。

二　禮樂

惟上踐祚之六年，恩覃天區，威軼海外，遠至邇安，上恬下怡，爾乃搜求間遺，製作禮樂，陋綿蕝之遺儀，鄙淳于之古器。

愚嘗求其所以製作之由，殆不可見。竊妄意其帝宮瑰寶，清廟偉器，莫匪一德之純儒；白華成館，青槐蔭市，莫匪一德之俊造；元和獻詩，淮夷奏馘，莫匪一德之歌誦；勒功河西，雄奇洮水，莫匪一德之事業，而致然耶？嗟乎，此其製作之由，而未盡也。

意其宋省南臺無一官曠職，萑蒲黃池無一夫嘯聚，東廛西市無一人惡乎〔一〕，南浦北鄰無一聲愁吟，而致然耶？嗟乎，此其製作之由，而未盡也。

意其春風調鼎，武士辨魚，而六尚之制修；甘泉獻賦，黃門論經，而三衛之法備。天錫聖衷，井星眾聚，與五緯之循軌乎？甘泉之期，順天之休，與於眾人之來王乎？嗟夫，此其製作之由，而未盡也。

意其變滅養瘠，義陶軒鎔，革澆治薄，堯醲舜醰。九奕奕奕〔二〕，流澤遠也；西宮雍雍，孝思嚴也；臨廱恢儒〔三〕，道德勝也；囹圄空虛，刑罰出也〔四〕；宗學滿四京，九族睦也；三舍滿天下，風俗同也。惟是道隆業巨，一至此極。爾乃左顧右盼，詔夷命夔，長驅直抵，目堯舜而跳三代，制磨天人，鐫刻造化，劃除芟弊，一新大典，以崇盛德，以揚偉烈，以昭太平，以示德意，以對揚哉〔五〕，以武而詔後世。嗚呼休哉！

伏承明問，以上自二帝，下迄漢唐，其製作之本〔六〕，度數之跡，下詢諸生。愚竊以謂自三代以還，帝王之制，正如輕花浮雲，飄空四散，蕩然不可收拾。歷觀秦漢而下，越數千百載間，人無上智慮〔七〕，禮無一圭撮，樂無一音聲，足以厭滿人意。則有操戈聚訟而禮始疑，側堂撓堂而樂益側〔八〕。新儀一試，特以遏擊柱之戲；玉律一調，特以衍《芝房》之歌。則後世之禮樂，果何如哉？延壽調律而京房喜，阮咸補解而公魯慼。長沙少傅，不知春潤之元流；琅邪老儒，來悟秋林之討豕。則後世之禮樂，果何如哉？以今日之盛，駿德在御，其製作之妙，且默回於造化之外，置議司以講求缺遺，出帝指以明示制度，禮製樂作，洋洋乎三代如也。又況異士四來，名儒輩出，擷英執奇，思眇天末，闖視秦漢而下，涉無人之境。顧所謂元君章何元和新禮〔九〕，封禪之儀或取於倪寬之奏，明堂之制或取於公王之圖，果足以獻於大宗伯之前乎？識趙人之鐸聲，辨周家之玉尺，闖視空口而知春氣之至，埋輪地中而應玉管之灰，果足以獻於大司樂之前乎？是其智識飄飄，過出月外，冥搜化主，博取方類，高出帝王獨到處，回視秦漢而下〔一〇〕，其誠足取耶？其不足取耶？

愚以謂帝王之典，具在方冊，然五帝異樂不沿樂，三王殊禮不襲禮，是則禮樂之制，應時而造。自今觀之，九鼎之制所以統御神人，燮調造化，而帝鼐居中，獨為重鍾。肇興制度，自我作古，雖咸韶濩武之制，曾不足以踵門而獻巧，況秦漢之紛紛乎？

嗚呼，兩生高臥而漢制微，二臣喑啞而唐制闕，後世之士知罪四子，而初不知夫禮樂之興，固自有來處。蓋禮樂大典，必積德百年而後興，彼其時君世主，德業脆薄，不足以堪耐此事。雖使周公左，召公右，亦焉能遽回其衰微而振起之？然則四子之罪，固不足繫頸而誅之也。

國家世世相承，行二百年，德隆業侈，眇無古昔。彼秦漢而下，正可奚童而視之，則禮樂之興，誠在今日。顧天下之士，獻群魯之宏議，草茂陵之遺奏，交馳於門閭之下者，何其紛如也！承學之士，亦復有雜汾陽之遺鍾，識古冢之銅器，過永興里而知太常臥吹之笛，視樂工圖而得霓裳聚仙之拍，輒欲以區區薄技，少慶盛時之難逢，惟執士略其謬悠而與進之。宋慶元三年書隱齋刻本《國朝二百家名賢文粹》卷六王。

〔一〕惡乎：似有誤。

〔二〕九奕：似有誤。

〔三〕龎：原作"癱"，據文意徑改。

〔四〕出：似有誤。

〔五〕以對揚哉：似有誤。

〔六〕其：原作"真"，據文意徑改。

〔七〕上：似有誤。

〔八〕此句似有誤。

〔九〕此句似有誤。

〔一〇〕秦：原作"奏"，據文意徑改。

鄭剛中藝話（三則）

鄭剛中（一〇八八～一一五四）字亨仲，一字漢章，號北山，又號觀如，婺州金華（今浙江金華）人。紹興二年進士甲科及第，授溫州軍事判官。累官爲監察御史，遷殿中侍御史。由秦檜薦，移宗正卿。九年，除秘書少監。金人歸所侵疆土，任爲樞密行府參謀，宣諭川陝，及還，除禮部侍郎。十一年，擢樞密都承旨，爲川陝宣諭使。十二年，爲川陝宣撫副使、兼營田使。棄和尚原以與金，爲四川宣撫副使。鄭剛中治蜀，頗有方略，秦檜怒其在蜀專擅，奏罷之，提舉江州太平興國宮、桂陽軍居住。再貶爲濠州團練副使，復州安置，又徙封州。二十四年卒，年六十七。剛中爲政幹練有方略，後遭貶斥而亡，人多惋惜。所作詩文亦爲人稱賞，方回《讀鄭北山集跋》謂其"文簡古，詩峭健，責居封州詩尤佳"。現存文章多奏疏，清人嚴正評價極高："披卷朗吟，其經濟緒餘，溢於詞表，凛凛見浩然正氣。"（《康熙刻北山文集序》）詩歌清麗雋健，而無宋人粗獷之習（《瀛奎律髓匯評》卷一三紀昀評）。著有《北山文集》《周易窺餘》《經史專音》《左氏九六編》《西征道里記》等。

一　石季平題李南畫石之傍曰："疊石爲山，已是一重公案，況畫者耶！"鄭子見而笑之。明日戲成"伽佗問隨緣"云。隨緣居士，即季平道號也

筆畫與石疊，二者均是假。惟彼此間山，如疊亦如畫。要當論真空，萬物同一馬。隨緣判此公案時，不知筆作麼生下。文淵閣四庫全書本《北山集》卷二。

二　畫説

唐人能畫者不敢悉數，且以鄭虔、閻立本二人論之。其用筆工拙，不可得而考，然今人借或持其遺墨售於世，則好古君子先虔而後立本無疑。何則？虔高才，在諸儒間如赤霄孔翠，酒酣意放，搜羅物象，驅入毫端，窺造化而見天性。雖片紙點墨，自然可喜。立本幼事丹青，而人物闒茸，才術不鳴於時，負慚流汗，以紳笏奉研硯。是

雖能模寫窮盡，亦無佳處。余操是說以驗今人之畫，故胸中有氣味者，所作必不凡，而畫工之筆，終無神觀也。

吾友王能甫溫潤博雅，器局高遠。探古之餘，感物寓意，見諸揮灑之間，莫不種種高妙。余念篋笥無物，幾得一紙爲家藏之富，而十日一水，五日一石，正如古人所謂能事不受相促迫，久而未得。今得之矣，而余驗畫之說益又可信，故喜而書以謝之。
金華叢書本《北山文集》卷五。

三　跋東坡帖

東坡先生之賢，天下所同仰也。退翁則又先生之所與，賢可知也。不及拜東坡，而睹其遺墨；不及親退翁，而識其遠孫。想高躅以猶存，攬餘芳而有感，余生雖晚，亦少慰矣！《北山文集》卷一六。

林季仲藝話（一則）

　　林季仲（一〇八八~？）字懿成，號竹軒，永嘉（今浙江永嘉）人。宣和三年上舍及第，調婺州兵曹參軍，遷仁和令。紹興四年，以趙鼎薦除秘書郎。五年，改祠部員外郎。六年，試太常少卿。七年，出知泉州，召爲中書門下省檢正諸房公事。八年，以力阻和議奪職，起知婺州，改處州。後以直秘閣奉祠，卒。季仲在紹興之際素有重望，陳巖肖稱其喜爲詩，"詩語佳而意新"（《庚溪詩話》卷下），《四庫全書總目》卷一五八亦謂其詩"雖邊幅稍狹，已近江湖一派，而筆力挺拔，其清雋亦可喜也"。所存文章以奏札、書啓爲多，《四庫全書總目》又稱其"集中札子雖所存無幾，而多力持正論，深切時弊之言。其趙鼎南遷以後，所與簡牘數篇，無不反覆慰藉，詞意諄摯，交道之篤，尤可概見"（同上）。著有《竹軒雜著》十五卷，原集已佚，清四庫館臣自《永樂大典》搜輯遺文，重編爲六卷。

觀徐孺子畫像

　　伯淮臥彭城，遶屋生蓬茨。天子呼不起，思見巖壑姿。俾工圖其形，銜命日夜馳。落筆竟不得，韜面以疾辭。豫章有孺子，同時隱江湄。栖栖非我事，結廬對風漪。時人亦罕識，阿堵誰寫之。我聞郭有道，曾遣輕騎追。疑此言語生，即是茅畫師。文淵閣四庫全書本《竹軒雜著》卷一。

曹筠藝話（一則）

　　曹筠（生卒年不詳）字庭堅，當塗（今安徽當塗）人。政和末，爲人訓子弟，與秦檜有邂逅之交。其後以累舉得官，調台州録事參軍，檜念其故，遂召用之。紹興五年進士。十七年自左宣議郎、敕令所删定官充諸王宫大小學教授。十八年七月守監察御史，改殿中侍御史、侍御史，二十年九月罷。二十一年正月以左宣議郎知衢州，七月爲敷文閣待制、四川安撫制置使、兼知成都府。二十三年五月移知宣州。二十四年三月提舉江州太平興國宫。二十五年十二月以依附秦檜，奪職罷祠。

題米友仁《瀟湘長卷》

　　元暉寫山水真態，出人意表。觀之者如登高臨遠，有超出塵外之想。紹興庚午十一月中澣日姑溪曹筠跋。文淵閣四庫全書本《續書畫題跋記》卷二。

何先覺藝話（一則）

何先覺（生卒年不詳）字民師，郴縣（今湖南郴州）人。建炎二年進士及第，歷知橫州，有政聲。累官朝奉郎、知連州。

重刊家藏舊本夫子畫跋

此畫在孔氏家廟，其來極遠，貌象最爲真絕。百世之後，僞源紛擾，無復存焉。
神物護持，偶得家藏舊本，紹興甲戌上元日，左宣教郎、權知橫州軍州事何先覺重刊於寧浦郡學。鄉貢進士、兗州學正甘彥摹。石刻史料新編本《粵西金石略》卷八。

宋唐卿藝話（一則）

宋唐卿（生卒年不詳），紹興中爲內侍省副都知，遷宣政使、保成軍承宣使。卒贈清遠軍節度使。

題《蘭亭》帖

王羲之《蘭亭叙詩》真跡，唐貞觀中御史蕭翼就會稽僧得之，詔內供奉摹寫賜功臣。時褚遂良在定武，再橅於石，真跡復入昭陵，世不復見。自唐以來，所傳惟賓定武本，當時印取已多，闕去"會"字。此石宣和間又歸內府，亦不復見矣。今古摹刻響榻奚翅數十百，卒非識者眼中物。

按張彥遠《法書要錄》云，羲之復書此叙凡三十，終不類初，以是知無心之妙，亦不自知也。能造此理，可以學道。

僑寓南安，觀知白所藏定武真本，旅愁頓解。建炎二年五月二十六日，宋唐卿謹識。文淵閣四庫全書本《蘭亭續考》卷一。

洪皓藝話（二則）

洪皓（一○八八～一一五五）字光弼，饒州鄱陽（今江西波陽）人。政和五年進士。宣和中，爲秀州司錄參軍。建炎三年，假禮部尚書，爲大金通問使。被金人羈留十五年，屢加威逼利誘，始終不屈。紹興十三年，與張邵、朱弁同歸宋，除徽猷閣待制，提舉萬壽觀兼權直學士院。出知饒州，遭秦檜黨羽誣陷，責濠州團練副使，英州安置。居九年，復朝奉郎，徙袁州，至南雄州卒，年六十八，諡忠宣。洪皓強記博覽，書無所不讀，雖食不釋卷，在北地嘗作詩千篇，北人抄寫誦習，廣爲流布。現存詩詞多作於被拘囚之時，就中以自明心志與懷念故國家鄉之什最爲感人。其詞以賦梅花爲多，借詠梅寄託對南方故國的思念。著有《春秋紀詠》三十卷，詩凡六百餘篇，又有《帝王通要》《姓氏指南》《金國文具錄》等書，均已佚。今存者僅《鄱陽集》及《松漠紀聞》二種。《鄱陽集》原爲十卷，爲其在北方時所作詩文集，原集已佚，清四庫館臣自《永樂大典》輯出，重編爲四卷；《松漠紀聞》二卷，記錄其出使北方時事。

一　洪慶善、韓美成觀所藏宣和殿書畫，慶善有詩，次韻

晉唐尺牘丹青古，老眼貪看眩欲花。二使星臨增倍價，一篇語妙屬詩家。當年寶閟藏書殿，留落寧知松漠見。萬里懷歸爲公出，往事宣和空歷歷。文淵閣四庫全書本《鄱陽集》卷二。

二　跋王右軍帖

此帖墨色剝淡，紙理碎裂，石刻所無。唐貞觀間，藏於弘文館，太平公主得之，後歸明皇。後爲李德裕所有，終歸江南李氏。

予頃在幽都，見王汭家有宣和舊物，曹子建真跡並像。其印記及靜華等字，與此正同，特此本無文皇書名耳，似非近世所能臨榻。第跋尾自米芾以前，皆出一手，蓋爲好事者所易云。《鄱陽集》卷四。

李彌遜藝話（一八則）

　　李彌遜（一〇八九～一一五三）字似之，號筠谿，福州連江（今福建連江）人，居於吴縣（今江蘇蘇州）。彌大弟。大觀三年上舍登第，調單州司户。政和四年，除國朝會要所檢閲文字。引見，遷秘書省校書郎，充編修六典檢閲文字。六年，授禮部員外郎，移司封。八年，擢起居郎，以上封事坐貶知雅州盧山縣。奉祠，隱居八年。宣和七年，知冀州。靖康元年，召對，知瑞州。二年，除江東路轉運判官，領郡事。建炎初，改淮南轉運副使。紹興間，歷知饒、吉二州。七年，除起居郎。八年，試中書舍人，爲户部侍郎。反對秦檜與金議和，出知筠州。九年，改漳州。十年，請祠歸隱連江西山。十二年，落職，處之裕如，十餘年間不與時相通書啓，不請磨勘。二十三年卒，年六十五。彌遜學問純正，持論堅正，樓鑰《筠谿集序》謂"其文雄深，黼藻王度，四方傳誦之。論事封駁，皆人所難"。其現存奏疏能切中時弊，剖辨分明。晚年以詩自娱，筆力宏偉，趣深理到，追軼風騷，意寄高遠。也長於詞，"其長調多學蘇軾，與柳、周纖穠别爲一派，而力稍不足以舉之，不及軾之操縱自如，短調則不乏秀韻"（《四庫全書總目》卷一九八）。著有《筠谿集》二十四卷。

一　和董端明大野漁父圖

　　一葉扁舟漾廣津，無心鷗鳥遠親人。蘋蓼岸，静投綸，危坐初無一點塵。
　　釣艇夷猶一葦横，煙波萬頃寄餘生。春雨歇，暮霞明，零亂溪花墮玉英。
　　撇棹歸來起暮凉，樂哉誰復慕軒裳。横短笛，罷鳴榔，紅藕花繁作陣香。
　　木落漁村載酒過，緑波萍藻鱖魚多。捵醉飲，儘顔酡，不負平生笠與蓑。
　　玉樹瓊田瑩滑清，短篷飄洒動吟情。魚換酒，樂升平，聞道君王日聖明。
　　卧月眠風樂有餘，蒹葭處處釣重湖。斟魯酒，鱠鱸魚，一片家風入畫圖。文淵閣四庫全書本《筠谿集》卷十三。

二　題明叔郎中《海月吹笛圖》

　　天上星郎騎省孫，興隨孤月到無垠。浮槎夜入魚龍宅，横竹秋生海嶽雲。控鯉丹成終獨往，騎駭仙去杳難群。紛紛世上知吾少，畫筆猶能續異聞。《筠谿集》卷十七。

三　題趙幹《江行初雪圖》

瓜步西頭水拍天，白鷗波上寄長年。筒中認得江南手，十里黃蘆雪打船。《筠谿集》卷十九。

四　題范才元湘江詩畫

詩才好入江南妙，畫手工傳渭北詩。一段澄心卷湘水，吟軒長對喚船時。《筠谿集》卷十九。

五　題胡霈然書後

霈然與胡英、衛秀等並習右軍書。昔人論其工不及懷仁，而賢於蕭森，過唐玄度之徒遠甚。惜乎不得盡見數家書跡，以定其優劣也。隋僧智果作字硬健，煬帝時謂得右軍骨，予於胡亦云。南京圖書館藏清初抄本《竹谿先生文集》卷二一。

六　書杜祁公帖後

祁公嘗云："四方訊問，雖甚疏遠，必親答。若盡委之筆吏，與不答等。"故其簡尺，好事家間有之。而此數帖，乃晚年所作，未易得也。

公在慶曆中，居相位纔期月，而遺風凜凜，於今如在。殘章斷簡，猶能使人改心正容，對之肅然，況於親炙之乎！《竹谿先生文集》卷二一。

七　書蔡君謨帖後

李陽冰云："逸少十五年攻永字訣，其後書入神品。"本朝以書名家，得八法之妙者，前輩獨推蔡公，是帖真可貴也。《竹谿先生文集》卷二一。

八　書富韓公與王龍圖帖後

晉唐書帖，遣辭簡少而情致有餘。韓公好義善交，翰墨中綽有古人風度。雖不及形識面龍圖公，然韓公端人也，觀其取友，則公之名德可知矣。《竹谿先生文集》卷二一。

九　跋周越書王龍圖《柳枝辭》後

周氏《書苑》十卷〔一〕，歷叙古文篆隸而降凡五十四種，古今能書四百九十餘人，筆法論叙二十餘家。字畫之變，略盡於此。及觀其真草二體書，婉媚遒勁，皆中規矩，信其書之不徒作也。

龍圖王公《柳枝辭》，格韻超逸，追古作者。不然，周書豈浪得耶？《竹谿先生文集》卷二一。

〔一〕苑：原作"宛"，據衢本《郡齋讀書志》卷四改。

一〇　跋蔡君謨《白蓮》帖後

書家論永字法，遲澀峻疾，要使筆峰行字畫中，如人骨骼既立，雖豐瘠不同，各自成體。近時臨書，方盡力點畫間，圓銳斜直，唯恐失之，奚暇議筆行何如耶？持此爲驗，真僞不足辨矣。

蔡君謨公《白蓮》四帖，久歸李正臣家，後人得贗本，珍重印刻〔一〕，更相傳玩，至今不悟。如貧家子見他寶器，不知其所可寶也。是非之能亂人乃爾，嗟夫！《竹谿先生文集》卷二一。

〔一〕刻：原無，據文淵閣四庫全書本補。

一一　跋張愨仲樞密遺墨〔一〕　（一）

靖康改元冬，金人犯順，要盟城下，樞密張公自南道提兵轉戰入衛，及自大駕北征，遂留守京師。公手自草牘，請立趙氏，凡十往返，竟以身從。

噫，古所謂社稷之臣歟！昔杵臼爲趙死，後世以謂賢不及程嬰。蓋死易，立孤難耳。公以天下計，爲所甚難者，其賢於嬰又萬萬矣。

公給事東省，僕以左史從。後三十年，復瞻遺墨，凜凜有生氣，涕泗拜之。《竹谿先生文集》卷二一。

〔一〕墨：原作"臺"，據文淵閣四庫全書本改。

一二　跋張愨仲樞密遺墨（二）

右，樞密張公遺帖，蓋公末後語也。

房相國佐唐功居第一〔一〕，病且亟，猶奏疏以止東伐。司馬長卿居心不净，素易繩檢，沒有遺《封禪書》。忠佞之性，至死不移。公奮不顧身，斧鉞在前，猶以大節自任。英風義氣，可以立貪懦而激忠直，百世之下，公之平生想見矣。《竹谿先生文集》卷二一。

〔一〕功：原作"公"，據文淵閣四庫全書本改。

一三　跋王才元少師所收尚書兄墨跡

少師公嘗與先兄尚書同朝。後二十年，僕始識公於長樂，見其所收先兄尚書遺墨，雖斷簡隻字具在。又出古律詩，燦然盈軸，語意精到，林下士旬月暇煉，有不能及。其所與酬唱，皆一時詩家名流也。

僕與少師公遊固未久，觀其趣尚清遠，風義敦至，固已使人歎仰不暇，餘可知也。《竹谿先生文集》卷二一。

一四　跋東坡書《中秋詩》後

山谷云：東坡書隨大小真行，皆嫵媚可喜。世間所見墨跡固多，妙處各各不同。余舊得公自書《吉祥寺詩》於齊安何所舉，乃其帥錢塘時所作，筆力尤更豪放。此帖雖應規入矩，而中有絕塵超軼之思，政復大佳。山谷真知言哉！《竹谿先生文集》卷二一。

一五　跋東坡書《石鐘山記》後

自東坡作《石鐘記》〔一〕，好事者過之，往往迴旋其下，未必有所遇。

僕往歲自廬陵赴建業，道由彭蠡，亦浮小舟，繫岸石。良久，旦見水石吞吐，風激之鳴，不聞所謂噌吰鐺鞳之聲也。乃知山靈水仙，出奇發蘊，必有所付，非其人，可浪得耶？《竹谿先生文集》卷二一。

〔一〕石鐘：原作"鐘石"，據文淵閣四庫全書本乙。

一六　跋蘇粹之所藏王摩詰畫《維摩文殊不二圖》

王輞川以《凝碧詩》見知當世，餘事丹青，亦造神品。晚年長齋，刻意空門，學室中唯繩床經案。退朝之後，焚香獨坐，大有所契證。

三復斯畫，知其不苟。毗耶一會，儼然自中觀者〔一〕，要當於默然處，驚海潮春雷之作，始不負渠。《竹谿先生文集》卷二一。

〔一〕中觀：原作"觀中"，據文淵閣四庫全書本乙。

一七　跋錢服道畫《潮出海門圖》

丘光廷著《潮汐論》，盡闢王充、盧肇輩説，自立己意，以謂水不能爲盈縮，直以地有動息上下，故海有潮汐，是大可笑。

世界依水建立，而海環之。水行地中，東涌西沒，西涌東沒。與氣升降，如百脉之周一身〔一〕。至於逢高遇溢，小遏大決，則騰躍奔放，變怪異態，此理之自然，而人或未之考。錢侯乃能於筆墨間同功造化，置萬里波濤於一堂之上，其進乎技者耶！
《竹谿先生文集》卷二一。

〔一〕百：原作"有"，據南京圖書館藏清初抄本佚名朱筆改。

一八　跋《筠溪圖》後

李子倦遊，歸自秣陵，至連江，曰："吾祖之舊隱也。"遂家焉。得湖陰依山之地百畝，可佃可漁，因以築室。念衛公之平泉、願之盤谷、伯時之山莊，皆吾宗故事。乃誅茅茨而籬落之，種竹萬箇，結廬其間。

客有過曰："非也。爲富之道先求田，田之不治而營巢，可乎？"予應之曰："富如可求，執鞭爲之；如不可求，從吾所好。柳子厚依愚溪，東坡依觀，皆將終身焉。予何人也，請從其後。"

落成飲客，以"此中有真意"爲韻，賦以侑觴，得"意"字。詩曰："離離頷下髭，短白不可薙。焉能老行路，結屋聊自庇。溪横衆山繞，左右松竹翳。山華如幽人，獨秀不取媚。客來飲以漓，累觴亦復醉。欲眠子姑去，自占十畝翠。不爲溝壑憂，不作子孫計。旁觀大笑之，不解箇中意。"

客慚而退，因圖之以俟知者云〔一〕。《竹谿先生文集》卷二一。

〔一〕俟：原作"自"，據文淵閣四庫全書本改。

吴説藝話（四則）

吴説（生卒年不詳）字傅朋，號練塘，錢塘（今浙江杭州）人，師禮長子。建炎三年，爲兩浙路提舉市舶公事。四年，改福建路轉運判官。紹興中，歷知台、信、安豐、盱眙諸州軍。擅長遊絲書，時人稱絶。能詩。嘗編《古今絶句》三卷，已佚。

一　題智永懷仁書《蘭亭修禊》前後叙

《蘭亭修禊前叙》，世傳隋僧智永臨寫。《後叙》，唐僧懷仁素庥賤所書。凡成一軸，永嘉太守待制程公見賞歎，刻之樂石，與天下後世知有《蘭亭》筆法者共之。

虞、褚輩多臨《蘭亭》，而永師實右軍末裔，頗能傳其家法。故此書活動，宛有迴鸞返鵠之意，較之世間石本，何啻九牛毛耶！

懷仁，唐書僧，號能集右軍書者。首尾映帶，誠爲尤物。錢塘吴説。文淵閣四庫全書本《蘭亭考》卷六。

二　跋《四體帖》

嘉禾道正鄒淵明，一鄉羽客之好事者。余過郡，頻日見臨，袖軸紙索書，未暇作。洎解行，復出祖郊關之外，意非苟然。經吴江，值便風，發遠興，乃爲書之。紹興丁卯初夏，吴傅朋。叢書集成初編本《寶真齋法書贊》卷二三。

三　再題李龍眠《九歌圖》後

先君諫院崇寧間僑寓漣水，得此軸於巡檢劉昌公子明。飄泊干戈之餘，書畫無復存者，而此軸再獲，今以歸元象賢良猶子上閣承宣功顯巾笥。功顯好奇尚古，種學績文，克肖諸父。《詩》曰："惟其有之，是以似之。"功顯有焉。紹興二十六年歲在丙子七夕，錢唐吴説題後。文淵閣四庫全書本《清河書畫舫》卷八上。

四　跋閻立本畫《蘭亭》

　　右，圖寫人物一軸，凡五輩，唐右丞相閻立本筆。一書生狀者，唐太宗朝西臺御史蕭翼也；一老僧狀者，智永嫡孫會稽比丘辯才也。

　　唐太宗雅好法書，聞辯才寶藏其祖智永所蓄晉右將軍王羲之《蘭亭修禊叙》真跡，遣蕭翼出使求之。翼至會稽，不與州郡通，變姓名，易士服，徑詣辯才，朝暮還往，情意習洽。一日，因論右軍筆跡，悉以所携御府諸帖示辯才，相與反復折難真贗優劣，以激發之，辯才乃云："老僧有永禪師所寶右軍《蘭亭》真跡，非此可擬，藏之梁間，不使人知。與君相好，因取以相示。"翼既見之，即出太宗詔札，以字軸寘懷袖。

　　閻立本所圖，蓋狀此一段事跡。書生意氣揚揚，有自得之色；老僧口張不呿，有失志之態。執事二人，其一噓氣止沸者，其狀如生，非善寫貌馳譽丹青者，不能辦此。上有三印：其一內合同印，其一大章漫滅難辨，皆印以朱；其一集賢院圖書印，印以墨。朱久則渝，以故唐人間以墨印，如王涯小章、李德裕贊皇印，皆印以墨。

　　此圖江南內庫所藏，簪頂古玉軸，猶是故物。太宗皇帝初定江南，以兵部外郎楊克讓知昇州。時江南內府物封識如故，克讓不敢啟封，具以聞，太宗悉以賜之。此圖居第一品。克讓蔡人，寶此物，傳五世，以歸其子婿周氏。周氏傳再世，其孫轂藏之甚秘。梁師成請以禮部度牒易之，不與。後經擾攘，轂將遠適，以與其同郡人謝伋。伋至建康，爲郡守趙明誠所借，因不歸。紹興元年七月望，有携此圖貨於錢塘者，郡人吳説得之。後見謝伋，言舊有大牙籤，後主親題刻其上云"上品畫，蕭翼籤"，今不存。此畫宜歸太宗御府，而久落人間，疑非所當寶有者。説記。文淵閣四庫全書本《嘉泰會稽志》卷一六。

李長民藝話（一則）

　　李長民（生卒年不詳）字元叔，揚州（今江蘇揚州）人，李定孫、正民弟。宣和元年，舉博學宏詞科。不滿周邦彥《汴都賦》，謂其記述不備，遂作《廣汴都賦》獻於徽宗，由此進用。建炎二年，官秘書省正字。紹興間通判漳州，歷知泗州、建昌軍，遷兩浙撫諭使。二十年，爲郢州刺史。官終江西提刑。綦崇禮嘗舉薦爲御史，謂其"有文采學問，嘗中詞科，議論疏通，清介有守"（《薦察官札子》）。能詩，如"柳眼依依碧，桃梢冉冉紅"（《城南蔣莊四首》之一），"地迥七杉成斗野，雨餘雙練瀉平川"，也都清新流暢。

題朱鴻臚書《白雪樓碑記》後

　　朱鴻臚博學工文，爲世宗仰。晚乃遇聖主，自布衣拜官，高節懍然，暫出復隱。

　　予在秀，每相見必款曲。因道先正司諫出處大概，且謂昔爲京西漕使郢，常有題字白雪樓，屬予訪焉。今幸得於敗壁之下，命工拂拭，置於後圃，庶使前輩高文，復傳不朽。

　　先是，郢中石刻甚富，自經兵火，惟此碑獨存，豈非神物護守，以待繼嗣之發揮與？康熙八年刻本《安陸府志》卷三四。

秦檜藝話（一則）

秦檜（一〇九〇～一一五五）字會之，江寧（今江蘇南京）人。登政和五年進士第，補密州教授。繼中詞學兼茂科，歷太學學正。靖康中，拜殿中侍御史，遷左司諫，除御史中丞，反對割地弭兵。隨二帝北遷，建炎四年逃歸，拜禮部尚書，改主和議。紹興元年二月除參知政事，八月拜右僕射、同中書門下平章事、兼知樞密院事。二年八月罷相。八年再拜右僕射，十一年加左僕射，十二年加太師。再專國政凡十八年，主持議和投降，結納死黨，斥逐異己，殺岳飛，竄張浚、趙鼎，屢興大獄，士大夫死於其手者甚多。二十五年卒，年六十六。贈申王，諡忠獻。寧宗時追奪王爵，改諡"謬醜"。

題范文正公書《伯夷頌》

高賢邈已遠，凜凜生氣存。韓范不時有，此心誰與論。文淵閣四庫全書本《式古堂書畫彙考》卷九。

陳與義藝話（二〇則）

陳與義（一〇九〇～一一三八）字去非，號簡齋，又號無住道人，洛陽（今河南洛陽）人。政和三年，登太學上舍甲科，授開德府教授，除辟雍錄。後居母喪，寓居汝州，知州葛勝仲向宋徽宗推薦陳之《墨梅》詩，受宋徽宗稱賞。宣和四年，擢太學博士、著作佐郎，遷符寶郎。宣和末，王黼被貶黜，陳與義亦坐貶監陳留酒稅。遭靖康之亂，奔徙於河南、湖湘、兩廣等地。紹興元年，召赴臨安，爲起居郎，遷中書舍人，掌內外制，拜禮部侍郎。出知湖州，召爲給事中，除翰林學士、知制誥。七年，擢參知政事。次年五月，以疾請辭官，復知湖州，提舉臨安府洞霄宫，是年冬病逝，年四十九。陳與義爲南北宋之交的重要詩人，他與江西詩派吕本中交好，而吕本中撰《江西詩社宗派圖》，未將其列入詩派，後來方回持江西詩派"一祖三宗"之説，將他列爲"三宗"之一。其詩歌以杜甫爲師，與江西詩派風格相近，但又有所拓展創新，具有獨特風格，故嚴羽《滄浪詩話·詩體》列"陳簡齋體"，稱"亦江西之派而小異"。其詞大多作於南渡之後，往往寄寓家國興亡、身世飄零之感。著有《簡齋集》二十卷，其後劉辰翁爲作評點，現通行《須溪先生評點簡齋詩集》十五卷。其重要注本爲南宋紹熙時胡穉所作《增廣箋注簡齋詩集》三十一卷，包括詩箋注三十卷、詞注一卷。另有《簡齋外集》一卷，收箋注本所未録詩五十二首、文三篇。其詞在宋代已有單刻本《簡齋詞》一卷行世（又稱《無住詞》）。

一　與伯順飯于文緯，大光出宋漢傑畫秋山

焚香消午睡，開畫逢秋山。皇都馬聲中　有此四士閒。離離南國樹，閃閃湘水灣。悠悠孤鳥去，淡淡晨暉還。屨上十年蠟，未散腰腳頑。不如一詣君，坐此巖石間。遠峯如脩眉，近峯如墮鬟。書生飽作祟，眼亂紛爛斑。一笑遺世人，聊破千載顏。詩成即畫記，可益不可刪。文淵閣四庫全書本《簡齋集》卷三。

二　跋大光所藏任才仲畫二首

遠遊吾不恨，扁舟載幅巾。山色暮暮改，林氣朝朝新。野客初逢句，薄暮欲生春。

因知子任子，胸懷非世人。

前年與孫子，共作南山客。扶疎月下樹，偃蹇澗邊石。賦詩題古蘚，三叫風脱幘。任子不同遊，毫端有疇昔。文淵閣四庫全書本《簡齋集》卷五。

三　題易元吉畫麞

紛紛騎馬塵及腹，名利之窟爭馳逐。眼明見此山中吏，怪底吾廬有林谷。雄雌相對目炯炯，意閒不受榮與辱。掇皮豈真皆自知，坐令貓犬羞奴僕。我不是李衞公，欺爾無魂規爾肉；又不是曹將軍，數肋射爾不遺鏃。明窗無塵簾有香，與爾共此春日長。戲弄竹枝聊卒歲，不羨晉宮車下羊。文淵閣四庫全書本《簡齋集》卷七。

四　題唐希雅畫《寒江圖》

江頭雲黃天醖雪，樹枝慘慘凍欲折。耐寒野鴨不知歸，猶向沙邊弄羽衣。黃茅終日不自力，影亂弱藻相因依。惟有蒼石如卧虎，不受陰晴與寒暑。舟中過客莫敢侮，閒伴長江了今古。文淵閣四庫全書本《簡齋集》卷七。

五　題許道寧畫

滿眼長江水，蒼然何郡山。向來萬里意，今在一窗間。衆木俱含晚，孤雲遂不還。此中有佳句，吟斷不相關。文淵閣四庫全書本《簡齋集》卷九。

六　心老久許爲作畫未果，以詩督之

布衲王摩詰，禪餘寄筆端。試將能事迫，肯作畫工難。秋入無聲句，山連欲雨寒。平生夢想處，奉乞小巑岏。文淵閣四庫全書本《簡齋集》卷十。

七　題持約畫軸

日落川更闊，烟生山欲浮。舟中有閒地，載我得同遊。文淵閣四庫全書本《簡齋集》卷十三。

八　題顏持約畫水墨梅花

未央宫裹紅杏，羯鼓三聲打開。大庾嶺頭梅萼，管城呼上屏來。文淵閣四庫全書本《簡齋集》卷十三。

九　和張矩臣水墨梅五絶

巧畫無鹽醜不除，此花風韻更清姝。從教變白能爲黑，桃李依然是僕奴。
病見昏花已數年，只應梅藥故依然。誰教也作陳玄面，眼亂初逢未敢憐。
粲粲江南萬玉妃，別來幾度見春歸。相逢京洛渾依舊，惟恨緇塵染素衣。
含章簷下春風面，造化功成秋兔毫。意足不求顏色似，前身相馬九方皐。
自讀西湖處士詩，年年臨水看幽姿。晴窗畫出橫斜影，絶勝前村夜雪時。文淵閣四庫全書本《簡齋集》卷十三。

一〇　題畫兔

碎身鷹犬憖何忍，埋骨詩書事亦微。霜落深林可終歲，雄雌暖日莫忘機。文淵閣四庫全書本《簡齋集》卷十三。

一一　次何文縝題顔持約畫水墨梅花韻二首

窗間光景晚來新，半幅溪藤萬里春。從此不貪江路好，謾拋心力喚真真。
奪得斜枝不放歸，倚窗承月看熹微。墨池雪嶺春俱好，付與詩人説是非。文淵閣四庫全書本《簡齋集》卷十三。

一二　爲陳介然題持約畫

層層水落白灘生，萬里征鴻小作程。日落微風過荷葉，陂南陂北聽秋聲。文淵閣四庫全書本《簡齋集》卷十三。

一三　跋江都王畫馬

上房星空不動，人間畫馬亦難逢。當年筆下千金鹿，此日窗間八尺龍。文淵閣四庫全書本《簡齋集》卷十四。

一四　題向伯恭過峽圖二首

旌旗翻日淮南道，興罷歸來雪滿船。正有佛光無處著，獨將佳句了山川。
過峽新圖世所傳，峽中尤説泛舟仙。柱天勳業須君子，借我茅齋看十年。文淵閣四庫全書本《簡齋集》卷十五。

一五　題伯時畫溫溪心等貢五馬

漠漠河西塵幾重，年年畫馬亦難逢。題詩記著今朝事，回看聯翩五匹龍。文淵閣四庫全書本《簡齋集》卷十五。

一六　題畫

分明樓閣是龍門，亦有溪流曲抱村。萬里家山無路入，十年心事與誰論。文淵閣四庫全書本《簡齋集》卷十五。

一七　題崇蘭圖二首

兩公得我色敷腴，藜杖相將入畫圖。我已夢中多識路，秋風舉袂不踟躕。

燅燅天氣吹角巾，松聲水色一時新。山林從此不牢落，照影溪頭共六人。文淵閣四庫全書本《簡齋集》卷十五。

一八　題俞秀才所藏江參山水橫軸二首

卷中衮衮溪山出，筆下明明開闢初。不肯一襌爲婦計，俞郎作意未全疎。

萬壑分烟高復低，人家隨處有柴扉。此中只欠陳居士，千仞岡頭一振衣。文淵閣四庫全書本《簡齋集》卷十五。

一九　畫梅

蛾眉淡淡自成妝，驛使還家空斷腸。脂粉不施憔悴盡，失身未嫁易元光。文淵閣四庫全書本《簡齋集》卷十五。

二〇　覺心畫山水賦

天寧堂中，黃面老襌，四海無人，碧眼視天。有一居士，山澤之仙，結三生之習氣，口不停乎說山。聊寄答於一笑，夜乃夢乎其間。重巖複嶺，虧蔽吐吞，紛應接其未了，萬雲忽兮歸屯。亂晦明於俄頃，存十二之峰巒。有木偃蹇，樵斤所難，飽千霜與百霆，根不動而意安。澹山椒之落日，送萬古以無言，彼棲烏其何知，方相急而破烟。須臾變滅，所見惟壁。有木上座，夢中侍側。問上座以何見，口不能於嘖嘖。豈彼口之真無，悟前境之非實。管城子在旁，代對以臆。忽風雨之驟過，恍向來之所歷。此其畫耶，則草木禽鳥，皆似相識；抑猶夢耶，則已見囿於筆墨之跡矣。居士再至，問以此故，復寄答於一笑，持畫疾去。武英殿聚珍本《簡齋集》卷一。

折彥質藝話（三則）

折彥質（？～一一六一）字仲古，號葆真居士，祖籍雲中（今山西大同），後徙河西府谷（今陝西府谷），折可適子。靖康初，爲河東制置使，以喪師責海州團練副使，永州安置。紹興二年，起爲湖南安撫使兼知潭州。四年，擢樞密都承旨。六年，簽書樞密院事，權參知政事。執政九月，與趙鼎同罷。七年，起知福州。九年，秦檜指爲鼎同黨，落職，責居昌化軍，徙郴州。秦檜歿後起知廣州，徙洪州。三十一年，卒於潭州。彥質雖久在軍旅，然喜詩文，其《寇萊公廟》詩"死謫憐忠瑋，生還喜子由。荒祠連舊宅，幾見海雲秋"，吟詠前賢，也包含了對自己遭際的感慨。著有《葆真居士集》，原集已佚。《兩宋名賢小集》卷一八〇收有其詩。

一　觀汪丞相所藏崔白畫羅漢

山堂漠漠開曉煙，何許大士當四筵。坐忘默識形骸外，持鉢植杖風露前。老龍欲奮屢回首，於菟甚馴非畏鞭。小兒已解辨人我，抱頭怖走成癡顛。豈知畏愛果何物，手裏舍利空燭天。嗟余耳目更淺陋，喜歡獲遇希有緣。神明泰定始一笑，摩挲粉墨心茫然。平生崔白畫常見，邂逅入眼多棄捐。莫言人物鬪奇崛，醉裏落筆神助焉。汪公昔入魏帥幕，歎息鉅壁圍神仙。歸尋十疋好東絹，恰有名手能摹傳。提攜萬里到嶺表，尤物自得高人憐。邇來刦火壞諸有，陪都正苦紛戈鋋。無力挽河爲吹洗，披圖感極淚如泉。文淵閣四庫全書本《兩宋名賢小集》卷一八〇《葆真居士集》。

二　跋《浯溪造極圖》

浯溪未到已登臨，筆力能窮造化心。我是零陵新逐客，披圖一一可追尋。《葆真居士集》。

三　跋《湘西清絕圖》

與山分淺正傷神，蠟屐明朝陌上塵。誰寫湘西清絕景，巧移林壑慰行人。《葆真居士集》。

洪興祖藝話（一則）

洪興祖（一〇九〇～一一五五）字慶善，號練塘，潤州丹陽（今江蘇丹陽）人。政和八年上舍及第，爲陳州商水主簿，攝太學博士。改湖州士曹，除州學教授，拜太常博士。高宗即位，召試，授秘書省正字，遷著作郎。紹興四年，爲駕部郎官，以地震應詔上書，具言朝廷紀綱之失，爲時宰所惡，責監太平觀。起知廣德軍，擢提點江東刑獄，歷知真、饒二州。是時秦檜當國，洪興祖坐嘗爲程瑀撰《論語解序》，爲人告訐謂其語涉怨望，編管昭州。二十五年卒，年六十六。後詔復原官。洪興祖好古博學，精通經史，著有《老莊本旨》《周易通義》《繫辭要旨》《古文孝經序贊》《離騷楚詞考異》等行於世。今存《楚辭補注》十七卷。

跋蔡君謨筆跡

公入諫省，時年尚少，以書白其大人，以爲見事不言，非爲臣之道。公之諸孫嘗出以示僕，讀之三復不能釋手。

嗚呼，前輩忠厚之風不復見矣！此軸與昏氏家問，益見往來親爾之意。其贊賓客公休致一帖尤可愛。丹陽洪興祖書。清抄本《石渠寶笈三編》第二五函第一冊。

趙沂藝話（一則）

趙沂（生卒年不詳），遂州長江（今四川蓬溪西南）人，中上舍第。靖康中爲潼川府涪城縣尉。紹興三十一年自荆湖北路提點刑獄公事移利州路轉運副使，知潼州。乾道五年除直顯謨閣、主管成都府玉局觀。

馮瀚留題鄧園碑跋

古之貴書者，不獨貴其書，貴其人也。故先儒□□□□所爲□壁斷碣皆傳數百載，特存其人耳。使□□李志輩書□與右軍父子爭衡，猶不足傳也，斯言諒哉！

樞密馮公道德文行，事業聞望，自是一代偉人，正所謂其人之可貴者矣。往歲假道南明，留題鄧園，字畫俱在。園今爲王氏所有也。主人希韓欲刊諸石，請題其後。

沂告之曰：是人也，固不待書傳；是書㐫，尤不因題跋而後見。言之砥□聲牙□無以謝君，請姑以貴書尤貴其人者推本其意，告世之君子云。靖康二年二月十五日，迪功郎、潼川□涪城縣尉趙沂謹題。民國二十年鉛印本民國《三台縣志》卷二一。

王銍藝話（一三則）

王銍（生卒年不詳）字性之，汝陰（今安徽阜陽）人，王昭素之後。自稱汝陰遺老，人稱雪溪先生，南渡後，寓居剡中。紹興初，累官右承事郎，守太府丞、權樞密院編修官，纂集太宗以來兵制。書成，四年三月賜名《樞庭備檢》。以七朝國史帝紀志傳，益以宰執、宗室世系表，編爲《宗室公卿百官年表》。九年，上《元祐八年補錄》及《七朝史》，進右宣議郎。進右宣教郎，充湖南安撫使參議官。晚年避居剡溪山中，以吟詠自娛。銍擅長屬文，詩格近溫、李。喜論文章，著有《四六話》，序署宣和四年作，是最早的四六話論著。其内容以評宋表啓爲主，間及唐。著述甚富，有《神宗兵制》《七朝國史》《哲宗皇帝元祐八年補錄》《太玄經義解》《國老談苑》等，均已佚。今存《四六話》《雪溪集》《默記》《補侍兒小名錄》《兩漢紀》。

一 題《洛神賦圖》詩 並序

《風》《雅》《頌》爲文章之正，至屈原《離騷》兼文章正變而言之。《湘君》《湘夫人》《山鬼》多及帝舜、英皇，以繫恨千古。宋玉、賈誼師其餘意，作《招魂》、賦鵩，極死生憂傷怨懟之變，亦兼正與變而爲言耳。其後李太白作《遠別離》，亦云"九疑連綿荒相似，重瞳孤墳竟何是"。李當塗編次，以此詩爲謫仙文集第一篇，亦與祖屈原，悲英、皇本意耳。而韓退之晚年洒作《黃陵南海碑》，文章詞指非世間語也，蓋平生周造化妙理已多，至是方能發鬼神之情，然後幽遠荒忽奇怪無餘蘊於天地矣。文章必能盡羈旅風霜、山行水宿，極其憂患離別悲傷，則真情乃。見與夫男女之際，鬼神之情狀，死生之變態，使幽顯表裏，内外洞達，然後爲至焉。曹子建與七子並遊，而獨能脱遣建安風格，作《洛神賦》，雖祖屈宋而能激其餘波，侵尋相及矣。非託寓於婦人神仙，亦安能至此也！近得顧凱之所畫《洛神賦圖》橅本，筆勢高古，精彩飛動，與子建文章相表裏，因賦一詩書其後。蓋屈、宋、賈誼、子建，其幽恨莫伸一也，故文章能達其所存，以窮極古鴻荒之理。學者可以辨是矣。

曹公文武俱絶倫，傳與陳王賦洛神。高情寓託八荒外，曾是親逢絶世人。五官郎將莫輕怒，椒房自是袁家婦。聞道生時覆玉衣，便是於今腰束素。驚鴻翻然不重顧，射鹿深冤更淒楚。不將降虜賜周公，先識禍機楊德祖。此意明明可自知，豈有神人來洛浦。空用平生八斗才，七步那能説微步。楚雖日月常爭光，湘夫人後詩高唐。丹青畫寫鬼神趣，筆端調出返魂香。妙畫高文盡天藝，神理人心兩無異。此情萬古恨茫茫，且爲陳王説餘意。文淵閣四庫全書本《雪溪集》卷一。

二　追和周昉《琴阮美人圖》詩　並序

龍眠李亮工家藏周昉畫《美人琴阮圖》，蓋有宫禁富貴氣象，旁有竹馬小兒欲折檻前柳者。亮工官長沙，而黃魯直謫宣州過見之，歎愛彌日，大書一詩於黃素上曰："周昉富貴女，衣飾舊相兼。髻重鬆根急，薄粧無意添。琴阮相予誤，聽絃不觀手。敷腴竹馬郎，跨馬要折柳。"此畫後歸禁中，胡馬驚塵，流落何許，而詩亦世不傳，獨僕舊見之，位置猶可想像也。病中追和其詩，當令善工試圖之耳。

丹青有神藝，周郎獨能兼。圖畫絕世人，真態不可添。却憐如畫者，相與落誰手。想像猶可言，雨重春籠柳。《雪溪集》卷一。

三　書謝文靖《東山圖》

山如出畫眉，溪似縈風帶。雅意樂溪山，安用攝粉黛。煙雲無定姿，姝麗有真態。謝公經世心，遇物何顯晦。鐘鼎與山林，生處初一槩。均令四海間，如我常安泰。臨難無喜懼，與人共憂愛。百年但影殂，千載猶心在。風流不可追，超然八荒外。

右題謝文靖《東山圖》。今會稽東小江之上有東山存焉，絕頂，下臨江海，蓋萬里雲境也。僕觀文靖初渡淛江，樂會稽佳山水，與王右軍、許詢、支遁、孫綽、李充遊，則東山在會稽幾是矣。僕嘗宿其上，題詩僧壁云："山晴山雨今古恨，潮落潮生朝暮情。我識前人舊時意，寒巖一夜聽江聲。"今觀斯圖並書之，爲一笑之地耳。紹興十二年二月丁卯書。《雪溪集》卷二。

四　謝史純夫畫《連昌宫圖》，頃歲京洛間作此，今再觀舊本

筆下春風錦繡浮，花光山影照清流。唐虞憂樂君新意，洛邑興衰我舊遊。急雨打成今夜夢，孤燈挑動昔年愁。此身此畫俱非實，白髮天涯萬事休。《雪溪集》卷四。

五　剡溪王秀才畫《子猷訪戴圖》

剡溪萬壑千巖景，人境誰能識心境。君畫山陰雪後船，始悟前人發清興。眼中百里舊山川，荒林雪月縈寒煙。應緣興盡故無盡，賓主不見寧非禪。當年戲留一轉語，不意丹青能再覩。更畫人琴已兩忘，妙盡子猷真賞處。《雪溪集》卷四。

六　跋智果搨《蘭亭叙》後

張彥遠《法書要錄》所載何延之《蘭亭記叙》云："自右軍留付子孫，傳七代至永禪師，付弟子辯才。太宗至遣監察御史蕭翼，微服作書生，以詭辯才，始得之。"

然劉餗《傳記》云："《蘭亭叙》梁亂出於外，陳天嘉中爲僧智永所得。至太建中獻之宣帝。隋平陳，或以獻晉王，即煬帝也。帝不知寶，後僧智果借搨，及登極，竟不從索。果師死，弟子辯才得焉。文皇爲秦王日，見搨本驚喜，乃貴價市大王書，《蘭亭》終不至焉。及知在辯才處，使歐陽詢求得之，以武德二年入秦王府。貞觀十五年〔一〕，搨十本賜近臣。帝崩，中書令褚遂良奏，《蘭亭記》先帝所重，不可留，遂秘於昭陵焉。"劉餗父子世爲史官，以討論爲己任，於是正文字尤審，則辯才之師智果非智永，求《蘭亭叙》者歐陽詢非蕭翼也。此事鄙妄，僅同兒戲。太宗始定天下，威震萬國，尪殘老僧，敢靳一紙耶？誠欲得之，必不狹陋若此。況在秦邸，豈能詭遣臺臣，亦猥信之，何耶？

或云，第十五行有"僧"字，蓋時搨本至多，惟此僧果所藏爲真本，故署"僧"字以別之。或以爲曾不知老之將至，非也。王銍。文淵閣四庫全書本《蘭亭考》卷八。

〔一〕年：原無，據《六藝之一錄》卷一五五補。

七　跋范丞相家藏《蘭亭》帖

滕章敏公元發嘗爲先子言：帥定武日聞之故老，慶曆中宋景文爲帥，有士子攜此石遊走四方，最後死於營妓家，樂營吏孟水清取以獻，子京愛而不敢有也，留於公帑。自是，定武《蘭亭》傳天下幾四十年。至元豐中，薛師正樞密爲帥，攜去。其子紹彭別贋本在郡，然其親友猶於薛氏得舊本也。大觀間，其次子嗣昌始內之御府，靖康之亂，不知所在云。

建炎三年十一月望，汝陰王銍書。《蘭亭考》卷八。

八　題《五老圖》

銍伏聞祖宗之世，既斬刈四方之蓬蒿，以文治天下矣。是時畢文簡公繼李文靖公爲相，兩公皆以忠厚仁恕爲心，既同寇萊公戎澶淵之舉，惟力贊許盟、罷兵，以安萬世。其清净爲治，如曹參於漢也。故褒語有"清德君子"之稱。

今台州舊治有君子堂存焉。公之子孫蕃衍而多壽考，亦天之報施然。與睢陽五老之會傳天下，觀其巾褐遺像儼然，達人氣象，塵世功名，初何有也！況得杜正獻之預遊，歐陽子之賦詩，則斯會也，與天壤相始終矣。

紹興十三年小雪，汝陰老民王銍謹書。_{文淵閣四庫全書本《趙氏鐵網珊瑚》卷一三。}

《默記》（選録 二則）

劉貢父過寶應僧舍，與昭禪師者語。壁有畫山水極妙，昭語貢父云："乃化光所畫。"貢父率然贊之曰："昆侖有名，瑤池非實。在夢暫觀，觀幻旋失。惟是墨妙，半壁蕭瑟。崎峨坎壈，雲舒川疾。是心中象，非筆端物。大士觀化，匹海一室。"_{文淵閣四庫全書本《默記》卷中。}

恩官人學王書，甚有楷法。常書以示衆云："書者，一藝爾。可以記言紀事，非道人之所遊心，知之不免生死，不知不障涅槃。有志於道者，請事斯語。"_{《默記》卷下。}

《侍兒小名録》（選録 三則）

妊娘

唐進士段何，太和八年賃居卧病，有四人負金碧而從，二青衣，一雲髻，一半髻，皆絶色，説論再三，何終不應，乃以紅牋題詩一篇，置何樓上而去。其詩云："樂廣清羸經幾年，妊娘相托不論錢。輕盈妙質歸何處，惆悵碧樓紅玉鈿。"書跡柔媚，亦無姓名，紙末惟書一"我"字。何自此疾日退。

麗雲

穆員稱其麗雲善歌，聽之，使人醉者醒，醒者醉，悲者樂，樂者悲。聲音能移人爲工。

薛九

薛九，江南富家子，得侍宫中，善歌《嵇康》。《嵇康》，江南曲名也。學舞於鍾離氏。建業破，零落於江北，予遇於洛陽福善坊趙春舍。飲酣，於是歌《嵇康》，其詞即後主所製焉。嘗感激坐人皆泣。春舉酒請舞，謝曰："老矣，腰腕衰硬，無復舊態。"乃强起小舞，終曲而罷。_{以上文淵閣四庫全書本《説郛》卷七十七上《侍兒小名録》。}

張知甫藝話（一則）

張知甫（字、里、生卒年均不詳），約北宋末前後在世。《四庫全書·張氏可書提要》云："案《張氏可書》，《宋史·藝文志》、陳振孫《書錄解題》、晁公武《讀書志》皆不著錄，《文淵閣書目》載有一冊，亦不詳撰人名氏，惟《愛日齋叢鈔》引其中司馬光、文彥博論僧換道流一事，稱爲《張知甫可書》。知甫不知何許人。今考書中所紀，有僕頃在京師，因幹出南薰門事，又有見海賈鬻龍涎香於明節皇后閣事。是在宣和之初，嘗官汴京。中間復有紹興丁巳、戊午紀年，及劉豫僭號中原事，則入南渡後二十餘年矣。蓋其人生於北宋末年，猶及見汴梁全盛之日，故都遺事，目擊頗詳。迨其晚歲，追述爲書，不無滄桑今昔之感。故於徽宗時朝廷故實，紀錄尤多，往往意存鑑戒。其餘瑣聞佚事，爲他説家所不載者，亦多有益談資。雖詼諧神怪之説，雜廁其間，不免失於冗雜，而案其本旨，實亦孟元老《東京夢華錄》之流，未嘗不可存備考核也。其書原本已佚，今據《永樂大典》收入各韻内者，採掇裒輯，共得五十條，謹編爲一卷，以存其概云。"

《張氏可書》 舊題張知甫撰 （選錄 一則）

劉平叔在京口，幕客獻趙昌《牡丹圖》，乃孟蜀宮中物也，平叔怒曰："速持去，我平生不愛牡丹，况是單葉。"時人無不爲笑。文淵閣四庫全書本《張氏可書》。